能是何人？"楚灵王又站起来了："哎，我来问你，他是哪国人？"走在后边捧刀的这名武士赶紧回答："启禀大王，他是齐国人。""贤相听见没有？他是你们齐国人。你说你们齐国人为什么到了我们楚国就总犯法呢？我们逮一个宰一个、逮一个宰一个，都是你们齐国人，你说这是怎么回事儿呢？"

"大王，您瞧这个。"晏婴说着话，伸手由打盘子里拿起一个柑橘来。南方的柑橘确实非常好，现在好办，空运也好、火车运也好，想什么时候吃都能吃得着，那时候不行啊，交通没这么方便。所以晏婴来到楚国，用上好的柑橘款待他是非常好的，但是摆在桌上，晏婴没吃。话说到这儿了，晏婴把这橘子拿起来了："大王，谢谢大王所赐。"晏婴把橘子往嘴里一扔，没剥皮，嚼吧嚼吧给吃了。"哈哈哈哈……"殿上的大家伙儿一个敞笑。楚灵王一看："你为何不剥皮而食？""大王，君王所赐，瓜桃不削，带皮者应当带皮吃下，这是对君王的尊重。虽然我不是楚国人，但是到了楚国也得尊敬楚君，所以我连皮都吃了。您要知道，在楚国这么好的柑橘，如果到了淮北，即便是一样的种子，也就变了，又酸又涩，这是水土的问题。您说在我们齐国，没人犯法，齐国人一个个棒极了，非常文明，都助人为乐，怎么这样的人到了你们楚国就变成杀人的凶手了呢？这也是因为水土的关系，而且还有治理的问题，也就是国君的问题。"说到这儿，晏婴把脸往下一沉，拿起第二个橘子还吃。楚灵王干在这儿了：合着你们齐国人在我们这儿犯法，说明是我这君王有问题。楚灵王惹不起晏婴，只能恭恭敬敬的，每天摆上国宴，陪着游山玩水。

晏婴这一出使楚国，名气更大了。回去之后跟齐景公一汇报，齐景公非常高兴，赏赐金银，晏婴不要。齐景公亲自去晏婴家里慰问，一看晏婴的媳妇奇丑无比。"我说晏婴啊，这是你媳妇吗？"再说一次啊，咱们都是按现在的话说，不说文言。"是啊，这是我媳妇啊。""怎么那么寒碜啊？""我能娶上这么一个寒碜的媳妇已然很不错了。""我有女儿，美丽无比，胜过志玲，许配于你。""您还是让我多活两天吧。您别看我这是个丑妻，她能主持家务，我忠贞的爱情永远不换。"齐景公听了，非常感动。所以晏婴在齐国是非常有权力有威信的一个人，您别瞧他个儿矮，这人不在身材大小，在于气质。

列国时期，各国之间都经常来往。这一天，鲁昭公前来拜访齐景公，同来之人是鲁国大夫叔孙婼。齐景公连忙设摆国宴，齐国相陪的就是晏婴。文武官员也都到齐了，丰丰盛盛的酒宴摆下，鲁昭公和叔孙婼前来赴宴。走到殿前，在台阶之下站着三位勇士。头一个面似蓝靛，双眼努于眶外，胡须在腮边扎里挓挲，得有一拃半长。这一拃半是楚国国君的一拃半，可不是晏婴的一拃半。鲁昭公一看，就问叔孙婼："这是谁呀？""您不知道吗？这是齐国的勇士啊，复姓公孙，单字名捷。""够勇的，他有什么能耐呀？""公孙捷桐山打虎救驾呀。齐君去桐山打猎，突然蹿出一只斑斓猛虎，张开大嘴要吃齐君，公孙捷过去就用双拳把老虎打死了，救驾之功啊。桐山打猛虎，公孙捷成名于天下。""哎呀……我说呢，高大魁梧，那可比晏婴高多了。""差不多仁吧。"鲁昭公再往公孙捷旁边看，这位个子比公孙捷稍微矮点儿，非常雄猛。"他也够可以的，黑脸，胡须也挓挲着。嗬，往这儿一站，前胸宽臂膀厚，肚大腰圆，身旁佩剑。叔孙大夫，这人是谁呀？""大王，这位……这位呀……""你怎么了？""刚才那个是打虎的，这位是斩鼋的。""斩什么鼋？""大老鼋啊。齐君出游过黄河，从黄河之中钻出一只大老鼋，把齐国国君的马拉走了。他在黄河斩鼋，把国君的马给救回来了。""啊，他叫什么呀？""叫古冶子。""哦，我听说过，他是齐国的第二名勇士。""旁边还一位呢，这位可更了不得，他叫田开疆。您瞧这红脸大汉，比那两位个子都高，红胡须苫(shàn)满胸前，压耳毫毛倒竖。""嗯，田开疆我可知道，带领五百甲士打徐国，一仗就把徐国战败了，那可是齐君的三杰之一啊。""您知道了吧？呵呵，这三位可了不得。有这三位勇士保着齐君，谁敢动齐国呀？"

晏婴在两个人身边陪着，他不能在上边坐着。他们迈步往前走，齐景公降阶相迎就可以了，鲁昭公和叔孙婼说的这些话，晏婴可就全听见了。"大王请。"登台阶上殿，齐景公下来握手，这些礼节咱们都不表了。"请。"两国的国君中间一坐，一边是晏婴，另一边坐的是叔孙婼。台阶之下一边是三位勇士，另一边都是高级的文官，都是中卿、下卿之位的人，不能所有的官员都来，只有高级的官员来了这么几十位，陪着两国的国君饮宴。晏婴高声唱喏："二位大王落座，摆宴。"

乐队音乐一起，宫人摆酒宴，晏婴往后一退，"唰唰唰"一道菜一道菜往上上。晏婴把眼往下一低，就看见鲁昭公总在瞧这三位勇士。鲁昭公看着这三位勇士，觉得瘆得慌，心说：这要是我哪句话说得不利落，这三位甭管哪位出来一亮剑，连我带我这位大夫叔孙婼都得死。齐景公也看见了，他心里高兴，用手一抿胡须，看着三位勇士，心里这爱呀。齐景公对待这三个人非常好，好到什么程度？这三个人在齐国跟谁都敢瞪眼。比如，齐景公端起一碗面条就吃，这面条真香，牛肉面，还有香菜末儿呢，公孙捷过来了："吃什么呢？哥们儿。""吃面条呢。""给我吃吧。""哎，行，您吃。"

就到了这种程度。齐景公认为有这三位勇士在，就能保卫这个国家了。晏婴看在眼里，急在心中。为什么？这三个人跟国君都敢瞪眼，怎么办？晏婴察言观色，他瞧出来了，在齐景公手下有个佞臣叫梁丘据，梁丘据勾结人，组织党羽，跟这三位勇士就勾在一块儿了。您想啊，这三位没头脑，梁丘据跟这三位搞得非常火热。晏婴看出来了，梁丘据勾结三位勇士，干吗？想要颠覆朝廷，颠覆国家。晏婴能不着急吗？他看了看鲁昭公，鲁昭公一直在看三位勇士；再一看自己的国君，齐景公也看这三位勇士，边看边乐。他是真喜欢这三位：有这三位在，我们齐国就强大；没有这三位在，我们齐国就完了。齐景公就怕成这样，也爱成这样。这三个人你看看我，我看看你，心说：咱们哥儿仨多不错，生死之交，我们是齐国三杰。晏婴再歪头一看梁丘据，梁丘据用手一抿自己的胡须，心说：哼哼，晏婴，别瞧你能强大齐国，我有这三位勇士，还有我的党羽，早晚颠覆了朝廷，齐国就是我的。这就是佞臣心里的想法。晏婴看到此处，心说：好，走着瞧。

这时候有人给鲁昭公敬酒，有人给齐景公敬酒，叔孙大夫也在一旁伺候着。晏婴心说：要想保住齐国，我得想办法。突然之间，晏婴心生一计，迈步就走到鲁昭公和齐景公的桌子前："二位大王。"鲁昭公是客人，不能说什么。齐景公就问："相国有何话讲？"晏婴躬身施礼："主公……""相国呀，你本来个儿就矮，还是站直了说话吧，不用行礼了。""主公，平时已然习惯了，可今天还有鲁国国君在此，我还是应当低头。"鲁昭公一看，赶忙说："那你也别低头了，就按照你们国家的礼节吧。""呵呵，好吧，那我可就以小犯上了。主公啊，今天二位国君见面，有助于两国来往。我想起桃园的金桃已然熟了，主公您能不能赐下话来，把园门打开，取几枚金桃来给二君助饮呢？"

鲁昭公不知道这是怎么回事儿，齐景公一听很高兴。因为这是国君亲自来访，那不是一般的人，不是派个大使来了，既然你国君都如此尊重我，我自然也得以礼相待。"好啊。鲁君啊，相国所说，可能您不得其解。那是在三十多年前，先公在世之时……"就是齐景公的父亲做国君的时候。"东海人献来桃核，桃核很大，种下之后三十年从未结果，今年突然结了果实，又大又香又好看。金桃正熟，我家相国的意思是取金桃献给您，让我陪着您品尝。您想想，三十年未结果实，今年结出金桃，寡人不敢独享，特意请您与我同赏。"昭公还是有点儿不明白："那为什么桃园还要锁着呢？""哎呀，三十多年才长出这么几个桃，不容易呀。桃园很大，桃树一棵一棵的，也不知道能结多少，所以我才命人封锁园门。这样吧，让看守园门的园长把钥匙取来，带人去摘金桃。"晏婴一抱拳："主公啊，摘金桃献给二位国君，这可不是小事，待微臣亲自前往。""好吧，你亲自去吧。"晏婴讨下令来，这时候看守桃园大门的这位就把钥匙拿来了。"你头前带路，引着相国前往。""是。"

晏婴带着几个内侍，前边有人引路，就奔桃园来了。时间不大，回来了，手中托着一个盘子，盘子上摆着金桃。晏婴刚一进殿，哎呀，殿上闻着这香啊，鲁昭公都站起来了，没吃过这桃，这桃子又大又鲜又好看。鲁昭公看了看齐景公，齐景公一看，盘子上共有六个金桃，晏婴亲自捧着，就把盘子放在了两位国君桌子前面的一个小桌上。齐景公就问："相国呀，怎么才采来这么几枚呀？""主公，只有六枚成熟，其他的都尚未熟透，所以无法摘来。""好吧，那么就献上鲜桃。"

晏婴亲自拿了一个小碟，捧了一枚金桃放在鲁昭公的桌子上，又拿了一枚放在齐景公的桌子上，然后内侍又给两位国君的桌上各敬了一爵酒。齐景公看了看晏婴，晏婴声音很高，声若洪钟，他得唱礼呀。"桃大如斗。"就是说这桃子大，跟斗一样大，其实斗也有五斗的斗，也有十斗的斗，总而言之就说明这桃挺大的。"世间罕有。"人世间基本上看不见这么好的桃。"二君同食，千秋同寿。"晏婴嗓门高啊，外边全都听见了。然后齐景公站起身形，端起酒来："请。"鲁昭公急忙站起身形："请。"

两个人喝了点儿酒，然后拿起桃来一吃，这香啊，太好吃了，入口如蜜。两位国君把桃吃完，桃核往这儿一放。晏婴抬头看了看齐景公，又看了看叔孙婼，那意思就是两个国君吃了桃了，该轮着陪着鲁昭公来的鲁国大夫叔孙婼了。齐景公明白了："相国，叔孙大夫陪着鲁国国君来到我齐国，很不易。他是鲁国的栋梁之臣，你是齐国的栋梁之臣，那么就请你把一枚金桃献给鲁国的栋梁之臣叔孙大夫。"晏婴拿起一个桃，刚要往上递。"免。"叔孙婼赶紧跪倒在地："大王，天下人谁不知道相国晏婴治理齐国，使齐国强大几十年，那是齐国的贤臣。就算我功劳再大，也比不了晏相国，此桃我万不可吃，应当献于相国。"鲁昭公也点了点头。齐景公知道，确实晏婴的功劳太大了。"好吧，既然如此，相国，你食一枚桃，叔孙大夫食一枚桃。来呀，献酒。"两枚桃用小碟托着，一枚交给晏婴，一枚交给叔孙婼，然后有两名内侍捧着酒在旁边站着。两个人赶紧"扑通"一声跪倒在地："谢过大王。""谢过主公。"叔孙婼个儿还不小，晏婴都快没了。"相国请起，叔孙大夫请起。"两个人谢过齐景公，然后又谢过鲁昭公。昭公奇怪："谢我何来？""如果昭公不来到齐国，我们焉有这样的福分。"

两个人吃桃，吃完之后，把酒接过来喝了。六个桃还剩俩，齐景公看了看晏婴，晏婴明白："主公，现在还有两枚金桃，这么办，您让内侍传谕，文武官员当中谁的功劳最大，上殿来报出自己的功劳，然后评议他的功劳能不能赏桃，如果能，就让他食桃一枚，赐酒一爵。""好啊，来呀，传我的话，文武官员当中谁的功劳最大，为齐国立下奇功，来到殿上唱喏，由相国来评议，谁的功劳大，谁就能食此金桃。"

您看，这晏婴的权力可不小了。另外，您再看看晏婴动的脑子，亲自采桃，现在他又这么一说，他做评判长。都来报功，谁的功劳大？那得是晏婴说了算，评判长的权力大了。内侍高声喊嚷，声音传达于外，大家伙儿全在琢磨各自有什么功劳。头一个"腾腾腾"上来了，正是公孙捷。蓝面红胡须，棒槌眼。"二位大王，想当初主公到桐山行围打猎，出来一只斑斓猛虎，老虎要伤主公，是我把老虎打死了。怎么样，功劳大不大？"晏婴回头看了看齐景公，齐景公冲他点头，那意思我已然让你当评判了，你就评判吧。晏婴一点头："功高救驾，情同日月，你应该食此桃。来，敬酒一爵。"

公孙捷拿起一个桃，三口就吃完了，然后把这爵酒喝了，高兴了，往旁边一站，他都不回台阶下面去了，心说：我是功臣啊，头一个吃桃的。这时候，"腾腾腾"又上来一位。"我在黄河斩鼋，也救过主公。"齐景公说："是啊，要是没有他，大老鼋把船撞翻，我就葬身黄河了。"用手一指，那意思是也应该给他一个桃。晏婴一抬头，亲自拿着桃："来，你也有救驾之功，黄河斩鼋，应该吃此桃。来，敬酒一爵。"

手下人敬酒，这位拿起桃来"吭哧吭哧"吃了，拿起酒来喝了，他也不下去了，往旁边一站，心说：我们俩都是功臣。这时候，又听得"腾腾腾"脚步声音响，迈大步走上一个人来，一边走一边嚷："我带着兵、带着战车，攻打徐国，保住了我们齐国的边疆，我能食桃否？"齐景公说："当然可以。"一伸手，桃没了。齐景公一看，没桃了。"哎呀，你的功劳最大呀。虽然没桃了，来呀，赐酒一爵，吃桃以待来年。"明年桃子熟了再赏你。这位拿起酒来冲着齐景公一瞪眼："主公，想我田开疆，带领甲士、战车攻打徐国，以壮大齐国的国威。桐山打虎，黄河斩鼋，这些能比我田开疆之功吗？""比不了，比不了……明年一定赐桃予你。"

田开疆往殿下一看，大家伙儿全都抬头看着他，他可就受不了了，面子上过不去呀。田开疆心说：他们俩的功劳没我大，可是每人都吃了桃，而且晏婴在那儿一评判，等于他们是齐国最大的功臣；我功劳最大，可是我没吃着桃，等于说我没有功劳。好哇，当着这么多文武官员，在两位国君面前羞辱我田开疆，我还有什么脸活在世上？攥宝剑把儿按绷簧，"嚓楞楞"，宝剑出鞘，剑搭脖项，"噗"的一声，人头落地，"扑通"一声，尸身栽倒。齐景公就愣了，鲁昭公浑身都哆嗦了：这么大一个勇士，为了一个桃就死了？

您看这二桃杀三士，我说《三国演义》的时候就拉这个典，由打十七岁听我父亲说《三国演义》的时候，就记住了这二桃杀三士，我也很佩服晏婴，但是现在我才明白，为什么这个计策能用在田开疆身上？因为他太狂了。

人不要太狂妄，太狂妄对自己没好处。田开疆当时就控制不住自己的情绪了，剑搭脖项，抹脖子自刎。齐景公当时说不出话来，鲁昭公往后退了一步，看了看叔孙婼，再看看晏婴，心中一动，晏婴全看见了。公孙捷一看田开疆自刎，心说：哎呀，我桐山打虎，功劳怎能和田开疆比呀？人家是带兵攻打徐国呀。我没有人家的功劳大，却吃了桃，我应该知道让啊，不让不义也。现在眼看着田开疆死了，我如果不跟着一块儿死，我还能算是人吗？攥宝剑把儿按绷簧，宝剑出匣，"噗"，抹脖子死了，又一个。齐景公更傻了，鲁昭公又往后退了两步。古冶子一看：哎呀，我们三个人磕头拜过把兄弟，誓同生死。我的功劳没有田开疆大呀，不就是黄河斩鼋吗？现在他们两个都死了，我怎能独活于世上？攥宝剑把儿按绷簧，"嚓楞楞"，宝剑出匣，"噗"，死了。二桃杀三士，您看多简单，这就是晏婴的聪明。硬杀这三位，你杀得了吗？齐景公能让杀吗？国人能让杀吗？

你交代得下去吗？晏婴的聪明就是诸葛亮所佩服的，所以诸葛亮一生的聪明得到了晏婴很大的启发。

二桃杀三士，齐景公目瞪口呆：一下子我这仨勇士就全死了？鲁昭公一看：哈哈，齐国所倚仗的三个勇士全死了，我看你齐国怎么办。"哎呀呀，齐君啊，这三位勇士威震天下，没想到一朝而亡啊，太可惜了……"这话就叫阴，他不是心疼这三位勇士，而是窃喜：你们齐国完蛋啦，仨勇士都死啦。齐景公看着："啊……啊……"说不出话来了。小矬子晏婴一抬头："鲁公，这三个勇士死了，于我齐国无大碍呀。""哦，无大碍？那么请问，齐国还有多少像这三个勇士一般的勇士呢？"晏婴一抬头、一挺胸，好像连个子都高了，这人的气质就在这儿呢。您别瞧晏婴个儿矮，气势不可夺。"鲁公，想我齐国，能够筹策庙堂，身怀将相之才者，不下数十人。""哦？"鲁昭公一听，像他晏婴一样能够筹划全国，辅助齐景公筹划庙堂的这么有本事的人不下数十位，就这一位可就了不得了。"呵呵，那勇士呢？""鲁公啊，像这些勇士，只不过凭借血气之勇，是受我家主公鞭策而已。"就是齐景公用鞭子"啪"一抽，你打仗去；"啪"一抽，你打虎去。"为我家齐景公玩命的勇士，没什么关系。像这样的人，死上多少，与我齐国并无大碍。我齐国有能够策划庙堂，文武全才者数十人。""啊呀……"鲁昭公又往后退了三步，这就六步了，快退出去了，看着小矬子晏婴，心说：就冲他，齐国就不好惹呀。"啊，是呀，有相国在此，齐国仍能昌盛。""好啊，上酒。"

齐景公听完晏婴这一番话，当时这心中就踏实一点儿了，心说：还得是我的晏婴晏相国。鲁昭公一看，齐国有晏婴，实在不好惹。这时候，重新摆上了丰丰盛盛的酒宴，推杯换盏。有人把三位勇士的尸身抬下去，擦抹血迹。那么这三位勇士，田开疆、古冶子、公孙捷埋在哪儿了呢？就埋在了齐国城外荡阴里了。要不然怎么在诸葛亮家中，黄承彦看这首《梁父吟》呢，梁父吟是个曲牌。"步出齐城门，遥望荡阴里。里中有三坟，累累正相似。问是谁家墓，田疆古冶氏。力能排南山，又能绝地纪。一朝被谗言，二桃杀三士。谁能为此谋，相国齐晏子。"这诗说的就是晏婴。当时他可没事先制订好计策，是他突然间急中生智，随机应变，见景生情，用这六个桃中剩下的两个桃，就把三个勇士杀了。梁丘据当时就傻了，心说：我白费了，那些文人墨客只会给我拍马屁，就知道捧我，没用啊，我得用这三个勇士啊。现在三个勇士全死了，梁丘据傻了。晏婴看了看梁丘据，心说：小子，你打算乱我齐国，那是休生妄想，齐国有我晏婴在呢，别瞧我个儿矮。

　　咱们书不说废话。鲁昭公吃完酒宴之后告辞，带着叔孙婼走了，晏婴送出去的。"相国，主公让您回去。""我知道让我回去。"晏婴赶紧回来了："主公，您唤我何事？""他们仨都死了，当时你对鲁公说的这一番话，挺长咱们威风的。现在鲁公他们走了，我哆嗦上了，这么勇猛的勇士没了，你上哪儿给我找去呀？""主公，我给您举荐一个人。""举荐何人？""这个人胜过三名勇士、六名勇士、九名勇士。文能附民，武能威加天下。""哎哟，我们齐国还有这样的人，他是何人？""田穰苴。"这个人跟田开疆是一个宗族、一个家室的。齐景公一听："你说的田穰苴是不是和田开疆一族？""不错，但是他出身微贱，是个庶民，隐居在东海之滨。"就是个老百姓。"果有此能？""有。""那你为什么不早荐？""主公，我跟您说，一个人想要出来做官，他得先看看自己的君王是谁，还得看看在朝的人能不能一起做同僚。"

　　所以我觉得说《东周列国志》，特别让人有所感触：您到了一个公司，先得看老板，是不是能够作为我的老板；然后还得看看老板旁边这些人，我能不能跟这些同事在一起，这些同事能不能配合我。"主公，田穰苴有本事，他愿意保齐国，只要您看得起他，真诚相用。您想想，如果田开疆、公孙捷、古冶子不死，他跟这些光凭血气之勇却没有头脑的人混在一起，非为同僚也。"他不会愿意和这些人做同事。"好吧。"齐景公不说话了，不言语了。晏婴心里明白：齐景公不喜欢陈氏，因为陈氏当初曾经想颠覆齐国，而田穰苴跟陈氏一族有关系，是陈氏一族的庶支，所以齐景公有点儿不愿意用。晏婴也没说别的，告辞走了。

没过几天，战报来了，知道齐国的三位勇士死了，晋国兵发东阿，就是程咬金他们家，东阿县，卖靶子那儿。另外，燕国由打北边边境也要兵犯齐国。齐景公害怕了，把晏婴叫来了。"相国呀，你看战报了吗？""看了。您是不是让我去请田穰苴？""不错，可是只能请他了吗？""是的，请他出来就能保住我们齐国，而且能使齐国威加各国诸侯。""好吧。"

齐景公传下话来，让晏婴带着丝织品去请田穰苴。田穰苴是谁？咱们多说两句。您听我说《三国演义》，知道火烧战船，赤壁鏖兵，黄盖施苦肉计，阚泽下诈降书，庞统献连环计。庞统到了曹操大营，曹操当时骄傲已极。就因为曹操当时狂，所以才会中了连环计。庞统来了，在献连环计之前，他提出来要看看曹操的大营。"好啊。"曹操骑着马陪着这位凤雏先生看自己的马步军大营。看完马步军大营，曹操就问庞统："凤雏先生，您看我的营寨如何？"曹操狂啊，意思就是你得夸夸我。庞统心说：我就是来夸你的，夸了你，你好上当。"丞相，以我庞统所观，您的马步军大营太好了，依山傍水，前后有顾，出入有序，就算是孙、吴再生，穰苴复出，也未必过此。"您这座马步军大营安得太好了，深得为将之法，就算是孙子和吴起两个兵法家再生，田穰苴再出来，也未必有您这座营寨安得好。这番话里的穰苴，就是田穰苴。田穰苴是个大军事家，有的人管他叫司马穰苴，司马是他的官职，他可不是复姓司马。

那么田穰苴能不能跟着晏婴来，能不能保住齐国？齐国再次强大，引出来吴越春秋，谢谢众位，咱们下回再说。

第三十九回　田穰苴军中立威

宠臣节使且罹刑，国法无私令必行。安得穰苴今日起，大张敌忾慰民生。

今天咱们这段书说的就是司马穰苴。提起司马穰苴来，他不像孙武、吴起、孙膑、庞涓等人的名声那么大，其实就是没人说他，如果您注意了，田穰苴这个人了不得。您听《三国演义》，赤壁之战最狠不过连环计，就是庞统献的，就这一条计策，曹操的八十三万人马几乎被烧尽。庞士元过江献连环，当时曹操正在气盛，狂妄已极。曹操吃捧，庞统就捧曹操。曹操带庞统去看自己的水旱马步军大营，之后，曹操就问庞统："凤雏先生，您看我这大营安得怎么样？"这话的意思就是你得夸夸我。庞统借这个机会就对曹操说："您的这座大营安得太好了，依山傍水，前后相顾，出入有门，进退有序，虽孙、吴再生，穰苴复出，也未必过此。"

今天咱们说这几句《三国演义》，主要是把庞统的这番话引出来。穰苴再世，就是今天要说的田穰苴。田穰苴是什么地方的人呢？搁现在说，是山东人，齐国就在山东嘛。他在齐景公驾前官拜司马之职。田穰苴为什么能够成名于天下？曹操为什么一听把他比作田穰苴，就非常高兴？就因为穰苴是一位大军事家。那么田穰苴是被谁举荐给齐景公的呢？小矬子晏婴。

晏婴为什么要把田穰苴举荐给齐景公？话虽没有明说，但说明齐景公是一个很好的君王。齐景公听完晏婴的举荐，点了点头，但是他不用。为什么呢？因为齐国以前发生过内乱，陈氏家族和齐景公争夺齐国的权力，田穰苴是陈氏家族的一个支派，所以齐景公不愿意用他。但现在不用不行了，晋、燕两个国家同时大兵压境，齐景公有点儿慌神了，赶紧把晏婴找来了："相国，请你分身受累，我给你点儿丝织品，你去东海之滨把田穰苴请来吧。"

就这样，晏婴带着国君所赐的丝织品，带着聘书，奉齐君之命，遄奔海边来请田穰苴。咱们书不说废话。田穰苴点头应允，跟着晏婴，坐着车，来到了京城，直接到宫中来见齐景公。晏婴先进来禀报："主公，田穰苴到了。""召。"

田穰苴迈步走进来，齐景公抬头一看，就爱上了。田穰苴长得什么模样？我们说评书讲究开脸儿，田穰苴长得很周正，四十多岁的年纪，白净的面皮，白中透黄，但是脸上有红光。眉长过目，二目带炯，眉毛很长，两只眼睛放光，炯炯有神。高鼻梁，四字方海口，三绺墨髯黑胡须。身穿周朝学子服，周朝的学子服不是只有小孩儿才能穿呢，凡是念书的人都能穿。青布头巾，青粗布的衣裳，宽领大袖，丝绦煞腰，大耳相称，十分精神。田穰苴迈步走到齐景公的面前："草民田穰苴叩见大王。"说完往地下一趴，匍匐而见。"起。"君王没有那么多话，就一个字：起，可以起来了。"谢大王。"田穰苴站起身形，晏婴也在这儿站着。齐景公用手一指："坐吧。""谢大王。"

这叫赐座。田穰苴往这儿一坐，有人献上茶来，茶罢搁盏。那时候喝什么茶？齐国喝什么茶我也不知道。吃什么呢？可能招待的就是煎饼卷大葱，齐鲁大地，最有特色的好吃的就是煎饼卷大葱，山东的大葱特别好吃。君臣坐在这儿聊天儿，喝酒谈话，齐景公问一，田穰苴对答如流；问十，田穰苴回答条条在理。谈的是什么？兵书战策，治国之道。治国有相国晏婴，主要谈的还是兵书战策。齐景公非常高兴，马上拜为将军之职。田穰苴赶紧跪倒在地："谢过大王。""田穰苴，寡人让你前来，因为现在燕国侵入我齐国北部边境，晋国的人马已然打到东阿。现在给你战车五百乘，你立刻调动人马，往北出兵，战败晋国和燕国，以强大我们齐国。""臣遵旨。"

这就等于把兵权给田穰苴了。五百乘战车，现在说五百辆车不算什么事儿，那个时候有十乘战车就了不得了。齐景公马上让晏婴下去布置，该谁去准备战车，谁去准备粮草，都有专人去负责。"请问大王，何时出兵？""立即出兵。""臣有一事相求。""田穰苴将军请讲。""大王，臣本一草民。"我就是一个普通的老百姓。"出身于布衣。"穿着一身粗布的衣服,布衣嘛,就是指老百姓。"您一下子把我提拔成将军,为什么?是为了我们齐国。但是我从一个老百姓升到将军之职,齐国军中所有的将士没有服我的。要想让将士儿郎服从我的命令,请您派一名监军。"哦……好啊,你想派谁做你的监军?""主公,请派您的一个宠臣,他能得到全国人的信任,全国上下都知道您非常重视他,让他到军中做监军。这样,我就可以往下传达命令,他等于是代君王来到军中监管。"

齐景公一听就明白了:田穰苴从一个老百姓升到将军,带领五百乘战车出去打仗,谁能听他的呀?让我派一个监军,由我喜欢的宠臣当中指派一个,宠臣也就是权臣,能够代表我说话,老百姓也都知道我特别喜欢他,所以说宠爱的人他出去能代表谁,老百姓的心中都有数。齐景公很高兴:"来呀,传庄贾。"内侍传下话去,时间不大,庄贾来到殿上:"叩见主公。"

田穰苴侧眼一瞧,这个人长得细条儿身材,一看就是个机灵人,白净漂亮,白脸膛,尖下巴颏儿,两道浓眉,一双水灵的大眼,高鼻梁,薄片子嘴,也就二十七八岁,挺年轻。头上戴着月白色的扎巾,那就跟田穰苴不一样了,田穰苴戴的是青布的。身上穿着月白色的绸装,腰系丝绦。两个耳朵不太好看,有点儿往后梢着,一看这个人就能说。您说他要是不能说,齐景公能喜欢他吗?嘴甜。"庄贾拜见大王。""庄贾啊……"齐景公一看见庄贾,马上就乐了,"来,见过田穰苴将军。""哦……"

庄贾是个小人,是个佞臣,是个宠臣,朝中有什么事儿他都打听。他其实没什么事儿,一天到晚干吗呢?光在家中上网。得查查有什么动向啊,应当怎么下刀,应当怎么说话,应当怎么投机取巧,他净琢磨这些。他知道田穰苴来了,一来就是将军?他心里不服。"田将军,你好,庄贾拜见。""庄贾啊,今天把你叫来,你也知道,现在晋国的兵将和燕国的兵将要侵犯我齐国,相国晏婴把田穰苴请来,我封他为将军之职,马上就要带兵出去打仗了,但是我军中缺一个监军来代我言行。"嗬,庄贾心里这美:这差事肯定是我的了。"那就请大王传谕吧。""好吧,命你为监军,跟着田将军往北出兵，战胜晋国和燕国，保卫齐国，立即发兵。""臣遵旨。"庄贾高兴，心说：我是监军，他是将军，他得听我的。当着齐景公的面，为了表示自己忠心，庄贾冲着田穰苴一抱拳："田将军，何时出兵啊？为国家应该马上行动啊。""好啊，明日午时点将，我在将台等你，请你午时必到，即刻出兵。""那好，咱们明天辕门见。大王，微臣告辞了。"田穰苴一看，心说：监军都告辞了，那我也告辞。"臣告退。"

咱们书不说废话。第二天早上起来，田穰苴来到校军场一看，五百乘战车已然排列好了。列国时期打仗不是马战，都是车战，用战车，战车之上站着将军，还有士兵拿着弓箭、大枪、长矛。两方战车相遇，战车上的两个将军对打，这就是车战。五百乘战车排列整齐，军士们盔明甲亮，站于战车之上。田穰苴再一看，粮草堆积如山，心说：相国真会办事儿，在我没来之前，已然调动好了粮草。田穰苴很高兴，再往将台上一看，刀枪密排，旌旗飘摆，正当中正是元帅所坐之位。田穰苴登台阶上了将台，心说：虽然现在君王没传旨说我是元帅，但我是军中的主将，我要带着五百乘战车奉君王之命出征。"来呀，军政司。""在。""什么时辰？""巳时。""好啊，立木照影，刻漏提来。"

古时候没有钟表，如何计时呢？午时，是现在的十一点到下午一点，就在辕门里面立起一块木头，太阳一照，一看木头的影子，现在是什么时辰就知道了。同时在立木的旁边预备一个刻漏，就是一个壶，也是用来计算时间的。壶里装着水，水从壶底往出漏，壶里的水位逐渐下降，水面上有一个漏箭，通过漏箭所指示的刻度，就知道是什么钟点了。所以军中用这些来计算钟点。咱们中国有句成语叫立木为信，就是立这个木头。刻漏也准备好了。"军政司。""在。""已然快到午时了，监军何在？""监军还未曾来到军门。""好，你马上派人到庄贾监军府中，催促他马上到军门，点兵派将，兵发边界。""遵令。"

军政司往下传话，派了一个中军官，马上骑着马遄奔庄贾家。等到了庄贾家外头一看，车水马龙，再一听里面还有音乐之声，这叫一个热闹啊，推杯换盏的声音，酒味儿在门口都能闻见。中军官冲门上的人一抱拳："奉田将军之命，前来拜见庄贾监军。""哦，有什么事儿吗？""催庄贾监军马上到军门前去执行军法，他是监军啊。""好吧，你等一会儿，我去给你禀报。"

这位进去了，时间不大，拿着一个酒壶就出来了。"哥们儿，喝点儿？""请问庄贾监军呢？""嘻，庄贾监军让你等着，因为马上就要出兵了，大家都知道他是咱们主公的宠臣，监军行使大权，所以亲戚朋友全来了，现在正陪着庄贾监军饮酒呢，喝完酒就去。"中军官一听就急了，他在校军场看着田穰苴的模样就不太好惹，面沉似水在将台上一站，将军的气魄已然出来了。这位很聪明，心中明白着呢。"还是请庄贾监军马上去吧。""等会儿……"

门上人拿着酒壶又进去了。时间不大，又出来了。"哥们儿，监军大人让你进去陪着他喝几杯。"中军官本来不想喝，又一想，心说：我进去看看吧。到里面一看，嗬，推杯换盏，一大群人围着庄贾。"哟，三姨夫，您敬我酒啊？""来，喝，二姑夫，咱们喝。"全都是亲戚，另外也有很多朋友。您想想，谁不拍他的马屁呢？庄贾本来就是齐景公的宠臣，现在又做了监军，这个也送礼，那个也送礼，好家伙，礼物都快堆成山了。大家伙儿都陪着庄贾喝酒，这位中军官就急了："庄贾监军，现在田将军已经在点兵了，午时马上就到，请您立刻遄奔军门。""嘻，来来来，喝吧，我也敬你一杯，你不喝我可喝了。""滋儿喽"，又一口，已然喝得一溜歪斜了。中军官着急呀："监军大人，请您马上去吧。""没关系没关系，你回去告诉小田，我一会儿就到。"

这位管田穰苴叫小田。中军官没办法，回来了："田将军，庄贾监军现在家中，亲朋好友在给他饯行，正在饮酒，我已然督促两次了。""哦，好吧，你归队。""是。"

这位归队了，田穰苴就站在将台之上等着。等了一会儿又一会儿，等了一会儿又一会儿，等着等着，田穰苴可就问了："军政司。""在。""午时到否？""午时已到。""来，点兵。"

田穰苴马上发号施令，五百乘战车哪是前军，哪是后军，哪些人押送粮草，粮草应当如何调配，把军中的军规纪律讲给了所有的军士，讲得清清楚楚明明白白。然后田穰苴一抱拳："众位，奉主公之命，要遄奔东阿战胜晋军，还要遄奔北疆战胜燕军，以保卫我们齐国，大家要齐心努力。有违军令者，斩！"

大家伙儿一看，就田穰苴这气魄、这气场，整个校军场鸦雀无声。田穰苴不说话了，还是站在将台之上等着。大家伙儿知道，等谁呢？等监军呢；监军一到，才能出兵呢，又等了一顿饭的工夫，庄贾还没到。"军政司。""在。""什么时辰？""已过午时。""来呀，撤去立木，撤去刻漏。"

把立木放倒，把刻漏壶里的水也都倒干净，午时已过，那可就耽误出兵的时间了。田穰苴依然站在将台之上继续等着，这时候可就到了未时了。午时是中午十一点到下午一点，未时就是下午一点到三点。田穰苴还在等，一个时辰等于现在两小时。等到了申时，申时是下午三点到五点，田穰苴气得脸都红了，气往上撞："军政司。""在。""什么时辰？""已到申时。""监军还没到吗？""监军还没到。"

就在这时，听见马车的声音，田穰苴和大家伙儿抬头往辕门这儿一看，来了一辆非常华丽的车，四匹马拉着，这四匹马也非常漂亮。四匹马摇摇晃晃拉这辆车，车上站着三个人，当中间儿正是监军庄贾，旁边是两个伺候他的人，一边一个搀着他。再瞧庄贾，您现在去验验他，酒驾。四匹马拉着车进了辕门，田穰苴把脸往下一沉："何人闯我辕门？！""田将军，这是庄贾监军到了。""军政司。"在田穰苴说军政司的时候，这四匹马已然把车拉到将台之下。车止住了，两个下人搀着庄贾晃晃悠悠下了车，田穰苴和军政司说了什么，庄贾可就听见了。"军政司，耽误行军时间，该当如何处置？""田将军，依照军法，耽误出兵时辰，当斩！"这两个搀着庄贾的人听见了没有？听见了，可根本就没往心里去，他们心说：

我们庄贾大人是当今大王的宠臣，你一个田穰苴和军政司说话算得了什么呀。庄贾也听见了："你们敢？哈哈，我说田将军啊，我虽然是来晚了一点儿，可有一节，没耽误你出兵啊。""本应午时出兵，现在已到申时，还不当斩吗？来呀，推出辕门，斩首示众！"

这一句话，庄贾的酒马上就醒了，这时候您再去验，可就不是酒驾了，酒精全出去了，您说这酒醒得多快。身旁搀着他伺候他的人一听可坏了，两个人也顾不上庄贾了，扔下庄贾，撒腿就跑，跑得这叫快呀，碰见障碍就越呀，甭管是多少米的栏啊，越过就跑，冲刺一般就冲到了齐景公的宫中。"哎哟……大王啊，坏了，坏了，是这么档子事、这么档子事、这么档子事，庄贾大人的脑袋马上就要掉了。""啊？！"齐景公一听就急了，心说：好啊，你田穰苴有多大的胆子啊？！看了看手下的人，晏婴在这儿待着呢。"相国！""大王。""唤梁丘据。"

因为梁丘据他们家离王宫最近，内侍撒腿如飞，把梁丘据叫来了。梁丘据也是个小人，也是个佞臣，也是个拍马屁的。"啊，参见大王。""来，持本王节谕。"说着话，齐景公把节往前一递，梁丘据赶紧接过来。"乘轺（yáo）车遄奔军门，马上传本王谕，不准田穰苴杀监军庄贾。""遵令。"

齐景公传令让梁丘据坐什么车？轺车。什么叫轺车？轺车就是小快马拉的轻便的车，就是为了让他快到校军场。梁丘据手捧齐景公赐的节，那就等于代表齐景公遄奔军中，前去传令。车跑得快呀，直奔辕门。其实梁丘据已然来晚了，庄贾的人头都号令辕门了，他也没看见，心说：反正我奉了主公之命，得赶紧来，我捧着节呢，这就等于主公亲临啊，我可以随便进。轺车跑得很快，直奔辕门。田穰苴站在将台之上看见了："什么人驰奔辕门？"军政司赶紧说话："启禀田将军，是梁丘据大人持节而至。""哦，我来问你，车辆马匹没有军令驰入辕门，该当何罪？""启禀田将军，按律当斩！""斩！"梁丘据一听，心说：啊？！连我也杀呀？我先别救那位了，先救我自己吧。把手中捧着的节一举："我是奉主公之命而来，我是奉主公之命而来……"田穰苴一看梁丘据手中持节，知道这就等于主公到了，不能随便把君王杀了，把君王杀了这国家归谁呀。"你犯了军中的斩罪就应当杀你，但你既然是奉主公之命而来，那么现在治你罪的方式就是毁车斩骖。"

毁车，把车砸了；斩骖，骖指的就是驾车主马两侧的马，把这两匹马杀了。可是梁丘据出来的时候，这辆车驾车的不是三匹马，就是两匹马，这两匹马还是齐景公的马，那也得杀，军法不可废。军士过去就把马脑袋剁下来了，然后把车一砸。梁丘据吓得面如土色，心说：唉，没车我也走吧。梁丘据抱着节撒腿就跑，回去面见齐景公："大王，了不得了，田穰苴把您的车也砸了，马也杀了……""那庄贾大人呢？""没看见……""你干吗去了？我是让你去救庄贾大人！""我再看看去……""你还去看什么？晚啦！"

齐景公派人再去看，庄贾的人头已然号令辕门。您看，为什么说田穰苴国法无私令必行？你在执行国法、执行军规纪律的时候，老有私情，那就永远立不住，所以国法必须无私，令才能执行。

就这一件事，田穰苴声名大振。晋国的兵将一听田穰苴来了，一抹头，跑……没打，全跑了，您就说田穰苴的威风有多大。他继续带兵去打燕国的兵将，燕国的兵将一听田穰苴指挥人马来了，一看军令如山，军容整齐，也带着兵就跑。田穰苴指挥齐国的人马追赶燕国的兵将，杀了一万人，吓得燕国国君马上纳赂请和，您要什么，什么好东西我都给您，只要您答应不跟我们打仗就行了。这一来，齐国现在有晏婴治国，有田穰苴指挥军队，所以齐景公威震诸侯。他也召集天下诸侯开会，想使自己能够再次成为伯主，齐国的社会地位也随之提高。所以您看咱们中国的历史，分析所有的战争，总结出一句话来：国法无私令必行，骄兵必败。

田穰苴和晏婴一起帮着齐景公治理国家，那齐景公干什么？没事了，闲着。闲着干吗呢？饱暖思淫欲，吃喝玩乐。齐景公心想：晏婴和田穰苴就如同当年的贤相管仲，这下我就能踏踏实实地玩了。玩什么呀？那时候没有那么多玩的，恐怕连捉黑A都没有，麻将牌那时候也没兴呢，也就是弹唱歌舞，饮酒作乐。有小人给国君挑挑选选，选来美女，能弹琵琶能吹笙，凑这么一拨儿，在齐景公面前一扭一跳，齐景公很高兴。同时还有美味从四面八方给送来，齐景公就连吃带喝。但是有时候齐景公也良心发现，他终究竟算是一个比较好的君王。

这天来了一帮女子乐队，给齐景公弹唱歌舞，穿的衣裳比较薄、比较露、比较透，齐景公看着很高兴。旁边还有很多好吃的往上献，也无非就是山中走兽云中雁，陆地牛羊海底鲜。齐景公在这儿吃喝玩乐，大家伙儿陪着。突然间齐景公良心发现了：我在这儿是很高兴，晏婴在替我治理国家，我该怎么办呢？干脆，我也别叫他来了，我带着这些吃的还有这些歌舞之人，上晏婴他们家去。他一句话传下去，外面的车辆就准备好了，这些唱歌跳舞的带着乐器全上去了。其实这个时候外边还挺冷的，那也没办法，齐景公一句话，全得跟着走。把这些好吃的也都装到车辆之上。车把式一摇鞭，保着齐景公，就奔晏婴他们家了。

晏婴早就听说了，国君到了，马上整衣持笏，端然迎立在自家门前。齐景公车到了，晏婴赶紧上前施礼："拜见主公。""哦，相国你好啊。""请问主公，是有诸侯挑衅吗？""没有啊。""那是国家不安全吗？""没有啊。""那大王为何深夜至此？""哎呀，相国，我吃着好的喝着好的，看着美女在席前跳舞，就想起相国你的功劳来了。所以你看，我把他们都带来了，到你府中，让相国你也乐上一乐。"晏婴听完，把脸往下一沉："主公，如果国家有事，我帮您出谋划策；如果各诸侯胆敢欺侮齐国，我也给您出谋划策。这是我晏婴该做的。但有一节，如果让臣陪您饮酒作乐，臣不是这样的人。您宫中有的是这样的大臣，可以陪您饮酒欣赏歌舞，所以臣不敢把您接入府中。"齐景公很不高兴，心说：我好心好意让你跟我一起玩，你还不领情不愿意。"走！"

齐景公带着这些好吃的，带着这些美女，坐着车又奔田穰苴他们家了。田穰苴也听说了，国君马上要到了，立刻顶盔掼甲，罩袍束带，拎扎什物，全身披挂，手持大铁戟在门前一站。时间不大，国君到了。"拜见主公。""嗯，为何全身披挂？""请问主公，深夜来到我府中有何事？""想跟你乐上一乐。""主公啊，国家有了大事，诸侯入侵我齐国，臣必当为主公奋勇杀敌。但是陪着您饮酒作乐，朝中有的是这样的人，臣就不敢奉陪。"

又给齐景公赶出来了。这就是忠臣，这才是好人呢。齐景公一声长叹，身旁伺候的人说："得了，您回去吧，您回去自个儿乐去吧。""不成，我得找地儿，上梁丘据他们家去。"

车队就奔了梁丘据他们家了。等到了梁丘据他们家门口一看，齐景公乐了，这位梁丘据左手托着琴，右手托着竽，还唱呢："我家欢迎你，因为你很了不起……"嘿，齐景公这乐啊，高兴了，马上下车。梁丘据搀进来，酒宴摆下，梁丘据陪着齐景公吃喝玩乐。哎呀，齐景公高兴，一看女子乐队这儿又唱又跳，用手一指梁丘据："你在我身边，带着微笑，赶走了我的烦恼……"所以您看，一个君王，有人替他治国，有人给他安邦，还得有人陪着他吃喝玩乐。所以您听书，咱们研究东周列国，我不能白说，您也不能白听，咱们得研究研究我们应该怎么做。

第二天，田穰苴和晏婴同时跪在齐景公的面前请罪。没有这样对待君王的，您想赏赐我们，又给我们吃好的，又让我们玩好的，结果我们给您干出去了。但是齐景公非常明白："你们两个人，一个治国，一个保卫国家；一个掌握大权，一个抵御外敌，你们都是忠臣。没罪，请起。""谢大王。"这就是齐景公高明之处。两个人站起来了，但这两个人有点儿不知趣。"大王，话虽如此，但是您带着这些女子、佳肴遄奔梁丘据的家，整夜在大臣家中饮酒作乐，这是君王不该做的，请您以后戒掉。"齐景公把脸往下一沉："二位，你们一个人管理朝政，一个人抵御外敌，你们去执行你们的法律，寡人一定不管。但是寡人需要梁丘据陪着吃喝玩乐，请你们也勿要干扰寡人。"

我想通过这件事，咱们都能明白一个道理。人需要什么？作为一个单位的领导，他希望有人是忠臣，希望有人帮着他管理这个公司，需要有人出去闯业务，但是他在业余的时间也需要玩一玩、乐一乐，不要互相干扰。

只不过吃喝玩乐是要有一个限度的，不能越雷池一步。什么叫不能越雷池一步？就是不能犯法。那么文武官员保着国君，你也不能管得太宽了，管得太宽了，他也不愿意。那么齐景公后来怎么办了呢？齐景公想称伯于天下，突然间消息传来：楚国出事了，吴国出事了。这才引出来一段热热闹闹的书目。什么书目？咱们下回再说。

第四十回　楚平王父纳子媳

惨惨悲风日失明，三朝忠裔忽遭坑。楚庭从此皆谗佞，引得吴兵入郢城。

这四句诗说的就是咱们最近应该说的书了，说到楚国了。上回书咱们还说齐国呢，东周列国的国太多，当然咱们大家都能记住主要的这几个国家，最后到了战国，到秦始皇一统江山的时候，基本上也就是这几个大国了：秦、楚、燕、韩、赵、魏、齐。可是在春秋时期，大国小国得有百十多个，咱们也不能每个国家都照顾到了，因为事情太多了，就得拣主要的说。

上回咱们说到齐景公，齐景公内有晏婴，外有司马穰苴，他在鄄陵召开了诸侯会议，然后又帮助鲁国平定了大乱，所以极大地提高了自己的威信。于是齐景公就派出人去打探天下的事情，如果你不掌握天下大势，光自己打算要怎么办，这可不行。齐景公想要再一次称霸于天下，他就得打听天下大事。

这时候就出现了两件事，头一个就是吴国。吴王寿梦有四个儿子：大儿子诸樊、二儿子余祭、三儿子夷昧、四儿子季札。这四个儿子里最好的就是四儿子，但那时候的规矩是父传子家天下，家有长子国有大臣嘛。为了强盛吴国，寿梦改父传子为兄传弟，于是把王位传给了大儿子。

这件事情咱们前边已经交代过了，大爷传给二爷，二爷传给三爷，三爷在位的时间比较长，四年，虽然他自己不想死，但最后得病了。临死之前，夷昧把兄弟叫来了。"这是父亲的遗言，我死了之后，你必须当吴国国君。"季札摇了摇头："父亲在位之时，要传位于我，我都不干；你现在要是真让我接替吴王的王位，我就回延陵了。"延陵季子嘛，他的封地就是延陵，季札就打算在延陵踏踏实实地活着。夷昧听了之后，不同意，于是季札告诉他一句话："对我而言，富贵如秋风过耳矣。"季札这句话非常感动人，富贵对于我来说如秋风过耳。三哥不说话了，他也明白，四弟心里根本就没有想着功名富贵。得了，没办法，自己已然病入膏肓了，口眼一闭，死了。那么天下传给谁呢？

吴国的百姓也都希望季子能够当吴国的国王，但是季子不当。他不当应该谁当呢？往回翻，应当是大爷诸樊的儿子来当。因为就算老四季札当了吴王，也没有老五了，四不当，那么就应该翻回来由诸樊的儿子当。诸樊的儿子是谁？公子姬光。但是老三夷昧的儿子强行继位，心说：我爸爸死了，从我这儿改制，我来当吴国国君。您各位都听过一出戏叫《专诸刺王僚》，专诸刺的是谁？就是这位，老三夷昧的儿子。他原名叫州，后来改名叫僚。王僚掌握了吴国的大权之后，用谁呢？他可就用了大爷的儿子，公子姬光。虽然咱们还说不到伍子胥报仇，但是您可得记住了，现在咱们把这段事情都交代清楚了。公子姬光非常有本事，文能治国，武能安邦。那么吴国紧挨着的是什么国家？就是楚国，而今的湖南、湖北这地方。晋国培养吴国干吗？就是为了让吴国看着楚国，把着楚国的大门。所以您听京剧《文昭关》，过了昭关就是吴国。伍子胥只能从楚国通过昭关跑到吴国，到吴国借兵，因为他知道晋国是吴国的后盾。所以吴国是替晋国看着楚国的。吴国虽然小，但国力很强大，两国一交兵，楚国还真就打不过吴国，最后没办法，实在是打不过公子姬光，就只能在周边筑城来抵御吴国。

楚国本来挺好的，没想到出了大事了，这个时候在位的是楚平王。那么楚平王的王位来得光彩不光彩？一点儿也不光彩。他继位之后，找他爸爸的尸身就找了不少日子。因为列国的事情实在太多了，咱们不能一一都说清楚。楚平王继位之后，国泰民安，这一踏实了，他就找事儿，他本身也是一个淫色之徒。楚平王信宠一个奸臣，这个人叫费无极。他们国家有忠臣没有？有，刚才定场诗也说了：楚庭从此皆谗佞。为什么从此皆谗佞了呢？就是因为楚平王杀了伍子胥全家。

楚平王姓芈，有一个儿子叫芈建。芈建长大了，应该念书了。他的老师是谁呢？楚平王指派的，叫伍奢，也就是后边要说的伍子胥他爹。伍奢这个人非常直，楚平王让他来培养太子，做太子的老师。而费无极得宠于楚平王，他想着楚平王老了，将来死了之后太子芈建继承王位，现在脚踩两只船，一边哄着老王，另一边培养芈建。这样，将来他长大成人之后，就是楚国国君，还能继续信宠自己。所以说费无极有贪心，他就在楚平王面前求，希望也能成为太子的老师，楚平王喜欢他呀，因为他能陪着楚平王玩乐，所以楚平王就答应了他。他既是朝廷的大夫，又是太子芈建的老师，这就是少师费无极，而太师就是伍奢。

太子芈建这个人有时候言于外表，就是心里搁不住事儿，总爱往外说，这样就把费无极得罪了。费无极最恨的就是当时楚国的令尹斗成然。咱们前文书说过好几回什么斗伯比、斗越椒、斗縠於菟，斗家世世代代在楚国都掌握大权，都是令尹，令尹就相当于当朝宰相。斗成然恃功自傲，费无极就把他视为眼中钉、肉中刺，想尽办法在楚平王面前说他的坏话，楚平王就把斗成然杀了。其实斗成然罪不至死。这时候太子芈建已然懂事了，他就说："你费无极为什么要在我爹面前说斗成然的坏话，结果我爹把斗成然杀了，将来我得替令尹斗成然报仇雪恨。"

这话就传到费无极的耳朵里，他就暗中想办法。费无极在楚平王面前保举了两个人，这两个人跟他都不错，一个叫阳匄（gài），就代替了斗成然的令尹之职；另一个叫鄢将师，任右领之职。费无极在朝中培养自己的势力。但是费无极这么干，芈建看不惯总叨唠，被费无极知道了。可楚平王喜欢他呀，因为他今天从这边弄一个美女来，明天从那边弄一个美女来，净哄着楚平王高兴，弹唱歌舞，哪儿有好吃的，哪儿有好玩的，都带着楚平王去。楚平王本身就是酒色之徒，酒色之徒就喜欢奸佞之人，所以费无极在楚平王面前非常得宠。

太子芈建一天天长大了，老叨唠费无极，费无极撒出不少的心腹人，满世界听去，向他汇报这些事情。费无极一想：我得想办法除掉芈建，不把芈建除去，将来楚平王死后，芈建当了国君，我就得倒霉，他总想给斗成然报仇雪恨。费无极冥思苦想，这天终于想出一个办法来，他就来见楚平王："大王。""今儿你给我找一个什么乐儿啊？""嘿嘿，有的是乐儿。今天我陪着您，某某某个地方，那儿有两个美女十分漂亮。""那你为什么不带我去呀？""我先得把这件事跟您说完了，再带您去。""好，那你说吧。""大王，太子的岁数可不小了。""是啊，该娶媳妇了。"您说楚平王这不是往费无极嘴里送话嘛，费无极想的就是这个办法。"大王，您想给太子完婚？""嗯，你觉得该娶哪国之女？"

列国的时候，诸侯国的太子基本上娶的都不是本国之女。您看现在咱们一说就是，谁谁谁结婚了，结为秦晋之好，这就是在列国的时候，经常是晋女和秦男，或者晋男和秦女成婚，所以就用秦晋之好代指婚姻，这是有史实的。所以楚平王就问费无极，应该娶哪国之女。"大王，应该娶秦国之女。""为什么要娶秦国之女呢？""您想啊，秦国是大国，而且越来越强大。"费无极也得研究天下大势呀。"现在已经有苗头了，将来秦国必然一统天下。原来是秦晋联姻，现在晋国已经多年不和秦国来往了，咱们是不是应该去往秦国求婚，给太子娶个秦国之女呢？这样秦国越强大，就越有助于我们楚国。"这就叫门当户对。"而且您也想称霸于天下，成为伯主，那么您娶了秦国的女儿做儿媳妇，对我们楚国强大是很有利的。"楚平王一听，有道理呀。"好吧，谁去呢？""当然我去。"

费无极有一连串的想法。他有一个爱好，专门搜集女人的画像，各种女人的画像都有。费无极打算谋害芈建，使他们父子成仇，他得动心思。楚平王答应了，费无极奉旨遄奔秦国。

这时候的秦国之主是谁？秦哀公。书不说废话。费无极见到秦哀公了，送上国礼，呈上国书，然后秦哀公摆上酒宴相待，文武官员相陪。秦哀公一看，楚国派费无极来求亲，那时候秦国和楚国相距太远了，一个在荆楚大地，一个在陕西，所以这桩婚姻能不能成，那就得听秦哀公和楚平王的了。到底怎么个成法？现在楚国来人了，前来求婚，求秦国国君的女儿嫁给楚国国君的儿子。秦哀公就和手下文武商量，文武官员都觉得可以，本来是秦晋之好，现在晋国已然和秦久不通往，而楚国已然相当强大，为了两国共同强大，应当答应这门亲事。秦哀公一想：我的孩子还小，我本人的岁数也不大，我的长妹孟嬴还没嫁人，那就把孟嬴许配楚国吧。费无极很高兴。酒宴完毕，秦哀公就派了一个大臣跟着费无极回到楚国，面见楚平王。"这件事我家主公已然答应了。"

　　然后楚平王预备聘礼，金银珠宝绸缎全都装到车辆之上。那么谁去送聘礼？当然是费无极。费无极又带着这些彩礼，跟着秦哀公手下的这位大夫回到秦国行聘。您说这一来一往得多久？咱们说书多省事儿，真正要走就是靠马拉着车，轱辘轱辘，没有现在这么快，所以这一来一往很费时间。这边秦哀公也把妹妹的嫁妆准备好了，装了不下百辆车。您想，这一百辆车得装了多少值钱的东西。而且不光是东西，咱们先不说陪嫁过去的男的，男的叫滕臣，光女的就数十位。所以说如果太子芈建娶了孟嬴，那他身旁陪着的由打秦国带来的侍妾就得有好几十个。

　　秦哀公派大夫公子蒲送孟嬴，以及这些嫁妆，还有滕臣、滕妾去楚国，费无极也跟着。孟嬴辞别了哥哥，然后上了车，一行人浩浩荡荡由打秦国动身，遭奔楚国。这么远的路程，又没有飞机，又没有火车，又没有骑车，只能坐着木头轱辘的车，车还只能慢慢腾腾地走，也不能把孟嬴颠坏了呀。走一会儿，吃饭；到了晚上，找地方住，住还不能随便住，还得香汤沐浴，还得更衣，所以路途之上花费的时间就很长。

　　费无极既然有心，他就用心，用心他就得用眼，他可就看见孟嬴了，简直是美呆了，太漂亮了。孟嬴漂亮到什么程度？无法形容，总而言之谁看见孟嬴都觉得好看，这可就不容易了。每个人都有每个人的眼光，都有每个人的审美，一个女人能够做到不管是谁看见了都觉得好看，您说这得多漂亮。费无极喜欢搜集美女的画像，他都没瞧见过这样的女的。相传妲己好看，但是孟嬴貌过妲己；相传夏姬好看，但是孟嬴比夏姬端庄。可以说，孟嬴集端庄与美色于一身，而且非常秀慧。费无极一看孟嬴，站在这儿都快动弹不了了，您说这个女人得多漂亮。费无极回到屋中就动脑子：我应该如何利用这个女人来离间楚平王跟太子芈建之间的感情，我得把芈建除掉，不然将来对我不利。走了一天又一天，他终于想出主意来了。

费无极就看陪嫁来的这些媵妾，就是跟着孟嬴一起陪嫁过来的女的，将来也属太子芈建管，也得嫁给芈建。其中一个女人十分端庄，让人看着就很尊敬，也算是端庄秀丽，挺漂亮。一听她说话是齐国的口音，于是费无极就留心了，想办法和秦国公子蒲手下的这些人打交道。公子蒲有点儿官僚主义，心说：你爱跟谁说话就跟谁说话去吧，他也不看着。那无非就是给点儿小利，今天送你一块玉，明天请你喝酒，后天给你点儿银子，他就跟公子蒲手下的人聊天儿。聊着聊着，就知道原来这个女子是齐国人，她的父亲到秦国为官，她长大之后就到宫中伺候孟嬴，成为孟嬴身边的侍女，将来孟嬴嫁给谁，她就得陪嫁。这名齐女很聪明，于是费无极就想办法接近她。

这一天，费无极把这名齐国的女子叫来了。"大人，您找我有何事？"说出话来还朗朗上口。"坐下。"费无极看看四外都无人，把门关上，"你知道我是谁吗？""您是楚国费大夫。""是啊，我叫费无极。你是不是齐国的女子？""不错，我的父亲在秦国为官，我就跟着父亲到了秦国，然后就被送入宫中伺候孟嬴。""好吧，我看你不是一般人，你有富贵之相。"那时候的人都迷信啊，齐女以为费无极真能看得出来呢。"我有富贵之相吗？""有啊，你将来必然有富贵。""我富贵在何处？""你要是听我的话就有富贵，不听我的话就没富贵。""那就请费大夫直言。"费无极就告诉她："等到了楚国之后，你假扮孟嬴，但你可不能说你是孟嬴，你仍然说你姓什么叫什么，把你赐给芈建，我保你可以成为太子妃。你愿意不愿意？你要是愿意，就点头；要是不愿意，你可以说。"齐女没说话，把头一低，微微一笑。这就是机会。齐女很聪明，心说：我不答应他，他就会把我杀了；答应他，我就是太子妃。将来如果太子登基，那我就是楚国国君的夫人。但这其中必然有阴谋，齐女很聪明，她只字不问。"任凭大夫做主。"

这件事就算定了。一路之上，齐女小心伺候孟嬴，等到队伍离楚国国都郢都还有九十里地的时候，公子蒲带着手下人保着孟嬴，以及所有陪嫁之人带着陪嫁之物，按现在话说，住在公馆之中。费无极对公子蒲说："我先走一天。"

先走一天容易吗？现在离郢都还有三舍地，也就是九十里地，如果打仗，一天走六十里地，也就是二舍地，但孟嬴不能走这么快，这三舍地起码要走三天。费无极自己骑着马就快了，马一催，直奔郢都，来见楚平王。费无极下了马，径直往里走，谁敢拦他呀？他可是楚平王最信宠的人。费无极来到宫中，见到楚平王。"大王，我回来了。""哎哟？无极呀，回来啦？看见秦女孟嬴了吗，其貌如何？"就这一句话，费无极心说：我的计策成功了。一个人心里有什么想法，会由嘴里带出来，由眼神里看出来。如果楚平王一看费无极回来了，让费无极赶紧安顿好了，选择吉日给太子完婚，那费无极的计策就不好办了。费无极本想夸夸孟嬴的美貌，以动楚平王之心，然后再进行自己的计策，没想到楚平王这一句话正中费无极下怀。"你见到孟嬴没有，其貌如何？"就是在问孟嬴美不美。费无极一看：行，计策成功了。

"大王，美，太美了！传说中的女子也没有孟嬴之美，您后宫之中所有的美女加在一起都比不上她。您挑吧，把所有这些人的优点全都画在一张画上，比不了孟嬴。妲己美不美？骊姬美不美？那也比不过孟嬴。""那比得了夏姬吗？""夏姬可比不了，公主孟嬴端庄秀丽，她的美无与伦比。"说到这儿，费无极盯着楚平王，楚平王两手一扶桌案："哑……唉……""大王。""可惜呀，我身为楚国国君，有享受不尽的荣华富贵，但是像这样的绝世女子我不能拥有，枉来一生耳。"

您说这人多贱，我得不到这样的女子，我这辈子白活了。您说像这样的人能不中计吗？费无极心说：你这么贪图美色我还不好办吗？"大王，我给您出一主意呀？""好哇，计将安出？""我可以蒙哄公子蒲，他是秦国人，不知道咱们这儿的规矩。我就说咱们楚国有规矩，儿媳妇嫁过来之后先不能上东宫，得先进内宫和公婆一块儿待几天，这样咱们就把孟嬴弄到宫中来了。""父纳子媳？多寒碜啊……""呵呵，您要是嫌寒碜，那可就枉来一生啦。""对呀，我不能枉来一生啊。行，这办法我看行。"楚平王动心了，"那太子那边呢？""没关系，我在回来的路上看见陪嫁的女子中有一名齐国的女子，长得也是秀丽端庄。我已然跟她说好了，到了宫中之后，您就将这个女子当成秦女孟赢赐给太子建，送到东宫。""那其他的陪嫁之人怎么办呢？""您都留在您自己这儿啊，把您后宫的人挑挑拣拣，让她们扮作秦国陪嫁之人，把她们送到东宫，这不就完了嘛。"费无极出的这个主意搁现在就麻烦了，那时候可以，谁知道谁是谁啊？谁也不知道到底是怎么回事。两个国家相隔那么远，要是成心闭嘴不说，查都查不出来。所以楚平王一听，很高兴："太好了，照计而行。"

费无极再一看楚平王，满脸通红。您要是这时候量他的血压，足有二百六，太兴奋了。就这么着，费无极骑着马回来了，到了离郢都六十里地的地方，孟赢在这儿住着呢。费无极见到公子蒲，就告诉他："我们楚国有规矩，刚娶过门的儿媳妇得先进宫，先见公公、婆婆。"公子蒲也有点儿缺心眼。他这样的人当个大夫，不谙世事，大街上的事儿、社会上的事儿他都不太精通，要是个精明的人也被蒙不了。他脑子里就是我保着孟赢嫁到楚国来，孟赢能够安全到达就完了，他就不管了。

就这样，费无极一直把孟赢迎到郢都。他还预备了一辆车，什么车？这种车是两辆车并着的，叫骈车，费无极把孟赢还有她陪嫁的这些媵妾全都装到车上，送到后宫。然后就把这位齐女带着楚平王后宫里早就准备好的人，一起送到东宫，赐给太子芈建。孟赢就这么糊里糊涂地留在楚平王身边了，当然得入洞房。孟赢一看楚平王，当天楚平王又刮脸，又洗脸，又美容的，显得很精神。孟赢也不能死乞白赖盯着楚平王瞧，看看到底多大岁数了，当天晚上就和楚平王完婚了。您想想，那时候楚平王还不是特别老呢，而且刚娶到孟赢，挺精神，高兴死了，比芈建他妈漂亮多了，没瞧见过如此的美色。楚平王从此开始不理朝政了，朝中的大事都由费无极传达。孟赢也不知道到底是怎么回事，被蒙在鼓里。就这样，楚平王父纳子媳，而齐女就嫁给了公子芈建。

公子芈建也不知道这里面的事儿，因为齐女长得也很漂亮，他父亲是做官的，她是官宦人家之女，知书达理，也很会说话。结果两口子入了洞房，感情还很不错。所以楚平王把儿媳妇娶到手，公子芈建不知道。

但是没有不透风的篱笆墙，没有几天的时间，楚国国都之中就有人传开了，士大夫之中也有人传开了，好像这里面有什么蹊跷。于是费无极就派出不少人在郢都城中打听这件事，到底在众人之中有什么反应。沸沸扬扬的，有人就把这件事传出来了。费无极害怕不害怕？他当然害怕，心说：倘若将来芈建成了楚国国君，我可就没法儿活了，非死不可。再想去见楚平王，结果楚平王连费无极都不见了，整天歌舞升平，好吃的、好喝的，陪着孟嬴又吃又玩，又唱又跳，国家大事都不管了。可是费无极得动脑子呀，心说：这我该怎么办？

这一天，楚平王溜溜达达地出来了。费无极正在外面等着呢，看见楚平王，赶忙上前："大王，我想见您。""可是我不想见你，我有孟嬴足矣。""唉，您光有孟嬴可不行啊。您要知道，现在可有人已经慢慢地知道这件事了。""嗯？谁知道啦？如果是大夫，我可以将他缄口。"如果是朝中的人知道了，我用钳子把他的嘴夹住。"唉，您能把这些人缄口，但芈建怎么办呢？您可惹不起他呀。""他是我儿子，我有什么惹不起的？哎哟，对了，我亏心，我是把他的媳妇弄我这儿来了。费无极，你说可该怎么办呢？""我给您出一主意，晋国时时刻刻都在培养吴国，也无时无刻不在窥伺咱们楚国的边境。您可以让太子出镇城父，以镇晋国，同时窥伺北方。您坐镇楚国，南北相应，将来就可以伯主于天下。"

楚平王爱听，让太子芈建去城父镇守边疆，看住中原，因为楚平王想要称霸于天下；同时自己在郢都镇守南方，父子俩互相呼应，这就好办了。可楚平王终究是芈建的亲爹，而且芈建也很孝顺，心里很舍不得。"岂有世子出镇城父之理？""您可不能这么说。我跟您说，您赐给他齐女、自己留下孟嬴的这件事可能已经有人知道了，这要是让太子知道了，那可就麻烦了。""这个这个这个……"楚平王太喜欢孟嬴了。"我知道，您喜欢孟嬴,所以才必须要把太子打发走。""我不太想打发他走。""您必须得把他打发走。不但把他打发走,您还得让他带走一个人。""带走谁呀?""您自个儿慢慢琢磨去得了。"

楚平王想岔了。其实费无极是想让楚平王下令,让太子芈建把伍奢带走,就是伍子胥他爸爸。可是楚平王想成谁了呢?他想成司马奋扬了。现在奋扬带着兵,是专门在东宫保护太子芈建的。楚平王想着:我儿子要走,我得让人保护他。所以楚平王下定决心了。为什么下定决心?他喜欢孟嬴,但心里害怕呀。

就这样,楚平王让太子芈建带着齐女遄奔城父镇守。芈建很听话,临走之前,楚平王对他说:"你得带走一个人。""我带谁呢?""你要带着司马奋扬,奋扬是你东宫的战将,掌握兵权,可以保着你。"

于是太子芈建和司马奋扬就按照楚平王的话去准备出镇城父。奋扬挨着伍奢住,就来跟伍奢告辞:"太师,我要保着太子遄奔城父。""啊?!"伍奢一听就愣了,"上哪儿?""城父。""不成。"

伍奢撒腿就跑,这个人性子太直,直接来见楚平王。他这一撒腿跑,费无极的眼线比他跑得还快,飞报费无极:"伍奢可来了。"费无极心说:主公啊主公,我是让你告诉芈建把伍奢带走,你怎么让他把奋扬带走了?现在伍奢来了。于是费无极先伍奢一步见到了楚平王,就对楚平王说:"我可告诉您,伍奢来了可没您的好,您得把他打发走。""啊?把老太师也打发走?""对。"这时候,内侍进来了。"大王,太师伍奢求见。""传。"

楚平王现在一心只爱孟嬴,就想着把太子芈建打发走,你伍奢说话我不爱听,我也把你打发走,费无极也告诉我得把你弄走。这一下子,楚平王就横起来了。内侍出去传话,工夫不大,伍奢迈步进来了:"伍奢拜见大王。""何事啊?""请问大王,为何要把太子发往城父?""什么叫发往啊?啊?怎么说话呢?你也跟着他一块儿去!"伍奢"扑通"一声跪倒在地,想直言相谏。但是楚平王这时候已然狠下心来,美女就是要比儿子强啊。"伍奢呀,少在我面前多言乱语,而今太子已然要走了,你是太子的老师，就随之一起到城父任职。退！"

楚平王一甩袍袖，走了，不理你伍奢了。伍奢没办法，君王的话不能不听，伍奢确实有那么一点儿愚忠，于是就跟着奋扬保着太子芈建逃奔城父。那是楚国的边境，可以窥伺中原。芈建刚一走，楚平王就把芈建他妈叫来了："你回娘家去吧，我不愿意看见你，一脑袋白毛，走！"

芈建他母亲哭啊，那也是蔡国国君之女呀，可是没办法。楚平王楞是把芈建他妈轰走了，不愿意看她，就愿意看孟嬴。芈建他妈心里也明白：他就喜欢孟嬴，刚娶回来的，而且是父纳子媳。她当然知道从头到尾是怎么回事，楞是被轰走了，回娘家去了。哭哭啼啼回到娘家之后，芈建他妈马上派人给芈建送信：你父亲无礼，父纳子媳，孟嬴是你的媳妇，他却留在宫中，赐齐女给你。芈建知道之后大怒，但现在知道也晚了，天天就在城父跺着脚地骂费无极。城父这儿也有费无极的眼线，就报告给了费无极。费无极知道了，心说：这下芈建恨疯了我了，我得想办法把他给害死。费无极又来找楚平王："大王。""什么事儿啊？现在我要立孟嬴为夫人。""我知道您想立她，您马上就立。""我不但要立孟嬴为夫人，而且告诉你，她马上就要给我生儿子了。""大王，我跟您说，现在太子可传出话来了，他已然知道您办出来的这件事了。""嘿嘿，知道也晚了，而今木已成舟。"

楚平王真把孟嬴立为夫人，按现在话说，孟嬴就是正宫娘娘了。没过多久，孟嬴生了一个儿子，起名叫珍。因为楚平王视孟嬴为爱妻，所以视这孩子如同珍宝，而且告诉孟嬴，将来珍长大之后，我要立他为世子。孟嬴心说：芈建还活着呢，你就要立珍为柿子（世子）？立他为核桃还差不多。但是孟嬴心里不高兴，孟嬴似乎好像也明白点儿什么了，她觉着苤儿不对，什么事情都得有蛛丝马迹，要不然案子也就没法儿破了。孟嬴很不高兴。您想：楚平王比她大不少，孟嬴那么漂亮，觉得二人不般配。所以孟嬴整天没笑容，楚平王还问她呢："你为什么看见我老不高兴啊？"孟嬴心说：我看你老。但话不能这么说，只能说："我刚刚出嫁之时，大王青春鼎盛，现在再看大王，我确实心里很难受。"这话的意思就是您其实并不年轻，我挺年轻挺漂亮，跟您在一起我挺受委屈的。楚平王也没办法呀，就哄吧，天天哄，天天哄。"你放心吧，将来你的儿子珍，我一定把他立为世子，让他来承继我的王位。"

天天总这么哄，哄来哄去，孟嬴就开始跟他要，给自己的儿子要世子的地位。费无极又给楚平王出主意："大王，您现在就可以废太子建而立珍。""好，我现在就传。""您先别传。这要是传到城父，芈建知道非得反不可呀。您如果打算现在这么办，就先把我发了。""发哪儿去呀？贴块面肥，把你发喽？""您要是不发我，将来芈建回来了，我可得先死啊。""那你有什么办法吗？""我当然有办法。您要知道，太子最听谁的话？""当然是听太师伍奢的。""您就把伍奢叫来，想办法把他和他的两个儿子伍尚、伍员都杀了，然后您再废了芈建的太子之位。天下太平，再立珍为世子，也就可以对得起孟嬴了。"

楚平王这个无道的昏君不但父纳子媳，而且要废芈建，要杀害伍奢全家。谢谢众位，咱们下回再说。

第四十一回　奋扬斗胆救芈建

伍奢金殿忤君，只因君王荒淫。伍尚尽孝而死，报仇全仗伍员。

　　咱们今天就得说说伍子胥的父亲还有伍子胥的哥哥的死应该不应该，伍子胥报仇应该不应该。其实都是过去的事儿了，咱们说的是评书，就得稍微加点儿评论，咱们大家伙儿交流交流，因为伍子胥的故事已然家喻户晓了。刚才这四句开场诗说的就是老太师伍奢金殿触君，结果死了；伍尚为了尽孝，也死了；而为伍家报仇就得指着伍子胥了。那么为什么楚平王要杀伍奢、伍尚父子，要杀伍奢全家？究其根由就是楚平王父纳子媳。您要看《东周列国志》，有很多女人都起着决定性作用。对待女人，人人各有不同的看法：有的人很尊敬女人，有的人很爱自己的妻子，有的人为女人而生，有的人为女人而死。那么对待女性，我想将来是不是有人能出本书，叫《女人的魅力是什么》，那就得看男人的欣赏角度了。楚平王父纳子媳，他爱的是什么？爱的是孟嬴的美。有的人一辈子就是为女人而活，说是为了女人而活，实际上就是为了自己的荒淫而活，楚平王就是这样的一个人。您说楚平王的后宫之中得有多少美女？父纳子媳，难听不难听？他留在东周列国历史上的永远是一笔黑。

　　秦国公主孟嬴没见过芈建，但知道芈建肯定比他爸爸年轻，没想到自己嫁了个半大老头子。孟嬴不高兴，楚平王只能哄：将来一定立你的儿子珍为世子，将来楚国国君之位就是他的。孟嬴老不高兴，楚平王没办法，只能跟费无极商量，费无极说：“我正好也想和您商量商量。我跟您说，我已然得着报告了。”“什么报告啊？”“现在世子在城父，跟伍奢他们师徒商量好了办法，勾结齐国、晋国，齐国、晋国也答应给他们帮忙，将来他们要叛我楚国。”这番话说完，费无极看着楚平王，楚平王把脸往下一沉：“费无极，我儿素来有孝心，绝不能叛变楚国。”“大王，芈建确实是个孝子，但架不住有人撺掇他呀，架不住秦女孟嬴之事他已然都知道

过奋扬，让他视太子如视寡人，现在人家说没有任何证据能够证明我儿子造反；老太师伍奢也被我囚起来了。奋扬现在当着文武群臣的面把这番话说出来了，确实我当初也是这么嘱咐他的，他现在自己来到郢都见我，并没有跟着太子跑啊。楚平王想到这儿，得给自己找台阶："奋扬，你既然知道纵太子必死，为何敢前来见我？""我知道，见了您您就得杀我，但能保住您亲生之子的性命，我死而无憾。"

我还是为了你想，那是你的亲儿子。费无极在旁边，盯着楚平王，心说：杀呀，还给楚平王打手势比画呢。这个时候楚平王心里大概也明白一点了：没你还出不来这么多事儿呢。但是转念又一想：要是没有你，我可怎么搂着孟嬴啊。终于，喜欢美女之心战胜了自己的亲子之念，反正现在芈建也跑了。"奋扬，本应当杀你，但念在你一片赤胆忠心，免你一死。""谢大王。""你仍然回归城父，身为城父司马。""谢大王。"

费无极心说：嘿，没杀，没杀可就坏了。没杀奋扬还在其次，现在芈建跑了；芈建跑了，伍奢还没死呢。书中代言，芈建跑哪儿去了？芈建带着媳妇和儿子，跑到宋国去了。费无极回到家中苦思冥想：我得想办法把这事解决了。这一天，费无极趁着楚平王在书房看书的工夫，他又来了。"大王，现在太子已然跑了，您应该立珍为世子了吧？""是啊。"

楚平王一想，我得哄孟嬴高兴啊。第二天，楚平王升座大殿，传下口谕立珍为世子，费无极为太师，由费无极看护和培养世子珍。您说让奸佞之人培养世子能好得了吗？大家伙儿心里明白，全都不说。费无极身为太师，调教世子珍，心说：将来他是君王，我是他的老师，将来他准对我错不了。但现在伍奢在、伍尚在、伍员在，而且芈建已然跑了，费无极还是不放心。

这一天，费无极来见楚平王："大王。""费太师，何事啊？""现在司马奋扬已然回归城父，以保咱们楚国的边界。""好啊，他是咱们楚国的忠臣。费太师还有何事？""伍奢被囚，芈建逃亡在外，伍奢还有两个儿子，长子伍尚、次子伍员，都是人中豪杰。大王啊，您必须想办法把伍奢全家杀了。""哦？费太师，必杀吗？司马奋扬已然说了，我儿并没有反叛之意。"反正他儿子现在已然跑了，楚平王当然必须得压着点儿费无极。但是费无极会说，刚才说了，佞人有口才，聪明，但人品不好。"大王，您说他没有谋反，那是您没查出来，反正我暗中派出去的在城父的人已然查清楚了，芈建招兵买马，秣马厉兵，而且勾结齐国和晋国，这些都有人密报于我。如果您不把这件事办到底，楚国必有后顾之忧。""现在伍奢被囚，芈建已不在楚国。""那可不成，如果大王您不办此事，我就递上辞呈。""费太师欲何往？""逃奔他国，以免杀戮之危。"我跑，我走。"如果芈建活着，将来勾结伍奢，再勾结奋扬，杀回楚国，我还活得了吗？您要是不把这件事处理好，那我就走。天下挺大，我哪儿都能藏着。"这叫什么？这叫逼，步步紧逼，让你办出灭绝人伦之事，这就是佞人所办之事。楚平王点了点头："好吧，那依你之见呢？""您把伍奢叫来，告诉伍奢：念你先祖对楚国有功，君臣共议你们伍家之功，决定把你放出来，官复原职，而且你的两个儿子要加封侯爵。你写上一封书信，派人送到城父，把你的两个儿子调回来，你们父子团聚，而且禄位高升。等到把他们骗来郢都之后，一起杀死，那么芈建一个人在外也就成不了大事了。"费无极知道，伍奢的这两个儿子可了不得。"好啊，那就按你的话办吧。"

第二天，楚平王升座金殿："来呀，传伍奢。"手下人到监中把伍奢给提来了。"松绑。"把伍奢的绑绳松开。伍奢根本也不会跑，跪倒在地："罪臣拜见大王。""伍奢，念你祖父对先朝有功，群臣商议，决定免你一死，恢复你的官职；同时加封你的两个儿子一个鸿都侯，一个盖侯。现在你写上一封书信，把你的两个儿子由打城父叫回来，你们父子团圆，禄位高升。"伍奢明白这其中必然有诈，但不写也不行啊。他抬头看了看楚平王："大王，您让臣写信，让我把两个儿子叫回郢都，我们父子团圆，臣感激大王。"但伍奢知道，来了就都得被杀。可伍奢是忠臣，只能实言相告："大王，臣写完这封信，送到城父，臣的长子尚慈温仁信。"我的大儿子伍尚心慈，性格温和，既仁义又讲信用。"信到必来。"这封信送到他手里，他肯定会回到郢都来见我，他孝顺，脾气也好。"但次子伍员少好于文，长习于武，文能治国，武能安邦，蒙垢忍辱，能成大事。"这是伍奢评价伍员，说他蒙垢忍辱。"他是个先知之士，如果他见信不来，奈何？"

伍奢说得很清楚，这就叫知子莫若父，大儿子准来，二儿子准不来。伍奢心中明白，这是要把我的两个儿子诓来，把我们伍家都杀了，以绝太子之后念。我大儿子肯定回来，和我一起赴死，但是我二儿子是个了不起的人物。那么伍子胥是不是一个了不起的人物？伍子胥身高一丈开外，腰大十围，眉广一尺，目若闪电，有拔山扛鼎之勇。尤其他父亲说他能蒙垢忍辱，然后激发起自己的决心，这种人是先知之士，没法儿惹。伍奢说得太对了，伍子胥不但有本事，而且你泼他一盆脏水，然后骂他，骂他不吐核，说他不地道，他能忍着。不管你怎么骂我怎么羞辱我，我忍着不言语，早晚有一天是我报仇的时候，这种人那可就比伍尚难惹得多了。一个人做到蒙垢忍辱，容易不容易？不容易。您看现在大街上打架的那些个，还有电视里放的为了半间房打架的那些个，还有婆婆和儿媳妇为了一双袜子打架的那些个，他们多会儿都不够伍子胥这品质。我能忍一时之气，将来就必定有我出头之日，就能有报仇的一天，这样的人才是有心之人。所以伍奢才说自己的二儿子是先知之士，大儿子伍尚不成，二儿子伍员成。先知之士，他知道你的真实目的是要杀我们，他绝不会来。他不来，你们将来也就踏实不了了。

如果楚平王真的是个明白人，当时就不会再听费无极的了，但是楚平王已然迷了心窍，这种人只知道贪花恋色，一个父纳子媳之人，又怎会不听费无极的话呢？楚平王听完，把脸往下一沉："伍奢，你只管写来，你的儿子来与不来，与你无关。写！"伍奢没有办法，提起笔来，就给儿子伍尚和伍员写了一封信，写完之后往上一呈，费无极接过来交给楚平王。楚平王看完这封信，马上传下口谕："来，立刻送去城父，把伍尚和伍员调回郢都。"

楚平王要杀害伍家全家，那么伍子胥到底来不来郢都？书中明表，大家都知道他不来，不用暗表。他如果回了郢都，就没有伍子胥过昭关——胡子都白了的这出戏了。伍子胥不回郢都，将来他如何报仇？谢谢众位，咱们下回再说。

第四十二回 伍尚捐躯奔父难

伍子胥，伍子胥，跋涉宋郑身无依，千辛万苦凄复悲！父仇不报，何以生为？

上回书咱们说到楚平王立太子，立谁呢？立孟赢生的儿子珍，视如珍宝。孟赢本来是要嫁给楚平王的儿子的，但楚平王是个无道的昏君，父纳子媳，看着儿媳妇漂亮，归自个儿了。然后把跟随孟赢陪嫁过来的一个齐国的女子许配给了太子建，接着把太子建发往城父。谁跟着太子去的？老大夫伍奢，那是太傅，太子的老师；还有一个就是司马奋扬，保护太子建的人身安全。什么事儿都怕有坏人，佞臣费无极给楚平王出主意："您想废太子，可现在他在城父呢，不在郢都，要是在郢都，您可以先把伍奢召回京城。"把伍奢调回郢都之后，费无极又给楚平王出主意，派人给司马奋扬带口谕，让他杀太子芈建。但司马奋扬没杀太子，反而把芈建放走了，芈建就带着齐女还有齐女给他生的儿子芈胜，也就是伍子胥后来抱着的那个小孩，一家三口逃走了，跑了就是后患。再说现在虽然伍奢被囚，但伍奢有两个儿子，长子伍尚，次子伍员字子胥。这两个人可了不得。所以费无极苦思冥想，终于想出个主意。

第二天早上起来，费无极来找楚平王。"大王。""太师何事？""我给您出个主意，您让伍奢写封信，让他的两个儿子伍尚和伍员回朝为官，封他们侯爵之位。等他们来到郢都，您就把他们爷儿仨一块儿杀了。"于是楚平王由打监中把伍奢召上金殿，让伍奢写信。伍奢提起笔来写这封信："书示尚、员二子，我因谏君忤旨，待罪缧绁，吾王念我祖父有功于先朝，免我一死，将使群臣议功赎罪，封汝等官爵。汝兄弟二人见信速来，如若违命延迁，必是死罪。书到速速。"

伍奢在写这封信的时候，心里明白不明白？他明白：这封信我必须得写，君王让我写的，我不写他杀我，写了还是杀我。我写信之后，大儿子伍尚必来；但伍员看见我这封书信，必定不来郢都，肯定要走，走了之后必定为我报仇，他一定能理解这封信的含义。伍奢写完往上一呈，楚平王把这封信看完了。"鄢将师。""在。""你拿着这封信遄奔城父，封伍尚为鸿都侯，伍员为盖侯，带着印绶，唤他二人前来。""遵王谕。"

鄢将师等着制作这两份印绶，一国之君下令了，很快就做好了。然后楚平王把伍奢写的这封信也交给了鄢将师，鄢将师带着手下从人走了。先到棠邑，为什么要到棠邑呢？棠邑在城父的旁边，而伍尚在棠邑，伍子胥跟着爹在城父。等鄢将师到了棠邑之后一问，伍尚已然到城父找弟弟伍员去了，这哥儿俩现在在一起呢。鄢将师马上带着手下人来到城父。

咱们书以简洁为妙。鄢将师来见伍尚，伍尚知道上差到了，赶紧出来迎接。伍尚上前行礼，拜见鄢将师。鄢将师满面堆欢："公子，给您贺喜。"伍尚一愣，他知道父亲已然被楚平王关起来了，在监中押着呢。"哎呀，老爹爹在郢都缧绁之中受苦，我何喜之有啊？我的爹爹被押着，可能马上就是死罪呀。"伍尚眼泪都下来了。"呵呵，大公子，您错了。王误听他言，把老大夫囚于郢都。但大王念在你们伍家前辈有功于先朝，由群臣评议，让老大夫将功赎罪，把老大夫放出来了。现在大王也很后悔，一个是不应该误信人言，再者说如果对不起你们伍家，必会被天下诸侯耻笑。这样，就把老大夫放出来了，恢复了他的官职。而且大王传下口谕，封你们哥儿俩一个鸿都侯，一个盖侯，这难道不是可贺之事吗？"伍尚想起老爹爹在监中，心中难过："唉，但求父亲能够平安，我们兄弟无望功名。"只要我们的父亲能够好好的就行，至于我们哥儿俩并非想要当官。"这可是大王的好意，请你兄弟接了印绶之后，立刻前往郢都。老大夫由牢中出来之后，十分想念你们哥儿俩，让你们速去，我这儿还有老大夫的手书一封。"

鄢将师把这封信拿出来了，然后刚要伸手印绶，伍尚一摆手："慢，我先看看信。"伍尚打开信把这封信看明白了，知道是爹让自己带着兄弟前去郢都。至于被封为鸿都侯还是盖侯，伍尚根本就没往心里去，只要爹爹能好好地活着就行了，本来以为爹肯定是死罪，必死无疑。"好吧，我本无望功名，那咱们就走吧。""那请您把您的兄弟叫出来。""慢，我兄弟跟我可不一样。请您稍候片刻，您在这儿坐着，有人伺候您喝茶，我去和兄弟商议商议。"

鄢将师在这儿等着，他还带着点儿人来呢，也在这儿看着。伍尚转身奔了内宅，见到兄弟伍员。"兄弟呀。"伍子胥抬头一看，哥哥还有眼泪呢，只不过没掉下来，眼中是湿润的。"兄长，唤小弟何事？""兄弟呀，可喜可贺，父亲已然脱离牢狱。""哦……既然父亲脱离牢狱，兄长您又为什么眼含热泪？""兄弟，想起父亲在监中所受之苦，愚兄心中难受啊。现在大王派鄢将师带来父亲的手书一封，同时还带来两枚印绶。""嗯，信在何处？"您看，这就是伍子胥和伍尚孝顺。这要是不孝顺的，信待会儿再看，我的官印呢？有这样的没有？有。"我要先看看父亲的信。""信在此。老父亲想咱们哥儿俩，大王让人送来父亲的手书，咱们必须前去郢都面见父亲。""好吧。"

伍子胥接过书信一看："哦，我明白了。"伍子胥当时就明白了，"哥哥，您打算怎么办呢？""父子情深。当我知道父亲在监中受苦，我恨不得当时就跑到郢都，面见父亲，安慰父亲。再说，现在大王念在咱们伍家祖上对先朝有功，是功臣，特封我为鸿都侯，封你为盖侯，印绶已然由鄢将师送到了。所以让咱们出去接印绶，然后你我同到郢都面见父亲，父亲也会官复原职。""哥哥，您好糊涂。您若不去郢都，爹还能活着；您要是去了郢都，爹爹必死。""兄弟，你怎么说出这样的话来？""哥哥，您怎么就不明白呀？父亲在大王的手中，想杀就杀，为什么要让父亲写来这封书信呢？大王肯定是听信佞臣费无极之言，要杀咱们全家。""不对吧，这儿可有父亲的亲笔书信。""哥哥，您要是不明白，贪图爵位利禄，就去郢都。""你怎么这么说我呢？""我知道，您不是贪图利禄，但这句话我一定得说。你我弟兄如果前去郢都面见父亲，天下人肯定会笑话你我贪图印绶。""愚兄可没有这个意思，我怎会贪图印绶呢？我只是特别想见父亲一面。""哥哥，您要是去了，父亲必死。""兄弟何出此言呢？""都说知子者莫若父，老父亲知道哥哥您是个仁慈之人，是个孝子；也知道我伍员胸怀大志。他不写这封信也死在楚王之手，写这封信也死在楚王之手。""那父亲为什么要写这封书信呢？""哥哥，您要明白，咱们如果去了郢都，当时就得与父亲同赴刑场。""兄弟，你的话有理，我说不过你。可有一节，念父心切，即便是我到了郢都，见父一面之后就与父亲同赴刀下，我也心甘情愿。""嗐，哥哥呀，您遄奔郢都就是为了跟父亲一起死吗？这又有何意义呀？""那兄弟你说呢？""哥哥您一定要去吗？""我非去不可，我一定要见父一面，纵然是死，我也认了。""那没办法了。既然如此，哥哥您去您的。""那兄弟你呢？""谁能替我伍家报仇，我就从之。"

从这时候起，伍子胥就下决心了：谁能替我们伍家报仇，我就跟着他。因为伍子胥知道，伍尚去了郢都就得死，就算你不去，爹也得被杀，我去了一样跟着死。"兄弟，你说得对。"伍尚也知道伍子胥的脾气，"可有一节，我必须面见父亲一面。这样吧，我尽孝而死，为伍家报仇之事，就全仗兄弟你了。""哥哥请转上，受小弟一拜。"伍尚流着眼泪看着兄弟，伍子胥跪倒在地，给哥哥磕了四个头，这四个头就是永别之头。"兄弟，你起来吧。哥哥我没有办法，为尽孝心，到郢都前去面见父亲。报仇之事就只有靠贤弟你了，你可要好自为之。"伍子胥站起身形："兄长，请。"

这人的脾气是劝不得的，江山易改，本性难移。伍尚由内宅出来了，对鄢将师说："我兄弟不去，我跟随你前去郢都，面见父亲。"鄢将师当时没那么大的力量，也就是带了点儿随从的兵，要想愣把伍子胥由城父弄到郢都去，他没有那么大的能力。"好，请吧。"等鄢将师把伍尚带出城父，马上换车，有囚车一辆。伍尚心里也明白，自己到了郢都，就得跟父亲一起，同死在楚平王和费无极的刀下。

鄢将师带着伍尚到了郢都，父亲看见儿子，儿子见到父亲了——父亲仍然在监中，并没放出来。伍尚急忙跪倒在地："不孝儿拜见父亲。""你不该来呀，我知道你见信必到。""我兄弟他……""你别说了，我知道伍员必不至。"

鄢将师回来把整件事情详详细细地禀报楚平王，费无极可在旁边听着呢。"大王，您赶紧派兵追呀，伍子胥他跑不远。不把伍子胥弄回来，将来就是楚国的心腹大患。""好，武城黑听令。""在。""带领二百兵，前去捉拿伍员。""遵令。"

大将武城黑全身披挂，带着手下二百兵出发了，直奔城父捉拿伍子胥。文武群臣里有向着伍家的，真有那玩儿命的，那时候送信儿容易不容易？不容易。不像现在似的，"啪啪"弄一信息，打一电话，全通知到了，那时候多难啊，由郢都跑到城父，城父可是边城，那真得是骑着快马或者小跑，还得跑在武城黑的头里，前去告诉伍子胥。"二公子，您赶紧跑吧。""追兵到了？""武城黑带着二百兵马上就到。""谢谢您，请问您贵姓高名？""您别问了，做好事不留名。"

伍子胥一跺脚，转身形一看，妻子贾氏在这儿站着呢。"妻呀……""我全都听见了，丈夫打算怎么办？""父兄将死，痛彻肺肝，我要去寻他国帮我报仇。妻呀，你可怎么办呢？"贾氏非常贤惠，说："您身为大丈夫、男子汉，怀父兄之冤。"你的父亲还有兄长马上就要被开刀问斩了，死在昏君之手。"您得报仇，无暇为妇人寻计耳。"你已经没有那工夫，也不应当为我再去想我该怎么活着，不用再为我想办法了。"丈夫自去报仇，勿以我为念。"

说完话，贾氏转身形奔内宅了。伍子胥跟着跑进来。一看，媳妇已经上吊了，赶紧把媳妇摘下来，当时也顾不上买棺材了，把媳妇用草一裹，草草掩埋，痛哭一场。伍子胥知道父亲和哥哥都得死，穿着素装，贯弓佩剑，离家而去。走了没有多远，就听见喊杀之声："伍员，你哪里走！"

伍子胥回头一看，武城黑指挥着战车，车上都是御手，认扣填弦，对着伍子胥。伍子胥这匹马虽然跑得快，但这些御手驾车追得也快，架不住人多呀，武城黑带着二百兵呢。一人射一支箭，就是二百支箭；一人射十支箭，就是两千支箭。箭如雨下，"哧哧哧哧哧哧哧……"武城黑指挥兵士们射伍子胥，伍子胥只能跑。射着射着，谁也没射着伍子胥。伍子胥气坏了，马一拨头，心说：武城黑，你射我？这回该我射你了。伍子胥弯弓搭箭，认扣填弦，对准了武城黑这辆车的驾车之人，弓开如满月，箭出似流星，"吧嗒""哧……"这一箭就射出去了。"嘭"的一下，这名驭手就死了，车一翻个儿，武城黑摔下来了。伍子胥认扣填弦，第二支箭对着武城黑。武城黑抬头一看，心说：要射我呀？抹头就跑。

"站住！""射我吗？""你放心，我不射你，我射死你臭了这块地。武城黑，我告诉你，你回去告诉那昏君，让他放了我爹，放了我哥哥，楚国会平安无事；如果他胆敢杀了我的父亲，杀了我的兄长，那么楚国永远不能安宁，我早晚会取他项上人头，生吃其肉！记住了吗？""呃，差不多。""差不多不成，给我背一遍。""说不出来……""说不出来我就射你。""我、我说得出来。您让我回去告诉大王，不能杀您爹，不能杀您哥哥。如果王把您爹和您哥哥杀了，他们就活不了了，楚国将没有宁日，您，您回去……""说！""您回去取王项上人头，生吃他的肉。""会学舌吗？""会。""跑吧。""哎。"

武城黑撒腿如飞，跑了，手下的兵他也不管了。单说武城黑回到郢都，费无极天天在这儿站着，他害怕伍子胥，知道伍子胥是什么人。费无极一看武城黑狼狈而归，往宫中而去，费无极赶紧在后边追。武城黑来到楚平王面前，跪倒在地："大王……""伍子胥呢？""跑了。""没追着？""不是，我们这二百人箭法比不上他一个人一支箭，他一箭就把给我驾车的驭手射死了，车翻了，我从车上掉下来了。""嘀，你多大的本事啊，伍子胥为什么没把你射死呢？""他让我回来报信儿来了，如果不是因为这个，他就把我也射死了。""他让你讲些什么？""我不敢说……""说！""哎。伍子胥是这么说的：说说说……让您别杀他爹，别杀他哥哥；如果您杀了他爹，杀了他哥哥，楚国就没有宁日了……"下边的话武城黑就不敢说了，"生吃你肉，取你项上人头"，说出来楚平王非把他宰了不可。"好你个武城黑，好你个伍子胥！"这时候，费无极追进殿里来了："大王，您可不能让伍子胥跑了啊。""哼，先杀伍奢！"楚平王立刻传下令来，杀伍奢，杀伍尚。"费太师，你来监斩。""遵王谕。"

监斩台一搭，那还不好搭吗？费无极是监斩官，把伍奢、伍尚就押来了，两个人被五花大绑，同时把伍家的男女老少全都押来了。伍奢一句话都不说，就知道早晚有今日，而且也知道二儿子不会来，也知道伍子胥必然要报仇。老大夫把眼一闭，就等着引颈受死了。伍尚年轻啊，他再温慈、再仁义、再仁信，架不住马上就要死啊。因为什么死？昏君无道，听信费无极奸佞之言。伍尚气坏了，虽然被绑，但是他歪头看着费无极："费无极，你这个奸佞之人，进谗言，让大王残害忠良，你、你……"气得伍尚都骂不出来了。这时候，伍奢一睁眼："儿啊，忠奸自有公论，何必詈（lì）言呢？"他是好人还是佞臣，日后自有公论，你骂他又有什么用呢？骂他脏你的嘴，现在是他杀你，早晚有人为你报仇。"儿啊……"伍奢把声音提高了，"詈言无用，自有公论。只怕你跟为父死在此地，将来楚国君臣无宁日矣。楚国自此不得安宁，想要安然朝食，难矣。"

伍奢这几句话就是说给费无极听的：一会儿你告诉楚王去，我二儿子还在呢，你把我们爷儿俩杀了以后，楚国没有宁日，早上起来踏踏实实地吃早饭？甭想了，我儿子伍员必然报仇。费无极听见了，心直颤，心颤完带着肝儿都颤，肝儿颤就是由打这儿来的。他明白伍子胥必然要报仇，但现在他恨啊。"杀！"

刀斧手大刀往下一落，伍家全都被杀。然后费无极禀报楚平王，楚平王传下令来："左司马。""在。"楚国的左司马叫沈尹戌。"给你三千人马，立即去捉拿伍子胥。""慢。"费无极一抱拳，"大王，您要想捉拿伍子胥，就必须传下命令，各个关津路口要拦住伍子胥。""哎，先拿回来再说。""啊？拿回来您再传这旨，那可就晚啦！"楚平王真生气："费太师，关津路口能拦得住伍员吗？""差不多。大王啊，要是不杀伍子胥，他多可说了，楚国将无宁日。""出兵！"

楚平王不考虑了，派左司马沈尹戌带着三千人马追，都是骑兵，虽然说那时候都是车战，但有马呀。伍子胥得着报告了，刚才我说了，好人还是多呀："二公子您赶紧跑吧，左司马带着三千兵马上就来了。""请问您贵姓高名？""好人不留名姓。"

这位送完信走了。伍子胥跑着跑着，跑到江边，听见后边喊杀声音已然到了，急中生智，把素袍一脱，挂在江边的柳枝之上，把鞋脱了，往江边一放，然后换上两只草鞋，顺江而走。等沈尹戌带兵到了江边，看见伍子胥的袍和鞋了，他心里很清楚，知道伍子胥还活着呢，不会跳江而死，但也知道逮不住伍子胥了。于是沈尹戌就把伍子胥的袍子和鞋拿着，回来面见楚平王："大王，没逮着。"楚平王气坏了："为什么没逮着？"费无极说："大王，您不管派谁去也逮不着伍子胥，他不敢啊，但是咱们又必须得逮着伍子胥。大王，我有主意。""费太师有什么主意，讲在当面。""大王，在沈司马走的时候我就跟您说过，在关津路口您得派人查。现在伍子胥已然跑了，您应该立即传下口谕，捉住伍子胥者，赏粮食五万石，官封上大夫；若有藏匿伍子胥或者放走伍子胥者，全家抄斩。然后您命人画影图形，所有的关津路口一体严拿。您还得派出使者通知各国，不允许他们收留伍子胥，不然就是与楚国为仇。这样一来，各个诸侯国都不敢收留他，那他还跑得了吗？即便他跑到偏邦小国，到了小的诸侯之地，他们惧怕咱们楚国的强大，也不敢帮助伍子胥报仇。伍子胥势孤，必然老死在外。"

其实费无极这话是废话，谁老了都得死，他也是没办法了才说出这句话，他知道想要对付伍子胥实在是太难了。楚平王就按照费无极的话，传下口谕，画出伍子胥的图，关津路口全都挂上，一体严查，而且贴出榜文。同时，往各个诸侯国派出使者，吩咐各个小国，你们不许收留伍子胥。外交的、内政的，事情都办完了，楚平王就等着拿伍子胥了。

那么伍子胥上哪儿了？伍子胥跑了，心说：我往哪儿跑？顺江而下，我上哪儿啊？听说太子芈建带着他的妻子齐女以及儿子胜逃到了宋国，我去找太子去，帮着芈建报仇，想办法借兵力杀回楚国。伍子胥打定主意，接着往前走，可又一转念：要不然我奔吴国？吴国太远了，得啦，我还是找太子去吧。就这样，伍子胥就奔睢阳这条道走，认上大道往前走。走着走着，突然间看见前边有一辆车，车上站着一个贵人，车后有人保着，车前有驾车的驭手。伍子胥以为是楚平王派的人来截杀自己，往旁边一看，有一片树林，赶紧躲在树林之中，暗中偷瞧。一会儿的工夫，这辆车就过来了。车上站的是谁呀？走近了之后伍子胥看清楚了，车上站的正是自己的结拜好友申包胥。有一出京剧叫《哭秦庭》，说的就是申包胥。伍子胥后来借兵灭楚，鞭挞楚平王死尸，他的好朋友申包胥哭秦庭，到秦国借兵，站在秦庭之上，哭了七天七夜，不喝水不吃饭，哭得秦国同意借兵恢复楚国。那么申包胥既然和伍子胥是好朋友，为什么还不让伍子胥灭了楚国呢？这其中有原因。

那申包胥干吗去了？他到外国出使去了，他也是一个大使级的官员。申包胥，申氏，人称他王孙包胥。既然是好朋友，伍子胥就从树林之中出来了，站立于车左："小弟拜见兄长。""哎呀，贤弟，是你吗？"虽然申包胥没有亲眼看见，但是他也知道伍子胥的全家可能被楚王杀了。"兄弟，你这是要上哪儿去呀？""哎呀……哥哥呀……"看见亲人了，伍子胥泪如雨下。申包胥赶忙下车："兄弟，止住悲声，你到底是怎么回事。"伍子胥把前后的事情一说。"唉……"哥儿俩是八拜之交，伍奢就等于申包胥的父亲啊，没想到被楚平王杀了，伍尚也死在楚平王之手，申包胥也痛恨费无极，眼泪下来了："兄弟，你现在做何打算？""我打算去借兵报仇。""为什么要借兵报仇啊？""这您还用问吗？无道的昏君父纳子媳，废了亲生之子芈建太子的地位，这是他亲儿子呀。而且他残害忠良，把我父亲杀了，把我哥哥杀了，杀了我们伍家全家老少，我必然要报仇，生吃肉！车裂费无极之尸！"

恨啊，伍子胥恨得咬牙切齿。申包胥低头想了想，长叹一声："唉……兄弟呀，我若让你去报仇，是我的不对。""哥哥，我要报仇有什么不对？""你要报仇是对的，但我要让你报仇，就是哥哥我的不对。你想，楚王，君也，你们伍家世代食楚国之禄，你们是楚国之臣，君臣之分已然定了，君王再错也不能以臣反君。"这是申包胥的观点。"但你跟我是八拜之交，事情是大王做的，他听信了费无极的谗言，把你爹杀了，把你哥哥杀了，但我不能支持你报仇。""那哥哥您说我该怎么办？""你走你的。既然咱们是兄弟之交，你把这事儿跟我说了，我绝不泄露，不会对任何人说。可有一节，我告诉你，你要是想办法借来兵灭了楚国，兄长我必恢复楚国；如果你带兵乱我楚国，我必安定楚国。兄弟，你走吧……"

　　哥儿俩洒泪而别。《东周列国志》上写得很简单，就这么点事儿。后来伍子胥确实带兵灭了楚国，而申包胥也确实借来秦兵又恢复了楚国。伍子胥看着申包胥的车走了，突然间想起一件事。"兄长，转来。""怎么，你不要报仇了吗？""不是。我问问您，桀纣之君是不是无道昏君？""然也。"咱们都知道中国历史上的夏桀王和殷纣王，这都是无道昏君。"他们为什么是无道昏君？""因为他们残害忠良。""着啊。哥哥，桀纣乃无道昏君，就因为残害忠良，杀戮大臣；那楚王废了自己儿子的太子之位，杀了我父兄全家，这不也是残害忠良吗？""兄弟，你说得对。但我不能让你灭楚，你灭楚我复楚，你乱楚我安楚。兄弟，你去吧。"

　　申包胥为什么能说出这样的观点？伍子胥又如何借兵报仇？谢谢众位，咱们下回再说。

第四十三回　伍子胥一夜白头

千群虎豹据雄关，一介亡臣已下山。从此勾吴添胜气，郢都兵革不能闲。

这几句说的是楚国亡臣伍子胥过昭关，到吴国请兵报父兄之仇。上回书咱们说到伍子胥逃出来了，楚平王派沈尹戍带人去追，没追上，沈尹戍回来禀报了楚平王。佞臣费无极就给楚平王出了几个主意，告诉他伍员必须得杀。楚平王也知道，伍子胥文能治国，武能安邦，有拔山扛鼎之勇，而且他能忍辱负重，将来必是楚国的心腹大患。所以楚平王就让费无极出主意，这就是昏君和佞臣。费无极出的是什么主意？他让楚平王发出榜文悬赏，如果能捉住伍子胥，赏粮食五万石，官封上大夫；如果窝藏或者放走伍子胥，全家抄斩，灭门九族。另外，派人通知天下各诸侯，伍员不管到哪个诸侯国，你就把他逮住，楚国定有重报。再有，就是画影图形，所有的关津渡口州城府县都挂上伍子胥的头像，严加盘查，让伍子胥插翅难逃。所以伍子胥想要逃出楚国是很难的。

咱们上回书说了，伍子胥在逃亡的路上碰见了自己的好朋友申包胥。看见哥哥了，伍子胥放声痛哭。申包胥一问，这才知道楚平王把伍奢和伍尚杀了。因为伍子胥和申包胥是莫逆之交，情同兄弟，所以申包胥对待老大夫如同自己的父亲，对待伍尚也如同自己的兄长。现在这爷儿俩都被楚平王杀了，申包胥眼泪也下来了。申包胥就问伍子胥："兄弟，你现在意欲何往？""借兵报仇。我一定要借兵回来，取楚王项上人头，车裂费无极之尸。"伍子胥恨啊。申包胥说："你我兄弟，我如果不让你去报仇，是我的不对；但我如果让你去报仇，楚王是君你是臣，君臣之分已然定了，你不应该以臣反君。念在兄弟之谊，你走你的，你去借你的兵，这件事我绝不外泄。可有一节，你要记住我的话，君就是君，臣就是臣，国就是国，民就是民。如果你借得兵将，回到楚国杀楚王灭楚，我必然兴楚；如果你借得兵将，回到楚国乱楚，我必然安楚。兄弟，你走你的吧。"

　　当然，咱们都理解伍子胥，他一定得报仇。那申包胥作为伍子胥的至交好友，情同手足，为什么要这么说呢？您查历史，申包胥又称为王孙包胥，他有王孙的血统，所以他立足在楚国。申包胥的祖上叫蚡（fén）冒，蚡冒是建立楚国的头领，那时候楚国太小了，天下人都不知道还有一个楚国，就是蚡冒兴的楚国。楚国由打蚡冒往下传，申包胥是这一枝儿上的后裔。所以咱们就不难理解了，为什么申包胥一定要保护楚国，因为楚国是他们家老祖宗建立的。再说，在申包胥的头脑里，君就是君，臣就是臣，而且楚国的老百姓没招你没惹你，你可以打回楚国，你可以报仇，但兵戈之灾，老百姓不能安居乐业。所以申包胥才说出这样一番话：你灭楚，我兴楚；你乱楚，我安楚。

　　伍子胥给哥哥深施一礼，辞别哥哥，认道登程，一路之上伍子胥就在想去找谁借兵。听说太子芈建现在宋国，伍子胥心说：他是君，我是臣，干脆我去找太子。咱们书以简洁为妙。伍子胥到了宋国，好容易才打听出芈建的住处，伍子胥来找芈建。见到芈建之后，伍子胥跪倒磕头，君臣抱头痛哭。君臣也不能总哭啊，哭完之后，两个人坐下了。怎么办呢？伍子胥就问芈建："我一定要报父兄之仇。我问问您，您来到宋国之后，见到宋国国君没有？"芈建摇了摇头："No（没），没见着。""您为什么没见着啊？""宋国太乱了，现在宋国君和臣互相打，臣打君，君打臣，我根本见不着宋国国君。"

　　没办法，伍子胥只能跟芈建在宋国忍着，得想办法见着宋国的国君才能借兵啊。可宋国这儿君臣还一个劲儿地打呢，又怎能借着兵啊？在宋国待了没多久，伍子胥就听说宋国反对君王的大臣跟楚国借兵，楚国派大将芋越指挥兵将要来到宋国，帮助这些大臣反对宋国的君王。宋国国君没办法，赶紧派人到晋国去借兵，晋国也要出兵帮助宋国国君来安定他的国家。伍子胥知道了这个消息，就跟芈建说："咱们赶紧走吧，别在这儿折腾啦，回头再把咱们杀了。"

于是芈建就带着他媳妇，还有儿子芈胜，跟着伍子胥走了。上哪儿啊？就奔了郑国，这个时候郑国国君是郑定公。伍子胥他们来了，郑定公一听，非常高兴。因为郑定公正难受，手下一个他最喜欢的掌握国家大权的大臣，公孙侨刚死，郑定公正哭着呢。"报，楚国亡臣伍子胥跟太子芈建到了。"郑定公擦了擦眼泪："请。"

　　下了个"请"字，一个国家的国君对楚国的亡臣下了一个"请"，不简单。因为郑定公知道伍子胥，确实文能治国，武能安邦，而且他能忍辱负重，必成大事。郑定公心说：伍子胥有这么大的本事，如果留在郑国保我，将来肯定能帮我强大郑国。于是郑定公传下话来："请。"等伍子胥保着芈建、芈胜他们一家人到了郑国的国都外，郑定公亲自出城迎接，这面子可给的不小。伍子胥心说：这回借兵有望了。芈建一看，郑国国君对自己这么重视，也很高兴，就随着郑定公进城。郑定公让手下人给他们预备公馆。公馆非常好，前边是公馆，后边是花园，还派专人伺候。随后，郑定公摆上酒宴款待。酒宴已毕，郑定公走了，马上又送来粮米柴油以及服侍他们的下人，还有最高级的厨子。而且每天郑定公下朝之后，都来公馆问候，您说伍子胥他们君臣能不高兴吗？

　　高兴归高兴，但等郑定公一来，君臣两个人就哭。郑定公心说：我这儿想着法儿地哄着你们高兴，你们怎么老哭啊？也不能不问啊。"您这是哭什么呢？""唉，您还不知道我们哭什么吗？"伍子胥说，"我爹、我哥哥，以及我们全家老小都被昏君杀了，我要报杀父兄之仇。"芈建流着眼泪说："我爹父纳子媳，把我的老师以及他全家都杀了，您说我的仇能不报吗？您可怜可怜我们，借给我们点儿兵得了。"郑定公眼泪也下来了："我倒是想可怜你们，可是我没兵啊，兵微国小，没有力量借给你们兵帮助你们打楚国。"

　　那能怎么办呢，只能安慰几句走了。第二天郑定公又来了，君臣还是哭。天天哭，天天哭，哭得郑定公心乱如麻。本想收留伍子胥，自己能得到一个重臣，没想到一天到晚就是哭。郑定公心说：看来如果不能帮着他报仇，他也没打算保我。"唉……"郑定公想出一个主意来，"这么办吧，你们君臣商议商议，要是你们打算兵发楚国报仇，我没那么大力量，心有余而力不足，但你们可以到晋国去借兵，因为晋国和楚国是对头，晋国势大兵强。如果晋国答应借给你们兵，我一定会和晋国一起兵发楚国，帮你们报仇。""好吧。"

一语点醒梦中人，伍子胥就跟芈建商量。芈建说："这么办，你在郑国待着，保着我的妻子和儿子，由我遄奔晋国前去借兵。""好吧，您可要多加小心。"

君臣商量好了，禀报郑定公，他得给行文的文书，有了文书才能过关。芈建来到晋国，求见晋顷公。"我是楚国的太子芈建，而今流落在郑国，现在特来求见晋国国君，有国事相商。"

晋顷公一听，马上把手下文武官员都召集来了。晋国现在乱不乱？晋顷公现在叫君弱臣强，国君弱势，臣子强势。晋国有六大家，这六大家就是掌握晋国朝权的六位卿。在这六家大臣之中有两家还算不错，一个是魏绛的儿子，前文书咱们说过赵氏孤儿，您都知道魏绛，现在在晋国朝中的是魏绛的儿子；还有一个就是孤儿赵武的孙子，这两个人还不错，有贤名。另外四家大臣不行，最贪的是谁？荀寅。这个人贪到什么程度呢？你只要求到晋国，找到我，我就跟你要钱，就贪到这种程度。

晋顷公把这些大臣都召来了，行礼已毕。"大王，您找我们来什么事？"臣对君就这么说话，这就是君弱臣强。"唉，现在楚国亡臣伍子胥保着太子芈建全家已然到了郑国，想问郑国借兵，郑国国君让芈建来到晋国，我已然得报了，现在我还没召见他呢，他肯定是前来借兵。你们说该怎么办吧。"大家伙儿你瞧瞧我、我瞧瞧你。魏绛的儿子魏舒和赵武的孙子赵鞅还没说话呢，荀寅就说话了："好办啊，哼哼，他来了，这郑国就归您了。""他带着郑国来的啊？""您想啊，郑国一会儿跟咱们晋国好，一会儿又跟楚国好，立场不稳。现在正好，借着这么个机会，您就把郑国灭了。""我为什么要灭人家郑国呀？""您想想，当初郑国是子产当权。"那时候郑国的国家大权掌握在一个叫子产的大臣手里。"子产太厉害，咱们没法儿惹，现在换成游吉当权，游吉太坏了，他给郑国国君出主意，一会儿跟咱们晋国好，一会儿又跑去跟楚国好，这样的摇摆不定之人，您就把他灭了得了。现在芈建来了，既然芈建能来求您，肯定是郑定公很喜欢他，他们的关系不错。您就告诉芈建：如果打算向我借兵，让伍子胥带兵往楚国杀，我给你出一个主意，我帮着你，没问题，但你得回到郑国，把郑国国君所有的大臣买通，只要我们晋国一出兵，你就把郑国国君杀了，郑国就归你了。郑国一归了你，等于只剩下一个楚国，我再帮着你兵发楚国。等你回到楚国报完仇，你再报答我，把郑国给我。"晋顷公势弱啊，不敢不听荀寅的话，但心里也有点儿想听，贪嘛。晋顷公也知道荀寅不是好人，是贪权怙势之辈。贪权，咱们好理解；怙势，怙就是指倚靠势力欺负人的这种小人，荀寅就是这样一个人。晋顷公稍微想了想："好吧，就依你之见。"

这样一来，晋国既可以做好人，而且将来如果伍子胥保着芈建杀回楚国，那么郑国可就归晋顷公了。现在给芈建一个便宜，让他和郑定公内讧，把郑定公杀了，郑国先归他。计划得挺不错的，但人心叵测，谁能听你的呀？晋国君臣商量好了，众大臣往旁边一坐，晋顷公传下口谕："召见楚国太子芈建。"芈建来到殿上："拜见晋公。""哦，请坐。"芈建落座了。"不知来到晋国何事？"咱们书不说废话。芈建就把实情说了。"好啊，公子，您要打算回楚国报仇，光我们晋国帮助你势力太单，那么您必须得有一个根本之地，连根本之地都没有，您怎么办呢？""我已然离开楚国，没有根本之地啊。""有啊。你在哪儿待着呢？""我在郑国待着呢。""着啊。我给你出个主意，你回到郑国之后，有钱没钱啊？""有啊。""哪儿来的钱？""您想，我可是世子，虽然现在被轰出来了，但我已然把所有的家资全带出来了。""带了多少东西啊？""那可数不尽了，珍珠、翡翠、猫眼一大堆，反正都是值钱的东西。""你把你的钱拿出来，把郑国国君身边这几位权臣都买通了。只要我这边一出兵，一有动静，你就打着我的旗号，想办法把郑国国君弄死，郑国可就归你了。虽然国家小，但你有了根本之地，我再跟你联合一起，兵发楚国。"芈建也是贪心：现在晋国肯帮着我，我要是把郑国国君杀了，郑国归我了，将来晋国出兵，我也就能联合晋国兵发楚国报仇。可芈建也不傻："晋公啊，倘若能够称心，我作为内应，请您派人时常联系，想办法得到郑国之后，帮助我兵发楚国，我大仇得报之后，定将郑国献于晋公。"

你从我嘴里要话，那我就给你。你要是帮着我，我得了郑国，将来我报完仇之后，把郑国给你，我回楚国了，楚国多大呀。芈建也是昏了心了，和晋顷公定好了计策，打算要谋夺人家郑国，人家郑定公还对他那么好。芈建回到郑国，郑定公设宴相待。"怎么样？晋国国君答应你了吗？""晋公正准备调兵，要帮助我兵发楚国。"

然后芈建回到公馆，就跟伍子胥说："有件好事。""什么好事啊？""哈哈，我告诉你，你就在这儿踏踏实实地等着带兵打仗吧。现在晋公已然跟我商量好了，由我来花钱买通郑国国君身旁左右的人，想办法把郑国国君杀了，郑国可就归咱们君臣了。然后晋国就会帮助我出兵，兵发楚国报仇。"伍子胥听到这儿，把脸往下一沉："世子啊，郑国国君对你我恩重如山，我们君臣应该知恩图报。您现在做出这样的事来，这可不是仁义之人所为。如果您真把郑国君杀了，必然遭报。""我已然答应人家晋国了，我能不干吗？"

这就是芈建自己给自己找托词：我答应人家了。伍子胥心里明白：你是答应人家了，但是你可以不做。人家让你杀人，你答应了，那就必须去杀人吗？你可以不杀。但只要你杀了人，就是凶犯。你答应晋国国君了，你可以不做，你不做这个内应，他能奈你何呀？咱们在郑国呢。可芈建不听，贪心啊，就贪郑国，想把郑国归为己有。

芈建不听伍子胥谏言，把自己的家资都拿出来了，花钱贿赂。郑定公身边真正的权臣他可贿赂不下来，只能是把权臣底下的这些人买通了。那个时候跟现在不一样。郑国一个小小的国家，如果把郑定公手下第二层的几十个人物买通了，那也不简单了，几乎把芈建所有的家资都花了。这些人也都答应了芈建，就差立合同了，口头上全答应了：帮着你想办法把郑国国君杀了，国家归你。芈建更加昏了心了。同时，晋国也经常派人来和芈建联系，谁派来的？就是这位贪权怙势的荀寅，晋国由他负责这件事。

晋国这边总派人和芈建联系，世上没有不透风的篱笆，这件事就被郑定公身边掌权的大臣游吉知道了。游吉急忙禀报郑定公，郑定公还不信呢。"不能吧，伍子胥能让芈建办出这样的事？伍子胥可是个好人。""哎呀，伍子胥是好人，可架不住芈建贪心啊，您可得留神。""我不信。""您不信？那您就试试。"

游吉就想办法把芈建贿赂的人带来了一个，这个人跪倒在郑定公的面前，就把芈建勾结自己，想办法加害郑定公的事情一五一十地全说了，但郑定公还是不信。游吉着急呀："大王，这么办吧，芈建所贿赂勾结的这些人，我知道都是谁。明天您把芈建请到后花园中，咱们摆上酒宴，我把这些人都叫来，跟芈建当面对质。如果我说错了，您可以杀我；如果我说对了，您就杀他。"这件事把郑定公弄得也心神不定："好吧，就按你说的办。"

游吉是忠心为了郑国。第二天，郑定公就把芈建请来，芈建不知道有什么事儿，来了之后郑定公笑脸相迎，把他请到后花园中。酒宴摆下，游吉在旁边照顾着。酒过三巡，菜过五味，郑定公就问芈建："太子，我听说有晋国之人常常与你来往？""啊……没事儿，有时候晋国人来，是因为我爱吃晋国的东西，晋国的面食好，他们给我蒸俩馅面馒头拿来。""不对。晋国之人常常到你的府中，密室暗语。"这一下，芈建心里就慌了。游吉在旁边一看："来呀！""嗻"的一下，手下内侍就绑上二十多位来。芈建一看就傻了，心说：这些都是自己花钱买通的人。游吉用手一指："你们当着大王，立刻交代实情，不然的话，都是灭门九族之罪！""呼啦"一下，二十多位全跪下了："就是他，那天给我一个金簪子……""就是他，那天给我一块翡翠……""就是他，那天给我一个猫眼……"大家伙儿全都交代实情，是芈建重金贿赂，要勾结他们一起反叛郑国，想办法谋害郑定公。郑定公气坏了，这就叫对质。再看芈建，面色如土。"这是真的假的？""真的……""推出去，杀！"手下甲士把芈建往花园门口外头一推，"噗"，芈建人头落地。本来人家郑定公对你挺好的，还帮你想办法报仇。虽然人家国小势微，但人家是真心对你好呀，你有吃有喝不用发愁啊。要报仇你得想正当的办法，谋夺人家的国家，这事儿办得多缺德，结果自己死了。

芈建死了，伍子胥在公馆之中就觉得心神不安。您说真有这种感应没有？我不是心理学家，也不是大夫，但我觉得这种心灵感应是绝对有的。这时候，跟着芈建的从人跑回来了："伍公子，大事不好，世子已被郑国国君所杀。""唉……"伍子胥一声长叹，但这会儿也顾不得了，他也知道郑定公未必会杀他伍子胥，因为他并没有办坏事，但旁边的小孩芈胜可是芈建的亲生之子，郑定公要是再把芈胜杀了，那太子可就无后了。伍子胥一伸手，就把芈胜抄起来了，拉出自己的马，赶紧跑。芈建的媳妇呢？那就没人管了，最后这位是卖菜去了，还是卖酱油去了？咱们也就不表她了。

单说楚国亡臣伍子胥抱着小孩芈胜，骑着马走了，上哪儿去啊？所以伍子胥才会唱："伍子胥，伍子胥，跋涉宋郑身无依，千辛万苦凄复悲！父仇不报，何以生为？"到了宋国，没办法；到了郑国，无所依。历尽千辛万苦，父兄之仇还没有报，我怎么办？活着干什么呀？我当初是怎么跟申包胥说的？我活着就得报仇，只要三寸气在，我就得取楚王项上人头，车裂费无极之尸。伍子胥抱着芈胜，心里很清楚：现在只能去吴国。咱们前文书中也说过，晋国培养吴国，吴国挨着楚国，晋国就是想让吴国跟楚国对抗，这是晋国由楚国得的大臣申公巫臣出的主意。所以晋国给了吴国很多兵力，给了吴国很多战车，巫臣还派他儿子到吴国教他们如何使用战车作战。再说吴王是个贪心之人，您别瞧吴国小，但现在也比较强大了。所以伍子胥心里明白：只有到吴国，才能借兵报仇。

但到吴国去容易吗？伍子胥带着芈胜昼伏夜行，夜里走，白天找地方忍着。不能住店吗？要是有人把我认出来，怎么办呢？关津渡口河路码头画影图形啊。伍子胥一路走一路打听，就知道通往吴国的必经之路是昭关，昭关由楚平王派大将芉越重兵把守。刚才开场诗就说了：千群虎豹据雄关，芉越把昭关看得特别严。伍子胥要打算过昭关，比登天还难。可我要是说伍子胥没走，您也不信，因为都知道伍子胥过昭关，胡子都白了，不然这戏也甭唱了，历史也就改写了。

伍子胥过昭关，怎么过去的？伍子胥为难，走着走着，离昭关还有六十里地。一路之上，伍子胥的耳朵里都灌满了，甭管是在野茶馆里喝点儿茶呀，还是找人寻口饭啊，他也打听，就知道昭关有重兵把守，根本走不了。现在还有六十里地就到昭关了，伍子胥下了马，看了看芉胜："公子啊……"芉胜一个小孩，他能懂得什么呀。"啊？""你我如何能出得了昭关？""不知道……"

君臣在树林之中，这时候伍子胥又渴又饿，芉胜也一样，连伍子胥的马都"唏溜溜"直叫唤，马也饿呀。忽听那边脚步声音响，由山道之上下来一个人，直奔树林。伍子胥想躲已然来不及了，抬头一看，来的是个老人。这个老人中等身材，胡须大部分都是白的了，花白的头发挽着一个发髻，别着一根竹簪，身上穿着布衣、布袜和布鞋，腰中系着一条丝绦，手里拿着一根竹杖。抬头一下子看见伍子胥，这个老丈愣了。伍子胥再仔细一看这位老丈，虽然年岁大了，但是眼睛很有神，走道很沉稳，看面貌红中透亮，太阳穴努着，两个大耳朵，看这意思身体不错。咱们都听过京剧，都知道伍子胥过昭关之前碰见了扁鹊之徒东皋公，这位老丈正是东皋公。

东皋公一愣，伍子胥也躲不了了。东皋公手拿竹杖，站住了："公子，你是不是楚国亡臣伍子胥？""哎呀……"伍子胥呆呆地发愣，"请问老丈贵姓高名？""伍将军不要担心害怕，在下家离此不远，此山叫作历阳山，离昭关六十里地。我家就在山后，我是扁鹊之徒东皋公，云游天下给人看病。你告诉我，你是不是楚国亡臣伍子胥？"伍子胥心说：再说瞎话也不可能了。看了看周围，刨去自己带着芉胜，面前就是这位老丈。伍子胥一抱拳："不错，我正是楚国亡臣伍子胥。""将军你别害怕，我为什么会认识你呢？因为前天楚国大将蒍越偶染小恙，我前去昭关给他治病，看见昭关之上悬挂着恶人图，跟公子你一般无二，所以我认出你来了。你虽然形容憔悴，但面容与图像差不多呀。尤其你的前额，眉广一尺。"伍子胥身高一丈开外，眉广一尺，就是前额特别宽、特别亮，据说这样的人都很聪明。伍子胥听完，也就不得不承认了。东皋公接着说："将军，请你抬头观瞧。"伍子胥抬头仔细观看，隐隐约约看见两山对峙，就是两座高山相对，当中间儿就是昭关。这两山在什么地方？就在岘山。伍子胥忙问东皋公："老丈，那就是昭关吗？""不错，正是。昭关之上严加盘查，恐怕将军你是过不了昭关的。""哎呀，老丈，请您救我一救。""此地不是讲话之所，你随我来。"伍子胥相信不相信东皋公？现在已然没有办法了，但伍子胥经得多见得广，眼睛里不揉沙子，他也看得出来东皋公是个好人。于是伍子胥拉着自己的马，把芈胜抱起来放在马上，就跟着这位老人家走了。

书不说废话。到了东皋公家门外，东皋公一让："将军，请进。"伍子胥把芈胜抱下来，把马拉进来，随着东皋公来到客堂之上，然后连忙上前施礼："楚国亡臣伍子胥拜见老人家。""不用客气啦，此地不是你驻足之处。"意思就是你不应该在这儿待着。"请将军随我来。"

伍子胥又拉着马，带着芈胜，跟着东皋公继续往后走。就在西边有一个小篱笆圈儿，进去之后有一片竹林，穿过竹林走到后边，有三间土房。伍子胥一看，这三间土房特别矮，其门如窦，门特别小，小窗户，能照进屋里一点光亮。伍子胥把马拴好，抱着芈胜，随着东皋公推门进去。来到屋中一看，有睡觉的地方，有喝茶的地方，由小窗户之中透进来阳光，屋子里看得还挺清楚，但房子特别矮。您想，伍子胥身高一丈开外，伸手都摸着房顶了。"将军请坐。""主人在此，安有我伍子胥的座位？""主人是谁？""您看，这就是楚平王之孙芈胜。""哎呀，原来你们是君臣。"东皋公赶紧把芈胜抱起来放在正座，然后东皋公和伍子胥左右相对而坐。

连派评书——列国·春秋

520

"将军，到我家中无妨。你放心，这地方没人来，就算你在这里住上个一年半载的，也不会有人知道。但有一节，请问你是不是想要过昭关，到吴国去借兵，报你父兄之仇？""老人家，您说得太对了。"伍子胥这时候心潮澎湃，站起身形，重新跪倒在地："请老丈救我一救。""哎呀，将军请起吧。将军不要客气，坐下讲话。"伍子胥流着眼泪，把家仇国恨全都讲给东皋公。东皋公点了点头："这些事情我已然听说了，而且我去给薳越将军治病，知道你是逃不过昭关的。""老人家，您一定要搭救伍员，我有家仇国恨在身。""将军，你不要着急，踏踏实实先在我这儿住着，衣食无缺，而且没人上我这儿来。你要打算过昭关，我必须思得一个安全之计，想办法把你平平安安地送过昭关，不能让你有任何危险。将军，你就先住下，容我谋之。"但伍子胥着急呀："老人家，请您尽快思来，千万千万不要走漏风声。""唉，我既然有救你之心，就不会有杀你之意，你就放心住着吧。"

就这样，伍子胥住在东皋公的家中，每日三餐是该吃的吃，该喝的喝，伍子胥君臣二人没受任何委屈，而且每天都是东皋公亲自送饭，根本没有其他人来。但伍子胥心里还是着急，度日如年。这一天东皋公前来送饭，伍子胥一抱拳："老人家……"东皋公看了看他，把吃的放下。"将军，你踏踏实实地吃饭，吃完了睡觉，我告辞了，还得去给别人看病。"

这一连就是七天，东皋公只是伺候伍子胥和芈胜的吃喝拉撒睡，至于过昭关的事情只字不提。您说伍子胥能不着急吗？到了第七天，伍子胥真急了："老人家，您是否已然想出了救我的计策？""别着急，将军，计策我早就有了，不过我得等一个人，这个人是我的好朋友。等他到了以后，才能把你送出昭关。""您的朋友什么时候才能到？""快了，马上就到，你千万千万别着急。只要这个朋友一到，我马上就能把你送出昭关，到了吴国你就能借兵报仇了。""多谢老人家。"

伍子胥嘴里虽然说谢，但是心急如焚。东皋公出去了。当天晚上伍子胥可就睡不着觉了：东皋公等的人是谁？他能用什么办法把我送出昭关？

辗转反侧，伍子胥想不出任何头绪，索性站起来了，就在这三间土屋之中来回溜达，芈胜倒是睡得挺香。遛着遛着，伍子胥着急，左思右想也想不出东皋公到底能有什么主意，只能又躺下了，然后躺下又起来了，然后又躺下，最后坐在床上，抬头从窗户之中看见外面万籁俱寂。就这样，好容易熬到了天亮，听见脚步声音响，伍子胥站起身形往外一看，心说：难道是我的救命恩人到了吗？这时候房门开了，东皋公进来了，抬头一看伍子胥，大吃一惊："将军啊，你为什么须发皆白？"伍子胥一听这话，愣住了，摸了摸自己的胡须。看见旁边有一面铜镜，伍子胥把铜镜拿起来一看："呀……"

伍子胥泪如雨下，一夜之间须发尽白，伍子胥昭关一夜变须眉。您要是听这出戏，唱三番儿，胡子来回变，得把这个经过变出来。那伍子胥是不是真的急得一夜白头？胡子头发能不能一夜之间变白？这是生理现象，我见过，绝对不是假的。当然，受到的各种刺激是不一样的。伍子胥是真着急：父兄之仇不知何时得报，自己已然在东皋公这里躲了七天了，东皋公说朋友要来，到底是什么人？能用什么主意才能把我救出昭关？他真的着急。甭管在谁身上，都得着急。那有没有一夜之间头发就没了？这事儿有，一夜之间鬼剃头，咱们也都见过，所以这是一个很奇怪的生理现象。伍子胥过昭关一夜变须眉，确实很有可能，百分之九十九点九九是真事儿。

伍子胥一看到自己须发皆白，父兄之仇尚未得报，没有捉住楚平王，没有捉住佞臣费无极，不由得泪如雨下，手中拿着铜镜："哎呀……天啊，我伍子胥何日才能申冤报仇？而今竟已须发皆白。"

伍子胥想到此处，把手中铜镜往地上一扔。到底东皋公想出什么主意能够帮助伍子胥过昭关？伍子胥到了吴国，如何借兵才能得报父兄之仇？谢谢众位，咱们下回再说。

第四十四回　子胥微服过昭关

伍子胥，伍子胥，昭关一夜变须眉，千惊万恐凄复悲！兄仇不报，何以生为？

咱们的书正说到伍子胥过昭关。不管您读没读过《东周列国志》，也不管您看没看过京剧《伍子胥》，大家都知道伍子胥的故事：伍子胥过昭关，一夜之间头发跟胡子都变白了。真有这事儿没有？真有。说人能急得须发皆白吗？那是您没急到那份儿上，真等您急到那份儿上，头发、胡子就容易白了。所以说您听书不能白听，得拿伍子胥的事儿当经验教训，着急对身体没好处。头发白了、胡子白了，对身体还没什么妨碍，但实际上万病都由气上而起，都由急上而起。人这一辈子如果能劝得自己不着急不生气，能够很平淡地对待面前发生的一切，那这人就不容易得病。伍子胥想不出任何办法，所以他真是着急，结果一夜之间须发皆白。

伍子胥在东皋公家中待了七天。第七天晚上，伍子胥头发白了，胡子也白了，但自己并不知道。第二天天亮，东皋公来到伍子胥的屋中，抬头一看，这才急忙问他："将军，你这是怎么了，为何一夜之间须发皆白？"伍子胥低头一看，胡须白了，这才拿过铜镜观瞧："哎呀……父兄之仇未报，而我已须发皆白。""啪"一下，就把镜子扔了，伍子胥跺了脚了，"完啦……"可是东皋公仔细看着伍子胥，越看越高兴："将军，千万不要着急，须发皆白，此乃佳兆也。"这是好事儿。伍子胥痛哭失声："哎呀……老人家……想我伍子胥只在而立刚过，就已须发皆白，且大仇未报，这怎会是佳兆呢？""将军，你可千万别着急。你想一想，你身高一丈，二目如电，眉广一尺，体格魁梧，世人不如。"东皋公在给伍子胥分析：你伍子胥长得太魁梧了，一般人跟你都不能比，身高一丈开外，眉广一尺，二目炯炯有神，如同放电一样，世间像你这样的奇伟之人少有。"而今昭关挂有将军的图像，你是跑不了的。但现在你突然在一夜之间须发皆白，这是让人难以料到的事情，谁也不会想到你伍子胥年纪轻轻，居然须发皆白，所以你借此机会就能混过昭关，俗人难辨。更何况我的朋友已然到了，他能想办法帮你通过昭关。"

所以您看《东周列国志》，您得分析原文。东皋公说得很有道理，他说伍子胥长得非常奇伟，体格魁梧，一般人跟你不一样，所以你特别好认，没法儿混过昭关。所以伍子胥要想过昭关，就必须得想办法。东皋公有主意，他想出主意能让伍子胥通过昭关。但是现在伍子胥这一须发皆白，既帮助了东皋公，也帮助了伍子胥自己。所以东皋公一看伍子胥须发皆白，赶紧给伍子胥道喜，佳兆也，这样就可以避俗人之眼。所以您回去查查《东周列国志》的原文，俗人指的就是一般的人，真正有眼光的人可不是俗人，他一看就能看出来。一个人的气质是有内涵的，而须发皆白是外表，现在伍子胥改变了，可他改变的只不过是外表，没有改变内心，他的气质是变不了的。比如，一个人要学别人，你再怎么学，这个人的气质你夺不走，一个人往那儿一站，气质是最能说明问题的。所以东皋公是个高人，他是扁鹊的徒弟，是个大夫，大夫就跟平常人不一样。东皋公告诉伍子胥：你现在的外表改变了，俗人就无法把你认出来了，言外之意不是俗人的，还是能把你认出来。那么谁是俗人呢？一会儿咱们就得把这个俗人说出来。

伍子胥听完东皋公一解释，心中豁然开朗："那……老人家，计将安出？""将军，我的朋友离此西南七十里地，是龙洞山的隐士，复姓皇甫，单字名讷，身高九尺，眉广八寸，与将军你有三分相像。而今他已然到了，让他扮成将军你的模样。再说，而今你已须发皆白，他扮成你，你扮成仆人，带着公子就可以混出昭关。""哎呀……"伍子胥听完，深施一礼，"老人家，能把恩公请来吗？""我的朋友皇甫讷已然到了，我跟他把实情讲明之后，他非常愿意帮助你，他是一位义士。""可是……如果他帮我混过昭关，他要是被获遭擒，身陷囹圄，那我可对不起他呀。""如果说我的朋友有难，我自会有解救之法，你就放心吧。""那就请恩公一见。"

东皋公转身出去了，时间不大，把皇甫讷陪来了。前边咱们说了，伍子胥住的这三间矮房，特别矮，门也特别小，好像是个花房。东皋公陪着皇甫讷由小门推门而进。伍子胥抬头一看，皇甫讷和自己真有几分相似，但不是长得全像。天底下同模样的人有的是，这话还真对，皇甫讷和伍子胥有三分相像。所以您看，咱们说书不说废话。之前给伍子胥开脸儿的时候，伍子胥身高在一丈开外，眉广一尺，身体魁梧，前额特别宽。而《东周列国志》原文上写皇甫讷身高九尺，眉广八寸。皇甫讷比伍子胥稍微矮了一点儿，脑门儿也稍微窄了一点儿，差了二寸，但整个人身材的比例尺度，两个人还是差不多的，看着很舒服。

伍子胥一看皇甫讷，也是一愣，心说：没想到天底下还能找到和自己如此相像的人，伍子胥也不用东皋公指引，直接"扑通"一声，跪倒在地："伍子胥拜见恩公。""哎呀，将军请起。"皇甫讷赶紧把伍子胥搀起来。芈胜在这儿坐着，东皋公用手一指，皇甫讷坐下了，伍子胥坐下了，东皋公也坐下了。"将军，这就是我的好朋友龙洞山隐士高贤皇甫讷。你看，他和你是不是有几分相像？""不错，恩公，你能帮我渡过昭关……""将军用不着这样。"皇甫讷一摆手，他知道伍子胥接下来必然会说今生今世必当重报。

人做好事如果求报，那么这好事你就甭做，帮人勿求报，施恩不图报。这是什么精神？雷锋精神。确实是这样。你打算去帮助别人，那你就不能求人家的回报；如果你总惦记着人家得报答你，那你就干脆别帮助别人。所以说义士助人都不求回报，皇甫讷和东皋公是一样的，知道伍子胥的身世，东皋公已经给皇甫讷讲清楚了。皇甫讷一摆手："下句话你不用说了，我没让你报答我。"

咱们书就不说废话了。大家伙儿也都很清楚了，然后东皋公出主意，伍子胥到了黄昏的时候，吃完晚饭，把自己的衣服脱下来给皇甫讷穿上，毕竟伍子胥身穿素服，他穿着孝呢。然后，伍子胥穿上仆人穿的衣服，同时给芈胜也换上了农村小孩穿的衣裳。因为东皋公是大夫，他配好了药，熬了一盆药水让伍子胥洗脸，就把伍子胥脸上的颜色改变了。这下就基本上看不出伍子胥的本来面目了，脸上和手上的皮肤颜色都变了，而且是白发白须，身上的素服也换给皇甫讷了。东皋公看了看，说："走吧，天已黄昏，你们马上动身。走到明天天一亮，正好到昭关，那时候昭关也就开了。"

六十里地，现在就好办了，开辆车，一辆不够就两辆，毕竟芈胜是楚平王的孙子啊，他得一个人一辆车，"唰"一下就到了。那时候没有汽车，只能步行。而且伍子胥从此之后没有马了，这匹马得给皇甫讷。全都准备好了，马上就要上路了，伍子胥跪倒在地，给东皋公拜了四拜："老人家出此高策，救了我伍子胥，使我伍子胥能够逃出昭关。有朝一日复见老人家，定当重报。"东皋公听到这儿，脸往下一沉，用手一捋胡须："将军，你错了。与人相帮欲求回报，非大丈夫也。"所以咱们中国自古以来，帮助别人就是不求回报的，这是中国人的美德。东皋公对伍子胥说："将军不用拜我，也不用说这样的话，我就应该帮助你，并非要求你的报答。再说我的朋友皇甫讷是个仁义慷慨之士，知晓你国仇家恨，他愿意帮忙。"

伍子胥站起身形，和东皋公洒泪而别。皇甫讷拉着马，伍子胥带着芈胜，离开东皋公的家，直奔昭关。走了六十里地，到了昭关，天也亮了。所以您看，说书有快有慢，有事儿的时候说得慢，没事儿的时候快着呢，六十里地说到就到了。到了昭关是什么时候？刚刚开关。当然，伍子胥心里很紧张，再沉得住气他也紧张。皇甫讷拉着马先走。昭关关门之外，按现在话说，所有的士兵都是荷枪实弹。两溜儿甲士对每一个要过关的人挨着个儿地盘查，所有进出昭关的人都要被搜查，关门之处还悬挂着伍子胥的恶人图。皇甫讷跟着要过关的人群往前走。那位说，这会儿过关的有多少人？也就三三两两，顶多十个八个，因为那个时候人少。再说，没事儿的话谁老出关进关呢？皇甫讷随着人往关门处一走，他这模样就引起甲士们的注意了，马上就过来了几个。"哎，你站住！"皇甫讷还假装害怕："啊……啊？有什么事儿啊？"

甲士把皇甫讷拉到城门这儿，对着伍子胥的恶人图一比，这名甲士看完了就开始哆嗦。皇甫讷一看：这人什么毛病？帕金森？其实这是暗号，那意思就是让其他的人赶紧去禀报。有一个当兵的撒腿就跑，一直来到蔿越将军府。"报！""何事禀报？""发现一人，面似伍子胥，身穿素服，拉着马。"

蔿越一听，心说：好啊，抓住伍子胥，赏粮食五万石，官封上大夫，这可比我在昭关这儿待着强多了。平时蔿越就总准备着，唯恐有一天伍子胥要出昭关，所以平时蔿越也是顶盔掼甲，罩袍束带，全身披挂整齐，升座大堂，就等着得报呢。蔿越非常高兴，把手一摆，手下的人赶紧把他的马鞴好。蔿越撩鱼褟尾分两征裙，绕过帅案，迈大步走出大堂，来到辕门，拢丝缰认镫扳鞍上马，一催坐下马，手下的兵将跟着，"啊呀呀呀呀……"直奔关门。等到了关门这儿，蔿越往关门之前一看，没错了，那就是伍子胥。您想，蔿越离关门还有点儿远，皇甫讷比伍子胥稍微矮一点儿，前额比伍子胥稍微窄一点儿，但也是大宽脑门儿，相貌和伍子胥非常相像。手底下的人问："将军，怎么样？""拿！"

蔿越高兴。手下兵将一拥而上，就把皇甫讷逮着了，抹肩头拢二臂，给皇甫讷上了绑，有人牵着他这匹马。蔿越一拨马回去了，准备升堂审问皇甫讷。您看，这时候是蔿越传令拿皇甫讷，证明蔿越已然确定这个人就是伍子胥。借着这个机会，伍子胥带着芈胜可就混出了昭关。为什么？一个是有的人在看热闹；再有一个就是大家一看抓住了伍子胥，全都过来瞧，可就把真正的伍子胥忽略了；再说，伍子胥已然须发皆白，脸上也用药水洗过了，皮肤颜色都变了。他就借着这个机会，拉着芈胜就混出了昭关。关门这儿当兵的也放心了，都认为伍子胥已然被逮着了，所有人的警惕性就松懈了。有甲士把这位假的伍子胥押到了蔿越的大堂，高喝："跪下！"皇甫讷假装害怕呀："哎哟……我犯了什么法？我是龙洞山的隐士皇甫讷呀。为什么要把我抓到这儿来？"

蔿越一听这话，从帅案之后站起身形，仔细一看面前的伍子胥。蔿越见过伍子胥，虽说没有当面一起吃过饭，但是同朝之臣。蔿越也知道伍子胥身高过丈，二目如电，他一听这个人说话的声音不对，再仔细一看这个人的眼神，就发现这个人的眼睛比伍子胥小。薳越心说：是不是伍子胥千辛万苦来到昭关，发现难以出关，一着急，形容憔悴，眼睛就显得小了？不对呀，这个人的声音发雌。您看《东周列国志》原文，说皇甫讷的声音发雌，雌指的是女性，实际上就是说皇甫讷说话声音比伍子胥小，伍子胥说话声若洪钟。薳越也有点纳闷儿，用手一指皇甫讷："快快说出实言，不然的话军法无情！""哎呀，将军，我是跟我的朋友约好了要在关前相见，然后一同去东游。现在我的朋友还没到，我正着急呢，您为什么把我抓来呀？我身犯何罪？""嗯？"薳越再一听，声音还是不对；再瞧瞧皇甫讷，薳越心中就有点儿二乎了。正在这时，当兵的进来了。"将军，现有东皋公求见。""有请。来呀……"

薳越一摆手，手下人就把皇甫讷带下去了。为什么薳越对东皋公要说"请"字？因为薳越得过病，就是东皋公治好的，现在东皋公来了，能不相请吗？东皋公迈步走进大堂，薳越赶紧站起身形："哎呀，老人家，您可好哇？怎么有闲暇来到关上？""呵呵，不是啊，我是和朋友约好了要出关同去东游，来到关前，听说将军您把楚国亡臣伍子胥捉住了，我前来给您道喜呀。""您听说了？""是啊，听说了。""嗯……可是我捉住的这个人虽然长得与伍子胥相貌相同，但他的眼神发暗、声音发雌啊。""哎呀呀，薳越将军，你和伍子胥同事楚王，难道说不认识吗？""只不过几面相见而已。""没关系，我云游四方，到处医病，我也曾见过伍子胥一面。何不请薳将军把这个人叫上来，让我看上一看？""好啊，来呀。"

手下人就把皇甫讷带上来了。皇甫讷一进大堂，抬头一看："哎，我说东皋公，你成心是怎么着？跟我约好关前相见，你我一同出关东游，你怎么不到啊？看看，他们现在把我逮来了，说我是楚国亡臣伍子胥。""哎呀，我正好有个病人来看病，耽误了一会儿工夫，晚来了一步。你瞧你，嘿，长得还真有点儿像伍子胥。""拿我开心？你要是再晚来一会儿，我非挨打不可。"所以您看，说伍子胥有好几种版本，都是后人编的。有的版本就非得让东皋公的好朋友皇甫讷挨上几鞭子，然后东皋公才来呢，这东皋公怎么那么坏呀？！其实东皋公早就准备好了，这边一逮着皇甫讷，他就得来，不能让自己的朋友受苦。"对不起对不起，是我稍微晚来了一步。哎呀，蓳越将军，他是我的好朋友龙洞山的隐士皇甫讷，我跟他约好了今天一同出关东游，您怎么把他当成伍子胥了？您看他这么一点儿的眼睛，能是伍子胥吗？您听他的口音，能是伍子胥吗？""哎呀……"蓳越也觉得挺寒碜的，对不起人，"是我认错人了，是官兵前来禀报。"

您瞧，这时候他赖人家。所以东皋公告诉伍子胥，须发皆白可以避过俗人之眼，蓳越就够俗人的。俗人之眼，没看出来，而且明明是他传令捉拿，现在他反过来赖当兵的，可是你骑着马过去看什么了呢？你这一拿可不要紧，把真的伍子胥放出了昭关。东皋公由怀中把过关的文书拿出来，往上一递："将军请看，我早已取得了过关的文牒。我跟好朋友约好同去东游，这是我的好朋友，今天是我稍微来迟了一步。""哎呀，实在是对不起对不起，来呀……您二位请坐，请坐。"

然后蓳越站起身形，亲自给皇甫讷松了绑绳。皇甫讷用手一捋胡须："哎呀，没想到我跟你约好出去一游，差点儿身陷囹圄。"这话说给谁听？说给蓳越听呢。蓳越一看，是自己对不起人家，急忙吩咐一声："来呀，敬酒压惊。"手下人端上酒来，蓳越敬皇甫讷一杯酒："得啦，对不起您，是我认错人了。"皇甫讷心说：正好，我挺渴的，那就来一杯吧。皇甫讷喝了一杯酒，蓳越又说："来呀，看纹银五十两。"东皋公对他有恩，给他治过病，现在是他对不起人家，拿人家当伍子胥了，给人家捆来了，这既对不起东皋公，也对不起皇甫讷。蓳越拿起五十两纹银，往皇甫讷手中一递："来呀，送二位出游。"东皋公和皇甫讷这二位高兴了，不用自己掏钱。五十两银子，您说那时候得游多大一块地方？估计周游列国都快够了。"啊，多谢多谢，这也是蓳越将军您为楚廷立功应尽之责。"你给完我钱，我当然得夸你两句。你是看守昭关的将军，抓捕逃犯是你应尽之责。蓳越拿出去五十两银子，真的伍子胥也没逮着。东皋公和皇甫讷告辞走了，蓳越马上传下命令，严加盘查，他万万也没想到伍子胥已然借机会混出了昭关。

咱们单说楚国亡臣伍子胥，离开昭关之后，伍子胥大步流星走了一二里地，然后回头眼望昭关，眼泪下来了。他是楚国人啊，父亲被奸臣所害，死在了楚国，哥哥也死在了楚国，自己家里三世都是楚国的忠臣，楚国是家乡啊。伍子胥拉着芈胜，眼望楚国的方向，心潮澎湃。"我爱你，我的家，我的家，我的天堂……"只能用这几句来表达伍子胥的心情了。谁愿意离开家乡啊？您看咱们中国有许多华侨出国之后多少年，胡子也白了，头发也白了，拿着巨资回乡投资，这都是深爱家乡一片心。确实，人没有不恋家的，不管出去有多好，那也没有家乡好。

伍子胥流着眼泪离开楚国，拉着芈胜快步如飞往前走，得赶紧走啊，恐怕蒍越明白过来，那追兵就该到了。刚走了没多远，忽听一声："站住！"

伍子胥没想到，抬头一看认出来了，说话的人叫左诚。干吗的？是昭关的一个更夫，击柝小吏。柝，就是打更用的梆子。伍子胥认识他，他也认识伍子胥。为什么呢？因为当初伍子胥跟随父兄在城父的时候，经常随太子芈建出去打猎，左诚是城父人，也经常跟着伍子胥他们去打猎，所以互相都认识，而且相互也非常了解。您想想，他们都近距离接触多少回了。现在左诚在昭关当击柝小吏，他当然知道伍子胥要离开昭关奔吴国。今天左诚突然看见伍子胥了，大吃一惊，急忙喊道："站住！""嗯，你是左诚？""不错，你是伍子胥。公子，你怎么出的昭关？""哎呀，这个你就不用问了。""必须得问。""你若问，我告诉你，大王之所以想要找我，是因为想要我家传的一颗夜明珠，这颗珠子被我朋友借走了，不是从我手中借的，而是从我父亲手中借的。大王想要这颗夜明珠，现在我去取，我没有别的办法，因为只有离开昭关，才能找到我这位朋友。刚刚是我将实情禀报了蒍越将军，是蒍越将军把我放出昭关的。""呵呵，公子，你说瞎话蒙我？这根本就办不到。现在你跟我回去，问问蒍越将军是不是这么回事。如果不是这么档子事，对不起，你可走不了。"

伍子胥一听，气坏了，心说：我好不容易才逃出昭关，你一个击柝小吏在这儿欺负我？想让我回去，那能办得到吗？伍子胥气往上撞，用手一按宝剑把儿："好，我就跟你回去。我回去之后就禀报蘯越将军，就说这颗宝珠我已然要回来了，被你抢走了，抢到他人之处，现在还拉我回来面见将军。""别介呀，您走吧。""放我走了？""您走吧。"左诚也很明白：伍子胥要是一亮宝剑，自己的脑袋就要下来了。就算他跟我说的是瞎话，我也得放了他，我可惹不起他。这事儿顶多回去我忍着不言语不就完了嘛。伍子胥转身形拉着芈胜走了，这位打更的左诚回到昭关面见蘯越，什么也没敢说。

伍子胥带着芈胜继续往前走，走了没多远，伍子胥愣了。只见水天一色，波涛滚滚，浩浩渺渺，大江阻路。伍子胥到什么地方了？鄂渚。这个地方在湖北，就是水中一块小的陆地。伍子胥带着芈胜站在江边，一看波浪滔滔，没有船，没有桥，只有过了这条大江才能步入吴国的境界。伍子胥心说：如果这时候东皋公把皇甫讷救走，蘯越明白了，知道我已然混出昭关，派大兵前来追赶，那我性命休矣，何谈报仇。想到这儿，伍子胥一低头，用手一捋自己的长髯："哎呀……天啊。"

伍子胥往上游看了看，再往下游看了看，伍子胥眼睛睁开了：在波涛之中有一条小船，直奔伍子胥而来。您要看《东周列国志》原文：渔翁驾船，沂水而上。逆水行船，由下游奔上游。伍子胥一看有救了，没想到天佑我伍子胥，连忙把手一招，连声高喊："渔父救我，渔父救我，快快渡我过江！"

父亲的父，证明伍子胥非常尊敬这个渔翁。这位听见了，顺声音往上游一看，就在一块小小的陆地上，周围都是水，站着一个人，虽然面目看不太清楚，但从外形上能看出来，身量高大，体格魁梧，身带佩剑，气度非凡，不是一般的普通老百姓。打鱼的人眼神都好，看见伍子胥了，再看伍子胥身旁还有一个小孩儿。您说这个渔翁他知道不知道？他经常在江中打鱼，昭关挂着伍子胥的恶人图，一传十，十传百，口口相传，总而言之，楚国的老百姓大概其都知道这件事了。现在一看伍子胥身量高大，体格魁梧，身带佩剑，旁边还有个小孩儿，那这渔翁心中明白不明白？咱们今天说书只能做个猜测。《东周列国志》原文说得很好，说这个渔翁唱着歌就来了："日月昭昭乎侵已驰，与子期乎芦之漪。"

　　唱了这么两句。日月昭昭，说明伍子胥这件事已经如同天明一般，天下尽知了；侵已驰，伍子胥听明白了，这是让自己快点儿跑；与子期乎芦之漪，你和我相见了，我把你渡过江去，你往下游跑，到芦苇的旁边等着我，我渡你过江。从字面上讲，咱们猜测，渔夫也可能知道伍子胥，也可能不知道伍子胥。一个打鱼的老百姓，没事儿总打听国事干吗呢？那么打鱼之人当中也有明白的，也有不明白的。也许这个渔翁就知道，所以他才会唱这两句歌。这两句歌是怎么回事？编的。有位史学家曾经说过，看中国历史，拿起书来看，上面都有人的心理活动，那这些心理活动都是本人告诉你的吗？不就是编的嘛，也是按俗家小说所编。所以您分析这件事，只能去猜测。咱们通过渔夫所唱的这两句歌，说明渔翁已然知道伍子胥的事情。

　　伍子胥听明白了渔夫所唱，带着芈胜撒腿就往下游跑，迎着这条小船，小船溯江而上。等伍子胥来到芦苇之滨，小船也到了，老人家由打船上跳下来，系好缆绳，用手一指，伍子胥抱着芈胜跳到船上，然后老渔翁解开缆绳，用篙一点，轻轻一划桨。"哗……"一个时辰之后，到对岸了。来到对岸，船靠江边，老人家把船桨放下，一抱拳："公子，观你之貌，非常人也。"看你的这个相貌就不是一般人。"我既然把你渡过江来，能不能告诉老丈我，你到底是谁？"现在已然过江了，伍子胥心中也就比较踏实了，连忙冲着老渔翁深施一礼："多谢老丈渡我过江。我乃楚国亡臣伍子胥，父兄皆被楚王杀死。"伍子胥删繁就简，把自己如何为过昭关须发皆白，东皋公如何助自己混过昭关等这些事情全对渔丈人说了。老人家听完点了点头："既然如此，公子，你腹中饥饿吧？""是啊，我已然饿得受不了了。""我看这孩子也饿了吧？""饿了……"小孩儿就会说实话。"好吧，请稍待。"

　　老渔翁把船系好了，把伍子胥和他的小主人留在船上，老人家上了岸。

前边有个村子，渔翁进村了。这一下等的时间可就长了，伍子胥等得心里着急。等着等着，心里可就琢磨了，他跟芈胜说："人心叵测，谁又能知道他会不会去叫人来呢？倘若他聚众前来捉拿你我君臣，那可坏了。"芈胜跟一般的孩子不一样。他已然跑了那么多日子了，先是跟着他爸爸跑到宋国，又跑到郑国，现在又跟着伍子胥这么跑，他心中大概其也明白了："那你说该怎么办呢？"

伍子胥就拉着芈胜钻入江边的芦苇之中。又过了挺长一段时间，老人家回来了，拿的什么吃的？麦饭、鲍鱼羹和盎浆，一共三样吃的。别看您现在吃鲍鱼是相当好的食物，那会儿伍子胥要饭还能要来鲍鱼羹呢。老人家来到船边，一看伍子胥跟小孩儿都没了，心里明白了：这是怀疑我去叫人来捉他。老人家连忙喊道："芦中人，日月昭昭，日已迟矣，复为悲忧，因何不渡？"事情我已然清楚了，时间过得很快，太阳都要落山了，我是去拿饭食前来救你，我都把你渡过江来了，怎么还能不救你呢？你快出来吃饭吧。伍子胥一听，带着芈胜由芦苇丛中出来了。"老丈。""你因何躲我？""我这条命都交给天了，现在也就交给老丈您了。我腹中饥饿，心内恍惚，又怎会躲着您呢？我自己都不知所措了。"老渔翁微微一笑："用饭吧。"

伍子胥一看，麦饭、鲍鱼羹，还有盎浆，挺香的。您想，那时候没有微波炉，也没有高压锅，要做出这么一顿饭来是不是也得挺长工夫的？伍子胥知道自己多心了。盎浆是什么？盎就是一个圆盆儿，釜口大小，盎浆就是一盆稀的东西，至于是米糟还是鱼汤，咱们也就甭分析了。总而言之有鲍鱼羹，那就已经相当不错了。伍子胥和芈胜饱餐一顿。吃完之后，老人家把这些家伙都收起来了，伍子胥感念老人高义，把身旁的佩剑摘下来了。"老人家，这是先君赐予先祖的，我家已传三世，上有七星，价值百金。而今老人家将我渡过江来，又赐我饭食，我无以为报，唯有献上这口宝剑。"

这口宝剑确实不错，是当初楚王赐给伍家的，已历三世。上边有七星，足能卖出百两黄金。老人家看了看伍子胥，又看了看这口宝剑，把脸往下一沉："伍公子，大王已然下令，如果捉住你，赏粮五万石，官封上大夫，我要你佩剑何用？把你渡过江来，喂以饱食，你赶紧上路吧，我不图以报。再者说，君子无剑不游，你没有宝剑又怎能行呢？"暗中的意思就是你还何谈报仇呢？"老丈，您果真不求报吗？那就请您赐名。"老人家二次把脸往下一沉："伍将军，你错了，你想我打鱼为生，江中为家，你问我姓什么叫什么又有何用？大丈夫岂能望报呢？""您救了我的性命，无论如何请您赐我姓名，记在心中，倘若他日能见呢？""好吧，如果你一定要问，将来有朝一日再见到我，就叫我渔丈人，我就叫你芦中人。""多谢老丈。"

伍子胥带着芈胜下了船，往前走了几步，回头一想：坏了，倘若薳越指挥人马追上来，见到这位老渔翁一问，他要是说我带着芈胜顺着这个方向走了，大军往上一拥，还没到吴国的国境，我这条命就完了，我得嘱咐嘱咐这位渔丈人。老人家刚要解开缆绳走，伍子胥扭转身形："渔丈人，请回。""哎呀，将军何事？""您把我渡过江来，赐以饱食，我谨记在心，但我要嘱咐老丈一事。""将军请讲。""倘若薳越指挥兵将追到此处，您可千万千万替我伍子胥严守此秘。""嘻！"渔丈人听到此处，一跺脚，"将军，倘若薳越指挥人马由别处过江，我就算跳江也难洗清白之躯。也罢！"老人家解开缆绳，拔起船舵，扔掉双桨，来到江心之处，把船一翻，溺死于江中，老人家的尸身随船而去。伍子胥一看，可抖落手了："哎呀……老丈啊……你救我一命，反而因我身亡。"

有人说其实老人会游泳，走了。那么到底这位老人家怎么回事，您还得去猜测。当然，渔夫没有不会水的，但伍子胥说话伤了人家的心，也确实是实情。老人家动作很迅速，解缆绳，拔船舵，扔双桨，把船弄了一个底儿朝天，老人家没了。据说现在在武昌东北方向，通淮门外还有一座解剑亭，就是当初伍子胥赠剑之处。伍子胥流着眼泪，转过身形，带着芈胜继续往前走，可就来到吴国。但没有吃的呀，伍子胥堪堪要冻饿而死。伍子胥到吴国如何报仇？谢谢众位，咱们下回再说。

第四十五回　伍员吹箫乞吴市

伍子胥，伍子胥，芦花渡口溧阳溪！千生万死及吴陲，吹箫乞食凄复悲！身仇不报，何以生为？

　　咱们正说到伍子胥。伍子胥到哪儿了？真到吴国了。他碰见渔丈人的时候，还没到吴国呢；等碰见浣纱女的时候，才真正到了吴国。上回书咱们正说到伍子胥碰见渔丈人，伍子胥赠剑，渔丈人不受。伍子胥嘱咐渔丈人：你可别把我说出来。渔丈人一生气，自己把船弄翻了，溺死于江心。

　　伍子胥带着芈胜又往前走了几十里地，到了溧阳，这儿有一条河叫濑水。这时候伍子胥带着芈胜已然饿得受不了了，身无分文，只能要饭吃。要饭吃也得分在什么年代，那时候中国没那么多人，地大物博，由楚国到吴国，人烟不是那么稠密。大家都知道，现在要饭的在路口要，常年待在那儿，那路口也得有车有人，他才能要呢。所以伍子胥没办法，只能到濑水旁边去寻找住户人家，想要点儿吃的。孩子芈胜饿坏了，他自己也饿坏了。您想想，伍子胥身高一丈开外，哪顿能少吃得了啊？找来找去，没有人家，芈胜虽然是个孩子，也饿，但他终究是楚平王的孙子，有深沉。这就是人在什么环境之下长大的，就受到什么熏陶。芈胜饿得直掉眼泪，但一声不吭，他知道伍子胥也着急，伍子胥看着芈胜也心疼。再抬头往前一看，有一个女子在濑水河边浣纱，浣就是洗。伍子胥一看，发现这个浣纱女的身旁放着东西呢。这东西叫什么？筥（jǔ），就是一个圆形的竹筐。竹筐里是什么？当然是吃的。伍子胥也不愿意要饭，但是腹中饥饿，没办法，只得拉着芈胜向这位女子走去。离着还挺远的，伍子胥抱拳禀手："夫人，可假一餐乎？"

　　"假"字那时候怎么讲呢？就是"借"，能不能借我点儿吃的？其实伍子胥这话也是瞎掰，说是借，你拿什么还呢？家中有米才能借面，家中有面才能借米，什么都没有，你说跟人家借饭，这就是个客气话。这个浣纱女并没有抬头，听见伍子胥说话，知道是个男人。"妾家中只有母女二人，我三十岁未嫁，侍奉高堂老母，从未跟男人说过话，岂敢将饭食售予路人？"

这个"售"可不是"卖"的意思，也指的是"借"。我不能给你饭吃，因为我是个还没出嫁的姑娘，老姑娘，三十岁了。现在三十岁没结婚的姑娘有的是，我不爱嫁，年代不一样了。在伍子胥那个年代，女子十四五岁就应当出嫁了，而且还是虚岁。这个女子三十岁都还没出嫁，只为侍奉高堂老母，从来没有跟男人说过话，现在你跟我借饭吃，我能给你吗？伍子胥实在受不了了，一看芈胜也是饥饿难耐，自己的肚子也是"咕噜噜"直叫，眼前发黑。按现在的话说，得打点滴了，人都要虚脱了。伍子胥没办法，只得又往前走了两步，深施一礼。刚才是抱拳禀手，现在是深施一礼。"虽然您没跟男人说过话，但是我跟您求乞，我是跟您要饭。但愿得您有怜悯抚恤之心，又何嫌乎？"

我不是一般的男的，故意找事儿跟你说话来了，溜达到你这儿看见你有吃的，没事儿跟你这儿搭搁：怎么着姐们儿，给点儿吃的呀？不是这意思。我确实饿得受不了了，没有什么避嫌不避嫌的，您能不能可怜可怜我，我就是跟您要饭吃。浣纱女听到这儿，抬头一看伍子胥，这个女人可愣了。看伍子胥平顶身高晃荡荡在一丈开外，虽然面容憔悴，但是看得出来，绝非平常之辈。说一个人不是平常人，能不能看得出来？当然看得出来，人的气质在这儿呢。伍子胥身旁还有一个小孩，面黄肌瘦，直流眼泪。浣纱女也听明白了，也看清楚了，心说：这两个人确实饿得受不了了，求我可怜可怜，给他饭吃。浣纱女再次低下头来："我三十岁未嫁，伺候我的高堂老母，我并不是有什么嫌讳，看你并不是平常人，那么好吧，给你。"

您要看《东周列国志》原文：发其箪。箪食壶浆的箪，箪就是用竹子编的圆碗。把碗给伍子胥了。然后写：取盎浆，跪而进之。取出盎浆，盎就是圆形的盆儿，浆就是粥之类的东西，跪着恭恭敬敬地递给伍子胥。伍子胥实在饿极了，把盆接过来，又从箪里盛出饭来，芈胜吃了一碗，伍子胥吃了一碗，赶紧放回去。浣纱女一看，又说话了："看君子要走远路，何不饱食？"

一看你就是个要走远道有大事的人，既然已经求到这儿了，为什么不吃饱了呢？就这样，伍子胥跟芈胜饱餐一顿，把人家的东西全吃光了。吃完之后，伍子胥冲着浣纱女深施一礼："蒙夫人您赐饭予我跟我家公子，救了我们活命。但我有一事相求，因为我是亡命之人，如果有人追赶，请您不要将我的行迹走漏风声。"

伍子胥并没明说自己是谁，只说自己是亡命之人，亡命之人必有人追，追来就是要杀掉自己。你可千万不能告诉别人，我在你这里吃过饭，我往哪个方向走了。浣纱女听到这儿，仰天长叹："唉……没想到今日与你说话，失了我的名节。"很简单的一句话。我不应当跟你说话，你是男的，我是女的，我失了名节。"好吧。"浣纱女一转身，抱了一块大石头，往濑水之中一跳，跳入水中。伍子胥再想拦也拦不住了，心说：没想到为饱我腹，为了让芈胜得一饱餐，这个女子投水而亡。伍子胥一看，旁边有一块石头，他把自己的手指咬破，用血在这石头上写了几个字：尔浣纱，我行乞；我腹饱，尔身溺。十年之后，千金报德。你在这儿浣纱，我来行乞，我饿了；我吃饱了，你跳河死了。十年之后我报答你。人家都死了，你报答什么呀？她妈在哪儿住你都不知道。伍子胥写完之后，心中难受，又怕这些字被别人看见，于是捧了点沙土把字迹埋上了。伍子胥能来到这儿已然是历尽千辛万苦，没想到遇见浣纱女。浣纱女投水而死，伍子胥带着芈胜继续往前走。书中交代，见着浣纱女就是进入吴国的境界了，伍子胥心里就比较踏实了。一路之上伍子胥都是行乞，行乞就是要饭，要饭也不太好要。您想，伍子胥一个顶天立地的男子汉，是相国的后人，了不得，文武奇才，他能够做到低声下气地跟人说好听的，已然很不容易了。为什么？为了保住这条命。保住这条命，将来才能给全家报仇，才能去灭楚国，找楚平王算账。

就这样，伍子胥带着芈胜往前走，走了三百里地，到了一个地方叫吴趋。

伍子胥领着芈胜正往前走，突然就看见前面围了好几圈人。伍子胥身高一丈开外，个子高啊，他抬头一看，就见人群当中有两个人在打架，又见一个大汉骑着另外一个。"我让你不讲理，欺压安善百姓！""嘭"，这一拳就下来了。伍子胥侧目一看，这个大汉长得十分魁梧。您要看《东周列国志》原文：碓（duì）颡（sǎng）而深目，状如饿虎，声若巨雷。书中明表，咱们都知道这位就是专诸。什么叫碓颡而深目？颡就是脑门儿，非常宽，宽脑门儿，深眼窝；状如饿虎，老虎饿了时候的样子，专诸就长这模样；声若巨雷，嗓门特别大。"我打死你，让你欺压安善百姓！"老百姓在外边围着，也纷纷说话："打！""打死他！""给我们大家伙儿出气，他坏透了！"

伍子胥听明白了，别瞧这个大汉状如饿虎，但他打的这个人是个坏人，老百姓都希望他打他骑着的这个人。伍子胥在人群外看热闹，眼看这个大汉就要把骑着的这位打死了，就听身背后远处传来声音："专诸休得无礼！"伍子胥正好在这个方向，连忙回头一看，只见有一个栅栏门，里面有院子，有房子。就在栅栏门这里站着一个年轻的妇道人家，手里拿着一支竹杖，往地上一立："专诸休得无礼！"

声音很轻，一般人听不见。如果说伍子胥在另一个方向站着，他也听不见，但是伍子胥站得离栅栏门比较近。按道理说，大汉在人群之中打架，他听不见，但是这个女子的声音一出来，再瞧这个大汉，"啪"，一松手，脚往回一撤："留着你这条命！"站起身形，人群自然就分开了，给大汉让开了一条道。这个大汉"腾腾腾"往回走，一边走一边躬身施礼："专诸遵命，专诸遵命。"

伍子胥一看那个妇道人家，按现在话说也就二十来岁，一个年轻妇人，手里拿着一支竹杖。您想，在那时候，以男人为尊。甭说在那时候，就连现在，男人都好像有点儿唯我独尊的意思，我是男的，男的得负责任。伍子胥失言了："唉，可惜挺好的一条汉子，惧内，岂能怕妇人乎？"

说到这儿，我就想起伍子胥的媳妇是怎么死的了。前文书说了，伍子胥要报父兄之仇，跟他的媳妇贾氏说："我哥哥奔京城去见父亲，因为父亲来信了。他们两个肯定要死在昏君之手，我一定要离开家乡，找人借兵，帮我报杀父兄之仇。可是你怎么办？"贾氏说："一个男人大丈夫，身怀父之冤。你有这么大的事情在身，岂能照顾我一个妇人，替妇人设计乎？"你还想我吗？报你的仇去吧。贾氏说完，转身形回到自己的房中上吊死了。

我说书就爱分析。咱们不能偏心眼儿，我觉得伍子胥不如专诸。你要去报父兄之仇，这当然是对的，但是你不能连媳妇都不管了吧？你想办法先把媳妇安置安置，把媳妇安置好了，将来她死了没得怨。现在你用这话问她：我哥哥去看我爸爸，他们肯定得死，我得给他们报仇，你怎么办呢？那媳妇能怎么办啊？那我就死吧。那时候一个女人手无缚鸡之力，她能怎么办呢？所以说书就怕分析。从这一点来说，伍子胥不如专诸。但是您看《东周列国志》，这支竹杖是专诸母亲的，专母身体有病，每次一知道专诸在外头打架，就把儿媳妇叫过来："你拿着我的这根拐棍出去一叫他，你的丈夫就回来了。"

　　就是说专诸见竹杖如见其母。我查了半天这事情的出处，没找着，因为《东周列国志》原文是老太太亲自在屋中叫的。可我们以前说伍子胥，总说这句话，见竹杖如见其母。当然，这么改大家都没有异议，改得不错，媳妇拿着母亲的竹杖出来他都听话，足见专诸事母至孝。但到底是谁这么改的？我琢磨了半天，大概还是我们说书的改的，为了彰显人情。

　　伍子胥不了解情况，一句话就失言了，说可惜这条汉子怕媳妇。伍子胥身边站着一个岁数大的人，须发皆白，听伍子胥说出这么一句话来，抬头看了看伍子胥："No（不）。"伍子胥一看："老丈。""听你的口音，不是我们此地人。告诉你，打人的汉子叫专诸，事母最孝，是个屠户。刚才出来叫他的是他的媳妇，手里拿的竹杖是专诸母亲所用，因为他母亲生病了，不能亲自出来叫他。平时专诸在外头打架，他母亲一叫他，他就回去。现在他母亲有病，就让他的媳妇出来叫他，手里拿着他母亲的竹杖，专诸见竹杖如见其母，他必然听话，马上就回家。专诸是我们这儿的大孝子。""哎呀，是我失言，老丈休怪。"人都散了，伍子胥低头看了看自己："唉……"

伍子胥身上穿的是破布衣裳，芈胜也挺脏。于是伍子胥来到郊外，找个地方洗了洗，身上稍微弄干净了点儿，当然随身也带有换洗的衣裳，那也是相当可怜了。伍子胥把自己收拾得比较干净了，第二天带着芈胜来见专诸。为什么要交专诸这个朋友？伍子胥明白，交朋友就得找孝子，伍子胥懂得这句话：求忠臣必于孝子之门。这句话放在今天也管用。如果一个人连爹妈都不孝顺，那他对朋友好不了，对上级好不了，对同事也好不了，对儿女也好不了。比如，您现在是一个公司的领导，您手底下的人如果对爹妈都不孝顺，您看看他在公司的表现如何。所以中国讲究以孝治天下，自古以来孝都是第一位的，人必须得知道孝顺父母，才能对事业忠诚，对国家忠诚。所以伍子胥要打算报父兄之仇，他得交朋友，就得交专诸这样的孝子。

伍子胥带着芈胜来到专诸家的柴扉外，一拍门，专诸出来了，抬头一看伍子胥，不认识。"请问您找谁？""在下楚国亡臣伍子胥，您是专诸吗？"书不说废话。专诸把伍子胥请进来，沏上茶，两个人坐着聊天儿。伍子胥就把自己身负的国仇家恨讲给专诸听，专诸问他："您上吴国干吗来了？""我要借兵报仇。""那您为什么不去见吴王借兵呢？""唉，没人引见啊。""那您见我何事？""想跟你交个朋友，我想和你结为生死之交。因为我昨天看见你为百姓打抱不平，也知道你事母至孝。"您看咱们说书多简单。专诸听完，对伍子胥说："好吧，但是我得请示高堂老母。"

伍子胥就在外面等着。专诸站起身形，进到母亲的房中，把伍子胥的事情都对母亲说了。老太太是个明白人，一听是楚国亡臣伍子胥，现在伍子胥为报父兄之仇来到吴国，要跟自己的儿子结为生死之交。您想，专诸就是个屠户，宰猪的；而伍子胥虽然是亡臣，逃亡在外，但出于名门，三代都在楚廷掌握大权，所以不是一般人。老太太想到此处，点了点头："儿啊，准你与伍员结拜。""儿遵命。"

专诸从房中出来，把母亲的话告诉伍子胥，伍子胥非常高兴，然后买来纸码儿，哥儿俩跪在地上磕头，结为生死弟兄。伍子胥大，专诸请伍子胥落座，跪倒在地给哥哥磕头，然后把自己的媳妇叫出来了。您看《东周列国志》原文，打架的时候叫专诸的是他的母亲，而这个时候专诸的媳妇才能出来呢，做媳妇的不能随便在外抛头露面。专诸领着媳妇拜见哥哥，这就是伍子胥见了弟妹了。然后杀鸡，做了黄米饭，款待伍子胥和芈胜。虽然他们家是杀猪的，可吃的是鸡肉，那时候他们那儿也没有禽流感。饭菜都做好了，专诸把老太太请出来，喝酒吃饭，一家欢聚。伍子胥交到了好朋友，磕头拜了把兄弟，来到吴国终于有一个朋友，有了落脚之处，而且专诸是个孝子，伍子胥心中非常高兴。

第二天，伍子胥告辞。您要是专门听《伍子胥》这部书，且说呢，但咱们说的是《东周列国志》，所以不扯那么远。专诸一看："哥哥，您干吗去？""我要去梅里。"梅里就是吴国的首都。"面见吴王借兵。""哥哥您要去梅里，我嘱咐您：吴王僚勇而骄，而公子姬光亲贤下士。"就这么七个字，一个是"勇而骄"，一个是"亲贤下士"。现在掌握吴国大权的吴王姬僚，这个人勇猛而骄横；公子姬光则礼贤下士，这个人好。"哥哥您到了梅里之后，可要揣度而求之。"您得好好用用脑子，想想应该去求谁。虽然专诸不知道国家大事，但他终究是吴国人，吴国的事情大概其也有个了解。"谢过兄弟。"

专诸送了一程，然后伍子胥跟专诸分手，就带着芈胜遭奔梅里。等到了梅里，伍子胥一看，梅里的城墙很矮，街道很破，朝廷的宫苑和民间的市集也只有个大略的分别，盖得很粗糙；街上净是熙熙攘攘的人群和车马，还有卖水产的来往船只，非常乱，街道也很脏，因为吴国现在还不是那么强大。伍子胥就把芈胜藏到郊外，他得上梅里寻找姬僚，找机会见到他，好借兵报仇，所以不能带着孩子。伍子胥自个儿得化装，把竹簪一撤，头发披散下来了，脸上抹点儿泥，光着脚，穿着破衣裳，手里拿着一支斑竹箫。伍子胥一个人进了梅里。伍子胥在梅里街头要饭，吹箫乞食，一边吹一边唱，箫声非常凄惨。唱的是什么呢？"伍子胥，伍子胥，跋涉宋、郑身无依，千辛万苦凄复悲！父仇不报，何以生为？伍子胥，伍子胥，昭关一度变须眉，千惊万恐凄复悲！兄仇不报，何以生为？伍子胥，伍子胥，芦花渡口溧阳溪，千生万死及吴陲，吹箫乞食凄复悲！身仇不报，何以生为？"

父仇不报，兄仇不报，最后身仇不报，身仇就是我父亲和兄长之仇。伍子胥唱给谁听？唱给知音人。谁听见了？吴市史被离。被离是谁？被离是个算命的，跟公子姬光是好朋友。咱们前文书曾经交代过，吴国是个很小的国家，子爵立国，公侯伯子男，是四等国，很让人看不起。咱们前边也说过夏姬之乱，因为深爱夏姬的这位巫臣最后投奔了晋国，晋国让巫臣和他儿子将战车送到吴国，教给吴国人如何使用战车打仗，培养吴国。为什么呢？因为吴国紧挨着楚国，把吴国培养起来，让吴国来限制楚国，所以吴国才开始强大起来。那么楚国就培养越国，让越国来跟吴国抗衡，所以您往后文书听，吴越春秋说的是越王勾践、吴王夫差，就该说到西施了。咱们说《东周列国志》这部书，不是把中间的哪个段子抽出来详细说，要不然天天说伍子胥，咱们就得说俩月，咱们得按照东周列国的脉络来说。

伍子胥到了吴国，在梅里的街市之上吹箫乞食，惊动了吴市史被离。那被离为什么和公子姬光是好朋友？晋国帮忙要使吴国强大，正好帮对了。吴国国王叫寿梦。列国的时候只有周天子能称王，还有两个就是秀一下，要秀一下我是王。一个是楚王，楚国开始也很小，也是子爵立国；另一个是吴国，也是子爵立国。寿梦一想：你楚王敢称王，那我也称王。所以《东周列国志》上管他们两个人叫假王，真正的王是周天子。寿梦临终之时，欲让四子季札当王以强大吴国，于是将父传子的王位继承制改为兄传弟。但传到四子这儿，季札不当。老三夷昧咽气了，天下应该传给谁呢？季札不当，就应该老大诸樊的儿子来当国君，然后再往下传。但没想到老三的儿子姬僚贪图王位，心说：我四叔不干，正合适，我来当吴王。刚才咱们说了，吴王姬僚勇而骄。那大爷诸樊的儿子是谁呢？正是公子姬光。

公子姬光忍气吞声，只能辅佐王僚，但心里不甘，总想把王僚弄下来，心说：我当吴国国君，天下本来就应该是我的。公子姬光很有本事，能够给王僚出谋划策。再说延陵季子在老三在位的时候就出使各国，等于是吴国的外交部部长，把吴国与其他诸侯国的外交搞得非常好。那么延陵季子不当国君，他也帮着自己的侄子王僚治理国家，吴国就变得很强大，而且一天比一天强大。姬僚本来想把公子姬光杀了，知道公子姬光暗恨自己。兄弟俩各怀心腹事，尽在不言中。可公子姬光没办法，虽然有自己的势力，但王僚也有他的势力，公子姬光就得培养自己的亲信，壮大自己的势力。他就找到了这个算命先生被离，在姬僚面前保他为吴市吏，做吴市的官。公子姬光就告诉被离："你要替我访贤。"

一个人要想成其大事，没有左膀右臂不行。姬光想成事，必须得有人辅佐他，他就嘱咐被离，让他在吴市多加留心，如果发现贤士，马上给我带来。所以吴市吏被离每天就在市里转悠。这一天，被离突然听见伍子胥吹箫乞食，边吹边唱。别人没听懂伍子胥的这首歌，但被离听懂了。被离心中一动：这是不是楚国亡臣伍子胥呀？伍子胥文能治国，武能定邦，这个人如果真是伍子胥，那我可就为公子姬光请来一位贤士。但是我如何对待吴国国主王僚呢？这才引出一段伍子胥投靠公子姬光，专诸刺王僚等热闹书目。谢谢众位，咱们下回再说。

第四十六回　公子姬光拜专诸

父兄冤恨未曾酬，已报淫狐获首邱。手刃不能偿夙愿，悲来霜鬓又添秋。

这几句说的是伍子胥。他的父兄之仇还没报呢，但楚平王已然死了。伍子胥本想亲手杀了楚平王，给爹爹和兄长报仇，没想到楚平王先死。所以说伍子胥本来就已经须发皆白了，没能亲自杀了楚平王，更痛苦了，说明伍子胥心中的仇恨。不过，您别误会，楚平王死是后来的事，现在他还活着，我们书接上文，继续往下讲。

上回书说到伍子胥把芈胜放在郊外，自个儿到了吴国的国都梅里。他把头发披散下来，穿着破烂的衣服，光着脚，在吴市之上吹箫乞食。伍子胥唱的那首歌其实就是唱的自己：由打昭关出来，历尽千辛万苦，过了边境来到吴国。一般的老百姓听不明白，但惊动了吴市吏被离。被离是干吗的呢？相面的。相面的、算卦的、批八字的，一样不一样？不完全一样。相面以看面相为主，一看这人的面目、模样、长相，大概其能知道八九分他的情况，这是专门研究面相。算卦的、批八字的呢，有瞎子算卦的，都不太一样，但归根结底都属于卜。那被离为什么能够听出唱歌之人是伍子胥呢？因为被离身负重任，明保吴王姬僚，暗中为公子姬光搜罗天下奇才。被离听出来了，这个行乞之人是伍子胥，他也知道伍子胥，因为伍子胥文能治国，武能安邦，早就名声在外了。被离就想看看伍子胥，跟他聊聊，看看能不能给公子姬光找一个左膀右臂。被离由屋中出来，走到门外，抬头一看："哎呀……"

虽然伍子胥披散着头发，穿着破旧的衣服，满脸的泥，还光着脚，但被离一看伍子胥的相貌，就知道不是平常人。您别忘了，被离是相面的。甭说相面的，就算不是相面的，一看伍子胥的相貌也得大吃一惊。我记得我父亲当初说这段的时候，在东安市场凤凰厅，正好赶上我去听。那时候我听书很困难，因为白天得上班，不像现在的文艺单位那么随便。早上起来八点钟得上班，我是学员班的班长，还得看着小孩练功。我在宣武说唱团是最有文化的人，老艺人都没什么文化。如果领导让写点儿什么，比如，给《北京晚报》写个稿子呀，给领导写个报告什么的，我还得给写，不听话不成，就挣十七块钱，那也得听话。所以我挺忙，要想听书，得领导让去才能听。后来我父亲就跟领导说："让我闺女听我说一遍《东周列国志》。"他就在凤凰厅说了一遍《东周列国志》。我听他说到这儿，记得非常清楚，他就给大家伙儿讲：交朋友您得掌住眼睛，得分交什么样的朋友。现在是没有了，老年间交朋友挺仗义，跟您聊着聊着，两个人一块儿茶馆听书，饭馆喝酒。您得注意，看看他的行动坐卧走，到底是干什么的，然后您再交。这二位交朋友，"二哥您喝。""哎，好，喝。"再一看这位，老转着眼睛瞧对面这位的脖子。对面这位就问："您干吗老瞧我的脖子呀？""啊，我是个刽子手，我看看您哪儿下刀合适。"他举这么个例子，实际上就是让人要掌住眼交朋友，善偷之人必然有要偷的毛病，从一个人的言谈话语之中能听出他到底是孝子还是逆子，他到底做什么职业，弄清楚这些您再跟他交朋友。我听这段书的时候是十七岁，现在翻过来七十一，我还记得我父亲当初是怎么说的。所以听书能记住点儿东西很不容易。不像现在，您要是想听我的书，找录音一听就行了，那时候只能凭自己的记忆。

被离一看伍子胥，四个字：大吃一惊。没想到楚国亡臣伍子胥是如此相貌，不由得就走过去了，被离上前躬身施礼："公子。""啊？！"伍子胥抬头看了看被离，看得出这个人也不是个平常人，因为他的素质在这儿摆着呢。伍子胥头一回来到吴国，来到梅里，不敢轻举妄动，所以看着被离没言语。被离用手一指："公子，请到屋中一叙。""啊……"伍子胥不知道这个人是干什么的，踌躇不前，又想迈步，又不想过去。相面算卦的都能揣摩人的心理，被离走到伍子胥面前，二次施礼，然后用轻轻的声音说道："您是不是老大夫伍奢之子，楚国亡臣伍子胥？""哎呀……"

伍子胥还是没说话。被离又往前走了一步："伍将军，我没有害你之心，请到屋中一坐，我能助你一臂之力，为你求富贵耳。"话很简单：你甭防着我，我没有害你之心，你进来跟我聊聊，我能帮你求得富贵。伍子胥不是糊涂人，立刻就明白了："请。"

伍子胥跟着被离走进屋中，书房落座，有人献上茶来。被离用手一摆，有人端上一盆净面水，让伍子胥洗脸。等伍子胥洗完脸之后，被离再一看，伍子胥相貌堂堂，身高一丈开外，眉广一尺，大脑门儿，这个人特别聪明，两只眼睛烁烁放光，目光如电。"请用茶。"伍子胥也确实渴了，又渴又饿，端起茶来一饮而尽。"谢过。""请问您是不是伍子胥？"伍子胥心说：我不承认也不成，我干吗来了呀？我得求一个晋身之处，面见姬僚借兵，兵发楚国，好报父兄之仇。现在有人问我，又说要给我富贵，心中揣度这个人就不是坏人。"好吧，既然先生问到此处，我正是伍子胥。""哎呀，伍将军，听说老大夫背屈含冤，被楚王杀了，而且还杀了你的兄长和全家，你逃亡在外。没想到今日能得见尊颜，真是三生有幸，将军真是一表人才。""唉……"提起父亲，提起哥哥，伍子胥泪如雨下，就把整个事情的经过删繁就简地对被离说了一遍。被离听完，心中琢磨：这个人我得引荐到公子姬光那儿，有伍子胥给姬光出主意，这必然是姬光的一条膀臂。就在这时，外边下人进来了。"先生，大王旨下，请先生陪着楚国亡臣伍子胥进宫见驾。"

多快呀，比手机发信息还快。手下人一溜小跑进宫禀报姬僚，姬僚马上传下话来，让人从被离那儿把伍子胥请来。被离不敢违抗君命，立刻给伍子胥找来衣服，让伍子胥重新洗脸，沐浴更衣，浑身臭烘烘地去见国君可不行。现在搓澡按摩是来不及了，刮痧也来不及了，起码洗干净。伍子胥沐浴之后，换上干干净净的衣服。伍子胥心里也明白：这是吴王姬僚传话，让被离陪我去见他。而被离就把自己的事情也全跟伍子胥说了："我是奉大王之命，在此设立招贤馆，招纳天下贤士，以强大我吴国。现在既然我王下旨，那我就陪您进宫。"

咱们书不说废话。两个人出了门，车已然预备好了。被离陪着伍子胥上了车，直接来到宫中。被离先进去禀报王僚："伍子胥已然到了，确实是楚国亡臣。"然后，王僚传旨召见。伍子胥进来，跪倒在地："楚国亡臣伍子胥，叩见王驾千岁。"吴王姬僚抬头一看："免礼平身。""谢大王。"

伍子胥站起来了。王僚再看伍子胥，了不得，伍子胥的外表十分警人，而且看得出来，这个人有本事，有深沉。王僚很高兴，谁不喜欢人才呀？谁都喜欢人才。王僚一看伍子胥，当时只觉得心花怒放。"你是伍子胥？""在下正是。""请坐。"给伍子胥看了个座位。伍子胥看着王僚，万万也没想到来到梅里之后，竟然通过被离就轻而易举地见到吴王了。伍子胥见到吴王想什么？就想借兵。王僚跟伍子胥聊了聊天儿，知道了伍子胥的身世。"好吧，既然你来到我吴国，我也知道你文能治国，武能安邦，现在我拜你为大夫之职。""谢大王。"

当天不能聊太多，谢过之后，得给伍子胥预备府第，还得有人伺候呀。虽然当时没发工资，那也得查查差几天呀，起码银子先过去，好让伍子胥该穿穿，该吃吃，该上朝办理国事就得上朝办理国事了。被离陪着伍子胥到了公馆，然后手下人都准备好了，这才把伍子胥接到大夫府第。当天晚上伍子胥十分兴奋，一宿没睡着觉。

第二天，伍子胥入宫面见吴王姬僚道谢，王僚这才摆上酒宴，款待伍子胥，给他接风。书不说废话。伍子胥张口就向吴王姬僚借兵："大王，您已然知道我的身世，父兄之仇不共戴天，恳求大王出兵，让我兵发楚国，以报父兄之仇！"说到这儿，伍子胥二目如灯，泪如雨下，瞪着眼睛哭。您说这得是多大的深仇大恨啊。"将军不要着急，既然来到吴国，我封你为大夫之职，你先踏踏实实待着，我一定调齐兵将，兵发楚国替你报仇。"伍子胥太高兴了，跪倒在地："谢大王。""免礼平身吧。"

两个人一边喝酒一边聊天儿，就跟考试一样。王僚心说：看看你到底有多大本事。这个消息马上就传到公子姬光那儿了，公子姬光能不打听吗？被离能不告诉他吗？公子姬光心说：如果王僚真的帮伍子胥兵发楚国，那么伍子胥必然死心塌地地保王僚，我就没份儿了。如果真的把楚国战败，吴国更加强盛，王僚名声在外，我再想动王僚就不好办了。公子姬光是个极聪明的人，第二天来见王僚。"王兄。""哎呀，兄弟你来啦，这两天怎么样啊？""啊，也就是忙一些国事罢了。""今日来见，有何公事啊？""王兄，听说伍子胥来了，有这回事吗？""有啊，我已然拜他为大夫之职。""您觉得伍子胥怎么样啊？""伍子胥勇猛非常，与寡人筹策国事，条条中窾，是其贤也；含父兄之冤，未曾须臾忘报，乞师于寡人，是其孝也。"

这是吴王姬僚评价伍子胥。特别勇，别人比不了；我问他国事，吴国应当怎么办才能够强盛，他回答得很有见地，都是对的。这个人确实有才。他跟我借兵，时刻也没忘记要报父兄之仇。这个人确实很孝顺。公子姬光心说：幸亏我来得早点儿，如果他们君臣成其大事，再想破坏都破坏不了了。姬光往下沉了沉气："王兄，您怎样对待伍子胥呀？""他既是孝子，又是贤人，我拜他为大夫之职。""哦，那您答应给伍子胥发兵报仇了吗？""答应了。他谈起父兄之仇，双目冒火，我岂能不应允兵发楚国给他报仇啊？""唉，哥哥您错了。"王僚万万也没想到姬光说出这样的话来。"我错在何处？""您想，伍子胥是个匹夫，父亲、哥哥以及全家都被楚王所杀。伍子胥千辛万苦来到吴国，咱们吴国跟楚国也有仇，但跟楚国打了几回仗，未曾全胜楚国，都是有胜有负。现在您若答应发兵给伍子胥报仇，咱们吴国是个小国，而楚国是个大国，您聚集全国的兵力兵发楚国，如果赢了，是为匹夫报仇，也没什么好看的，就是为他报家仇；如果您输了，那可是吴国之耻。王兄，您要三思而行。"

"哎呀……"王僚看着公子姬光，点了点头，心说：姬光说得对。虽然说我也想灭了楚国，但楚国势力强大，我吴国太小，就算我帮着伍子胥报了仇，一旦侥幸成功，也是为匹夫报了家仇。但如果我输了，那就是吴国之耻。我的祖父在梅里自立为王，要强大吴国，现在传到我王僚，如果把吴国所有的国力都消耗在伍子胥报仇的事情上，那我就错了。"兄弟，你说得太对了，那么我应该如何对待伍子胥？""您不给他报仇也就罢了，可以留他在吴国居住。""好吧。"

王僚答应了，公子姬光走了。这件事马上就传到伍子胥的耳朵里了。谁传的？当然是被离传的。伍子胥是个明白人，一听人家吴国有事，王僚和姬光又是一爷之孙，但具体事理不太清楚，心说：既然人家有事，我就不便参与其中，借机会我得离开朝廷。第二天，伍子胥来见吴王姬僚，只能拿话试探："不知大王何日兴兵替我报仇？""哎呀，吴国地小兵少，容我筹划，调齐兵将，操练人马，然后再选择吉日兵发楚国，替你报仇。"伍子胥听明白了，意思就是不会发兵了，不发兵我在这儿待着干吗呀？伍子胥说明白话："大王，既然吴国有事，我就不便待于朝廷，就此告辞。"那王僚还不顺坡下呀："既然如此，你就住在此地，生命无忧，我赐你阳山百亩良田。"良田一百亩，也不少啦，卖地皮也能挣不少钱呢。王僚在阳山旁赐给伍子胥良田百亩，伍子胥带着芈胜就在这儿住着当农民了。王僚把伍子胥放走了，伍子胥也甭到什么大国去了，跑到阳山当农民去了。

没过几天，公子姬光就来了，来一回、来两回、来三回……老来。咱们书不说废话。公子姬光跟伍子胥交上了朋友，慢慢地把吴国的事情都讲给伍子胥听。伍子胥听明白之后才知道：现在我只有借助姬光的势力，把王僚弄死，姬光当了吴王，才能帮助我兵发楚国报仇。伍子胥就决定死心塌地保公子姬光。公子姬光对待伍子胥是年供柴、月供米，老来找伍子胥聊天儿，而且还得背着王僚。

有一天，公子姬光就问他："你来往于各国，到了宋国，到了郑国，然后又来到我们吴国，有没有见过和你一样的忠义之士？"伍子胥明白：这是公子姬光在跟我要人，要跟我一样的忠义之士。"公子，不用远路，你们吴国就有一个。""何人？""此人是个屠户，是个孝子，忠义之人，我已跟他结为生死之交。""此人何在？""在吴区，叫专诸。"

伍子胥把专诸的事情一说，公子姬光让人预备礼物和两辆贵车，姬光就跟着伍子胥前往吴区拜访专诸。等到了专诸家门口的时候，专诸正在街坊那儿给人宰猪呢，刀都磨好了，煺毛的水也弄好了，正准备要宰呢。突然之间，来了两辆贵车。您想，那时候跟现在不一样，比如，现在在偏远的农村，就有两间草房，突然间门前来了两辆凯迪拉克，肯定也弄不明白是怎么回事。更何况是在那时候，来了两辆贵人坐的车，街坊邻居全都躲，专诸也躲。伍子胥在车里看见专诸了，马上由车上下来："兄弟，愚兄在此。""哎呀，参见兄长。"

专诸这才知道原来是哥哥到了。伍子胥把公子姬光由车上搀下来，仆从在后边跟着。专诸抬头一看公子姬光，发现这是贵人，不是一般人。"兄弟，还不上前拜见姬光公子？""啊？专诸拜见。"一个普通杀猪的能看见公子姬光，那可了不得，地位相差太悬殊。公子姬光满面堆欢："听子胥之言，你跟他结为生死之交，你既是他的兄弟，也就是我的兄弟，今日我特地前来拜访。"专诸可受不了了，心说：我一个杀猪的是你兄弟？两眼发直，看着公子姬光。伍子胥一看，赶紧打圆场："兄弟，公子前来拜访你，赶紧请进家中。""须禀过我母。"

专诸是个孝子，让他们在外面等着，转身进来了，来到母亲的屋中。"母亲，我的哥哥伍子胥陪着公子姬光到此拜访。"老太太愣了，那不能不说请啊。"儿啊，赶紧让你的妻子刷碗沏茶，把公子和你的兄长请进堂中。"

专诸推开柴扉，把公子姬光和伍子胥接进堂屋，这些陪同的人都得在外边待着，屋里没那么大地方。然后，专诸的妻子沏上茶来。专诸上前施礼："请公子用茶。"公子姬光一看专诸，就知道此人是忠义之人。"来呀，将礼物呈上。"声音传到外边，侍从把礼物呈上。什么礼物呢？有人说是金帛，有人说是玉璧十双。甭管送什么，总而言之公子姬光是想结交专诸。专诸不敢收，伍子胥说："你去禀报伯母吧。"

专诸进去禀报老母，母亲允许，专诸这才收下公子姬光送来的礼物。由这儿开始，公子姬光和专诸交了朋友，姬光也是年供柴、月供米，几乎每天都把好吃的给专诸送来。您想想，在吴国刨去吴王姬僚，第二位的人物就是公子姬光了，而专诸只是一个普通杀猪的。公子姬光老来送米送面，送绸送缎，再把专诸家的房子都重修了，这片心专诸能不懂吗？专诸心里明白：他再爱吃肉，一年才吃多少头猪啊，我老给他杀猪？那必定是有用我之处。专诸不是糊涂人，糊涂人也不能跟伍子胥磕头。虽然专诸是个杀猪的，但那是家庭环境所定的，所以我总说不能够轻易看不起人。您看，一个人在那儿当门卫，其实他有当科长、当处长的材料，只不过没被发现呢。您说那深山里就没有世界冠军了？他是没有那机会。所以您生长在北京，这是很好的条件。您别瞧专诸是个杀猪的，但他并不糊涂：公子姬光这么对待于我，必然有求于我。

有一天，两个人坐这儿聊天儿，专诸直接问："公子，我不过是一个普通的屠户，而您贵为公子，跟我交朋友，必然有用我之处，不知道您打算要我干什么呢？"专诸问得很直白。这么些日子，公子姬光也了解专诸的为人了，既然他这么问了，那就实话实说吧。"专诸，我想要你帮我刺杀王僚，保我承继吴国国主之位。"一句话专诸就明白了。专诸想了想，点了点头："公子，先王已死，他的公子是姬僚，姬僚继位理属当然，您为什么要刺杀姬僚？""专诸，吴国原来的事情你不知道。我的祖父自称吴王，想强大吴国。本来我们是子爵立国，地位十分低下。我的祖父临死前有遗言，他说我的四叔季子最贤，他死后由我四叔继承王位，那么吴国必然强盛。但我四叔不干。所以我祖父留下遗言，将父传子改为兄传弟。祖父死后，我的父亲诸樊成为国君。父亲死后传位于二叔、二叔死后传位于三叔、三叔死后传位于四叔，可四叔不干，那就应该传位于我，我是老大之子。可没想到我三叔的儿子姬僚继位，成为吴王……""公子，您别说了，我明白了。王位本来应该是您的，但现在到了姬僚手中，您可以跟他讲理呀，就说老先王有命。""专诸，姬僚贪而无理，十分骄横，而且势力羽翼已成，跟他讲理可办不到。""那您是不是要我想办法刺杀王僚？""就是这个意思。""好啊，我是一个普普通通的杀猪之人，公子对我恩重如山，无以为报，我应该完成您的命令。但有一节，家有高堂老母，不敢以身相许。"

专诸明白：我要去刺杀王僚，就得死。你要去杀王僚，他身边的甲士能不把你杀了吗？过去把王僚捅死了，没人知道？哪儿有那事啊，不可能的。所以专诸很清楚。但我死后我妈谁管，我媳妇谁管，我孩子谁管？所以家有高堂老母，不敢以身相许，什么事儿都得把妈想在前边。不能跟现在有的人似的，就知道媳妇、孩子，这不行，咱们中国人讲究以孝当先，必须先得想高堂老母。父母在旁，别的什么都不能谈。所以专诸才说出这样的话来。

公子姬光说："你放心，你死之后，你的母亲就是我的母亲，你的儿子就是我的儿子。我一定孝顺老母，善待你子。""好，谢过公子。"专诸沉了沉气，"公子，您让我刺杀王僚，您想出主意没有？""呃，这个……我还没想出万全之策。""公子，凡事轻举无功，必图万全。"您想轻而易举地成功，办不到，若打算办成一件事情，必须有万全之策。然后专诸又对公子姬光说："夫鱼在千仞之渊，而入渔人之手者，以香饵在也。"鱼本来在千仞之渊中，却落入渔人的手中。为什么？因为渔人钓鱼用了香饵，以香饵诱之。公子姬光点了点头，看着专诸。"公子，王僚有没有嗜好？""有，他贪吃，喜欢美味。""中何美味？"他最爱吃什么？"姬僚尤爱鱼炙。"炙就是烤，他最爱吃烤鱼，烤鱼的方法也不一样。当时什么地方烤鱼的手艺最好呢？太湖。专诸说："这么办吧，既然王僚贪吃，喜欢吃鱼炙，那我就去太湖学习这个手艺。"

就这样，专诸辞别了高堂老母，嘱咐妻子好好孝顺母亲，把这事也告诉了自己的兄长伍子胥。然后，专诸去太湖学了三个月烤鱼的手艺。您要听李鑫荃说《专诸刺王僚》，他说专诸最后刺王僚的时候，是用黄河大鲤鱼做的浇汁鱼。为什么呢？因为专诸用的鱼肠剑光芒外露，一浇汁儿就把光芒盖上了。原来我也是这么说，但这回我得好好研究研究，咱们错了就改。其实据我考证，专诸所用的鱼肠剑并不是光芒外露，宝剑不是总闪光。所以我觉得《东周列国志》原文还是对的。但说书的为什么要这么说？那是为了把书说得惊险，说得漂亮。所以李鑫荃是说书大师，他这段书说得特别好。黄河大鲤鱼，炸完之后，上边浇汁儿，把鱼肠剑放在鱼嘴里头，光芒就被掩盖住了。说书您不能忒较真儿，说到理处方是书。

专诸把烤鱼的手艺学好之后，回来就给公子姬光做。公子姬光一尝："你做的鱼，王僚吃过之后就不能放下，太好吃了。"把伍子胥请来了，公子姬光对伍子胥说："专诸如今已经把炙鱼的手艺学到手了，你看咱们应当如何下手？"伍子胥说："别忙，鸿鹄有羽翼，去其羽翼，方可行之。您也知道，王僚的兄弟掩余、烛庸执掌大权，心向王僚。尤其是他的儿子庆忌，伸手能抓飞鸟，步下能格猛兽，根本没人打得过他，天下第一的勇士。他总跟着王僚，您怎么下手？""那你说应该怎么办呢？""只有把庆忌调离王僚身旁，把掩余、烛庸也都调开，剩下王僚一个人，这时候才能下手。"这下姬光为难了，知道庆忌寸步不离王僚的左右，掩余、烛庸掌握吴国的大权，怎样才能把这些人调开呢？没办法呀。公子姬光急坏了，伍子胥也着急，得寻找机会，事事都得找机会，没有机会成不了事。

机会来了。这一天，有人求见吴王姬僚，送来一封书信。这封书信谁写的？楚平王原来的夫人，也就是小孩芈胜的奶奶、公子芈建的亲妈。芈建的母亲知道楚平王派人来杀自己后，马上写了一封书信，派人赶紧送到吴国，求见吴王姬僚，求救于吴国。吴王姬僚就把公子姬光叫来了。"王兄，您叫我何事？""你看看这封信，然后去郧地把蔡氏夫人接来吧。"

公子姬光就接去了。到了钟离这个地方，楚国大将蘧越列开阵势，公子姬光能打，两方就打起来了。楚平王传下命令，让令尹阳匄纠集了几国的人马，在鸡父跟公子姬光打。公子姬光没办法，请示吴王姬僚，于是王僚就带着掩余到这儿来帮助公子姬光。这一战叫什么？鸡父之战。结果楚国败了，公子姬光就把芈建的母亲接到吴国。这回奶奶看见孙子了，芈胜就跟奶奶住在一起，王僚在城西门之外赐了一座宅院，祖孙就在这儿踏实住下了。

但鸡父之战更激发了吴国跟楚国的仇恨。楚军打败了，蘧越一看，这可坏了：头一次犯错误我是在昭关，没抓着伍子胥反而把他放跑了；二一回让我去杀这位蔡氏夫人，结果没想到夫人也跑了，我还打了败仗。二罪归一，得啦，我死吧。蔿越抹脖子自刎了。那时候在外面打了败仗，回来就得死，干脆自个儿先死。楚平王一生气，把阳匄撤了，换了一位令尹，这位令尹叫囊瓦。囊瓦有主意，他一看郢都比较旧了，就在郢都旁边又盖了一座大城，比郢都方圆多了二十平方公里，城墙比郢都的城墙又高了七尺，然后把郢都城中的官员和老百姓都搬到新城。旧的郢都改叫纪南之城，就在纪山之南，取名纪南城。新城仍然叫郢都，然后在另一边与纪南城和郢都成掎角之势又修了一座小城，叫麦城。这是我在中国历史上头一次看到麦城这个名字，这是不是就是后来关云长走的麦城？还有待研究。囊瓦认为这三座城市成掎角之势，互相支援，就足可以了。然后，造船、养水兵，准备再次和吴国开仗，以报鸡父之战的仇。囊瓦想得挺好，但没想到公子姬光偷袭，打了胜仗。

囊瓦丢失了两座城，鸡父之战的仇也没报，消息传到了楚平王的耳朵里。楚平王也搭着岁数比较大了，一口气没上来，就得病了。什么病？心病。可能就是心脏病之类的吧，病入膏肓，好不了了。楚平王要死了，传下命令：让令尹囊瓦和公子申立太子珍为国君，就是秦女孟嬴生的孩子。然后，楚平王一命呜呼。楚平王一死，太子珍继位，就是楚昭王。

伍子胥得报，哭了三天，差点儿死过去。公子姬光好容易看到伍子胥苏醒过来："不对呀，你的仇人死了，你应该高兴，为什么还哭啊？"伍子胥仰天长叹："唉……我没能亲手摘取昏君的人头，没能亲自宰了他，所以我才哭。"

深仇大恨，父兄之仇啊。伍子胥三天三夜没睡着觉，心说：我怎样才能报仇呢？突然间，伍子胥想出一条妙计。伍子胥想出一条什么妙计？他又如何得报父兄之仇？谢谢众位，咱们下回再说。

第四十七回　王僚中计驱余庸

愿子成名不惜身，肯将孝子换忠臣。世间尽为贪生误，不及区区老妇人。

这几句说的是专诸的母亲。专诸刺王僚，老太太上吊而亡。您要听过我说《东汉演义》的《三请姚期》，其中拉典拉的就是专诸刺王僚。今天咱们就该说到专诸刺王僚了。专诸刺王僚为了谁？为的是楚国亡臣伍子胥。伍子胥想报仇，逃到了吴国，结识了公子姬光和专诸。伍子胥得知楚平王死了，为不能亲手取下楚平王的人头以报父兄之仇哭了三天三夜，食水不进。其实我觉得多少也得喝点儿水，三天不吃饭行，三天不喝水可不行，水是最重要的。伍子胥瘦了，他瘦不光是不吃不喝的问题，主要是精神的问题，整个人的精神状态一下子就下来了。公子姬光很着急，每天看望每天劝。

伍子胥三天三夜睡不着觉。到了第三天夜里，伍子胥"噌"一下就起来了，有主意了。这时候外边脚步声音响，是公子姬光不放心，来看望伍子胥。伍子胥听声音知道是姬光来了，赶紧站起身形："公子。"公子姬光一看伍子胥，乐了。为什么？虽然伍子胥很消瘦，但今天眼神变了，他有主意了。要不怎么说世上凡是能成事者都得聪明，察言观色，随机应变，姬光一看就知道伍子胥有主意了。"将军。"伍子胥一愣，心说：管我叫将军？这就是告诉伍子胥，咱们可要打仗了。平时公子姬光不是这么称呼伍子胥的，有时候称呼"公子"，甚至有时候称呼"兄长"，尊敬伍子胥。伍子胥连忙用手一指："公子，请坐。这么多日子了，您思得没思得杀王僚之策？""思虑多日，No（没有）。没有。"伍子胥站在公子姬光的面前："三日未眠，思得一计。""将军请讲。""公子，我想楚平王新丧，昭王新立，国无良臣。您可以借此机会面见王僚，让吴王出兵兵发楚国，借楚国刚立新君政局未稳之时，灭楚兴吴。"

"哎呀……"公子姬光一听，心说：这个主意太好了。楚平王死了，新君刚立，国家必然不太安定。再说，楚国有很多像费无极这样的奸臣，囊瓦和公子申这些人也都在争夺权力，借这个机会兵发楚国，就可以灭楚。灭了楚国，既可以给伍子胥报仇，还可以借此机会刺杀王僚谋大位。外边一打仗，国内就好动手了。但怎么和楚国打仗？国内又应该怎么动手？伍子胥必然有主意。"将军，要打楚国，王僚若让我领兵出战，怎么办？"这是必然的结果。因为公子姬光文武双全，让公子姬光领兵出征，这是王僚必办之事。伍子胥摇了摇头："公子，您可以由车上掉下来，摔坏了脚，您就去不了了。""妙，这主意太高了。""您一瘸一拐的，还能带兵打仗吗？只要王僚愿意出兵，而您又正巧有病打不了仗，他必然会指派别人，您就让他派掩余、烛庸。"

掩余、烛庸是谁？咱们前文书说过，有的史书上记载说他们是王僚的母舅，就是他母亲的两个弟弟；也有的史书上说这两个人和王僚是同宗弟兄。咱们就按这两个人是王僚的母舅来说。掩余、烛庸掌握朝中大权，同时兵权在握。"您一摔伤，他肯定得派掩余、烛庸领兵出征，这两个人离开吴国，就去了王僚的一半羽翼。""那庆忌呢？""您给王僚出主意，因为楚国强大，而吴国太小，要打算灭楚国必须借兵，您让公子庆忌到郑国和卫国去借兵，纠集郑、卫两国帮咱们去打楚国，这样把庆忌也发走了。""好啊，可是我有点儿不放心。""您有什么事不放心呢？""我四叔季子现在国内，他能容我谋位吗？"

这句话很关键。即便掩余、烛庸走了，庆忌也走了，可我四叔季子在国内呢，都知道季札是个贤人，我四叔在这儿，能容我把王僚杀了，然后我来当吴国国君吗？这是办不到的。"这我也给您想好了，楚国和晋国远隔万里。"楚国在荆楚大地，如今的湖南、湖北；晋国在山西。"晋国一直跟咱们吴国的交情特别好，现在晋国逐渐衰弱，您可以让王僚派季札出使晋国，让他顺说晋国帮助咱们灭了楚国，他就可以窥霸中原。""话虽如此，可王僚能听吗？""能听。王僚此人贪大，好大喜功，他就想这么办。所以他疏于用计，必然听从。"

这就是伍子胥三天三夜没睡着想出来的办法：派季子出使晋国，掩余、烛庸带兵去打仗，庆忌去纠合郑、卫之兵。国内只有王僚造船训练人马，咱们就好下手了。王僚好大喜功的缺点，让公子姬光和伍子胥抓住了。伍子胥这番话说完，公子姬光点了点头："好吧，只怕他未必全能听从。""那就全在您来言去语当中。"伍子胥这话什么意思？你和姬僚说话，就得在于你的聪明了，你怎样将他，怎样使计，怎样让他听从你——按我们的行话说叫顺你的把——不管他有多大能耐，必须得顺着你的计策走。这就是你公子姬光的本事了，我不能去面见王僚。"只要能把王僚一个人留在吴国，掩余、烛庸、庆忌、季札都不在，您就可以谋大位刺杀王僚。"公子姬光梦寐以求的就是夺回吴国的王位，听到此处，站起身形，跪倒在地："天赐我子胥也！"

上天把你赐给我的。伍子胥赶紧用手相搀，照计而行。第二天，公子姬光进宫面见王僚。刚出家门没走多远，"哗啦"，由马上掉下来了，瘸着回家了。到家之后，赶紧找医生来治，治完用布裹上，一瘸拐地来见王僚。王僚一看姬光来了，就问："何事啊？""现在楚平王新殁，新王即位，国无贤臣，应当借此机会攻打楚国，立我国威。""好啊。"这话王僚爱听啊，"那就由你带兵前去攻打楚国。""是应该我带兵去，可是您瞧……"王僚一看，姬光走路一瘸一拐的。"你这是怎么了？""不小心由马上掉下来摔的，我没法儿领兵出战啊。""那谁能去呢？""王所信任者，至属至亲也。"你派谁去？只要是你的至亲，是你所信任的人，是你的亲戚，你爱派谁去派谁去。这就是姬光的聪明之处，我不给你出主意，你自己选。"好吧。我所信任的，能够带兵打仗的我的至亲……那就让掩余、烛庸前往。""得人矣。"您选的人太对了。这就是姬光的聪明，他不能给王僚点出来。

公子姬光一看王僚中计了，接着往下说，不能总挤兑王僚自己说出人来。"我跟您说，咱们吴国太小，您还可以让公子庆忌前去纠合郑、卫之兵，给咱们打个接应。""好啊，好好好……那现在有两大强国，一个是楚国，另一个就是晋国，不知道晋国看我对楚国发兵会是何种态度呢？""没关系，您可以派四叔出使晋国，这样就可以孤立楚国。而您在吴国国内训练人马、制造船只，我保着您。有四叔前去晋国，晋国现在正处于渐弱的时期，如果帮咱们把楚国战败，那咱们吴国就可以称霸于天下。""太好了，照计而行。"

吴王姬僚果然中计，马上派掩余、烛庸带领两万人马，兵发楚国的潜邑；然后请来四叔季札，让他出使晋国，遣奔山西。季札一走，伍子胥就告诉公子姬光："等你四叔出使晋国回来，你已然杀了王僚继了王位，以季札之贤，他绝不会再重新废立。"

季札是个贤人，他绝不会说你做得不对，然后重新立一个国君而把你废了，季札不会干出这样的事。这就是时间能够容人，搁现在麻烦了，不用说坐飞机，高铁"嗖"一下也就回来了。那时候不行，交通不便，吴国到晋国路途遥远，季札出使晋国的这段时间里，伍子胥帮着姬光早就把国内的事情都办成了。这样，季札出使晋国，掩余和烛庸兵发潜邑。但王僚留了个心眼儿，没派自己的儿子庆忌遣奔郑、卫二国。公子姬光着急了，来找伍子胥。"他没把庆忌派走，庆忌可是最不好惹的一个啊。""您别着急，得等待机会。"

做事不能着急，凡事都要等待机会，机会有了才能办。但机会永远留给有准备之人，你都准备好了，机会到了才能行事。有没有机会？该着有机会。掩余和烛庸带领两万人马兵发潜邑，把潜邑围了，守潜邑的楚将不出兵，就是死守。城中要粮有粮，要饷有饷，楚将心说：我不打，不开城门，跟你耗着。楚昭王得到消息，聚众文武议事。"现在有吴国的两万大兵包围了潜邑，咱们应该怎么办？"现在在楚国掌握朝中大权的是谁？令尹囊瓦和公子申，因为这两个人是楚平王的托孤之臣。还有一个人，就是陷害伍子胥全家的费无极，他现在是太傅，他的学生现在都当了楚国国君了，他是楚国的老臣，没人敢惹。楚昭王聚文武议事，大家都不言语。公子申一看："大王，吴国是个小国，您如果不出兵，就显得咱们示弱了，您必须得出兵。""那怎么出兵啊？"楚昭王年纪小啊。"我给您出主意，一万水军加一万陆军。陆军帮助潜邑的守将坚守城池，阻止吴兵进犯；水军由打淮汭顺流而下，堵住河湾之处，截住吴兵，使其首尾不能相顾。"这主意不错，于是楚昭王就按照公子申的主意做了。派左司马沈尹戌领一万陆军，直奔潜邑前去支援。另派左尹伯郤宛带领一万水军，由打淮汭而下。两万人马对两万人马，势均力敌，那就看谁更能打仗了。

这两万人马一出兵，掩余和烛庸马上就得报了。沈尹戌带着一万陆军来到潜邑，帮着潜邑守将坚守不出，而且暗中派人出去把所有的旱道都用大石堵上了。搬这些大石头可不容易，您看现在电视里，要想搬开山上滑坡下来的大石头都不那么容易，何况那时候交通工具以及施工技术都没有现在先进，差远了，那可是两千五百年以前。就这样，楚军把掩余和烛庸的力量控制住了。正在这个时候，有来报："报。有楚国左尹伯郤宛领一万水军堵住淮水河湾之处。"把淮水的河湾之处堵住了，吴国的水军想出来，根本办不到。掩余和烛庸没办法，只能分兵，分为两寨，成掎角之势，一个对付潜邑的兵，一个对付楚国的水军，就这么耗着。

楚国终究是大国，有粮有兵有将；而吴国在潜邑打仗，要运粮运兵运将。掩余和烛庸耗不住了，想打打不了，楚国兵马坚守不出；水军堵住河湾，想回也回不去。没办法，掩余、烛庸只得火速派人回到吴国，面见吴王姬僚求救兵。姬僚跟谁商量？还得跟公子姬光商量。姬光说："我让您派公子庆忌前去纠合郑、卫之兵，就是怕出现这样的情况。您现在赶紧派庆忌前往郑国和卫国，两个国家一发兵，咱们三路人马一攻，楚国就顶不住了。"

王僚中计了，马上派儿子庆忌去纠集郑国和卫国的兵将。这样，庆忌也被打发走了。要想刺杀王僚，必须去其羽翼。王僚的羽翼是谁？掩余、烛庸、庆忌，还搭上一个公子季札，这四个人全发出去了，吴国国内就剩下了王僚。公子姬光马上把伍子胥找来了。"都发走了，你看怎么办吧，可以行计策了。""您既然想刺杀王僚,有没有利刃?"

公子姬光回到屋中,把鱼藏剑取出来了。伍子胥接过来,把鱼藏剑从剑鞘之中拔出来一看,愣了。鱼藏剑多大?原来叫鱼肠剑,刺杀王僚之后又叫鱼藏剑,七寸,窄而利,砍铁如泥。伍子胥一看,这口宝剑可了不得,就问公子姬光:"公子,这口宝剑是哪儿来的?""想当初越王允常命欧冶子造了五把剑,献给吴国三把,这把剑是匕首,先王赐给了我,我常把它藏在枕边,以防不测。"姬光也怕姬僚派人来杀他,所以总把鱼藏剑放在枕头底下。"没想到近日宝光频现。"姬光总觉得这把宝剑在夜间现出光芒。其实这跟做梦一样,就是心有所想。欧冶子是咱们中国铸剑的名人,献到吴国来的三把剑有一把是匕首,就是这把鱼藏剑;两把是长剑,就是湛卢和磐郢,都了不得。"您看这把匕首怎么样?"长为剑,短为匕首。七寸长,窄而利,用来杀人可了不得。鱼藏剑砍铁就跟砍泥似的,轻易就能剁开。伍子胥看着这把匕首:"好,太好了!""那就把专诸请来吧。""好吧。"

公子姬光命人把专诸由家中请来。专诸来了之后,一看这把匕首,当时就明白了:"公子,我见到这口剑,就知道二王已走,遄奔楚国;庆忌去纠合郑、卫之兵;延陵季子已然遄奔晋国。现在匕首在此,让我刺杀王僚,时机已到。但可惜,我专诸有高堂老母,我死了没什么关系,必须回家去请示母亲,母亲让我去,我就去;母亲不让我去,那我专诸没有办法。""好吧,就请义士回去禀明老母,我在此候信矣。"公子姬光也不能逼专诸啊,说:"你回去把你妈宰了。"这句话要是说出来,专诸拿着鱼藏剑就先把姬光宰了。说的不是人话,办的不是人事。公子姬光只能说在此候伯母之命,看伯母点不点头了。

专诸回到家中,没法儿跟妈说,心中非常为难。您想,作为儿子应该孝顺母亲,我要是死了,娘谁来孝顺?别人再孝顺也不如自己孝顺啊。那如果我不去刺杀王僚,我对不起公子姬光,对不起我哥哥伍子胥。专诸坐这儿难受,说不出来也道不出来,眼泪就在眼圈里转。那老太太多明白呀,看了看自己的儿子,心说:这一定是二王已出。一听说掩余、烛庸带兵打仨去了，老太太就开始关心时事，她也知道庆忌走了，也知道季札遄奔晋国了。我儿子回来干吗这么难受呢？一定是要用他来刺杀王僚。

"儿啊，什么事让你这么难过？"专诸还是不说话。"专诸，公子姬光对我们全家恩重如山，使我们衣食富足。既然公子姬光有用你之处，不要以老身为念。""哎呀，娘啊，休提此言。"别往下说了。老太太心中明白：如果我儿不去刺杀王僚，公子姬光就不能谋大位；公子姬光当不了吴国国王，就无法兵发楚国为我的义子干儿报仇雪恨。但我儿子为什么不能前去刺杀王僚，只因老身在此。就因为我一个人，能耽误这么些国家事体吗？老太太可太明白了："儿啊，我渴了。"专诸赶忙去把水端来了。"我要喝清泉之水。"专诸不敢违抗母命，连忙到远处去取清泉之水。老太太把他支开了。等专诸把水取回来，一看娘没在这儿坐着，就问媳妇："娘呢？""刚刚娘说有困倦之意，上屋里睡觉去了，不让惊动她老人家。"

儿媳妇也特别孝顺。专诸一听：坏了。一推母亲的房门，门插着呢；一推窗户，专诸由窗户跳进屋中，看老太太已然上吊身亡。这就是我说的那四句开场诗："愿子成名不惜身，肯将孝子换忠臣。世间尽为贪生误，不及区区老妇人。"贪生怕死不应当，但我觉得无辜的牺牲也不应当。老太太明白：既然伍子胥带着公子姬光上我们家来了，年供柴、月供米，让我们家衣食不缺，有终身的富贵。但有一节，伍子胥是我的义子干儿，我儿子不去刺杀王僚，伍子胥的这些事就都解决不了。我儿子为什么不能去刺杀王僚，只因为我还有三寸气在。我死了，这些事就全成了。所以老太太上吊身亡。专诸痛哭，哭死于地，昏过去了。媳妇赶紧过来把他搀起来，街坊邻居也都过来劝，把老太太的尸身摘下来。现在专诸家有钱啊，公子姬光总给钱，攒下来的钱都花不完。把老太太成殓，入土安葬，办得非常好。专诸跪倒在母亲坟前，放声痛哭，然后站起身形，对媳妇说："母亲已死，我奉母命前去拜见公子姬光，行国家大事。我死后，你和咱们的孩子必有公子照料，不要以我为念。"媳妇心里也明白："您走吧。"这事儿搁现在恐怕不太好办，你走了没关系，公子姬光得先把钥匙给我，别墅、存折、汽车……万一你死了，他不给我呢？但人家专诸的媳妇非常贤惠，没说话，让专诸走了。

专诸来见公子姬光："老母已死。"专诸穿着孝来的，公子姬光只能安慰，还能说什么呀？他回去干吗去了？就是促他母亲一死。老伯母高义而死，姬光只能好言相劝。专诸说："行啊，现在可以刺杀王僚了。您面见王僚，就说新从太湖请来一位厨师，炙鱼的手艺非常好，和别人做出来的味道不一样。然后您把他请到府中，摆下盛宴，我借此机会刺杀王僚，事成八九分矣。"

谁也不可能把话说得那么满。公子姬光跟伍子胥商量，马上就办。姬光来见王僚："王兄，我新从太湖请来一位厨师，他炙鱼的手艺非常好，味道非常鲜美，您尝尝？""好啊。"王僚贪吃，所以说一个人的缺点绝不能暴露出来。王僚最爱吃什么？炙鱼，也就是烤鱼。"好，你定好时间，我到你府中去吃。""明日怎么样？""行啊。"

定好日子之后，公子姬光回去了。王僚进内宫拜见母亲，对母亲说："母亲，姬光请我明日过府饮宴，他从太湖请来一位厨师，炙鱼手艺极高，比别人做出来的味道鲜美。""儿啊，你不能去。"王僚的母亲很清楚。"你看，自从你成为吴王之后，姬光心气怏怏。"就是说姬光心怀不满。"你到他的府中，我不放心，不如辞矣。"你最好把这事辞掉，不就是一顿饭嘛，不去不就完了嘛。王僚说："不行。我现在辞了，他反生疑心；我派重兵相随，陪我前去，万无一失。"

王僚的母亲这才放心，王僚往下传话。那么明天赴宴应该怎么布置？咱们之前说了，梅里城并不大，刚刚开始建设，还比较乱，市场和王宫离得不太远，公子姬光他们家离王宫也不太远。由王宫一直到公子姬光家，都铺着现在所谓的红地毯，两旁边都是兵，弓上弦，刀出鞘，拿着长矛大戟。王僚身披三层唐猊宝铠，心说：你刺我都刺不死。

第二天，公子姬光再次来请，王僚已经把所有的准备工作都做好了，然后登车跟姬光一同遭奔姬光的府邸。一路上都是重兵把守，老百姓都得闪开。王僚身披三层唐猊宝铠，坐着宝车来了。由姬光家府门这儿一直到厅堂之上，也都是兵。五百兵就驻扎在姬光府邸的院子之中，由厅堂的台阶之上，一层一层，一直排到王僚吃饭的地方，连王僚吃饭的桌子两旁都是武士，动手都没法儿动。王僚坐在上首，下首公子姬光陪着。当然，得喝点儿水，说几句客气话，但国君赴宴不能总在这儿聊天儿，就得上菜了。上菜怎么上？要上一道菜，报完菜名之后，哪位厨子做的，由哪位厨子亲自往上托。怎么托着？膝行而进，跪在地上用膝盖走，不能仰视国君。两旁还有十几个武士押着，不许说话。等到了王僚吃饭的桌子前，厨子把菜一献，旁边还有武士拿着刀戟看着。

那么公子姬光府中有没有准备？您要看《东周列国志》，准备得非常详细。他家里有地窖，几百名武士全副武装躲在里面，准备好了，就等着上边一有动静，全都杀出来，就这么快。而且伍子胥带着死士一百名，这些人都不怕死，敢玩儿命，说什么也得把王僚撂在这儿。

那这些厨子做的菜可不是一道两道，吃烤鱼也不能跟咱们似的，烤两条鱼，顶多再来盘肉就齐了。人家可是姬光请王僚吃饭，那就得一道菜一道菜地往上上。公子姬光一看差不多了，就装脚疼。王僚正吃得高兴，夹着菜刚往嘴里搁，公子姬光在旁边："咝……"王僚一看，心说：我不吃了。等着公子姬光这劲头过去了，王僚刚拿筷子一夹菜，公子姬光又是一下："咝……""你什么毛病啊，让我吃不让我吃啊？""哎呀，王兄，您不知道，我的脚实在是太疼了……""那要怎么样才能不疼呢？""我得用布把脚裹得紧紧的。""那你快裹去。"公子姬光就借这个机会溜了。您看《东周列国志》原文，得用大帛缠紧。

姬光溜了，赶紧告诉专诸。这时候，前面一道一道的菜已然都上来了，王僚吃得很高兴。该专诸上菜了。以前很多老先生说这段书，大家伙儿研究专诸到底做的是什么鱼。我原来说是按照李鑫荃说的：浇汁儿黄河大鲤鱼。黄河大鲤鱼个儿不小，把鱼藏剑搁在鱼肚子里头。为什么要说是浇汁儿鱼呢，因为怕鱼藏剑这把匕首的光芒外露，一浇汁儿就把它的光芒盖住了。以前我也这么说，但这回我好好地研究了研究，到底是不是用黄河大鲤鱼做的浇汁儿鱼？不是。王僚爱吃炙鱼，就是烤鱼，至于到底烤的什么鱼，我没查出来。您想想，专诸跑到太湖专门学了三个月的烤鱼，就为了刺杀王僚，因为王僚就爱吃这口儿。所以专诸做的烤鱼特别香。放在盘子之上，专诸双手托着盘由打厨房里出来，太难了，连厨房里都有人看着。两旁边的武士一直押着专诸，专诸托着盘子来到厅堂的台阶之下，一级一级地上台阶。专诸虽然跪倒在地，膝行而入，但由眼睛的余光中也看得出来，两旁边的武士都是刀枪剑戟。而且公子姬光已然告诉他了，就是什么都不说，专诸能不明白吗？

专诸跪在地上，由武士押着，托着鱼盘，用膝盖一级一级地上台阶。来到厅堂之上，武士押着他直奔王僚这张桌子。这时候，公子姬光的心已然到嗓子眼儿了，伍子胥暗中把一百名死士也都准备好了，拿着刀枪，只要专诸一刺王僚，大家伙儿一拥而上，就帮着公子姬光谋夺王位了。

专诸刺王僚，楚国令尹计杀费无极，为伍子胥报仇雪恨，要离刺庆忌等热闹节目，咱们下回再说。

第四十八回　专诸进炙刺王僚

自幼随师学艺，练就奔走江湖。不怕阶前把人丢，说出三篇锦绣。一凭发托卖相，二靠唇齿舌喉。一文一武信口诌，书资大家帮凑。

　　咱们接着说《东周列国志》，正说到专诸刺王僚。专诸端着这盘炙鱼给王僚上菜，鱼肠剑在哪儿呢？就在这条鱼的肚子里呢。鱼肠剑藏在鱼肚子里，怎么刺？您别看专诸是个杀猪的屠户，确实管事，杀过猪他就知道如何能让猪死得快，没杀过猪他就不知道该怎么用刀，所以说杀人也不是一件容易的事。专诸刺王僚，在咱们中国历史上的几大刺客当中算是成功的。那失败的是谁？失败的是荆轲，荆轲刺秦。燕太子丹把他送上了船，连头都没回，"风萧萧兮易水寒，壮士一去兮不复还"。他一唱这两句就完了——我走了，我回不来了，心里就胆怯了。虽然说赖在秦舞阳身上，但他跟专诸刺王僚不一样：专诸知道我刺王僚必死，抱着必死之决心，所以才能刺杀王僚成功。

　　上回书咱们正说到专诸膝行而进，他刺王僚用的是什么？用的是鱼肠剑。鱼肠剑锋利无比，匕首的尖在鱼肚子里藏着，对着王僚；匕首的把对着专诸，专诸膝行而上，两旁边都是武士押着。当时专诸的心情如何，您也就可想而知了。现在还能想妈上吊吗，还能想儿子专毅怎么办吗？没有这些想法了，就是一心要刺杀王僚：我的母亲为了让我的义兄能够报仇，命我刺杀王僚，我就得奉母命报答公子姬光之情，将来姬光当了吴国国王，好借兵给义兄伍子胥，他才能兵发楚国报仇。决心已定，刺客才能成功。

　　从厅堂的台阶往里走，其实没多远，专诸膝行而上。专诸托着鱼盘，烤鱼的味道就出来了，香啊。如果王僚在这儿一坐，鱼往桌上一摆，这么小的一把匕首没法儿刺杀。专诸非常聪明，他动脑筋想办法，托着鱼盘膝行而上，炙鱼的香味就吸引了王僚。王僚坐在桌子后面，提鼻子一闻：哎呀，还别说，姬光请我到他的府上吃炙鱼，这厨子的手艺真是太好了，这鱼做得怎么这么香啊？王僚没吃过这么好的鱼。王僚爱吃鱼，什么样的厨师做的鱼都吃过，没吃过这么香的鱼。等这些武士押着专诸来到桌案前，这时王僚手扶桌案往下看这条鱼，太香了。专诸托着鱼盘往上一举，又稍微往下一褪。这时王僚已然忘乎所以了，手扶着桌子一探身，往下一闻，这样专诸才能够得着他。专诸把鱼盘稍微往下一撤，手攥着鱼肠剑的剑把，对准了王僚心脏的部位。刚才我说了，专诸是杀猪的，他也知道心脏的部位在哪儿，往前一递鱼肠剑，"噗"，鱼肠剑锋利无比，穿透了三层唐猊宝铠，让王僚猝不及防，太快了，而且部位太准了。您想，如果这条鱼做得不好，王僚也不会被吸引得探身来闻，所以所有细节都必须得成功。但最成功的就是专诸的决心。所以说作为一个刺客，必须要把自己的生死置之度外才能成功。要是怕死，像荆轲似的，那刺秦就不能成功。把专诸和荆轲放在一起一比较，最大的区别就是一个怕死，一个不怕死。

专诸把王僚刺死了，也容不得他再想什么了，也容不得他再有什么动作了，旁边的武士一拥而上，各持刀剑，就把专诸剁成肉泥烂酱。这一下厅堂上可就乱了。公子姬光早已得报，命令地窖中的五百武士冲上厅堂，两边的人就打起来了。这时就是战以气胜，就看心理作用了。如果说王僚没死，那姬光手下的这些武士都活不了。可现在王僚已死，姬光手下的这些武士往上冲杀，王僚手下的这些武士知道国君没了，所以就胆怯了。伍子胥也知道消息了，带领手下的死士往上一拥，那可都是死囚牢中放出来的，都是玩儿命的，把院子里的武士都杀了，然后冲到厅堂之上，把王僚手下的武士几乎全杀了。专诸刺王僚一举成功。

咱们书不说废话。有人清理死尸，外边车已然预备好了。伍子胥走到公子姬光的面前："请您升车。"为什么呀？赶紧得进王宫，国家不可一日无君，军中不可一日无帅，政权问题不能忽视。伍子胥当然明白这个道理，所以赶紧让公子姬光上车。公子姬光心里也明白，马上就准备好了，这边血腥的杀戮场面他根本不介入，早就换好新衣服等着登车。公子姬光上车之后，有武士保着，直奔王宫。

到了王宫之后，马上鸣钟，召集文武官员，公子姬光升座王位。这些文武官员知道不知道王僚被刺？知道。梅里没有多大的地方，公子姬光府里一动手，您别瞧那会儿没有电视，没有手机，没有网络，但用嘴一传也够快的，一会儿的工夫就在梅里传开了，文武官员能不知道吗？等一看见公子姬光的车奔王宫了，大家伙儿马上换上官服，直接就来了。拜见公子姬光之后，往两旁边一站。公子姬光抱拳禀手："想当初我的祖上寿梦传位于我的父亲，在传位之前告诉我的父亲，同时也告诉了我的二叔、三叔、四叔，吴国要改国体，父传子改成兄传弟。我父亲死后传位于二叔，二叔死后传位于三叔，最后传位于四叔季札。为什么？因为我的四叔最贤。大家也都知道，如果四叔做了吴王，吴国必将更加强大。但我四叔不干。我父亲为了尽快传位于四叔，指挥人马两军疆场打仗，成心死在阵前，二叔也是如此。没想到三叔死后，王僚贪王位，这王位本应是我姬光的，他却掌握了吴国的大权。而今我已然派专诸把王僚刺死，我姬光登大宝。盼众位卿家能够保我姬光，昌盛我吴国。"

这时候大家伙儿能说什么呀？"你下去？"这不是找死吗？虽然说众大臣之中也有心向着王僚的，但公子姬光的这番话确实很有道理，吴国的国事文武官员都知道。大家伙儿跪倒在地："愿意扶保大王，昌盛吴国。""免。"

公子姬光传下命令，马上葬埋王僚。礼节非常隆重，由姬光开始，所有文武官员全都穿丧服举哀，把王僚入土安葬。然后埋葬专诸，把专诸的这些碎肉凑吧凑吧，凑成形，然后下葬。封专诸的儿子专毅为上卿之职，上卿在吴国也就是最高级别的官员了，到了正卿那就可以到周天子那儿上班去了。被离因为举荐伍子胥有功，升为大夫之职。伍子胥被姬光封为行人。什么叫行人？就是外交官，而且不称臣，成为客臣。你可以不在我吴国称臣，但你可以享受臣子的待遇。这几件事办完之后，公子姬光马上又传令：开仓放粮，分发布帛，赈济灾民，以安天下民心。这就是一个国君应该做的。老百姓图什么？就图好日子。灾民该赈济的赈济，该发钱的发钱，该发布的发布，以安民心。

与此同时，公子姬光又传一令：捉拿庆忌。公子姬光最怕的，就是王僚的这个儿子庆忌。咱们前边说过庆忌，身壮如铁，走起来跟飞似的，而且手能抓飞鸟，步下格猛兽，庆忌太勇了。现在庆忌去哪儿了？庆忌奉王僚之命，前去郑国和卫国，纠集郑、卫之兵，好帮着掩余、烛庸攻打楚国。公子姬光亲自指挥人马屯兵江上，预备好船，因为吴国四外都是水，派出探马，那时候探马叫什么？叫健行者，就是特别能跑而且跑得快的人，因为那个时候没手机，传递消息只能靠跑。公子姬光只有亲手拿住庆忌，才能放心，庆忌活着一天，公子姬光都不会安心——他会给他爹王僚报仇啊。姬光指挥人马等着庆忌，突然有人来报："报。""何事禀报？""庆忌跑了，现在已然离船不远。"

公子姬光急忙从船上下来，上了驷车，就是四匹马拉的车。老远一看，看见庆忌坐着车来了，姬光一传令，四匹马拉着这辆车这快呀，直奔庆忌而来。庆忌听见了，回头一看是公子姬光来了，立刻让手下的兵丁赶紧赶着车往前跑。公子姬光的这四匹马都是千里马，跑得太快了，眼看就要追上庆忌了，庆忌情急之下由打车上跳下来，撒腿如飞，就在步下跑上了。庆忌这一跑可坏了，四匹千里马拉的车追不上庆忌。公子姬光急坏了："放箭！"

公子姬光的驷车之后还有很多吴国的战车，所有的弓箭手全都认扣填弦，对着庆忌一个人射。庆忌听见身后乱箭齐发，回头一看箭到了，"嘭、嘭、嘭、嘭……"一伸手就接了十支箭，根本射不着他。姬光看着望而却步：庆忌太勇了，追不上庆忌。庆忌把手中的箭一扔，抬腿就跑，其行如飞，别说四匹马拉的车，八匹马拉的也追不上，博尔特都比不上。那庆忌将来怎么样了？您别着急，后边还有一段书叫"要离刺庆忌"。没抓住庆忌，公子姬光不能老在这儿看着，让手下的兵士严加防范，守住边境，自己回朝。回朝等谁？等着四叔季札。这一天，姬光得报了。"公子季札回归吴国。"

公子姬光马上穿好孝服，他知道四叔会怎么办，命人去探，去哪儿探？

王僚的墓地。到了墓地这儿，果然听见哭声，只见延陵季子身穿丧服，跪倒在王僚的坟前，号啕大哭，哭声震动天地。公子姬光马上坐着车，带着手下人来到墓地，来到四叔身背后，跪倒在地："姬光拜见叔父。"季札一回头："王至此。"转身形，"扑通"一声跪下了，给姬光行君臣大礼。别瞧你是我大哥的孩子，是我的侄子，但你现在是吴国国君，我是吴国之臣。姬光受不了，赶忙用手相搀："四叔请起。"把季札搀起来了。然后，姬光就对季札说，"叔父，想当初祖上传下旨意：吴国改国体，不是父传子，而是兄传弟。就是希望您能当上吴王，从而昌盛吴国。现在王僚已死，我把吴国的大权交给您，请您承继国君之位。"季子摆了摆手："大王，您现在刺杀王僚已然成功，成为吴国国君，这是梦寐以求之事，何必再让呢？"直戳公子姬光的肺管子。"如果吴国没有免去祭祀，如果吴国的老百姓没有废立君王，你能立得住，那你就是君，我就是臣。"

季札这话说得非常清楚。你梦寐以求的事情就是杀了王僚，然后你成为国君。现在你成功了，我到墓前祭祀王僚，因为当初王僚是君，我是臣。现在吴国没有废除祭祀，我到这儿祭祀可以不可以？现在吴国的老百姓并没有行废立之权，说你刺杀王僚不对，把你废了，再选一位国君？没有。你只要自己能立得住，那你就是国君，我就是臣子。说完这番话，季札二次翻身跪倒，行君臣大礼。公子姬光没办法："叔父请起，请你辅助我，以昌盛吴国。""臣告辞。"

季札走了，隐居在离吴国很近的地方叫延陵。季札说了："我羞见吴国的国民。弟兄争权、兄弟争位，是吴国的国耻。"所以季札一不问吴国的国事，二不给公子姬光出主意，最后老死在延陵。延陵季札墓碑上面的字是孔圣人题的：有吴延陵季子之墓。季札终此一生不入吴国，最终老死在延陵，也葬在延陵，这就是延陵季子的下场。

姬光成为国君，他自称阖闾。那现在还要处置谁呢？就是掩余和烛庸了。二人指挥人马攻打潜邑，结果进退维谷。现在吴国国内的消息传到潜邑，王僚死了，公子姬光继位，掩余、烛庸哥儿俩可害怕了，因为他们是王僚的母舅。这哥儿俩躲在被窝里嘀咕这事，万一外边有一个人听见，咱们都活不了。"兄弟，你说这事该怎么办呢？""我告诉你，今天晚上咱们马上升帐办公，传下命令：明天吃完早战饭，立刻攻打潜邑。等兵将们埋锅造饭都准备好了，即将出兵，咱俩看准时机，带着随从扮成小卒，咱们蔫溜吧。"

他们知道，再困守潜邑不是事儿。商量好了，二人从被窝里出来，穿戴整齐，马上升座中军大帐，下传令：天明五鼓，饱餐战饭，攻打潜邑。兵士们哪儿知道这里面的事儿啊，马上分头准备，该准备早战饭的准备早战饭，该准备兵刃的准备兵刃，该准备战车的准备战车。都准备好了，就等主将了，结果主将没来。有兵士来到寝帐之中，掀开被窝一看，没人了，再一打听，主将跑了。这两个人跑到哪儿去了？掩余跑到了徐国，烛庸跑到了钟吾，去了两个小国。

探马回报公子姬光，那现在姬光最不放心的就是庆忌了。再说潜邑这里掩余、烛庸一跑，楚国的左司马沈尹戍和左尹伯郤宛指挥人马一顿追杀，大败吴军，楚国打了胜仗，收了吴国一半残兵败将，得了不少车马军刃和铠甲。手下的人就对伯郤宛说："咱们应该借王僚刚死、姬光继位的机会，指挥大军杀奔吴国。小小的吴国，一下子就能灭了。"伯郤宛听完，摇了摇头："不成。想吴国这次来攻打咱们，就是因为咱们的老王新殁、新王登基。现在他们国家也出现这样的事情了，咱们也这么去对待他们？这是不仁不义之事，我不干。"

所以这仗就没法儿打了，大家只得作罢。伯郤宛和沈尹戍一商量，两个人带领两万大兵，带着战利品，班师回朝，面见楚昭王报功。楚昭王很高兴，没想到这场仗居然打赢了。谁的功劳呢？楚昭王一听，大部分功劳都是伯郤宛的，所以就把所获的战利品分出一半，赏赐给了伯郤宛。伯郤宛是谁？您往后听，您不知道伯郤宛，但您都知道伯嚭（pǐ），伯嚭他爹就是伯郤宛。从此以后，楚昭王每次有什么事都会和伯郤宛商量，伯郤宛在朝中的权力越来越大。这一下就惊动了两个奸臣，一个是害伍子胥全家的费无极，还有一个是鄢将师。费无极一看：这孩子现在是楚王了，我可是他的老师，他现在不尊重我，什么事都听伯郤宛的，这可不成，我得想办法把伯郤宛害死。您说这奸臣就是不干好事，一天到晚就是琢磨整整这个，整整那个，你好好地过日子好不好啊？！奸臣就是奸臣。

费无极找到鄢将师："这样下去不成，朝中都听伯郤宛的可不成。""那您说应该怎么办呢？""我有主意啊，我这害人的招儿可太多了。"您想，费无极能把伍奢害死，能杀了伍子胥全家，当时连楚平王都听他的，那对付一个小小的楚昭王，对付一个左尹，还对付不了吗？"那您有什么主意？""咱们就这么办这么办这么办。"把主意说好了，鄢将师听完，一挑大指："好，您这主意太高了。"

第二天，费无极就来到令尹府找令尹囊瓦。费无极设计要害左尹伯郤宛，但楚国有忠臣。楚国这些忠臣也要用计，利用囊瓦杀了费无极，给老大夫伍奢和伍子胥全家报仇，杀费无极大快人心。要离刺庆忌，谢谢众位，咱们下回再说。

第四十九回　囊瓦惧谤诛无极

莫学郤大夫，忠而见诛，身既死，骨无余。楚国无君，惟费与鄢，令尹木偶，为人作茧。天若有知，报应立显。

这几句说的是咱们这部书正说到的楚国的现状。伍子胥全家被杀，伍子胥没办法，逃出昭关，来到吴国，帮着公子姬光找来了专诸，专诸刺王僚，姬光这才谋夺了王位。那姬光这个人怎么样？伍子胥结果如何？其实跟他们所做的每一件事都有关系。咱们上回书说了，姬光除掉王僚之后，当了国君；延陵季子隐居在延陵，对吴国的事情不闻不问；公子姬光还有仇人，掩余、烛庸两个人跑了，逃到了小国，楚国潜邑这儿的仗可就没法儿打了；庆忌也跑了。所以姬光虽然杀了王僚，承继了吴国的王位，但要打算强盛吴国，要打算专霸，还有很长的路要走。

掩余、烛庸逃跑之后，吴国和楚国交兵，结果楚国打了胜仗，但楚国的兵将并没有乘胜追击，班师回朝了。楚昭王当然很高兴，就把战利品的一半赏赐给了伯郤宛。当然，伯郤宛在楚国的地位也就提高了，楚昭王非常器重他。楚昭王年岁不大，只要遇到事情，都会去问伯郤宛，和伯郤宛商量。伯郤宛一得到重用，就有人嫉妒了。谁嫉妒？楚国的两个奸臣，一个是费无极，一个是鄢将师。

现在楚昭王非常信任左尹伯郤宛，就把费无极撂到一边了。费无极心里不痛快，把伯郤宛暗恨在心。费无极有个好朋友，就是楚国的第二大奸臣鄢将师，两个人商量怎么办。费无极说："还能怎么办？害他呀。"

要不怎么说宁得罪君子，不得罪小人呢。得罪了君子，没关系；得罪了小人，就害你。费无极跟鄢将师商量好了，前来找令尹囊瓦。楚国的令尹权力最大，如果不是皇亲，是不能做令尹的。令尹囊瓦耳软心活，所以费无极就利用这一点来找囊瓦。"哎呀，令尹大人，您可知道朝中现在谁最得宠吗？""当然是您啊，您是大王的老师嘛。""嗯？不是不是，现在最得宠的那得说是伯郤宛大人。""是啊，他有功啊。""您看得起他吗？""当然看得起，他可是咱们楚国的大功臣。""那这位大功臣想请您吃饭，您去不去呀？""哎哟，那我可受宠若惊。这么大功臣请我吃饭，那我太应该去了。""那我去问问他，给您摆什么山珍海味相待。""哎呀，那就多谢费大夫了。"

费无极离开令尹囊瓦的家，转头就找伯郤宛来了。伯郤宛是个忠臣，是个好人，没那么多脏心眼儿，一看是费无极来了："哎呀，太师来了，快请快请。""郤大夫，您说咱们国家谁的权力最大？""当然是令尹大人。""那令尹大人想上您家吃顿饭，您能请他吗？""那我当然受宠若惊了。"

您看，这些人都缺心眼儿。他们互相请吃饭，你在中间算干吗的呀？所以说坏人心眼儿多，好人心眼儿就少。其实也不是心眼儿少，咱们常说两句话："害人之心不可有，防人之心不可无。"这就是好人受害之后得到的经验教训。这二位就没有防人之心，没留这个心眼儿。

"令尹要上我的府里吃饭，那我可太荣幸了。说句实话，咱们巴结都巴结不上呢。那令尹大人能来吗？""当然能来啦。他知道你打了胜仗立了功，看得起你，他想来。""那您说，我应当准备点儿什么来招待令尹大人，不知道他喜欢什么呢？""哎，这您算问对了，就得投其所好嘛。我告诉您，令尹大人有怪癖，他不喜欢吃山珍海味，您给他准备点儿一般的饭就行了。""一般的饭是什么饭啊？""您随便做几个家常菜，他就爱吃，但您得投其所好。我跟您说，令尹大人最爱兵器，最爱铠甲。""那好办啊，大王赏赐给我不少铠甲和兵器。""对啊。如果令尹大人要来，您就在府门之内拉上帷帐，把这些盔铠甲胄和兵器都列摆好了。令尹大人一来，参观完之后您再赠他几件好的，他肯定非常高兴。""那太好了，谢谢费太师。还得麻烦您问问令尹大人什么时候来。""您不会自己去问吗？又不是不认识。"

费无极从伯郤宛府中出来，又找令尹囊瓦来了。"令尹大人，他请您去，那您去吗？""当然去呀。""那您打算哪天去？""那当然得听郤宛大夫的。"

费无极来回两边一拉扯，把日子就定好了。伯郤宛真把这事当大事，毕竟现在楚国刨去楚昭王，就数令尹大人权力最大了。所以伯郤宛在府中准备好了山珍海味，说是家常便饭，那也做得非常精致，把楚国最高级的厨师都请来了。然后，伯郤宛就在府门里头、仪门外头拉好了幔帐，幔帐之后就是楚昭王赏赐给他的铠甲兵器，一样一样地都摆好了，还买了不少模特。您想，铠甲得有模特穿着啊。这边一个模特武士穿着铠甲，旁边插着刀枪；那边一个模特武士穿着铠甲，旁边是斧钺；还有拉弓射箭的。可以说，布置得非常好。

到了定好的日子，费无极来见令尹："令尹大人，那边已然都准备好了，您什么时候动身啊？""哦，时刻到了，我现在就去。""您别着急，我先看看去，看看他准备得怎么样了。要不然您这么大岁数，在那儿等着可受不了。""好吧，那就多谢了。"

费无极赶紧又跑到了伯郤宛家。刚进伯郤宛的府门，突然间，费无极转身撒腿就跑，又跑回令尹囊瓦这儿："哎呀，幸亏我去一趟，您可不能去。""怎么了？""没想到伯郤宛心怀叵测，在他的府门之内暗藏刀枪、暗藏甲士，您要是去了，没准儿就得被害。""嗯？不对呀，我和郤宛大夫远日无冤，近日无仇，虽说我掌握朝权，但我也没得罪他。大王很信任和器重他，我也很尊敬他，他为什么害我呢？不对，不对。""您不信的话就派人看看去，我可是亲眼得见。"令尹囊瓦听了个糊里糊涂，就把自己的亲信叫来了。"你偷偷去看看到底是怎么回事。"

这位就去了，偷偷一看，果然如此，就见在伯郤宛家的府门以里、仪门以外，拉上了帷帐，里面设摆刀枪，摆得还挺多。亲信赶忙撒腿往回跑，回来禀报令尹囊瓦："大人，的确如费大夫所说，是这么回事。"这下可把令尹囊瓦气坏了："他真想害我？""那、那他就是真想害您，能怎么办呢？""何冤何仇？""何冤何仇？就因为您掌握着权力。他现在受宠，您知道他拉拢谁吗？他拉拢阳氏一党，拉拢了不少人，不仅仅想谋夺您令尹的地位，还想谋夺楚国国君之位。""哎呀！好奴才！"令尹囊瓦气往上撞，"伯郤宛，你竟敢反叛楚国，敢谋害我令尹囊瓦，还要夺楚王的地位？！那可不行，我是楚平王的托孤之臣。来呀，有请鄢将师。"

本来楚国第一大奸臣就在自己面前呢，现在又把第二大奸臣请来了。鄢将师来了，赶紧上前施礼："拜见令尹大人。""现在伯郤宛要杀我，明着说请我吃饭，暗中列摆刀枪，你说他为什么要杀我？""哎呀，令尹大人，您怎么那么糊涂啊？他这次把吴国兵将战败之后，本来就应该一鼓作气乘胜追击，长驱直入攻打吴国，手下战将还劝他去打吴国，但是他不打。为什么呢？因为他暗中勾结吴国，还在国内勾结了一群死党。您知道他要干什么吗？就是要除掉您，把您杀了之后，好夺大王的国君之位。""呀……"事实摆在眼前，囊瓦可真受不了了，"鄢将师，给你五百兵士，火烧伯府！""遵令。"

费无极高兴了。鄢将师迈步往出走，令尹囊瓦说："回来。""令尹大人，还有何事吩咐？""他周围住着乡里乡亲，住着这些邻居，很可能都是他的死党，咱们得看看谁不是他的死党。这么办吧，你也不用亲自去烧，让住在伯郤宛府周围的这些亲戚朋友邻居，每人一把火，往伯家扔，把伯家人都烧死。"

您说这令尹是不是有毛病啊？鄢将师答应一声，带领五百兵直奔伯府。伯郤宛是个好人，跟街坊邻居的关系也都特别好。别瞧他身为大夫、身为左尹，跟街坊邻居亲戚朋友处得好极了，为人谦恭下士。鄢将师带着五百兵把伯府围了，鄢将师让手下兵丁告诉老百姓："现在伯郤宛要叛反朝廷，令尹下令烧他全家，你们每家扔一把火。"

老百姓一听，心说：伯郤宛招谁惹谁了？没办法，令下如山倒。于是都从家里拿了一把草，也不点火，就是排着队地把草往伯郤宛他们家门口扔。鄢将师一看，气坏了，马上派人禀报令尹囊瓦。令尹囊瓦也气坏了，亲自来到伯府门前："点火！"

伯府门前已然堆了不少草了，一把火愣是把伯郤宛家烧了，而且把伯郤宛烧死了。其实在烧死之前，伯郤宛早已自刎身死，因为他知道被费无极害了。一个忠臣就这么死了，而且被烧得尸骨无存。所以刚才开场诗里说了："莫学郤大夫，忠而见诛"，是个忠臣却被杀了；"身既死，骨无余"，人死了，连块骨头都找不着。那楚国现在听谁的？听的就是费无极和鄢将师的，惟费与鄢。令尹只不过是木偶，自作其茧，也为人作茧，一个木偶让人要了，任人摆布。那怎么办呢？天若有知，报应立显，报应就来了。所以说人不能太坏，不然早晚得遭报应。

令尹囊瓦杀了伯郤宛，他心里也有点儿别扭：我和他远日无冤，近日无仇，平时我也没看他有什么反叛的形迹。三天之后，囊瓦的精神缓过来了，就在家中的楼台之上摆下酒宴。当然，他也是妻妾成群，在这儿喝酒，安慰安慰自己。喝着喝着，看看歌舞，眯瞪一会儿，又起来喝，心里还是有点儿别扭。突然间，他就听见街市之上有人作歌，唱的声音凄凄惨惨。刚开始一个人唱，后来十八个人唱。怎么是十八个人呢？咱们不是总说十八家反王嘛，所以说书的一张嘴就是十八，说惯了。囊瓦纳闷儿：这半夜三更的，哪儿开的歌舞厅啊？"来呀，给我瞧瞧去。"

囊瓦派人去了。这个人听完回来了："令尹大人，这里头……这里头唱的有您。""怎么有我呀？你给我学学。""这歌我不会唱，可词儿我记下来了。莫学郤大夫，忠而见诛，身既死，骨无余。楚国无君，惟费与鄢，令尹木偶，为人作茧。天若有知，报应立显。说您是木偶。""我是木偶？提线的？""您还知道提线木偶？是提线的，让这姓费的和姓鄢的用提线一提，您就是这个木偶。"

令尹囊瓦听完很奇怪：为什么这么咒我呢？我招谁惹谁了？心里很不痛快。第二天早朝，楚昭王办完国家大事，令尹大人得往下派，什么国事应当由谁去办。令尹囊瓦就对大家伙儿说："杀了伯郤宛之后，市井之中有人作歌咒我。众位文武有何看法？"

大家伙儿往这边一看是费无极，往那边一看是鄢将师，知道都是这两个坏人干的事，谁都不言语。囊瓦问了半天，大家伙儿都不说话，没办法，只好请大家各自回府，囊瓦也回到自己的府中。刚刚坐定，有人来报："令尹大人，左司马沈尹戌求见。""哦，快快有请。"左司马沈尹戌进来了："拜见令尹大人。""请坐。"两个人刚要说话，又有人来报："令尹大人，公子申求见。""哎呀，有请有请。"公子申进来，上前施礼："拜见令尹大人。""请坐。"上座就归了公子申，下座是沈尹戌。为什么呢？因为楚平王临死之前的托孤之臣有两个，一个是令尹囊瓦，另一个就是公子申。所以公子申也是托孤之臣，他来了当然得给上座。

"不知道公子此来，有何话讲？""令尹大人，今天您在朝上说有人夜里焚香作歌咒您，您问了半天，大家都不言语，因为都没法儿说话。有费无极、鄢将师在旁，没人会说话。""为什么呢？""哎呀，您怎么这么糊涂啊。这歌中唱的您是木偶？""对，还说我是提线木偶。""不错，您就是让他们两个人提着呢。令尹大人，您就不想一想这歌从何而来吗？不但有歌声，我夜间到乡里去走，家家祭祀，祭祀的就是伯郤宛大夫。""为什么祭祀他？""因为他是忠臣。""那谁是奸臣？""您怎么还问呢？一个是费无极，另一个就是鄢将师啊。""你怎么知道他们是奸臣？""老令尹，您可真够糊涂的。老大夫伍奢为什么死？太子芈建为什么死？伍子胥为什么逃出昭关？""哦，我明白了，这都是因为楚平王娶了秦女孟嬴。""您既然明白，怎么还能办出这样的糊涂事啊？""哎呀……我没把这些给串在一块儿。"您说就这脑子还当令尹呢，事情都不串着看。"楚平王父纳子媳，就是听的费无极的；太子芈建走了，虽然他后来做出不仁不义之事，但把芈建挤对走的是谁？费无极出的主意，把本来是人家芈建的媳妇送入后宫，嫁给他爸爸了，那芈建能不生气吗？芈建走了，才导致后面发生的事情。而且费无极出主意把芈建的老师老大夫伍奢杀了，不但杀了伍奢，还杀了伍尚以及伍氏全家老少，这都是费无极干的事。然后逼走了伍子胥，伍子胥这才逃到吴国。您说这些事情赖不赖费无极？""那鄢将师呢？""鄢将师跟费无极是一伙的呀，他们两个人诬陷郤宛大夫。"

这时候，沈尹戌也憋不住了："令尹大人，您太糊涂啦。郤宛大夫是忠臣，您为什么要杀他？您为什么听信奸臣之言呢？""那是我错啦？""可不是您错了嘛。""那错了要怎么改呢？""既然您错了，那就要惩治奸臣。""那好。左司马，公子申岁数大了，这件事就由你去办。给你五百兵士，马上去捉费无极和鄢将师。""您不用给我兵，我出去一喊，老百姓就把他们逮来了。""真的？""您瞧，一兵一将都不用。您真让我去捉他们吗？""当然，我令尹的命令已然下了。"

他们在这儿折腾，楚昭王连知道都不知道，您说楚昭王是不是木偶？其实真正的木偶是楚昭王，大权都掌握在奸臣之手，令尹还是个糊涂人。沈尹成迈步往出走，走出囊瓦府，来到大街之上高声喊嚷："楚国的军民人等听真，楚国有两个佞臣，一个是费无极，一个是鄢将师，不但害了伍奢全家，而且还害了伯郤宛大夫。现在奉令尹大人之命，去捉拿两个奸佞之人，谁随我去？"沈尹成这一声喊不要紧，老百姓由家里头全往出涌啊，拿着笤帚，拿着大擀面杖，拿着大铁锹……"我们跟您去。"同时，每个人都举着一把火，怎么烧郤宛大夫就怎么烧他们。

等到了费无极和鄢将师他们家，老百姓往上一围，比兵还多，冲进去就把这两个奸佞之人逮住了，而且放了两把大火，把这两个人的家全烧了，最后把两个人押到令尹囊瓦的面前。囊瓦开庭审问，这两个人也没办法了，只好承认吧。囊瓦一看，外面老百姓人山人海，于是命人把这两个佞臣推到外面公布罪状，然后禀报楚昭王。楚昭王传下旨意，把费无极和鄢将师杀了。这就叫报应，天若有知，报应立显。为什么这段书必须得把两个佞臣杀了？因为谁都知道伍子胥冤，谁都知道伍奢冤，这一来大快人心。

楚国把这两个奸臣杀了，消息马上传到吴国，公子姬光现在就是吴王阖闾，他马上把伍子胥请来了。"大喜，你的仇人已被楚国令尹囊瓦所杀。""唉……"伍子胥长叹一声，"父仇未报，仇人已死……"公子姬光说："你怎么还是这句话呀？楚平王死了，你就应该高兴，现在你的另一个仇人费无极被杀了，你仍然是这句话。你放心，等我吴国强盛之后，我一定兵发楚国，为你报父兄之仇。""谢过大王。""请坐吧。"

现在伍子胥在吴国是什么职务？伍子胥是客臣，客臣就是不是吴国人却在吴国做大臣，也就是外交官。"我想请教请教你，怎样才能强大吴国？"伍子胥一听姬光跟自己要主意，连忙站起身形，躬身施礼："大王，想我伍子胥身负家仇，逃出昭关，来到吴国，大王不杀我，留我客居在此，伍子胥心中十分感激。现在父兄之仇未报，伍子胥方寸已乱；再说我客居于此，吴国大贤之人很多，疏不间亲，远不间近，我又岂能为大王谋划呢？"

伍子胥说得很清楚：第一，我来到吴国，您没杀我，让我客居在此地，我已然很感激了；第二，我父兄之仇未报，我心里乱，您让我给您出主意，我是外国人，不能给您出谋划策，吴国的贤人很多，应该让他们给您出主意才是。公子姬光听完，摇了摇头："不对。吴国虽然贤士不少，但没有出于你伍子胥之右者，没有比你再高的了，你必须帮助我想主意强大吴国。""我刚刚已然禀明大王，父兄之仇未报，我自己都不知道如何为自己谋划，又怎能帮着大王您来谋划吴国呢？""我跟你说实话，没有你就没有我的今天。吴国强大之后，有强大的经济实力作为后盾，才能调整兵力，帮助你兵发楚国，报你父兄之仇。所以你必须得为我出谋。"伍子胥这才点头答应。"吴国到底有什么困难？""吴国地处偏远东南，地区潮湿，人民散乱，兵力不强，应该如何强大？""您要想让老百姓定居，就必须盖房盖城池；想要强大吴国，就得先安民，让老百姓种田；然后训练兵将……"

伍子胥就给姬光出了很多主意，而且让他迁都。伍子胥查看地形，当然那时候很迷信，找风水先生看完之后，就在姑苏山东北三十里修了一座城，叫作姑苏城，就是现在的苏州。八个水门，八座城门。现在苏州美，就是从那个时候开始建的，那时候叫姑苏城。把姑苏城建好了，皇宫是皇宫，集市是集市，街道是街道，仓廪府库一应俱全，然后公子姬光，也就是吴王阖闾，由梅里迁都到了姑苏。伍子胥又在凤凰山南选择了一块地方，盖了一座城，这座城正对着越国。您往后听，马上就该吴越春秋了，西施就该出来了，咱们这部《东周列国志》里净是美女。凤凰山南的这块地方叫武南坡，正对越国，就是为了防备越国的入侵。因为越国和吴国一样，也是被大国培养起来的势力。谁培养的？楚国。吴国是晋国培养的，越国是楚国培养的，楚国利用越国来防备吴国。伍子胥就在正对越国的地方盖了这座城，里面都是兵库，就是南武城。伍子胥献国策之后，吴国越来越强大。

吴王阖闾在向伍子胥求计的时候，伍子胥曾经说过两句话："疏不间亲，远不间近。"这两句话什么意思？您要听我说《三国演义》，里面有疏不间亲之计，说的是吕布坐镇下邳，跟袁术要结为儿女亲家，纪灵献上疏不间亲之计……咱们就不细说了。疏不间亲，不能随便给别人出主意，有挑拨离间之嫌，反正最好别在里边出主意。人家是亲戚，尤其是爹妈说子女不地道，您过去给那子女一嘴巴，这爹妈转过来就打你："干吗打我们儿子啊？干吗打我们闺女啊？""您不是说他们不好嘛。""我说行了，你说行吗？"这是往小了比。往大了比，您自己琢磨去，我不能给您举这个例子。远不间近，咱们还拿亲戚比。您在美国呢，在中国的侄子跟侄媳妇打架，您给出主意，人家这边都好了，您在那边还什么都不知道呢。所以说远不间近。家事尚且如此，就甭说是国家大事了。

伍子胥这话说得很明白：我是楚国人，你们吴国的事我已然管了不少了，毕竟伍子胥为的是他自己。他知道，如果公子姬光不继位，就不能借给他兵，就不能兵发楚国以报父兄之仇。所以他才举荐专诸，专诸刺王僚。您往后听，伍子胥又举荐要离，要离刺庆忌，杀完王僚再杀王僚的儿子。那后来伍子胥落得什么下场？姬光又落得什么下场？所以说报应一定会有，有的时候立显，有的时候慢显。总而言之，人活在世上，别净给别人瞎出主意。伍子胥给吴王阖闾出主意是有目的的，他为了报父兄之仇。所以伍子胥永远是抱着这个目的才出的主意。当然，我分析得不见得对，您要是有想法，告诉我，咱们共同探讨。

吴国强大了，伍子胥就问吴王阖闾："专诸已葬，专诸的儿子专毅被您封为大夫之职，这口宝剑怎么办？"

伍子胥问的就是这口鱼肠剑。吴王阖闾认为这口剑是不吉祥之物，就把它放进山里封存起来。把鱼肠剑封存起来之后，吴王阖闾觉得国家要强盛，不能没有兵，没有剑，没有刀枪，于是就命人造剑。造了数千把剑，有个名字叫"扁诸"。但吴王阖闾还是觉得不称心，想造名剑，找谁？就得找铸剑师。吴国有个铸剑师叫干将，吴王阖闾就把干将请来了。"您看这些扁诸剑，剑不锋。"

吴王阖闾就命干将造剑，采来五岳之铁精和金英之石来铸剑。咱们书不说废话。三百童男童女往炉里扔柴炼铁，铁水不化。这时候，干将的媳妇莫邪来了，她知道为什么铁水不化，就是因为没有人气。干将说："师父和师娘造剑之时，遇到铁水不化，夫妻双双投入铁水之中，剑方造成。"莫邪说："这有何难？你另外起炉炼铁。"干将重新烧火，拉起风箱，把炉火烧起来，铁水仍然不化。莫邪早已洗干净身子，头发剪去，指甲剪了，投身于铁水之中，剑立刻就炼成了。当然，这是传说。炼就了两口宝剑，一口上面有龟的纹饰，这口剑叫干将；还有一口剑纹饰比较乱，这口剑就叫莫邪。阴阳双剑。

干将把以自己名字命名的这口剑藏起来了，把以他媳妇命名的这口剑献给了吴王阖闾。当时吴王阖闾不知道，赏赐干将黄金百斤。后来阖闾听说当初铸成的是两口剑，就派人前去找干将要另一口剑。干将说："不错，的确还有一口剑，先让你看看。"打开剑匣，就见这口干将剑往起一纵，变成一条龙，干将往上一骑，这条龙腾空而起，连人带宝剑就没了。后来这口宝剑什么时候又出现了？六百年以后，到了晋朝。总往下传，传着传着就到我们说书的这儿了，这就是干将、莫邪的传说。

这口莫邪剑一直带在吴王阖闾的腰中。但是挂剑得有金钩，阖闾就找人来铸金钩，如果做得好，赏赐黄金百斤。有财迷的，这个也来做，那个也来做，结果有一位师傅把自己的两个儿子宰了，一个叫吴鸿，一个叫扈稽，把他们的血抹在铁上，炼成了两口金钩，然后把金钩献给阖闾。但献钩的人太多了，阖闾把这两口钩往旁边一扔，他看不上眼。过了一天，已然到了截止之日，不收金钩了，门官从外头进来了："大王，有人前来领赏。""谁来领赏啊？""一个制作金钩的工匠。""哦，他为什么要得赏啊？""他说他铸的金钩与别人不同。""怎么不同啊？把金钩拿出来，哪个是他铸的？"

手下人把所有进献的金钩都拿出来了，把这名工匠叫进来，挨着个地挑，样子都一样，挑不出来。阖闾就问他："你铸的金钩有何与众不同，要我的黄金之赏？""大王，我把两个儿子杀了。"阖闾一听，心说：这人可够狠的。"把你的两个儿子杀了？杀他们干吗？""用他们的血抹在铁石之上，化成铁液，然后才铸成金钩。""以何为凭？""这些金钩全在这儿呢，我一喊两个儿子的名字，这金钩就跳出来。""好吧，你喊吧。""儿啊，吴鸿、扈稽。"

"嗵、嗵"，两把金钩跳出来了。吴王阖闾一伸手，左手一把，右手一把，把两把金钩抄起来了，往身上一别，带着这口莫邪剑。死了一个莫邪，他得了一口莫邪剑；人家死了俩儿子，他得俩金钩往身上一挂。所以您对他是什么评价？看到这儿，我对这位吴王阖闾就另有看法了。换作是我，我都不敢看，甭说带着了。而这位吴王阖闾，三个人为此丧命，他愣是带着。您说他是何许人也？这人也是一个凶残之人。吴王阖闾得了宝剑和金钩，一高兴，赏赐这位工匠黄金百斤，跟宝剑一样的价格。

单说这一天，突然跑来一个人，有人前来禀报："大王，楚国大臣左尹伯郤宛被杀之后，他的儿子伯嚭现在跑到咱们吴国，要求见大王。"吴王阖闾传下命令："召见。"

伯嚭进来了，向前施礼，跪倒叩头："亡臣伯嚭，叩见大王。"阖闾一看，伯嚭双眉往上一挑，两只大眼，眼睛射出光芒，如同两只鹰眼一样。"嗯……免礼。"阖闾说话的声音就跟对别人不一样了。"谢大王。"伯嚭往起一站。"看座。""谢大王。"伯嚭往座位那儿一走，迈开双腿，走起路来是虎步，跟老虎走道一样。等伯嚭坐下，阖闾就问他："你为什么前来吴国？""大王，我的父亲是楚国的忠臣，我的祖父也是楚国的忠臣，我们家三代事楚。没想到父亲立功之后，反而被楚国所杀——他们烧了我的家，父亲尸骨无存。听说大王收留了楚国亡臣伍子胥，足见大王英明。所以我伯嚭逃到吴国，望求大王收留录用。"

这位跟伍子胥的话茬儿不一样。伍子胥来了是请求大王收留，给我一碗饭吃；这位上来就是收留录用，你得封我官。吴王阖闾一看伯嚭这架势，觉得他是一个有能耐的人，立刻封伯嚭为大夫之职，伯嚭跪倒谢恩。然后阖闾传旨召见伍子胥。伍子胥见到了伯嚭，伯嚭见到了伍子胥，两个人抱头痛哭，因为各自的父亲都是死在楚国国君和奸臣之手。咱们书以简洁为妙。吴王阖闾设宴款待伯嚭之后，伍子胥又把伯嚭请到自己的家中摆宴相待，两个人各诉亡心。心都没了，爹都死了，家也没了，两个人同命相怜，坐在这儿说的不过都是些骂楚国的话，将来想要报仇。两个人喝了一晚上，喝得酩酊大醉。阖闾给伯嚭预备好了府邸，派人伺候着，自此伯嚭就在吴国当了大夫。伍子胥也给伯嚭送了一些应用的东西。就这样，两个人就经常在一起聊天儿。

这一天，伍子胥上完朝回到家中，门官进来了："大人，被离先生求见。""哎哟，太好了，有请有请。"没有被离，自己也见不到吴王；没有被离，就不能把自己举荐给公子姬光，也就没有专诸刺王僚。所以被离是伍子胥的举荐之人。伍子胥非常高兴，亲自出外相迎。"被离先生至此，未曾远迎，当面恕罪。""哎呀，你我患难之交，何必客气呢？""请。"

伍子胥把被离请到屋中，两个人落座，有从人献上茶来，茶罢搁盏。伍子胥马上命后厨摆上丰丰盛盛的酒宴。时间不大，酒宴摆好了，伍子胥和被离饮酒畅谈。被离问伍子胥："听说郤宛大夫的公子伯嚭来了，受到大王的重用，封为大夫之职，你见着了吗？""哎呀，何止见着，我们同病相怜，天天饮酒畅谈，骂这楚国无道的昏君。""你觉得伯嚭这个人怎么样？""文武双全。""好啊，好啊。今天我来见你，就是要告诉你：伍大夫，从面相上来看，我跟你说实话，伯嚭跟你可不一样。""那您看他人品如何？""少跟他来往，伯嚭鹰视虎步。"看东西如同鹰一样，走起路来如同老虎一样。"通过面相看得出来，此人生性贪婪，而且为人奸诈，好大喜功，尤爱杀戮。""不会吧？""会。我被离给人相面不是一天两天了，你要听我良言相劝，千万不要跟他来往，而且也要劝大王不要用他。""他与我同有家仇。""你们都有家仇，这点是一样的，但是伯嚭跟他父亲郤宛大夫可不能比。伯郤宛是楚国的忠臣，他的儿子就未必能做吴国的忠臣，这一点你想过吗？""不会吧？""你怎么老是不会呢？不听我的良言相劝，早晚你得上他的当、吃他的亏。""好吧，我记下了。"

嘴上说记下了，可伍子胥没往心里去。所以后人评论这位被离先生，相面相得太准了：不仅把伍子胥看透了，也把伯嚭看透了。虽然被离郑重其事地对伍子胥说了这番话，但伍子胥没往心里去，也没禀报吴王阖闾，而伯嚭就和伍子胥共事吴王。

吴王阖闾还有一件心事，就是王僚的势力已垮，但他的儿子庆忌还活着，庆忌活在世上一天，就要想办法杀我给他爹报仇。所以吴王阖闾发出探马打探军情，四处寻找庆忌的下落，终于打听到了，手下人回禀阖闾。庆忌现在在哪儿呢？他逃到了艾城，招兵买马，聚草屯粮，训练死士。吴王阖闾得报，马上把伍子胥找来。"庆忌不死，孤不得生。"有庆忌在一天，我这国君就做不踏实。"你既然能给我举荐专诸把王僚刺死，能不能再找到一人把庆忌刺死？"

按说这件事伍子胥就不应该管，伍子胥心里也确实不太愿意管，但因为有庆忌在，对吴国就是一个威胁，如果吴国不出兵，自己就没法儿报父兄之仇。这就是伍子胥当时心中的想法，很矛盾。伍子胥听完，摇了摇头："我已然举荐了专诸，刺死了王僚；现在再让我找一人刺杀王僚之子，我于心不忍。""那可不成。我是不知道何处有这样的贤人，所以才问你。庆忌不死，吴国就永远踏实不了；永远踏实不了，就无法强大吴国……"

伍子胥心说：您下边的话就甭说了，又是没法儿出兵帮我报仇。这就是吴王阖闾和伍子胥互相利用。出于无奈，伍子胥又给阖闾举荐一人，此人正是要离，这才引出下回书要离刺庆忌。谢谢众位，咱们下回再说。

第五十回　要离贪名刺庆忌

说时华岳山摇动，话到长江水逆流。只为子胥能举荐，要离姓字播春秋。

今天咱们就该说要离刺庆忌了。中国历史上几大刺客，专诸刺王僚成功，要离刺庆忌也成功，但荆轲刺秦就没成功。所以作为一个刺客，他是要有条件的。听完书之后您去琢磨，当刺客也不是容易当的，刺客必须舍去自己的性命。

要离为什么要刺庆忌？他又为什么能刺杀成功？伍子胥又为什么把他举荐给吴王阖闾？吴王阖闾对于这件事的处理是什么态度？最后又得到什么结果？您听完这段书回去得好好琢磨琢磨。您看，现在专诸已然刺了王僚，专诸是谁举荐的？伍子胥。伍子胥为什么要把专诸举荐给公子姬光？伍子胥为的是借兵报仇。只有把王僚杀了，公子姬光当了吴国之主，才能借给自己兵，兵发楚国以报父兄之仇。那伍子胥跟专诸是把兄弟，既然结为生死之交，那就应该比亲兄弟还亲。伍子胥管专诸他妈叫什么？义母，现在话说就是干妈。你把干妈的儿子、自己的把兄弟举荐给公子姬光，让他去刺杀王僚，那他肯定就得死。结果义母上吊而亡，他兄弟被剁为肉泥烂酱。所以您对伍子胥也得分析分析，收干儿子可不能随便收。

专诸刺死了王僚，公子姬光当了吴国国王，就是吴王阖闾。必须得杀掉王僚之子庆忌。因为有庆忌在一天，阖闾食不知味，睡不安寝。阖闾发出探马打探军情。探马回报，庆忌在艾城纠集死士，打算报仇。阖闾着急呀，赶紧把伍子胥请来了，两个人在密室商议。"拜见大王。""大夫请坐。""大王，您找我何事？""伍大夫，现在庆忌在艾城纠集死士，想要杀回吴国报仇。有王僚一天，我不能身居王位；有庆忌一天，他就要为他父亲报仇，我食不甘味，睡不安寝。你看应该怎么办？""大王，我是楚国亡臣，来到吴国之后，是您把我收留了，现在我在吴国称臣。我之前已然帮您策划，让专诸刺死王僚，您也登了大宝。现在我怎能还给您出主意，杀王僚的儿子呢？这是上天所不允许的。"阖闾摇了摇头："此话差矣。"你说得不对。"想当初纣王是个无道的昏君，周武王捧主伐纣，拜姜子牙为帅，牧野一战血流漂杵，这才灭纣兴周，打下大周朝的天下。纣王死在谁的手里？死在武王之手。纣王的儿子武庚呢？不是也死在周朝之手吗？即使皇天不佑他，他对于大周朝不利，所以杀了纣王的儿子也没有人埋怨。现在有庆忌一天，孤不得安，就应该杀之，这是顺天而行。"

　　这就是各有各的看法了。吴王阖闾说的是什么意思？您都听过《封神演义》，姜子牙保着武王捧主伐纣，灭了纣王，把商朝灭了。纣王是个无道的昏君，杀了纣王，天下太平，谁都愿意。纣王的儿子武庚逃走了，后来又在朝歌城自立为王，还叫殷朝。而周武王死后，把天下传给他的儿子周成王，成王岁数太小，就让周公监国摄政，周公是武王的兄弟。周公吐哺，天下归心。周公是个好人，监国摄政。周公有两个兄弟，一个是管叔，一个是蔡叔。这两个人在外边散布流言蜚语，说周公没安好心，早晚得把周成王杀了，由他自己来坐大周朝的天下。那管叔、蔡叔站到谁那头了呢？就站到纣王的儿子武庚这头了，保着他在朝歌城建立了小小的殷朝。后来大周朝把管叔、蔡叔之乱平定了，也把武庚杀了。所以吴王阖闾就举这个例子来对伍子胥说：杀纣王对不对？对。杀武庚对不对？也对。由此可见，杀王僚对，杀庆忌也对。如果不杀庆忌，庆忌纠集死士，对我的王位是极大的威胁，就算你伍子胥也踏实不了。

　　伍子胥听到这儿，心有所感，点了点头："既然大王您决定了，那您想怎么办？""你在吴国待这么些日子了，要打算对付庆忌，就还得再找一个'专诸'。我让你寻访武勇之人，你找到没有？日子可不短了。"伍子胥微微一笑："我找着了。但这个人到底能不能把事办成，我相信他，就是不知道您相信不相信他。""哦，找到了一个勇士？""不错。""那你又为什么说你相信他，而我不见得相信他呢？""我跟您说，这个人和专诸可不一样。专诸是个屠户，力大无穷；但这个人是个文弱之人。"这个人是个又瘦又小，弱不禁风的人。"你也知道庆忌孔武有力，跑步如飞，身形矫健，他能对付得了庆忌吗？""我想他行。这个人十分英勇，万人敌也。""那你怎么知道他有这么大本事呢？""那我得给您说段书。""好，那你就开书吧。"于是伍子胥就把他是怎么认识的要离，要离如何英勇，为什么说他是个勇士，就讲给了吴王阖闾。

要离是哪儿的人？要离是吴国人，家住在东海。当时吴国有一位官员死了，他和要离是朋友，要离到梅里来奔丧。同时，伍子胥也来了。就因为这位官员人缘相当不错，不但士卿大夫来吊唁，梅里的富户也来，就连老百姓也来吊唁。您看，这就是人缘了。有的人死了，发出讣告遗体告别，家人在那儿等着，稀稀拉拉来了六个人，这位人缘就不怎么样；有的人死了，不用通告，八宝山遗体告别，排着长龙，其实人都死了，他自己也看不见了，但就因为人缘好，大伙儿都喜欢他，排着长龙前去和他见上最后一面。伍子胥就是在这场丧事上认识的要离。

那要离又因为什么成名的呢？也因为这件丧事。当时来吊唁的人不少，其中有一位吴国成名的勇士，叫椒邱欣。这个人力大无穷，撇唇咧嘴，总觉得自己是天下第一的劲头儿。他和这位官员也是朋友，听说这位官员死了，就带着手下人，坐着车，由家中来到梅里奔丧。车走到淮津渡口的时候，拉车的马"唏溜溜"直叫。椒邱欣知道，马渴了。"来呀，渡口到了，我要下车。"他用手一指车把式，"把牲口给我饮饮。"

车止住了，椒邱欣由打车上跳下来，车把式把车卸下来，拉着马来到渡口这儿要饮马。渡口这里有官吏看着，一见车把式拉着马过来，就迎上来了："哟，您这是……""啊，我家主人说马渴了，想在渡口饮饮马。""哎呀，这可不成，此地不能饮马。"车把式不敢说什么，只得回头看看椒邱欣。"怎么啦？给牲口喝点儿水都不行？虐待我的哑巴畜生？"这个官吏倒是很和气，抬头一看："呵呵，您够勇的。""不错，天下勇士。"他总以勇士自居。"我跟您说，不是虐待牲口，实在是我们渡口这儿有毛病。河里有河神，如果您的马下去喝水，河神出来就得把您的马吃了，他专门往水里拉牲口，谁也治不了他。您非要在这儿饮牲口，不怕失去这匹马就行。""废话，有勇士在此，他敢出来吃我的马吗？""您勇，可这匹马不勇啊。""有我呢。""您要非饮不可，我们也拦不住。"椒邱欣用手一指："饮。"

车把式拉着马来到河边，要饮马。这匹马低下头去刚要喝水，"噌"一下，河神就由打水中蹿出来了，张嘴咬住这匹马，一下就把马拉到水下去了。官吏看着椒邱欣，心说：我看看你这勇士怎么办。这位椒邱欣一伸手，"唰"一下就把刀亮出来了，往起一跃，由打岸上直接跳入水中，直奔河神。这下岸上看热闹的就多了，而且越聚越多，这是咱们中国人的"优良传统"，就喜欢看热闹。大家伙儿全在岸上瞧着，就瞧河神跟椒邱欣打。打着打着，河神到水底下去了。这位椒邱欣也到水底下去了。

三天之后，椒邱欣上来了："我可没死。"但变得跟夏侯惇似的，被河神扎瞎了一只眼，马没了，但人没死。好多人都赞叹："这位可真是勇士，敢跟河神搏斗。""是啊，打了三天三夜，不过就是缺了一只眼，还有另一只眼睛能看东西呢。"

椒邱欣觉得自己挺勇，另换了一匹马，拉着车遭奔梅里。到了都城之后，直接来到这位官员的丧事会场，人山人海，椒邱欣往这儿一坐。按他的身份来说，没有官职，就得跟老百姓坐在一起，但他认为自己是天下第一的勇士，本应是士大夫坐的地方，他却往这儿一坐。椒邱欣身边都是官员，他看不起人家，心说：官员有什么了不起？没有我勇，我能跟河神斗三天三夜。他这股子狂劲儿，大家伙儿就全知道了。"哎，看，这位就是跟河神斗了三天三宿的勇士，叫椒邱欣。""椒邱欣？我看他叫椒揪心吧，都一只眼了……"

大家伙儿正在这儿议论椒邱欣，要离进来了。他也知道这件事，看了看，便坐在了椒邱欣的对面。按说这地方也不是要离能坐的，可大家伙儿都不爱搭理椒邱欣，就给要离让了个地方。要离又瘦又矮又小，您要看《东周列国志》原文：身材五尺，腰围一束，腰细得跟一束草似的，形容丑陋。坐下之后，要离瞧着这位勇士："哈哈……""嗯？谁呀？"椒邱欣找了半天，终于用这一只眼找着了，看到对面坐着一个小个子。"是你笑我吗？""嘿嘿，不敢说，我笑您怎么一只眼？""哈哈，这是我与河神搏斗，落下一只眼。命没丢了就很不错了，我是天下的勇士。""不对。"要离坐在这儿，二郎腿一搭，"我告诉你，你不够勇士。"别看要离个儿小，声音挺尖，就这一嗓子，全场都静了，千十来人连带老百姓都听着要离说话，想听听要离怎么说。这中间也有不少人认得要离，知道要离不好惹。椒邱欣一听就愣了："我怎么不够勇士？谁敢到河中跟河神搏斗三天三夜？都死了，我却活着而回。""就冲这一条，你就不够勇士。"

　　这时候，要离站起来了，指手画脚，就跟当众演说一样。您想，他周围千十来人呢，这要是卖票，一张三十元，得多少钱啊。要离个儿虽矮，但声音高，大家伙儿都能听见。"众位，我给他讲讲什么叫勇士。""你且讲来。""我告诉你，身为勇士，得有四个条件：第一，与太阳斗看不见影儿；第二，与神斗旋踵而随；第三，与人斗听不见回声；第四，就是宁死不辱。有这四条才是勇士呢，可你一条都不够。"您别瞧那时候的人，都讲理，一说他，他还真听着。"那你说说，我怎么不够？""我告诉你，头一条，与太阳斗看不见影儿，影儿都不能让它看见，你就赢了。第二条，与神斗旋踵而随。"旋踵而随是怎么回事儿呢？旋是旋转，踵是脚跟。你要跟神斗，跟着他转，你的脚尖儿不能离开他的脚跟儿，就得这么快，那才是勇士呢。"第三条，与人斗听不见回声。根本听不见对方的声音，就得把他斗趴下。第四条，是宁死不辱。你觉得自己是个勇士？你与河神相斗，马也没了、人也残了，一只眼就回来了，说明你怕死，这就是你最不值钱的地方。你若是连性命都不要，拼死与河神一斗，就算你也死了，都能称为天下勇士。你一只眼活着回来，马也没了，算什么天下勇士啊？名誉已失，身体已残，堪不配也。"大家伙儿齐声喝彩："好啊……"丧种一听：这是给我爸爸办丧事吗？简直就是听要离说书呢。要离一番话说完，这位勇士把头一低："嗯……"他说得对呀，我没赢河神，马也没了，落得一只眼就回来了，我算什么天下勇士啊？椒邱欣觉得寒碜，站起身形往旁边一闪，一低头由打人群里出去，他走了。

整个儿场面被伍子胥全都看在眼里，他知道要离这个人不简单。跟旁边的人一打听，伍子胥才知道此人叫要离，别瞧身材矮小，相貌丑陋，这人可了不得。伍子胥也明白，这位一只眼的椒邱欣被要离当众侮辱一顿，绝不会饶了要离。伍子胥回到家中，暗中派人出去打听，果然出事了。怎么回事呢？要离吊唁完之后回到家里，对媳妇说："今天我在丧事现场，侮辱了一位勇士，他叫椒邱欣。""呵呵，甭说了，我都知道了。""你都知道了？""有人给我送信来了。要离，人家能不报复你吗？""我知道他准得报复我，我不怕。""我也知道你不怕，你就说怎么办吧。"要离的媳妇非常相信要离的才能。"这么办吧，今天他不堪其辱，肯定要来报仇。晚上咱们家别关门，也别点灯，你躲出去，我在窗户底下躺着等他来，我倒要看看到底他是勇士，还是我是勇士。"

他媳妇还真听他的，吃完晚饭该睡觉了，就躲出去了，把大街门也开了，屋门也开了，两道门都没关。要离披散着头发，双手一垂，就躺在屋中的窗户底下了，身旁连兵刃都没有。到了夜静更深，这位椒邱欣果然来了，拿着宝剑来找要离。一看大门没关，闪身就进了院子。再看屋门也没关，椒邱欣直奔要离住的屋子，往里一走，月光通过窗户往下一照，要离就在窗户底下躺着呢，披散着头发，双手一垂，纹丝不动，两只眼睛直勾勾地看着自己。"哈哈，要离，今天我得把你宰了。"要离不理他。"你不理我可不行，你今天有三条罪该死。""说吧。""第一，你今天当众侮辱天下第一勇士，就当死；第二，你夜里不关门我就能进来，你也当死。"说到这儿，椒邱欣用宝剑一托要离的下巴，要离没动，一声不吭。"我用宝剑托着你的下巴，你都不知道躲，还不当死吗？冲这三条，今天你就得死。""哼哼……"要离一乐，"你说我三条当死，我却说你三条不对。""哪三条不对？"像椒邱欣你就把他宰了得了，跟他废什么话呀，这儿还问呢。"今天我当着千人侮辱于你，你都不敢还嘴，这是你第一条不对。""是，我没还嘴，是我不对。"您说这人还真老实。"我们家街门和屋门都没关，你连喊都不喊一声就进来了，你就是贼。你前来偷袭于我，这是你第二条不对。""嗯，那第三条呢？"他还上赶着问。"你看，你现在用剑托着我的下巴，居然还敢大声说话，你也不怕旁人宰你？是不是你不对呀？""哎，是我不对，这三条都是我不对。""那你怎么办呢？"椒邱欣一撒手，"噌啷"，宝剑落地上了。"天啊，我以为自己是天下第一勇士，没想到我错了，要离才是真正的勇士，两个勇士不能并存。哎呀，到底他是勇士，还是我是勇士？嗯，要离，你是勇士。""那你要怎么办呢？""我要是不杀你，天下人耻笑我；我要是杀了你，又是我的不对，你比我英勇。得嘞。"椒邱欣低头一看自己的宝剑，"唉，我也不捡宝剑了，我要撞窗而死。""那你撞吧。"这位大脑袋"嘣"往窗户上一撞，要离他们家的窗户也不知道是什么做的，愣是把椒邱欣的脑袋磕破了，椒邱欣流血而亡。这件事当天夜里就传开了，伍子胥也知道了，赞要离："真勇。"

今天吴王阖闾让伍子胥举荐一个人刺杀庆忌，他就把要离羞辱椒邱欣的这件事说了。"哦……"阖闾想了想，"伍大夫，可有一节，你也知道庆忌身体矫健、奔跑如飞，伸手抓飞鸟、步下格猛兽，就这么一个小小的要离，能对付得了庆忌吗？""我跟您说，大王，您可别小瞧了要离。虽说庆忌有万夫不当之勇，可要离有万人之敌。""既然如此，你马上把要离请来，我看一看他。""好，遵王谕。"

伍子胥退出密室，阖闾坐在书房之中等候。伍子胥来找要离，要离一看。"哎哟，伍将军到此，有何指教？""壮士，我把你的事情跟吴王说了，吴王要召见于你。""啊？！"当时要离一抬头，眼睛就亮了，眼睛反映心声，伍子胥一看就知道这个人是什么人性了。"我不过是一个小小的平民，大王能够召见我？哈哈，好，随你而去。"

通过一个人的一言一行，就能够看出他的本质。大王召见你，你可以不去，有点儿深沉没有？阖闾召见要离，要离心说：召见我就得用我，用我我就能成名。要离跟着伍子胥来见阖闾，伍子胥先进来禀报。咱们书不细表，然后传旨召见。伍子胥一掀门帘："请。"要离进来了："要离拜见大王。"阖闾一看要离："壮士请起。""谢大王。"

要离站起来了。身高不满五尺，瘦小枯干，甭说庆忌，我要拿起他胳膊一撅，都能撅折了。脸特别瘦，跟一个小胡萝卜似的，还特别黑。小锛儿头，深眼窝，两道稀稀拉拉的眉毛，鼻子尖跟香墩儿似的，薄片子嘴，一嘴的碎牙，胡子也是稀稀拉拉。这相貌实在没法儿看。您要看见他，三天甭吃饭。为他也不值当饿死，所以一般也就甭看他了。您说阖闾看见这样的人能喜欢吗？"你就是伍将军所说的要离壮士吗？""是啊。""你是壮士？""大王，您看我的身量小，不像壮士，是吗？我跟您说，我又弱又小，迎风能把我吹倒，风从上边来，能把我压趴下，我就这么弱。可有一节，大王若有令下，我万死不辞。"

这话说得特别有力。阖闾点了点头，看了看伍子胥，又看了看要离，没说话，又轻轻地摇了摇头。阖闾站起来了，冲着窗户吹哨。他有一个本事，吹哨能吹出歌来，显得很傲慢。伍子胥可就明白了，走到阖闾的面前："大王，您别瞧要离身体弱小，这就如同马匹一样。马又高又大，颜色又好，但不见得是良马。如果这马能负重，能拉千斤，能够为主人办事，这才是良马。""啊……""大王，您不能小看要离，虽然庆忌勇猛，但要离可是万人之敌。""哦……""您千万不能失去他。"伍子胥了解要离。"您若把他失去，那就再也无人能刺庆忌了。"当时阖闾也明白了。"好吧，后宫来见。"伍子胥用手一指，对要离说："请。"

这要换我，见阖闾这么对我，我就走了。但要离没有，他为了名，就跟着伍子胥去了。来到后宫，阖闾往这儿一坐，旁边没人，要离二次见礼："拜见大王。""起来吧，坐下讲话。""谢大王。"

阖闾坐在这儿，拿着扇子不言语。为什么不言语？他想词儿呢。阖闾有心事：到底用不用要离？再者说，他总觉得对伍子胥还得有点儿戒心：我是吴国人，要离是吴国人，但你伍子胥可是楚国人。要离一看，心中非常明白。"大王，您把我召至后宫，是不是想让我去刺杀庆忌？您放心，我办得到。"阖闾愣了："你这小小的身躯，可知道庆忌的厉害？他身形矫健，奔跑如飞，万人不能敌也。""大王，您错了。虽说庆忌很勇猛，可您要知道，杀人要凭智慧。虽然我和庆忌相比，我太弱小了，不如他一条大腿，但要杀庆忌不是凭力气，而是凭智慧。只要我能接近庆忌，刺杀他就如同宰鸡一般。""你要知道，你是吴国人，庆忌怎么可能轻信吴国去的人呢？你根本接近不了庆忌啊。""大王，没关系，您听我的，庆忌就能让我接近他。只要我接近了他，凭我的智慧，绝对能把庆忌杀死，如同宰一只鸡。"

听到此处，阖闾看着要离："计将安出？""大王，明日升朝，让伍将军举荐我身为大将，前去攻打楚国，为其报父兄之仇。""哦？""而大王看我身材矮小，您就骂我，我就跟您顶嘴。您一生气，传下话来，把我的右臂剁去，然后将我收入监中。"听到这儿，阖闾这么残忍的人，都不由得激灵灵打个冷战，心说：无冤无仇，我把你的右臂剁了？"然后我由打监中负罪出逃，接着您就杀了我的妻室儿女。只有这样，我才能够接近庆忌，让他相信我，我才能刺杀成功。""咝……哎呀，壮士，我跟你无冤无仇，我下不去手啊。""大王，您又错了。一个人安妻子之乐，不尽事君之义，非忠也。"一个人为了老婆、孩子的高兴而不为君王出力，这就是不忠。"怀室家之爱，不能除君之患，非义也。"我就惦记着自己的妻儿老小，不能为您把心腹大患除去，这就是不义。"大王，您放心，我平生就愿意以忠义出名，即便全家丧命，我也甘之若饴矣。"

这是要离的原话：我为您除去大患，那我就能以忠义而成名，即便全家因为这件事而死，我也跟吃了蜜糖一般那么甜。您说这人的想法，搁现在真是不可理喻。伍子胥听了要离的话，抱拳禀手："大王，要离为国而忘家，为主而忘身，真乃千古之豪杰，您就应该成其名。""我应该成其名？""对，将来您得厚待他的……""可他后代全没啦？""那您就肯定他的功绩，厚葬于他，使他名扬后世，这就足够了。"要离一晃身形，

593

"大王，如何？"阖闾明白了："好吧。"

三个人商量好了。到了第二天，吴王阖闾升座早朝，文武官员到齐了，办完国事，伍子胥来都金殿之上："伍员拜见大王。""伍将军，有何事啊？""大王，臣有父兄之仇，不共戴天。我想请大王出兵，兵发楚国，替我报仇雪恨。""哎呀，不是孤家不给你报仇，只因为吴国太小，兵力不足，缺少良将。""大王，臣愿保举一人身为大将，率领吴国人马兵发楚国，一定能胜。""太好了，吴国正是需要人才之时，不知伍将军举荐何人？""臣举荐勇士要离。""哦……好吧，命他觐见。"

伍子胥到外边把要离请上来。朝堂上的不少文武官员都认得要离，也知道要离大概其都干了些什么。伍子胥身高一丈开外，要离也就是伍子胥的一半高，要离从容不迫，俩人就这样进来了。要离上前跪倒在地："叩见大王。""你……"阖闾还得假装不认识，"你的身体如此弱小，就是伍员举荐的勇士大将吗？""不错，正是。""小小身躯焉能办成大事？"要离"噌"一下站起来了。"大王，您这话不对。我身体虽弱，但能成其大事。您若用我为将，兵发楚国，一定能给伍子胥报仇雪恨，而且灭了楚国，也能强大吴国，您何乐而不为呢？""胆大要离，谁让你谈及国事？身体弱小，不能为将。""哼哼，您这哪儿是我不能为将啊，明明是不想替人家伍子胥报仇。伍子胥为报父兄之仇来到咱们吴国，办了多少大事？而今姬僚已死，您身为大王，不帮着伍子胥报仇，非仁义之辈！""要离，你竟敢辱孤之名吗？竟敢干涉孤的国家大事？来，推出去，剁掉他的右手！"

刀斧手过来，抹肩头拢二臂，就把要离绑了，往出一推，举着刀就出来了。大家伙儿都愣了，不知道这是怎么回事：你说要离你这么点个儿，没事儿你惹大王干吗使啊？来到外头，刀斧手一刀下去，要离的右胳膊就没了。大家伙儿都以为能听见一声惨叫，结果没听见，您就说要离多横吧。然后阖闾传下令来，把要离掐监入狱。接着，阖闾继续吩咐："来呀，看看要离家中还有什么人，全都捉来。"武士来到要离家中，把要离的媳妇、儿女全逮来了。阖闾下令：斩杀于市，火烧而焚。不但把人杀了，而且把尸体烧了。

就这样，要离被砍了一条右臂，就在牢中关着。过了没有几天，要离伤势稍微好点儿了。有人说，这伤没有大夫看，能好吗？您想，他早就准备失去这条右臂了，还能不带着药吗？伍子胥能不准备吗？这时候，阖闾也就得睁一只眼闭一只眼，不能把大牢监视得很严了。要离在牢中上药养伤，伍子胥花钱买通狱吏，好好对待要离，让要离的伤势快点儿好起来。然后，伍子胥又继续花钱，让狱吏慢慢放松警惕，给要离一个逃跑的机会。咱们书不说废话。要离的伤也好了，看守他的人也松了，要离就由打大牢之中逃了出来。要离逃出吴国以后，到处哭，到处嚷："阖闾真不是东西，不仅不帮着伍子胥报仇雪恨，而且因为我仗义执言几句，就把我的右胳膊砍了，还把我的妻儿老小置于死地，我非报此仇不可。"

要离一路上就嚷，嚷着嚷着他打听到庆忌在卫国，于是来到卫国，打听好庆忌的住处，求见庆忌。庆忌心说：要离？我记得他是吴国人，他找我干吗来了？"来呀，让他进来。"

庆忌身旁有死士保着，而且他本人就是个勇士，根本不在乎，就让要离进来了。要离就剩一条胳膊了，进来之后躬身施礼："拜见公子。""你就是要离吗？""不错，吴人要离。""干吗来了？""投奔公子。""你干吗要投奔我？""知道您在招纳天下死士，要给老王报仇，我前来投奔您，给您做内应。""我听说你也是吴国人啊，你由打吴国而来？""是啊，正因为我是吴国人，才要帮着公子报仇，阖闾不值得我保。""哼哼，何人能信你？你明明是姬光的奸细。""哎呀，您错了。"要离当着庆忌的面把上衣一脱，"您看看。"庆忌愣了："你为何没有右臂？"

于是要离就把自己这些事情哭诉一遍。庆忌看见要离伤残，再一听这件事，就有八分信了。正在这时，后边进来一位，在庆忌的耳边说："公子，是这么这么档子事儿。"这人是谁？庆忌派去吴国的细作。说得好听一点儿，就是探马；说得不好听，就是特务，就是奸细。您想，庆忌打算回吴国报仇，能没有细作在吴国吗？"公子，此人叫要离，他确实冲撞了姬光，姬光不但把他的胳膊砍去一只，而且把他的妻儿老小都杀了，尸体扔到大街上烧了。"这一下，庆忌就完全相信了要离。"既然如此，上宾之礼相待。"

庆忌就把要离留下了。酒席宴间，他就问要离："你为什么要顶撞姬光，又为什么会遭到如此酷刑？""公子，其实我也是为了帮助伍子胥、帮助伯嚭，故此上前谏言，结果遭此酷刑。自从我逃狱之后，伍子胥让我前来找您，您可以借此机会兵发吴国，为先君报仇雪恨。"庆忌说："我当然想给我爹报仇，可有一节，我才有多少战舰，我才有多少人马、多少死士？姬光身旁有伍子胥运筹帷幄，再加上伯嚭的智谋，吴国日渐强盛，我打不了可怎么办呢？""唉，您错了。公子，第一，伯嚭是阴险小人，只知贪婪，终无大用；第二，现在伍子胥和阖闾有矛盾。""嗯？伍子胥帮着姬光杀了我爹，他是姬光的恩人，怎会有矛盾呢？""现在楚平王死了，他驾前的奸臣费无极也死了。而今姬光已然做了吴国国君，他根本就不打算给伍子胥报仇雪恨，只顾享受，吃喝玩乐。我也是看不过去，才直言相谏。结果吴王盛怒之下，把我的右胳膊砍了，把我关在大牢之中，还把我的妻子、儿女杀了，街前焚尸。您说他们之间是不是有矛盾了？您就趁着他们不和，赶紧兵发吴国，而我回到吴国给您做内应。伍子胥说了，只要您借此机会攻打吴国，我跟他做内应，而他也要借此机会以赎密谋刺杀先君之罪。""哦……"庆忌看了看要离，"好。可有一节，我兵微将寡呀。""您要这个时候不报仇，过些时日他们复好如初，您的仇可就报不了啦。您若不听我的良言相劝，我就死在您的面前。"说着话，要离把自己的脑袋就往门框上撞。庆忌相信了，赶紧伸手："你别死，我听你的。""您怎么听我的？""回去以后马上聚拢兵将。"

就这样，要离跟着庆忌回到艾城。庆忌以要离为心腹，让他训练军马，打造战船，招募死士。过了三个月，要离对庆忌说："公子，差不多了。""好吧。"

庆忌听要离的，预备好战船，顺江而下遄奔吴国。头一条船上当然是庆忌，要离在他身旁保着，左手执短矛，在庆忌身边一站。突然间，一阵怪风吹来，"呜……"庆忌扭过身来躲这阵风，就跟要离面对面了。要离手里拿着短矛，见风吹了，"啪"一横。与此同时，庆忌扭身躲风，要离趁势将手中短矛用力往前一递，"噗"，要离全力一扎，短矛插入庆忌胸膛，矛尖由打后脊背就出来了，您就说要离使了多大的劲儿。庆忌活不了了，但他当时还没死，一下子就坐在船头之上，看着要离。他的身旁还有护卫呢，有人拿着戟，有人拿着刀，有人拿着枪。"杀！"护卫就要一拥而上。没想到庆忌一摇头："慢。"一伸自己的大手，就把要离的腰攥住了，往起一提，然后手一掉个儿，要离脑袋冲下，脚丫儿朝天。庆忌攥着要离就往江中浸，用水呛要离，然后又往起一提；二下又往江中一浸；跟着就是第三下。连着呛了要离三下，然后把要离横放在自己的膝盖之上。庆忌往这儿一坐，如同怀抱婴儿相仿，您说庆忌得多大身量。大家伙儿不干："公子，把他杀了！""呵呵……"庆忌扭项回头，"众位，凭他这么一个小小的人儿，竟敢刺杀于我，真乃天下勇士。不要杀他，天底下地上头没有一日死两个勇士的道理。"您看，庆忌到这个时候还犯横呢：我是勇士，他也是勇士，不能一天死两个勇士。这不是吃饱了撑的嘛，这就叫逞能。庆忌说完这番话，轻轻一推要离，把要离从膝盖上推下去，然后用手攥住胸口上插着的这支短矛，往出使劲一拔，短矛抽出来，血跟着就像水柱一样蹿出来了。庆忌流着血传令："不可杀要离，让他回到吴国前去领功受赏。"

　　庆忌死了。大家伙儿一看："得了，要离，您回吴国领赏去吧。"要离苦笑着摇了摇头："众位，公子放我逃生，但我有三条罪，不应该活在世上。""嘿，你还明白呀？哪三条罪呀？""第一，我与阖闾一不沾亲，二不带故，为了他人舍弃我的妻子、儿女，非仁也；第二，为新君而杀故君之子，非义也；第三，我为了成名于天下，使得自身伤残，家破人亡，非智也。我身怀此三条大罪，还有何脸面活在世上？"旁边有人琢磨：不错，您还真明白。可这个时候谁敢说话呀？看看要离，再看看庆忌的尸身，全傻了，谁能相信刺死庆忌的居然就是这么一个小小的要离呢。"既然公

597

子有令，要把您放了。可您又说您有三条大罪，不应该活在世上，我们也没办法，我们也不能杀了您，不能违背公子之令啊。""那我就自己死吧。"

要离站起来，一低头，小小的身躯往江中一扎，跳江了。大家伙儿一看："捞他，公子不让他死。"有水手跳下去把要离捞上来了。"你们干吗捞我呀？""您干吗要死呀？还是回吴国请功受赏去吧。""行啦，我妻子已死，儿女尽亡，我身体亦残，就为成名于天下，我有何脸面活在世上？就算有高官厚禄，与我何益？"您看，到这个时候，要离明白了。要离一伸手，从庆忌身旁的一个护卫腰间把宝剑拔出来了，把双脚剁去，然后自刺喉咙，"扑通"一声，要离死在庆忌身旁。这口气没咽之时，要离还说话呢："你们拿着我的尸身回去请赏吧……"这些人把要离的两只脚拼了拼，然后把庆忌的尸身也弄好，来见阖闾请功受赏。阖闾一看：庆忌已死，心病已去。阖闾传令：厚葬要离。把要离葬在专诸旁边，葬于阊门城下。"你就继续用你的勇气替我守着城门，看着吴国吧。"

您说这位吴王阖闾残忍不残忍？人家是为你而死，现在往那儿一埋，你还说出这样的话来。重赏来人，把献尸身之人封官，留在军中，然后追赠要离的妻子、儿女。可人都死了，追赠又有什么用呢？人死如灯灭，追赠什么都没用。然后，以公子之礼把庆忌埋在他父亲王僚旁边，同时，在专诸庙旁边也给要离盖了座庙，岁时祭祀。

要离刺庆忌这件事结束，吴王阖闾摆上庆功宴，所有文武官员开怀畅饮，庆功贺喜。现在阖闾稳坐吴国国君之位，没有后顾之忧了。酒席宴间，伍子胥流着眼泪对阖闾说："而今王僚已死，您继王位；庆忌已亡，您安坐王位。您的祸患皆除，可我伍子胥的深仇大恨呢？请大王兵发楚国，为我全家报仇。"伍子胥"扑通"一声就跪下了，在他身后的伯嚭也跪下了："大王，但请您兵发楚国，给我伯家报仇雪恨。""哎呀……"阖闾低头看了看伍子胥，再看伯嚭，心说：当初是当初，现在是现在，你们都是楚国人，能为我吴国一死吗？但他不能把心中所想说出来。"二位卿家请起。这样吧，今日庆功宴上免谈此事，明日二卿入宫再做商议。""臣遵旨。"

两个人退下去，再无饮酒之心。其他文武官员开怀畅饮，阖闾命女乐上来演绎歌舞，开了一个绝大的party（派对）。他高兴了，伍子胥和伯嚭哥儿俩回来流着眼泪商量。第二天天刚亮，两个人知道阖闾已然起来了，连早饭都没吃，来到宫中。"伍员、伯嚭，参见大王。""哎呀，孤家我也是一夜未眠啊。"伯嚭点了点头，伍子胥摇了摇头。阖闾也不是一般人，看了看两个人的神态："二卿，请起。"两个人站起身形。"大王，您昨天说让我们今日入宫，商议兵发楚国为我们两家报仇雪恨之事，不知大王能否发兵？""唉，兵是应该发，仇是应该报。可有一节，楚国太强大，吴国太小了，兵微将寡，战船甚少，粮草不足，又能派何人为将，去攻打强大的楚国呢？"

伍子胥听出来了，心说：这是阖闾不相信我和伯嚭，因为我们都是楚国人。但伍子胥不能把这件事点明白了，虽然自己帮了他很多，他现在也当上了国君，但人家大权在手，说不给你报仇就不给你报仇，你能把他怎么样呢？伍子胥报仇心切，把心中的寒气儿往下忍了忍。"大王，您如果惧怕楚国兵强将猛，臣保举一人，此人是吴国人，定当重用。""哦……"阖闾站起身形，在屋中来回踱步，冲着南边吹口哨，吹完口哨一声长叹："唉……"伍子胥心说：你就怕我是楚国人。"卿家举荐何人，吴国人吗？""不错。""这个人有多大本事？""这个人能耐太大了。他机谋甚多，能用兵，能打仗，自著《兵法》十三篇，隐居在罗浮山中，有鬼神莫测之策，懂天地间之玄妙，打仗百战百胜。甭说打楚国，就算争衡天下，保您做天下之主，此人定能成功。""吴国人吗？""正是吴国人。""此人贵姓高名？""姓孙名武。""自著兵书？""对，自著《兵法》十三篇。""既然如此，就烦劳伍将军替孤将他请来。""大王，此人不求功名，不求富贵，不愿意出世，很多人不知道他。如果您请他，必须厚礼相聘。"阖闾明白了：应该由我亲自带着贵重的礼物去请。但现在他的想法跟当初见专诸时不一样了，那时他请专诸刺杀王僚，是想谋王位，一个杀猪的他都亲自去见，还送了很多金银。但现在不成了，阖闾心说：我是吴国国君，我亲自去可不成。"好吧，就由伍将军代往，坐我的车去。"

国君坐的车是四匹马拉的车，然后赐下黄金十镒。十镒是多少？我查了查，有说一镒等于二十两的，有说一镒等于二十四两的，反正不少黄金。还有玉璧一双，当然他赐的玉璧肯定不是俄罗斯玉了，也不是昆仑玉，那是纯粹的和田籽儿玉，而且还是上等的羊脂玉，不然能用来请孙武吗？把黄金十镒和玉璧一双都交给伍子胥，伍子胥坐着吴国国君的车，到罗浮山中面见孙武。

伍子胥为了给父兄以及全家老少报仇，当然是好话说尽，代表阖闾请孙武出山。就这样，孙武跟着伍子胥坐车来到吴国国都，阖闾降阶相迎。咱们书不说废话。一直到了厅堂，分宾主落座，阖闾一看，孙武眉长过目，二目有神，两只眼睛放出光芒，两道眉毛一看就会说话，太聪明了。但孙武这个人十分深沉，脸上不笑不怒，非常和悦。三绺墨髯黑胡须，布衣布衫。孙武在未曾出山之前，总把自己当成草民。"奉您之命，孙武前来拜见。""好啊，听伍员将军所讲，你自著《兵法》十三篇？""正是。来呀，献上请大王过目。"

那时候都是竹简，不是印好的书。十三篇，一大摞，得打开一卷一卷地看。阖闾研究孙武所著的《兵法》十三篇，从头一篇一直研究到最后一篇。阖闾看完了，觉得孙武真是了不得，惊天动地，鬼神莫测。但他不和孙武说话，而是看了看伍子胥："伍将军，这十三篇可了不得，确实有鬼神莫测之机。可是我吴国太小，这么有能耐的人，我用不开他可怎么办呢？"您说这个人说话多不地道，孙武脸上一点儿表情都没有。"大王，我不仅能用这《兵法》十三篇指挥军队，就算妇人女子，如果按照我的指挥调动，也能奋勇到阵前杀敌。""哎哟……"阖闾乐了，"你说什么，女子上战场能打仗？""不错，只要训练得法，服从将令，她们就能在疆场奋勇杀敌。""好啊，咱们试试？""行啊。""哪里去找这些妇女啊？""那就看大王您的吩咐了。""好好好，后宫侍女不下一千。来呀，选上三百来。"

阖闾一传话，内侍就上后宫去了。一会儿的工夫，内侍从后边带来三百个女子。这些侍女虽然没有阖闾的爱妃漂亮，但也没有歪瓜裂枣的，都是选美选上来的，相当漂亮。三百名女子全都站在厅前。"孙先生，您看看吧。""这三百名侍女必须有领头之人，得选出两名队长。""正好，有两名我十分喜爱的爱姬，左姬和右姬，让她们来当队长好吗？""可以，只要大王下话。""来呀，有请两个爱妃。"内侍把两个美姬带来了，一个叫左姬，一个叫右姬。左姬、右姬往这儿一站，人家孙武和伍子胥根本不抬眼皮。"拜见大王。""孙先生要演习阵法，让你们当队长。"这两个美姬整天在宫里待着也闷得慌，觉得这事儿挺好玩。"当队长？行啊。""孙先生，应当怎么办？""既然如此，您就传下命令，把纪律森严全都讲清楚，兵士不服从将令可不行。您身为国君，必须讲明命令，让我去指挥，法令森严，军法可行。""好，就按照你的话，还应当怎么办？""把这三百名侍女分为两队，左姬带一队，右姬带一队。然后，您从军中选一个执法官，再选两百名力士，各持刀枪棍棒，往旁边一排，看着执法官行事，以壮军容。再派两名传令官，以传达将令。再派两名鼓手，左边一个，右边一个，击鼓而传令。大王，您看如何？""好，我听明白了。你们都听明白了吗？"左姬、右姬说："回大王，我们听明白了。""听明白咱们就得来真格的了。孙先生，什么时候演阵呢？""明日五鼓，请您到望云台登台观看。""好啊。"

咱们书不说废话。吴王阖闾传下命令，三百名侍女分为两队，左边一百五十人，右边一百五十人，左姬是左队的队长，右姬是右队的队长。然后，让孙武亲自到军中去挑执法官。孙武面沉如水，挑了两个击鼓的兵，挑了两个传令的兵，又挑了二百名五大三粗的力士，各持刀枪棍棒。最后，挑了一名执法官。孙武把话都跟他们讲明白了："明日五鼓操练，你们排列两旁，要服从我的将令。"都办完了，孙武回来面见阖闾："大王，您现在必须传下命令，把权力给我。我身为将，明天指挥这三百女兵在校场操练，您登台观望。"吴王阖闾传下命令，书不细表。

第二天早上，孙武带领手下从人来到校场。孙武站在将台上抬头一看，吴王阖闾在望云台上，文武众卿左右相陪，观看孙武演阵。孙武再往校场中一看，三百女兵全到了，左姬、右姬也到了，全都顶盔掼甲，左手拿宝剑，右手拿盾牌。孙武来到帅案后看了看："执法官何在？""末将在。""你传本帅的命令。所有女兵席地而坐，左队一百五十人，右队一百五十人，听候命令。""遵令。"

执法官下去传令。这些侍女巴不得坐下呢，多站一会儿都累得慌。所有女兵席地而坐，往这边坐的也有，往那边坐的也有；托着腮帮子的有，拄着太阳穴的也有。两旁排列的二百名力士想乐又不敢乐。左姬、右姬一晃身形："好玩儿，宫里没有这玩意儿。"孙武听见没有？听见了。"传令官。""末将在。""给你黄旗两面，分给左右队长。告诉她们，本帅马上要传令了，如有违令者，必然按军法行事。""遵令。"传令官拿了两面黄旗，给了左姬一面，给了右姬一面。"少时鼓响，将军传令。违令者，杀。"

"杀就杀吧。"一个人说话听不见，两个人说话听不见，既然这俩队长敢说，那这些侍女也就敢说，大家伙儿跟吵蛤蟆坑似的。这些力士们从来也没见过这么多女的在一起合唱，听着也觉得可乐。孙武站在帅案之后，把这些全都看在眼里。"传令官。""在。""令都传下去了吗？""执法官已然把将令传下去了。""话传到了吗？""都传到了。""现在你们去到左右队长面前，传下命令，让三百女兵听令：头通鼓响，全体站立；二通鼓响，左队往右转，右队往左转；三通鼓响，手拿盾牌、宝剑互相攻击。违令者，杀！""遵令。"

传令兵赶紧出来了："大将军有令！"这些侍女都歪着头瞧着。书不细表。传令兵传完令，孙武在帅案后也能看得见。阖闾在望云台上一看，心说：真好玩，东倒西歪。校场上的绿地也特别好看，好看到什么程度？您就看德甲、西甲，跟人家那球场似的那么漂亮。这些女兵都坐在地上乐："什么头通鼓，什么二通鼓，没听见……"

孙武接着问："执法官。""在。""传令官把令传下去之后，动静如何？""将军请看，她们东倒西歪，嬉笑打闹。""传令官。""在。""二次传令。头通鼓响，全体站立；二通鼓响，左队往右转，右队往左转；三通鼓响，两队手拿盾牌、宝剑互相攻击。不服者、嬉闹者、不受军令约束者，杀！"

传令官再次跑出来传令，很多侍女索性躺地上了。孙武急坏了："来呀，擂动战鼓。""咚咚咚咚……"头通鼓响。"哈哈，真好玩，再敲一回。""咚咚咚咚……"二通鼓响。"还得敲，没听够。"

三通鼓响，所有的人还东倒西歪，嬉笑打闹。孙武大怒："传令官。""在。""三传本将将令。头通鼓响，全体站立，不许嬉笑打闹，不许交头接耳，不许议论纷纷；二通鼓响，左队往右转，右队往左转；三通鼓响，两队一手持剑，一手持盾牌，互相攻击。违令者，杀！"

传令官第三次跑出来一喊将令，这些侍女根本不理会，还乐呢，有的干脆四仰八叉躺下了。"哟，这可比宫里舒服多了，你也躺会儿吧。""我可不躺着，我瞧他到底能怎么办。"

阖闾在望云台上看着，这个乐：真好玩，宫里的舞蹈都没这么好看。这下可把孙武气坏了，双眉倒竖，二目圆睁，脸上颜色更变，离开帅位，走到战鼓前拿起鼓槌，亲自擂动战鼓。"咚咚咚咚""噗噜噜噜……"再一瞧，还有在那儿打滚的，这是躺累了。孙武气得直哆嗦："执法官！""末将在。""传令不利，罪在将者；再三传令，罪在军士。现在三百兵士不服从本将的指挥命令，数次传令俱不听从，按军法该当何罪？""禀将军，当斩。""好！""兵随将令草随风，难道三百名女兵全斩吗？""她们服从的是左队长和右队长的命令。来呀，将左姬、右姬上绑，人头砍下！""遵令。"

两边排列的二百力士就是干这个的，"哗"，往上一围，过来就把左姬、右姬捉住了。"干吗呀？干吗呀你们？！"孙武一拍战鼓："拿下！"把左姬、右姬就捆上了，二人跪倒在孙武面前，力士举刀。望云台上的那位可急了，望云台离校场还挺老远的呢。"住手……那是我心爱之人……

没她们我睡不着觉……""您应该吃安眠药。"阖闾一看，光这么嚷不管用啊，回头一看，伯嚭在此。"哎呀，你赶紧去传令。""我去传令？我怕他不听。"伯嚭懂得军法呀。"那就拿着我的节杖前去。"

伯嚭伸手接过阖闾的节杖，飞跑下望云台，要到军中传令。左右二姬性命如何？兵发楚国报仇，伍子胥鞭尸，谢谢众位。咱们下回再说。

第五十一回　楚昭王喜得湛卢

鱼肠刺僚被封山，磐郢陪女不复还。湛卢突然影不见，阖闾狠心把人残。

上回书咱们说到孙武演阵斩美姬。咱们现在都知道孙武是个大军事家，有《兵法》十三篇，但当时孙武出世之时，谁能认识他？阖闾之所以接见他，因为他是吴国人，并不知道他有多大本事。等阖闾见到孙武，跟他谈起来，谈到《兵法》十三篇。听孙武讲得非常入味，但孙武到底有多大能耐，阖闾还是不清楚。孙武对阖闾说："甭说男的，就算您给我一支女的队伍，我都能指挥。"

阖闾听了直乐。那时候是公元前六百年上下，距离现在有两千多年呢。于是阖闾就从后宫中选出三百名侍女交给孙武，并且把自己心爱的两个妃子——左姬、右姬，任命为两个队长，也交给孙武。孙武让这些人顶盔掼甲，手持宝剑、盾牌，在校场操练。您说这事儿对这些人来说不跟闹着玩似的嘛，扭扭捏捏。结果三通鼓响，孙武传下将令，无人服从。于是孙武按军法，下令让力士把左姬、右姬这两个队长绑起来了。将令往下一传，在望云台上观看孙武演阵的阖闾可急了，马上把节杖交给伯嚭："快去传我的命令，就说我已然知道他的厉害了，他的确能够指挥人马。但是你告诉他，我离不开这两个美姬，没有她们陪伴，我吃不下饭，睡不着觉，无论如何不能杀了这两个人。"

伯嚭接过节杖赶紧跑了，来到校场面见孙武。节杖代表着君王的权力，拿着它说话就是代表君王说话，必须得服从。孙武一看节杖，对伯嚭说："请你回复大王，就说我孙武受君王之命身为将军，由我指挥军马。在军中，将传下令来，兵必遵令而行。现在这些女兵不服从我的将令，我已然有令在先，要斩杀这两名队长。请你告诉他，将在军，虽有王命，可以不受。如果我遵受王命，违反军纪之人不让我杀，又何以立我的军威呢？那就打不了胜仗了。请你回禀大王，此二人必斩之。"

还没等伯嚭拿着节杖回去见着阖闾呢，这边两刀下去，左姬、右姬的脑袋已然落地。此时阖闾的心情就是爱往肚里咽，恨从心中生。为什么？他太爱这两个美女了。孙武传下命令，把这二人的人头用高竿挑起，列在阵前。这些女兵立时鸦雀无声，都不敢动了。说是不敢动了，实际身上还是有地方动。什么地方？腿。"嘚嘚嘚嘚"直哆嗦，眼睛也不敢抬，心脏"嘣嘣嘣嘣"都在二百多下。这玩意儿说宰谁就宰谁呀，大王心爱的左姬、右姬都被他杀了，我们不听话行吗？当时阖闾都傻了。

过了一会儿，伯嚭回来了，把孙武的话原原本本地告诉了阖闾。这时，就听校场之中孙武传下命令："来，擂动战鼓。""咚咚咚"战鼓一响，三百女兵"唰"地一下全都齐队了，一个乱动的都没有。孙武又传下命令，由打三百女兵中挑出两个人，任命她们为左右两队的队长。然后，孙武派传令官又一次传令："头通鼓响，全体站立；二通鼓响，左队往右转，右队往左转；三通鼓响，左右两队互相攻击。违令者，杀！"

传令官把令传下去，三通鼓一响，再瞧这三百女兵，也不知道怎么就那么齐，左队往右转，右队往左转，然后互相攻击，一点儿都不乱。不用再排兵布阵了，谁不怕死啊？校场之上人头挑着呢。等演完阵之后，孙武告诉执法官："你去禀报大王，阵法已然演毕，这支队伍大王可以指挥调动，攻无不取，战无不胜，肯定出去能打胜仗。"执法官来到望云台上禀报吴王，阖闾听完之后，一甩袍袖，走了。这段书就是"孙武子演阵斩美姬"。

阖闾心里难受，回到宫中马上传令：把左姬和右姬的人头与尸身缝合在一处，埋葬在横山，立祠堂祭祀，这座祠堂就叫爱姬祠。打这儿开始，阖闾就不理孙武了，上殿你爱来就来，商议国家大事我也不找你。几天过去了，伍子胥心乱如麻：好不容易请来一个孙武，是吴国人，如果孙武得到重用，就可以兵发楚国报父兄之仇。但现在就因为两个美姬被杀，阖闾不理孙武。

这一天，伍子胥来到宫中，求见阖闾。"大王。""伍将军今天来，有何话讲？""请问您是不是还记恨孙武演阵斩姬之事呢？""哼哼……"阖闾冷笑一声，没说话，也不看伍子胥，心说：这些还不都是为你吗？你是楚国人，我不能完全信任你，你才举荐了孙武。为了看他的本事，我心爱的两个美姬被杀，你今天还来问我？伍子胥太明白了，但他报仇心切，不由得二目垂泪："大王……""讲。""大王，兵，凶器也。大王您若打算灭楚国称霸于天下，就必须得有执掌兵权之人，这个人必须有才能，果毅而执法。如果没有孙武这样的人，谁能为您卖命？谁能渡过淮水、泗水，不远千里去灭强大的楚国，在阵前奋勇杀敌呢？大王，如果您因为心疼两个美女而失去一员上将，就如同在庄稼地里留下杂草而拔去禾苗一样。请大王三思。"

伍子胥说得非常对。兵，凶器也。兵是干吗的？打仗的，打仗就要死人，所以是凶器。但你要打算指挥这些兵将，用谁？必须得有一位上将执法如山、言出法随，有毅力而且有决断。你已然知道孙武之才了，自著《兵法》十三篇，条条都是治军之道。只有这样的人，才能帮助你灭楚国，进而称霸于天下。只有这样的人，兵士们才能听他的，才能在他的指挥之下渡过淮水和泗水，玩着命地去灭楚国。但现在因为两个美女，您就不想用他了，可美女好得，一将难求。找到一个戳得住的、能办大事的人，太难得了。如果您为了两个美女而不待见孙武，那么没人给您执掌兵权，没人替您去打仗，您就不能称霸于天下。这就如同您在庄稼地里，看见很多开着野花的杂草，您哼着"路边的野花不采白不采"，挺美，但是您把禾苗全拔了，也就不会有收成了，道理是一样的。

您看，这番话也得分冲谁说，冲有心者说行，冲没心没肺之人说就算白说。阖闾终究是有野心，是想要称霸于天下的一个人，听了伍子胥的话，往下一咽这股子爱劲儿，马上就提起精神来了。归根结底，他做吴王的目的是什么？就是想使得吴国强大，从而称霸于天下，自己成为霸主。所以就不能总想着美姬，得想孙武。"好吧，明日升殿，封孙武为上将军。"

咱们书不说废话。第二天，吴王阖闾升座大殿，文武官员全到了，行见君之礼，然后往两边一站。阖闾传下命令："封孙武为上将军。"同时称孙武为军师，让他掌握兵权。让伍子胥和伯嚭同孙武一起训练兵将，打造船只，训练水军，准备攻打楚国。这样，孙武的地位就在吴国立住了。立住是立住了，但这仗应该怎么打？阖闾是个有心之人，他把伍子胥叫来了。"伍将军，现在我已然把兵权给了孙武，你去问问他，如何才能使吴国强大，能够灭楚国？""好吧。"

伍子胥就来到上将军府，求见孙武。孙武降阶相迎："请。"终归伍子胥是孙武的伯乐，是他把孙武引荐给阖闾的。两个人来到屋中，分宾主落座。孙武就问伍子胥："伍将军，今天你来是不是有话要说呀？""是啊，请问您现在掌握了吴国的兵权，怎样才能兵发楚国，把楚国灭了？""这事儿可不能着急。伍将军，要把内患除去，方能对外用兵。"伍子胥当时就明白了："这么说，军师指的是掩余、烛庸？""不错。"就是王僚的两个母舅，哥儿俩：掩余和烛庸。要不去攻打楚国，他们俩不会动，分别在徐国和钟吾国两个小国这儿忍着，没有兵力，没有能力，只要攻打楚国，这两个人在后边一折腾，就麻烦了。所以要打算灭楚国，必须先安内，得把内患除去。"好，子胥记下了。"

伍子胥马上面见阖闾："大王，您若打算攻打楚国，必须先除去内患。"吴王阖闾更明白："除去掩余、烛庸？""对。""好办好办。""大王，怎么好办？""徐国和钟吾国都是很小的国家。我派个使者前去跟两国国君要人，把掩余、烛庸送回来，不然的话就打他们。"

这就是以强压弱：我的国力、兵力都比你强，你不听话，我就揍你。所以阖闾派出两名使者，一个到徐国去要掩余，一个到钟吾去要烛庸。徐国国君叫章羽，他不忍心看着掩余死，就把掩余叫来了："现在吴王派使者前来要你，我也没办法，您在我这儿待着我也保护不了您。得啦，您赶紧颠吧，您跑吧。""多谢大王。"

掩余跑了。跑哪儿去呀？没办法，吴国的仇敌是楚国，干脆奔楚国吧。走在中途，抬头一看，烛庸来了，这哥儿俩见着了。"你怎么也跑来了？""阖间派使者到钟吾，要钟吾国君把我交出来，国君不忍，让我赶紧跑，我没地方可去啊，只得奔楚国。""得嘞，咱们哥儿俩一起去吧。"

王僚的两个母舅掩余和烛庸逃到楚国，面见楚昭王。楚昭王一看这俩人来了，心说：好哇，这两个人是吴国人，现在他们投奔于我，正好利用。再说，这两个人也不是废物。"来呀，让他们到舒城，让他们操练水军，跟我一块儿对付吴国。"

掩余和烛庸很高兴，就待在舒城。吴国派出的使者回国去面见阖闾，说两国国君不交掩余和烛庸，阖闾气往上撞："孙武听旨。""在。""指挥人马攻打徐国和钟吾。""遵旨。"

徐国国君一看吴国的人马来了，没办法，自己的国家太小了，弹丸之地，只能跑了。跑哪儿去了？也奔楚国了。掩余、烛庸在楚国，他也往那儿跑。而钟吾打败之后，钟吾国君就被孙武捉回来了。徐国和钟吾都被灭了，阖闾还不罢休，发出大兵，让孙武、伍子胥、伯嚭、夫概这些人攻打楚国的舒城。这一仗吴国打赢了，把掩余、烛庸杀了，把徐国国君也处置了，鞭敲金镫响，齐唱凯歌还。

大军回到吴国，孙武、伍子胥、伯嚭前来报功，阖闾把脸往下一沉："我说三位，打下舒城就算完了吗？我要称霸于天下，马上进兵郢都，把楚国灭了，把楚王逮住，把楚国的地盘拿过来。"孙武躬身施礼："大王，用兵之道，有劳有逸。楚国是个大国，咱们吴国是个小国，要以小攻大，以弱战强，必须使兵将有安息休养之时。如果您一味强攻，把兵将用疲了，咱们这仗可就没法儿打了。""啊？！"阖闾双眉倒竖，二目圆睁，脸上颜色更变，盯着孙武，"你敢不用命吗？"伍子胥明白这个道理，赶紧上前："大王息怒。""你有何话讲？""大王，用兵之道，有劳有逸，把兵将用乏了可就坏了。您要知道，吴国是个小国，虽然日渐强大，但楚国终究是大国。""那依你之见呢？""楚国大权现掌握在令尹囊瓦之手，楚王年幼，什么事儿都听囊瓦的。囊瓦无用，是个贪图贿赂之人。但楚国终究兵强将猛，要粮有粮，要草有草，要饷有饷，要水军有水军，要马步军有马步军。可咱们吴国呢？""那这仗就不打了吗？""不是。您可以把咱们的人马分成三队，没事儿就去楚国边境打他一仗，楚国不知道您打算干什么。囊瓦又是个没用的人，他指挥兵将一迎敌，肯定是所有兵将都出动了，您的人马就赶紧往回撤。过几天再换第二拨打他，他还迎敌。然后，再换第三拨。咱们的人马有歇息之时，可楚国的兵将就没有休息之日了。咱们先把楚国的人马打疲了，然后再找机会进攻。"说阖闾好，就在于他能听取意见；说阖闾不好，咱们上回书说了，就是这个人太残忍了，国君太残忍是没有好下场的。阖闾听完，点了点头："好吧，就依你之见。你们三个人训练人马，分成三队，扰乱楚国的边疆。"

这一来，楚国可被折腾惨了。吴国三队人马，今天一队来了，打着打着不打了，走了；楚国这边刚刚回兵休息，第二队人马来了；楚国这边刚踏实，第三队人马来了……囊瓦指挥楚国的兵将老得迎敌，兵再强、将再猛，也禁不住这么折腾。打来打去，令尹囊瓦没主意了，马上前来禀报楚昭王。这一天，囊瓦到了殿外，内侍往里通禀："令尹囊瓦求见大王。"

楚昭王干吗呢？坐在床头看剑呢。怎么回事儿？楚昭王这天半夜三更突然醒了，只觉得枕头旁边寒光烁烁。往旁边一看，是一口宝剑。楚昭王吓了一跳，拿起宝剑一看，不认识，心说：哎哟，这口宝剑太好了，这是哪儿来的呀？我枕边没有宝剑啊。有刺客？我突然醒来，他跑了？一点儿动静都没有啊，我旁边有人保着呀。楚昭王抱着这口宝剑，起来了："来呀，传风胡子。"风胡子是谁？是个相剑师，懂剑，专门看剑的。懂什么说什么，不懂就不能胡说八道。天刚亮，风胡子被请到宫中。"拜见大王。""来啦？请坐。""大王召我前来，有何吩咐？""你来看。"

楚昭王刚把这口宝剑往出一拿，风胡子一看就愣了，赶忙双手接过宝剑："大王，此剑从何处而得？""枕边而得呀。""嗯？枕边而得……""这口宝剑有什么稀奇之处吗？""恭喜大王，贺喜大王。您认识这口宝剑吗？""皆因不识，请大师相辨。""想当初有个铸剑之人叫欧冶子，越王允常命他制造了五口宝剑，吴王寿梦听说了，就找他要，他给了吴王三口宝剑，一口叫鱼肠，一口叫磐郢，一口叫湛卢。您也知道，当初专诸凭着鱼肠剑刺杀了王僚。公子姬光承继王位。他知道鱼肠剑是凶器，就放在山中封藏起来了，永不出世。第二口宝剑叫磐郢，这口宝剑陪女入葬。吴王阖闾有个最心爱的闺女叫胜玉，有一次外国进贡来挺好的一条鱼，阖闾吃了一半，把另一半送去给闺女吃，他留下的还是最好吃的地方的肉。可他把闺女宠得太厉害了，胜玉认为吴王在羞辱她，给她吃剩鱼，结果抹脖子自刎了。阖闾太狠了，就把磐郢宝剑搁在女儿的坟里，而且把一万多老百姓轰入坟中，愣是把他们活埋了。阖闾说：'有一万多人陪伴着我的女儿，她不会寂寞了。'"您说这阖闾残忍到什么地步。"现在您这口宝剑就是第三口宝剑，叫湛卢。""那怎么会来到我的枕旁？""跟您这么说吧，身为国君，如果他做出有悖人伦之事，这口宝剑也会离他而去。哪个国家得到这口宝剑，哪个国家就能昌盛，国祚永延。所以我怎能不给大王贺喜呢？"楚昭王一听，这高兴，心说：就因为阖闾坐了王位之后太缺德、太残忍，做出有悖人伦之事，现在这口宝剑跑我这儿来了。有这口宝剑佩带在我的身旁，不但我有了威严，而且楚国也将日渐强大，国祚永延。我死了之后，我儿子是国君；我儿子死了之后，我孙子是国君。

楚昭王正高兴呢，囊瓦求见："大王，现在吴国人马总在我楚国边境骚扰，怎么办？""不怕，我有宝剑了。"

您说这人糊涂不糊涂，有口宝剑就行啦？不可能。这个消息就传到吴国，阖闾找不见湛卢宝剑，正着急呢。"大王，得到密探的消息，您的湛卢宝剑如今佩带在楚王身上。""啊？！"阖闾不由得怒从心头起，恶向胆边生，心说：到底是谁盗走我这口宝剑？明明一直在我的身边，怎会跑到楚国去了？肯定是我身旁的内侍之中有奸细，把这口宝剑盗走了，交给了楚王。"来呀。"阖闾一声令下，宫中所有伺候自己的人都齐队了。"杀！"

一刀一个，一刀一个，把这些内侍几乎杀绝了，您说阖闾残忍到了什么地步，大家伙儿敢怒不敢言。盛怒之下，阖闾传下命令："孙武。""在。""你是军师，指挥人马攻打楚国。""大王，不是微臣不遵王命。上次已然说了，楚国太强大，吴国国小兵微。要打算攻打楚国，咱们的人马分为三队，轮番骚扰楚国的边境，虽然有休息之时，但现在灭楚之力尚且不足，人马太单。""好啊，伯嚭。""臣在。""你到越国去借兵，让他们出动全国的兵力帮助我攻打楚国。""遵王谕。"

伯嚭来到越国，面见越王允常。您看，咱们的书快要说到吴越春秋了。总说吴国最后亡国是亡在西施身上，一个女人能有那么大力量吗？不能藐视女人的力量，但也不能夸大女人的力量。现在阖闾为人太残暴，越王允常没招谁没惹谁，突然间伯嚭来了，呈上国书。"大王，我家吴王要攻打楚国，但兵力不够，请您出兵相助。""唉……"允常心想：你跟我要宝剑行啊，心爱之物我可以给你，但你让我倾全国之兵帮你攻打楚国，我跟楚国远日无冤，近日无仇，现在我们时常还有来往，我怎能帮你攻打楚国呢？你要是打不过楚国，将来楚国还不得来灭我越国？我招谁惹谁了？"哎呀，真是对不起，您回去禀报吴王，我跟楚国并没有冤仇，再说我越国兵力太弱，不敢应允。""好吧。"

伯嚭回来面见阖闾："越王不出兵。""好哇，他不出兵？打！"孙武躬身施礼："大王，您现在攻打越国，没有理由。""他不出兵就是理由。"

阖闾心想：你们都不听我的，可别认为我没有本事。于是阖闾亲自带兵攻打越国，打了一个大胜仗。虽然没把越国灭了，但是回来的时候大肆掠夺，见东西抢东西，见牲口抢牲口，凡是有用、值钱的东西都往回抢。孙武看到这些情况，就对伍子胥说："伍将军，吴王大肆掠夺越国，你看着吧，四十年以后，越国强大，吴国必亡。"

您看，一个国家必须有仁德之君，有爱民之心，老百姓拥戴国君，百姓、战将和国君一条心，这个国家才能强盛。吴王阖闾如此残忍，越国没招你没惹你，打了人家不说，还抢夺人家的东西，人家肯定记恨在心。孙武说了，四十年后，越国必然强大，吴国必然亡国。那是什么时候了呢？吴王夫差，也就是阖闾的儿子，不仅仅是西施的问题。如果吴国和越国不打这场仗，没有这些仇恨，吴王能中美人计吗？现在阖闾当了几年国君了？刚刚五年。

阖闾回到吴国，高兴了，打了胜仗了。第二天，阖闾升座金殿，伍子胥、孙武、伯嚭，自己的兄弟夫概，还有被离、专毅这些文武众卿齐聚殿上。"众位，想我吴国现在如此强大，就应当直接攻打郢都，只有得到郢都，才算胜利。"这些文武官员全看孙武、伍子胥、伯嚭，就是不言语。打与不打，阖闾传令之后，这就是王命。那指挥兵将用兵打仗的是谁？孙武。帮着孙武的是伍子胥和伯嚭，这两个人可都是楚国人。大家伙儿都在这儿瞧着，到底兵权掌握在孙武的手里，都想看看孙武如何顺吴王的心气儿，如何打楚国。伍子胥和伯嚭当然希望孙武马上出兵把楚国灭了，好报两家之仇。阖闾一看，他们都看孙武。"军师，你来说说，吴国何时才能用兵，何时才能灭了楚国？"

孙武躬身施礼："大王，要打算灭楚国，您得找机会。您也知道楚国的实权在谁手里——令尹囊瓦。囊瓦是无用之人，而且是贪婪之人。话虽如此，但囊瓦毕竟有权，他掌握着强大的楚国国家大权，手下要兵有兵，要将有将，要船有船，要粮有粮，要饷有饷。现在无机可乘，您要指挥人马攻打楚国，就得打败仗。吴国兵力太单，不能孤注一掷。""那军师你说应该怎么办？""大王，依我之见，咱们得忍一忍，看一看楚国的变化。如果您一直折腾他，他只顾针对你，那楚国不会有变化。所以您甭搭理他，只要不时地去骚扰一下他的边境，楚国就必有变化。""依军师之见，楚国能有什么变化？""刚才我说了，囊瓦是无用之人，不会用兵。要打算让他打败仗，您就得想办法让他出兵、用兵。""那何时才能用兵？""现在楚国十分强大，依附楚国的有几十个小国家。这几十个小国依附着楚国，还有几十个小国靠着晋国，还有一些国家靠着秦国。那么靠着楚国的这些小国，就总得巴结囊瓦。囊瓦太贪，贪人是没有止境的，越贪越多，越贪越狂，有朝一日，令尹囊瓦贪得让这些小国都不喜欢他了，产生了矛盾，咱们就可以借机攻打楚国。这些小的国家不帮助楚国，不依附楚国，咱们攻打楚国才能一战成功。"

所以说作为一个军事家，作为一个领导者，作为一个执掌兵权的人，就必须得如实地分析形势，知己知彼，百战不殆。您都不知道对方是怎么回事，就跟他打架？看着这人又瘦又小，过去给人家一个嘴巴，结果人家是练家子，底下一脚，给您踢出去一丈多远。所以您得琢磨，琢磨人家有多大的能耐再出手。

"如果您打算灭楚国，您就得明白，楚国终究是一个大国，大国不是一天形成的，他有强大的势力，何况还有几十个小国都听楚国的。吴国这么小，没人听咱们的，您就得想办法让他们内部分裂。等到强大的楚国和这些小的国家一闹矛盾，那就好办了，借着这个乱劲儿再攻打楚国。为什么会有乱？就因为囊瓦太贪。"

您看，您听书就得琢磨这里面的事儿，人的缺点不能暴露于公众之前。谁都有缺点，但缺点也应该收敛，不能被别人看出来。孙武就研究，可不是他一个人研究，他也跟伍子胥一起研究，也跟伯嚭一起研究，尤其和伍子胥，他非常了解楚国的情况。囊瓦太贪，如果哪天贪着贪着，底下这些小国跟他反目成仇，都不依附楚国了，就可以借这个机会攻打楚国，这样才能打胜仗，灭楚才能成功。

"好吧。"阖闾听了孙武的话，传下命令：让孙武负责操演人马，操练水军。同时，阖闾给了伍子胥一个任务，让他发出探马打探军情，往所有依附于楚国的小国家派出细作，也派人去楚国卧底，看楚国到底会有什么变化。那楚国出事没出事？出事了。

这一天，突然有人来见伍子胥。"将军，现在有唐国派来使者，蔡国派来使者，求见将军，想请您禀报吴王，要面见吴王。""哦……"伍子胥心中一动，"命二位进见。"

你打算见吴王，必须先见伍子胥。伍子胥传下话来，亲自降阶相迎。一个使者是唐国国君唐成公派来的，一个使者是蔡国国君蔡昭侯派来的。两名使者跟伍子胥见面了，彼此施礼，伍子胥把二位让到屋中，分宾主落座。净了净面，漱了漱口，有人献上茶来，坐这儿喝茶。这时候，唐成公派来的使者就把国书交出来了，蔡昭侯派来的使者也把国书交出来了。伍子胥一看两份国书，高兴了。

国书里边写很清楚：唐成公有两匹宝马，叫作骕骦，非常漂亮。漂亮到什么程度？在太阳光下一看这两匹马的毛，跟白缎子似的，高头长颈。实际骕骦是大雁的名字，浑身的羽毛都是白色的，昂着头，扇起翅膀，特别好看。这两匹马特别像这种大雁，所以就叫骕骦，日行一千，夜走八百，宝马良驹。这是唐成公最心爱的两匹马。那蔡国国君有什么宝贝呢？他有一对羊脂玉佩，雕工非常好；还有两副银貂鼠裘。虽然两个国家小，但两国国君都有宝贝，就因为这宝贝，惹出事儿来了。

楚昭王得了阖闾的这口"湛卢"宝剑，非常高兴，佩带起来有威严，打算将来代代相传，楚国昌盛。楚昭王一高兴，各个小国都知道了，于是依附于楚国的这些小国纷纷前来庆贺。蔡昭侯来了，唐成公也来了。你来就来吧，唐成公坐着两匹骕骦马拉的车，一路之上非常风光。这两匹马太棒了，没瞧见过这么漂亮的马，您说这多招眼啊。蔡昭侯披着银貂鼠裘，手里攥着玉佩盘着，有手感，心中高兴。蔡昭侯带着一个小包，包里是另一副银貂鼠裘和另一块羊脂玉佩，他想给楚昭王拍拍马屁，送给楚昭王一副银貂鼠裘和一块玉佩，自己留一副银貂鼠裘和一块玉佩。像你给自己留着的放在家里不就完了嘛，不介，自己也是穿着带着就奔楚国了。楚昭王先一看骕骦马：这么好的马我怎么没有哇？令尹囊瓦特别贪，也觉得我怎么没有这么好的马呢，这下就憋上这马了。蔡昭侯倒是把一副银貂鼠裘和一块玉佩送给楚昭王了，可自己身上还有一块玉佩和一副银貂鼠裘。楚昭王嘴一撇，心说：看来这东西你有的是，还送给我？但囊瓦看着蔡昭侯身上的这副银貂鼠裘和这块玉佩，哈喇子就流下来了，心里琢磨：无论如何，我得把这两匹好马，还有银貂鼠裘和玉佩弄到手。

就因为囊瓦之贪，所以引出来天下大乱，孙武子领兵攻打楚国，伍子胥鞭尸。谢谢众位，咱们下回再说。

第五十二回　囊瓦贪心惹蔡唐

三年拘系辱难堪，只为名驹未售贪。不是便宜私窃马，君侯安得离荆南？

这几句说的是唐成公，他在楚国被拘禁了三年。为什么呢？只因名驹未售贪，就因为没把这两匹千里骕骦马给大贪官囊瓦。那为什么要用这个"售"字？任何人行贿实际上都是有目的的，他售出这件东西，必须要有答报。任何人想贪，也就必须得给人回报。所以这个"售"字用得非常好。不是便宜私窃马，君侯安得离荆南。要不是手下人想主意把这两匹马盗出来送给囊瓦，唐成公怎能离开荆南，回归自己的国家？所以听这段书您得明白，贪和行贿、受贿都有什么样的下场。其实自古以来到现在都一样。刚刚这四句开场诗主要说的就是这个问题：囊瓦之贪，致使楚国灭国。

咱们上回书说了，楚昭王得了一口湛卢宝剑，非常高兴，传下话去，要召开大会，以示庆贺。楚国国家很大，国力十分强盛，地处荆南，就是而今的湖南、湖北这一带。因为强大，所以旁边很多小国都依附于他。现在楚昭王要召开大会，这些依附于楚国的小国就都来了。楚国负责总接待的是囊瓦，他传下话来，给各家诸侯预备公馆。到了召开盛会的正日子，各国诸侯陆续都到了，囊瓦亲自在城外迎接。囊瓦站在车上，车上虽然有个座位，但囊瓦站着迎接，以表示对各诸侯的敬意。各个小国的诸侯其实相继都约好了，那个时候不像现在，坐哪趟班机、哪趟火车，或者自己开着车就来了，那个时候随着日期的临近，都顺着这股大道互相等着，大家愿意一起来。囊瓦跟众文武百官在城外看着，就见大道之上尘沙荡漾，土气飞扬，各诸侯都来了。其实这些国家都不大，有的国家也就几万人，有的国家甚至只有上千人。因为当时国家太多了，有个爵位就封你一个国，这一国的收入都归你，至于这个国有多大甭管，但他也是国君。囊瓦看着看着，突然间眼前一亮："啊？！"

就看见前面有一辆车，车上站着一个美男子，按现在的话说，身高在一米八八、一米八九的样子，膀大三停，但这位可不是练武的，就是身材特别好看。平时这个人非常喜欢健美，喜欢锻炼身体。内中穿的衣服是粉红色的，上边绣的是朵朵牡丹花。头上戴着旒冠，前头垂着珠珞，外边散披着一件银貂鼠裘，正好太阳高升，在阳光之下一看，光闪闪，跟一块白缎子似的。银貂的，搁现在得把他逮起来，因为要保护野生动物。人也漂亮，长得白净，面皮红润，两道长眉，一双笑眼，满面红光。四十出头的年纪，手往怀中一摸，眯缝着眼睛。这辆车头一个来到郢都城外。本来他这辆车是在队伍的当中间儿，马往前一催，就拉着这辆车来到队伍的最前面，意思就是让大家看看我是不是一个美男子。他手中摸着的是什么？玩物，一块羊脂玉佩。这块羊脂玉佩在阳光下一照，都能看着流出油来，这就是显摆。不但囊瓦看见了，文武都看见了，心说：这副银貂鼠裘配着他，可真是太美了，手里一盘这块羊脂玉佩。听人传言：蔡国国君蔡昭侯有一对羊脂玉佩，还有两副银貂鼠裘，这个人难道就是蔡国国君吗？大家伙儿暗竖大指。本来在前边的车自动就闪开了，让蔡昭侯的这辆车过去，蔡昭侯心里美呀，囊瓦心说：好哇，小小蔡国国君，虽然你是国君，也比不过我掌握大权的令尹囊瓦呀，我怎么就没有这样的宝贝呢？这就是贪人之心。

囊瓦刚琢磨到这儿，突然间有一辆车就超过了蔡昭侯的这辆车，囊瓦的眼睛跟着就过去了，紧盯着拉着这辆车的两匹马。这两匹马与众不同，都昂着头，因为跑得太快了，如同长了翅膀一般，马跑如轻风，好像两只昂着头的白色大雁一样漂亮，马身上的鬃毛在阳光下一照，也跟白缎子似的。囊瓦一看，就知道这两匹马是千里马。再往这边一看，手下心腹之人叫索求，身为大夫之职。"令尹大人，您可认识此马？""不识。""您听说没听说过，唐国有两匹骕骦宝马？这就是那两匹宝马。""哦……"

囊瓦一看，这小小国家的诸侯，真是各有各的宝贝。囊瓦爱上了这些宝贝，起了贪念。赖谁？依我说不赖囊瓦，首先得赖唐成公和蔡昭侯，这么宝贝的东西搁在自己国家好不好？所以我们说书常说两句话："穷忍着，富耐着。"您有钱，您不说自己有六套别墅，谁知道啊？您有六只镯子，不戴出来谁知道啊？穷忍着，睡不着眯着；穷，不忍着，提着刀，老惦记劫道儿，早晚得进去。这位富，显阔，撇唇咧嘴："瞧我，大爷有钱。来十串羊肉串。""您吃得了吗？""吃不了扔了。"

您说旁边那些没钱的能不恨你吗？招事儿惹事儿，就因为没听书。要听了书，就能明白："穷忍着，富耐着。"您说这两个小国的国君一催马，都往前跑，一个身上的衣着和手中的玉佩，另一个的两匹千里骟骡马，吸引多少眼球啊。所有诸侯都陆续到了，一看令尹囊瓦站在车上，赶紧下马的下马，下车的下车，二十几个小国的国君都过来拜见。囊瓦下了自己的车："哎呀，各位国君，奉我家大王之命，特地前来迎接各位。请！"

囊瓦就四处看，看后面这些国君都带着什么。咱们书不说废话。大家伙儿都进了城，到了事先预备好的公馆，有人伺候着。谁住什么样的公馆都是有等级区分的，大一点儿的国家有大一点儿国家的待遇，小的国家有小的国家的待遇。大家伙儿休息了两天，第三天楚昭王升座金殿，文武官员参见大王，然后往两旁一站。楚昭王传下话来："今天赐宴，款待各位诸侯。"

楚昭王端然正坐，身旁佩带着这口湛卢宝剑，一身崭新的衣服，头戴冕旒冠，身穿王服，一边是公子申和左司马沈尹戍，另一边是令尹囊瓦。时间不大，各镇诸侯排着队地上殿。小国的国君见大国的国君施礼，拜见楚昭王，楚昭王答礼相还，然后落座。楚昭王在上边坐着，左手边一溜，右手边一溜，各国国君都落座了。然后，囊瓦唱喏。什么叫唱喏？按现在话说，就是主持这场大会。"现在开始开会。我家大王得了一口稀世宝剑，名叫湛卢，请各位国君前来鉴赏。"

楚昭王把这口宝剑摘下来，递给相剑师风胡子。风胡子手捧这口宝剑往下走，挨着个儿地给各位国君观看。"众位请看。"

各国国君就把这口宝剑抽出来一点儿，用不着全抽出来，这口宝剑光华外露，确实是稀世之宝。所有的人都看了一遍，风胡子把这口宝剑又交给楚昭王，楚昭王佩带起来："众位，是我祖上有德，才使得这口宝剑离开悖理之君，来到我楚国，我佩带此剑，楚国必然更加强大。"大家伙儿就得鼓掌啊。鼓完掌之后，囊瓦唱礼："各位国君礼物献上。"

旁边有记录官，谁送的什么、献的什么，全都记下来。谁的礼物贵重、谁就往前走。头一个就是蔡国国君蔡昭侯，披着银貂鼠裘，手里攥着玉佩。囊瓦两只眼睛当时就直了，以为蔡昭侯是空手而来，再看蔡昭侯托着一个包，被明晃晃的一块黄色锦缎包着，旁边还有一个香包。蔡昭侯恭恭敬敬地来到楚昭王面前，往上一递。囊瓦亲自接过来了，往上一呈。楚昭王打开一看，里面是一件银貂鼠裘；打开香包，里面是一块和蔡昭侯手中玉佩一模一样的羊脂玉佩。"献给大王。"楚昭王一看，非常高兴。"好啊，真是稀世之宝。"

楚昭王一开始没太注意，刚夸了一句稀世之宝，正要佩带在身上，抬头再一看，蔡昭侯身上也披着一件银貂鼠裘，手里也攥着一块羊脂玉佩。楚昭王心说：他们国家大概有的是这东西。这就是蔡国国君失招，你要是只披着这一件银貂鼠裘，拿着这一块玉佩，然后你当着楚昭王的面，恭恭敬敬地脱下来、取下来献上，他就会认为你献上的是稀世之宝，只此一件。现在你自己披着一件，又献上一件，他也不知道你们国家还有几件，这也就不是稀世之宝了。囊瓦心中一动：正好，这是献给大王的，他穿着的和手里的就是献给我的。囊瓦的哈喇子都快流出来了，没地方找这样的东西呀，尤其在荆南之地，想找这样一件裘、这样一块羊脂玉，根本没有。楚昭王冲蔡昭侯一抱拳："多谢多谢。"

声音很平常。因为你蔡昭侯身上也有一件，这不稀奇了。手下人把礼物往旁边一推，第二个献上礼物的就是唐成公。囊瓦往外面一看，没有马，他以为那两匹千里骕骦马是献给楚昭王的，没想到唐成公往前一走，把手里的包袱打开了，包里面是个盒子，打开盒子，拿出两匹小马，就是按照两匹骕骦马的样子，用泥捏的，然后刷上银粉。这两匹小马的形态和那两匹骕骦马是一样的，如同两只白雁昂首抬头。"献给大王。""好啊好啊，真不错呀。"

因为楚昭王没看见那两匹真正的千里骕骦马。囊瓦在旁边一看，心说：这是从玩具商店里买来的，真马不献，弄俩模型。囊瓦记在心中：好，搁着你的、放着你的，我要让你这两匹马出得了楚国，我就不是囊瓦。然后，一个国家跟着一个国家献礼，有献玉的，有献象牙雕的，有献彩缎的，有献美女的，献什么的都有。最后，楚昭王赐宴，带着楚国的文武群臣招待各国国君。酒过三巡，菜过五味，楚昭王传下话来："请各国国君在我楚国游玩三日。"所以，开大会也不白开，各国国君上这儿来，给你预备公馆，你得上这儿花钱，导游一带着，东西就买扯了，回扣也就吃多了，大家伙儿都等着发财呢。

宴会结束，各国国君散去，各自返回公馆。囊瓦回到令尹府，索求在他旁边一站，另一边站着索求的兄弟索要。您瞧这哥儿俩，一个索求，一个索要，再有一个兄弟就得叫索取。"索大夫。""令尹大人。""你知道现在我心中想什么吗？""您想让我到蔡国国君的公馆去一趟。""哎，太好了，你马上就去。"囊瓦一扭头，看着索要，"你呢？""您是不是想让我去见一下唐国国君？""好啊好啊。"

要不怎么说拍马屁也不容易，拍马屁也得对心思。囊瓦在金殿之上左看右看，索家哥儿俩早就看明白了。索家哥儿俩走了，囊瓦坐在府中等着。咱们先说老大索求，来到公馆求见蔡昭侯。既然是令尹囊瓦派来的，蔡昭侯马上相请。两个人见面，落座吃茶，茶罢搁盏。咱们书不说废话。"哎呀，您来到我们楚国怎么样？""好啊。""大王得此宝剑，必能使楚国更加昌盛。""是啊，所以我才献上银貂鼠裘还有羊脂玉佩。""呃，我家令尹也非常喜欢您这件裘，还有您手中的玉佩。""是吗？囊瓦大人喜欢，我也喜欢啊。我国只有两件，一件献给楚王，一件我穿在身上；玉佩也一样，只有一对，我有一块，献给楚王一块。令尹大人身为楚国重臣，家中的财宝必定比我这些强上百倍。""不不不，确实很喜欢。""我也很喜欢啊，我简直太喜欢了……"

蔡昭侯不接茬儿了，不管索求怎么往前递话，蔡昭侯就是不理这茬儿。

索求没办法，只能告辞回来。"令尹大人，我对蔡国国君说了半天，人家不给话口儿，我没法儿要啊，人家这意思就是……""不给？好，不给你就走不了。"一会儿的工夫，索要也回来了。"马呢？""人家说了，国中只有这两匹千里骅骝马，连大王都没送，岂能送给令尹大人？""好。"

囊瓦连夜来见楚昭王。楚昭王岁数小，又是囊瓦亲手扶植起来的，只能都听囊瓦的。"令尹大人，今天寡人很高兴。""您高兴？我暗中派人去探听了，蔡国国君和唐国国君挨着住，两个人晚上一起聊天儿。您猜怎么着？两个人暗中勾结吴国，有反楚之心。""啊？怎么这么大胆子？那您说应该怎么办？""把他们押起来，派人看着。""好，那令尹大人就去办吧。"

楚昭王如同傀儡。您要听《三国演义》，曹操挟天子以令诸侯，囊瓦也一样。令尹囊瓦挟住楚昭王，楚昭王就得听囊瓦的。就这样，囊瓦传下命令，就把蔡昭侯和唐成公全押起来了。说是押起来，不能关着，也不能戴手铐，也不能戴脚镣。就是把这二位带走了，带到远郊区一个很大的别墅，外面一千多兵士围着，好吃好喝伺候着，就是不许迈出别墅一步。而且这俩人住的地方挨着，隔着墙能说话，你们两个人可以聊天儿，可以见面，但外边有人看着，什么都听得见。等于把这两个国君软禁起来了。两个人第二天见了面，一递眼神儿，就都明白了：哦，他惦记着你的裘；他惦记着你的马，给咱俩全搁这儿了。"咱俩都是国君，哪儿能给咱俩搁多少天啊，他气儿一消就把咱们放了。"

两个人心照不宣：我们可不是普通人，你能把两个国君都押在楚国？其余的国君在楚国玩了三天，各自回国走了，而这边一押就是三年。唐成公的儿子，也就是唐国的世子，是个孝子，左等爹不回来，右等爹不回来。他要是个逆子也好，心说：甭回来了，我当国君。但这人是孝子，担心他父亲不回来，就把心腹之臣大夫公孙哲叫来了。"公孙大夫，你受趟累，带着随从人员到楚国去看看，看看我爹为什么回不来？"

因为那时消息不灵通，只能靠人来回跑路传递书信，一传十，十传百，经常传着传着就传歪了，所以到底怎么回事摸不清头脑，跟着唐成公去楚国的随行人员也一个都没回来。所以公孙哲奉唐国太子之命，带着六十名随从，遄奔楚国。来到楚国，公孙哲先见囊瓦："奉我家世子之命，拜见令尹大人。""哦，何事啊？""请问我家主公为何三年未曾回归唐国？""哎哟，你要问这件事啊，那你可以去看看他，他不愿意走啊。我派人好好伺候他，他觉得楚国很有风光。你去劝劝他，让他回去吧。"

弄得公孙哲也不知道怎么回事，但令尹的话已然说出来了，让自己劝唐成公回国。言外之意，怎么劝呢？让他把马给我，我就让他回去了。公孙哲是个聪明人，马上带着手下人来见唐成公。唐成公看见亲人了，不见亲人不落泪，看见亲人泪不干，想起儿子，想起自己的国家，心说：我在楚国被拘三年，就因为没把两匹千里骕骦马给囊瓦。

公孙哲上前拜见："主公，三年了，世子着急呀，为什么您被囚楚国？""唉……看见没有，就是那两匹马招的。囊瓦看上了我这两匹千里骕骦马，派人来要。这两匹马我连楚国国君都没献，怎么可能给他呢？他也太贪了。""唉，您也是。"这时候，公孙哲就想起囊瓦的话来，心说：他让我劝国君回国，意思就是让我劝他把马献出来。"大王，马是哑巴畜生，早晚得死。""你怎么妨我的马呀？""我不是妨您的马，马有寿数，国祚永延才是重要的，是国家的安危重要，还是两匹马重要啊？您可得好好想想，不如您就把这两匹马……""别说了，这两匹马是我心爱的。再说了，我连楚王都没献，能给囊瓦吗？他太贪了，仗着淫威欺负咱们小国。让我把两匹马给他？我宁可在这儿坐死也不给。""您可要知道，世子急得头发都白了，您就应该回去。""不去，就是不给。有世子在家，有你们保着他，我高兴，我放心。"

其实唐成公心里很难受，因为见着亲人了嘛。公孙哲回到住处，把亲随叫来了："咱们商量商量这事怎么办吧。"您听《东周列国志》，每个人都养着门客。公孙哲的随从之中有他的家将，也有他的门客，做门客的人大部分都会出主意。"这么办吧，您打算让国君回国，我给您出个主意。""说吧。""咱们今天把马夫请出来，就说咱们从国内带来了好酒，请他喝酒。然后把他灌醉，把这两匹马偷出来，送给囊瓦，国君就能走了。""这个主意也好。回到国中，我跪倒请罪，杀了我我都认了，省得世子着急。"

就这么着，把为唐成公看马的人请出来了，拿出好酒好菜请他吃喝。这位马夫也闷了三年了。您想，公孙哲这次带来这么多门客，有会说吃的，有会说喝的，有会陪酒的，有会聊天儿的，还有会说书的，会说相声的，会唱二人转的。跟马夫这么一吃一喝一聊一玩，说得他糊里糊涂，越喝越多，酩酊大醉。公孙哲手下的人就趁这个机会把这两匹千里骕骦马盗出来了。

公孙哲让手下人牵着这两匹马，来到令尹府，求见囊瓦。囊瓦手下人赶紧进去禀报："大人，公孙哲大夫来了，手下人还牵着两匹马。""嘿嘿，我就知道他得这么办。有请。"公孙哲进来了："拜见令尹大人。""何事啊，劝好你家国君没有？""劝好了。我家国君说了，把这两匹宝马献给大人。""好啊，既然如此，我就去我家大王面前说几句好话。"

囊瓦把这两匹千里骕骦马收到自己的马圈里头。这下他可高兴了，连夜来见楚昭王。"大王。""令尹大人何事？""我也查过了，调查了三年，唐国是个偏邦小国，离着挺老远，他跟吴国没什么联系。就算联系吴国，人家也不理他，他办不成什么大事。您把他放了得了，老养着他也怪费粮食的。""好，那明天你就让他回去吧。"

没事儿了。第二天，囊瓦派人给唐成公送信，请他过府饮宴。唐成公没办法，含着眼泪来了，囊瓦给他饯行。"您吃吧，这是我们楚国最好的鱼。"那时候吃什么鱼我也不知道，反正一桌子好菜，唐成公也吃不下去。"令尹大人，您唤我何事？""大王让您回去，永远心向楚国，你们国家如果有了什么大事，楚国一定出兵相帮。""谢谢您。"

唐成公一听就明白了，心说：准是公孙哲他们在马上下了功夫了。等他回到住的地方一看，这边都预备好行囊了。"我的马呢？""丢啦。"唐成公一看马夫，马夫"扑通"一下，就跪下了："请您饶命，确实是我没看住这两匹马，弄丢了。"唐成公能说什么？一国国君能这么糊涂吗？

肯定是这两匹马归令尹囊瓦了。"走吧。"

没办法，唐成公带着公孙哲这些人回去了。墙那边蔡昭侯眼巴巴地看着："他都走了，我怎么办啊？走的时候怎么没见那两匹马呀？"蔡昭侯也明白了：两匹马肯定归囊瓦了。"来人。""您什么事儿？""把这银貂鼠裘和羊脂玉佩给囊瓦送去，我不要了。"

手下人心说：您早干吗去了？非在楚国这儿待三年。于是，手下人就把银貂鼠裘和羊脂玉佩给囊瓦送去了。囊瓦一看，高兴了，赶紧面见楚昭王："蔡国国君也是个办不成大事的人，盯了他们三年，两个人也没说出什么来，偏邦小国没什么大作为，您把他也放了得了。""那好，把他也放了吧。"

囊瓦也在府中摆上酒宴给蔡昭侯饯行，然后把蔡昭侯也放了。唐成公不知道这两匹马到底怎么走的，但知道肯定到囊瓦手里了；蔡昭侯则是明明白白地让手下人把心爱的银貂鼠裘和羊脂玉佩送给了囊瓦，他心里难受啊。蔡昭侯坐着船过汉水回国，船行至汉水当中，蔡昭侯习惯性地伸手摸玉佩，想把玩把玩。一摸，蔡昭侯叹了口气："唉……"也摸着一块玉佩，是一块白璧，但比起那块羊脂玉佩可就差之千里了。伸手攥着这块白璧，眼望楚国的方向，蔡昭侯骂了一声："囊瓦，你太贪了。有朝一日我再回到汉水，不灭你楚国，我誓不为人！"说完，蔡昭侯把白璧一解，"啪"，往水里一扔，这块白璧就沉于汉江之中。

蔡昭侯气哼哼回到国中，这口气出不去啊，就把儿子叫来了，他的儿子叫元。"爹，您怎么这么生气呀？""没法儿不生气，令尹囊瓦太缺德了。来，我给你写国书。""您让我干吗？""你去晋国面见晋国国君，他是霸主，弱小的国家受了气，他得管。""那您让我怎么做？""你到晋国为质，让晋国国君出兵，会合天下诸侯打楚国。""爹，您这是把我豁出去了……""是，把你豁出去了，不然我胸中这口恶气出不去。"

没办法，世子，将来就是一国的国君。蔡昭侯为了出这口气，把世子元都豁出去了。国家不可一日无君，皇上把太子弄出去做人质，这件事可就了不得了。如果有朝一日，国君死了，太子马上就得继位，所以太子是不能随便离开国土的。东周列国的时候不叫太子，叫世子；那会儿也不叫皇上，是国君。蔡国国君写好国书，往前一递："给你国书，你上晋国面见晋国之主，让他给咱们出气。"

世子元没办法，不能不遵父命，于是拿着国书，带着从人，来到晋国面见晋定公，把国书呈上。晋定公一看，心说：蔡国还承认我是霸主，很高兴。"来，我带你面见周王。"

东周列国时期还是大周朝的天下，尽管如此，但周天子的权力已然往下落了。即便周天子是个明摆着的傀儡，但有什么大事也得周天子说话。晋定公带着世子元来见周敬王，呈上国书，然后就把囊瓦之贪和蔡侯之请禀明周敬王。周敬王也很高兴，心说：现在还能拿我当大王呢。"来呀，卿士刘卷。""在。""你马上跟着晋国国君前往晋国，会合各镇诸侯，晋国为霸主，联合出兵楚国，给蔡国出气。""遵令。"

晋定公当然很高兴，自己是霸主啊，就和刘卷一起回到晋国。然后，晋定公又往下传话，会集了十七个国家，加上晋国，一共十八个国家。所以这十八镇诸侯从列国时候有。到后来您听《东汉演义》，有十八家反王；听《三国演义》，有十八镇诸侯讨董卓；听《隋唐演义》，还有十八家反王……都是从列国时来的，十八这个数好说。当然，其中就包括蔡国，也包括唐国。晋定公派谁为大将呢？派了两员大将，一个叫士鞅，一个叫荀寅。两个人调齐十八国的人马，要兵发楚国了，人马扎下大营。您想，小国也得出点儿兵啊，这十八个国家的兵凑在一块儿，得有多少啊。但什么事儿都得请示刘卷，因为他是周天子派来的，而兵权就掌握在荀寅和士鞅的手中。其实荀寅心里不太愿意出兵打仗。为什么呢？因为他刚娶了一个小三儿，挺漂亮的，小三儿揪着他不让走："倘若你死在两军阵前，我怎么办呢？"

嫁过的再嫁就不太容易了。所以荀寅心里烦，扎下大营之后一眼就看见蔡昭侯了，心说：要不是因为你，何至于出兵啊。"蔡君。""啊，将军。""我听说你把宝贝银貂鼠裘和羊脂玉佩献给楚国国君，又献了同样的一套给囊瓦，看起来你们国家好宝贝不少啊。""哎呀，不对，就此两件银貂鼠裘，就此两块玉佩。""哦，那我们晋国发出这么些人马，各国也出了不少的人马，你又该拿什么来犒赏我军呢？"

蔡昭侯本来就一肚子气，一看这意思，心说：敢情你上我这儿索贿来了。蔡昭侯就把这口跟囊瓦的气撒在荀寅身上了："荀将军，您是奉周天子之命，同时也奉霸主之命，统率十八国人马攻打楚国。楚国令尹囊瓦不过是得了我一件银貂鼠裘、一块羊脂玉佩，得了唐国国君的两匹千里骕骦马。您要打算让我犒劳兵士，那您一鼓作气，战败楚国之后，楚国的五千里土地都可以作为我军的犒劳。您说是您得的多，还是囊瓦得的多呢？"荀寅一听，心说：这是骂我啊。也觉得自己有点儿寒碜，本来这次打仗就是为了惩治受贿之人，现在我反而向人家索贿？头一低，不说话了。

大队人马出发了，再次扎下大营之后，天开始下雨，这雨下了三个月，没有要停的意思。而这位天子之臣刘卷，平常在周天子身边吃香的，喝辣的，也经不起风吹雨淋，这三个月被雨一浇，得了疟疾了，一会儿高烧一会儿冷，一会儿哆嗦一会儿热。没办法，这仗没法儿打呀。荀寅一想，把士鞅叫来了。"士鞅，这仗咱们没法儿打。""怎么没法儿打呀？咱们可是霸主，而且天子有命……""我说你怎么那么糊涂啊？想当初齐桓公乃是天下一霸，他灭楚都没有成功。先君晋文公也是一代霸主，跟楚国相争也仅仅打过一次胜仗，而且后来跟楚国有约，到现在已经几十年没有战争了，凭咱们两个能打得赢吗？更何况刘卷大人身染重病，他是天子近臣，如果累死在军中，咱们担得起这责任吗？""那您说该怎么办呢？""就别打啦，犯得上给别的国家卖命吗？"

荀寅心里净想着他的小媳妇了。士鞅一想，荀寅说得有道理，那咱们就走吧，也该着下雨没法儿打仗。回到晋国，禀明晋定公，晋定公就把蔡昭侯的儿子叫来了："您回去吧，也别为质了，在我们国家还得养活您，还得出兵。您回国去吧。"

把世子元打发回去了。世子元来到蔡国的兵营之中面见父亲蔡昭侯，蔡昭侯带着儿子回国了，十几个国家的人马也纷纷散去。蔡昭侯回国路上气坏了，心说：好啊，我把儿子纳质于晋，周天子传下王命，你都不听，还敢跟我索贿？他一生气，正好路过沈国，沈国也不敢惹他，只能给他送好东西，送好吃的。"这儿是什么国家呀？""这个国家比较小，沈国。""打！"

沈国国君叫嘉，没有能耐，让蔡国大将公孙姓杀了。沈国还有别人呢，往哪儿跑？就得往楚国跑，跑到楚国求见令尹囊瓦。囊瓦气坏了，心说：就这么一件破裘、一块破玉佩，你都折腾到周天子那儿去啦？好大的胆子呀。"来呀，打！"

囊瓦指挥人马兵发蔡国，就把蔡国围了，这下蔡国可就危在旦夕了。公孙姓对蔡昭侯说："您看，招事儿了吧？""那你说怎么办呢？我这口气不出难受啊。""给您出个主意，找吴国去。自从伍子胥到了吴国之后，专诸刺王僚，吴王阖闾想要称霸于天下。再说阖闾手下有军师孙武，指挥人马，用兵如神；再加上伍子胥和伯嚭，如虎添翼。您不如把二儿子公子乾送到阖闾手中为质，让吴国兵发楚国，吴国肯定发兵，伍子胥要报父兄之仇。""好！"

就这样，蔡昭侯就让二儿子公子乾拿着国书，自己约了唐成公，一起到吴国来见阖闾。先见谁？先见伍子胥。伍子胥把前因后果听了之后，非常高兴，就带他们来见阖闾。蔡昭侯跪倒在阖闾面前，放声大哭。正在这时，孙武回来了。阖闾高兴，想请谁谁就到。"军师来得正好，有什么妙计？""现在您打楚国正是时候。"孙武可不知道蔡昭侯这件事，也不知道唐成公这件事。"你为什么说现在攻打楚国正是时候？""现在各个原本依附于楚国的小国都反对楚国，甚至有的几十年乃至上百年依附于楚国的小国现在都反对楚国了。楚国势单，正可以借此机会发兵。""好！"

吴王阖闾传下旨来，派孙武为主将，伍子胥和伯嚭为副将，被离和专毅保着太子波留守驻地，公子山押送粮草，亲自指挥人马，自己的兄弟公子夫概为先锋官，统带六万人马，号称十万大兵，兵发楚国。

伍子胥报父仇，申包胥哭秦庭。谢谢众位，咱们下回再说。

第五十三回　伍子胥掘墓鞭尸

行淫不避楚君臣，但快私心渎人伦。只有伯嬴持晚节，清风一线未亡人。

这几句说的就是咱们这回要说的书。谁去淫乱楚国，吴王阖闾，楚国亡臣伍子胥、伯嚭。为什么会造成这样的局面？咱们上回书正说到因为楚国令尹囊瓦的贪婪，导致蔡国、唐国等小国反对楚国，楚国变得势单。这边吴国国君阖闾打算灭楚国，又不是一朝一夕之功，楚国太强大了，伍子胥告诉阖闾："您想要灭楚，必须得找机会。现在楚国很强大，有几十个小国都依附于楚国，年年进贡，岁岁来朝。如果楚国一动，这些小国必然跟着。但无奈囊瓦是个大大的贪官，总跟这些小国索取贿赂，什么时候把这些诸侯国要急了，都反对楚国、反对令尹囊瓦，您在那个时候再出兵就是好机会了。"

结果楚国真有变化了。蔡昭侯带着儿子，唐成公带着礼物，前来面见伍子胥，一通哭诉："楚国令尹囊瓦欺负我们。""没关系。"伍子胥当然高兴了，赶紧陪着这两位国君来见吴王阖闾。两个人跪倒在阖闾面前，放声大哭："您得给我们报仇，我们惹不起楚国。""好，我一定给你们办。"

就这样，吴王阖闾把人质和礼物留下了，并让这两位国君各自回国去调齐兵将，一个做左翼，一个当右翼。正准备调动吴国兵马的时候，孙武回来了。孙武干吗呢？操练水军呢。阖闾一看，就知道有事。"军师何事？""大王，机会来了。只因楚国令尹囊瓦之贪，现在各个小国都反对楚国。而今囊瓦在汉水旁边扎下大营，他虽有贪婪之心，但没有用兵之道。正是机会，您应当发兵。"

阖闾马上传令，派孙武为上将，伍子胥、伯嚭为副将，兄弟夫概为先锋官，公子山专督粮草，专毅和被离保着世子波看守吴国之地，自己要亲自领兵出征。六万大兵号称十万人马，兵发楚国。消息传到楚国，囊瓦在汉水南岸扎下大营。吴国一发兵，直扑楚国的边界。同时，一边是蔡国人马，另一边是唐国人马，两路人马分别作为左右翼，帮着阖闾攻打楚国。

汉水的南边是楚国，汉水的北边就是吴国。因为孙武日夜操演水军，所以吴国所有战船也都在江边。等孙武的命令一到，这些水军马上从船上下来，走旱路直插大道，杀奔楚国。所以说孙武用兵贵在神速。伍子胥不明白，就问孙武："咱们水军善于水战，您为何让水军舍舟而奔陆上？"孙武告诉伍子胥："咱们是逆水行舟，速度迟缓；而楚国是顺水行船，速度很快。这样打仗，咱们非失利不可。兵士由打船上下来，走旱路急行军，就能直接杀奔楚国。"

所以说孙武是个大军事家，伍子胥心服口服。吴国大军杀奔楚国的消息传来，楚昭王急了，赶紧把文武众卿请到殿上议事。老臣公子申说："大王，令尹大人虽然掌握兵权，但此人不会用兵，非打败仗不可，您赶紧派左司马沈尹戍带领人马前去帮助。""好吧。"楚昭王年纪轻轻，没主意，"左司马，给你一万五千大兵，马上前去会合令尹，抵挡吴军。""遵令。"

沈尹戍接过令箭，率领一万五千人马直奔囊瓦的大营。见面之后，囊瓦非常高兴。囊瓦也知道自己没能耐，将情况对沈尹戍一说，沈尹戍乐了："人家都说孙武用兵如神，我看也未必如此。水战是吴国士兵掌握得最好的一种战术，舍舟楫而选陆战，必败无疑。"

您听我说《三国演义》，周瑜跟孙权分析曹操，道理是一样的。打仗就怕扬其短而避其长，吴国善于水战，现在你却弃水战而奔陆地，你就必败无疑。囊瓦很佩服沈尹戍："好，那就听您的，您说应该怎么打？"沈尹戍说："这么办，我给您留下五千人，再给您留下一员大将——武城黑。"您听京剧《伍子胥》，都知道武城黑就是追伍子胥的那员大将。"您把营寨和战船都准备好，驻扎在汉江南岸，汉江北岸就是吴国战船，虽然兵士走了，但战船还在，还有一些留守的零星水军。然后，您预备一些巡江小船在汉江之上来回巡逻，绝不许吴军的战船过来一只，这样就能保住咱们汉江的边境。我带领一万人马绕路而走，到孙武大军的身后，用木头和石头把道路堵上，然后烧掉吴国的战船。这时，令尹大人再指挥人马杀过江来，咱们前后夹击，我配合您，肯定楚国能打胜仗。"囊瓦一挑大指："好啊，就听沈大人的。"

沈尹成给囊瓦留下五千人马和大将武城黑，然后带着一万大兵执行任务去了。要是囊瓦都听了沈尹成的安排，恐怕还真打胜仗，咱们的书就不能这么说了。结果囊瓦没听沈尹成的，为什么？囊瓦耳软心活。等沈司马走了，武城黑来见令尹："令尹大人。""武将军有何话讲？""令尹大人，是您位高爵重，还是沈司马权高力大？""哎呀，当然本令尹权力最大。"您要是查历史上的官职，令尹哪个国家都没有，唯独楚国有。楚国的令尹掌握国家文武大权，比宰相权力还大。什么人才能当令尹？必须是皇亲国戚，只有皇族才能当令尹。大权不能旁落，一定是楚国的这些皇亲轮流来当令尹。所以囊瓦权力很大。"既然您的权力大，为什么要听沈司马的呀？""对呀，您不能听他的。"大家伙儿顺声音一看，说话的是囊瓦的爱将，这个人叫史皇。您听这名字。"史将军有何话讲？""令尹大人您想，吴国兵将擅习水战，结果糊涂的孙武命吴军弃船，要打陆战，能打得赢吗？肯定吴国得败。沈司马看出这一点了，他去是为了抢头功啊。令尹大人，您不能听他的。"武城黑一看："说得对，您听史皇的。"您说听史皇的能好得了吗？"史将军，你说该怎么办？""他走他的，您打您的。他现在已经走了，趁着江对岸吴军战船之上兵力空虚，您指挥战船冲杀过去，准打胜仗。""对，听你们的。"

囊瓦就听了史皇的了。这下麻烦了，楚国这仗败得这叫一个惨，囊瓦一败涂地，逃奔他国。左司马沈尹成站在乱军之中，一扬头："把我的人头砍下，面献楚君，以答谢君恩吧。"沈尹成是个忠臣，站在当场，仰着脖子，让手下的战将把他脑袋砍下来，交给楚昭王。交哪儿去呀？楚昭王都没影了。

孙武、伍子胥、伯嚭，还有公子山、夫概这些人指挥大队人马遣奔楚国。快到楚国的都城了，孙武一看地形，有主意了。因为从纪南城往下再走就是楚国国都郢都，如果大队人马去，太慢，所以孙武看准地形，这儿有条江叫漳江，漳江下去之后有个湖叫赤湖，孙武就掘漳江水引入赤湖，赤湖水位一起，水淹纪南城。纪南城的老百姓没办法，跑到郢都，大水跟着也下去了，水淹楚国都城郢都。这一下楚国就败了，吴国打赢了，强大的楚国就败在吴国手里。

吴王阖闾高兴，带领大队人马到了郢都。孙武马上传令，让兵士掘开水坝。大水下去了，老百姓得以活命。然后，孙武派人看守郢都四面，马上迎接阖闾。阖闾带着伍子胥、伯嚭这些人进了郢都，直奔楚王宫。阖闾往楚王宫里一坐，心情无比舒畅。

当初我就不理解，而说书必须把书中人物的心情理解了，才能知道他想干什么。我跟有识之士聊天儿，就问他们："为什么小小的吴王阖闾到了楚宫往这儿一坐，他就办坏事？"有一位高人指点迷津，就跟我说："好比两个人打架，这位平常就是黑社会的头儿，平常总欺负那位。那位是干吗的？他妈是卖冰棍儿的。这位总欺负他，欺负惯了，给一嘴巴，人家不言语，他也觉得没什么，反正打人都打惯了。没想到那位山后练鞭，练了一身武当拳、太祖拳、猴拳……全会了，可这位不知道。有一天俩人动起手来了，那位蹿上来就给这位左右开弓四个嘴巴，这位打不过，跑了。您再看卖冰棍儿的儿子，一向软弱之人这回把恶霸打赢了。"这就是阖闾此时得了楚国的心态：我小小的吴国，把你强大的楚国灭了。嘿嘿，不办好事儿了。小的国家欺负大的国家，到了大的国家之后干什么？奸淫烧杀。

吴王阖闾升座金殿，文武百官全来祝贺，蔡国国君也来了，唐国国君也来了。阖闾高兴："来呀，摆上酒宴。"就在王宫中摆上酒宴，山中走兽云中燕，陆地牛羊海底鲜，庆贺战败楚国。正在这时，脚步声音响。"大王，您看我把谁给您带来了？""哦？"阖闾手将胡须一看，"啊，Beautiful young lady（美丽年轻的女士）。"美人儿，楚昭王的媳妇。您想，楚昭王的媳妇能寒碜得了吗？"哈哈……"阖闾一边拿着爵大口喝酒，一边看着楚昭王的夫人，旁边正站着伍子胥。"将军，我想留她侍寝，你看如何？"

这就叫发泄淫威。伍子胥是楚国亡臣，应该不应该这么做？不应该，伍子胥做得就有点儿太过了。头一件事，他跟阖闾说："国家您都得到了，何况他的夫人乎？"

当时阖闾传下旨来，留楚昭王的夫人侍寝，就是陪他睡觉。阖闾痛快了，天天醉卧宫中，就住在楚昭王的后宫，不单楚昭王的这位正夫人，他的姬妾、侍女，阖闾看上谁，谁就得侍寝。您说这样的人能长久得了吗？每天都是如此。

有人看阖闾喜欢美女，马上来见阖闾："大王，跟您说，有一个人您可忘了。""何人也？""楚君之母。""徐娘半老。""No（错）。您知道伍子胥为什么跑到吴国吗？""嗯？就因为楚君他妈呀。""对呀。""您别瞧秦女孟嬴现在岁数大了，年过四十，风韵犹存。""好啊，把她给我牵来。"旁边的人一听，楚昭王他妈又不是牲口。没过一会儿，人回来了。"牵不来，人家不来。""不来？那我去。"

阖闾带着宝剑，带着从人，直奔楚昭王母亲的寝宫。"开门！""外边何人叫门？""本王阖闾。""哦，你就是吴国国君寿梦之孙吗？""正是。""我告诉你，人君是各诸侯之主，乃人中豪杰。人有男女之分，自古以来，男女居不同席，食不共器。"不能在一块儿睡，不能在一块儿吃饭。"你既然是吴国国君，就应该懂得男女有别。没想到你来到我楚国，奸淫宫中女子，你做出一个人君不该做的事。我虽是一个弱女子，但必不肯相从，犹死而已。"就听屋内"嚓楞楞"一声，知道是亮宝剑了，楚昭王的母亲用宝剑击打屋门："阖闾，是人你就给我走，不是人你就在门前等着，等我的尸身见你。"这人就得横，一个弱女子这一横，把阖闾吓回去了。"哎呀，夫人，我只是想一睹夫人的芳容而已。来呀，好生伺候，任何人不得进入。"旁边还有人赞成阖闾呢，把楚平王的夫人保护起来了。其实阖闾心里也难受：我得不到，别人也不能得。从此以后，阖闾再不敢惦记楚昭王的母亲了。

伍子胥呢？伍子胥提着宝剑在宫中寻遍了，在郢都寻遍了，找谁？就找楚昭王。伍子胥心说：我杀不了楚平王，还杀不了你吗？没想到楚昭王踪影皆无。伍子胥气恼之下："军师、伯嚭。""伍将军，你有何事？""所有士大夫众卿之家，随便淫乱。"

这就是伍子胥第二条太过之事。头一个是告诉阖闾，他的国家您都得到了，他的媳妇您爱怎么睡就怎么睡吧；第二个就是让军师孙武和大将伯嚭，到楚国这些众卿大夫家中随便淫人妻女。这一来，蔡昭侯和唐成公的胆子也大了：他们君臣能这样，瞧我们哥儿俩的，我们的东西还没拿回来呢。于是两个人带着手下人到囊瓦家中一看，银貂鼠裘还在那儿搁着呢，玉佩也在那儿摆着，两匹千里骕骦马在马厩里喂得还挺膘实，原物拿回。手下人把囊瓦家的仓库打开了，里面金银财宝、绸缎布匹堆积如山，都是囊瓦贪回来的。囊瓦还舍不得花，那玉佩要过来连揉都没揉。所以您要去验的话，玉佩上都没他的指纹。为什么？他舍不得。唐成公和蔡昭侯带着手下人就把囊瓦贪来的东西满大街地扔。嘿哟，老百姓这通捡，谁捡着谁发财。要是有个识货的，那捡着的都是宝贝。囊瓦家被翻了个天翻地覆，所有财物都没了，您说他贪个什么劲儿呢？楚国也完了。这时，阖闾手下负责督催粮草的公子山来了。"我说，你们二位有完没完啊？""有完，物归原主。""那该我了，把囊瓦的媳妇叫来。"

手下人把囊瓦的媳妇弄来了。您别看囊瓦岁数大了，胡子都白了，媳妇还挺年轻，是囊瓦的第几位夫人也不知道了，反正就是来了小的就替换大的，大的替换老的，到最后这 new（新）的 old（老）的也就不分了。公子山一看，囊瓦的媳妇挺漂亮，把手一挥："归我了。""咃！此女归我！"回头一看，是吴王阖闾的兄弟、先锋官夫概来了。公子山一看，惹不起这位。"您来了，我让位。"

夫概就把囊瓦的媳妇抢到手了。可囊瓦不只有一个媳妇啊，娇妻美妾一大群呢，夫概就住在囊瓦的家中不出来了。所以吴国这些人就在郢都之中奸淫烧杀，把郢都变成一座兽城。您想，小国想侮辱大国，狼子野心，能办出好事来吗？这一来，楚国就乱了。老百姓怨声载道，怨谁？怨的就是令尹囊瓦。一人之贪，致使国败，整个儿楚国沦陷在阖闾之手。阖闾高兴，经常在章华台大宴文武，请来女宫乐师，婀娜多姿，弹唱歌舞，琵琶丝弦，自己喝得酩酊大醉。

这时，伍子胥做出了第三件不应该干的事。他来到阖闾面前："大王，楚国已然到手，应该拆了楚国的宗庙。"这招儿太损了。孙武在旁边听见了："大王，万万不可。""因何不可？""大王，您想，楚国已然亡国，您为了让楚国的人心向吴，就得收买人心，何苦非要得罪这个国家呢？现在楚平王已死，楚国国君不知去向。芈建虽然也死了，但芈建的儿子公子胜还在。"芈建的儿子和楚昭王平辈，就是当初伍子胥逃往吴国时一直带着的那个小孩芈胜。"您可以把公子胜接来，立他为楚国国君，重整楚国江山。那么公子胜一定会对大王感恩戴德，一定会尊重您这位吴国国君。这样，既得了民心，也打了胜仗，楚国国君年年都得臣服于您，这是好事啊。"

"哦……"阖闾听完孙武的一番话，一抬头。正在这时，外边脚步声音响，两个人进来了，一个是蔡昭侯，一个是唐成公。蔡昭侯手里托着个小包。"大王，我由打囊瓦家中取回银貂鼠裘和羊脂玉佩，还有我献给楚国国君的这件，我也夺回来了，现在全都献给您。"唐成公冲着阖闾躬身施礼："当初那两匹千里骓骊马我没舍得献给楚国国君，结果被囊瓦得去，现在我原物得回，特来献给大王，以谢大王替我报仇。""好！"阖闾打开小包袱，把银貂鼠裘往自己身上一披，把玉佩往肋下一带，手里一捻，"好玉。来，带我看马。"

手下人陪着阖闾来到宫殿之外，一看这两匹千里骓骊马，阖闾心里这份美、这份狂就甭提了。现在您要问他姓什么，他都忘了。阖闾转身形，披着银貂鼠裘回到座位之上。"伍将军，你刚才讲些什么？""拆掉楚国的宗庙。""拆！"

要不怎么说伍子胥太过了呢。你的仇人是谁？楚平王。楚国的宗祠招你了吗？楚国文武大臣的家眷招你了吗？结果把楚国的宗庙拆了。拆完之后，阖闾还是在章华台设宴，每天都是一醉方休，这一天，阖闾喝着喝着，歪头一看伍子胥，伍子胥一低头，泪如雨下。"伍将军，现在楚国已灭，你的大仇得报，为什么还要流泪呢？""大王，虽然已经灭了楚国，楚平王已死，楚国国君不知去向，费无极也死了，但是我只报了家仇的万分之一。""哦，那你打算怎么办呢？"伍子胥来到阖闾面前，躬身施礼："大王，请您准许我找到楚平王的棺椁，把尸身拉出来，砍下人头，以解我心头之恨，以报我父兄之仇。"整个章华台上鸦雀无声。人要报仇，得了则了，楚平王已死，现在你要刨尸，把人头砍下，那就得看阖闾怎么说了。阖闾微微一笑："好啊。伍将军，你为了寡人强大吴国、承继王位，立下多少功劳。现在你要刨出楚平王的枯骨，如果这把骨头能够令卿喜悦，我怎会吝惜呢？寡人允许你去刨楚平王的坟冢。""谢大王。"

伍子胥马上下了章华台，调齐自己的亲兵，他手底下的亲兵都是死士，都是当初吴王阖闾还是公子姬光的时候府中养着的死士，都不怕死。"走！"派人四处打探，得知楚平王的尸身就埋在郢都东门以外的寥台湖，伍子胥就带领手下亲兵出离郢都，一直来到寥台湖边。到了以后，伍子胥愣了，眼前是偌大一片沼泽地，茫茫湖水，根本看不见坟头，就更甭提棺椁了。伍子胥的眼泪一对一对往下掉，抬起头来仰天长叹："唉……天啊，想我伍子胥要报仇，想要割下楚平王的人头，难道就找不到他的尸身吗？苍天就不让我伍子胥报父兄之仇吗？"伍子胥心中难过，攥宝剑把儿按绷簧，"嚓楞楞"，宝剑出匣，剑搭脖项。伍子胥实在太难过了，要自刎。

"将军且慢……"伍子胥手拿宝剑，顺声音一看，由打远处来了一位老人。这位老人长得瘦小枯干，身穿布衣，看岁数已然在六十岁开外了。"将军，你是伍子胥吗？""正是。""你为何要寻短见，你不是大仇已报了吗？""哎呀，老人家，楚平王杀了我父亲，杀了我兄长，我伍氏全家几百口都死在楚平王之手。现在吴王已然准许我将楚平王的坟墓刨开，割去他的项上人头，没想到我找不到坟茔。""将军千万不要着急，我来指给你看。将军，你随我来。"

伍子胥跟随这位老人上了寮台湖的台，老人用手一指："将军你看，就在那里。""老人家，一片汪洋，何处去找？""将军，你派人将湖水泄去之后，就能看见楚平王的棺椁了。""好。"南边的人都会水，伍子胥找出几个水性特别好的，潜入湖中寻找楚平王的棺椁。这几位下至在水深之处，摸了半天，摸着了。"将军，这儿果然有棺椁。""好，你们上来吧。"

伍子胥就让手下的人用口袋往里面装土，装了几百个大土袋子，就往棺椁所在之地的旁边堆，把口袋堆起来堵住流水，然后把里面的水往出排。里面的水越来越少，就把这口棺椁露出来了。伍子胥高兴已极，亲自过去把石椁盖子一掀："呀……"伍子胥又愣了，里面尸身的穿戴确实是楚平王的，但尸身是精铁所铸。"哎呀……"伍子胥手攥宝剑，"老人家，这，这不是楚平王的尸身啊。""将军不要着急，把这口棺椁移开，下面还有一口棺椁，那才是楚平王的真棺。"

伍子胥两臂一晃千钧之力，手下人一起帮忙，就把上边这口棺椁挪开了，底下果然有石棺一口。打开石棺，伍子胥再一看，面貌栩栩如生，正是仇人楚平王。楚平王死了这么久，为什么面貌会栩栩如生？因为灌着水银呢。看见仇人，伍子胥双眉倒竖，二目圆睁，脸上颜色更变，怒从心头起，恶向胆边生，一伸手："鞭来。"

手下人赶忙把伍子胥的九节铜鞭递过来了。伍子胥宝剑还匣，接过铜鞭，对着棺椁之中楚平王的死尸打了三百铜鞭。鞭打楚平王的死尸三百下，那还不打成肉泥烂酱？然后一迈步，伍子胥左脚踩住了楚平王的肚腹，都已然打烂了，就留着脑袋没打，鞭交左手，伸右手二指对着楚平王的眼睛："昏君，你白长人的二目，不辨忠佞，听信谗言，杀我父兄，要他何用？"二指用力一抠，就把楚平王的眼睛抠出来了。然后，伍子胥把铜鞭交给手下的死士，拿起宝剑，把楚平王人头割下。同志们，您伍子胥是不是太过了？人报仇不能隔世而报，现在已然灭了楚国，还要鞭打楚平王的死尸，抠去楚平王的双眼。伍子胥跺着脚痛哭："爹、兄长，我已然把伍家的深仇大恨报了。"

回头一看，伍子胥看见了这位老人。"老人家，您怎么知道楚平王埋在此处？""多谢将军……只因为楚平王怕被人掘尸，才把坟地设在此处，下边是真棺椁，上边是假棺椁，铸上精铁，怕的就是将来将军你来报仇。他派五十名石匠为他制作石椁，以埋葬尸身。造完坟地之后，他把四十九名石匠都杀了，只跑出来我一个人，所以我才知道此地有楚平王的尸身。谢谢将军，替四十九名石匠报了杀身之仇。""哎呀……"您说楚平王该不该？所以事从两方，莫责一处。伍子胥看了看身旁的人："你们有没有带银两？""将军，我们带着呢。"手下人把所有的银两凑在一起，一共凑了一百多两纹银，伍子胥都给了这位老石匠："老人家，你安家去吧。""多谢伍将军。"

伍子胥报了仇了，还想要赶尽杀绝寻找楚昭王，撒出人去四处打探，打探囊瓦藏在哪儿，打探楚昭王藏在哪儿，一定要楚昭王的命。打听出来没有？打听出来了，囊瓦在郑国，楚昭王在随国。伍子胥请示了阖闾，亲自带人来到随国，面见随君要人。随国国君还是一个比较好的人，对伍子胥说："如果楚国国君逃到此地，我必然会交给将军，可他没来呀，让我交什么呢？"

那楚昭王到底在没在随国？在呢，只是随君不交人。伍子胥没办法，又带着手下人遄奔郑国，跟郑国国君要人，因为他知道囊瓦在郑国，肯定楚昭王得来找囊瓦。郑国国君胆小，把囊瓦叫来了："都是因为你，现在伍子胥要来灭我们郑国，你说怎么办吧。""那我死吧。"

囊瓦也没辙了，拔剑自刎了。他死了，楚昭王可逃走了，伍子胥继续派人四处打探楚昭王的下落，一定得赶尽杀绝，让楚国永远不能恢复。就这样，激怒了一个人——伍子胥的好朋友申包胥，这才引出一段申包胥哭秦庭。谢谢众位，咱们下回再说。

第五十四回　泣秦庭包胥借兵

密语芦洲隔死生，桡歌强似楚歌声。三军既散分茅土，不负当时江上情。

　　这几句说的是伍子胥打郑国，渔丈人的儿子来见伍子胥，唱了一段歌之后，伍子胥明白了：他是当初我的恩人渔丈人之子。为了报答渔丈人的救命之恩，伍子胥退兵了。但伍子胥回到楚国之后，仍然想抓楚昭王，一心一意就是报仇。这一来可不要紧，传到了他的好朋友申包胥耳中。申包胥在哪儿呢？楚国打了败仗，申包胥逃到夷陵石鼻山。虽然逃进山中，但申包胥的耳朵、眼睛不闲着，派出不少人打探国情，看看楚国到底怎么样了。楚国失守，郢都之内王宫之中坐的是阖闾，阖闾奸淫楚昭王的夫人以及宫中的美姬侍女，伍子胥带着伯嚭这些人对楚昭王手下文武众卿的家眷也是奸淫烧杀。所以楚国已然处在亡国的边缘。

　　申包胥马上写了一封书信，派人送到伍子胥的营中，责备伍子胥：仇已然报了，你就不应该杀楚国的老百姓，一杀再杀，做出如此过分的事情。你要知道，物极必反，我劝你马上退兵。伍子胥看完这封书信，瞧着下书人："因为军中事急，无法修书让你带回，伍员就借你之口，带话给申包胥。你告诉他，我伍子胥身负深仇大恨，为人尽忠不能尽孝，尽孝不能尽忠，为了给我的父亲、兄长，还有全家老少报仇雪恨，我对不起了。到现在事已至此，我伍子胥就倒行逆施。"然后，一瞪眼，用手一指，"去吧。"

　　伍子胥把话都说到这份儿上了，申包胥派来的下书人也就不能说什么了，人马上回到夷陵石鼻山，回报申包胥。"大夫。""回信呢？""没有。""那他讲些什么？""他说忠孝不能两全，尽忠不能尽孝，尽孝不能尽忠。为了报他伍子胥的父兄之仇，事已至此，他只能倒行逆施了。"

　　"哎呀……"申包胥用手一捋胡须，往身后一甩，双眉倒竖，二目圆睁，脸上颜色更变，用手往外一指，"伍员啊伍员，你已然鞭挞楚平王死尸，并且割下他的头颅，你还要干什么呀？你可是楚国之臣啊。当初你我分手之时，我告诉过你：你灭楚我复楚，你乱楚我安楚。到现在，也该是我申包胥兑现诺言的时候了。"

申包胥转念一想：我到何处去请救兵？就上秦国吧。秦国国君的妹妹伯嬴，也就是孟嬴，许配给了公子芈建，没想到楚平王父纳子媳。但现在楚国国君在逃，他终究是秦国国君的外甥。我要走可就比伍子胥强多了，虽然道路遥远，但我能去，没人追我抓我拦我。伍子胥难过昭关，千辛万苦才到了吴国，借兵复仇，难道我就不能借秦兵来安楚吗？申包胥下定决心，说下定决心但也不好办，不像现在，高铁说去就去了，那时候就得一步一步地走。

申包胥由打夷陵石鼻山动身，遄奔雍州面见秦哀公。这一道上就苦了，鞋走破了，袜子没了。那时候没有现在这么好的袜子，都是布做的，布都走没了，脚都走破了，直往出流血。申包胥怎么办？扯下一条衣服，把脚裹上，继续前行。就这样，申包胥一步一步走到雍州。申包胥顾不得住店，马上来到秦宫，求人往里回禀："楚国之臣申包胥求见秦君。"秦哀公一听，认识申包胥。为什么？因为申包胥是楚国的外交官员，哪个国家都去。"好啊，有请。"

申包胥迈步来到殿上，抬头一看，他看秦哀公，秦哀公也在看申包胥。"呀……"只见申包胥风尘仆仆，衣服已然破旧不堪了，脚底下的鞋也破了，洇出血迹。"你是申包胥？"申包胥"扑通"一声，跪倒在地："申包胥叩见大王。""申包胥，起来讲话。""谢大王。"申包胥站起身形。"你来见本王，有何事啊？"申包胥就把现在楚国的情形，伍子胥报仇鞭挞楚平王死尸，所有的事情都讲给秦哀公。"大王，吴国贪如封豕，毒如长蛇。"贪如封豕，贪婪得就跟大肥猪似的，什么都吃；毒如长蛇，最毒莫过蛇蝎。"大王，吴国总想称霸于天下，消灭各家诸侯，由楚国开始。现在吴国已然战败楚国，楚国君王四处流离，逃亡在草莽之间。我奉我家君王之命，来到上国，乞求大王出兵，搭救楚国。大王，你要念甥舅之情啊。"说到这儿，申包胥泪如雨下。

"哎呀……"秦哀公手捋胡须，看着申包胥，秦哀公脑子里也转呢。秦哀公知道不知道这些事儿呢？秦哀公很明白：当初费无极到我这儿求亲，我把我的妹妹孟嬴，天下绝色的女子，嫁给太子芈建。结果到了楚国之后，楚平王父纳子媳，把我妹妹窃为己有，芈建被逼出逃，最后死在郑国。难道怪伍子胥吗？要不是楚平王父纳子媳，杀了伍奢，那伍子胥能到吴国借兵报仇吗？有伍子胥报仇，就有申包胥借兵。

"申包胥，你来借兵是忠于楚国，但我秦国远在西陲，兵微将寡，粮少势孤，自顾尚且不暇，安能帮你复楚啊？""大王言之差矣。您想，吴国如此残暴，楚国这么强大，结果败在吴国之手。楚国和秦国相接，他灭了楚国之后必然要攻打秦国。您若保住楚国，也就保住秦国；您若保不住楚国，也就保不住秦国。大王，我家主公是您外甥，如果秦国兵发楚国，战败吴国，总比楚国归吴强吧？归了秦国，我们心安。倘若大王念楚君之情，能够帮助我们君臣复楚，我们将世世代代北面事秦。大王，无论如何，请您发兵。""申包胥，你来到我秦国借兵是你的本心，发不发兵是我之意。来呀，把申包胥大夫请至馆驿，好生伺候，容我与众卿商议。"

"申大夫，请吧。"秦哀公手下人过来了，请申包胥。申包胥再次施礼："大王，您发兵不发兵？""容我商议，容我思之。""唉，大王，您必须得发兵。如果您不发兵，楚国一亡，伍子胥、伯嚭、孙武立刻就会指挥人马进兵秦国，秦国危矣。""你先去馆驿安歇。""大王，想我家楚君现在随国暂且安身，连吃饭的地方都没有，我又岂能安然于馆驿之中？"说到这儿，申包胥"扑通"一声，跪倒在地，往前爬行，来到秦哀公面前，揪住秦哀公的衣角："大王，请您发兵复楚。"

秦哀公把手一甩，他也是练把式的，那时候的国君都会几下子，就把申包胥甩开了。申包胥就那么弱吗？您要知道，申包胥是远路而来呀。这一甩，竟然把申包胥甩在一边，一个趔趄。申包胥挣扎着爬起来，一抬头："大王，请您无论如何也得发兵，不然楚国休矣。""唉，你容我思之。"

秦哀公身为一国之君，有点儿不耐烦了：你总得让我跟手下文武众卿商议商议呀。秦哀公一甩袍袖，站起来走了。旁边这些文武群臣一看，没有这么求救兵的，都过来劝申包胥："得啦，您去馆驿吧，好吃好喝，您先在这儿歇两天。""如果秦国亡了，你待如何？"您说秦国这些文武众卿能爱听这话吗？"哎呀，您说话怎么这么难听啊？"

他们可不知道申包胥是真急了。大家伙儿一看劝不动，这个也走了，那个也走了，最后全走了。大殿上还有内侍呢，过来对申包胥说："申大夫，给您预备好了馆驿，请您去歇会儿吧。""我就在殿上等待秦国发兵。"人家内侍也不能总在这儿伺候着，该上茅房上茅房，该喝水喝水，该干吗就去干吗，有一位还不错，给申包胥递过两瓶矿泉水，扔过两包薯片。"您先吃点儿吧。""不吃。""那您喝点儿。""不喝。"

要按《东周列国志》原文，申包胥在秦庭之上哭了七天七夜，号啕大哭，食水未进。但这只能说明他的决心。我想，事实比较残酷，可也不至于如此，七天如果不喝水，人就完了。申包胥手扶抱柱，号啕大哭，秦国都没法儿办公事了。第二天秦哀公上朝，刚要进殿，一听里面申包胥还哭呢，心说：走吧，我回去吧。秦哀公只得回后宫了。第三天如此，第四天如此，第五天如此……秦哀公索性都不去金殿了，告诉手下人："你们去探来。"一连就是七天。再看申包胥，什么模样了？这个减肥方法很有效，抱着殿上的抱柱，申包胥简直都要站不住了，号啕大哭："秦国出兵，请秦君救楚！"

到了第七天，申包胥依然在殿上大哭不已。秦哀公实在忍不住了，来到殿上一看："唉……"秦哀公一想：楚国已然败得这么惨了，居然还有这么好的忠臣，为了恢复和安定楚国，千里迢迢来到秦国，在我秦庭之上哭了七天七夜。我本不想发兵，我这儿有娇妻美妾，每天山珍海味，吃不尽穿不尽玩不够的，我干吗发兵啊？可是我秦国如果遇到这种情形，楚国真亡了，吴国攻打秦国，楚国有这样的忠臣还几乎亡国，我秦国像这样的忠臣一个都没有，吴军强大，我照样也会是亡国之君啊。申包胥终于感动了秦哀公，秦哀公走到殿前，高声朗诵："岂曰无衣？与子同袍。王于兴师，修我戈矛。"秦哀公吟诵了这么四句诗。再瞧申包胥，"扑通"一声，跪倒在地："谢大王。"

咱们中国是文明古国，吟诗作歌是中国人的优良传统。秦哀公并没有说要发兵，就吟了这么四句诗。岂曰无衣？与子同袍。你说你没有衣服穿，我有袍子，咱们俩一起穿。王于兴师，修我戈矛。你放心，我会出兵，把我的军备都修理好了，马上和你兵发楚国，去战败吴国。所以申包胥一听秦国要发兵了，感恩不尽。秦哀公再一看，申包胥的眼睛都哭出血来了。"唉，请起吧。""谢大王。"申包胥抬头一看秦君，"咕咚"一声，就躺这儿了。秦哀公手下人赶紧过来抢救。"大王？""马上打点滴。"不用吃速效救心丸，他只是身体虚弱。

您想，七天七夜不吃不喝，再加上之前就是一路风尘，也就是仗着这口气在。所以人活着活什么？人活一口气。有这口仙气儿顶着，就能多活，多大的事儿都能熬过来。如果这个人还没死，总琢磨着自己差不多了，明儿就该死了，后儿就活不了了，这人准提前死。所以您得记住这句话：人活一口气。

这时，申包胥也进食了，也喝水了。"您去馆驿休息吧。""不，我家君王还流亡于草莽之间，我又怎能安逸呢？请大王马上发兵。""唉，你得容我发兵。""求您马上发兵。""好。"秦哀公也看出来了：我不发兵他不走。"子蒲、子虎听令。""在。""给你们战车五百乘，马上和申包胥进兵楚国，击败吴国，得胜还朝，寡人赐宴。""遵令。"再看申包胥，"噌"地一下就起来了。旁边的人一看："还没给您输液呢。""别输了。"

秦哀公这一发兵，申包胥的精神劲儿马上就起来了。那位说：五百乘战车多吗？不多，但这也是一支足以得胜的大军了。咱们书不说废话。刀枪器皿、锣鼓帐篷、粮草等项全都准备好了，申包胥都没到馆驿住一宿，就在军中等候发兵。到了吉日，秦国发兵，申包胥上车。子蒲传令，和子虎带领五百乘战车告别秦君，直接兵发楚国。

大军刚一出城，申包胥一抱拳："元帅，寡君盼救兵如盼甘雨，容我到随国面见我家君王，禀报秦国已然出兵。""那我们应该如何呀？""您这么办，在商、谷急行军快走，到了襄阳之后，再往南走五天，就能到荆门。""那你呢？""我马上到随国面见我家君王，带领楚国的残兵败将与你们在襄阳会师。如果五天之后你们能赶到荆门，我们就在荆门会师。楚军在前，秦军在后，由我们带路，前去攻打郢都，恢复楚国。""话虽如此，我看咱们还是在襄阳见面吧，因为我们道路不熟，你马上指挥人由打石梁山过来。咱们两军相遇需要多长时间？""两个月。""好吧，等你两个月。但是你有信心必胜吴国吗？""元帅您想，吴国打了胜仗，必然兵骄，而楚国人急于恢复楚国，一定会奋勇当先。只要您的精兵杀到楚国，打一个大胜仗，战胜吴国一支人马，吴国军心必散，复楚定能成功。""好。既然如此，请大夫快行。"

申包胥走了，子蒲和子虎带领五百乘战车直奔襄阳而来。申包胥马上遣奔随国，面见楚昭王。咱们书不说废话。申包胥到了随国，命人往里通禀，随君是侯爵立国，随侯这会儿正和楚昭王在殿上聊天儿呢。申包胥求见，随侯马上传话，召申包胥觐见。申包胥来到殿上一看，高兴了，在楚昭王身后都是楚国的忠臣——宋木、子西、子期、蓬延，他们都是知道楚昭王在随国之后来投奔故君。申包胥上前施礼，先拜见自家君王，再拜见随侯。楚昭王一看申包胥的眼神就乐了，知道借来救兵了，从眼神和面目表情上就能看得出来。"禀报大王，秦君已然出兵，五百乘战车遣奔襄阳，等待与我军在襄阳会师，一同遣奔郢都，以恢复我楚国。""好。""请您发兵。""现在楚国的残兵败将已集中在一起，你与子西、子期马上指挥人马，通过石梁山遣奔襄阳，跟秦兵会合。""遵令。"

马不停蹄，申包胥都没休息，就吃了一顿饱饭，马上带领楚国的残余人马离开随国，遣奔楚国。等到了襄阳地界，楚军和秦军两支人马相遇了。"元帅，您看咱们这仗该怎么打？""因为你们楚军熟悉道路，所以楚军在前，秦军在后，直奔郢都。""好吧。"

申包胥率领楚国人马往前杀，秦军的五百乘战车在后边。等到了楚国之后，前边一队人马来了，战车高挑大旗，上写"夫概"二字，来的正是吴王阖闾的兄弟、先锋官夫概。"元帅，打？""你指挥楚国人马往前杀，我秦军突然出现，就能把吴军给吓跑了。""好，我明白元帅之心了。"

说书不说废话。列国时期是车战，用战车打仗，有的战将已然开始骑马了。申包胥非常着急，站在头一辆战车之上，手持长矛。对面夫概的人马到了，夫概一看：哦，原来是申包胥。"呔！对面可是申包胥吗？你们楚国已然亡国，你还敢带着残兵败将与我一战？""夫概，你也不过暂时猖狂而已。"

两辆战车往一起碰，车上的大将一个持矛，一个持戟，就看谁能把谁扎上了。夫概勇啊，申包胥的能耐可比不了夫概。两个人打了没有几个回合，申包胥传下命令："撤。"车队一掉头，战车往后跑，那夫概能饶过申包胥吗？"哈哈，败军之将，追！""叨叨叨……"炮鼓连天，杀声震耳，夫概指挥人马就追上去了。刚刚追上申包胥的车队，就听见旁边两声炮响，"叨""叨"，夫概在战车之上顺声音一看，可把他吓坏了——两边都是秦国的兵将，秦国的旗号。您看，强秦啊，人不用出来，旗号就吓人。两边旗号一起，连秦军的人还没看见呢，夫概下令："撤。"

夫概带着手下人，车辆掉过头来往回撤，申包胥率领楚军和秦军一起向前追杀。夫概打了败仗，跑回郢都，把战车安顿好，马上来见哥哥阖闾："哥哥，败了！""败了你嚷什么呀？""秦军。""啊？！"阖闾用手一指，"当真是秦军至此吗？""遍地都是秦国的战车。""如何打了败仗？你给我仔细讲来。"

夫概就把全部情况如实禀报阖闾。阖闾听完，明白了：既然夫概见到了申包胥，然后秦国的兵将就来了，肯定是申包胥面见秦君借来的兵。阖闾的两边分别站着孙武和伍子胥，这时，对望了一眼，抬头再看阖闾，两个人都摇了摇头。为什么？伍子胥非常精明，孙武是个大军事家，两人一看阖闾的眼神，露出惊慌失措之色。"啊……秦军。"

虽然没有夫概怕得那么厉害，但阖闾也知道秦军来了可不好办。孙武看了伍子胥一眼，上前施礼："大王，当初我就跟您说过，已然战败楚国，就不应该再拆楚国的宗庙，把芈胜请回来立为楚君，不灭楚而安楚。现在吴军来到楚国，打了这么多日子仗了，人不能老用，用则伤之，您得让当兵的休息。再说秦军强大，楚国复国之心已然燃起，所以我劝大王三思。""哎呀……"阖闾点了点头，"那依军师之见呢？""大王，您要听我孙武良言相劝，就应该马上派出使者，面见秦军元帅，准他复楚，吴国撤兵。但吴国不能轻易撤兵，要割楚国西边的一块土地，这样也能强大我吴国；迁移楚民，能够扩大我吴国的势力。两下商定之后，您赶紧回归吴国，千万不要在郢都停留。""哎呀……"阖闾舍不得，心说：我一个小小的吴王，来到楚国之后，能够住上如此华丽的宫殿，楚君娇妻美妾都归我所有，有吃不尽的山珍海味。在这儿一坐，我就是楚君，将来再灭秦国，称霸于天下，现在我怎能舍得走呢？"军师，如果不走，又能如何？""您必须得走。您能够割了楚国一块土地，带走楚国一部分军民，这也不算吃亏。倘若您不走，秦军已到，吴国兵将打了胜仗，兵骄而惰。"又骄傲又懒惰，不爱动弹。"而楚军？怀有复国之心，人人奋勇，个个当先，再加上秦军如狼似虎，您想您该不该撤兵？""啊……那伍将军你说呢？"阖闾转头问伍子胥。这时伍子胥心里已然琢磨透了：我打算再把楚国国君捉住杀了，现在办不到了。如今父兄之仇已报，申包胥已然到秦国借来了兵，如果再往下杀，对我伍子胥没什么好处，那我就坡下吧。"大王，军师之言甚善。""好啊。"

阖闾刚要传令撤兵，有人说话："慢！"三个人同时顺声音一看，说话的是谁？伯嚭。"伯嚭将军为何阻拦？""大王，想我吴军来到楚国，长驱直入，楚兵谁敢拦谁敢挡？到现在听见秦军已到，未见秦军之面就吓得撤回吴国，我伯嚭不干。""既然伯嚭将军不干，那你打算怎么办？""给我一支人马，我去战败秦军，乘胜追击，进兵秦国。"孙武听完，往前迈了一步: "伯嚭将军,我身为军师,军令如山,打了胜仗则可,要打了败仗呢?" "我知道你演阵斩美姬,打了败仗,我这颗头颅给你。" "军令如山,军无戏言。"伍子胥也过来了: "伯嚭将军,希望你听军师的良言相劝。" "大王给我一支人马,打了胜仗,不求功;打了败仗,愿将人头输与军师。" "好吧,我听你这话有点儿像关云长。"

就这样,阖闾给了伯嚭一万大兵,伯嚭领兵走了。伍子胥上前进言: "大王,我看伯嚭此一去,不容易打胜仗。" "你打算怎么办?" "您给我五千人马,我为后军,如果伯嚭将军打了败仗,我伍员前去接应。" "好吧。"

伯嚭带着一万人马前边走了,伍子胥带领五千后军前去接应,军师孙武保着阖闾。伯嚭出战,雄赳赳,气昂昂。等到了军祥这个地方,楚军到了,伯嚭一看,楚军军车也不整齐,当兵的有拿着军旗的,有举着大矛的,一个个撇唇咧嘴。伯嚭一琢磨: 你们有什么了不起的? 当即传下命令: "打!"伯嚭指挥战车就往前冲,一万大兵,可不少呢,前边是战车,后边是兵。楚国大将子西催着战车过来了,手里拿着长戈,伯嚭手持大矛,两个人就在车上打起来了。"你打得过我吗? 我是伯嚭。" "我打不过你呀,有人打得过你。"说到这儿,旁边炮声一响。"叽" "叽"伯嚭往旁边一看,好嘛,出来兵了,都是原来楚国的人马。"来,分兵一半击之。"

伯嚭手里有兵啊。这边兵还没分好呢,那边炮声一响,伯嚭转头一看,秦军到了。元帅子蒲、副元帅子虎指挥人马冲上前来,这一下就把伯嚭的人马分成了三截,前军不能顾尾,后军不能顾头,中军无人料理。伯嚭可慌了神了。三路人马往前一攻,伯嚭大败。幸亏有伍子胥赶来接应,炮声一响,严阵以待。大家伙儿一看来的是伍子胥,撤兵了。伯嚭打了败仗,带着残兵败将回来一数,一万兵还剩两千,回来面见阖闾: "大王,伯嚭请罪。" "军师不让你去,你偏要去,一万人马损失八千,何罪呀?" "愿领死罪。"其实阖闾也舍不得杀伯嚭。"来呀,传军师和伍员将军一同议定此事。"

有人把话传下去，伍子胥和孙武同入金殿。两个人走到殿阶之上，伍子胥就对孙武说："军师，伯嚭打了败仗，应该怎么办？""杀。""杀？""按说我是军师，我是吴国之人，你是楚国之将，这话我不该说。请伍将军记住我孙武之言，如果此时不杀伯嚭，将来必是你的后患。应该借此机会要了伯嚭这条命，对你是有好处的。""唉，我们都是楚国亡臣，再说伯嚭也立了不少功劳，不忍杀之啊。""那后悔可就是你的事了。"

说到这儿，两个人可就到殿上了，参见阖闾，然后各往左右一站。阖闾就问："现在伯嚭打了败仗，是杀是留，就听你们二位的决断了。"孙武知道，现在要说杀伯嚭，按军法从事，将来对吴国有好处，对伍子胥有好处，但伍子胥不愿意杀伯嚭，看这意思阖闾也不愿意杀伯嚭，我说话就等于白费。所以孙武一低头，不言语了。伍子胥上前施礼："大王，伯嚭屡立战功，虽然此次战败，还求大王宽恕。""好吧。看在伍将军的分上，你们同是楚国亡臣，饶你不死，将来立功赎罪。""谢大王。"伯嚭站起来了。这时，孙武说话了："大王，夫概打了败仗，伯嚭打了败仗，现在秦军和楚国原来的军队会合一处，长驱直入，杀回来了，您说应该怎么办？""难道秦军就这么强大吗？""对，秦军如狼似虎。""那依军师之见呢？""依我之见，您应该徐徐而退。咱们保住楚国现在这些土地，您可以派人守住郢都，守住驴城，守住磨城，守住纪南城。倘若秦军来了，与楚军合在一起，咱们可以以四路人马攻之，能抗衡一个时期。然后，您派人到唐国、蔡国前去借兵。唐国、蔡国出兵之后，咱们和唐蔡联军两路夹击，秦军必败。""好。来呀，修上国书，让蔡国和唐国出兵。"

就这样，使者派出去了，一个奔蔡国，一个奔唐国。阖闾把使者派出去之后，同时也分兵了。现在占据了郢都，让谁看守呢？让夫概和公子山驻守郢都。那阖闾去哪儿呢？就退到楚国原来的老国都，现在叫纪南城。还有两座小城，一个是驴城，一个是磨城，分别归孙武和伍子胥镇守。这样，四座城成为掎角之势，再借到蔡国的兵和唐国的兵，秦国就打不了了。孙武的主意对不对？对。

消息就传到申包胥的耳朵里，申包胥马上禀报秦军元帅子蒲和副元帅子虎。"二位元帅，现在阖闾已然分兵驻守四城，并派出使者去唐国和蔡国借兵，倘若抄我秦军后路，咱们腹背受敌。""哦？那你说应该怎么办呢？""我有个主意，就趁他们调兵之际，您马上指挥一支人马与我楚军一同攻打蔡国或唐国，如果把其中一个国家的国君杀了，另外那个国家就不敢动了。""哪个国家最近？""唐国最近。""好，出兵！"

那个时候调兵没有现在快，阖闾兵分四路守住四座城，调兵遣将得有一阵子工夫呢。就这样，秦国元帅子蒲、子虎带着楚国大将子西杀奔唐国，留下子期和申包胥在楚国镇守。唐国是个不丁点儿的小国，跟楚国相比，楚国是个大西瓜，唐国顶多就是一个小烧饼，还得是那种小点心，不是通州的大糖火烧。这边楚军和秦军一起发兵，可把唐国吓坏了，一战就把唐成公逮着了，"噗"的一声，唐成公脑袋掉了，唐国被灭。消息传到蔡国，吓得蔡哀公直哆嗦："不、不打，我不打……我不打，我谁都不帮忙。"

蔡哀公成神经病了。消息传到阖闾的耳朵里，阖闾有点儿害怕了，打算把孙武和伍子胥调来商议此事。这时，镇守郢都的大将公子山，也就是督催粮草的这位来了。"大王，报告您一个十分痛心的消息。""什么叫痛心的消息？""您怕什么就有什么，夫概他偷偷摸摸地回归吴国了。""啊？！他回吴国去干什么？""您自个儿琢磨琢磨啊。"

阖闾心说：我兄弟能跑回吴国去反我吗？还真不出公子山和阖闾所料，吴国和楚国这边还打着仗呢，夫概也派出探马去打探消息，他一琢磨：哼，阖闾，当初咱们吴国是怎么回事儿？老王寿梦死后，改国体，不是父传子而是兄传弟。你当了吴国国君，倒是把天下传给我呀，我是你兄弟。可反而立你的儿子波为世子，将来你死后，天下是你儿子的。我呀，先下手为强，后下手遭殃，有你前边走的就有我后边干的。你现在打仗顾不了我，我绕道回去当我的国君去了。于是夫概带着自己的手下人绕道奔汉江下去了，回归吴国，并且让儿子在淮水扎下人马，阻拦阖闾回国。

夫概带着自己的人马回到吴国，他手下的兵也不算太多，夫概买了不少的鼓，让手下人全都敲着战鼓，一边敲鼓一边嚷，夫概已然把词都编好了。"咚咚咚……噗噜噜……""吴军啊……阖闾呀……在楚国呀……打完仗了……找不着了啊……尸身无存啊……""我们国体是兄传弟呀……我们夫概大人回来当国王啊……大家伙儿保我为王啊……我现在是吴国之主啊……"

好嘛，唱着歌就回来了。吴国的老百姓也不知道是怎么回事儿，那时候的消息又不那么灵通。但当夫概回到吴国的国都，阖闾的儿子波，还有专毅、被离在这儿镇守，说什么也不开城门，不让夫概进城。再说阖闾，吓坏了："来呀，马上请孙武，马上请伍子胥。"

两个人分别由打驴城和磨城赶到纪南城。"参见大王。""公子山说，夫概已带手下兵士回归吴国。"伍子胥一抱拳："他回国必反。""果有此事吗？""必有此事。"人家伍子胥就不能明言了：您这王位怎么来的呀？要不刺死王僚，您能当上国君吗？既然吴国是兄传弟的国体，可您又立了您的儿子为储君，夫概能愿意吗？所以伍子胥只能点到而已。阖闾听完，问了一声："军师，现在该当如何？""您先靖内乱，回去吧。""先靖内乱，那楚国之仗就白打了吗？""当然不能白打，我们先在这儿镇守，您回到吴国靖完内乱之后再回来，咱们再与秦国交兵。""好。"

就这样，阖闾带领自己的人马，带着伯嚭，回到吴国。在回国的路上，阖闾传下命令："如有跟随夫概者，一律杀之；如有弃夫概来投我阖闾者，禄位高升。"头里这位兄弟回吴国是打着鼓，唱着歌：我要当吴王。后头这个回来：我还是吴王，把我兄弟轰了。您说吴国有多乱，这样的吴国能长得了吗？吴国早晚得亡国。哪天亡国？您慢慢听，等说到吴越春秋的时候就知道了。阖闾回到吴国，有机灵的马上见风使舵，转回阖闾这边了。"我们只不过是为了保命，也为了保住您的国土，所以暂时跟夫概在一起，现在我们回来了。""好好好。"

回来的全留，不回来的全杀，那回来得还不快吗？统共吴国也不大。阖闾回到吴国，太子波哭着就来了："爹，我叔来了，他非要当王，把我

第五十四回　泣秦庭包胥借兵

649

轰出来了。""不行，往回杀！""往回杀不行啊，我叔的儿子阻着路呢。""你是我儿子，杀他儿子去。"

阖闾指挥人马往回一杀，夫概的儿子赶紧就撤了。阖闾一直打到吴国国都之外，和兄弟夫概见面了。两军对垒，两个人分别站在战车之上。"夫概！""姬光！""你敢直呼寡人之名？""呸！姬光，想当初老王在世之时，父亲承继王位，为了强大吴国，改天下体制。父王死后传位于二叔；二叔死后传位于三叔；三叔死后本应传位于四叔，季札不愿为王，贤人也。结果三叔的儿子王僚继承王位。当然，这是王僚不对，但王僚不对你可以据理力争，为什么要收买伍子胥，收买专诸，弄得王僚家破人亡？你让专诸刺王僚，然后你继王位，你是天下的小人。""那你呢？""我当然如同父王一样，改去父传子，要兄传弟，今日我为吴王。""呸！你若为吴王，除非我阖闾一死。""那你就死吧。"

夫概催动战车往前一走，掌中大铁矛，直奔阖闾扎来了，那阖闾还不玩儿命吗？好不容易才得到的天下。两个人一来一往，可就打起来了。伯嚭在后面指挥大队人马往前冲杀。您想，夫概手下这些人看见国君阖闾回来了，都知道阖闾是个凶残之人，心说：倘若他战胜了，那我们跟着夫概都得死。于是马上开城，都归降了。这下夫概没辙了，只得掉过车来跑，阖闾指挥战车追。一直追到汉江边上，养儿子还是管用，夫概的儿子驾着船来了。"爹，赶紧上船。""谢谢儿子……"夫概都快哭出来了，赶忙由打战车上下来，上了船，就剩下他们爷儿俩了，跑吧，跑到偏邦小国。您说瞎折腾什么？好好的先锋官一当，哥哥是王，自个儿有享不尽的荣华、受不尽的富贵。结果非要当一国之君，争权夺势，差点儿把命丢了。

阖闾平定了夫概的叛乱，然后一琢磨：现在秦兵已然来到楚国，伍子胥和孙武带领大队人马还在楚国，到底能不能战胜秦国呢？我得马上回到楚国，跟孙武和伍子胥商量。而这个时候在楚国，伍子胥和孙武也着急，派人打探国内的消息，知道阖闾平定了叛乱，国境安定了，这才踏实。那接下来与秦军的仗应该怎么打？秦国不退兵，申包胥指挥楚国人马跟秦兵一起杀回楚国，二人心说：我们是离开楚国，还是要一部分土地？到底应该怎么办？就在这时，有人禀报伍子胥："将军，有人前来下书。""书信拿来。"

手下人将书信呈上，伍子胥打开一看，是申包胥写来的。咱们这回书由申包胥信起，再由申包胥信收。那申包胥的这封书信到底怎么写的？面对此情此景，吴王阖闾是战是退？谢谢众位，咱们下回再说。

第五十五回　退吴师昭王返楚

破楚凌齐义气高，又思吞越起兵刀。好兵终在兵中死，顺水叮咛莫起篙。

这几句说的是吴王阖闾，说他攻破楚国还要欺负齐国，楚国、齐国都很强大，他还打算吞并越国。就因为他喜欢打仗，最后就死于刀兵。所以说船顺水而下，要打算船往前行，不要轻易点篙。也就是说，得先琢磨琢磨这仗应不应该打，这事应不应该做。咱们看书，得能从中受到教育。通过总结伍子胥的一生，总结阖闾的一生，我觉得对于我们今天都是一个很好的教育。

上回书咱们说到吴王阖闾虽然攻破了楚国，但想把楚国灭了办不到，尤其是自己家的后院还起火。阖闾有个兄弟叫夫概，非常勇猛，是吴军的先锋官。没想到夫概借个机会带人回到吴国，要把阖闾的儿子太子波从吴国轰走。

这一下，吴国的内部起了内讧，仗就没法儿打了。阖闾听到消息之后，马上带着伯嚭回国去灭夫概。那么，留在楚国的一个是军师孙武，一个是楚国亡臣伍子胥。阖闾回到吴国，把夫概父子打跑了，也救了太子波。

阖闾也知道，要真正灭楚是办不到的，尤其申包胥哭秦庭，把秦军引来了。秦军一到楚国，吴国的兵将就打了一个败仗，虽然没有伤到元气，但这场仗有了秦国的加入就没法儿再打了。所以阖闾传下命令，让军师孙武跟伍子胥撤兵回归吴国。伍子胥就和孙武商量，这件事到底应该怎么办。正在这时，军兵进来了："将军您看，有书信一封。"

伍子胥接过书信，打开一看，是好朋友申包胥来的信。孙武在旁边一看："是不是申包胥来的信？""不错，正是。""他信中讲些什么？""他说，你保着吴王来到楚国已然打了三季了，并没有把楚国消灭。而今秦军已然来了，你们既然灭不了楚国，而你我又是朋友相交，你的仇已然报了，

连派评书——列国·春秋

652

咱们应当以义气为重，就该互相帮忙。如果你不再以吴国的刀兵强加在楚国身上，那我也就不再利用秦国和你对抗。我说过，你灭楚，我复楚；你乱楚，我安楚。现在希望你听我良言相劝，撤兵回归吴国，那我就把秦军送回秦国。"孙武听完，点了点头。"将军，你意如何？"

"唉……"伍子胥长叹一声，用手一捋胡须，托起一看，已然有白的了。不是说伍子胥过昭关一夜须发皆白了吗？那是当时着急变白了，现在是真正意义上的白须发。伍子胥见胡须真白了，就是岁数到了。伍子胥手托胡须："军师，想我伍子胥父亲、兄长以及全家三百多口被楚平王所杀。现在我作为人臣，由吴国借兵兵发楚国，拆了楚国的宗庙，破了楚国的社稷，刨了楚平王的坟，鞭挞了楚平王的死尸，让吴国的将士占有了楚国众卿之妻。可谓历来无有，我已然报仇了，痛快淋漓。但要打算灭楚，是办不到了。兵书战策有云：知难而退。所以我就想借着申包胥这封信，再加上又有吴国国君的命令，咱们还是撤兵为是。"

孙武听完，点了点头："好吧，话虽如此，咱们不能白白撤兵。现在虽说秦军来了，咱们只不过是打了一个小小的败仗，并没有伤到元气。这样撤兵，对吴国来说不光彩。""那您说应该怎么办？""你给申包胥写封回信，告诉他：你由秦国借兵，是你忠于楚国；我报仇，是为了报父兄之仇。仇已报，你的兵也借来了。让我撤兵可以，现在芈建已死，但芈建之子芈胜还在吴国，并无立锥之地。楚国的君王得把芈胜接回楚国，大加封赏。这样，我们才能撤兵，最好能立公子胜为君。"伍子胥点了点头："好吧，笔砚伺候。"

拿起笔来写信。这封信怎么写的？撤兵可以，但你必须得把公子胜接回楚国。但后面他没按孙武的话说，立公子胜为君，因为伍子胥知道是不可能的，现在楚国国君还在位。但你必须把公子胜接回楚国，让他能够祭祀他的父亲，也就可以了。写好信，让给申包胥送信的人带回去。

书以简洁为妙。申包胥看完之后，来见子西。子西看完信，点了点头："好啊，正合我意，我也想把公子胜接回来。"这时，旁边有一个人抱拳拱手："不可。""为何不可？""我身为楚国大夫，告诉您，国不能有二君。现在国君在位，如果把公子胜接回来，您是立他为君，还是留他为臣？留，就为后患。"说话的这个人叫沈诸梁，身为大夫。子西摇了摇头："不对。想那公子胜在吴国长大，但在吴国没有一寸土地，即便回到楚国，也没有人去保他。现在国君经过这场战事，回到楚国之后必然励精图治，怎会怕芈胜一个匹夫之辈？芈胜成不了大事。更何况把他接回来之后，伍子胥和孙武就会撤兵，我看可以。而且要以楚国国君的名义，请公子胜回国。"这样，又给伍子胥回了一封信。伍子胥把信看完："既然如此，我们撤兵。"

等下书人走后，孙武和伍子胥指挥人马撤兵。撤兵是撤兵，不能白撤，孙武跟伍子胥就把楚王宫中以及在郢都掠夺的大批金银财宝装到车辆之上，带回吴国。这一下，吴国就阔了。然后，又带走一万多户楚国老百姓。所以说人是最宝贵的，吴国缺人，把这些老百姓带回吴国，放在吴国人烟稀少的地方，让他们开垦荒地，重新落地为民。然后，两个人又商量了一下，伍子胥说："这么办，军师带领人马由水路而归，我带领手下人在陆地而行，我要前去报恩。""好吧。"孙武点了点头，"有恩不报非君子也，请。"

两个人分兵了，孙武带领人马由水路回归吴国，伍子胥报恩去了。他带着手下人由陆路而走，先找东皋公。到了历阳山，再找东皋公家，片瓦无存，什么都没有了。伍子胥眼泪下来了：如果没有东皋公，我如何过得了昭关呢？看不见东皋公，伍子胥放声大哭，跪在地上磕了几个头，站起身形，带领手下人遭奔龙洞山去找皇甫讷。伍子胥心说：当初要不是东皋公出主意，要不是皇甫讷扮成我的模样，我也不能混出昭关。等到了龙洞山，再找皇甫讷，根本没有这个人，就甭提家了。伍子胥痛哭失声，跪倒在地："谢过恩人，真义士也。"

这才是真正的义士。伍子胥在龙洞山也磕了几个头，继续带人前去报恩。咱们前文书说了，打郑国的时候渔丈人的儿子来了，恳求伍子胥，伍子胥报了恩，从郑国撤兵了。再报谁的恩？伍子胥到溧阳来找浣纱女。到了濑水河旁，伍子胥站在河边回想当初自己带着公子芈胜，求浣纱女给自己吃食，吃饱之后，浣纱女投水而死。自己当时心中难过，咬破手指，在一块石头上用血写了字，又用土埋上了。伍子胥认得这块地方，吩咐一声："来呀，把土刨开，看看石头尚在否。"

兵士们把土刨开，石头还在，上面的字还看得很清楚："尔浣纱，我行乞；我腹饱，尔身溺。十年之后，千金报德。""唉……"伍子胥一捋胡须，"今日特来以千金报你，我知道你死得太冤枉。"可也不知道浣纱女家住哪里，姓字名谁。伍子胥传下话来："取一千斤黄金。"工夫不大，一千斤黄金准备好了。伍子胥看着这些黄金："来呀，把这千金投入濑水。"

至今濑水还有伍子胥当年投金之处。然后，伍子胥带领手下兵将走。走着走着，队伍最后压粮运草的兵士，就听见一个老人长叹一声："唉……苦啊……"老人微睁二目，看着行军的队伍，"伍君尚在否？"虽然这些当兵的有知道这件事的，也有不知道这件事的，但刚才也都传出来了，伍子胥投千金入濑水，为报答当初浣纱女一饭之恩。当兵的站住了，回头一看，白发苍苍的一个老太太。心眼儿好的人还是多，一个兵士转过身来不走了。"老人家，你说的伍君，莫非是我家将军吗？你是何人？""唉，想当初我女儿为了孝顺我，三十岁都没嫁人。那日她在河边浣纱，来了一个楚国亡臣行乞，我女儿就给了他一顿饱饭。他腹饱之后，因为男女授受不亲，我女儿投江而死。后来我听说这个人就是楚国亡臣伍子胥，我又听说伍子胥指挥吴国人马去攻打楚国。现在你们是吴军回国，我想问问伍子胥，我女儿死得冤不冤啊？唉……"士兵一听，确实是这么档子事。"老人家，您别哭了，人死不能复生，我家伍将军不是忘恩负义之人，刚才已然投千金于濑水之中，就是为了报答您女儿。""哦，在何处？""您看，就在那里，刚刚投完，您赶紧去把千金捡回来吧。""多谢多谢。"

当兵的走了，伍子胥带领手下人马回归吴国。老人家来到濑水河边，把这一千斤黄金捞上来了。我估计应该不太好捞吧，反正这老太太能耐大了，也就说明伍子胥报恩了。

伍子胥带兵回到吴国，孙武正等着他呢，两个人合兵一处，一起去面见阖闾。阖闾大摆筵席，赏赐孙武，赏赐伍子胥。"军师，灭楚虽然没有成功，但终究战败楚国，子胥也报仇雪恨了。军师功高第一，应得最高奖赏。""大王，我孙武虽然跟着伍将军指挥人马打了胜仗，但不求一赏。""高官得做，骏马任骑。""本人不求赏赐。"然后，孙武冲阖闾作了个揖，告辞走了。阖闾看着孙武的背影，就对伍子胥说："你去问问他为什么不求赏赐？""遵旨。"

伍子胥马上来见孙武："军师，您有这么大功劳，大王要赏赐于您，您为什么辞而不受呢？""伍将军，你可知天道无情吗？""我当然知道天道无情。""世上之事，酷暑严冬，春去秋来，物极必反。将军，难道你就不想想吗？阖闾请你出谋划策，专诸刺王僚，得继王位；然后帮着你战败楚国，虽然没能灭楚，但几乎绝楚。伍将军，人走到尽头必然相反。阖闾现在打了胜仗，势力正强，天下诸侯闻之惧之，谁不怕吴国呢？他现在四海安定，肯定享福，这一享福，思想必然有变化，所以我才辞官不做。不但我要走，我劝你也应该从此隐姓埋名，随我一同向深山而去。""军师，这话当真？你真的要走吗？""当真要走。不但我要走，你也必须跟我走，不然你后悔莫及。""想我伍子胥帮着吴王刺杀王僚，谋夺王位，他感恩还感恩不过来呢，又能对我伍员如何？""我是良言相劝，听不听在你，反正我意归隐山林。"

在这个时候，伍子胥当然不愿意离开阖闾，但孙武去意已决，收拾收拾东西走了。伍子胥马上回来禀报，阖闾苦留孙武，但留不住，于是就赏赐孙武大批金银。孙武并没有拒绝，带着手下人，拉着整车金银，离开了吴国国都。一路之上看见人就给，看见人就给，尤其穷人多给，孙武把吴王赏赐的所有财物都分发给穷人，然后隐遁于深山。据《东周列国志》讲，从此以后，孙武再没出世，但伍子胥依然留在吴国。阖闾非常尊敬伍子胥，没有伍子胥就没有自己的今天，所以让伍子胥当相国，伯嚭是太宰，两个人共同干预国事。阖闾非常高兴，把阊门改名为破楚门，而且在边境上修了一座石城，派重兵把守，叫作石门关，正对的就是越国。而越国的大夫范蠡也在越国边境修了一座城，以对抗吴国，这座城就叫固陵。您往后听，咱们说的就是吴越春秋了。大家伙儿关心吴越春秋，都想听西施，其实西施只不过是一个政治上的目的。

自此以后，吴国十分强大，伍子胥跟伯嚭一起操练水军，那么阖闾可就知道享福了。伍子胥不放心楚国，发出探马打探楚国的消息。这时候，楚昭王已然回到楚国了。楚昭王回国，谁接的？申包胥、子西、子期。他们跟着秦国兵将一起把楚国安定之后，马上就派申包胥到随国去接楚昭王回国。申包胥到了随国，面见楚昭王，随君也在这儿，申包胥就把来意说了。楚昭王流眼泪了，拉着随国国君的手："没有你，孤不能回国。"

两个人结为生死之交，订立盟约：你不犯我，我不犯你，互不侵犯。楚昭王十分感激随国国君。然后，楚昭王就跟着申包胥，带着手下人由随国回归楚国。船行至在大江之上，楚昭王往船头一站，心潮澎湃：楚国被吴国打得这么惨，自己逃出来，现在能活着回归楚国，甭说是君王，就算一个老百姓在外日久，回到祖国，心情是何等舒畅。所以楚昭王很激动。走着走着，忽然看见江中漂着一物，其大如斗，颜色正红，这是《东周列国志》原文。楚昭王不知道是什么东西，赶紧让水手打捞上来一看，是个水果，可谁也不敢动。楚昭王用宝剑把水果斩开，里面有瓤，挖了一点一尝，非常甜，于是就把这个水果赏赐给手下众卿吃了。大家伙儿都觉得非常好吃，但没人认识。楚昭王用手一指："今天咱们吃的这个是无名水果，它到底叫什么名字，将来咱们得找知识渊博的人去问。"

船继续往前走，走到一个地方叫云中。楚昭王突然想起来，自己逃出楚国时，来到云中，有一拨强盗把船上值钱的东西都抢走了。大臣王孙繇于站在船头，匪人用戈要扎楚昭王，臣护君，这一戈就扎在繇于的肩头之上，由肩头往下流血，一直流到脚后跟。楚昭王一想：当初自己没有存身之地啊。"斗辛何在？""臣在。""在云梦之间，此船停泊。你带着民工和当地百姓在此修建一座小城，命名为楚王城。如果往来行人及过往客商无地存身，就让他们在楚王城休息几日，借邑存留。"

这就是楚昭王心有感慨，所以让斗辛在这儿盖了一座小城。当时把老百姓、民工都叫来，堆起石头，弄点儿土，没现在这么麻烦。小小的土城建起来，弄几间土房，让老百姓往这儿一住，种点儿菜，在这儿开个小买卖，让过往客商能有个存留之地。

楚王城盖好之后，楚昭王带领手下人回国。下了船，离郢都不远了，子西和秦国兵将前来迎接。昭王一看："哎呀……"只见郢都城外白骨如柴，这场战争死的人太多了。楚昭王眼泪流下来了，没想到楚国败得这么惨。进城一看，宫殿毁了将近一半，楚昭王心说：这是我无能，导致楚国差点儿灭亡。楚昭王流着眼泪来见母亲孟嬴，跪倒在屋外："儿参见母亲。"秦女孟嬴，就是楚平王收的这位儿媳妇，给自己当夫人，生了楚昭王。孟嬴听见儿子的声音，把屋门打开了："儿啊……你回来了。""娘啊，是儿无能，丢失社稷，让吴人刨了父王的坟墓，使楚国差点儿亡国。母亲，何时才能报此大仇？""唉……"孟嬴搀起儿子，"儿啊，而今战事刚过，你应当知道该赏谁，该罚谁，应当安抚百姓。报仇之事，养精蓄锐，日后再说。""儿遵命。"

这就是明白的老太太。就怕糊涂的老太太，吩咐一声："儿子你回来啦？接着打去！"打谁呀？连宫殿都没啦。楚昭王遵命，请母亲安歇，当天晚上他都没敢住在后宫，就住在斋宫。到了斋宫，所有的情况就都知道了，包括夫人让阖闾霸占了，上吊身亡。楚昭王含着眼泪，第二天祭祀祖庙，又去看了看父王的坟墓，然后升殿办公。文武众卿跪倒在地，楚昭王挨着个地用手相搀。"众卿请起吧，是寡人无能，重用奸佞之人，使楚国亡国。今天楚国能够再次复兴，皆是众卿之功劳，寡人在此赔罪了。"

君王这一句话，文武众卿可就受不了了："不敢当，不敢当。""大王明智，大王明智！""众位请起。"文武众卿都站起来，分为左右站立。楚昭王用手一指："众卿坐下吧，母亲命我要赏罚分明。子西。""在。""你马上准备犒赏秦军，让子蒲将军和子虎将军带领秦军回归秦国，一定要把秦军犒赏好，并且亲自把他们送到边界。""遵王谕。"

子西奉命而行，而且送给他们大批财物，让秦军回归秦国，书不细表。子西回来面见楚昭王，楚昭王二次升殿。"子西。""臣在。""你有功，封你为令尹之职。""谢大王。""子期。""臣在。""封你为左尹之职。""谢大王。""申包胥。""臣在。""没有你到秦国借来兵将，楚国就亡国了，封你为右尹之职。""大王，臣辞而不受。"楚昭王很纳闷儿："申包胥，你千里迢迢遄奔秦国，七天七夜哭来秦军，没有你，楚国就亡国了。而今论功行赏，你就应该身为右尹，为何辞而不受呢？""大王，想我申包胥乃楚国之臣，到秦国借兵是为了国君和楚国百姓。而今楚国已然安定，我并不是为了功名利禄，所以我辞而不受。望大王收回圣命。""你应该身为右尹。""请大王收回成命。"

申包胥转身走了。众大臣和楚昭王面面相觑：这位是够拧的，要不拧，能哭七天把秦军哭来吗？申包胥回家了，赶紧跟媳妇说："收拾东西，走。"

妻子、儿女上了车，跟着申包胥走了。那时候讲究三从四德，丈夫说话妻子得听。搁现在麻烦了，你走我还不走呢，我还当右尹夫人呢，我干吗走啊？申包胥的妻子非常听话，走至中途才敢问申包胥："你立了功劳就应该受赏，为什么要辞去右尹之职？这带着我们要上哪儿啊？""哎呀，妻呀，我是有罪之人，岂能受赏呢？""你罪在何处？你是楚国的功臣啊。""贤妻，你错了。想当初伍子胥的父亲、哥哥和他全家三百多口尽皆死于楚平王之手，这都是因为平王听了奸佞之言。伍子胥逃离楚国时，半路遇到我，他跟我说他一定要借兵复仇，不灭楚国，不杀楚平王、费无极，决不罢休。当时我是这么对他说的：你报仇可以，但不能破我楚国。你灭楚，我复楚；你乱楚，我安楚。作为楚国之臣，我知道这件事后就应当禀报楚国国君，但是我隐藏了伍子胥的秘密，什么都没说，致使伍子胥逃出昭关，到了吴国，借来吴国之兵兵发楚国，使楚国遭此大难，此乃我申包胥之罪也。而今我由秦国借来兵将，楚国失而复得，这是我为人臣应做之事，岂能有罪而受赏呢？妻呀，我对不起楚国军民，你随我遗奔深山。"

申包胥的媳妇非常贤惠，带着儿女跟着申包胥走了。申包胥一走，有人禀报楚昭王，楚昭王跺了脚了，再想派人去追，追不回来了。楚昭王亲自来到申包胥住的地方一看，门庭还在。"来呀，赐匾。"匾上写着四个大字——"忠臣之门"。申包胥最后就落得这么一个结果。

楚昭王把所有的功臣都加以封赏。正在这时，楚昭王突然想起一个人来。"斗辛。""臣在。""把你二弟斗怀传来。""啊？！我二弟要弑君，您怎么还传他？""忠臣出于孝子之门，因为楚国国君把他父亲杀了，他要为父亲报仇，他是孝子，是孝子必然忠于国家。你把他传来，寡人命他仍为大夫之职。""谢大王。"

当初在云梦之间，楚昭王逃难的时候，逃到斗辛、斗巢、斗怀他们家。斗怀半夜里磨刀，"噌噌噌"，边磨边说："楚国国君把我父亲杀了，我非杀他不可。"结果被老大和老三给拦住了："你不能这么办。"到现在楚昭王回国思过：为什么遭此惨败？是我做得不对。所以楚昭王让斗辛把斗怀传来，仍然封他为大夫之职。封完斗怀，门官进来了："大王，现有蓝尹亹（wěi）求见。""啊？他还敢来见我吗？"

楚昭王本来很高兴，一听蓝尹亹求见，非常生气。为什么？楚昭王坐船逃难的时候，带着自己的妹妹季芈，还带着手下的亡臣。结果遇到匪人，船上所有值钱的东西都让匪人抢走了，连船都抢走了。楚昭王没办法，在岸边徘徊。正在这时，来了一条船，船上站着一位楚国大夫。楚昭王一看，是蓝尹亹，带着妻室儿女。楚昭王就让子西去叫："你叫他停下来，把我渡过去。"按说臣应当救君，没想到蓝尹亹站在船头之上："大王，你现在没国了就不是王了，我救你干吗呀？亡国之君，你就用囊瓦这帮奸臣吧。"他走了，根本没让楚昭王上船。今天他来了，您想楚昭王能不生气吗？"不见。"子西躬身一礼："大王，您不见他可以，但应该问问他讲些什么。""好吧，你去问来。"

楚昭王非常生气，心说：当初蓝尹亹不管我，我站在汉水边上直哆嗦，连个待的地方都没有，连口吃的都没有，他却带着妻儿老小坐船走了，到现在还敢来见我？子西领命出来了："你干吗来了？""我来求见大王。""你说当初我在汉水之畔喊你，你不救大王，反而带着妻儿老小走了，你知道大王那时候多着急呀？到现在大王回来了，你求见大王？大王不杀你就是好事，你赶紧走吧。""错了。您告诉大王，若不是囊瓦贪图安逸，忘记了大家对他的好处，他何至于打了败仗，使得楚国一亡再亡，一败再败呢？想当初为什么不让大王上船？我是告诉他：船上再好，也不如你在楚国的宫殿好，让他记住教训。我是为了教育教育他，让他记住苦难。到现在他应该记住楚国遭受的灾难，励精图治，强大楚国。他不见我没关系，即便他把我杀了，我死又有何足惜？楚国的宗庙呢？这场灾难他就忘了吗？你告诉他，爱用我不用。"

子西听完蓝尹亹这番话，琢磨琢磨，说得有道理，赶紧回来禀报楚昭王："拜见大王。他说您不对。""我怎么不对？""他说当初不让您上船是为了教育您：船上再好，也没有楚国的宫殿好，是为了让您励精图治，好重新兴旺楚国。他说您杀了他没关系，难道您把祖宗、社稷、家庙都忘了吗？"此时的楚昭王跟当时汉水边的楚昭王可不一样了，经过这场教训，闭目一想，是君王之错。"好吧，召见蓝尹亹。"蓝尹亹来到金殿之上，跪倒在地："参见大王。""仍用你为大夫之职。"

楚昭王还让蓝尹亹做楚国的大夫。文臣武将一看，大王确实从失败当中吸取了教训，立志要做个明君了。楚昭王把所有功臣都封了，然后看了看手下文武官员："楚国到了今天，要想恢复当初的兴旺，不是一日之功，望众卿努力。"大家伙儿都跪倒在地："大王，我们一定陪着您共同兴旺楚国。""众卿请起。"

另外，国母没有了，那怎么行？所以子西和子期几个人就来见楚昭王："大王，现在您应该立一位正妃。""立何人呢？"正说到这儿，有人来报："报，现有越国使节前来道贺。"越王允常知道楚昭王已然回到楚国，重新当上一国之主，特意派大臣前来道贺。这位越国大臣迈步进来，正赶上听见刚才他们说话。这位大臣很聪明，跪倒在地，说完道贺的话之后，献上贺礼："大王，小臣愿意为媒，将越国之女送到楚国与大王完婚。"

咱们书不说废话。这一谈就谈妥了，楚昭王就娶了这位越国之女，就是越姬，越姬非常贤德。楚昭王一看，自己有夫人了，就想起妹妹来了。楚昭王最心爱的就是妹妹，逃跑的时候谁都不带，就带着妹妹季芈。楚昭王一想：季芈也这么大了，应该出嫁了。于是楚昭王来到妹妹的房外："妹妹，你请出来。""哥哥，您找我什么事儿？""你也老大不小的了，终身大事依托何人？""哥哥，您还用问我吗？男女授受不亲，当初下船之时没人管我，是大夫钟建把我背下船来，我才得以活命，我就得嫁给钟建。"那时候男女授受不亲，钟建背了季芈一下，就娶了这么一个媳妇。其实当时钟建背季芈，什么都没想。就这样，楚昭王把妹妹季芈嫁给了钟建，钟建被封为司乐大夫。

楚昭王把这些事情都办好了，发出探马打探军情吧，打探打探吴国现在怎么样了。吴国发生变化了，太子波的元妃去世了，那要娶谁呢？阖闾很有政治眼光，因为齐国正在跟楚国勾搭，所以伍子胥就给阖闾出主意，到齐国去求齐国之女，把齐国的女儿娶回来，齐国就不能跟楚国联合了。这样，阖闾就派人去齐国，把齐国之女娶回来了。但齐国之女太小，不懂得夫妻之乐，这是《东周列国志》原文。所以这孩子老哭，她想家，最后哭死了；太子波心疼她，太子波也死了。那谁来做太子，谁将来当吴国国君呢？阖闾就和伍子胥商量，伍子胥建议立太子波二十六岁的儿子夫差。阖闾不太愿意，觉得这个孩子又愚笨又没有仁慈之心。但夫差很聪明，可不笨，他跪倒在伍子胥面前恳求："你必须保我。"伍子胥答应了。所以伍子胥力保夫差为储君。也就是说，将来阖闾死后，阖闾儿子这辈的人当不了吴王，得立阖闾的孙子夫差。

立了夫差，这才引出一段吴越春秋。伍子胥立了夫差，最后又死在夫差之手。谢谢众位，咱们下回再说。

第五十六回　阖闾伤指死战场

对酒当歌，人生几何？譬如朝露，去日苦多。慨当以慷，忧思难忘。何以解忧？唯有杜康。

　　说几句曹操的《短歌行》，还得接着说咱们这部《东周列国志》。上回书咱们正说到楚昭王回到楚国，来到郢都城外，就见城外堆积白骨如柴。您听这四个字："白骨如柴"。说书好说，可是您想想，您去农村，农家院里堆的都是柴火，把这些换成白骨，了得吗？就说明这场仗楚国死了多少人，而且郢都城中的宫殿一半都没了。楚昭王是一国之君，他的报仇之心当时就起来了。

　　楚昭王来到宫中先见母亲，孟嬴见儿子回来了，娘儿俩抱头痛哭。楚昭王跪倒在母亲面前问："此仇何时可报？"孟嬴把儿子搀起来："儿啊，你能回到楚国，楚国能够保住，皆是申包胥借秦兵之功。你要知道，亡国在君，护国在臣。你要记住，赏罚分明，抚恤百姓，把国家的兵力养足之后才能报仇。""儿遵命。"

　　楚昭王把母亲的话记在心中，当天夜里住在斋宫，然后看了父亲的坟地，尸身已然被毁，现在臣子已然把墓地恢复了。然后楚昭王拜祖庙，拜宗庙，拜社稷。升殿之后，楚昭王流着眼泪把所有的功臣都封了。令尹子西说："郢都咱们不能待了，吴军熟悉此地道路，您必须得迁都。"

　　于是楚昭王传下命令，子西选了一块吉地叫都地，重新修了一座城池，盖上宫殿和文武众卿的府衙。之后楚昭王迁都，这座城池就叫新郢。来到这座新城，楚昭王很高兴，豁然开朗，就在金殿上大宴群臣。大家伙儿推杯换盏，开怀畅饮。酒宴之上最重要的就是得有歌舞，楚昭王传下话来："来呀，乐师上殿。""遵旨。"

　　楚昭王抬头一看，没什么动静，只有一名乐师上殿。这名乐师在楚国非常有名，叫扈子。扈子走到金殿之上，手下人把琴准备好了。楚昭王一看，觉得很新鲜，为什么后边没有女乐呀？没有女乐的歌舞，没人爱看。扈子坐在琴前，躬身一礼："大王，请听。""好啊。"

当时楚昭王记着母亲的话，要赏罚分明，抚恤百姓，不能随便和臣下发脾气，心说：我要看看他到底想干什么。扈子坐在琴前，焚香抚琴，楚昭王就和所有文武众卿洗耳恭听。扈子弹完前奏，马上就唱起来了。楚昭王一听："好啊。"扈子唱的是什么呢？"你在我面前，不要微笑，你可知道我有多么烦恼？只因为先君，办事不地道，哎，逼得伍子胥逃跑。十年后，来到楚国，逼得我四处而跑。而今回到楚国，你要吃喝玩乐，哎，你还得糟糕……"扈子就把楚平王父纳子媳，伍子胥逃出昭关，十年生息，借兵伐楚，楚昭王逃难这一系列事情，全都编成词曲唱给楚昭王听。楚昭王泪如雨下："哎呀……"

楚昭王由打怀中把速效救心丸拿出来了，含了好几粒，太难过了。旁边令尹子西就问："此曲何名？"扈子一抬头，用手一指："你看。"就看楚昭王哭得鼻子都出血了。"此曲就叫《穷衄（nǜ）》。"楚昭王站起身形："谢过乐师。"一甩袍袖，走了。

这首曲子为什么叫《穷衄》？穷，你穷得逃难都没得吃，得回忆回忆这些痛苦；衄，您查查字典，这个字就代表鼻子出血。你痛苦地听我这段乐曲，哭得鼻子都出血了，所以就取名为《穷衄》。这就说明楚昭王手下的臣民也都记住了这个教训：现在迁都到新郢，楚国正在逐步恢复，千万不要忘了你的仇恨。

楚昭王从此以后更加勤政了，每日上朝勤政爱民，修筑城市，抚恤百姓，操练人马，治国有方。同时，楚昭王派人把芈胜接回楚国，给他盖了一座城叫白宫城，封芈胜为白宫胜。这一来，阖闾的兄弟夫概知道了，由打宋国跑来了。楚昭王不但收留了他，还给了他地盘，让他在楚国踏踏实实地待着，封他为棠溪氏。所以您在中国历史上查棠溪氏，那就是阖闾的亲弟弟夫概。自此，楚昭王手下的众位大臣都是兢兢业业，因为他们看见君王都兢兢业业为国，所以他们也都兢兢业业为国。

但是，令尹子西咽不下一口气。怎么回事？因为子西认为楚国的这场灾难完全祸起于唐国和蔡国，现在唐国已灭，蔡国还在，所以子西对此耿耿于怀。正好这天楚昭王办理国事，子西上前施礼："大王。""哦，令尹何事？""我时时刻刻想着报仇啊。您想，当初顿国这些小国曾经帮助齐国来攻打咱们楚国，现在唐国没有了，但蔡国还在，他们帮着吴国攻打咱们楚国，难道此仇不报吗？请您发兵。""No（不）。""现在不报，要等到何时呢？""唉，耐（nine，九）……"楚昭王这一"唉"呢，后面想说的是"忍耐"二字，结果"忍"字没说出来，就说出一个"耐"字。子西会错意了："什么，九年以后？九年以后您才报仇啊？""Yes（对）。"

您要查查东周列国的历史，楚昭王确实是九年之后才报仇。楚昭王在位十年，被吴国战败，楚昭王逃跑了，然后第十一年回到楚国；直到在位第二十年，楚国有兵有将，兵精粮足，他才指挥人马报仇。不但灭了曾经帮助齐国攻打楚国的顿国这些小国，还把蔡国灭了，这是后文书了。现在，楚昭王告诉子西："子西，现在应该勤政爱民，养兵生息，忍耐，不能打仗。No（不能）。"

楚国既然打算报仇，就得养精蓄锐，同时派出细作了解各国情况。头一个打探谁？吴国。吴王阖闾打了胜仗，非常高兴，通过这场胜仗，得了楚国不少金银，还迁过来不少百姓。虽然孙武辞官走了，隐居深山，但朝中还有相国伍子胥，有太宰伯嚭，而且阖闾也确实是一个非常勇猛的人。阖闾高兴之余，就沉湎于酒色，就要游玩了。咱们说过，吴国的国都就是而今的苏州，阖闾就在国都城外西南方向三十里地选择了一个地方，这座山叫姑苏山，也叫姑胥山，修了九条路，在山上筑了一座台，非常豪华。秋天和冬天，阖闾在国都城里办公；到了春天和夏天，天气暖和了，阖闾就出来了，在姑苏山上办公，非常高兴。但阖闾传下话来，每天什么本一定要速奏？一个是楚国的消息，一个是越国的消息。阖闾心说：我和越王允常打了败仗，我一定要灭越国报仇；楚国虽然没灭了，但我把楚国放在第二位，也得报仇；同时，我还得注意齐国。

这一天，阖闾在殿上翻阅公事，看着看着，他的两道眉毛就立起来了。伍子胥身为相国，就站在阖闾旁边。"大王，您为何事生气？""相国，你来看。"伍子胥接过来一看，报的是什么？是齐国和楚国互派使臣。伍子胥一琢磨：这是正常的外交啊。"您为什么因此而动怒呢？""嘿嘿，齐国是我的仇人，楚国也是我的仇人，他们互相派出使臣，就是为了联合起来反对我吴国。""大王您错了，国家之间互派使节，这是正常的邦交。""寡人不这么想，齐国为什么要派使臣到楚国？""那您打算怎么办呢？""兵发楚国，兵发齐国。""您打得过来吗？""打不过来也要打。"

这时的伍子胥久经大敌，久经沙场，他沉得住气，国家的目标不能分散。"大王，我给您出个主意。您如果打算安抚齐国，得派人去齐国求亲。如果齐国和吴国联姻，那齐国就不会再帮助楚国。""哦，为谁求亲呢？""哎呀，大王，您心里就记着打楚国、打越国，您怎么忘了呢？您要知道，太子元妃故去已久，应当为太子波再续一室。""哎哟，我真忘了。到齐国求亲，嗯……好好好，你这个主意不错，可以稳住齐国，再打越国。"他总惦记着打。"王孙骆。"大夫王孙骆赶紧出班："大王。""相国备国书，你替寡人到齐国前去求亲，为太子波求太子妃，此事务必要办成。""遵旨。"

当然，吴国准备了很多礼物，预备国书，咱们就不细说了。都准备好了，王孙骆离开吴国，赶紧到齐国前去求亲。咱们都知道齐国在海边，山东胶东这片地带，吴国在如今苏州这片地带。来往两国之间，路途很遥远，坐动车得四个半月，那时候的动车比较慢。可咱们说书快，"噌"一下就到了。到了齐国，王孙骆递交国书，求见齐景公。齐景公知道吴国现在了不起，马上召见王孙骆。

有人把王孙骆请到殿上，王孙骆抬头一看齐景公，心说：这事儿成了。搞外交的人，两只眼睛得好使，察言观色。王孙骆看了一眼齐景公，为什么就知道求亲的事情成了？因为当初齐国也是大国，吴国势力还很弱的时候，齐国就已经非常强大了，而且齐国当过霸主。而现在齐景公的年纪已然很大了，在金殿之上坐着直打蔫，瘦得一层蔫哈喇皮，岁数大了，一点儿精神都没有了，胡须都白了。"参见大王。""王孙骆大夫，何事啊？"齐景公说话都没底气了。像这样的国君，他就不想打仗了。"奉寡君之命，前来求亲。""为何人求亲呢？""为我家太子求娶太子妃。""哎呀……请起。"

王孙骆站起身形。齐景公虽然老了，但脑筋还很清楚，他一想：我身边的女儿都已经出嫁了，只剩下最喜欢的小女儿少姜。齐景公每天都跟少姜在一起，疼闺女呀，爸爸要是疼起闺女来，别人都没法儿理解。只是少姜岁数太小，还不到成婚的年纪，但现在吴国前来求亲，如果不答应，楚国就是前车之鉴。别小看一个小小的吴国，如果孙武、伍子胥、伯嚭带领人马像打楚国一样攻打齐国，那齐国也受不了。齐景公跟谁商量呢？就得跟相国和司马商量。"相国……""大王。"

齐景公似乎明白了，一瞧，这不是晏婴，晏婴是个小矮个儿啊。这才想起来，晏婴早已死了多年了。晏婴保着齐国国君，做了四十年的贤相，现在晏婴已死。齐景公找谁商量？这个不成啊。"司马……""在。""你的声音怎么这么没底气呀？哎哟，不是穰苴呀。"

穰苴是大军事家，司马穰苴。如果齐国现在还有贤相晏婴，还有司马穰苴，那齐景公当时就敢一挺胸脯："不嫁。"现在不行，晏婴死了，穰苴也不在。齐景公再往旁边一看："黎弥……"大夫黎弥赶紧出班："大王，您就把少姜嫁了吧。"国君说话没底气，大臣也没底气。"唉……那就嫁了吧。""王孙骆大夫，寡答应你，你现在回去禀报吴王，下聘礼之后咱们按国礼而办。""小臣遵命。"

王孙骆赶紧回国禀报阖闾，然后预备好聘礼，又来到齐国下聘，这一来一往时间也挺长的。要把小女儿出嫁，齐景公真是舍不得，女儿也不愿意走，流着眼泪。等闺女要走的时候，得坐车，于是齐景公亲自扶着女儿登车。那派谁去送少姜呢？齐景公派了心腹大夫鲍牧。齐景公拉着鲍牧的手："鲍大夫，我只求你把我女儿平安送到吴国，面见吴王，你替我求他好好疼爱我女儿。""大王请放心。"

这样，齐景公父女洒泪而别。少姜岁数还小，根本不懂得男婚女嫁，不像现在的孩子思想那么开化。那时候，少姜整天待在宫里，没人给她讲这个，所以少姜连出嫁是怎么回事儿都不明白。鲍牧保着，把少姜送到吴国。婚礼办完，鲍牧来拜见伍子胥，他非常仰慕伍子胥，因为他还得陪少姜在吴国住上一段时期，就和伍子胥成了好朋友。

少姜嫁给太子波，将来阖闾一死，太子波就是国君，太子妃就是国母，荣耀已极。但是，少姜不高兴。为什么？她老想她爹，老想回齐国。还别说阖闾那么残暴的一个人，对待这个儿媳妇还是真疼，太子波也是真的爱少姜。可少姜老哭，也不懂得男女结婚之后夫妻恩爱之情，太子波就哄她，心说：也许等她大一点儿了就会慢慢明白了。

少姜每天总哭，太子波就跟他爸爸商量："爹，您看这怎么办？""她打算怎么办呢？""她整天都往齐国的方向瞧。""这么办吧，在北门上修个门楼，修得豪华一些，改名叫望齐门。她想齐国了，就站在望齐门上往齐国那边看看。你该给她买什么玩意儿就给她买。""好吧。"

吴国花了笔金银，就在北门上盖起一座门楼，叫望齐门。太子波把少姜接到望齐门上，陈设非常豪华，在这儿吃喝玩乐。可少姜还是不高兴，整天哭："爹呀……我看不见你了……""媳妇儿，我爱你。""没用，你爱我也没用。""我爸爸很疼你呀，将来我做了国君，你就是国母啊。""我不愿意，我想回齐国在我爹身边玩儿。"太子波没办法，想办法哄少姜吧。阖闾也出主意，想尽了办法，不管怎么哄，少姜就是不高兴。"我带你听书去吧？""听不明白，我不爱看那个大胖子。"

一天一天的，少姜总不高兴，最后少姜就病了。少姜一病，太子波发愁，阖闾疼儿子疼儿媳妇，也发愁。后来小两口一块儿得病，太子波还好一点儿，终归岁数大点儿，又是个男的，心胸也宽敞点儿，毕竟爸爸就在跟前呢。可少姜很快就病死了，临死之前她拉着丈夫的手："你把我埋在虞山吧，听说虞山之上有神灵，站在虞山之巅，我就能看见齐国。"

少姜死后，太子波请示阖闾，真把少姜就埋在虞山之上。据说后来常熟的虞山上有齐女坟、望海亭，就是为了让少姜的魂灵能够看见齐国。没想到太子波还是个情种，少姜死后没多久，太子波跟着也死了。太子波一死，吴国就没有储君了。俗话说："国家不可一日无君，军中不可一日无帅。"国无储君，可不行。倘若哪天国君一死，储君就得继位，所以国家必须有储君。那现在太子波死了，应该立谁？

单说伍子胥回到相国府，手下人伺候着："您吃完夜宵，喝完牛奶，该睡觉了。""不睡。""那您夜里还要办公？""对，我等候一个人。""您等谁呀？""少时必到。"

到了二更天，外边"啪啪啪"，有人叩打门环。老管家赶紧把门打开了，抬头一看就愣了。书中交代，来的是阖闾之孙夫差。历史上有两种说法，一种说夫差是阖闾的儿子，一种说夫差是阖闾的孙子。甭管他是孙子还是儿子，咱们就说这事儿。咱们都知道吴王夫差、越王勾践，夫差宠西施，结果亡国，现在来到相国府的就是夫差。夫差体格魁梧，年方二十六岁，非常漂亮。"啊，您是……您找谁呀？""求见相国。""您是何人？""夫差。""啊？！"

老管家赶紧来见伍子胥："他他他他他……""什么毛病？""他来了。"您想，相国府的老管家能傻吗？伍子胥不睡觉在屋中等，可能等的就是他。"夫差求见。""有请。"伍子胥起身，降阶相迎。这时，老管家来到外面，就把夫差请进来了。"拜见相国。""请。"

两个人来到厅堂，伍子胥得给夫差施礼，尽管伍子胥是相国，那他也是臣。伍子胥一摆手，老管家出去了，厅堂之中就剩下两个人，跪着的是伍子胥，站着的是夫差。"相国请起。"夫差双手把伍子胥搀起来了，"相国请坐。""有您在此，焉有我的座位？"

夫差双手搀着伍子胥，把伍子胥按到正座之上。伍子胥刚一坐下，夫差"扑通"一声跪倒在地："相国呀……"伍子胥当时就明白了："哎呀，您快快请起，有话请讲。"夫差不起来，跪在地上一抱拳："相国，我父已亡，现在祖父要立储君，正在我的众位叔父之中选择。可有一节，父死子替，我是嫡孙，请相国助我。"伍子胥心里明白，他也知道今天晚上夫差肯定得来。因为夫差是太子波的儿子，是嫡孙。嫡孙就是长孙，在过去长孙的权力可不小。伍子胥叹了一口气："唉……请起，我办就是了。"当时伍子胥是怎么个想法呢？您要看《东周列国志》原文，上面没写。我琢磨着，伍子胥想的是：保你做了国君，你绝对对我错不了。可您往后听，听听最后伍子胥死在谁手里了。"请您回去，明日我办。"

伍子胥知道明天阖闾必然召集文武议事，要立储君。夫差走了。第二天阖闾升座金殿，文武众卿跟着相国伍子胥、太宰伯嚭参见大王，然后分列两旁。阖闾岁数也不小了，他看了看文武众卿："众位爱卿，没想到太子年纪轻轻，离开人世。国无储君不行，今天寡人就与众位卿家议上一议，另立何人为储君。"

大家都知道，这可不是件小事，在吴王面前说话得留神儿，阖闾十分残暴，如果说出他不爱听的话，可能就会动杀机。大家伙儿都看伯嚭，看完伯嚭看伍子胥。因为阖闾怕伍子胥，但亲近伯嚭，伯嚭是小人，他会哄人，会阿谀奉迎。伍子胥迈步出班："大王，既然太子已逝，夫差是您的嫡孙，按国法就应该立夫差为储君。"阖闾点了点头，看了看众卿，大家都没有反应。"相国，夫差愚笨而又缺乏仁德，日后不能统领吴国。"

您说阖闾这话说得对不对？说夫差又笨又缺乏仁德，今后不能掌管吴国。但伍子胥受了夫差一拜，他就得替夫差说话。"大王，依照国法，立嫡孙不会出现家乱。""相国，我已然说了，夫差愚笨而又缺乏仁德。""大王，依臣看来，夫差嘛……是个仁爱之人。不但懂得仁爱，而且胸有大略。所以臣认为可以立夫差。""既然是相国之意，众卿以为如何？"那大家伙儿谁能反驳呀，吴国现在有谁能跟伍子胥比呀？阖闾都称伍子胥为相父，就像对待父亲一样尊重伍子胥，谁敢反对呢？大家都跪倒在地："大王，相国之言甚善。""好吧，那就立夫差为储君。"

就这样，在伍子胥的举荐之下，阖闾就立了大孙子夫差为储君，称为太孙。散朝之后，伍子胥回到相府，夜里不睡觉，就知道夫差准得来。到了二更多天，外面一敲门，老管家一开门："您请进。"夫差进来，来到伍子胥面前，跪倒在地："谢相国栽培。"他现在可是储君了，伍子胥敢受此一拜？伍子胥赶紧用手相搀，诚惶诚恐，心说：将来你可就是吴国之君啊。"老臣不敢。"然后，夫差告辞走了。

　　到现在为止，阖闾已然在位十九年了，越老越残暴，他心里总想着报仇。这时，消息传来了：越王允常死了，他的儿子勾践继位。您对东周列国的历史再不熟悉，吴王夫差和越王勾践您也都记得住，西施咱们也都知道，西施您更熟悉。现在允常死了，国君一死，国家就有国丧。阖闾一看："好啊，借此国丧之机，兵发越国报仇。相国，马上调动人马。""慢！""难道相国不愿出兵吗？""大王，出兵要行仁义之师。现在是老越王故去，新越王登基，您趁此国丧之机兵发越国，出此不义之师，那对国家、对军队都不利啊。"

　　"哼！"阖闾不爱听，但当时见伍子胥如此坚决，也不好驳伍子胥，"既然相国不愿意去，那你就保着太孙夫差坐镇国都吧。伯嚭、王孙骆、专毅。"三个人赶紧出班："在。""在。""在。""你们调动三万人马，随本王兵发越国。""遵大王令。"事已至此，伍子胥再想拦也拦不住了。

　　咱们书不说废话，吴国出兵了。吴国人马来到越国，具体是什么地方呢？这个地方叫檇（zuì）李，就在而今的嘉兴一带，那儿有种李子也叫檇李，特别好吃。吴军在檇李扎下大营。越国本来正在国丧，但吴国大兵已到，勾践只得指挥人马出战。勾践调动兵马，号召全国青壮年出征，也是调齐三万兵，也在檇李扎下大营。两国的军营相隔十里地。双方营寨扎好之后，打了一个小仗，双方各自损伤了一百多人，没什么大动静。第二天，越王勾践指挥人马刚要出营，有人来报："报，阖闾率领吴军已然移寨于五台山。"

　　这个五台山可不是山西的五台山，在檇李这儿有座山也叫五台山，吴军在五台山上扎营了。勾践赶紧带着手下人出营，到外边一看，可了不得了，吴军的营寨扎得太好了。前边是战车，后边是兵队，弓上弦，刀出鞘，威风凛凛，都是崭新的军装，将士儿郎一个个怒目而视，十分雄壮。勾践带着手下兵将在这儿看着，都在看吴国兵将。阖闾在山上，专毅过来了："大王，咱们打不打？""不打，等勾践的兵马懈怠之后再打。"让他们看着咱们，等他们看疲乏了咱们再打。勾践也不敢打，严阵以待，知道吴军的战斗力特别强。可勾践手下的人不干了："大王，打吧？咱们有敢死队。""好，出战吧。"

炮声一响，左边五百敢死队，右边五百敢死队，中间两员大将指挥着，就往五台山上冲。山上一放箭，敢死队冲不上去。一回、两回、三回，都冲不上去，勾践给急坏了："唉……"这仗怎么打？勾践低着头，眼泪都下来了，心说：没想到我刚刚当上国君，就打这么惨的仗。这时，旁边过来一员勇将，他是带领左边敢死队的，把敢死队往下一退："大王。"勾践抬头一看，此人叫诸稽郢，非常勇猛。"将军，你有何话讲？""您可用罪犯。""哦……"勾践特别聪明，点点头，"好。"

马上传令，让兵将撤下来了。军营中有罪犯，就是在军队里犯了罪的人，被关押在军牢营中。您听《东汉演义》也好，《隋唐演义》也好，军中都有军牢营。列国的时候也有，军中的罪犯被关押起来，得用犯人祭旗，或者其他需要杀他们的时候就得杀他们，他们肯定都是死罪。

诸稽郢一句话提醒了勾践，勾践回到营中，就把这些死囚犯都叫来了，一点名，一共三百人。这些人以为国君发了善心，要把他们释放了呢，都跪下了："谢大王，谢大王……""起来。今天寡人有一件重要的事情和你们商议。""大王，您让我们多活一天是一天，甭商量。""你们必须去死。"这些人一听，全傻了。"但就算去死，寡人也要恩待你们。你们替我去打仗，现在阖闾士气正盛，在五台山上扎营，山前都是吴国的军队。你们三百人脱光衣服，把宝剑横在脖下，一起去面见吴王。领队之人需要找两个会说的，你们之中谁会说呀？""我会。""我会。"这俩还以为会说的能活呢。"大王，我们去了说什么？""见到吴王，替我去领罪，替我去死，然后你们集体自刎。""啊？！那我不去了……""你是死囚，必须得去。""有什么好处没有？""有。本来你们就是军中死囚犯，必杀。现在你们前去面见吴王，替我送死，你们的家属我会抚恤的，算你们是阵前而死，为国立功。"这样一来，这些人就愿意了。"谢大王，谢大王……"您说，人临死前惦记谁呀？惦记媳妇，惦记孩子，惦记娘，惦记爹。能够给家属抚恤，能够不算是罪犯，按照为国立功去对待家属，所以这些死囚犯都非常愿意，跪倒在地："多谢大王恩典。"

勾践就派两员大将，一个是刚才说过的诸稽郢，一个叫灵姑浮，两个人各带五百敢死队埋伏好了。然后，让这三百死囚全都脱光衣服，手拿宝剑横在脖下，往里一推就死。勾践再次把话对这些死囚讲明白之后，打开营门，三百死囚犯就奔五台山下吴兵大营来了。阖闾带领手下兵将正等勾践带兵来打呢，一看："嗯？"

大家伙儿都看愣了，西洋景，打仗哪儿瞧见过这个呀。三百位，这是要裸奔？没人敢说话呀。阖闾也傻了：这算是怎么回事儿呢？回头往军中看了看，阖闾心说：我们这儿也没有女的，就算裸婚，也不能光着来呀。一愣神儿的工夫，三百名死囚犯到了。阖闾打起精神，用手一指："哪里来的死囚犯？"看得出来，死囚犯都有样，头发披散着，脸上都刺着字。领头的两个人过来了，跪倒在地："大王，寡君得罪了吴国，奉寡君之命，替寡君前来求吴王饶恕我们小国，我们替寡君请罪而死。"

说完，两个人站起身形，大家伙儿同时推宝剑，三百人同时自刎，往后一躺，全死了。吴国的兵将没瞧见过这个，甭说他们没瞧见过，现在这么看电视剧，看电影，我也没瞧见过这个。您说，当时能不惊吗？就在惊诧之际，两边炮声响了，"叨"，"叨"，这边是诸稽郢带领五百敢死队，那边是灵姑浮带领五百敢死队。"杀呀……"

"哗……"往过一冲，杀得吴国兵将措手不及，一下可就败下来了。灵姑浮太勇了，手拿长刀，看见阖闾了，往前就追："昏君，你哪里走！"灵姑浮骑着马呢，快呀。阖闾转身就跑，要上马，灵姑浮的长刀就到了。"唰"，稍微慢了一点儿，就把阖闾右脚大拇指砍下来了。"哎呀……"

伯嚭赶紧冲上来，专毅也赶紧冲上来，救下了阖闾。越兵往前一冲杀，专毅受了重伤，这仗打得太惨了。灵姑浮砍伤阖闾，捡到阖闾右脚的鞋，马上回去面见勾践请赏。阖闾带领兵将退下七里地，疼痛难忍，流血不止，大叫一声："哎呀……"

身子往后一躺，阖闾就死在战场上了。咱们上回书开场诗说的就是阖闾的惨败，又想灭楚，又想吞齐，还想伐越，你太喜好战争，就让你在战场上身亡。阖闾这一死，夫差继位，这才引出一段吴越春秋。谢谢众位，咱们下回再说。

第五十七回　文种献计通宰嚭

破楚凌齐意气豪，又思吞越起兵刀。好兵终在兵中死，顺水叮咛莫放篙。

　　这四句开场诗说的就是阖闾。在刚开始专诸刺王僚的时候，咱们都比较心疼他。为什么？公子姬光本该是国君，结果还得先让专诸把王僚刺死，他才能当上国君。没想到当上国君之后，阖闾好战，喜刀兵。您要听我说《东汉演义》，伏波将军元帅马援曾经说过这样的话："我们虽然会打仗，会用兵，身为将官，打仗的时候很勇敢，两军疆场我是一员勇将，但不能喜欢战争。"我觉得这句话很有道理。当然，咱们说《东周列国志》，不能往后拉东汉时期的典，就是共同探讨这个问题。公子姬光成为吴王阖闾之后，好战喜战，终究死在战争之中。就因为他攻打越国，这一仗在槜李，让越国大将灵姑浮把他右脚大拇指砍掉了。搁现在好办，赶紧拉到积水潭医院，"唰唰唰"一缝，打上破伤风针，人就好了。可那时候没那么好的医疗设备和医疗条件，军医官能怎么办呢？"大王，我给您上点儿药吧。"其实瞎掰，那药也不管事儿。

　　吴军退下去七里地，吴王阖闾大叫一声，重伤而死。伯嚭保着他的尸身回到吴国。那么，谁继位呢？就是夫差。夫差把阖闾的尸身迎接回来，准备入土安葬。但国家不能一日无君，得先继位后办丧事。夫差穿上王服升殿，然后太庙祭祀，受朝贺等，这些礼仪咱们就不说了。夫差成为国君，马上把阖闾安葬，埋在破楚门外的海涌山。咱们都知道，破楚门就是苏州城外的阊门，因为战败了楚国，所以这个门就改叫破楚门了。埋在海涌山上，怎么埋？夫差召集了很多民工，在山上凿山洞。咱们都知道秦始皇造长城，当然秦始皇是个暴君，但留下的长城现在是世界文化遗产，了不得。夫差给他爷爷修坟墓，也是让民工在山上凿山洞。现在咱们要修铁路、修隧道，这么多机械化设备，凿通一个山洞之后都欢呼，都非常高兴，何况在那个时候，要想开凿一个山洞，您说得用多少人力，得多难？

把山洞凿好了，墓穴开好了，把阖闾的棺椁放进去，那陪葬品可就多了。头一件就是专诸刺王僚用的鱼肠剑。因为没有鱼肠剑，专诸就刺不死王僚，刺不死王僚，阖闾就不能继位。所以为了纪念这件事，就把鱼肠剑作为陪葬品放在阖闾的墓中。夫差还搜集了很多名剑，也都埋在阖闾的墓中。陪葬品中光铠甲就有六千副，您说这得值多少银子？至于放在墓中的玉器、金银、珍玩等，不计其数。

全都放好，坟墓该封上了，夫差传令，把所有修造坟墓的民工都杀死，放在墓中陪葬。够狠的，就为了他爷爷的坟墓，把所有民工都杀死了。吴国老百姓跟这些民工净是沾亲带故的，只能每天在海涌山下抬头看，不敢掉眼泪，不敢让国君知道，知道必杀，太惨了。

阖闾的坟墓封好之后的第三天，突然有人传出话来，说在阖闾的坟前盘踞着一只白虎。这话传到夫差的耳朵里，这座山就改名为虎丘山。那白虎到底有没有？只不过是个传说，虎丘山的名字就由打这个传说来的。另外，专诸的儿子专毅也因为受伤太重死了，夫差就把专毅埋在虎丘山的另一边，现在这地方找不着了。据说后来秦始皇听说了这件事，一听虎丘山中埋了这么多好东西，又是宝剑，又是铠甲，又是金银，心说：我挖吧。秦始皇带人挖了半天，挖了一个大坑，什么都没挖着，这个地方后来就叫虎丘剑池。那些东西都哪儿去了呢？也不知道哪位盗墓者盗走了，这人够有能耐的，钻山盗墓。得到一口宝剑那就了不得了，就发大财了。

咱们放下阖闾的墓不说，单说夫差，他要不要报仇？当然要报仇。国丧三年，在这三年当中夫差办了三件大事。第一，让伍子胥和伯嚭在太湖训练水军，一心打算灭掉越国，给阖闾报仇雪恨。第二，在灵岩山下设立射棚，所有的兵将都到这儿练习射箭，提高射术，箭不虚发。练好之后，等三年国丧一过，把丧服脱去，就可以报仇了。第三件事，阖闾死了，夫差为了不让自己忘却这件事情，从伺候他的人当中选了十名侍者，他每天上殿的时候，这十名侍者倒着班地站在夫差上殿的必经之路上，听见吴王夫差的脚步声一响，便马上高声喊嚷："夫差，你忘记了你的祖父死在越国人之手吗？你报仇不报？"夫差迈步走上大殿："谨记在心，绝不敢忘，夫差永记心中。"每天只要夫差一上殿，侍者们就会问他一遍，他就回答一遍。夫差就是要时刻提醒自己，不忘吴越之仇：只要三年国丧期过，即刻指挥人马兵发越国，给祖父阖闾报仇雪恨。

三年很快就过去了，公元前494年，夫差把丧服脱去，马上传令，伍子胥为主将，伯嚭为副将，统率三万人马兵发越国，直奔椒山，在太湖要灭越国，给祖父报仇雪恨。这个消息很快就传到越国，勾践得报之后，马上聚集文武议事："众位卿家，现在夫差要报仇，调动三万人马攻打咱们越国。你们说说，寡人应该怎么办？"大家伙儿你看看我，我看看你，有一人挺身而出："大王。""哦？"勾践抬头一看，这个人是越国的大夫，姓范名蠡（lǐ），长得很漂亮，很清秀，按现在的话说，身高起码在一米八左右，算是个帅哥了。眉清目朗，鼻直口方，三绺墨髯黑胡须。头戴方巾，迎门镶美玉，身穿大夫官服，佩戴玉佩。在勾践手下，范蠡也算是重臣了。

"范大夫有何高见？请当面讲。""大王，我听人传言，夫差在这三年之中，每天上殿都有侍者高声问他：'你忘记没忘记你祖父的仇恨？'夫差都会高声喊嚷：'我一定会为祖父报仇。'每天如此，喊了三年。您想，国君都是如此，那吴国的老百姓呢？一个个群情激奋，积蓄着力量。如果这一仗打起来，吴国的兵将肯定玩儿命，势不可当，这可是积攒了三年的力量，咱们可打不赢啊。""哎呀，要依范大夫之见呢？""依我之见，只有坚守。""怎么坚守？""咱们也有几万人马，只是守住越国，无论如何，不攻不打，也就不败。只要把越国守住，将来找机会就能与吴国相抗衡。"

"范大夫之意是坚守不战？那么，别人还有什么看法吗？"大夫文种迈步上前："大王。""你有何话讲？""大王，范大夫说得对，吴国和越国是世仇，你不灭他，他就要灭你。所以说这场仗不好打。而且吴国三年来积攒的力量十分强大，再加上伍子胥会用兵，能打仗，伯嚭也不弱呀。

可如果坚守还守不住，就麻烦了。""那依你之见呢？""依微臣之见，求和为上。"其实求和只不过说得好听点儿，实际就是投降。您想，勾践是一国之主，能轻易地跪倒在地归降吗？"这是让我归降？""说是让您求和，可有一节，在求和期间商量事情的时候，您可以积攒力量。倘若吴国答应了，您借机把力量积攒起来，出其不意跟他打一仗，也许就能挽回局面。"

"哦……"勾践紧闭双眼，点了点头，他也在琢磨：哪儿有这机会呀？都归降了，还打呀？"唉，众位，依范大夫之见，是坚守；依文大夫之见，是求和。我想坚守的话，恐怕守不住；若是求和，寡人又不甘，祖上传留下来的家业，倘若轻易归降吴国，那我还是不是国君了？我想召集天下之人，奋勇一战，也可能有得胜的生机。""好吧，全凭大王做主。"

勾践不愿意归降，传下话来，号召全国青壮年立刻入伍参军。集合了多少人？也是三万。勾践亲自指挥人马，带着越国兵将遄奔椒山。椒山的旁边就是太湖。勾践指挥兵将来到太湖边上船，这时吴国兵将也在太湖之中，双方初一试探，吴国兵将打了一个败仗，伤亡了一百多人。勾践高兴了，心说：其实吴国并没有想象中那么强大。"打！乘胜追击！"勾践指挥兵将往前追，在水上走了几里地，就见前边有一条大战船，战船之上夫差亲自擂动战鼓。"噗噜噜噜噜……""杀呀……""灭越国呀……""给先王报仇啊……"

国君亲自击鼓，高声喊嚷，吴军群情激奋。也该着越国亡国，就在这时，太湖中突然起了一阵大风，"呜……"这风可了不得，水火无情，风雨没法儿挡。而且，吴国兵将是顺风顺水，越国兵将是逆风逆水，逆水往上攻，顺水往下打，左边是伍子胥，右边是伯嚭，吴军已然在射棚里苦练三年了，架上强弓硬弩，梆子一响，鼓声一响，"哧哧哧哧哧哧哧……"乱箭齐发。这时，夫差抬头一看，突然看见那边战船上有一个人。"哦？灵姑浮。"夫差看见了，心说：我爷爷阖闾就死在他手里。"上！"手下有不怕死的，驾着船，往上就撞。这一撞不要紧，吴军顺风，越军逆风，就把灵姑浮坐的船撞翻了。灵姑浮落在水中，虽然说会水，那也活不了了。吴军乱箭齐发，灵姑浮就死在太湖之中。跟着夫差一回头，看见那边又有一员越国战将。"射！""哧哧哧……"就把越国大将胥犴给射死了。这可了不得，吴国战船往上一冲，越国兵将只好往下败。船一掉头，您别瞧逆水往上攻慢，这一顺水逃跑可就快了。吴国兵将驾着船往下追，越国兵将往下败，一直就败到越国都城固城。

勾践带着残兵败将进了固城，夫差高兴了："来呀，堆土袋，扔石头，把固城团团困住，断他的水源。"这个命令够绝的，人要是几天不吃饭能活着，不喝水可受不了。夫差站在大船之上，看吴军已然把固城团团围住。"嘿嘿，勾践啊勾践，困你们十天，让你们全城都渴死，然后我进城收尸。"

夫差报仇心切，勾践知道不知道？当然知道。勾践被困固城，他能看见啊。"报！""何事禀报？""启禀大王，固城已然被吴军团团围住，把道路都卡死了，水源也断了，没有水喝。""唉……"勾践泪如雨下，心说：没想到越国传了这么多年，这一仗打得这么惨，难道越国就要亡于我勾践之手吗？"来呀，登山一望。"

勾践带领手下人来到山上，想看一看对面的夫差。等勾践来到山上，正要往前观瞧，突然间"唰"的一下，有条鱼由打勾践眼前一过，往旁边一落。勾践低头一看："哎呀，天不亡越。"就在山头上有一个水池，水池里有鱼，而且不是一条两条。有水有鱼，人就能活。勾践一看对面大船上的夫差，心说：好啊，你狂妄已极，我先吃鱼。他带着手下人在山头上把刚刚打上来的鱼清蒸了，为什么呢？清蒸最快。勾践美美地吃了一顿鱼，这下也有水喝了。"哎呀……"突然间，勾践灵机一动，想出一个办法，"来呀，看看水中能打上多少条鱼。"手下人大致数了数："大王，起码一次就能打上几百条鱼。""好啊，明日一早捞上几百条鱼，派人送到夫差面前，就说勾践赠他鱼吃。"

第二天，手下人打上几百条鱼，派人出城送到石垒之上，越王勾践送给吴王夫差活鱼，吴国有人接。夫差一看，纳闷儿啊：固城已然没水了，没水哪儿来的鱼呀？"哈哈，好。"吴国国王都爱吃鱼。您想，专诸刺王僚，如果王僚不爱吃鱼，还死不了呢。王僚爱吃什么鱼呢？炙鱼，也就是烤鱼。夫差爱吃什么鱼呢？什么鱼都爱吃。厨子把鱼炖了，十分鲜美，夫差在这儿还品尝鱼呢，勾践借这个机会跑啦。勾践把固城留给了大夫范蠡："你在此镇守，我回到会稽山整顿兵将，整顿铠甲，整顿兵器。"

勾践带着手下人，带着文种，离开固城，来到会稽山，搜罗搜罗残兵败将，有五千多人。然后整顿整顿兵器，箭啊、刀枪器皿啊，到底还有多少船啊。第二天，有人来报："报！""何事禀报？""范蠡大夫派人紧急求援，现在伍子胥和伯嚭指挥人马围攻固城，攻打甚紧，固城眼看不保。""再探。"

勾践知道，只要固城一失守，国都没了，越国就算亡了。"哎呀，文大夫，这可怎么办呢？""是啊，这怎么办呢？""报！""何事禀报？""范大夫派人前来求援，伍子胥和伯嚭攻打固城甚紧。""再探。文大夫，怎么办呢？""是啊，怎么办呢？"君臣面面相觑，没办法。时间不大，还没掌灯呢，范蠡派出的第三次求救的手下人来了，跪倒在勾践面前："大王，您赶紧想办法吧，现在固城已然坚持不住了，范大夫派我前来求救兵，您马上发兵吧。""再探。"

把人打发出去了。勾践看着文种："文大夫，怎么办呢？""您听我的吗？""听。""您听我的，那我就说了。""文大夫，你且讲来。""大王，您确定听我的？""听。""只能求和。""不行。""为什么不能求和？""文大夫你想，现在吴国人马已然困住固城，固城一旦失守，越国也就亡国了。而且，吴国和越国有世仇，阖闾就死在越国兵将之手，他们能不报仇吗？能准和吗？就算咱们去求和，丢了越国的脸面，那还不如死在越国，以身殉国。""大王，您错了。人活在世上，要学会忍耐。""我现在没法儿忍了呀，国都要亡了。""您看，这忍可不是一天两天的事。如果咱们向吴国求和，越国还可能有一线生机。"

"唉，如果咱们求和，吴国不允，怎么办？""大王您放心，我既然出这个主意，自然就有想法。夫差驾前的两位重臣，一位是伍子胥，一位是伯嚭。我问问您，夫差是重用伍子胥，还是重用伯嚭？""这个……应该是敬重伍子胥，但他怕伍子胥，而亲近伯嚭。""大王，您真是聪明之君。以我文种分析越国的情况，再对比吴国的情况，越国的老百姓就都愿意归降吴国吗？不是。如果您想求和，那还得抓住机会，您得研究研究吴国君臣的心理。只要有个机会能下手，求和就能成功。"

"文大夫，依你之见，应当找谁？""如果您想求和，就得去找伯嚭。现在伯嚭在左边，伍子胥在右边，两座大营隔得很远，您想办法到吴国大营去接近伯嚭，如果跟伯嚭订下联盟，伯嚭在夫差面前说尽越国的好话，准许求和，那咱们就有了一线生机。""伯嚭能答应给咱们帮忙吗？""大王，您要知道，伯嚭贪财好色，嫉贤妒能，好大喜功。他虽然和伍子胥同殿称臣，但他们的志趣不同。""不错。""再说了，夫差为什么会惧怕伍子胥，为什么对伍子胥敬而远之？您也知道，没有伍子胥，就没有专诸刺王僚；没有专诸刺王僚，阖闾就不能登基称王。阖闾死了，立夫差是谁的主意？也是伍子胥的主意。所以夫差看见伍子胥就害怕，而且伍子胥也不是个谗佞小人，对国家不利的事他不说。但伯嚭不一样，他会哄夫差高兴，说出话来甜言蜜语，夫差爱听。如果您能利用好伯嚭，利用他的嘴，让他在夫差面前说尽越国的好话，又不让伍子胥知道，这件事就成了。""倘若伍子胥知道了呢？""他知道也晚了，等伍子胥来了，夫差已然答应了求和。"

"那么，投其所好，应该献上什么礼物去接近伯嚭？""大王，您把这件事交给我吧。刚才我说了，伯嚭贪财好色，好大喜功，如果他把这件功劳立了，夫差也认为这件事是功劳了，那伯嚭就高兴了。而且，伯嚭不但贪图财物，还喜欢女色。这么办吧，您马上给夫人写封书信，让夫人在后宫中挑选八名美女，然后预备好黄金千镒、玉璧二十双。臣带上这些礼物马上遄奔伯嚭的营中，游说伯嚭。但您得答应，您愿意到吴国去伺候吴王。只要您能忍下这口气，那么臣在越国就能想办法恢复实力。""哦……"

勾践听明白了。话好说，办得到办不到？不好办。"别说八名美女，八十名美女也没关系，我不在乎这个；黄金千镒，万镒都没关系；玉璧二十双，就算一百双，只要拿得出来，也没关系。但让我到吴国去伺候夫差，去当下人，我可是越国的一国之君。""大王，您可得好好想想，要以越国的宗庙社稷为重。""啊……"勾践听到这儿，眼泪往肚子里咽，"好吧，照计而行。""臣遵命。"

咱们书不说废话。勾践写好书信，马上派人带回去面见夫人。夫人一听，宫中净是美女，选了八个，训教了一通，讲好了道理，然后把黄金和玉璧也都准备好了，装上车，就给送到会稽山。文种一看，八名美女都很漂亮，但这时候可没工夫欣赏，又查了查黄金、玉璧，都备齐了。文种禀报勾践："大王，我今夜就去。""好吧，越国的生死存亡都在文大夫你的身上。""大王放心。"

到了夜里，文种来找伯嚭，求人往里通禀。"太宰大人，现有越国大夫文种求见。""呵呵，不见。""您为什么不见？您告诉我，我好去对文种大夫说。""不见就是不见，越国马上就要亡国了，整个越国都是咱们的。""文种大夫说了，他备好了一份礼单，不管您见不见他，您先看看礼单如何？""礼单要它何用？整个越国马上就是咱们的了。""这礼单可是给您的。""嗯？拿来。"贪财之人必有贪财之心。手下人把礼单往上一递。"哼哼，送上多少礼物也不如一个越国啊，我不见文种……"伯嚭话是这么说，眼睛可盯着礼单呢：美女八名，黄金千镒，玉璧二十双……"命文种来见。"

所以说办事就得投其所好。文种一进来，马上趴在地上："拜见太宰大人。""你是何人？""亡国之臣文种。"您看说得多好听，"亡国之臣"。"见我何事？"文种抬头一看伯嚭，心说：这事成了。伯嚭长得什么样？按现在来说，身量不矮，起码得在一米八以上，比较胖。脸上很白净，但一脸的疙瘩。眼睛挺大，眉毛往下耷拉着。您要往他鼻子当中间儿一看，他有笑纹。一看他的笑纹，再看他一撇嘴，胡须一挓挲，看得出来这个人很阴险。文种虽然不会相面，但久在国君面前，经得多，见得广，一看面容就知道伯嚭是什么人了。"亡国之臣给您磕头。""文种，你拿这些礼物管什么用啊？不就是想让我去面见吴王，给你们越王说好话吗？告诉你，这点儿礼物不值什么，连你们越国都是我们吴国的。""太宰大人，您此话诚然不假。""对吧？拿回去，我不会替你家国君说好话的。"

"太宰大人，我问问您，您在吴国，对外来说，您是抵御外来侵略的重臣；对内而言，您是吴王的心腹之臣。现在您在左营掌握军权，伍子胥在右营掌握军权，那我为什么来到左营而不奔右营呢？"伯嚭一听，低头看了看文种，心说：小子，你这句话可说对了。你不去找伍子胥却前来找我，就是希望我在吴王面前替越国说好话。嘿嘿，难道你以为我伯嚭不是替人说好话来害贤臣之人吗？我就是这样的人。"文大夫，你不去见伍子胥而前来见我，是以为我不会害人吗？"您说这话让文种怎么回答？说能害人，说不能害人？两头都没法儿说呀，文种只能瞧着伯嚭。

"你起来吧。我来问你，既然你前来求和，那越王夫妇能跟着我去面见我家大王，到吴国去为奴吗？""Yes（能）。""能够伺候我家大王吗？""Yes(能)。""勾践的夫人能给我家大王做小妾吗？""Yes（能）……"文种现在是什么事都能答应，心说：只要能让我家大王跟着去，有这条命在就好办了。"请您面见吴王，亡国之君勾践夫妇能跟随吴王回到吴国，铡草喂马，伺候大王，夫人可以做吴王的小妾。只要能给越国留下宗庙社稷，留下一道血脉，越王夫妇心愿足矣。"

"呵呵，文种，我不会替你们说话的。你想，现在你们已然亡国了，你想利用我伯嚭之嘴，将来伍子胥得恨我。""哎呀，您错了。我问问您，如果您不准和，不准我家大王归降，那您认为越国就必然亡国吗？""哈哈，固城眼看就要失守，越国马上就得亡国，还能存在吗？""No（不），太宰大人，您想，如今越国兵将还剩五千，还有战船、刀枪、弓箭。倘若吴国不允许越国归降，我家大王带领我们越国战将奋起抵抗。如果打不过你们，我家大王带着我们去投奔楚国，那越国可就是楚国的了，不是你们吴国的。即便我们打了败仗，楚国不要我们，我家大王一横心，把所有越国的金银财宝都投入江中，而后自刎身死，您又能得着什么呀？如果您答应帮助我家大王归降，使我家大王能够随吴王到吴国为奴，不但越国所有财物都归了吴国，楚国一点儿边儿都沾不着，而且使我家大王归降可是奇功一件，名扬四海，天下诸侯信服吴国，吴王就可以称霸于天下。名利双收之事，您又为何不做呢？"

"好！"文种这几句话把伯嚭说动了。伯嚭心说：要是按照他的话，让吴王名利双收，那我就是吴国的重臣，就可以排挤伍子胥了。"文种，如果吴国收降越国，越国能给吴国年年进贡吗？""哎，这您可问着了。倘若越国战败，或者越国归降楚国，那吴国能得到多少财产？如果越国的财产都充归国库，这里就没您什么事了。如果您在吴王面前说好话，准许我家大王归降，那么我们年年进贡，岁岁来朝，我文种就能随时把财物献上。给您打个比方，现在送来八名美女，您跟这八名美女日夜相处，哪个您看着不顺眼了，看她脸上长皱纹了，看她胖了，您就给她扒拉下来，我再给您补一个，让您永远得财高兴。其实跟您说实话，我们不是归降吴国，而是归降太宰大人您。"

文种这话已然说得很清楚了：如果我们归降楚国，那就没您什么事；如果我们战败亡国，财产就全归吴王了，也没您什么事；如果现在您去吴王面前说完好话，让我们保有越国，但我们的国君可以去吴国为奴，到时候我在越国，可以总给您献礼，有使不完的美女。文种这一说，那伯嚭还能不明白吗？既能排挤伍子胥，又能争功，还能得到金银财宝。伯嚭是个贪财好色之人，当然就答应了。"既然如此，今天你就住在我的营中。"

当天晚上，伯嚭就把文种留在自己的营中，八名美女他就享受了，伯嚭也不嫌累得慌，八个人陪他喝酒。第二天，伯嚭带着文种面见夫差，先让文种在外面等着，伯嚭进来了："参见大王。""哎呀，太宰，马上越国就要亡国了。""大王，现有越国大夫文种前来求和。""哎，越国马上就得亡国，不准求和。""大王，您错了。""我错在何处啊？""您想，

连派评书——列国·春秋

684

文种既来求和，何不让我把他带来，大王您听一听他们给出的条件，我相信您听完就会十分高兴。""哦，他们给出什么条件？""勾践夫妇可以随您回到吴国，给您牵马坠镫，铡草喂马，做您的奴仆。""果真？""不仅如此，勾践的夫人还可以做您身旁的侍妾。""哦？哈哈，我吴国要称霸天下，不缺美女，不缺奴仆。免！""大王，您想，一个即将亡国的国君能够说出这样的话来，已经到极点了。""八点半了。""不能再往下说啦。一国的国君夫妇都来伺候您，还能说到什么程度啊？他要把整个儿越国的宝贝都送给您，而且年年进贡，岁岁来朝，只想求留他们的宗庙，留他们的祭祀，留他们的血脉相承。对于一个国君而言，也就这样了。大王，如果您准许越王归降，他们夫妇来到吴国伺候您，就能显出您的大仁大义，就能名扬四海，天下皆知。再说，您得了越国，越国也有不少金银财宝，也有不少百姓，这些就都是您的，他们都得为您种田纳粮啊。您既有了仁义之名，又得到了财宝，名利双收，何乐而不为呢？大王，请您三思。""嗯……那寡人要是不准呢？""大王，如果您不准越国求和，勾践说了，他手下还有五千兵将，决心跟吴国拼死一战，抗衡到底。即便打不过吴国，他们就去投奔楚国，要真是那样，越国所有财物可就都归了楚国，就没咱们的了。"

夫差听到这儿，微微点了点头："你能肯定我准许他们求和之后，勾践夫妇能来到吴国为奴吗？""文种在来之前已然请示过越王，勾践已然应允了。""好。"夫差一想：那就适可而止吧，他和我都是一国之君，他能在我手下为奴，为我铡草喂马，我让他干什么他就得干什么，为我称霸于天下留下一个仁义的美名，只不过是保留下他的国家和宗庙而已。想到此处，夫差一抬头："好吧，文种何在？"伯嚭赶紧往下传话："文种进见。"文种爬着就进来了："亡国之臣文种，参见大王。""文种，刚才伯嚭的话都是真的吗？""我家大王夫妇愿意前往吴国去伺候您，做您的奴仆。""既然如此，寡人就应允了。"

刚说到这儿，就听外面"腾腾腾"脚步声音响，有人进来了。大家抬头一看，可愣了，来的正是身高过丈的楚国亡臣伍子胥。伍子胥也有细作，有人向着伯嚭，就有人向着伍子胥，虽然一个在右营，一个在左营，那也没有不透风的墙啊。伍子胥听到消息，马上来见夫差。伍子胥来到夫差面前一看，文种和伯嚭挨着站着呢，既然文种在这儿站着，那肯定伯嚭说了话，夫差准许越国归降了。伍子胥气往上撞："大王！""相国，有何话讲？""您已然答应文种求和了吗？""然也。""胆大夫差！""啊？！你可是臣，我可是君啊！""大王，难道您忘了先王之死吗？难道您忘了在金殿之上有人冲您高喊：'夫差，你忘了你爷爷死在越国之手吗？你忘了国仇家恨吗？'""没忘。""既然没忘，就不能准许越国归降。倘若吴不灭越，将来越必灭吴！"

伍子胥刚说到这儿，就听见旁边"扑通"一声，文种就趴在地上了。好不容易有机会了，现在伍子胥一出现，这件事就要吹啊。夫差看着伍子胥就发怵，心说：就是他把专诸带来介绍给我爷爷，把我那个叔伯爷爷刺死了，然后我爷爷登基了。要是没有他，我也当不了吴国国君，他敢指着我鼻子叫我夫差，我惹得起他吗？夫差转脸一看伯嚭，心说：伯嚭，谁能对付伍子胥？也就是你了。伯嚭点了点头，冲着夫差微微一笑，转身冲伍子胥抱拳拱手："相国，此言差矣。"

伯嚭用何言语答对伍子胥？咱们都知道越王勾践归降吴国，经过十年隐忍，最后逼得吴王夫差自刎而死。咱们说书都留扣儿，您别瞧东周列国时期其他事情大家未必知道，可西施来到夫差身边，夫差爱西施，结果最后中了美人计死了，这都知道，所以这就没必要给您留扣儿。这些婉转曲折的故事，尽在下回。

第五十八回　勾践备礼入吴界

斜阳山外片帆开，风卷春涛动地回。今日一樽沙际别，但时重见渡江来？

这几句说的是越王勾践过江归顺吴王夫差。说起吴越春秋，大家伙儿都知道，知道谁？美女西施。大家都知道范蠡献西施，夫差亡国，那么其中小的过场书也就没人关注了。大家都喜欢看美女，西施在荧幕上也出现过很多回了，反正没一回让我看着满意的。塑造中国历史上的美女形象，不单单靠外形，更主要的是要演出内在气质。

夫差本来就要战胜越国了，那为什么最后亡国的反而是夫差呢？咱们都知道范蠡献西施，西施太美了，夫差由于西施的陪伴而亡国，这可能是电视剧的主题，但咱们说书可就不能这么说了，说书得说出情理来。

就在伯嚭贪图越国送来的美女、黄金、玉璧，劝得夫差准许越国归降之时，伍子胥来了，高声喝喊："不可！"就这一嗓子，不亚如半悬空中"咔啦"打了个霹雷。"扑通"一下，文种就趴在地上了。伯嚭赶紧用手相搀："哎呀，文大夫请起。"伍子胥两只眼睛喷出怒火看着夫差："大王。""啊……""您答应越国归降了吗？""呃，本王已然应允。""大王您大错特错！""相国，何出此言呢？""大王，您想，吴、越是邻国，有世仇在身。倘若您现在不灭越，将来越必灭吴，两国不可能并存。现在就差固城这一仗了，您就应该把越国灭了。您要是不灭越国，等勾践喘息过来，反过手来就灭您。再说，灭了越国，越国的土地归了吴国。越国的船归了吴国，吴国人可以乘坐；越国水中有鱼，吴国人可以撒网捕鱼……这件事关乎国家大计、国家前途，您千万不能听伯嚭的。""相国，越国现在已然亡国了。""大王，难道您就忘了先王的仇恨了吗？""呃……""您就忘了每天上殿之时侍从的大喝了吗？夫差，你忘了亡国之仇、先君之恨了吗？""啊……"

夫差说不出话来了，只能瞧伯嚭，意思就是：你来对付他吧，是你让我准许越王归降的。伯嚭来到伍子胥面前，抱拳拱手："相国。"伍子胥一看伯嚭，不由得气往上撞，看着他往自己这边走，两只眼睛与鹰眼相仿；再瞧他这几步走，左脚一迈，右脚一抬，再一落地。"哎呀……"伍子胥想起一个人来。谁？神相被离。前文书咱们说过，伍子胥在梅里吹箫乞食，谁先发现的他？就是被离。被离发现了伍子胥，知道这个人绝不是一般人，再一听他唱歌，知道他是伍子胥，所以把他举荐给吴国国君王僚。但被离是公子姬光的人，暗中就和姬光说了这件事，后来伍子胥保了姬光，推荐专诸，专诸刺王僚，然后姬光继位，就是吴王阖闾。

那伯嚭呢？伯嚭全家死在楚昭王之手，伯嚭逃了，听说伍子胥在吴国，就跑到吴国来找伍子胥。等伯嚭到了吴国，伍子胥很心疼，因为两个人同病相怜，心说：我是楚国亡臣，伯嚭也是楚国亡臣，应该把他收留下来。于是伍子胥就劝吴王阖闾把伯嚭收留了，然后和他一起共理吴国国是。伯嚭会拍马屁，谁不喜欢听好听的呀？可伍子胥就会瞪眼说实话。所以伍子胥和伯嚭两个人越来越疏远。当初伯嚭来到吴国时，被离对伍子胥说过："伍大夫，当初你来到吴国，是我举荐的你。现在伯嚭来了，你收留了他，但我劝你千万别把他留在吴国。""哎，他也是楚国亡臣，被楚君所害，全家都死了。""错了。他和你不一样，他，鹰视虎步。"看人跟鹰看东西一样，往前一迈步跟老虎似的，这种人不好惹。"伯嚭为人奸诈已极，十分贪婪，而且好大喜功，喜欢杀戮。如果留他在吴国，早晚你会死在伯嚭之手。""哎，我们都是楚国亡臣，伯嚭也很有本事，将来可以帮着我兵发楚国报仇，没有害处。"

伍子胥没听被离的话，今天一看伯嚭，想起被离的话了。"唉……"要不怎么后人称赞被离是神相，看人看绝了，能看出伍子胥之贤，能看出伯嚭之佞、之奸诈。伍子胥气往上撞："伯嚭！""哎呀，相国，你言之差矣。越王愿意归降，愿意做吴国的囚奴伺候大王，这有何不可？""吴不灭越，越必灭吴。""哎哟，您错了。刚才您说了，如果灭了越国，越国的土地可以归咱们，船可以归咱们，鱼可以归吴国人吃，照这么说，吴、越就可以成为一国。可您想想，当初周天子分封各诸侯，分给吴国水域，分给越国水域，两国水域相连，那秦国和晋国呢？秦国和晋国没有水，齐国和鲁国也没有水，按您的说法，秦国和晋国、齐国和鲁国都是陆地相连，也可以凑在一起成为一国了？"伍子胥心说：你这不是胡说八道吗？现在是吴、越之间有世仇。伍子胥一扭脸儿，没理伯嚭。

"相国，你不瞧着我，我得瞧着你。"伯嚭再次迈步走到伍子胥面前，"相国，你再听我说。当初你是楚国亡臣，我也一样。可有一节，相国你来到吴国之后，吴王帮着你出兵灭了楚国，楚国眼看要被灭了，申包胥前来求你，你怎么样呢？你不是也饶了楚国，鞭挞了楚平王的死尸不就完了吗？只要楚国接受芈胜，把芈胜接回楚国，你不是也就完事了吗？现在越王已然趴在地上归降吴国了，并且愿意到吴国来伺候大王，这可比芈胜强多了。你做了仁义之人，却不让大王做仁义之事；只许你饶了楚国，却不许大王饶了越国。相国，你这可不是忠臣所为呀。只许你仁义，却让大王刻薄，而遭天下人辱骂吗？虽然你能治国，你能安邦，但在这件事上，相国你大错特错了。"伍子胥气坏了："伯嚭，休在我面前胡言乱语！"

"大王，您看如何呀？"吴王夫差一想："对呀，相国，许你饶恕楚国，就不许我饶恕越国吗？你放心，越王归降之后，作为我阶下之奴，越国会年年进贡，岁岁来朝，送来的这些美女、金银、布匹、财宝，也都有你相国一份。"您说，伍子胥能喜欢听这个吗？"唉……"伍子胥一跺脚，转身形出去了。夫差看着他的背影："相国，该休息就休息吧，再见。"伍子胥回头一看夫差，再一瞧伯嚭，长叹一声："唉……"

一转身，面前站着一个人，谁？王孙雄。王孙雄见伍子胥这么生气："相国，您……""唉，悔不该当初不听被离之言，留下伯嚭，他将来是吴国的乱臣。我和这样的奸佞之人同殿称臣，是我的耻辱，只怨我二目不识人。王孙大夫，将来越国十年生聚，十年教训，二十年之后，吴国就变成泥沼也。"这就是伍子胥的名言："十年生聚，十年教训。"什么意思？

越王勾践能够忍辱负重，越国就会用十年来聚集力量，再用十年教导和训练他的人民跟兵将，二十年之后吴国必然亡国。泥沼，就是沼泽地，意思就是没人了，被越国灭了。现在咱们可以用这句话鼓励自己，遇见困难没关系，十年生聚，十年教训，积攒力量，以图再战，终究会成功的。但伍子胥说的这句话，王孙雄没听明白。"相国，可能吗？""只要你能活到那一天，你就瞧着吧。"

伍子胥走了，回到自己的右营。伍子胥一走，夫差就告诉伯嚭："让文种马上回到会稽山禀报勾践，命勾践夫妇前来归降，到我吴国为奴。"文种趴在地上："亡国之臣遵大王口谕。"他心里难受：身为越国之臣，现在却是亡国之臣，跪在吴王面前，听你的命令。"起来吧。太宰！""臣在。""你带领人马镇守吴山。王孙雄何在？"王孙雄赶紧迈步进来了："参见大王。""你跟着文种马上去见勾践。如果勾践不来归降，你立刻禀报太宰，待太宰指挥人马灭了越国之后，再来面见寡人。"看来夫差是下决心了，等于传下了死命令。文种听完，趴在地上："遵大王谕。"

"文种，我来问你，勾践夫妇何时来吴？"你得给我个日子呀。"大王，寡君乃亡国之君，臣乃亡国之君之臣，有几句话请示大王。大王既然准许寡君夫妇归降，还请您宽限几日，容他回到国内整顿事务，然后准备金帛，准备美女，献上之后再来面见大王。""何日为期？""五月中旬。""好吧，太宰，如果五月中旬勾践夫妇不来，你就进兵越国，灭了越国之后再回来见孤，寡人回国。"命令传下来了，王孙雄带着手下人押解文种回越国，伯嚭指挥人马在吴山扎下营寨，预备船只，看着越国。全都安排好了，夫差就回国了。

咱们书不说废话。回到越国，文种让王孙雄在馆驿中等着，自己先奔会稽山。文种来见勾践："大王。""求和之事允否？""吴王已然答应了，让您夫妇遄奔吴国为奴，打扫庭院，铡草喂马，以五月中旬为期。现在伯嚭已然在吴山扎下人马，如果您不到，人马即刻杀到越国，越国亡国矣。""哎呀……"勾践听到这儿，仰天长叹，"想我勾践继承先王事业，兢兢业业，日夜操劳。没想到固城一战，我勾践亡国。我对不起祖先，对不起百姓，我没有脸面活在人世之上。哎呀……"

勾践泪如雨下。一个国家马上要亡了，亡国之君，心里能好受吗？甭说亡国之君，就比如两个公司，你争我也争，人家的公司越来越兴旺，您这公司倒闭了，宣告破产了，您说能好受吗？勾践痛哭流涕，文种躬身施礼："大王，您应该止住悲哀，应当静下心来，这是给了您一个很好的锻炼机会。""啊？！""大王，历代帝王都遇见过困难，有很多人都经过囚禁，再经过赦免，难道只是您一个吗？现在不是您悲伤的时候。您应当马上回到国内，准备礼物，准备美女，然后去吴国称奴。只要您顺应天意，早晚有回来的那一天。""哎呀！"越王勾践一听，"有回来的那一天"，就这一句话，马上精神增长了三倍。咱们都说一言以兴邦，一言以丧邦。文种是个贤臣，是个忠臣，提醒了这一句话，勾践就有精神了。"好吧，就依卿家之见。"

勾践马上带着兵，回到固城。等到了固城一看，三街六市的老百姓仍然在生活，但大家伙儿都有点儿垂头丧气，谁不知道越国打了败仗啊？谁不知道越国快要亡国了？勾践流着眼泪回到宫中，面见夫人，给夫人一个任务："马上选美女吧。"同时，勾践不敢怠慢，赶紧收拾仓库，把所有值钱的东西，一辆车、一辆车、一辆车……都装好了，要送给夫差。勾践命夫人挑选了三百三十名美女，其中三百名美女送给夫差，三十名美女送给伯嚭，又把金子、银子、布匹、绸缎都装到车辆之上。

勾践流着眼泪把这些事都干完了，然后宴请王孙雄。您别瞧王孙雄是押着他们来的，还得宴请。"请您稍待，我把国事办完，马上就走。""想走吗？""不想走，每天我都坐在殿上发愁。平时升殿我是国君，身边有文武众卿；现在我要去吴国为奴，不爱动换。"

勾践整天不爱动换，王孙雄受不了了，已然到了五月中旬，不催不行了。这一天，王孙雄不找文种了，直接奔勾践办公的大殿来了。"勾践，日期已近，何时动身？""啊，我明日动身，明日动身。""好。今天我回去，明天你不动身，我家太宰即刻发兵。""好好好，请王孙大夫回去美言，我明天就动身去吴国。"

逼着你走，不走都不行了。这边王孙雄带着手下先奔吴山去禀报伯嚭，伯嚭在这儿领兵驻扎呢。等王孙雄走后，文武众卿就瞧着勾践，勾践泪如雨下："众位卿家，想我勾践辛辛苦苦在越国为君，上为国，下为民，我并没有懈怠。没想到这一次要离开我的祖国，去吴国为奴，离国千里。现在有走的日期，却不知道还有没有归还之日。"大家伙儿全流眼泪。范蠡迈步出班，躬身施礼："大王，您千万要止住悲哀。您想，当初汤被囚于夏台，文王被囚于羑里，后来两个人终究成就帝业；您再想，齐国之主当初也是逃亡莒国，后来重用贤臣管仲，一霸天下；晋国之主重耳逃亡在外，多少年之后才回到自己的国家，后来也成为一代霸主。自古以来有很多帝王都曾经处于您这种处境，这正是锻炼一代霸主的极好机会。您要利用这个机会，只要吴王准许您活着，就能有回来的那一天。请大王三思微臣之言。"

"哦……"勾践手捋胡须，抬头看着范蠡，心说：范蠡说得对呀。咱们都知道商汤拜伊尹，在拜伊尹之前，汤王曾经被囚于监中。咱们都知道姜子牙保着周武王捧主伐纣，周武王的父亲周文王曾经被囚于羑里。但后来文王终于成事，成为一代帝王。再说齐桓公和晋文公。齐桓公小白因为国难逃到他舅舅那儿，也就是莒国，后来回国之后，有贤相管仲的辅佐，齐桓公一霸天下，成为春秋五霸的头一位霸主。齐桓公和晋文公都受过罪，都曾逃亡于他国，受了这么多罪，将来却成就霸业。而您现在有这么点儿小的困难，就经受不住了吗？您应该珍惜这个机会，去好好锻炼。范蠡鼓励勾践，只要您能活着，将来就一定有回来的一天。"好啊，范蠡大夫说得对，我准备启程。"

勾践把夫人请出来，祭拜祖庙。咱们不说废话了，第二天勾践与夫人启程，离开越国遄奔吴国。范蠡把船预备好了，文种带着越国文武大臣全来相送。就在浙江水边，这条水叫浙水，勾践看了看手下的臣子："你们让我到吴国为奴，说这是一次锻炼霸主的好机会，我听你们的，我去。可有一节，我想起了先人。想当初，天下发了大水，但老百姓都没有遭到水灾，平安渡过洪水之难，这是因为尧帝用了两位贤臣，一个是舜，一个是禹。"咱们都知道大禹治水。"那我要去吴国为奴，你们又能给我留下什么希望呢？"

勾践问得对呀：你们让我忍辱负重，去吴国为奴，我可以去，可你们能给我留下什么希望？我走了，你们这些做臣子的该怎么办？"啊……"范蠡一抱拳，"众位，有道是：'主忧臣辱，主辱臣死。'大王既然到吴国为奴，难道我们浙东就没有几个英烈之士、英杰之士，能振兴越国吗？"范蠡这一句话，大家伙儿全趴下了："大王，您放心走您的，国家就交给我们了。"

勾践感动得眼泪下来了："众卿请起吧。既然你们表示让我去吴国为奴，那你们谁留下替我治理国家，谁能跟着我到吴国去赴难？"文种说："大王，要以治国，看守国家，治理边境，范蠡不如我，但要论随机应变，见景生情，保护大王您遄奔吴国，使您免受一点儿羞辱，而且保着您回到越国，我不如范蠡。"勾践看了看范蠡，范蠡躬身施礼："大王，文种说得对。我愿意随您遄奔吴国为奴，将来保着您回归越国。""好啊……"勾践泪如雨下，"两位卿家，有你们的话足矣。"

范蠡和文种看了看所有的大臣，大臣们都要表决心。头一个站起来躬身施礼的是太宰苦成，太宰比相国的权力还大。"大王，您走您的，您放心，我是太宰，上顺大王的意志，歌颂大王的仁德，管理天下，治理百姓，使国内安宁，这是我的责任。""好啊。"又站起一位。"大王。"勾践一看，是司马诸稽郢。司马是干吗的？掌兵权打仗的。"大王，保卫边疆，秣马厉兵，练习射箭，训练兵将，将来保卫越国，这是我的职责，请您放心。"勾践点了点头，心说：你们早干吗去了？跟着，司直皓站起来了："大王，我一定遵照您的旨意，您若是错了，我苦言相谏。同时，我监督国家的百姓不违反国法，使国家安定。""好啊。"勾践心说：你在越国，我在吴国，我犯了错误，你上哪儿苦言相谏去呀？我连个手机都没有啊。

我身无分文，财物都给了吴国，我什么都没有啊。

接着，司农站起来了："大王，我身为司农，带领百姓，死者入葬，生者有其田，让百姓安心耕种，给您积攒粮食，您就放心吧。"勾践心说：我是得放心，你不种粮食，我拿什么进贡啊？这位司农叫皋如。继续，太史官站起来了："大王，您放心，哪天您走，哪天您回来，我会记得清清楚楚，查看阴阳。""唉，你先把今天我走记下来吧，哪天我回来可不知道。"这时，行人曳庸站起来了，行人就是外交官。"大王，您放心，如果我出使他国，绝不辱君命。"勾践心说：还不辱君命呢？咱们都亡国了，谁还跟咱们建立外交啊？看起来我走了以后，你还挺踏实的。所有的大臣都表态了，管农业的、管法律的、管记载历史的、管军事的、管外交的……太宰苦成又总结了一下，他的岁数太大了。"哎哟，大王您放心，我一定当好太宰。"

勾践很感动："众位，既然如此，我就是死在吴国，也没有怨恨了。"这句话什么意思？他不愿意死，意思就是只要你们能让我放心，我就踏实了。"待我谢过众卿。"勾践冲手下大臣深施一礼，"谢过众卿，替我看守越国。"文种和范蠡给勾践敬酒，勾践接过酒来，往江中一祭，然后祭水神、祭地神，上船准备启程了。咱们开场诗说了，斜阳山外片帆开，夕阳照下来，勾践两口子带着范蠡上船了。片帆开，就这一只船。风卷春涛动地回，风吹过来，把浙水河中的浪涛卷起来，五月间还算是春涛。动地回，我哪天才能回来呀？真是惊天动地，国家都没了。今日一樽沙际别，今天你们敬我酒，咱们分离了。但时重见渡江来？我什么时候才能回国呀？中国人有文化，常用诗词来表达情怀，所以中国人了不起。中国人最伟大，最能忍耐，中华民族是个很含蓄的民族，拥有深厚的文化底蕴。

勾践坐的船开了，大家伙儿都趴在地上送别国君。自上船之后，勾践再也没回过头。勾践的夫人手扶船帮，看见水鸟啄食鱼虾，眼泪下来了："夫君，我们何日才能归来？"勾践笑了，用手一拍胸脯："夫人，你拍拍，我还有六根坚实的羽毛，将来我必然带着你飞回越国。""好啊，我有肩膀可靠了。"

勾践告诉妻子：你放心，我有志向，我带着你还能回归越国。就这样，众臣直到看不见国君了，这才回来，文种带着大家伙儿各司其职，看守着越国。勾践夫妇带着范蠡走。那么，准备好的那些礼物呢？早已被王孙雄押走了。王孙雄带着越国宫中所有的财宝，带着三百三十名美女，穿过国境，得先去吴山见伯嚭。王孙雄见到伯嚭，把礼物交上之后，伯嚭很高兴，先看了看给自己的三十名美女，哪儿的人都有，什么口音的都有，心说：也不知道越王这是从哪儿搜罗来的，长得还都挺俊。伯嚭把礼物收好，回去得交给夫差。这时，有人来报："勾践夫妇到。"

船靠岸了。虽然说勾践夫妇到吴国为奴，但终究他还是越国国君，只是来求和，还没跪下磕头呢。范蠡先来见伯嚭，范蠡上前施礼："亡国贱臣范蠡，拜见太宰。""你是范蠡？"伯嚭两眼一瞪，看范蠡风流倜傥，真漂亮，眉宇之间一派英姿叠抱，这个人聪明已极。"我来问你，文种何在？"伯嚭喜欢文种，文种一来就送他八名美女，还净说好听的。范蠡躬身施礼："太宰大人，我家大王离开越国时，留下文种看守国家，给您耕种农田，选择美女，训练歌舞，种得粮食好给吴国进贡。所以文种留国。""哦，好好好。"范蠡很会说话：我陪着勾践夫妇来了，文种留在国内了，干吗呢？带领老百姓种地，好给你们进贡；培养美女弹唱歌舞，将来好给你送来。伯嚭听完，很高兴："好啊，勾践夫妇到了没有？""已然下船，现在江边候等。""好吧，随我前去面见越王。"

伯嚭跟伍子胥不一样。伍子胥要是见了勾践，就得杀了他，伯嚭就希望再来点儿，再来点儿，来什么呀？金子、银子、美女。所以他见勾践的心情就跟伍子胥见勾践的心情不一样。"伯嚭参见大王。""哎呀……"勾践抬头一看，心想：耳听人传言，吴国神相被离说过，伯嚭鹰视虎步，此人贪婪。今日一见，果然如此。勾践心说：此人我必须好好利用。我只有利用贪婪之小人，才能在吴国忍辱负重，有朝一日才能回归越国，以报我亡国之仇！

第五十九回　勾践忍辱尝粪便

话说天下大势，合久必分，分久必合。

　　咱们的书正说到吴越春秋。越王勾践打了败仗，而吴王夫差如何对待他呢？勾践如果归降，还能留下活命。所以勾践的手下，一个文种，一个范蠡，两个人就劝勾践，应该忍。"忍"字好写，但做起来太难了。可一旦您做到能忍，这辈子就没白活，就能够激发自己奋斗，激发自己成功。对待这个"忍"字，确实每个人的感觉不一样。虽然越国很小，但勾践也是君王，终究他往殿上一坐，文武众卿每天都得参见他，给他磕头，他在越国是说了算的。现在要让他归降，得到夫差面前为奴，这太难受了。所以文种和范蠡就劝勾践，这是锻炼一个君王的最好的机会。勾践能够答应归降，很不容易。文种和范蠡又鼓励越国所有文武众卿，跟勾践表了决心。勾践这才忍住自己的悲痛，带着夫人，带着范蠡，登上船只，遣奔吴国。

　　到了吴国，等勾践看见伯嚭了，心说：我的臣下说得太对了，这个人鹰视虎步，又阴险又奸诈，但这个人可以利用，小人好利用，君子不好利用。伯嚭不是吴国国君，只是吴国的臣子，所以看见越王仍然得上前施礼："伯嚭拜见大王。""哎呀，常听人说太宰是我的恩人，没有太宰进言，吴王就不会准许我归降啊，没有你，就没有我的性命。"说到这儿，勾践就想给伯嚭深施一礼。那伯嚭可不敢当，现在勾践还没跪在夫差面前归降呢，就算勾践跪在吴王面前，那他归降的也是夫差，不是你伯嚭。伯嚭赶紧用手一扶："哎呀，大王放心，有我伯嚭在，就有你性命在。""是啊，我的性命全仗太宰保住。太宰，看见你，我这一生就有望了。"

　　这话伯嚭爱听啊。旁边范蠡过来了："太宰大人，您放心，现在文种留在越国，随时会将粮食、布匹、金帛送往吴国进献。""好啊。"伯嚭高兴，心说：现在已然得了三十名美女，只要我能保住勾践的性命，那么越国年年都得给我送好东西，我看着哪个美女不顺眼，一扒拉，又给我替换一个，这多好。"呃，大王放心，只要您顺应天时，我会想办法保您日后回归越国。""哎呀……"自从进了吴国国境那一刻起，勾践想听的就是这句话，心说我来到吴国何时才能回去呀？勾践眼泪下来了："多谢太宰。""您放心，只要您顺应天时，我一定想办法帮您回去。"

　　勾践的夫人在旁边一听，也放心了，跟丈夫有希望能回去了。虽然仅仅是这么一句话，但在当时对勾践夫妇来说也是极大的安慰。所以说话确实是一门很高的艺术，话说好听了，就能够延长人的生命，语言是非常重要的。这时，范蠡就对伯嚭说："太宰大人，既然如此，请您领着我家大王跟我家夫人，面见吴王前去归降吧。""好吧，请。"

　　就这样，伯嚭就带着勾践夫妇和范蠡来见夫差。咱们书不说废话。夫差坐在金殿之上，见勾践跪倒在台阶下面，上身没穿衣服，往地上一趴，意思就是我前来做你的奴婢。再看勾践旁边，趴着的是勾践的夫人，身穿布衣，而且衣裳不镶边，左边是开襟，这可能就是列国时期奴隶所穿的衣服。在勾践夫妇身后，跪着的就是大夫范蠡。夫差一看，心说：勾践啊勾践，我爷爷阖闾就死于你的兵将之手，今天你终于跪在我的台阶之下了。夫差明知故问："阶下所跪者何人？"勾践脑门都贴在地上了。"回禀大王，东海贱臣勾践自不量力，在边境上得罪了大王。现在大王准许我归降，饶恕了我的死罪，我带着夫人来到吴国为奴，愿意为大王打扫庭院，铡草喂马。大王您格外施恩怜悯，我勾践终生难忘。"

　　"好啊，寡人若是还记着先君之仇，今天就该取你的项上人头。"夫差不想为他爷爷报仇吗？他想报仇，每天上殿时都会大吼一声，绝不会忘记越国杀害先王的仇恨。可人心是活的，夫差是一个耳软心活的人，听了伯嚭的话，他允许勾践归降，但想起爷爷的仇恨，还是咬牙切齿。"哎呀，大王，您能够怜悯我，不杀我勾践，越国百姓会念您世代的恩德，愿意永远为奴。""好，既然如此，打去他的头冠。"把勾践戴的头冠打去了，又把勾践夫人身上的簪环首饰都去掉，两个人的头发就披散下来了。而且作为奴隶，他们不能天天洗脸。从此勾践夫妇就蓬头垢面，身穿罪衣。"谢大王。"从这一刻开始，勾践夫妇就是夫差的奴隶了。

"勾践，你前来归降，把礼物呈上。""请大王派人和范蠡交割。"范蠡把金银、美女、布匹一一呈上，咱们书就不细表了。交割完礼物之后，夫差传下话来："王孙雄何在？""臣在。""于先君墓旁盖起石屋一座，让他夫妻前去铡草养马。""遵大王谕。请吧。"

盖一座石屋挺简单，就是拿大石头堆成一间屋子。堆在哪儿呢？就在吴王阖闾的坟墓旁边盖起一座石屋。勾践和他媳妇住在石屋之中，范蠡也住在石屋之中。按说君臣有别，男女有别，但夫差就给他们三个人盖了一间屋子，而且什么家具都没有，就是在地上铺了点儿草，睡觉就躺在草上。旁边就是马圈，三个人给夫差养马。从这时开始，勾践夫妇就过上了奴隶的生活，每天打扫庭院，铡草喂马。夫差不给他们好的吃，甚至说都不给吃饱，也就是仗着伯嚭偷偷地给他们送点儿吃的来，不然的话，勾践可坚持不了三年。伯嚭派人来送东西，还不敢让夫差手下人发现。您想，伯嚭注意着勾践，夫差也派人监视着呢。君臣三人住在石屋之中，他们每天干些什么、说些什么，夫差都能得到消息。用不着手机，那也快着呢，细作跑得特别快，每天都向夫差禀报。所以一边是资助，一边是监视，到底要看看勾践君臣是不是安心为奴。一天、两天、三天、四天……书好说，事难忍。勾践不但每天铡草喂马，打扫庭院，而且不敢说话，身上也特别脏，吃的东西也特别次。另外，只要夫差一出游，只要一出都城，马上传话，让勾践执鞭拉马。勾践拿着马鞭，拉着马，马拉着车，车上坐的是夫差，拉马的是勾践，成心穿过人群。吴国的老百姓就喊："哎，快瞧快瞧，这就是当初的越国国君，现在是咱们大王的奴隶，给大王拉马。""这就是勾践……"

被大家伙儿指着鼻子说，您说难受不难受？勾践两只眼往下一垂，脸上毫无表情。说勾践好惹不好惹？不好惹，要是好惹，就活不到后来回归越国了。就这样，一天一天地熬，夫差闲得没事，每天都派人去查。两个月过去了，勾践在这儿踏踏实实地为奴，那因为他是一国之主，越国打了败仗，他是国君，归降了吴国，他的夫人也归降了。可范蠡呢，招谁惹谁了？夫差得着报告了，范蠡每天伺候君王夫妇，如同在越国一样：每天吃饭，勾践两口子吃完了，范蠡才吃；打扫庭院，范蠡先打扫。可以说，范蠡伺候勾践夫妇非常周到。两口子安心睡觉了，他才睡觉；两口子还没起呢，他起来了。现在就算勾践坐在地上，坐在马粪旁边，你也是君，我也是臣。

消息传到吴王夫差的耳朵里，夫差很感动。"伯嚭。""大王。""我觉得范蠡这个人很可贵。""是啊，相当不错。""来呀，召见勾践夫妇，召见范蠡。""遵王谕。"

伯嚭传下话来，有人押着勾践夫妇，范蠡跟着，前来拜见夫差。勾践当然得趴在地上行礼："贱臣勾践，拜见大王。"媳妇在旁边陪着。范蠡在勾践身后一站，心说：我家大王归降了，跟我没关系，我就是伺候我家大王来的。范蠡往这儿一站，非常精神，长得也漂亮，要不西施后来怎么跟他走了呢，风流倜傥。"参见大王。"夫差根本就没理勾践，也没看勾践的夫人，看了看范蠡："你是范蠡？""啊，我是越国派来伺候大王、陪着大王归降的范蠡。"

伯嚭心说：你这儿说绕口令啊？又是陪着大王来归降的，又是伺候大王的。范蠡对勾践永远称呼"大王"。夫差看着范蠡，越看越新鲜，心说：范蠡呀范蠡，你保他干什么使啊？他整天铡草喂马，睡在马粪旁边，你跟着也睡在马粪旁边？他就着马粪吃饭，你也就着马粪吃饭？你是越国的大夫，长得这么漂亮，没事儿非跟着他受这个侮辱？真够奇怪的，我得劝劝你。

"范蠡。""大王。""呃，smart lady（聪明的女人）……"勾践傻了，心说：夫差先叫的范蠡，然后说的这句话我不懂，范蠡什么时候学会的英语呀？我媳妇可能也学过英语。"嘛意思？""Smart lady，说的是聪明的女人。"勾践明白了，看来夫差是爱上范蠡了，想劝范蠡归顺。勾践的心里"怦怦怦"就打上鼓了，心说：我得指着范蠡呀，没有范蠡，一天我也活不了，范蠡是我的精神支柱。他跟我保证了，将来要保着我回归越国。勾践心里着急，可不敢回头。

夫差看着范蠡："我听说，smart lady（聪明的女人）不嫁破亡之家。"这下勾践听懂了，聪明的女人不嫁家破人亡的丈夫。范蠡抬头看了看夫差："大王请讲。""哲妇不嫁破亡之家，名贤不保灭绝之国。你范蠡风流倜傥，文武双全，为什么非要跟着勾践在此受辱？睡在石屋，住在马粪之旁？你若能归顺于我，凭你的才能，在我吴国必定是高官得做，骏马任骑，享受一生的荣华富贵，如何？"

勾践心里着急呀，心说：他要是一答应，我就完蛋了。范蠡在这儿站着，一抱拳："大王，您说的这话我明白。您认为我是贤臣，越国已然灭亡了，我就不应该再保我家大王了。大王，您错了。亡国之臣，不敢语政；败军之将，不敢言勇。"我们国家败亡了，我不敢参政；我们的军队战败了，我不敢说勇。"现在我陪着我家大王，只因为我不是仁德之臣，致使我家大王打了败仗，我也是罪臣。今天能跟着我家大王来到吴国，给您打扫庭院，是我心甘情愿。我家大王给您铡草喂马，拉着马陪您出游，使您心里痛快，我看见我家大王回来了，我就会非常高兴，这是臣之所为，是我应当这么办的。所以我作为罪臣，不敢贪图功名富贵。""哦……"夫差手捋胡须，看着范蠡，"好！不改初衷，贤臣也，仍回石屋。"

吴王夫差心说：这种人劝不得。他愿意住在石屋，愿意伺候越王，那就该睡在马粪旁边就睡在马粪旁边吧，该饿着就饿着吧。然后一甩袍袖，夫差回后宫了。伯嚭用手一指"勾践，越国之君，你还不起来吗？""啊……"勾践一听，心说：在这个地方居然还有人叫我越国之君？抬头一看，是伯嚭，勾践赶忙一抱拳："全凭太宰。"意思就是：我这条命是你给的，你得想办法让我回去呀。伯嚭点了点头，心照不宣了。

就这样，勾践带着夫人，范蠡跟着，仍然回到石屋，每天还是干这些活，蓬头垢面，也不能洗澡。上哪儿洗澡去呀？睡在一个石屋之内。等回到石屋了，勾践看着范蠡，眼泪下来了："你……在我身边。""是啊。我带着微笑，为大王赶去多少烦恼……""我的心中……"刚想说"有你"，范蠡直拉他衣裳，那意思是：你媳妇还在这儿呢。"有你也有她……我的希望，盼着早来到……"勾践真伤心啊。范蠡说："您就止住悲伤吧，就这一会儿吧。您知道外面有多少探子听着呢？""得了，咱们就娱乐这一回吧。"忍辱负重，君臣之间都不敢说话，夫妻不敢对语。每天都有人来偷听监视，回去禀报夫差："这三个人每天晚上躺下睡觉，鼾声很匀，没有言语，从不交谈。"

就这样，一直熬到两年过去了。有一天，夫差带着伯嚭在姑苏台上往下看，正好看见这间石屋，看勾践夫妇和范蠡干完活了，两口子坐在哪儿休息呢？就坐在马粪旁边休息。范蠡呢？规规矩矩地站在勾践夫妇身后，一只手拿着笤帚，另一只手自然下垂，垂手侍立。就听勾践好像说了一句话，范蠡躬身施礼，然后往后一退，仍然是这个姿势。夫人在勾践旁边坐着，目不斜视，陪着勾践。夫差很感慨："太宰，你瞧。""大王，瞧什么呀？""你看，勾践在我吴国身为奴役已然两年有余。勾践他也不知道能不能活着回归越国，而范蠡一个小小的官员，到现在仍然有君臣之分，越国的国教使我十分感叹，十分敬佩。"

确实很感人。已经两年过去了，每天干完活，国君往这儿一坐，夫人在旁边端然正坐，大臣用笤帚把前边打扫干净，让国君两口子坐着，自己站在国君身后，仍然有君臣之分。伯嚭心说：我得说话了，看来大王有点儿怜悯之心了。"大王啊，不但可敬，还很可怜啊。""是啊，勾践能够在我手下做奴役，打扫庭院，铡草喂马，吃在马粪旁，睡在马粪旁；范蠡仍然如此尊敬他的国君；勾践的夫人在越国吃尽穿绝，居然也能陪着勾践在这儿受苦，我确实很感动。可对待一个奴隶也能有怜悯之心吗？""那就得看大王您了。""哦，我若有了怜悯之心，就可以赦免他们回国吗？"

伯嚭心说：您快说这句话吧。现在文种带着众大臣治理越国，每年都给我送东西，我数都数不过来，我们家都富可敌国了。这要是能赦免勾践，把勾践送回去，勾践一感激我，那得给我送多少东西呀，我们家三十六代都花不完啊。所以伯嚭既然向勾践许下诺言，他就希望夫差能够放勾践归国。"大王，您真有此怜悯之心吗？""是啊，我看着他们实在可怜。""我曾听说：'无德不复。'您对他有大恩大德，他自然就得报答您。勾践不是无心之人，他要报答您，那越国世世代代就是吴国的奴国，岂不比您整天在这儿看着他强啊？""好吧，太宰，你就让太史官选择吉日，我可以考虑放他回国。""遵王谕。"

夫差由打姑苏台上下来，回宫去了。伯嚭马上派人一溜小跑来见勾践，比博尔特跑得还快。范蠡正在这儿扫地呢，这个人赶紧凑上来："范大夫。""什么事儿？""您赶紧告诉越王，刚才在姑苏台上我家大王说了，让太宰命太史官选择吉日，可能要放越王回国。"

范蠡一摆手，意思是你先别说，恐怕我家大王听见。他为什么要摆手？他怕勾践惦记着，没想到勾践已然在后边听见了。"啊……何时？"范蠡手一摆，送信的走了。"您听见了？""听见了，什么时候放我啊？""您别着急。""他说放能不放吗？他可是国君啊。""您要知道，他身边虽然有伯嚭能够保您回归越国，但他身旁同样还有刚愎自用的伍子胥。""哎呀……"勾践用手一指，说不出话来，往后头一坐，"扑通"一下，就坐在马粪上了。马粪还挺新鲜，热热乎乎，勾践一下子坐了一屁股。范蠡赶紧上前，把勾践搀起来，帮着洗，帮着扫。"唉……看来我没有归国之望了。""您要知道，伍子胥在夫差面前，也是说一不二的。"

真让范蠡猜着了。果然，这件事让伍子胥知道了。第二天，伍子胥面见夫差："参见大王。""相国有何事啊？""听说您昨天带着伯嚭到了姑苏台。""不错。""您看见勾践了？""看见了。他们两口子在石屋前席地而坐，范蠡在身后垂手侍立，不失国体，令我佩服。我发了怜悯之心，要放他回国。""慢！""相国，现在勾践也没在这儿，你干吗这么大声说话呀？我可是国君。""大王，我不是对您说话不敬，实在是我心中气愤。""你因何气愤呢？""大王，您想想，当初夏桀囚汤于夏台，如果把汤杀了，夏桀何至于灭亡，商汤何至于成事呢？您可不能忘了先朝之鉴啊。如果您不杀勾践，将来必受其祸。""嗯……相国说得也对。""大王，您千万千万不能放勾践回国。""好吧，那依相国之见呢？""杀！""容我思之。""不用想了。""我琢磨琢磨。""不用琢磨。"伍子胥一再强调，必须把勾践杀了，如果不杀他，将来必然反受其害。"好，那我就记住相国之言，你出去吧。"

伍子胥走了。这时，夫差坐这儿一想，想起先君之仇，爷爷被越国兵将所杀，心中又重新萌发杀勾践之心。"来呀，传太宰。"伯嚭赶紧来了："参见大王。""伯嚭，你别让太史官选吉日了。""大王，您……""刚才相国来了，说勾践表面谦恭，内藏虎狼之心，如果放了他，将来吴国必受其害，勾践可不是好惹的。我想相国说得太对了，不能忘记先君之恨。""那您打算怎么办？""让太史官算算，何日杀之？"这回不算让勾践走的日子了，改算杀他的日子。"大王，您再好好想想，三年的时候再琢磨这件事行吗？""哎，已然过了两年矣。"

伯嚭想往后抻抻。伯嚭也知道，如果杀，早杀了；如果不杀，也不能因为一时之念就不杀了，因为你已然准许人家归降了，而且都在你这儿待了两年多了。伯嚭没办法，赶紧命人一溜小跑前去告诉范蠡，把伍子胥是怎么说的，令夫差又萌生了杀勾践之心的事情全说了，勾践吓坏了。他虽然已经吃惯了这些残汤剩饭，虽然已经闻惯了马粪的气味，但听说没有回国的希望了，这下食水不进了。范蠡看着着急："大王，您这是怎么了？""唉，没有回去之望啊。范大夫，你再救我一救。""我一直在救您啊。""你再替我出个好主意。""那好吧，容臣思之。"

主意也不是当时就能想出来的。正在这时，夫差派人传话来了，黄门官高声喊嚷："大王召见，勾践夫妇前去面君。""遵旨。"勾践吓坏了，心说：这回非杀我不可。勾践带着夫人，带着范蠡，由打石屋中出来了。刚走出石屋，夫差手下人一拦："大王说了，让你夫人跟范蠡在石屋门前站立等候，你一个人去面见大王。"勾践心说：身边没范蠡，我受得了吗？没媳妇，我现在受得了；没范蠡，我现在可受不了啊。看来我必死无疑了。

勾践没办法，只能跟着黄门官前来面见夫差。勾践就在夫差的殿阶之下一趴，上身的衣服脱掉，露着后背。勾践在这儿趴着等着，到时候有人来给点儿饭吃，跟喂狗似的，从上午趴到中午，从中午趴到晚上，天黑了也没人理他这茬儿，勾践就趴在地上睡觉。第二天早上赶紧睁眼，然后又有人给点儿吃的，吃完了接着趴着。就这样，勾践趴了三天，没人理他。勾践心里琢磨：头天没杀我，第二天可能有点儿希望，第三天希望就来了。正在这时，听见脚步声音响，抬头一看，伯嚭由打里面出来了。哎哟，我的妈，救命的爹来了。

伯嚭干吗来了？伯嚭知道夫差让勾践趴在台阶之下，一连三天，伯嚭有点儿着急了，马上来见夫差："大王。"伯嚭一看，夫差在床榻上躺着呢。"大王，您怎么了？""心中不明。"伯嚭站起身形用手一摸，夫差发高烧了，浑身烫着呢。手下人赶紧禀报："太宰，您怎么才来呀，三天了，大王食水不进，您摸摸，大王身上多烫啊。"伯嚭心说：我说他怎么让勾践趴了三天都不理人家呢，敢情他病了。

"大王。""谁呀……""臣伯嚭。""太宰，看来我命休矣。""别价，您可不能离我们而去呀。大王，您吃过药了吗？""服过药了，确实身体很不舒服。""大王，您打算病好，就得行善啊。""太宰，我该行何善事啊？""您想想，现在您召见勾践，勾践在台阶之下被太阳晒着已经趴了三天了，您若是行行善事，病情可能就会有好转。""好吧，就依太宰之言，让他回归石屋去吧。"

伯嚭这才跑出来。"您赶紧起来吧。""吴王呢？""大王病了。""他病了，我就活了。""对了，你赶紧回到石屋，等我的密报。"

勾践赶紧起来，回归石屋。伯嚭在宫中天天伺候夫差。要没有夫差这场病，也许勾践就死了。一天、两天、三天、四天……勾践打听消息，范蠡打听消息，伯嚭也打听消息，夫差这一病就是三个月。勾践着急，心说：吴王什么时候传我，就是什么时候要杀我。不行，我得问问范蠡。"范蠡。""大王。""那天我走的时候让你想办法，现在时隔三月，主意想出来没有啊？""臣想出一条妙计，但不敢说。""你说吧。""您听吗？""听。

不听你的，我早就完了，精神早就崩溃了，就支持不下去了，天天吃二百片安定也睡不着觉。你说吧，我全听你的。""您真听？""真听。""好吧，我先给您举个例子。""你甭举例子了，先说主意吧。""那我就先说办法。""说吧。"

"现在夫差病了三个月，我听说病情已然见轻。您假仁假义关心吴王，马上到太宰府面见伯嚭，就说听说吴王重病三个月，您痛哭流涕，食水难咽，实在无法活在世上了。""等等，我可不求死。""知道，您就告诉伯嚭，因为吴王这场病急得食水难咽，不想活了。您想去亲自看望看望吴王，安慰安慰吴王，也许吴王的病情就能有所好转。""我盼着他死呢。""不成，您必须这么做。而且您见到夫差之后，察言观色，您也是精通医脉，要看他的脸色。"勾践的确学过医术。"您要是看他气色有缓，跟伯嚭所讲一样，那就告诉他，您有一个办法。""我有什么办法？""您就说，您在东海之时看人家尝过病人的粪便。"

范蠡说到这儿，勾践还不明白吗？往后一仰，"扑通"一下，勾践又坐在马粪上了。"让我闻都够呛啊，你出的这是什么主意？！""我不出这主意您活不了。""你怎么这么说话呀？""这是您挤对的呀，您不是说您听吗？您想想，您来到吴国，夫差饶您不死，本来有意放您，结果听了伍子胥的话又想杀您，现在隔了三个月了，为什么还不放您？说明还想杀您。如果您没有特殊的举动，夫差还是不放心您，还是不能把您放回国。所以我给您出的是绝妙之策。""可我说什么也是越国的一代君王啊。""您要不是君王，我还不跟您来呢，您到底想不想回去做君王？""天天都想，快想疯了。""那您就得听我的。您就跪在夫差面前，说您在东海之时看人尝过病人的粪便，然后就能知道病人的病体恢复之日。""真让我尝啊？""我刚才说举个例子，您非不听。您想一想，当初周文王被困羑（yǒu）里，商纣王要把周文王杀了，想考验考验他，于是就把周文王的亲儿子伯邑考杀了，做熟了给周文王吃。他若不吃，就杀了他；他若吃，那可是他的亲生之子。但周文王忍了，亲生之子已然死了，不能因小而失大。所以周文王把伯邑考的肉吃了，商纣王才免其一死。大王，您不就是尝尝粪便吗？您别捂着鼻子，您已然在这样的环境下训练两年多了。只不过您天天闻的是马粪，现在要您尝尝人粪，尝完您可就活了。""好吧，不过你出的主意够损的。""您想不想回国？""想回国。""那您就按我的话办。""好吧，我再听你一回。"勾践实在是急了。"那您赶紧去找伯嚭。"

勾践撒腿就跑，跑到太宰府，在门前深施一礼："勾践求见太宰大人。"门官赶紧往里回禀。伯嚭一听，勾践来了，不知道有什么事啊，马上让人把勾践带进府中。"您有什么事要见我？""我听说大王已然病了三个月了，不知道现在病体如何，我天天吃不下饭，睡不着觉。我身为奴仆，就怕君王有事啊。求太宰你无论如何在大王面前说几句好话，让我能探视探视大王的病情，我死而无憾啊。""您再说一遍？我旁边可没人。您还死而无憾？您死了早有憾了，您不就是盼着自己能活吗？谁给您出的这主意？""范蠡呀……""高。您等着，您既然能这样，我必须禀报大王。"

让勾践在这儿等着，伯嚭撒腿就跑，一直跑到夫差面前，一看夫差的气色，确实如太医所说，的确好多了。但夫差的烧一直不退，觉得不舒服，总担心自己不能活在世上了。听见脚步声音响，夫差微睁二目："谁呀……""臣伯嚭。""太宰，见我何事？""大王，您知道谁想来看看您吗？""伍子胥？""他可不想来看您，那个人没有仁者之心。""那是谁想看我呀？""大王，是勾践。"夫差一听，把眼睛睁开了："勾践也想来看望我吗？""他听说您病了，作为您的役臣，肝胆俱裂，他想来看看您，希望您能马上恢复健康。""好吧，就让他来吧。"

也搭着夫差已然病了三个月了，这个来看，那个来看，夫差都看烦了，可还没看见勾践呢，看见勾践精神焕发，也许病就好了。就这样，伯嚭赶紧回到太宰府，就把勾践带来了。勾践赶紧把上衣脱了，理了理披散的头发，来到夫差的病榻前，往地上一趴："役臣勾践，参见大王，诚惶诚恐。听说大王病体沉重，勾践肝胆俱裂，寝食俱废，只求大王能够安康。""勾践，没想到你还能有这份儿心啊，但我确实很难受，吃药也无济于事。""大王，我在东海曾经学过医，而且亲眼看见医生尝了病人的粪便，就能知道病人何时能够康复。""哦，还有这样的事？哎呀，不要再提了，粪便岂能尝乎？""能啊。"

正在这时，也非常奇怪，夫差突然感到肚子一阵剧烈的疼痛。"哎呀，伯嚭，赶紧把勾践带出去，我，我要方便。"勾践往后一退，就退在门框旁边，垂手侍立。以他现在的身份，能在夫差身边站会儿，那就了不得了。手下人赶紧伺候着，拿来便桶，伺候夫差。夫差排泄完了，觉得舒服了，出了一身透汗。他已然好多天没解过大便了，好多天没大便跟天天解大便的味道就不一样。解完之后，手下人伺候着，夫差躺下了。然后，手下人就把便桶往出拉，正拉到勾践面前，勾践用手一扶便桶："慢。"

夫差觉得身体舒坦一点儿了，可就听见勾践说的这一声"慢"了。夫差躺在床榻之上偷眼观瞧，就见勾践把便桶的盖子打开，趴在便桶之上闻了闻。旁边夫差的手下人直皱眉，又不敢捂鼻子，又不敢往后退，这份儿难受，都希望自己这时候能得热伤风。连伯嚭都闻见了，太味儿了，整个寝宫都快受不了了。再看勾践，趴在粪便上头，用手指蘸了蘸，然后拿舌头舔了舔。哎哟，连夫差都想吐了。然后，勾践把便桶的盖子盖上，跪倒在地，爬到夫差的病榻之前："恭喜大王，您的病体不出半月即将痊愈。""啊？！勾践，你待怎讲？""您不出半月，定将痊愈。""你怎得知？""大王，适方才役臣已然向您禀明，我在东海学医之时曾经看人治病，就有医生尝过病人的粪便。我问他何故，他说人的粪便要顺其时令。如果顺时令气息调匀，人便能生；如果逆时令气息紊乱，无法畅通，人必死。""那么你尝了寡人的粪便，如何？""大王，现在正是夏天，马上进入秋天，您的粪便顺乎时令，从苦到酸，所以役臣知道，不出半月，大王定然痊愈。"

"哎呀……"夫差慢慢起身，站了起来，伯嚭赶紧用手一扶。夫差都傻了："身为臣下、身为人子，谁能为有病的君王、有病的父亲尝其粪便？

只有勾践你呀。"这时候，像伯嚭你就别言语了。"大王，您看……""你行吗？""臣虽然心里热爱大王，但这件事臣确实做不到。""甭说你做不到，就算太子也做不到啊。勾践，你是个善心仁德之人。伯嚭，马上让他搬出石屋。""哎。""让他更换衣服，沐浴更衣。待我病好之后，我再考虑一二。"

夫差为什么说这话？夫差心说：你说半个月我的病就能好，我得看我好得了好不了。但现在就冲你能尝我的粪便，我让你搬出石屋。咱们书不说废话。勾践带着夫人，还有范蠡，由打石屋中搬出来，那就住上两居室了，两口子住一间屋，范蠡住一间屋；吃的东西也稍微好一点儿了，起码能顺点儿气儿了。勾践每天提心吊胆，就盼着夫差的病体痊愈。一天、两天、三天、四天……到了半个月的时候，夫差确实身体康复了不少，夫差非常高兴："来呀，摆上酒宴，款待勾践。"

这可不简单，摆上酒宴款待你，那么你勾践就是我的客人。伍子胥闻听此言，迈大步"腾腾腾"来到夫差的面前。"大王，且慢！""相国，有何话讲？""大王，您必须杀了勾践。""仁义之人，为何杀他？""您不杀他，将来越必灭吴。我曾经说过：越国人十年生聚，十年教训，不过二十年。只要您放回勾践，那吴国必将成为一片泥沼。"

伍子胥苦劝夫差杀了勾践，那么勾践能不能活着回国？十年生聚，十年教训。谢谢众位，咱们下回再说。

第六十回　夫差沉迷美西施

越王已作釜中鱼，岂料残生出会稽？可笑夫差无远虑，放开罗网纵鲸鲵。

这几句说的是吴王夫差放走了越王勾践。其实只要夫差一下狠心，就能把勾践杀了。当然，历史是历史，现实是现实，真正的历史到底是怎么回事儿？虽然有记载，但谁也不敢肯定谁就说得对，谁就说得错。咱们这部书还得按照《东周列国志》来说。您就说夫差吧，从《东周列国志》上说，夫差是公子姬光的孙子；从正史上说，夫差是公子姬光的儿子。但甭管他是儿子还是孙子，总而言之，他在勾践这件事上办错了。正像伍子胥所说的：你放走勾践，十年生聚，十年教训，不过二十年，越必灭吴。其实勾践给人很多启示，他后来之所以能报仇，就是因为他坚守了十年生聚，十年教训，忍辱负重。越王勾践能够回国，其中一个原因当然是由于夫差没有远虑；另一个原因就是夫差不纳忠言，他不听伍子胥的，反而听了伯嚭的话。由此也说明伯嚭已然让越王君臣摸透了，只有找到伯嚭、巴结伯嚭，给伯嚭财物，给伯嚭美女，伯嚭就能为越王说话。所以听历史书，也是给现实一个教育。现在很多人做生意，经常都会这么考虑：到底这个人应该怎么用？怎么把他用好，自己的事业能够成功，事情能够办妥，确实是一门经验学，这经验也不是一天两天能学成的。所以等夫差明白过来的时候就晚了，已然到了自刎的时候了。

夫差放走勾践，勾践带着夫人和范蠡回国。在浙江大堤之上，勾践看见祖国的大好河山，想起自己在吴国石屋三年，而且不尝夫差的粪便都回不来，您说他当时是什么心情？勾践看了看夫人，夫人也看了看勾践，两口子抱头痛哭，哭的就是这三年忍辱负重。咱们都知道，一般人忍辱负重都不容易，何况勾践呢？就在这时，江对面突然传来惊天动地的呼声："大王……"

　　两口子清醒过来，往江对面一看，只见忠臣文种带着文武众卿，还有越国都城中的老百姓，全跪下了，冲着勾践欢呼，震动天地。勾践似乎是由打梦中惊醒过来，下定决心了，心说：我还有百姓呢，我还有忠臣呢，我还有国呢，我应当听范蠡的，听文种的，好好治理国家，将来一定要灭夫差，报这几年的亡国之仇。这些臣民来到勾践夫妇面前，二次跪倒："参见大王……"勾践一一用手相搀："没有你们，我坚持不了这三年；没有众卿替我治理国家，我也熬不到今天。这是寡人没有治国之能，是寡人的罪过。"

　　当然，文武众卿和老百姓都劝勾践，勾践拉住文种的手："范蠡跟了我三年，而你治国三年，这才能够让我回来。""大王，您能回来是我们越国人的福分，只要您不要忘记三年的石室之苦。"这就是忠臣，老得给你提个醒。"大王，现在您应该回归国都了。"勾践看了看范蠡："范大夫，你给我算算，哪天是良辰吉日，我就在那天回归国都。"范蠡精通卜卦之术，一算："大王，给您贺喜，明天就是吉日。"

　　于是勾践夫妇上了车，带着手下的臣民，第二天赶回国都，现在越国的国都叫诸暨。勾践回来，祭奠完祖先之后，马上来到庙堂之上临朝听政。一个人的雄心壮志，咱们也能够理解：经过三年奴隶生活，现在回来了，坐在朝堂之上，又是越王了，您说什么心情？勾践临朝听政，文武众卿列立两厢，管粮食的您说耕种，管水利的您说治水，管户口的您说生育和死亡，管外交的您说与各国的外交事务是如何处理的。勾践十分精神，把国政全都听完了，叫了一声："范蠡大夫。""臣在。""这都是寡人的过错，使得老百姓不能安居乐业，我才受了三年之苦，现在要记住这苦。我请你在会稽筑一座新城，然后把国都迁到会稽，遥望吴国，使我永远记住亡国之恨。""臣遵旨。"

　　咱们书不说废话。勾践一件一件地办理国事，内宫的事务由夫人回去办理。范蠡马上来到会稽选址，要建一座都城。这个消息很快传到吴国，夫差派出人去监视，因为会稽离吴国很近。范蠡很会办事，在会稽选址筑城，就把会稽山包在这座新城之中。盖城可不是一天两天的事情，但咱们说书得快说。范蠡把这座新城盖好了，一宿的工夫，突然城中起了一座山，有人禀报范蠡，范蠡禀报勾践。这座山是什么山？有人认识，是琅琊地方的一座高山，叫作东武山，不知为什么突然飞到会稽来了。我估计可能是地壳的变化，就因为在会稽修筑新城。勾践得知这个消息，亲自到会稽来看，就把这座山叫飞来山，也叫怪山，也叫龟山，因为山的形状好像一只龟。那么这座新城有什么特点呢？有外城圈，西北山口这地方叫卧龙山，在卧龙山上盖了三层的飞翼阁；里面有内城，外城西北角是开着的，没有城门；东南方向是泄水之处，地势比较低洼。

夫差得报，就派人来问："为什么你盖的这座城西北方向没有城门？"勾践马上把文种找来，让文种派人来到夫差面前，跪倒施礼："大王，我家大王盖的这座城。西北方向没有城门，就是为了进贡方便，永远朝拜吴国，年年进贡、岁岁称臣。"

夫差挺高兴，心说：三年的时间，我把越王勾践治服了，冲着我这边的方向都不敢修城门，得往我这儿该运粮食运粮食，该运葛布运葛布，该运甜蜜运甜蜜，他永远是我的臣民。其实范蠡有他自己的想法。西北方向没有城门，就是为了准备打吴国的时候，能够出兵迅速。所以说勾践跟他手下这些文武官员，时时刻刻都不忘亡国之恨。会稽城盖好之后，勾践就从诸暨迁都来到这里。进城之后，马上临朝办公，手下人都非常高兴。勾践传下命令：范蠡管军队；文种管治国；其余的人管水利，管外交等等等等，各司其职，划分得非常清楚。勾践强调一点，必须要知道抚恤老百姓，必须要知道爱护老百姓。"你们身为文武大臣，必须和本王一样，做到勤政爱民。"

这是勾践的宗旨，同时勾践给自己有规定：不住大房子，别墅不去，宫殿更不住了，住在一间很简陋的屋子里；不穿绫罗绸缎，穿布衣，夫人也穿布衣；到了农耕时节，亲自拉着犁去种地，夫人坐在织布机前织布。另外，七年不收赋税，而且规定男子二十岁不娶，女子十七岁不嫁，就拿爹妈治罪。您看，这就是什么年代说什么年代的话。勾践这么规定是为了兴旺国家，要增加本国的人口。勾践还传下命令：老的不能娶少的为妻。五六十岁的男人娶一个小媳妇，这不行；年轻的男人也不能娶岁数大的女人。不但如此，勾践还规定，生孩子就有一份礼，生男孩子给一条狗，生女孩子给一头猪。生两个儿子，国家给养一个；生三个儿子，国家给养俩。如果死了人，在之前生病的时候就做登记，勾践亲自去看，死了之后应该怎么埋，如何抚养子女，都有明确的规定。所以国家制度定得非常好。平时勾践喜欢什么呢？其实他也喜欢吃好的，穿好的，但他非常节约。如果说自己看书研究国策，累得慌了，就用草扒拉一下眼睛。夏天是举着火把坐在草堆上，熬着自己；冬天冷，自己想蜷一会儿，马上就把脚搁在凉水里泡泡。旁边挂一个苦胆，每天都要舔舔苦胆，尝尝苦味，以不忘石室之苦。勾践为什么要这么做？他是做出来给老百姓看的：我都如此，老百姓就更应该齐心合力，来强大我们越国。

但大家伙儿发现，勾践平时总爱吧唧嘴，于是研究研究，给他出了一个主意。这主意是怎么出来的呢？大家伙儿问范蠡："为什么大王总吧唧嘴呢？""你们不知道，大王在吴国时，尝过夫差的粪便，他总嫌自己的嘴臭。"范蠡知道在会稽城北有一座山，产一种草叫蕺（jí）草，把这种草放在嘴里一嚼，就能去除口中的异味儿。后来这座山也改名叫蕺山。不但勾践自己嚼，他让大家伙儿都嚼，这就是王的权力。越国上下一心，十分拥护勾践，勾践就这样治国。

勾践时时都想着报仇，怎么报啊？他得给夫差预备礼物，于是上山采葛。葛这个东西可以劈成丝，然后织成布叫作葛布。勾践把葛布成船成船地给夫差送去，甜蜜一百罐一百罐地送去，竹子砍下来做成箭杆也是一船一船地送去。夫差非常高兴，心说：没问题了，勾践做了我三年的奴役，现在回到自己的国家，仍然按时按日按月进贡，没缺过一回，这样的人我可以封他了。于是夫差今天封点儿地给勾践，明天封点儿地给勾践，越国就逐渐成为一个纵横八百余里的国家了。勾践把好东西总送到吴国，夫差传下话来，赐给勾践羽帽，就是你的帽子上可以插羽毛了，插上羽毛可就要飞了，可就要成王了。伍子胥看见这些情形，想谏言，但走到夫差面前一看，伯嚭在那儿站着呢，嘴一撇，于是伍子胥走了，心说：有什么话我也不说了。

夫差踏实了，把伯嚭叫来了。"伯嚭，现在越国也臣服了，我也该享受享受了，你看应该怎么享受啊？""大王，您得盖宫殿啊。""在哪儿盖呢？咱们这儿最高的地方就是姑苏台，先君已然在那儿盖了呀。""嗐，那您就拆了重盖嘛。只有在姑苏台这个地方，才能看到周围好几百里地。您把这台盖得越高越好，越大越好。""我盖那么大干吗呀？""广选美女呀。您让她们组乐队，弹唱歌舞，陪着您饮酒作乐。现在您可以放心了，越王那边没事儿了。""好啊，就依你之见，重建姑苏。"

夫差这一句话，选木材三年，盖了五年，重建姑苏台总共用了八年的时间。原来就是有九条路往山上走，现在把山路也拓宽了。要重新修建这座姑苏台，您想得需要什么？大的木材。夫差往下传话，要选择大个的优良木材。消息马上传到越国，文种非常高兴，来见勾践："参见大王。""文种大夫，有何良策呀？""大王，有道是'高飞之鸟死于美食，深泉之鱼死于芳饵'。您要打算报仇，就必须对付吴国。"

勾践也明白：飞得很高的鸟儿找食找不着，嘿，突然看见那儿有美食，"唰"，净顾着叼美食去了，"叭"一下掉在山涧里头了，或者一头撞在山石上了。鱼本来在深泉之下活得挺好，自由自在地游，忽然看见上头来一块肉，往上一叼，"叭"，把鳃钩住了，被钓上来了。这是一个很普通的道理。"文种大夫，你说的话很对，但要打算灭夫差，怎么给他下诱饵呢，怎么才能让夫差上钩呢？他上钩才能亡国，我才能报亡国之仇啊。""大王，我想出了七条计策，能够置夫差于死地，可以让越国灭了吴国。"那勾践能不高兴吗？"文种大夫，计将安出？"

"第一条，您现在就把越国所有的好东西，绫罗绸缎、箭竹美食，用船装上，给夫差送去，让他们感到高兴，知道您对他们一心一意的好，知道越国上自君下至民都愿意服从吴王，都愿意把最好的东西献给吴国。""这件事好办，那第二条呢？""第二条，您得抬高粮食和箭竹的价钱，把价格给哄抬起来，让吴国购买，就能够使其国库空虚。"勾践一想：这好办，网络上一炒作就行了，粮价一下子就抬上去了，箭竹的价钱也抬上去了。"不过大王，您可得留神，周天子要下旨查抄网络，您就办不到了。""嗯，咱们先炒作一把。"文种的这个计策相当不错。抬高粮食的价格，夫差缺粮食，他就得买。古时候打仗以箭为主，哪个国家趸的箭越多，哪个国家的军队就越强大。把做箭的竹子的价钱也抬高了，你想造箭就得来买我的竹子。时间长了，就能使吴国国库空虚。

"大夫，第三条呢？""第三条，您就得预备美女了，夫差的姑苏台如果盖成，他必然要美女。您挑选最好的美女送到夫差面前，送到伯嚭面前，以乱他们的魂志，让他们心迷，无法治国。""高。"其实这条计策到现在也用得上，也不知道为什么美女就能乱国。您看现在所有的贪官，百分之九十九点九九都因女色引起，都是给情妇买这个买那个，最后暴露出来了。人人都有爱美之心，爱美也得分怎么爱。一夫一妻过日子，娶媳妇不是欣赏美人，是要正正经经过日子，共同生活。您一有了钱，有了地位，一觍觍欣赏女人美色，那就完了，很多人就失败在这儿了。

"那我再问问你，这第四条是？""第四条，您选择能工巧匠，有能盖楼的，有能织布的，有能做漂亮衣服的，有能做美食的，把这些人都给夫差送去，让他们花钱盖宫殿，做漂亮的衣服，做美食，让他们的国库越来越空虚。""好。第五条呢？""第五条，您得对付他手下的人，就是多送东西给夫差手下的谄佞之辈，给他们拍马屁，他们君臣就缺乏谋略了。""哎呀，那还有伍子胥这样的人呢。""大王，这就是第六条了，对待夫差手下的那些忠臣，您就得想办法离间他们君臣的感情，逼迫这些忠臣自杀。""真棒！"要说文种出的计策可是真够狠的。"还有第七条呢？""第七条，您就得强大自己，治理国家，训练军队，使越国强盛，抓住有利的时机，就能把夫差灭了。""好，太好了！"勾践站起身形，恭恭敬敬地给文种深施一礼，"谢大夫，那咱们就依计而行。首先应该怎么办呢？""现在夫差正在重建姑苏台，缺乏大块的木材，咱们得好好选择木料。"

勾践马上传下命令，让三千人上山去采伐木材。您看《东周列国志》，采伐了多长时间？一年。找不到大木头，这一下就苦了这些伐木工人了，天天晚上聚在一起唱歌，没事儿干啊。找了一年多，突然间发现木材了——工人们在山上发现了一对神木，二十多个人都抱不过来。问当地的老百姓，说山北边的是楠木，山南边的叫梓木，特别高大，好几十丈。工人们就把勾践请来了，勾践亲自来拜谢神木，跪倒在地磕头，终于找到这么好的木材了。然后，把这对神木锯下来了。因为盖姑苏台这么一座大的宫殿，得预备很长很粗的木材。勾践把这对神木锯得了之后制成料，用油漆涂上，画上五彩龙蛇之纹，然后让文种和范蠡把这些木料放在河中，由打水中一直漂到吴国。

文种来见夫差，跪倒在地："大王，我家大王是您的役臣，让我前来代言。我家大王说了，贱臣勾践本想修建自己的宫殿，没想到发现了这么好的木材，自己不敢用，特地命我前来献给大王。""好啊……"夫差亲自来到江边一看，这么好的木头，高兴啊，看来勾践是彻彻底底地臣服了。

伍子胥也看见了，他赶紧来找夫差："大王。"夫差一看是伍子胥，再往另一边一看是伯嚭，他就爱看伯嚭，因为伯嚭总乐，伍子胥总耷拉着脸。"相国有何话讲？""这些木材您不能要，让他们弄回去。""啊？好不容易才得到这么好的木材，干吗让他们弄回去？""大王，您不能修建姑苏台。想当初纣王盖鹿台，穷竭民力，导致灭亡。"

伍子胥说得对不对？说得对，但夫差不爱听。伯嚭听完，在旁边一乐："相国，您怎能说出这样的话来呢？难道你把大王比作纣王吗？"夫差一听，心说：是啊，我可不是无道的昏君。"相国，你还不下站吗？"伍子胥双眉紧皱，看着伯嚭："伯嚭呀伯嚭，吴国早晚就亡在你这样的奸臣佞党手中。""哎呀，大王您瞧，我可是一片忠心耿耿啊。""嗯，下去。"夫差手一挥，伍子胥没办法，只好走了。

夫差收集木材花了三年时间，盖花了五年时间，姑苏台才完工。盖好的姑苏台有多大？上面能装六千人，高三百丈，宽八十四丈，非常漂亮，富丽堂皇。这边姑苏台盖好了，勾践问文种："大夫，木材也运去了，粮食和箭竹的价格也被抬高了，又派去能工巧匠把姑苏台盖好了，下面该送美女了，可美女何来呀？""大王，既然能有神木由天而降，就说明吴国当亡，越国当兴。您想想，自打您迁都到了会稽，天降昆仑，城中起山，就说明您能称霸；寻找木材之际，又有天降神木。现在您想惑乱他们君臣迷恋之心，那咱们越国必出美女。""文大夫，你说了半天，我要往何处去寻？""这好办，您找跟您特别贴心的，眼光也比较好的仆人百余名，让他们在全国广选美女，选完之后再一层一层地筛选，最后您亲自再选，肯定能选出绝色女子。"

这一折腾可就不简单了，最后选出二十多名美女，让勾践一一过目，最后选出两个人，这两个人住在苎（zhù）萝山下。苎萝是干什么使的？苎萝劈开之后能织布，捻在一起能做绳子。苎萝山下这个村子叫西村，绝大多数住户都姓施。这两个美女经常一起在河边浣纱，一个叫西施，一个叫郑旦。有人说西施住在西村，郑旦住在东村，但《东周列国志》上写两个人是住在一个村里的，是邻居。两个人天天在一起聊天儿，一起浣纱，情同姐妹。这两个人都非常漂亮，勾践选了她们，给每个人家中黄金百两。这两个美女一选出来，就惊动了国家，上自文武众卿，下至老百姓，没有不知道勾践选美女的。最后选出来的两名美女到底什么样？谁都想看看。范蠡和文种想出一个办法，范蠡就对大家说："我预备一个箱子，让两名美女站在朱楼之上，你们都可以来看，排队由打外面进来，然后每个人在箱子里搁一文钱。"

您看，要不怎么说范蠡能够经商呢。范蠡用挂满帷帐的车把两个美女接到别馆之中。到了看的这一天，又用香车把西施和郑旦送到朱楼之下。两个美女一登楼，您再瞧楼下放钱的这个箱子，早都满了。大家伙儿一瞧，这两个美女真漂亮，所有男士都魂飞天外，魄散九霄，谁都爱看美女呀。结果范蠡发财了。范蠡把这些钱全都送缴国库，然后把两名美女带到勾践面前，勾践一看："唉，吾不能得也。"

他也爱美女，但不能要，得给夫差送去。勾践传下话来，让范蠡给西施和郑旦选老师，让她们演习歌舞，从走路开始练，怎么坐着，怎么站着……练了整整三年。幸亏西施和郑旦五音很全，都能唱。那培养这三年也不容易，演习歌舞，琵琶丝弦，得让夫差一看就惊呆了，不光是美色，主要是培养她们的气质和技能。

咱们书不说废话。三年过去了，两名美女也都培养出来了。范蠡奉勾践之命带着这两名美女遄奔吴国。坐的是什么车？香车，特别香，能香出好几百里地去。为什么这么香？后来人研究研究，敢情车上洒的是法国香水。而且车非常华丽，跟小宫殿似的，上边都镶嵌着珠宝。帷帐往下一落，西施和郑旦坐在车中，老百姓把路都快堵死了，一直把西施和郑旦送到船上。范蠡保着两名美女一直送到夫差面前，跪倒在地："贱臣勾践命我前来给大王送两名美女。本来我家大王应该带着夫人再次来到吴国，为您扫清庭院，铡草喂马，但因为家中事务比较繁忙，所以特意献上两名美女来服侍大王。另外，还陪送六名美女。"

其实陪送的六名美女也了不得。夫差马上传下话来，命美女们上殿。西施和郑旦飘飘然走到夫差的金殿之上，夫差一看："呀……"眼神可就挪不动了，耳不能听声，脑瓜顶上裂开一道缝，魂儿"嗖"一下就出去了，好半天魂儿才回来。夫差看了看伯嚭，再往另一边一看，心里比较踏实，因为现在伍子胥已经不愿意上朝了。夫差心说：这下没人给我说坏话了。

"哎呀，谢过勾践。"勾践之前送了多少东西，吴王都没说"谢过"，这回看见西施和郑旦，夫差说"谢过勾践"。"寡人留下矣。"

那还不留下？再一看后边这陪送的六个美女，也都够漂亮的。这样，夫差就把西施和郑旦留在宫中，然后带到姑苏台去游玩。这两个美女比较起来，都会哄人，但唱歌、跳舞尤佳的是西施，郑旦稍微差一点儿，所以夫差就特别喜欢西施，当然也喜欢郑旦。夫差喜欢西施到什么程度？不能言表，您就去琢磨吧。夫差把西施带到姑苏台上，把郑旦留在后宫。郑旦很失落，说句英语叫 jealous，嫉妒。这一嫉妒可坏了，心情忧郁，郑旦一年之后死了。我觉得郑旦有点儿想不开。吴王是宠西施，可你没事儿在宫中坐着多好，什么都有人伺候着，他们在姑苏台玩他们的，你找仨人在宫中一搓麻，你享受你的。到最后夫差亡国，有人治西施的罪，没人治你的罪，你反倒能活了。结果郑旦想不开，忧郁了一年，死了，有什么意思？人生苦短，老天爷给这么一回生命不容易。所以，我觉得活一天就应该高兴一天，这是最好的。

夫差宠西施，爱得五迷三道的。姑苏台这儿有口吴王井，井里的水是由打湖中引来的，非常清澈，西施在这儿一梳头，吴王就在旁边瞧着，其实这也很正常。夫差又让王孙雄在姑苏山灵岩上盖了一座馆娃宫，在馆娃宫中建了一个响屧（xiè）廊。屧就是一种木头底的鞋，把廊下的地都挖空了，把大瓮放在下面，上面铺上木板，西施带着陪送来的这几名女子走在响屧廊上。您想想，木头底的鞋走在木板之上，"呱嗒儿呱嗒儿"一响，瓮声一起，夫差觉得好听。那时候也就这样了吧，跟现在差远了，现在那得有多少享乐的办法啊。但这在当时就了不得了，西施想吃鸡肉有鸡城，吃鸭肉有鸭城，吃鱼有鱼城，喝酒有酒城，而且西施带着这些美女在香山种香草、采香草时，夫差就坐在旁边欣赏。无论现在怎么说，都说不尽当时夫差宠西施，西施得宠时的得意之心，咱们理解不了。总而言之，夫差让西施迷住了，和西施日夜不离，夏天有避暑的地方，出去有行围打猎的地方，除此以外就是在姑苏台上游玩。

伍子胥实在忍不住了，跑到姑苏台前来求见夫差。一开始夫差辞而不见，但也不能总不见啊，这天伍子胥来了。"相国见我何事？""大王，我听说您宠爱西施，您要知道，美色乃是亡国之物。"夫差不爱听："哎呀，相国，爱美色之心，人皆有之。"底下这些文武众卿也都跟着说："对对，人皆有之。"大家伙儿心说：西施要是能借我们一天该多好啊，谁不爱美色呀？伍子胥摇了摇头："大王，美色是亡国之物。想当初夏桀王宠妹（mò）喜，殷纣王宠妲己，周幽王宠褒姒，最后都落得亡国的下场。您要记住，这亡国之物虽可爱，也可恨，应该把她们送回越国。"您说夫差能舍得吗？

"哎呀，相国，你老了，没有年轻人之心了，美色人人都喜爱呀。再说了，勾践有这么好的美色他不享用，特意送到我面前让我享用，足以说明勾践对我一片忠心耿耿。你退下吧，下姑苏台而去。"

夫差愣是把伍子胥轰出来了。夫差每天就是和西施在姑苏台上饮酒作乐，可时间长了，越来越闷得慌，夫差就找伯嚭。伯嚭说："大王，我给您出个主意。""什么主意？""您可以在姑苏台上举办一个活动。""什么活动？""您举办一个姑苏台明星伴舞会，有明星来陪着大家跳舞，然后再举办一个姑苏台美喉歌唱会……"

总而言之，伯嚭没出什么好主意，一个活动接着一个活动，选美女，选能跳舞的，选能唱歌的，把这些人都留下，陪着夫差和西施一起弹唱歌舞。消息传到越国，勾践非常高兴："好，这条计策也成功了。文种，现在还应该用什么办法？""大王，现在粮价已然抬高，做弓箭用的竹子的价格也抬高了，今年正好咱们越国有点儿歉收，我给您再出个好主意。""就请文种大夫说出妙计。""这么办，我替您去面见吴王，说咱们国家歉收了，老百姓没有粮食吃，跟他借一万石粮食。""他能借吗？""我想他能借，但我必须带厚礼面见伯嚭，由伯嚭带我面见吴王。伯嚭一说话，吴王必然听他的，借咱们一万石粮食，咱们明年再还。""好啊，我明白你这条妙计了。你借了他的粮食，可老百姓吃饱之后，拥戴的是我越王勾践，拥戴的是你们文武众卿。"

勾践预备了非常厚重的礼物，让文种带到吴国面见伯嚭。伯嚭一看："这么厚重的礼物是什么呀？"很多金银珠宝，还带了十名美女，看来越国盛产美女。当然，这些美女就没法儿和西施还有郑旦比了，但伯嚭也很高兴，越国这儿一拨一拨地总给他换啊。刚开始就是三十个，文种跟他说好了："你看哪个不如意，扒拉下去，我给你补充，总有三十名美女围着你转。"这回又送十个来，把十个他看着不顺眼的换回来了，这十位高高兴兴地回国了。伯嚭非常高兴，就问文种："这次来有什么事？""今年我们国家歉收，大王让我前来借粮食。""没关系，我带你去。"

伯嚭带着文种前来面见夫差。文种跪倒在地："大王，我们越国地势低洼，气候又不好，今年粮食歉收，老百姓没得吃了，我家大王让我前来求您，跟您借一万石粮食。""借一万石粮食？""您放心，明年准还。""好吧。"

夫差刚答应，就听外面脚步声音响，伯嚭心说：坏了，冤家对头来了。果然，是伍子胥得着消息来了。伍子胥不到关键的时候不来见夫差，今天为什么来了？越国要借一万石粮食，这里面有阴谋，咱们的粮食给他吃？把他饿死得了。伍子胥总想把越国灭了，越国不灭，将来就是威胁。伍子胥迈步进来了："参见大王。""相国有什么事儿啊？""呵呵，文种前来借粮，您答应了？""借一万石粮食而已嘛。越国上自勾践，下至黎民百姓，都是我的臣民，不能让老百姓饿着呀，而且他说了，明年一定还。""大王，您要知道，勾践跟他手下文武众卿都没安好心。有吴，越不存；有越，吴必亡。"要不怎么说伍子胥不会说话呢，这话夫差能爱听吗？有越国，吴国就必亡？合着我才是亡国之君。"相国，你怎么说话呢？""唉，大王，我劝您，您要是不听，将来必定后悔，这粮食您不能借。您借了他，也不会说您好；您不借他，也不敢说您坏。咱们的粮食，咱们想借就借，不想借就不借，您可以不借。""我一定要借。""那您借给他们粮食，他们吃饱喝足，将来打您怎么办？""他已然臣服于我，又怎能以臣伐君呢？""大王，您错了。想当初周武王捧主伐纣，不就是以臣伐君吗？您要知道，勾践怀存歹心。""哎呀，相国言之差矣。你回去吧。"夫差不听伍子胥的话，伍子胥没办法，只得走了。文种看伍子胥走了，心说：我这七条计策里可有专门对付你的，早晚我得让你抹脖子自刎。文种赶紧跪在地上磕头："谢大王，这下越国老百姓就都能活了。"

就这样，文种从吴国借来一万石粮食，把粮食送回越国。勾践高兴，老百姓也高兴，能吃饱了啊。第二年，刚好吴国有点儿歉收，越国应该话复前言，还给吴国一万石粮食。但勾践不愿意还，就把文种叫来了。"文种，去年咱们从吴国借来一万石粮食，按说今年应该还给他们，可我心中就是不愿意还，你说应该怎么办？""大王，您必须还。还了，就是言而有信；不还，就是言而无信。""那我不愿意还怎么办？""我给您出个主意。""什么主意？快说。""您把这一万石粮食都蒸熟了，送到吴国，吴国不知道。夫差如果让老百姓用这批粮食做种子来种地，第二年都不会有收成。您看这主意怎么样？""太好了。"勾践心说：文种，你真够损的，这计策真够毒的。文种带着人，把一万石粮食都蒸熟了，那还能种吗？还能发芽吗？给夫差送去了。

夫差见文种把粮食还回来了，很高兴，就对伯嚭说："你给伍子胥送信去，人家越国去年借了粮食，今年就还了，借了一万石，还来一万石。你看，这粮食多饱满啊。"其实他也没瞧见过生粮食什么样，就给老百姓分发下去了。老百姓拿到一看，这么好的种子，那就种吧。结果全不发芽，一棵小苗都没有。夫差也不知道是怎么回事儿，吴国的老百姓也不知道是怎么回事儿，伯嚭还在吴王夫差的面前解释呢："您不知道，越国的水土跟咱们的水土不一样，在他们那儿种就能长，在咱们这儿种就不能长，所以咱们还是应该种自个儿的粮食。"越国借来一万石粮食，老百姓都吃饱了；还给吴国一万石粮食，老百姓种下去不发芽，起码损失了三万石粮食。文种就用这些办法，使越国逐渐强大起来了。

夫差也想称霸于天下。也是该着，这时候楚昭王死了，楚昭王的儿子继位，楚国的势力就比较弱了；齐国的贤相晏婴死了，齐国也就弱下来了；孔子又离开了鲁国，鲁国也有点儿一蹶不振的意思。而吴国正是强盛之际，势力足以称霸于天下，夫差很高兴。但越国这边勾践总想着报仇，他看文种实施的几个计策已然都成功了，又把文种和范蠡叫来了。"我已然等不及了，能不能借此机会兵发吴国，以报亡越之仇？"文种说："现在不行。"范蠡也说："不行，时间还差得远。"勾践看着手下这些文武众卿，是求救的眼光：我时时刻刻都想报这三年之仇。这时，范蠡突然抱拳拱手："大王，虽然现在还不能报仇，但我看为时不远了。""好！我来问你，何时才能灭夫差，以报我三年亡国之恨？"

第六十一回　处女陈音教越兵

击剑弯弓总为吴，卧薪尝胆泪几枯。苏台歌舞方如沸，遄问邻邦事有无。

　　头两句说的是勾践。他击剑弯弓为的是谁？为的是吴国。卧薪尝胆，眼泪都快枯竭了，说明勾践总想灭夫差，报亡国之仇。后两句说的是夫差。姑苏台上美女西施陪着夫差，每天弹唱歌舞，其乐无穷，到顶峰了。最后一句，遄当闲暇讲，闲暇无事，跟西施玩够了，这才问问："哎，街坊越国那边有什么事儿没有？"这就说明夫差必会亡在勾践之手。勾践献美女西施给夫差，这也是文种的七条计策之一。一个文种，一个范蠡，这是勾践手下的左膀右臂，能替勾践治理国家，还能给勾践出主意。

　　上回书说到文种给勾践出主意，因为越国当年粮食歉收，就得跟夫差借粮食，夫差答应了，伍子胥没拦住。第二年，越国丰收了，勾践不想给夫差还粮食，文种就告诉勾践："我给您出个主意。您把还给吴国的粮食都蒸熟了，晾干了，再给夫差送去。"夫差还挺高兴，可他也不认得生米熟米，于是传下命令，把这些粮食当种子分发给老百姓，全种下去了，结果颗粒无收。全都蒸熟还怎么收？说明文种这个主意够阴损的。又转过年来，也就是越国问吴国借粮的第三年，吴国没粮食了。俗话说得好："人马未动，粮草先行。"粮食是一国之本，没吃的哪儿行。这一年吴国的整个力量用经济一平衡，指标就下来了。

　　勾践知道这个消息之后，就和文种、范蠡商量，想借这个机会兵发吴国报仇。文种说："且慢。大王，只因为吴国一年粮食歉收，您就攻打吴国？虽说有伯嚭在身边进谗言，但您可别忘了，夫差驾前还有老臣伍子胥，他可是忠臣。再说，吴国势力正强，越国还没有达到能够攻打吴国的实力，所以这仗先不能打。"勾践看了看范蠡："范蠡大夫，你看呢？""大王，依我看，现在攻打吴国的确欠火候，但您要打算用兵，我给您出个主意，您可得抓紧时间。""好，计将安出？""大王，打起仗来，有将有兵，必须有强兵，必须有勇将。兵在于他的武力，将在于他的谋略。咱们越国的人并不多，您若打算把兵士训练好了，必须抓紧时间。虽然不能进兵吴国，但现在开始就得抓紧训练人马，有精兵才能打仗。什么是精兵？身体强壮，热爱国家，勇往直前，还得有本事。培养一个兵很不容易，兵得掌握武技。"

勾践很聪明，一下子就明白了："那范大夫觉得应该怎么办呢？咱们可以挑选出强兵，但如何能把他们变成精兵？""您必须找好老师教导他们。现在越国有两个人，一个是南林的处女，一个是楚国流亡在越国的陈音。处女姓什么叫什么不知道，她老师是谁也不知道，只知道她自学成才，击剑最好。您要是把她请来，一百个人都打不过她。而楚人陈音箭法最好，因为他在楚国杀了人，仇人总追杀他，所以他逃到越国躲避仇家，您得把这个人请来，让他把箭法教给咱们的士兵。咱们的士兵如果学会处女的击剑之法，又学会陈音的射箭之法，就有了精兵，这样才能对付吴国兵将。""好吧。"

所以说勾践十年生聚，十年教训，这不是一天之功，不是说打仗就能打仗的。怎么把国家变富强，怎么对付吴国，怎么对付周围的国家，怎么训练自己的兵马，如果没有文种，没有范蠡，是不行的。

"范大夫，你既然知道这两个人，看来你已然调查过了。""大王，我确实调查了。""我打算预备两份厚礼，派两个能言善辩之人，带着赤诚之心，把处女和陈音请来。""好吧。"

范蠡马上按照勾践的话去办。礼物好准备，国君能没钱吗？两份丰丰盛盛的礼物准备好了，范蠡就派了一个人，怀着很尊敬的心情到南林来请处女。见到处女，把来意表达了，处女很高兴，答应了，跟着来人一起来见勾践。走在中途，旁边是一片竹林，突然间由打对面来了一个老头儿。这个老头儿个子不高，岁数可不小了，皱纹堆垒，须发皆白，胡子都快拖在地上了。虽然个子小，但是他特别精神，眼睛烁烁放光，胡须飘摆。他把长髯往腰中系的绳上一掖，就站在南林处女的面前。而越王派来聘请南林处女的人也往旁边一退，后边还有随行人员呢，大家都看着这老头儿发愣。南林处女用手一指："请问老人家，何故拦我？""我听说你的击剑技艺不错，都派人来请你，你到底有什么高妙之处，我想领教领教。""哦……"南林处女明白了，心说：这意思就是我得先打败了你，才能到军中去当教师。南林处女一抱拳："请。"

后边跟着的手下都往后一退，大家伙儿全瞧着，一边是南林处女，一边是这个老头儿。老头儿二次抖擞精神，一瞪眼，太阳穴一努，就和一个年轻人一样，满脸通红，烁烁放光。他往旁边一迈步，伸手一掐。不是掐树叶，也不是掐茶叶，旁边都是整棵的竹子，老头儿掐下来一根竹子，就跟掐芦苇叶子一样，然后往手中一捋，跟一把竹剑相仿。老头儿手里握着这根竹子，面对南林处女，往前一跟步："扎。"速度这快，"唰"的一下，竹剑就奔南林处女扎来了。南林处女不慌不忙，眼瞧着老人的竹剑到了，一伸手，"噌"的一下，手往前一递，旁边看着的人可全愣了。就瞧这把竹剑折了，半截竹剑落在地上，老头儿手里就剩下一小截。再看南林处女，用脚尖往上一挑，把地上这半截竹剑攥在手中，往前一扎，"噌"的一下。如果老头儿不躲，他就得中剑而亡，处女扎的正是老头儿的致命之处。这老人也真不简单，垫步拧腰纵身形，"嗖"的一下，落在树枝之上。大家伙儿再一瞧，老头儿纵身形走了，踪迹不见。您看《东周列国志》，老头化作一只白猿而去。

勾践手下人一看，南林处女确实了不得，就把她带到勾践的面前。"参见大王。""请坐。"客人来了，有客位一尊。咱们书不说废话，献茶，洗脸，就不说了。勾践就问南林处女："你的剑术是随谁而学？""我不知自己的生身父母是谁，我也没有师父，是自学而成。学会了我的剑法，一百人不能近身；学会了我的剑法，一人能顶一百，十人能顶一千，遇见敌人打仗必胜。""那你用的是什么办法呢？""我的办法很简单，往这儿一坐，心定神安，心中无想。当敌人到了，我观察这个敌人就如同观察我心爱的女子，当他一动，我马上行动，动作敏捷，形如鹰兔，出剑必胜。"

我看完这段之后也琢磨：南林处女到底有什么办法？我想来想去，就是一个：自己要控制自己，也就是控制力。您往这儿一坐，心定神安，眼前什么都没有。如果不是这样，甭说是女的，就是男的，眼看要指挥战斗了，脑子里还总想着昨天我找的那个女朋友多漂亮，这不行，这仗就赢不了了。当发现敌人，如同看到心爱的女子，意思就是要往他的肉里盯，认准了他是敌人，把自己的绝艺使出来，往上一蹿，形如鹰兔，下狠手杀他，肯定就赢了。我觉得南林处女说的就是这么个道理，她心有定数，必然能赢。

勾践很服她，给她三千兵，让她负责训练。训练之前，勾践挑选出一百个特别能打的兵，让这一百个兵跟南林处女对击剑法，南林处女以一敌百，把这一百人都战败了。勾践佩服得五体投地，就让她训练三千名勇猛的兵士。与此同时，勾践也派人把楚国人陈音请来了。陈音一到越国就被范蠡访到了。其实范蠡早就有想法，他不是把西施选出来送到吴国之后就什么都不管了，他一直在寻访高人，让这些高人把技术拿出来，培养勾践手下的将士，积攒实力，好等待时机对付吴国。

把陈音请来之后，勾践对陈音也很客气，请他落座，献上茶来，预备国宴款待。勾践就问陈音："你的箭术最高，那弓箭是由何而来？"陈音说："弓箭的发明起于弹。当初在远古时代，人用树叶绑着遮挡住身体的重要部位，打来野兽就吃，吃草籽儿人也能活着。但人死后怎么办呢？就用白茅草一盖，野兽发现了也吃，大鹰发现了也叼。有一个人是孝子，特别孝顺，父母死后，白茅草一盖，老鹰飞过来就叼了一口，他心里难受。于是他就把泥土捏成弹，用弹来打野兽，打飞鹰，来保护父母的遗体。弓箭的发明就是由打这儿来的。"

"哦……"勾践点了点头，如梦方醒，"那么泥弹又怎么变成弓箭了呢？""大王，在神农期间……"大家都知道上古时代神农尝百草，传说这就是中国医学的起源。"神农时代，用泥弹打野兽已经满足不了人的需求了，于是就把竹子削尖了往出扔，这就发明了箭。然后又弦木为弧，用它把箭射出去，这就发明了弓。发明弓箭的这个人叫弧父，楚国荆山人，他箭术非常好，后来把箭术传给了羿。"这个人咱们都知道，嫦娥、后羿的故事，后羿射日。"后来后羿把箭术传了逢蒙，逢蒙再往下传给琴氏。琴氏觉得箭的力量太小，就把箭横着搁在地上，然后做了一只胳膊，再往出射就固定了，这就叫弩。"后来诸葛亮发明了十支弩箭一起往出射，这就是诸葛弩。"琴氏把箭术又传给楚三侯，楚三侯也是楚国人，再往下传了五代，就传到我这儿了。我因为不能在楚国待着，就逃到越国。而今大王认为我的箭术高，那我就答应大王，我来传授。"

勾践是个虚心求教的人，知道了弓箭的来历，调了三千兵，让陈音传授箭法。勾践的兵士不但学会了南林处女的击剑之法，而且把陈音的箭法也学来了。这件事被伍子胥知道了。伍子胥时时刻刻把勾践当作心腹之患，他知道勾践早晚得报仇，但当时夫差手下这些人不懂得伍子胥话里的意思。您想，伍子胥身为相国，保着吴王，能不关心战事吗？伍子胥急了，来见夫差。夫差正搂着西施看歌舞呢，一听说伍子胥来了，眉头就皱起来了，心说：我搂着西施多好，看见糟老头子就不痛快。"不见。"伍子胥站在姑苏台下不走。"我一定要面见大王。"夫差也不敢惹他，还有点儿怕他，这才把西施往旁边一扒拉："你到后边忍会儿去，你别见他，看见他丧气。"

西施躲开了。夫差这才传下话来，召见伍子胥。伍子胥登上姑苏台，拜见夫差："参见大王。""老相国，何事？""大王，我跟您说了，勾践是心腹之患。现在勾践在越国请来南林处女训练兵士的武技，又请来楚人陈音训练兵士的箭法，越国兵将一天比一天强大。现在您必须查明此事，千万不能听伯嚭的，必须灭了越国，吴国才能踏实。"您别看夫差相信伯嚭，伯嚭总说好听的，拍他的马屁，谄佞之辈嘛，不喜欢伍子胥，因为他不爱听什么伍子胥非说什么，但对于国家大事他也动心：如果勾践真的是暗中训练兵士，打算报仇，我还真得留神。"相国所探属实吗？""所探是实。"

这时，伯嚭迈步进来了。"参见大王。""伯嚭，刚才相国说了，勾践正在越国训练兵士，请来南林处女传授击剑之法，请来楚人陈音传授射箭之术。勾践心怀叵测，你可得知？""哎哟，大王，您真错了，您可不能听相国的，他老糊涂了。您想，您已然封给越国八百里地，那是一个国家呀，要想保护国家的安全，当然得训练一些兵士，何足为奇？这不是应该奇怪的事情。您放心，勾践已然臣服于吴国了。"夫差一摆手，伯嚭出去了。"相国，你看呢？""大王，如果您不信我的话，就请派人到越国探上一探。倘若越国确实如此，那就应该一举消灭越国。""好吧。"夫差头一回对伍子胥这么客气，"相国请。"

伍子胥走了。夫差传下命令，派人到越国去打探。细作打探回来之后，禀报夫差："大王，范蠡确实在训练军队，一方面和南林处女学习击剑之法，另一方面和楚人陈音学习射箭之术。文种替勾践管理国家，制定条例，国泰民安，五谷丰登。"这一下夫差心动了，打算和伍子胥商量商量如何把越国灭掉。正在这时，伯嚭来了："大王，现有鲁国人子贡求见。""哦，孔老先生的弟子，名师高徒，有请。"

要不怎么说得投名师访高友呢，咱们都知道孔子，一说是孔子的徒弟，大家都会高看一眼。伯嚭替夫差传下话来，就把子贡请到夫差面前。子贡深施一礼："鲁国孔府弟子子贡，拜见吴王。""哎呀，先生至此，快快请坐。"夫差对待子贡非常客气，以贵宾之礼相待。手下人献上茶来，夫差请子贡喝茶聊天儿。"子贡先生，由打鲁国到此有何事？""大王，您知道吗？现在齐国已然出兵了，战车千乘，大军在汶水扎下营寨。""这跟我吴国有什么关系？""大王，现在看是没什么关系，可齐国要灭鲁国，灭掉鲁国之后就会攻打吴国。""哦。"夫差点了点头，"子贡先生说得对。"咱们前文书说过，因为鲁国曾经联合吴国打过齐国，现在齐国要报仇，灭完鲁国之后要想接着报仇，当然就是灭吴国。子贡这次来见夫差，就是为了这件事。"我当如何？"我应该怎么办呢？"您应该帮助鲁国去打齐国。""可齐国攻打的是鲁国，并没有跟我开战。你为什么前来找我？"

子贡就把事情的缘由说了。刚才咱们说了，鲁国曾经联合吴国打过齐

727

国，当初勾践也帮过忙，结果齐国战败了。战败之后，齐国表示永远臣服，年年进贡，就像越国一样——我服了你吴国了，我是你的臣国。话虽如此，夫差回到吴国之后，齐国可从来没像越国似的，给吴国送粮、送米、送好东西。所以夫差一听齐国就生气。那齐国这次为什么要出兵打鲁国呢？因为他的仇人就是鲁国和吴国，他们一起打的齐国，所以齐国攻打鲁国。另外，现在齐国有变化了。咱们前边说过晏婴二桃杀三士，晏婴是个贤相，晏婴死后，齐景公往下传，其间齐国发生过很多内乱，最后继承国君之位的是齐简公。陈氏家族在齐国立下过不少功劳，位高权重。齐简公继位之后，他手下有个大臣姓陈叫陈恒。陈恒一看，心说：还不如我来当大王呢。他总想着把齐国国君废了，自己做齐国之主。他想当齐国之主，那可不是所有人都愿意的，您想想，齐简公驾前不仅有陈家，还有高家等很多家族。陈家想把这些家族都灭了，陈恒就跟齐简公说："大王，当初鲁国曾经联合吴国欺负咱们，现在您别招惹吴国，咱们先把鲁国灭了。""好。"

　　齐简公就听他的了。陈恒想了一个办法，他把和他敌对的家族都派出去了，在汶水扎下大营，让他们去攻打鲁国。所有的事情都安排好之后，打算一个人回到朝中，在齐简公身边一待，看着他们打仗。陈恒心里打算：如果他们把鲁国灭了，这是我的功劳。

　　这个消息传到鲁国，孔子知道了，他为了自己的国家，终究孔子是鲁国人，他想，如何才能保护自己的国家呢？孔子就问："谁能去劝说齐国收兵？"这个徒弟也要去，那个徒弟也要去，孔子就得挑，看看这些徒弟里哪个行，孔子看谁都不顺眼。最后，站起来一个："师父，我去吧。"孔子一看，是心爱的学生子贡。"好吧，你去我就放心了。"

　　子贡辞别了孔圣人，直接来找陈恒。陈恒一听是孔夫子的徒弟来了，心说现在我们攻打鲁国，在鲁国孔子地位最高，又有威望，他徒弟来了，我得高看一眼。可你干吗来了，想做说客？凭着三寸不烂之舌、两行伶牙俐齿，说得我退兵？没门儿。陈恒把架势一摆："有请。"子贡进来了："拜见陈相国。""哼，替鲁国做说客？下说辞？""不是。""那你干吗来了？""我来给您出主意来了，眼看您就要家败人亡。""我怎么要家败人亡呢？我现在可是齐简公驾前的相国。""那您为什么要打鲁国呢？鲁国不好打，您应该去打好打的吴国。"陈恒一听，心里纳闷儿："鲁国怎么不好打？""鲁国城墙矮，都城外面的壕沟又窄，水又浅，兵士又不勇猛，所以不好打。""不对，城墙矮，壕沟窄，兵士又不爱打仗，那我一去就能赢，好打。你为什么说吴国好打，而鲁国不好打呢？""不对，吴国好打。吴国城墙高大，夫差又那么强大，您应该去打吴国。""你说话言语颠倒，我打不了吴国，就得打你们鲁国。你要是说不上原因，我当场就把你宰了。""那请您屏退左右。"陈恒一听，子贡话里有话，就把手下人都轰出去了。

"你打算对我说什么？""忧在外者攻其弱，忧在内者攻其强。您的忧患在哪儿？您的忧患在内，您怕朝中的人不服您，想篡夺国权，所以忧在内者攻其强。""此话不解。""那我给您讲讲。您现在大兵压境，鲁国是弱者，您肯定一打就得胜。可您在朝中的对头都在战场上打仗呢，他们打赢了，是您的功劳还是他们的功劳呢？那时候齐国国君可就信服他们，不信服您了，那样您的声望反而降低了。您让他们去打强大的吴国，他们打败了，您在朝中可以说：'看这帮笨蛋，打败了。'而您的地位可就提高了。这就是我出的主意：忧在外者攻其弱，忧在内者攻其强。您明白了吗？""明白了。我让他们去攻打吴国，然后我回朝中待着去。""对。""他们打败了，我的地位就提高了。""对。""那吴国要是不跟齐国打，怎么办？""没关系，我有嘴呀，我让夫差跟你们打。""好，那多谢多谢。"

子贡向陈恒告辞，遂奔吴国来见夫差。而陈恒就回到朝中等着了，心说：我在国君旁边一坐，他们打了败仗，我的地位提高了，我的对头全下去了，再找机会把国君杀了，我就是齐国之主。这就是子贡来见夫差的原因。"您应该帮着鲁国打齐国。""嘿嘿，正合我意。当初战败齐国之后，齐国答应做我的属国，做我的臣国。没想到，齐国连一粒粮食都没送来过，我正想发兵报仇。""好，多谢大王，就请您出兵。""慢，兵我不能出。""您为什么不能出兵呢？""我虽然恨齐国，但不能出兵。你要知道，我旁边还有越国。越国现在正在积攒兵力，学习剑术，学习射术，分明是打算跟我吴国相抗衡。我得先把越国灭了，才能去打齐国。""大王，您错了。您要这么做，既不勇敢，又不明智，您是个愚人。""你说我是愚人？""对。""你要不是孔……"夫差那意思是：你要不是孔老夫子的弟子，我就把你轰出去了。

刚说到"孔"字，子贡站起来了。"老师天天教训我，我来见大王，老师非常高兴，知道我有话要对大王说。""哦？那你就讲上一讲。""大王，现在您心中所患是越国，可越国才这么一点儿，您就算把越国灭了，又能管什么呀？只能得到这么点儿小利益。但这样一来，您可就怕了齐国了，倘若齐国在天下宣扬，说吴国怕了他们，您就是得到小利而失去大利。如果您帮着鲁国把齐国灭了，您可要知道，齐国有万乘车，要不怎么叫万乘之君呢，鲁国肯定会臣服于您，鲁国也有千辆战车。您灭了万辆战车的齐国，又得了鲁国的千辆战车，不比灭越国强吗？您若放弃齐国不打，那您惹不起齐国的名声可就传在外了，诸侯都会说您畏惧，说您不勇敢，也不明智。您打越国干吗呢？""先生，虽然你说得很有道理，但如果我出兵去打齐国，越国要趁机出兵打我吴国，怎么办？""嘻，他不敢。您别听外人的传言，勾践没有那么大胆量。""不行，我仍然不放心。""您不放心？好办，我去一趟越国。我面见勾践，问问他：你是不是存心想报仇？勾践必然以言相对。他跟我说了什么，我回来禀报大王。我让他服从您，帮着您攻打齐国，您看如何？""好，那就多谢子贡高贤。"

孔老夫子的徒弟谁都看得上，而且子贡非常能说。这样，子贡离开吴国，奔东而下，遛奔越国来见勾践。勾践听说之后，马上就动脑子，心说：子贡干吗来了？子贡来了，我应该如何对待他？勾践动了脑筋，给自己定下几条计策。子贡还没到呢，越国就净水泼街，黄土垫道，高级宾馆全准备好了。子贡一来，勾践"扑通"一声跪倒在地："请先生教我。"

夫差中计，逼死伍子胥，勾践得以报仇。谢谢众位，咱们下回再说。

第六十二回　端木赐游说列国

八月中秋白露，路上行人凄凉。小桥流水桂花香，日夜千思万想。心中不得宁静，青春早念文章。十年寒暑在书房，方显才高志广。

　　咱们接着说这部《东周列国志》。您看，历来很多帝王都是薄待功臣，最后把功臣杀了，可杀功臣有杀功臣的目的。您听我说《东汉演义》，刘秀成事之后就没杀功臣。也不知道是哪位编的《打金砖》，编得跟我们说的书一点儿都不符合。那么对勾践应该如何评价呢？从整个春秋历史上来看，勾践在忍辱负重这方面确实做到了典范，他手下也确实有能人。范蠡就曾经劝过文种，说勾践已然报仇了，你赶紧走。但文种不走，结果被勾践杀了。那楚国亡臣伍子胥呢？也是这个道理。伍子胥的死是夫差赐死的——给你一口宝剑，说自杀吧。那夫差为什么让伍子胥死？这里面都是夫差的责任吗？伍子胥就没有责任吗？所以咱们从头到尾说伍子胥，当然评书和历史还是有出入的，中间有不少演绎、编纂的内容，但咱们好好琢磨琢磨伍子胥这个人，伍子胥对自己的死也负有一定的责任。咱们快说到伍子胥死了，那伍子胥为什么走到这一步呢？跟今天这段书有很大关系。

　　上回书咱们说了，齐国要打鲁国，鲁国没办法，孔夫子派他徒弟子贡去各国游说，先说齐国，后说吴国，再说越国。总而言之，得对鲁国有利。孔子再是圣人，再周游列国，毕竟是鲁国人，他爱自己的国家。那么这件事是由何引起的呢？咱们说过春秋五霸，齐国在当时是十分强大的，齐景公驾前有两个忠臣，非常有能耐，一个是宰相晏婴，就是个子特别矮的那位；还有一个是司马穰苴，姓田双名穰苴，官拜司马之职。这两个忠臣一文一武，使得当时的齐国非常强大。齐景公死后，往下传是齐悼公，此时，穰苴也死了，晏婴也死了，齐国就比较衰败了。这时的齐国有几家大臣在掌权，一家是陈氏，一家是高氏，一家是国氏。您看，咱们这书快说到三家分晋了，一到三家分晋就到战国时期了，最后秦始皇一统天下，他成为中国历史上的第一个皇帝。

现在齐国的权力主要掌握在陈、高、国这三大家族手中，权力最大的是陈家，陈恒。陈恒有个最大的特点，就是有擅国之志。什么叫擅国之志？就是想独霸朝纲，控制国权。这控制国权，你得有你自己的主意，有你自己的办法。您要听《三国演义》，有擅国之志的是谁？曹操。其实当今社会也有很多人在争权夺利，有了权就有了一切，有了一切可能就招来杀身之祸。陈恒有擅国之志，想掌握国权，那就得控制住君王。有机会了。

齐悼公有个妹妹，嫁给了邾国国君，邾国后来改名叫邹国了。邾国国君叫益，这个人脾气不好，特别爱得罪人，他跟鲁国国君不和，两个人老打，没事儿晚上把电脑打开，就在网上你骂我，我骂你。后来鲁国急了，出兵打邾国，把邾国国君逮着了，把他圈起来了。说我们鲁国现在有一条法律，凡在网上攻击鲁国者，囚之。

齐悼公当然不干了，心说：这是我的妹夫啊。齐悼公就要打鲁国，可当时齐国国威已然下降了，怎么办？就得找帮手，找军事合作的国家。他知道吴国强大，派人求见夫差。"大王，我们国君想请您出兵，一起灭鲁国。""好。"夫差一听，特别高兴，心说：我正想兵发太行，控制局面，要称霸天下。"哎，为什么打？"他先发表完态度之后再问为什么。"因为，我们齐国国君的妹夫、邾国国君益让鲁国国君押起来了。""哦，因为什么押起来了？""网上互相攻击。所以现在请您帮忙，出兵攻打鲁国。""好，正合适。我调齐大兵，立刻兵发鲁国。"

夫差还真把人马调齐了。消息传到鲁国，鲁国国小，兵力又微，不怕齐国，可怕夫差，吴国现在正是强盛之时。鲁国国君一害怕，到监狱这儿把锁头打开了。"得嘞，爷们儿，您出来吧，我把您放了。我惹得起您，我可惹不起夫差，您走吧。""那我回去了，我可还在网上胡说八道。""你说你的，将来周天子可能要定法，那可就不是我管你了。"

于是鲁国就把邾国国君放回去了。鲁国这边一放人，齐国就不愿意打了，没事儿了啊。齐国又派人来找夫差："谢谢大王，您还没出兵呢，就吓得鲁国把我们国君的妹夫放出来了，这仗也不用打了，您回去吧。"夫差气坏了，当时夫差多横啊，想要称霸天下，把勾践都治得匍匐在地，现在一听齐国来人说的这番话，一叉腰："怎么着，我们吴国得听齐国的？齐国让我们出兵，我们就得出兵？现在齐国让我们回来，我们就得回来？不成。""您想怎么办呢？""我打你们齐国。""别价，您干吗打我们？""就因为你们可恶。"

这位吓得赶紧回去找齐悼公了："现在人家要来打咱们。""别价……"齐悼公没办法，就找陈恒商量："你说这事儿该怎么办呢？"

齐国上上下下都害怕，上自文武众卿，下至黎民百姓，怕吴国大军打过来，当时谁不害怕吴国？都埋怨谁？都埋怨齐悼公，你不应该这么做。大伙儿怨声载道。陈恒一看，这回行了，心说：借这个机会我就可以除掉国君，换他的儿子继位，他儿子年纪小，我就可以独霸朝纲了。但一个人终究孤掌难鸣，陈恒就来到鲍府找鲍息。他父亲叫鲍牧，跟伍子胥是好朋友。鲍牧被齐国国君杀了，齐国国君又觉得对不起他，所以还让他儿子鲍息做官。

陈恒来找鲍息："你愿意不愿意办一件大事？""大事？我愿意办。""这件大事可有点儿危险。""抢银行？那我可不去，那儿都有摄像头，您让我干点儿没危险的事吧。""这件事虽然有点儿危险，可对你来说好处太大了。""您让我干什么？""现在全国上上下下都在骂国君，而且夫差要指挥人马攻打齐国，齐国马上就要亡国了。你要是帮着我把国君弄了，让他儿子继位，这样面对夫差有说辞：'大王，您放心，我们的国君已然换了，那位得暴病死了，他一个人招的祸害，我们都对得起您。吴王，我们不打了。'夫差一高兴，就不会再来打齐国了。另外，你可以报杀父之仇。"这番话也得分对谁说，看谁听。鲍息想了想，冲陈恒一抱拳："对不起您，我办不成这么大的事，我没那么大胆子。"可陈恒这番话已然说出来了，而且他也确实想掌握齐国的大权，说："好吧，那我替你来办。"

于是陈恒撺掇齐悼公出兵，让齐悼公在出兵前检阅部队。然后，陈恒过去献了一杯药酒，齐悼公喝完，七窍流血死了。陈恒宣布：齐悼公暴病而亡。然后，陈恒又派大臣前去吴国，面见夫差。"大王，您是上天派来的霸主，您这儿一要发兵，上天就传达了您的指示，让我们的国君得暴病死了。您放心，只要您留着齐国，我们世世代代都给您进贡，跟越国一样，做您的属国。"他紧着给夫差说好话，那夫差只能不出兵了，这件事就算压下去了。可有一样，陈恒说了："国不可一日无君，我们得再立一个国君。从此之后，我们就是吴国的臣国，永远给您进贡。"

回去之后，陈恒马上把齐悼公的儿子壬立为国君，这就是历史上的齐简公。按说男子汉大丈夫，说话得算话，但是陈恒说话不算话，陈恒许诺做吴国的属国，那就应该跟勾践一样，种什么送什么，送金银珠宝送美女，三节两寿都得去磕头，都得去送礼。人家越国是这么办的，但陈恒却一趟吴国都没去过，那夫差能愿意吗？他有比较呀：你齐国既然答应做我的属国了，那你就应该跟勾践一样给我进贡。勾践这边老送，文种也派人送，用大船运，可齐国那边什么动静都没有，夫差很生气。这样，就造成了齐国和吴国之间的矛盾。

因为齐简公的岁数太小，陈恒掌握了齐国大权，齐简公什么都听陈恒的。但要想安稳地掌握国家大权，陈恒一想，还得排除异己。您看曹操独霸朝纲，挟天子以令诸侯，他就得灭袁绍，灭袁术，灭吕布，灭刘表，灭孙权，灭张鲁，灭刘璋，灭刘备。所以陈恒要想踏踏实实地掌握大权，也得把他的对立面灭了。

刚才咱们说了，齐国当时是三个家族掌握权力，陈氏是陈恒，还有高氏和国氏。怎么灭呢？陈恒冥思苦想，想出一个主意。他来找齐简公："大王，您继任国君之后，得让咱们齐国强盛，您最恨谁？""我当然恨鲁国了，鲁国曾经囚禁了先君的妹夫，所以咱们才找的吴国，使得吴国现在这么恨咱们。""没关系，我给您出主意。您派人在汶水旁边扎下营寨，把所有兵车全调来，攻打鲁国。灭了鲁国之后，鲁国所有资财，所有人力、军力都归了咱们，那时候咱们就可以去打吴国，可以强大咱们齐国。""好啊。"齐简公年轻，不懂事儿，就问，"那丞相你说具体该怎么办呢？""我在国内帮着您运物资，弄军粮，您可以派高氏和国氏带领人马到汶水旁扎下大营，列开兵车，攻打鲁国。""好，就这么办了。"

齐简公传下旨意，任命国氏的国书为大将，高氏的高无平为副将，带领军队在汶水边扎下营寨，兵车排开，战车千乘，车阵也都列好了，准备攻打鲁国。鲁国一听，害怕了。陈恒为什么要这么办？他想：我在国内掌着权，让你们去攻打鲁国，如果你们打败了，我责备你们，我把你们削职或者把你们杀了，齐国大权就彻底掌握在我的手里了。陈恒想得挺美。结果这个消息传到鲁国，鲁国可有一位明白人，就是孔子。孔圣人那还了得？这才有孔子的学生子贡游说各国，先说齐国，再说吴国，之后又来到越国。

勾践听说子贡来了，离国都会稽郡三十里地就把道路扫平，泼上水，路两边摆上花草，让文种率领文武众卿前来迎接，其实子贡什么官职都没有。迎接完了，接到会稽城中，预备最高级的宾馆，让子贡住下，大家挨着个儿地排队来看望子贡。休息了一夜。第二天早上子贡刚醒来，外边从人进来了："子贡先生，现在我家国君求见。"您说勾践聪明不聪明？他确实很聪明，而且还有范蠡和文种出主意。勾践知道子贡干吗来了，他这一来求见，子贡担当不起，赶紧站起身形："随我出迎。"

带着手下人出来迎接，勾践一个人在前边，文武众卿在后边。勾践看见子贡出来了，赶紧上前深施一礼："勾践拜见高贤。高贤不在鲁国侍奉孔先生，为何来到我卑贱之国？不知高贤有何指教？"子贡心说：我直言不讳吧。子贡用手一指："越王，我前来见你，是前来问吊。"当时勾践就明白了：问吊就是说你快要死了，我来吊唁，你马上就死到临头了。勾践听到这儿，"扑通"一声跪倒在地，额头都碰到地上了："高贤，有道是福与祸为邻，既然您前来问吊，那就是我的福气，请高贤指教。"

这就是勾践的聪明，勾践的本事：我知道你吊我来了，可我明白福与祸为邻，祸到了，同时福也就到了。福是什么？你来了，必然对我有所指教，你让我干什么，我都听你的。勾践恭恭敬敬十分虔诚地跪在子贡面前。子贡心说：这人好，有主意就得给这样的人出，因为他明白福与祸为邻。如果他再这样，祸就到了，但他知道，我来了就必然会给他出主意，这也是他的福气到了，他就能够躲过这场灾难。

"大王请起。""请先生指教。"勾践不起来。子贡说："既然如此，大王请听。我是鲁国人，我师父是孔子，因为鲁国得罪了齐国，齐悼公虽然离开人世，但他儿子壬继位，眼下齐国国君为了报仇，要攻打鲁国。我师父没有办法，为了保护自己的国家，命我前去游说。我到了齐国，见到陈恒，告诉他，如果他想在齐国独霸朝纲，就应该攻打吴国。然后，我又到了吴国。因为吴国兵将很强大，只有吴国出兵去打齐国，齐国才能放弃攻打鲁国，鲁国才能保住。大王，您明白了吗？""明白了。""那么我来到吴国，面见夫差，他本身就恨齐国，因为齐国有负前言，他没有像您对吴国这样去做一个属国应该做的事，所以夫差就想打齐国。可是夫差说了，他不放心越国。大王，您要知道，夫无报人之志而使人疑者，拙也；有报人之志而令人知者，危也。"

勾践听完子贡这番话，当时吓得身上的汗滴滴答答往下流，心说：我十年生聚，十年教训，想灭夫差，现在让夫差看出来了，幸亏子贡今天给我点出来了。子贡说的是什么意思？你不想报复人家，却总让人怀疑你要报复，那你就是一个拙人；你想报复人家，心思显露出来了，还让人家知道了，那就是非常危险的事了。子贡就是告诉勾践：如果你没有报越国亡国之仇，去灭吴国的心思，那你就是个拙人；如果你要灭夫差，强大越国要报仇，可你这些事情都让夫差知道了，你就危险了，你这样做非常不明智。

勾践浑身冷汗直冒，心说：坏了，这下我可怎么办呢？勾践以头触地："请贤士指教。"子贡上前相搀："大王请起，我给您出主意。您先起来，您老在这儿跪着，我没法儿说话。"勾践这才站起来，拉住子贡的手："请先生教我，无不听从。"你说什么我都听。只有有这样虔诚的态度，人家才能告诉你应当怎么办。别人说什么你都不听，觉得合适就听，不合适就不听，那人家就不告诉你了。

　　勾践一片挚诚之心感动了子贡，子贡说："我告诉您，您得让夫差相信您，他驾前佞臣就是伯嚭，您必须给伯嚭以重利。"其实勾践给伯嚭不少东西了，光美女就送去三百六十七个了，但现在勾践还是专心地听着子贡的话。"您必须让伯嚭高兴，这个人贪得无厌，您以重利哄伯嚭，让奸臣和忠臣互相仇恨。"就是让伯嚭和伍子胥总掐。"同时，您得取得夫差的信任。您应该派人前去夫差面前求情，就说您根本没有报复吴国的心思，就是一心一意做吴国的臣国。而且现在得知吴国要兵发齐国，您要亲自指挥越国人马去帮兵助阵，这样夫差才能信任您。您只有取得夫差的信任，才能保住自己的实力，将来好报亡国之仇。""先生，我如果帮着夫差攻打齐国，他真的打了胜仗，怎么办？""这就是你的疑心了。如果夫差打了胜仗，必然骄横，就会想继续出兵攻打晋国，这样你就有机可乘了；如果吴国败了，必然会损失财力、物力、人力，这对于越国也十分有利。但现在您不能暴露出复仇之心，这样夫差才能对您放心。"

　　勾践听到此处，"扑通"一声，再次跪倒在地。子贡心说：这位腿可够软的，看来这个人能够忍辱负重。您想想，他在吴国待了三年，坐在马粪旁边伺候夫差，能够尝夫差的粪便，给人跪下磕几个头又算什么。所以勾践作为一国之君，能够忍辱负重，是非常了不起的。咱们说话好说，真要做起来就难了。子贡把勾践搀起来，勾践说："多谢先生，您暂时先在公馆休息。""不，我现在就回吴国。您想好办法，或派人去，或亲自去。我现在去回报，我说话不能不算话。""好吧，多谢先生。"勾践赠给子贡黄金百镒、良马一匹、宝剑一口。咱们都知道，越国出好剑。但子贡一摆手："No（不要）。"为什么？为了保持孔子的名誉。

　　子贡回到吴国，面见夫差："大王。""怎么样，先生？"您看，刚才那位是流着眼泪跪在地上磕头，这位是趾高气扬粗声大气。"大王，勾践诚惶诚恐。您放心，他马上就会派人来赔罪，一定会帮助您兵发齐国，战败齐国，保您称霸天下。""好，请子贡先生在馆驿休息。"

这边子贡刚走，有人来报："报，越国大臣文种求见。""哦？来得好快，请。"文种来了。其实文种是跟着子贡出来的，子贡前脚离开越国，文种后脚就出来了。文种到了吴国，先找伯嚭："我又给您带来十六个美女，最大的二十二岁。""太大了吧？""最小的十四。""这又未成年。""漂亮。"文种又送给伯嚭很多好东西，伯嚭非常高兴："放心吧，子贡已然来了，等他走了你再去。"

有人通风报信，子贡这边去馆驿，文种就来见夫差，"扑通"一声跪倒在地，他得替他的国君说话。"南海贱臣勾践，蒙大王不杀之恩，能够祭祀祖宗，平生之愿足矣。"能祭祀祖先就行了。"今闻大王出兵，欲灭恶助善，要兴仁义之师伐齐，所以特派臣文种献上祖上传留精良铠甲二百副，名枪屈卢，名剑步光。勾践愿选三千精兵，随大王出征齐国。""好。"又给铠甲又给兵，还有名枪、名剑，太好了。"那你家大王呢？""我家大王会亲自领兵前来。""好，你先去馆驿休息。"

夫差对待文种也很客气了。第二天，夫差把子贡叫来了。"谢谢先生。果然勾践派人来了，送给我他祖上传留下来的铠甲二百副，还送给我名枪、名剑。而且勾践还要率领三千精兵前来，助我兵发齐国，先生觉得如何？""大王，您用不着那么狠，用他的兵就行了。又用兵，又用弓，又用箭，您就别让人家国君再来了，也显得您大度一点儿。""好吧，多谢子贡先生，就听你的了。"然后，夫差召见文种。"你马上回去面见勾践，让他派人带三千精兵前来，话对前言。至于勾践本人嘛，就不用前来了。""谢大王。"

您说子贡就凭着一张嘴，绕了一圈儿，也够他累得慌的。文种走后，子贡也走了，子贡干吗去了？子贡又上晋国了。其实这件事里没有晋国，关乎的是齐国、鲁国、吴国、越国。子贡到了晋国，晋国国君亲自招待，孔圣人的徒弟来了，名师高徒。"子贡高贤，您到此何事？""我特地前来告诉您，您得有所准备。如果夫差出兵伐齐，越国帮着他，把齐国灭了，那接下来吴国必然会攻打晋国，您得准备好兵将，做好作战准备。""您放心吧。"晋国马上就预备兵将。子贡这张嘴真能煽呼，仅用一张嘴煽呼全世界，这个人也够有本事的。

不提晋国这边准备人马，咱们单说夫差调齐兵马粮草，准备出兵。这时，勾践派人来了，大将诸稽郢带领三千精兵到了。诸稽郢跪倒在夫差面前，替勾践谢过。夫差很高兴，十万人马准备齐毕，要兵发齐国。马上要出兵了，夫差一想：我把美女西施搁哪儿？于是他就在句曲盖了一座行宫，起名叫梧宫，四周围种的都是秋梧树。然后，夫差拉着西施的手说："亲爱的，你就在梧宫等我，这里很凉快，有人伺候你。等我战败齐国，回来和你一起度过夏天，咱们再回归姑苏。"

西施很高兴，就在梧宫里住下了，夫差准备出兵了。伍子胥知道后，赶紧来面见夫差："大王，听说您要出兵？""对，打齐国，服鲁国，然后进兵晋国。"您看，全在子贡意料之中。"大王，您不应该出兵。""为什么？""越国才是您的心腹之患。""哎，越国已然臣服了。""不对，勾践训练人马，文种、范蠡各司其职，这些我都和您说了，您也派人都调查了，他们练习击剑，练习射术，时时刻刻都想灭了咱们吴国报仇。""那齐国呢？""齐国不过疥癣之疾。""什么叫疥癣之疾？""您身上长了一个疙瘩，发展成牛皮癣了，就是这么点儿毛病。""越国呢？""越国可是心腹之患。再说，您要攻打齐国，需要千里运粮，什么时候才能把粮食运到呢？没有粮食，怎么打仗呢？大王，听我伍员良言相劝，您现在去打齐国，很可能会打败仗，勾践就会借这个机会兵发吴国。""呸！勾践能打我吗？""您不得不防，勾践可不是好惹的。您真的不能去打齐国，听我良言相劝，您出兵必败。"

要不怎么说伍子胥不会说话呢，夫差气得双眉倒竖，二目圆睁，脸上颜色更变，脸往下一沉："胆大伍子胥，寡人出兵心盛之时，你竟敢给我泼上一瓢凉水？来，把伍子胥推出去，杀！"

第六十三回　公孙圣解夫差梦

击剑弯弓总为吴，卧薪尝胆泪几枯。苏台歌舞方如沸，遑问邻邦事有无。

　　这几句说的就是吴越春秋。上回书咱们正说到吴王夫差指挥人马要攻打齐国。伍子胥听说之后，来见夫差。"伍员拜见大王。""相国，本王要出兵了，你还有何话讲？""大王，臣为吴国一片忠心，忠言逆耳，但臣不能不讲。""好，你说吧，孤洗耳静听。""大王，您得提防越国，勾践养精蓄锐，按甲休兵。您攻打齐国，如果勾践乘虚而来，您想撤兵来救都来不及。""哼，我伐齐必胜。""未必。您到了齐国，十万人马，一天得吃多少粮食？千里之遥，运粮不易，我劝大王还是放弃齐国而留神越国。齐国是疥癣之疾，越国可是心腹之患。""相国，寡人兴致正高，要兵发齐国而称霸天下。而你却在寡人出兵之际以恶语相加，要扫本王的兴吗？你一而再、再而三地以臣犯君，该当何罪？"下边这句要是说出来，那肯定就是推出去杀了。伍子胥抬头看了看夫差："大王，臣再说一句：忠言逆耳。""你要再说，那就推出去，杀！"

　　夫差早就烦伍子胥了，气得伍子胥迈步就往殿下走："唉……苍天苍天，臣死不足惜，但吴国将灭矣。""啊？！"夫差也气坏了。这时，伯嚭过来了："大王息怒，您别跟他生气，他老糊涂了。"伍子胥听见了，回头一看："伯嚭，不用回头我便知是谄佞之言，大王听信了你的谗言，这就害了吴国呀。""哎，相国何出此言？既然您要下殿，那您就走吧。"

　　伍子胥迈大步走到殿下，伯嚭来到夫差的面前："大王，您可不能杀他。""我是君，他是臣，以臣犯君就应该杀。""大王，您错了。谁不知道伍子胥来到吴国，忠心耿耿，是先王的忠臣。他不仅是先王的忠臣，还是您的保驾之臣。您若把他杀了，会遭到天下人的耻笑。您又何苦为了杀一个伍子胥，而留下骂名呢？""那留他何用？""我给您出个主意，您可以假人之手杀了他。""哦，什么主意？""您先写好国书，咱们不是要打齐国吗？得向齐国宣战。然后，您让伍子胥带着国书作为吴国使臣到齐国，面见齐国国君去下国书。"实际就是派伍子胥去齐国下战书。"齐国国君看见国书一生气，就把伍子胥杀了。假借齐国国君之手杀了伍子胥，骂名归他。您看这个主意怎么样？""好啊。""不错吧？""好，准备国书。"

咱们书不说废话。退殿之后，夫差传下话来，让手下准备国书。写好国书，传伍子胥。伍子胥来到夫差面前："拜见大王。""相国，你岁数大了，闲暇无事，也用不着你出战，辛苦一趟，到齐国去下战书吧。""臣遵旨。"

伍子胥不能抗旨不遵。他接过国书，回到家中，吃完饭，把他儿子伍封叫来了。"父亲，唤儿何事？""你把东西收拾好，随为父遄奔齐国，前去递交国书。""爹，您让我跟您一起去？""儿，你明白老夫心事否？""爹……我明白。"说到这儿，伍封的眼泪下来了。伍子胥一摆手："收拾去吧。"

伍子胥让儿子收拾东西，但夫差并没有让伍子胥带儿子去齐国。东西都准备好了，第二天，伍子胥捧着国书，带着儿子伍封，认路登程，遄奔齐国。伍子胥走后，马上有人禀报夫差："大王，您可留神，伍子胥把他儿子带走了。""带走就带走吧，一起死在齐国，我反而心静。"夫差没往心里去。

咱们书不说废话。爷儿俩带着从人到了齐国，有人禀报齐简公："吴国派使者相国伍子胥来了。"齐简公升座大殿，文武众卿都在旁边陪着。"传。"伍子胥带着儿子伍封来到殿上："吴国使者伍员参见大王。""哦，相国来此何事？"

伍子胥威名震动天下，谁不知道？！伍子胥把国书往上一呈，有人接过来，递到齐简公面前的桌案之上。齐简公打开一看，是宣战书。齐简公捧着宣战书，看着伍子胥："你是楚国亡臣伍子胥？""正是。""你是吴国相国？""正是。""嘿嘿，夫差与我齐国为仇作对，你还敢前来下战书？推出去，杀！"您看，伯嚭就是要假借齐简公之手来取伍子胥项上人头。

这时，旁边有人说话了："大王，刀下留人！"说话的是谁？手下的大夫鲍息，他是谁的后人？鲍叔牙。伍子胥和鲍息的父亲鲍牧还是好朋友。鲍息在旁边一拦，齐简公也知道他们之间这层关系。"鲍大夫，你为何阻拦？""大王，如果您杀了伍子胥，可就上了夫差的当了。""哈哈，何当之有？""大王您想，伍子胥身为吴国相国，在夫差面前屡进忠言，却不被采纳。那夫差信服奸臣伯嚭，和伍子胥势同水火。现在夫差要兵发齐国，肯定伍子胥不同意，相国谏言，吴王不听，于是和伯嚭商量好了，要借您之手取伍相国项上人头。您要是把伍子胥杀了，这骂名可就落在您的头上了。""哦？这可真是当局者迷，旁观者清，若依鲍大夫之见呢？""您别杀他，告诉他何时开兵见仗，让伍相国把国书带回去，杀不杀他在他们。他回到吴国之后，肯定君臣不和，忠奸不顺，这就给咱们齐国造成一个很好的机会。所以请大王息怒。""好，那就听你之言。"

说完，齐简公站起来了，冲伍子胥躬身施礼："相国，一时粗鲁，没看清形势，请您原谅，请坐。"这世界上的国家大事，您细细品味，其实就是这么档子事：一言兴邦，一言丧邦。您还得分是谁说话，有的说话管用，有的说话不管用。他为什么说话管用？必然有他的势力，必然有他的信誉。鲍息这番话让齐简公明白了：敢情想让我杀了伍子胥而留下骂名，那我给你再扔回去，回到吴国你们折腾去，对我齐国有好处。"哎，伍相国，对不起，是寡人一时之错，请坐请坐。来，给相国预备公馆。"

然后，齐简公摆上国宴，好好款待伍子胥。伍子胥很高兴，跪倒谢恩。到了晚上，吃完国宴，伍子胥回到公馆休息，儿子在旁边站着，公馆伺候的人献上茶来，伍子胥坐这儿喝茶。"相国，现有大夫鲍息求见。""哦，有请。"伍子胥起身相迎，心说：要没有人家，今天自己脑袋就掉了。这时，鲍息进来了。"谢过大夫救命之恩。""哎，不要客气。""请坐请坐。"

伍子胥岁数大了，但头脑非常清醒。两个人落座之后，伍子胥把头一低，他知道鲍息干吗来了，也知道鲍息要问什么。伍封一看，爹不言语，自己也不能说话。爹不说话，儿子在旁边嚼半天舌头，那是现在，在那时是不允许的。伍封在旁边站着。鲍息喝了一口茶："相国，在吴国不顺吧？""唉……""夫差要兵发我齐国，您肯定在他面前谏阻纳言来着吧？""啊……""伯嚭对您不利吧？""是……"

鲍息问半天，伍子胥就说出这么几个字。您别瞧伍子胥恨夫差、恨伯嚭，但他终究是吴国之臣，忠臣就不能出卖国家，这是伍子胥做人的立场。所以鲍息问了半天，伍子胥也不说话。鲍息只能在旁边劝他："相国不要生气，国中之事都是这样，您就坦然处之吧。""好吧，多谢大夫。儿，你过来，给鲍大夫磕上一个头。"爹发话了，伍封就得听话。伍封赶忙过来，跪倒在地："拜见鲍大夫。"以头碰地。父亲发话让你磕头，那就不是简单的事情。鲍息赶紧用手相搀："贤弟请起。"为什么他管伍封叫贤弟？因为伍子胥跟鲍息的父亲鲍牧是好朋友，按照辈分和年龄，鲍息应当管伍封叫兄弟。可伍封不敢起来，爹还没发话呢。伍子胥用手一指："鲍大夫，我和你父亲交情甚厚，吴国国事你已尽知，我此次下国书乃是无奈而来。这次带着儿子伍封来到齐国，想必你也知道我的心意了。我这次回吴国，就不带他回去了。从今日起，我们父子分离，就把他寄养在你的府中，从今往后不要再叫伍封，就叫他王孙封吧。唉……"

伍子胥说到此处，凄然泪下。您想想伍子胥这一生，年纪轻轻，父亲、哥哥以及全家三百多口死在楚平王之手，自己离开楚国，身入险地，好容易才逃出昭关，到了吴国；帮助公子姬光杀了王僚之后，保着姬光做了吴国国君；姬光死后，伍子胥又保夫差。到现在为吴国立下这么多功劳，而今差点儿就死在齐国，死在异乡。回到吴国，这脑袋还保得住吗？伍子胥须发皆白，皱纹堆垒，已然步履蹒跚了，又要父子分离，因为把儿子带回吴国，肯定会被夫差所杀。

"儿，给你兄长磕头，从今天开始，你就寄养在此。""儿遵命。"

伍封趴在地上可就起不来了。鲍息流着眼泪，用手相搀："兄弟，起来吧。相国您放心，我一定好好照看兄弟。"

第二天，齐国国书写好，齐简公告诉伍子胥："春末交兵。"你不是宣战来了吗？我在春天的末期，夏天快要来临的时候，跟吴国交兵。伍子胥接过国书，跪倒在地谢过齐简公之后，站起身形转过来，又给鲍息深施一礼："谢过贤侄。""老相国，您就踏踏实实地走吧。"

伍子胥回到公馆，拉着儿子的手，一句话都说不出来了，父子分离，不亚如万把钢刀扎于肺腑。伍封只知道哭，嘴里不停地说："爹爹保重，爹爹保重……""唉……"伍子胥长叹一声，一甩银髯，走到外边，认路登程，回归吴国。鲍息目送伍子胥走了，回身看了看伍封："贤弟，伯父此次回到吴国，一定还要面见夫差进忠言，早晚得死于其手。唉……"也只能对天长叹了。

伍子胥往回走，走在中途，夫差的大军来了，在路上碰见了。夫差临出兵之时，命人选择了一块地方，这地方叫句曲，盖了一座行宫。因为他从齐国打完仗回来，得先经过句曲，所以就在这儿盖了行宫。给谁盖的？给西施盖的。院子里种满了秋桐，就是梧桐树，给行宫起名叫梧宫。盖好之后，夫差跟西施说："梧宫已然盖好了，正在装修，装修好之后你就住进去，在那儿享福避暑。咱们和齐国春末交兵，夏天肯定是在和齐国交战，你就在梧宫里踏踏实实地住着，我打完仗回来先见你，咱们高高兴兴地在梧宫度过暑期，避完暑咱们再一同回到姑苏。"

那西施能说什么呀，心说：你说什么我就听什么，哄着你呗。安排好西施之后，夫差就准备出兵了。这一天把兵马都调动好了，诸稽郢带领三千越国精兵也在这儿听令，粮草也都调齐了，夫差在姑苏台上吃饭，他岁数也不小了，这么折腾他也累得慌。吃完饭，夫差把饭碗一推，往后一躺，慢慢就睡着了，鼾声起来了。伺候的人赶紧往后退。伯嚭总跟着夫差，一看夫差睡着了，就蔫蔫地在纱帘后头找个凳子坐着，拍马屁嘛，只要夫差一动，他就得赶紧过去。夫差睡着睡着，突然间做了一个梦。他梦见什么了？夫差梦见自己走进一座宫殿，抬头一看，上边三个大字："章明宫。"走进章明宫一看，左边一口大锅，右边一口大锅，有人在这儿做饭。夫差一摸肚子，心说：我饿了。其实他刚吃完饭，做梦嘛。夫差觉得肚内饥饿，他就在这儿等着，可这饭总也不熟。往左边看看，这口锅里的饭没熟；又往右边看看，这口锅里的饭也没熟。左等不熟，右等不熟，等的时间可就长了，突然就听见前边有狗叫。夫差心说：我还没吃饭呢，这狗着什么急？往前边一看，有两只大黑狗，一只冲北嚎叫，一只冲南嚎叫，夫差看着这两条狗，心里琢磨：这是什么意思呢？难道是饭半天都不熟，饿得？抬头再一看，宫墙两边插着两把大铁铲，就是大铁锹，西边宫墙上插着一把，东边宫墙上插着一把。这是何意？夫差正琢磨呢，又听见水流的声音，"哗……"夫差低头一看，大水已然没过自己的脚面了，整个殿中都是水。他一愣神儿的工夫，就听见殿后有声音了。听了听，不像鼓声；听了听，不像锣声；再仔细一听，好像是"叮叮当当"打铁的声音。夫差觉得很烦，抬头再往外一看，看见外面的花园了，整个花园都长满了梧桐树。这又是何意？

一下子，夫差从梦中惊醒。他这儿一动，伯嚭赶紧跑过来了，您说这拍马屁也挺不容易的。"大王，您是不是做梦了？好像您在梦中呼叫来着。""是，适方才寡人做了一个噩梦……""您可别说是噩梦，也许您梦见的就是好事。""好，伯嚭，你就替寡人解上一解。""大王，您都梦见什么了？""我梦见我步入一座宫殿叫作章明宫。""哦，章明宫。""我看见左右有两口大锅在煮饭，我饿了，可饭总也不熟。又看见前边有两条黑狗在嚎叫，一只冲南，一只冲北。接着，又看到左右宫墙上各插着一把大铁锹。正在奇怪之时，大水冲进殿中，淹没了寡人的双足。又听见殿后有'叮叮当当'的打铁之声，往殿外一看，满园的秋梧。伯嚭，你说这是何意？"

伯嚭也是真有两下子，谄佞之人嘛，满面堆欢："大王，我给您道喜了！"说着话，伯嚭"扑通"一下就跪下了。"大王，您做的梦太好了，攻打齐国必然旗开得胜，马到成功，得胜而回，称霸天下。""哎哟，伯嚭，你就会说好听的，你先解一解寡人之梦。""大王，章明宫，章明章明，好听，说明此次您遄奔齐国，准打胜仗。""那么两口大锅，饭总不熟呢？""那是您国祚永延，老百姓吃不尽，喝不尽，老吃老有。"夫差一听：这不是胡说八道吗，饭都没熟，还能老吃老有？"那二狗嚎叫呢？""那是四方的诸侯都上您这儿朝贺来了。"幸亏说这话的时候旁边没有诸侯。"那铁锨插入宫墙？""那是说所有的农夫都在为您耕种。"伯嚭还挺能编。"那忽然间梦见大水入宫？""水是财，您梦中发大水，那就是齐国、越国，他们都臣服了，所有的财源滚滚，都奔您这儿来了。""那殿后打铁之声呢？""那是说您的后宫歌舞升平。""满园的秋梧呢？""梧桐木可以做乐器，琴瑟和声，歌舞升平，您多美，必将称霸天下。""是这么档子事吗？""是啊，就是这么档子事。""你先起来，先出去。"

夫差有点纳闷儿，这是怎么档子事儿呢？伯嚭刚出去，王孙骆来了，有事情要面见吴王。"参见大王。""我没宣你，你干吗来了？""刚才您宣我了。""哦？我忘了。""您这是怎么了？慌慌张张的。我看见太宰刚刚出去，也是慌慌张张垂头丧气的，怎么了？""唉，寡人做了一个梦。"按说身为大臣，就应该问："您梦见什么了？"这位王孙骆特有心眼儿，不接话："哦。""哎，你怎么不问问我梦见什么了？哎，还是跟伯嚭说话痛快，那我也得问问你。"夫差觉得伯嚭这个梦解得很牵强，不是那么档子事儿。"大王，您想让我说什么？""我讲讲这个梦，你给我解解。""我，我，我不会解梦。""那你也得给我听听。"

夫差就把这个梦对王孙骆说了。说完之后，王孙骆"扑通"一声跪下了："大王，臣实在是不会解梦。""不会解也得给我解。""那您总不能让我瞎编吧，瞎编出来您又不爱听。""啊，你是说太宰瞎编？""我看他垂头丧气地出去了，肯定是他说的您不信。""那你就给我解上一解。"这时，王孙骆突然计上心头："大王，我给您举荐一个人，城外有座阳山，阳山上有位高人。这位高人复姓公孙，单字名圣，他能解您的梦，他一说一个准儿。""嗯，好像寡人也听说过此人，你替寡人把他召来。""臣遵旨。"

王孙骆吓得浑身是汗，赶紧出来了，您要看《东周列国志》：驰车而去。骑着马去都不行，坐着四匹马拉的车，出城遘奔阳山。王孙骆见过公孙圣，知道公孙圣有本事。到了公孙圣门前，车止住了，王孙骆下车一看，还是原来的面貌，柴扉门，院子里种着各式花草，一边的草比较青，另一边的草中有些花朵。再一看，公孙圣正在这边浇水呢，有个稍微年轻一点儿的妇人在另一边浇水呢。王孙骆一看，公孙圣比原先稍微胖了一点儿，中等身材，脑门特别宽。两道黑眉，往上一挑，往下一耷拉，眉长过目，二目有神，炯炯放光。高鼻梁，四字口，一部黑胡须。看年岁不大，也就是三四十岁。大耳相称，头发绾着，别着一根木簪，身上穿着布衣。再看旁边那个妇人，估计是公孙圣的妻子，比公孙圣小七八岁的样子，细眉细目，虽然不太美，但是挺耐看。头上别着两枝野花，应该就是在院子里摘下的，身上是布衣布裙布鞋。再往屋中一看，屋门开着，里面陈设很简单，但十分干净。屋外有一条小河，潺潺的流水。王孙骆不由得赞叹了一句："哎，仙人之境也。"

王孙骆一说话，公孙圣听见了。公孙圣抬头一看来的车，就知道是贵人来了，那不是一般人能坐的车。就比如坐奔驰的能跟坐夏利的能一样吗？公孙圣心里纳闷儿：这是谁找我来了？再仔细一看，恍恍惚惚见过此人，因为公孙圣和王孙骆虽然见过，但也不是特别熟，公孙圣毕竟是深山中的隐士。但一看王孙骆身穿贵服，坐着贵车，那就应该是国君派来的。您想，山中的圣人能傻吗？公孙圣，圣人的圣，确实有本事。

公孙圣赶紧上前推开柴扉门，深施一礼："请问贵客何来？""公孙先生，在下奉大王之旨而来。您还记得我吗？我在大王驾前称臣，王孙骆是也。""哦……好，但不知来此何意？""呃……"王孙骆往里瞧，意思是您让我进去说。可公孙圣想跟他在门口说话，被他媳妇听见了。他媳妇一看：哟，这是什么车，好家伙。再一瞧王孙骆穿的衣裳，心说：那可比我们爷们儿穿得强多了。他媳妇琢磨：怎么不让人家进来？结果她挺殷勤地出来了："哎，贵客请进，贵客请进。"

把王孙骆让进来了。公孙圣一想：也不能说媳妇把人家让进来了，自己再把人家往出轰，这不像两口子办的事。于是就把王孙骆让到堂中，分宾主落座。男女有别，夫人在旁边沏茶倒水伺候着。"请问您到此何事？""呃……公孙先生，大王今天迷糊了一会儿，突然做了一个梦，想请先生随我遭奔城中，姑苏台上为大王解梦。""大王让我去给解梦？""正是。""不去可行？""不能违抗大王之令。""是，违令必斩。唉……天，天……"

公孙圣媳妇吓一跳，歪头一看：怎么了这是？王孙骆也吓一跳，就见公孙圣面冲北方往地下一趴，您看《东周列国志》：伏地涕泣。涕就是哭，流眼泪，鼻涕、眼泪、哈喇子都下来了；泣，泣不成声，眼泪不断。说明公孙圣哭得够可以的，趴在地上冲北哭。您想，这屋里就仨人，王孙骆看见公孙圣趴地上就哭，必然就要看看公孙圣的妻子。公孙圣的媳妇看了看王孙骆，再看自己的丈夫："呀啐……"

王孙骆也不知道是怎么回事，在旁边瞧着吧。她一啐她丈夫，公孙圣一抬头，"噌"的一下就站起来了，双眉倒竖，二目圆睁，脸上颜色更变，怒目横眉看着他媳妇。他媳妇吓坏了，往后直退："你，你干吗冲我瞪眼……吓我一跳。"公孙圣瞧着媳妇，眼睛越瞪越大。王孙骆也奇怪，就给公孙圣的媳妇递了个眼色，意思是你问问他为什么瞪眼？"你干吗瞪眼？你在这深山老林之中，藏着一身的能耐，好容易现在大王召见你，你有机会平步青云，为妻终于能够跟着你享福了，你干吗趴在地上就哭？真是没见过什么世面，你赶紧去。还没见着大王，你就痛哭流涕；等见着大王，你还不得哭死？"

这位大贤人气坏了，公孙圣手指他的妻子："妇人之见！""哎哟，还瞧不起我们。你天天坐在屋子里长叹，没事儿就是弄弄花草，抚抚琴。现在好了，大王召见你，你马上就要高升了，干吗冲我瞪眼？你干吗呀？""唉，妻不知悲也。"你不了解我的心情，我太苦了。"你说出来让咱们也听听。""妻，我已然算出我的寿数就在今日，你我夫妻今日就要生死别离。你岂知为夫之心……""面见大王，平步高升，干吗要分离？我们不分离。"

旁边王孙骆听明白了，他知道公孙圣是高人，公孙圣的妻子什么都不懂，不理解公孙圣之心。王孙骆心说：这样的情形之下，如果时间拖得长了，公孙圣就可能不去了，那大王就拿我开刀了。"哎，车已然准备好了，请先生上车，咱们走吧。"他媳妇也往出推他："别哭了别哭了，快去吧。""唉，天啊，夫妻就要分别……"

外边有跟着来的从人，王孙骆一使眼色，大家伙儿往上一拥，就把公孙圣架到车上。车把式一摇鞭，车往前走，公孙圣一回头："妻，今日一别，阴间相见。""哎哟……"媳妇似乎也明白了。您想，夫妻在一起这么多日子，能不知道丈夫心中怎么想的吗？您看《三国演义》也能理解。您说诸葛亮这帮人一天到晚都干吗？没事总吟诗答对，老下棋？也没人给他们评段位。坐在一起说是聊天儿，实际上聊的都是国家大事。公孙圣作为阳山的贤士，来拜访他的是谁？吴国这么多年的变迁，现在勾践在干什么，公孙圣能不知道吗？坐在一起谈论的都是这些事。所以公孙圣今天说的话虽然他媳妇听不太明白，但也知道吴国的一些国家大事，再看丈夫这一走，夫妻分别，知道夫差要对丈夫不利，眼泪下来了，下来也晚了，车已然看不见了。

就这样，王孙骆带着公孙圣回到姑苏台。王孙骆赶紧禀报夫差，夫差传下话来："命公孙圣来见。"公孙圣迈步走到姑苏台上，来到夫差面前："草民拜见大王。"公孙圣可没跪下。夫差现在就希望他给解梦，所以也没计较："你是阳山之贤？""阳山草民公孙圣。大王唤我何事？""呃，唤你有事。我做了一个梦，想请你帮我解梦，你可能解？""唉，大王不解梦中之意，我已然知道了，但我知道言说必死，然而虽死也不得不言。大王请讲吧。"你说完，我一解，你肯定得杀我。但我是吴国的臣民，我是一个安善良民，既然是贤人，就不能说瞎话，只要解这个梦，我必死。但就算是死，我也得给你解这个梦。你说吧。

"贤士，我梦见自己闲步走进章明宫，看见两口大锅在做饭……"夫差就把梦见的情形详细说了一遍。"唉……"公孙圣听完，一低头，"大王，刚才我说了，我一说就得死，但虽死也不能不说，所以草民就直言不讳了。""好，讲吧。""大王，您走进章明宫。章，何意也？明，何意也？章乃惶也，说您惶惶而逃；明，说您不明智。""啊？！那两口大锅做饭呢？""战事紧急，您没时间再吃煮熟的饭了。二黑狗嗥叫，一个冲南，一个冲北，说明众诸侯和百姓与您离心离德，没人再愿意侍奉大王。两把铁锹插入东西宫墙，说明越国兵将马上要打进吴国，拆您的社稷。大水漫入宫殿，说明您再没有社稷可坐。后宫打铁之声，说明百姓刀枪并举，吴国马上就要亡国。满院秋梧，桐做冥器，大王必死无疑，这还用我解吗？"夫差气得浑身栗抖，体似筛糠，脸上颜色更变："狂言也！"

这时，伯嚭过来了。"大王，他何止狂？他是个山中野人，妖言惑众。""对呀，妖言惑众，吴国岂能留你？""大王，解梦之前我已然说了，草民言之必死，但草民虽死也不得不言。""大王，他纯粹是妖言惑众。"伯嚭也说不上别的来。公孙圣气得迈大步走到伯嚭面前："哼，伯嚭，你身为太宰，在吴国吃尽穿绝，享尽荣华富贵，越国的财产源源不断地送到你的府中，吃美味，穿华衣，玩弄女人，皆是你太宰所为。你使得大王和忠臣离心离德，你每天就知道阿谀奉迎，进谄佞之言。伯嚭，你想想，勾践受尽奴役之苦，回到越国，训练兵马，将来吴国若灭，又岂能有你的项上头颅？"

所以说这些隐士、贤士都很清楚国家大事，谁是忠臣，谁是奸臣，老百姓都看得出来。这下伯嚭可受不了了："大王，大王，给臣做主，他妖言惑众，妖言惑众……""你妖言惑众。""他是个野人……""对，你是个野人，你是个妖人，惑乱人心，坏我国声誉。你、你……你既然说出这话来，你说该怎么办？"伯嚭心说：哎哟，您问他干吗，还问他怎么办？

夫差已然气糊涂了。"大王，既然您问我，我就得直言相告。您现在应该马上撤回兵将，绝不能攻打齐国。""哦？""越国正在训练兵马，时刻准备来灭吴国。吴国为什么造成今天这样的局面？只因为大王您信任伯嚭，而不信服忠臣伍子胥。您应该马上派伯嚭到越国，脱冠裸背，跪倒在勾践面前以赎其罪，把所有的美女和财物送还越国，求得勾践的原谅。这样，吴国可安，大王可生也。如果您不听我良言相劝，吴国必灭，大王必死。"

其实这话也分怎么说，应该慢慢讲，慢慢说。公孙圣说得对不对？对，和齐国的这场仗不能打，你打齐国干吗使？勾践为什么总惦记着仇恨？因为他在吴国受的奴役，铡草喂马，尝你的粪便。现在回到越国，这么多年了，积攒好力量要打你，这个局面是谁造成的？伯嚭。你夫差如果听伍子胥的话，什么事儿都没有。所有越国进贡的东西，伯嚭都先吃头茬儿，这样的人是最可恶的。进贡来三百名美女，他先留三十个，当然这他得先挑好的留下。伯嚭在吴国身居太宰大位，每天都是阿谀奉迎，这样的谄佞之人你留着他干吗？你给他派到越国去，让他跪倒在勾践面前，把头上的帽子摘了，把上衣脱了往腰中一系，就跟您听廉颇负荆请罪一样，向勾践承认错误，把所有收受的礼品都送回去，求得勾践的原谅。只有这样，才能保住吴国，才能保住大王你不死，和勾践签订和约，平分疆土也就完了。如果你不让伯嚭这么做，勾践恨伯嚭，更恨你吴王，将来杀到吴国，你也得死，伯嚭也得死。

伯嚭听完，您想他嘴里还能说得出好话吗？"大王，这个野人口出狂言……""对，他是野人……气杀寡人！"夫差往外一看，大力士石番在旁边呢。"石番。""在。"大力士嘛，一力降十会，大王面前都有大力士当保镖。"用锤把他击死。""遵王命。"

好家伙，大力士每天就是练劲儿。石番拿起铁锤，对着公孙圣的脑袋，"啪，噗……"一锤就把公孙圣打死了，多有能耐的人也禁不住大铁锤。公孙圣临死之前，还能喘气的时候说："天啊，你知我冤，就把我扔在阳山之下，让世人来见吧。"他说得很清楚：你把我扔在阳山之下，让世上的人都来看看，看看夫差和伯嚭你们都干了些什么，拿我来做影响。夫差耳朵很好使，听见了，但还想核对一下。"伯嚭，他讲些什么？""他说死后把他扔在阳山之下，让世人尽知。""嘿嘿，我告诉你，让豺狼吃你的肉，让野火把你烧成灰，让山风把你的灰吹走，世人不知。"其实越这样，世人越知。公孙圣被打死了，夫差传令，就把这么一位大贤人扔到阳山之下。然后，夫差继续下令："来，点齐十万人马，兵发齐国。"

走在中途，夫差正好碰见伍子胥从齐国下战书回来。伍子胥赶紧参见夫差，将齐简公回复的国书呈上。那为什么夫差没等齐国回复的国书回来就出兵呢？因为那时道路遥远，不像现在能坐飞机，坐动车，"嗖"一下就到了，他得估计路程和日程。"相国。""大王，老臣有病，告退。"

伍子胥当然不能跟着夫差攻打齐国，所以就称病，一个人回归吴国，把儿子留在齐国。夫差率领十万人马，分成三路，越国的诸稽郢带着三千精兵，跟着夫差兵发齐国。此一战胜负如何？咱们下回再说。

第六十四回　伍子胥含愤自刎

伍员自幼称英武，磊落雄才越千古。可怜两世辅吴功，忠魂留吴望荆楚。

这四句说的是伍子胥。从小就能看出伍子胥大了以后是一个英武的雄才，亘古未有，文能治国，武能安邦。先是辅佐公子姬光，策划了专诸刺王僚，保着姬光登大宝，就是吴王阖闾。阖闾死后，伍子胥又力保夫差。所以有辅佐吴国两世之功。最后落得一个什么下场呢？死在吴国，眼望荆楚大地。那伍子胥到底是因为什么死的？他自己有没有责任？听完书之后，您也回去琢磨琢磨。

上回书咱们说到夫差要出兵了，打齐国。这时勾践为了巴结夫差，派大将诸稽郢带着三千精兵，还有先王传留下来的铠甲，带着越国非常好的兵刃，前来参战，保着夫差进兵齐国。夫差心里高兴：越国派大将带精兵帮着我攻打齐国，这一战必定成功。夫差一起兵，齐国的陈恒就让弟弟陈逆来到汶水大营送信，给谁送信？给陈恒在齐国的这些对立面，掌握齐国兵权的人送信。"我哥哥说了，大王也说了，这一仗只许胜，不许败。闻鼓则进，鸣金则退，但这一仗只许擂鼓，不许鸣金。"齐国的人马群情激奋："为了我们大齐国，齐国将来是霸主。""原来咱们是霸主，这回要重振齐国的军威。""对！只准击鼓，不准鸣金。"

结果一打仗可坏了。夫差带着十万大兵，夫差和伯嚭都会打仗，国君亲自出战，鼓舞士气。夫差指挥大军往前冲杀，传下命令："鸣金发兵。"他故意把命令弄反了，就是为了迷惑齐国人马。这一冲杀就把齐国的军队分成三截，一战就打胜了，齐国四员上将弄死俩，生擒活捉逮着俩，然后杀了。齐国四员大将都死了，夫差得了八百乘战车，大获全胜。夫差心里美，站在战车之上，往旁边一看，紧紧跟着的就是越国大将诸稽郢。"诸稽郢将军。""大王。""你看吴国强大否？"诸稽郢深深地了解夫差，也知道自己的国君勾践十年生聚，十年教训，将来越国必然要灭掉吴国，但这时还得示弱，马上跪倒在车上："大王，我们小小的越国，比不了强大的吴国，祝贺大获全胜。""好。就冲你这句话，就冲你们派你领兵助我，虽然你没打仗，来，赏黄金百两。"

夫差赏给诸稽郢黄金百两，让他去犒赏兵将。这时的夫差骄横已极。您想，先灭了楚国，而今又战败了齐国，齐国当初也是天下霸主啊。夫差指挥大队人马回到国中，先上哪儿？先到梧宫找西施去。咱们前文书说过，夫差临出兵的时候，在句曲给西施盖了一座宫殿，叫梧宫，四周围种的都是梧桐树。

梧宫之中早就预备好了鼓乐，预备好了好吃的好喝的，西施就在梧宫等着夫差。大队人马回国，而夫差带着手下人，就是伯嚭以及心爱的侍从，来到梧宫见西施。西施知道吴王到了，马上带着手下侍女迎接。打了这么长时间仗，一直没看见西施，今天终于见到了，夫差高兴，说什么呀？忽然想起伯嚭曾经嘱咐过，出国之后得学点儿外国话。"Honey（亲爱的）。"西施听不懂。"Honey（亲爱的）？""啊，哈伊。"伯嚭心说：这到底是英国人，还是美国人，还是日本人？夫差都不知道该怎么高兴了，走过来拉着西施的手，看着西施。西施吓坏了，心说：这个人出去一趟，打了胜仗，怎么就变了？直勾勾地看着夫差。夫差上下打量着美人："哎哟，sweet heart（甜心）。""大王，说点儿人话吧。"

夫差拉着美人的手来到宫中，摆上丰丰盛盛的酒宴，两个人坐这儿饮酒，女子乐队弹唱歌舞，琵琶丝弦。酒宴一直持续到什么时候？月上东山。夫差越喝越高兴，搂着西施，看着歌舞。突然歌舞停了，应当换节目了。该换什么了？换相声。夫差不爱听相声，一摆手。此时音乐停止，整个儿梧宫之中鸦雀无声，夫差隐隐约约听见有小孩儿在宫殿外面唱歌。"嗯？Honey（亲爱的），听听。"西施也听见了，歌声越来越清晰，越来越大。夫差一摆手，俩相声演员也不敢上台了。夫差仔细地听，越听越清楚。听着听着，夫差双眉一挑："给我带上来！"西施也听清楚了。唱的是什么呢？唱的是："桐叶冷，桐叶冷，吴王醒未醒？桐叶秋，桐叶秋，吴王愁更愁。"

时间不大，把小孩儿带上来了。十几个小孩儿，前发齐眉，后发盖颈，长得都跟瓷娃娃似的，漂亮啊。"你们唱的是什么？""我们唱的是'吴王醒未醒'，唱的是'吴王愁更愁'。您是谁？""我就是吴王。""哦，那您醒没醒，愁没愁？"

小孩儿天真无邪。夫差一听，气坏了：合着我总睡觉来着？好像我永远发愁，还要发愁。他可不管孩子不孩子，站起身形，绕到桌案前，一伸手，"嘡"的一下，就揪住一个。"谁教你的？""干吗问我呀？你是吴王吗？""正是。""那你醒啦？告诉你，是一个穿红衣的小孩儿教给我们的，让我们在这儿唱，我们喜欢听，所以就唱了。""那这个红衣童子，他是何人？""他说他是天上派来的。""天神？""不错，正是天神。""我非把你们这些娃娃杀了不可，寡人便是天神来也，这世上就得听寡人的。什么叫醒未醒，愁更愁？来，杀！"他想杀了这些小孩儿，可是西施心眼儿软，说："大王，千万别杀，这些孩子招您惹您了？他们只不过学舌而已。"

西施在旁边劝，夫差心中的气稍微往下沉了沉。西施看了一眼伯嚭，心说：你倒是说句话劝劝，大王爱听你的。伯嚭也为了讨西施的喜欢，赶紧走上前来："大王，这些孩子唱的是桐叶秋，到秋天了，所以愁更愁，悲更悲。您身为国君，难道不解春秋之意吗？""伯嚭，你来解释解释什么叫春秋之意。""大王，到了春天，万物皆生；到了秋天，春生秋杀，万物皆死，万物皆悲。现在已然入秋了，天道无情，天一入秋，草木凋零。您到了秋天，愁更愁，悲更悲，是跟上天一样的道理。天愁您也愁，天悲您也悲，说明您正是称霸的时候，为什么跟这些孩子过不去呢？他们这么唱，实际是希望您称霸天下，希望您顶替周天子。""哦……"这马屁塞子说话，变着法儿地他都能编出来。夫差一听，高兴了："好啊，我能跟天道同情。来呀，把这些娃娃都放出去。"

西施一摆手，手下人赶紧把这些孩子带下去了，算是幸免于难。夫差在梧宫住了几天，带着西施回到国都。因为打了这么大的胜仗，夫差设宴三天，款待文武众卿。头一天，夫差换上了新王服，摆上丰丰盛盛的酒宴，文武众卿全到了，既然全到了，那相国伍子胥也得到。您想，夫差骄横已极，大家伙儿谁不说好听的呀，"唰"的一下，全跪下了："哎，大王，恭贺恭贺……""恭喜大王，将来必然称霸天下，吴国必然成为天下盟主。""哎，大王，您是英明伟大，一战成功……"

全说好的，但有一个人站着不说话，就是伍子胥。夫差一歪头，心说：伍子胥，你仗着你胡子白了，辅佐我吴国两世国君，认为你有功。现在别人都说好听的，只有你看着我不说话。那时候你不让我出兵，在我这儿说丧话；现在我打了胜仗，别人都庆贺，你却一言不发。好吧，你不理我，我理你。这叫什么？斗气儿。谁敢惹他呀？一国之主，又刚刚打了大胜仗。"相国。"伍子胥赶紧侧过身形，深施一礼："大王。""相国，想当初本王出兵之时，你再三阻谏，不让我出兵。你天天盼着本王打败仗，今天本王得胜而回，你还有廉耻吗？你看看大家，都立下了无数的功劳。你看看伯嚭，跟着我深入重地。而我身为国君，亲统雄兵作战。大家都有功劳，你偌大年纪，身居相国高位，寸功未立，还有脸在这儿站着吗？今天你还有话说吗？"

伍子胥气坏了，双眉一挑，眼睛往下看："大王，以为我没话说了吗？你以为我无理了吗？""有话说？讲。""大王，您今天为什么设宴款待国之众卿？""得胜而归，庆贺之宴。""那么说您很高兴了？""战败齐国，寡人当然高兴。""我告诉你，先喜而后忧。先给你一个小小的惊喜，你要知道，勾践训练兵马，时时刻刻想灭你夫差！"夫差气坏了，心说：就算是你当初立的我，保我当上储君，也不至于当着文武众卿叫我夫差。"胆大伍子胥，你就不怕我肋下利剑吗？相国相国，多日不见，我以为你有所悔改，没想到你执迷不悟。你想掌握我吴国大权吗？我不给你。伍子胥，你让我不高兴，我也让你不高兴。你絮絮叨叨，本王不爱听，寡人不入耳。好吧，你讲。"

说到这儿，夫差还让伍子胥讲，他身子往后一靠，拳头一顶太阳穴，两眼一闭，然后用手一捂耳朵，大家伙儿谁都不敢言语了。伍子胥说出话来难听，夫差说杀他就杀他，谁敢惹吴王呀？大家伙儿看着伍子胥也害怕，只见伍子胥胡须都白了，皱纹堆垒，声若洪钟，恶狠狠地看着伯嚭，看着夫差。大家伙儿吓得都哆嗦了，不知道这个场面应该怎么办。就见夫差捂着耳朵，晃身形闭眼……慢慢地大家伙儿可听出来了，夫差可能睡着了，稍微有一点儿非常匀的鼾声。按现在的钟点说，夫差睡了足足一刻钟，整个儿大殿上鸦雀无声。

大家伙儿正奇怪呢，谁也不敢抬头，突然夫差站起身形，睁开大眼，往大殿的犄角儿一看："啊……"再往院中一看："呀……"这些拍马屁的赶紧就问："哎哟，大王，您看见了什么？""您受到惊吓了吗？您千万勿惊，千万勿惊。"都给夫差道惊。夫差睁眼往下看了看："你们都没看见吗？""大王，我们什么都没看见……"这会儿都犯近视眼，没看见。"真的都没看见吗？""没看见……"伯嚭赶紧躬身施礼："请问大王，您看见什么了？""伯嚭，本王在殿上迷糊了一会儿，心中有所感悟，好像睡着了。突然看见殿前有四个人，背靠背而立。然后，这四个人往四个方向而去，都走了。我又往阶下一看，站着两个人，一个面南，一个面北，面北之人手拿宝剑要杀面南之人，所以把我惊醒了。这是何意，众卿可解？"

谁敢说话？说错了一句，脑袋就得掉了。不但自己脑袋掉了，全家都得抄斩。伯嚭这时候还没编出来呢，这是突如其来的事，一下子伯嚭愣在这儿了。人要是聪明，一定得随机应变，见景生情，就算编瞎话也得编得特别痛快。伯嚭当时一愣，还没编上来呢，伍子胥过来了："大王。""哦，相国你有解？""大王，四个人背对背，然后各自离去，说明吴国人心四散，老百姓与众卿与大王离心。""啊？！那阶下二人呢？"像这你就别问了，这不是找不好听吗。伍子胥一抱拳："大王，面北之人手拿宝剑要杀面南之人，面南之人是君，坐北朝南，那么杀君之人就是臣下，以臣弑

757

第六十四回　伍子胥含愤自刎

君，吴国要亡国。"夫差气坏了："下殿！"走就走，伍子胥一转身形："告辞。"

您说这是君臣吗？君往出轰，臣就告辞，串门来啦？众人谁也不敢拦，伍子胥迈大步走了。伍子胥刚走，有人来报："报。越国大夫文种，派人送来国书。勾践马上要来面见大王，给大王贺喜，送上无数礼物。""好，还是他孝顺。"您说夫差多大口气。勾践以臣民自居，他还真把勾践当儿女了。"来呀，先把他接进来，然后摆上酒宴，款待。"

伯嚭赶紧派人接礼，接了不少礼物。当然，这里面头一样就是美女，伯嚭先挑，挑完的给夫差留下了。然后，其他礼物一层一层地往下扒皮。把勾践请到馆驿，现在也是好好地款待越王了。第二天，夫差在殿上摆下丰丰盛盛的酒宴，以国宾之礼宴请勾践。勾践来到殿上，跪倒在地，给夫差行礼。夫差高兴："好。"亲自上前用手相搀，"请。"

夫差在当中间儿一坐，旁边也给勾践预备了座位，二人平行而坐。随后，国宴摆上。当然，伍子胥必须来，身为相国，没有命令不让你来，你就必须来。一边是伍子胥，一边是伯嚭。酒宴摆下，互相说客气话，然后在酒宴当中女乐歌舞。夫差高兴："众卿，此次兵发齐国打了胜仗，凡是有功者，禄位高升。身为君，不忘有功之臣；身为父，不没有力之子。"

不没，就是不埋没。现在很多是独生子，甭管出力没出力，多少产业也都是他的，奖赏都得给他。就算出趟国，买瓶香水也是给儿媳妇的，别人得不着。但春秋的时候就不行了。这么多儿子，谁为我出力，我就不会埋没谁。大家伙儿都听明白了，勾践也听明白了，伍子胥、伯嚭都听明白了。这就是吴王要赏，赏谁？身为君，不忘有功之臣。大家伙儿都看伯嚭，肯定伯嚭是功臣，大王什么都听伯嚭的，这次伯嚭又随君出征，果然，夫差一扭头："太宰伯嚭乃是有功之臣，君不忘有功之臣，升为上卿。""哎呀……臣谢大王，臣谢大王……"

伯嚭都趴在地上了。咱们说过，春秋时期国家的大臣有三卿，上卿、中卿、下卿。那时候是周天子一统天下，虽然实权没有了，但天下仍然是周朝的天下，周天子还是第一号人物。周天子往下分为各个诸侯国，各个国家的大臣都各有封地，不发工资，就指着邑地上的这些地丁钱粮。周天子驾前也得有大臣，谁上周天子这儿办公来呢？就是各个诸侯国的上卿，得到周天子驾前来伺候，但这些上卿都得回本国开工资，那会儿就是这么个制度。而留在本国国内最高等级的官员就是中卿和下卿。伯嚭升为上卿，他就可以直接到周天子面前去告吴国国君，就有这么大权力了。伯嚭可太高兴了，趴在地上就谢恩。"哈哈，请起，请起。"

再看伍子胥，气得胡子都撅起来了。伍子胥把脸一扭，不愿意看伯嚭这种阿谀奉承的小人，奸臣得势啊。大家伙儿都过来给伯嚭道喜："哎，太宰大喜，太宰大喜……""上卿之喜，上卿之喜。"伯嚭乐坏了，看了看伍子胥，心说：这下你可比不了我了，虽然你是相国，但你不是上卿。勾践脸上没什么表情，只是嘴上说着："好，好……"

这样的人不好惹，就像《三国演义》中的刘备，喜怒不形于色。一个人张狂，你别怕他，你一逗他，他就乐了；你一招他，他就瞪眼。这种人好惹。就怕那皮笑肉不笑的，你招他生气，他也乐；你讨他喜欢，他也没表情。你给他两亿元人民币，就跟没这事似的。勾践就是这样，脸上没表情，夫差看了他一眼，勾践赶紧一躬身："大王英明果断。""嘿嘿，刚才我说了，君不忘有功之臣，父不没有力之子。勾践，你自从臣服在我这儿，给我铡草喂马；回到越国后，年年进贡；此次攻打齐国，你也派了诸稽郢带领三千人马助本王一同出征。好啊，你对我十分孝顺。"

我觉得这个人也太狂妄了。按岁数来说，好像夫差还没有勾践年纪大呢，这会儿当着文武众卿，拿勾践当儿子，您说勾践是什么心情？再看勾践，跟没事儿似的，心说：小子，你别着急，等我把你灭了，早晚有一天你得在我面前唱"呀儿哟"。"本王想再给你扩大封地。"你是我儿子一样，那么孝顺我，我给你扩大封地。大家伙儿都要跪倒称贺，伍子胥一转身形："啊……"

伍子胥实在受不了了，心说：在这金殿之上没有忠臣说话的地方，奸臣当道，阿谀奉迎，昏君宠信奸佞，忘记越国要报仇之事，你这吴国还想要不想要了？伍子胥一转身形，须发皆张。您看，吴国众卿就没有不怕伍子胥的。那夫差怕不怕？他原来怕，现在不怕了。当初他是喜伯嚭而拒伍员，现在为什么不怕了呢？因为他已然是暴君了。可众卿都怕伍子胥，伍子胥转身形一声大喝，大家伙儿瞠目结舌，看着伍子胥，谁也不敢言语。伍子胥把袖子往上一撸，宝剑摘下来放在地上。允许伍子胥带剑上殿，那是吴国国君赐予的，特殊恩准的。伍子胥把宝剑放在殿上，"扑通"一声，趴在夫差面前，放声大哭："大王……在这金殿之上，小人阿谀奉迎，欺蒙我主，勾结外寇，还有没有忠臣说话之地呀？您要知道，这样对待伯嚭，这样对待勾践，早晚伯嚭卖国，勾践战败吴国，这金殿之上就要长满荆刺啊……百姓流离失所，吴国不复存在……大王，该杀伯嚭，该杀勾践。"

伍子胥痛哭失声。您说勾践在旁边听着是什么感觉？夫差能让他当着勾践这么呲儿自个儿吗？伯嚭能干吗？伯嚭赶紧躬身施礼："大王。"夫差早已气得浑身都哆嗦了，双眉倒竖，二目圆睁，脸上颜色更变："胆大妖人，你是吴国的妖孽！"说伍子胥是吴国的妖孽。"竟敢在金殿之上妖言惑众。伍子胥，难道你想死吗？去殿外台阶之下，从此不再见我。"

伍子胥明白了，夫差要杀他，让他去殿下站着，可没让他走。这时，勾践还是不说话。伍子胥站起身形，面对吴王："夫差，想当初我力保于你，先王不立你继大业，是我伍子胥在先王面前力荐。没想到如今你天良丧尽，我伍子胥不是为我自己，而是为了吴国。吴国现在如此强大，将来要败在勾践之手，你难对先君！大王，我伍子胥死了没什么关系，可你要知道，古来有鉴。想当初桀王宠妹喜，龙逢直言相谏，结果被桀王所杀，龙逢死后，桀王被灭，失去天下。难道你就不引以为戒吗？你想一想，如果我伍子胥不忠于吴国，能够担受先君的重任吗？难道你就忘了先君欲称霸之心吗？你杀我伍子胥，我伍子胥死而无憾，但你要知道，将来越国灭了你，你如何面对先君？""呀……快给我退下殿去，站在阶下，永远不准见我。"

伍子胥迈大步就出去了，连地上的宝剑都不捡了。伍子胥走到殿外，站在台阶之下。勾践还是面无表情，就是瞧着。勾践心说：文种当初出主意，七计破吴，其中一条计策就是让他们的忠臣和奸臣互相打，让忠臣死在夫差之手，现在要成功了。其实勾践也是表面上沉得住气，心说：快宰，只要你把伍子胥宰了，我马上出兵。勾践知道，夫差野心太大，想取代周天子，那他就得会盟。春秋时期就是这样，哪个国家强大，哪个国家就出主意，让这个打那个，最后一立盟，都得听我的，我是盟主，耀武扬威。所以勾践就想：将来利用他会盟期间离开吴国的机会，我打他，打他就得灭他，但有伍子胥就不行。现在只要伍子胥一死，我就能报仇。

勾践面无表情，就坐这儿待着瞧着。伯嚭一看："大王，您就任他妖言惑众吗？他眼里还有君王吗？您好好地想一想。""不用想了。"夫差回头一看，殿前有好几个大力士。"弥庸。""臣在。""取宝剑。""取何剑？""取属镂剑来。"夫差有一口宝剑，名叫属镂，后殿有人把这口宝剑递过来，往上一呈，大力士接过来，手捧宝剑："大王。""赐伍子胥一死。""遵旨。"

为什么夫差传这道旨意时声音比较低？因为他听见伍子胥在阶下嚷呢："天啊……苍天啊……是我伍子胥悔不听被离先生之言，悔不听先君之语。"当初被离告诉过伍子胥：你把伯嚭弄来同殿称臣，早晚你得死在伯嚭之手。伍子胥没拿这话当回事。现在想起被离的话，悔不听被离之言。再有，当时阖闾的儿子死了，伍子胥建议阖闾立夫差，阖闾说："夫差不行，不能统带吴国，早晚必败。"但伍子胥力保夫差，现在悔不听先君之语。夫差在金殿之上都听见了，心说：哼，你以为你保我做了国君，你就能永远掌握国政吗？"赐死。"

整个儿金殿之上鸦雀无声。那伍子胥在吴国可是震动乾坤的人物，说赐死就赐死？大家伙儿看看外头，再看看伯嚭，谁也不敢说话。有那有心眼儿的，偷眼观瞧勾践。这时，大力士捧着宝剑来到伍子胥面前："这是大王所赐。""唉……"伍子胥接过宝剑，"大王这是让我一死。"这时，伍子胥的家人过来了，家兵家将。您想，伍子胥身为相国，他上朝得有伺候他的。这些人顾不得了，"呼啦"一下，跪倒在伍子胥面前："相国，相国……""我死之后，你们把我的眼睛抠出来，把两个眼珠挂在东门之上，我要眼瞧着勾践指挥越国人马杀奔吴国，来灭夫差，来杀伯嚭。"

这话金殿里面也都听见了，勾践也听见了。伍子胥叫了两声"苍天"，随后剑搭脖项，自刎而死。"扑通"一声，如同山墙倒了相仿，伍子胥就死在夫差的殿前。大力士赶紧捡起宝剑，手里捧着，连血都不敢擦，来到殿上跪倒在地，禀报夫差："伍子胥已然割喉自刎而死"。"死时他讲些什么？""大王，相国说了，把他的双眼抠出来，眼珠挂在东门之上，他要在城门之上眼望……""眼望何事？讲！""眼望勾践指挥人马杀进吴国。""呀……"夫差气坏了，站起身形，从大力士手中接过宝剑，走到殿外，来到伍子胥尸身旁边："好，老匹夫，你纯粹是吴国的妖孽。你打算这么办？我偏不这么办。我把你的头颅割下，挂在城门之上，然后把你的尸身装在皮口袋里，投入江中去喂虾蟹，让你尸骨无存变成灰。老匹夫，我让你死无葬身之地。"

说话不解恨，夫差把伍子胥的人头割下。可怜忠臣伍子胥，人头被挂在城门之上，尸身装进一个大皮口袋里被投入江中。也怪，刚把伍子胥的尸身投入江中，"哗……"天公作美，激浪一拍，就把河堤冲开了。老百姓一看："坏了，这是怎么档子事儿？哎哟，楚国亡臣伍子胥，那可是咱们吴国的忠臣，落得个自刎而死，人头割下，尸身扔到江里……哎哟，快捞快捞，不然的话，咱们这儿老得发大水。"老百姓都喜欢伍子胥，把他的尸身捞上来，就埋在吴山，后来这座山就改叫胥山了。伍子胥死了，勾践心里踏实了：我回到国中指挥人马，趁你夫差立盟约称霸之时，我要兵发吴国，以报亡国之仇！

第六十五回　夫差与三国争歃

吴王恃霸逞雄才，贪向姑苏醉绿醑。不觉钱塘江上月，一宵西送越兵来。

咱们这部《东周列国志》已然把伍子胥说死了，伍子胥一死，吴国就要亡国。夫差让人把伍子胥的尸身装在皮口袋里扔入江中，人头存起来了，你伍子胥想死后让人把眼珠抠出来挂在城门上，眼看着越兵杀奔吴国，我偏不抠你的眼睛，我要把你的人头挂在城门之上，向越国示威——这是夫差心中的想法。

夫差回到殿中，这边看见伯嚭高兴，那边看见勾践也喜悦。你说你伍子胥，这么大年纪了，非要招我干吗呢？那不就是不想活了吗。所以说伴君如伴虎，夫差的位子是谁争来的？伍子胥，但最后伍子胥也死在了夫差之手。伯嚭赶紧上前施礼："大王息怒，大王息怒。"夫差坐下来："君不忘有功之臣，伯嚭，你的功劳太大了，现在伍子胥死了，你就接替相国之位。"太宰加相国，了得吗？伯嚭赶紧趴在地上："谢大王，谢大王……""哈哈，起来吧，起来吧。"

大家伙儿都过来给伯嚭道喜，又作揖，又鞠躬，又敬酒，给伯嚭祝贺。夫差看着勾践："父不没有力之子。"夫差实在太狂妄了，勾践跟你岁数差不了多少。可你却说勾践是你最得力的儿子。勾践脸上还是没有表情。他没有脾气吗？不是，勾践是心中有数，非常沉着，这种人太难斗了。"是，臣子本就应当尽力。"我既是你的臣，又是你的儿子。"那我就扩大你的封地，让你的封地再往外拓展。哎，你说，应当再给你多少封地？""哎呀……"勾践站起来，一下就趴在了夫差面前："臣子不敢，臣子不敢……臣子的地盘已然够用了，种出五谷，山中采葛，能够向大王进送粮食，进送美女，进送布匹，臣子已然很知足了。老百姓也能吃饱了，臣子再无所求。"这种人就应当一脚踩死。勾践心说：你想给我扩大封地？小子，我憋着你吴国呢。我不报仇，我就不叫勾践。夫差现在太狂妄了，没往心里去。"哎呀……"听勾践这一说，夫差还挺高兴，"起来起来。""谢过大王。"

勾践感激得眼泪都下来了，站起身形，重新落座。夫差现在有伯嚭哄着，有勾践哄着，这些文武公卿还有谁敢得罪他吗？伍子胥是吴国功臣，夫差照杀不误。所以群臣谁也不敢言语了。夫差款待勾践三天之后，勾践带着手下文武回到越国。一到越国，勾践马上就往下传话："夫差现在狂妄已极，根本就没有想着越国会翻天。文种、范蠡，你们马上调人挖河沟，东北方向通到射阳湖，西北方向要通到济水和沂水，要跟淮河连上。然后，再建造一座城，我已然选好了地点，这座城叫邗城。"这就是现在的扬州。

现在越国的确有这个力量了，挖沟筑城，练得精兵强将，而且储存粮食，积蓄物力，勾践继续发出探马，随时随地打听夫差的消息，那夫差干吗呢？美呀，就想称霸天下。所以夫差发出邀请，请鲁国之主鲁哀公，请卫国之主卫出公，你们来跟我会盟。鲁哀公你在哪儿等着我？在橐皋。卫出公你在哪儿等着我？在发阳。我到了这两个地方，跟你们会合之后，一直到黄池大会，要跟晋国晋定公会面。干什么？我提倡的会盟，订立盟约，我要当盟主。鲁国不敢惹他，卫国也不敢惹他，国家小啊，那夫差实际上面对的是谁？就是晋国。

咱们《东周列国志》说到这儿，就快要进入战国了。咱们说过晋文公重耳走国，由打晋献公宠爱骊姬，然后重耳走国，最后回到晋国，称霸天下好几十年。现在吴国想当霸主，首先就要针对晋国，而且现在晋国势力确实也比较弱了，晋国原来的这些辅国现在都听楚国的。现在夫差觉得吴国如此强大，所以发出邀请，请鲁哀公、卫出公到黄池一起会见晋定公，订立盟约，我是老大，这就叫欺强凌弱。要出国去会盟，订立盟约，他想当盟主，就得把自己这方面的事情都准备好，调动强兵猛将，做新的军装铠甲，连射的箭的羽毛跟之前的颜色都不一样了。同时，夫差给自己做新王服，车马都换新的。那得花费多少钱？没关系，跟越国要，越国给，有伯嚭在那儿钉着呢。夫差把一切事务都准备好了，打算出去会盟。

但这个时候着急的是谁？着急的是夫差的儿子太子友。这孩子叫友，将来夫差死后，他就是吴国之主。太子友是个明白人，见父亲这么骄横，又要离开吴国到黄池去会盟，这一来吴国就空虚了。太子友非常着急，心说：现在伍子胥已死，没人再谏言了，我要是说话，我爹一瞪眼，我不敢说。我怎么能劝劝我爹，让他不要离开吴国呢？看这意思，爹这次出去就要惊动全国的精兵强将。

太子友急得眼泪都下来了，一个人溜溜达达来到花园，突然听见秋蝉叫，抬头一看，秋蝉在树的枝头叫得很得意。"唉……"太子友突然想出一个办法来：好吧，我只能用这个办法来劝劝我爹了。因为每天夫差都要到花园里遛弯儿，活动活动身体，太子友知道父亲什么时候来，于是开始精心准备，弄了一个弹弓，准备了几颗弹子，穿着新衣裳，穿着新鞋。然后，让自己手下人沿着夫差到花园来的路线一直到自己的跟前，一会儿一站，一会儿一站，干吗？传递消息，父王什么时候走到哪儿了，好报告给自己。

夫差来了，太子友拿着弹弓，成心在水坑中一站，鞋也湿了，裤子也湿了，长衫也湿了。太子友跌跌撞撞往前走，好像要摔跟头似的，这时候看到夫差进来了："啊？儿臣拜见父王。"他显得很慌张。夫差用手一指："你这是怎么回事？起来讲话。""您瞧，太寒碜了，我都不敢说。""起来讲话。这儿又没有文武众卿，有什么可寒碜的？说，到底怎么回事？鞋也湿了，衣服湿了，手里拿着什么呢？""弹弓。""多大了？""二十三。""二十三还玩这个？"太子友心说：没办法，我不玩这个没法儿跟您说。"说，怎么回事？不好好念书，不多读点儿兵书战策，你在这儿干吗呢？""您不知道，您瞧，那棵树上刚才有一只蝉在叫。""哎呀，这蝉嘛，自鸣得意才叫呢。""您说对了。我一看蝉叫唤得这叫一个欢，再往下边一看，好家伙，有一只螳螂顺着蝉身后的枝条往上爬。""当然了，它打算吃了这只蝉。""父王，螳螂离蝉越来越近，可我再往螳螂后边一看，了不得了，就在绿荫丛中蹦出一只黄雀，嘿，嘣嘣嘣，嘣嘣嘣，蹦到这儿了……"

"行啦，别表演了，没人爱看。""我一看，黄雀打算吃螳螂，螳螂打算吃蝉，后边还有我拿着弹弓呢，我就给你一弹子，让你吃不了螳螂，螳螂也吃不了蝉。我拿起弹弓一比画，没想到脚底下有一水坑，一下子就栽到坑里。结果您瞧，鞋也湿了，衣裳也湿了。就是这么档子事儿，我二十三了还玩这个，您别笑话我。""嘻，你这个孩子，已然长大成人了，都该娶妻生子了，怎能做出这样的荒唐之事？太愚蠢了。行了，你明儿就别叫友了，就叫愚蠢。""我最愚蠢？""那是。你只顾当前，不往后看，你最愚蠢了。"太子友心说：我就等你这句话呢。"父王，比我愚蠢的还有呢。"

"还有何人？还有何事？""父王，恕孩儿直言。现在当前各国，鲁国因为有孔圣人在，孔子教化鲁国，所以鲁国从来不欺负别人，自鸣得意，以为很和平。您看，鲁国就是那蝉；他净顾得意了，可没想到螳螂上来了，那就是齐国，齐国打算一仗成功，就把鲁国归自个儿了。""还有咱们吴国帮助鲁国呢。""是啊，齐国没想到您出兵了，您就是那黄雀。您出兵，帮着鲁国战败了齐国，可您要知道，您后边还有拿弹弓的呢。""拿弹弓的是谁？""越国，那儿正挖沟呢，眼看就快过来了。""哎呀，你这个孩子，你说的纯粹都是伍子胥的唾言。"伍子胥剩下的那点儿唾沫都给你了。"你要阻挠我称霸天下的大计吗？我告诉你，勾践如果打算出兵，那他就和你一样，愚蠢至极，也得落在水坑中而亡。再敢多言，我就杀了你！"太子友吓得直哆嗦："是……儿臣不敢。""哼，这次本来想把你带出去，既然你这么胆小，那我出去会盟之时，就把你留下，你带着王子地和王孙弥庸守住吴国，等我回来再治你阻挠我称霸之罪。"

太子友一片好心，可多不听，没办法，只得告退。夫差带着伯嚭，带着王孙骆，坐着高贵的车辆，骑着高贵的马匹，所有的军队都是吴国的精兵，好几万人，穿的都是新置的军装和铠甲，举的都是新置的大旗，连手中拿着的弓箭都是新做的，羽毛的颜色都不一样，浩浩荡荡离开国都出发了。夫差先到橐皋会见鲁哀公，鲁哀公自然点头哈腰："参见大王，我随您而去。"然后到了发阳，卫出公早就在那儿等着了。"拜见大王，拜见大王。"

三国人马会合一处，遄奔黄池。因为约好在黄池会盟，所以三个国家的人马在黄池扎营，鲁国和卫国先扎下营寨，而吴国大营扎得非常大，帐篷全是新做的。所有的营寨都安好之后，夫差马上派人去催，晋定公为什么还不到？晋定公不敢不来，晋定公带着手下人马，带着上卿赵鞅这些人也来到黄池，也扎下营寨。晋定公的营寨刚刚扎好，夫差得报了。"王孙骆。""臣在。""你马上去面见晋国国君，问问他何时立盟，是晋国先签，还是吴国先订？马上我就要回信。""遵命。"

王孙骆离开大营，直接来到晋国大营。当然，晋定公不能直接跟他说话。晋定公曾经当过霸主，因为他祖上是晋文公，称霸天下。他的霸主是谁定的？周天子定的。所以立盟约、定盟主不是一件容易的事儿。现在没有周天子，只是四国会盟，夫差想用强大的气势压倒晋定公，但晋定公不能随便地跟夫差手下人说话。晋国这边有上卿赵鞅，但现在周天子那儿的待遇并不好，索性赵鞅就回国待着了。其实不光是他，每个国家的上卿基本都不到周天子那儿服务去了。

王孙骆奉夫差之旨来见晋定公，当然得先拜见赵鞅。王孙骆上前施礼："拜见上卿大人。""你是何人？""驾前称臣，复姓王孙单字名骆。""哦，见我何事？""我家大王让我问您，现在鲁国之主到了，卫国之主到了，您家大王到了，我家大王也到了，黄池会盟，要歃血为盟订立盟约，推出盟主，那么是晋国在先呢，还是我们吴国在先？""当然是晋国在先。先君晋文公称霸多年，乃周天子所定盟主，不能轻易更改。""您错了。现在晋国虽是盟主，还算强国，但您手下很多属国都奔楚国去了。""只要周天子没说话，晋国就仍然还排在首位，吴国之君只不过是伯爵立国，跟我们晋国如何相比呢？""您又错了。"夫差横，手下人也横。王孙骆用手一指赵鞅："就算论辈分，您也不成。你们晋国之祖是周成王的弟弟唐叔虞，我们吴国的祖上乃是周武王的伯祖。"

赵鞅气坏了：这儿论辈分来了。您都知道，大周朝的天下，周文王死了是周武王，周武王捧主伐纣，灭了无道昏君，周朝建立，尊称父亲为周文王，实际周武王才是周朝第一个真正的国君。武王死后，天下留给他儿子周成王。王孙骆不讲理，说你们晋国的祖上是周成王的弟弟，就是周武王的另一个儿子唐叔虞。现在您到晋祠去看看，唐叔虞就是晋国的祖上。而吴国的祖上是武王的伯祖，武王本身就是成王和唐叔虞的爹，武王的伯祖就是叔伯祖宗，比你们晋国的祖上大好几辈儿。所以就得我们称王。赵鞅心说：这是浑不讲理。"称王能论辈儿吗？""哎，我们就论辈儿。""好，这件事得让我家大王跟鲁君和卫君商议商议。你先回去，待我禀报大王之后再给你答复。"

王孙骆回来禀报夫差，然后就在两国大营之间来来往往，可这件事总也定不下来，谁应当第一谁应当第二，谁应当在先谁应当在后。夫差很着急，但每天在大营中还是花天酒地。这一天，夫差急了："王孙骆，再去问问。"王孙骆刚要出去，就听见一匹马跑的声音，这叫快，"啊呀呀呀呀呀……"夫差听见了，王孙骆听见了，伯嚭等人都听见了，抬头一看，一匹马直入营门。那会儿没有紧急军情，马是不能驰入营门的。眼看到了夫差的帐前，这匹马就趴下了，由打马上摔下一个人来，夫差一看："啊？！"正是太子友身边的侍卫，这个人叫夫地。"抢……"

"救"字还没出来呢，手下人赶紧过去把夫地扶起来，抬到帐中，已然奄奄一息了，看来吴国出事了。您想，为了这次黄池大会，夫差把国中所有的精兵猛将都带出来了，留在吴国的就是太子友、王子地和王孙弥庸。这个消息马上就传到越国，黄池离吴国多远啊，越国离吴国多近啊，勾践早就准备好了，一听说夫差领人马走了，估计时间差不多了，马上兵发吴国，水陆并进。四万八千兵由水路偷越长江，头一支队伍领的大将叫畴无余，而勾践亲自统领人马由陆地进发，告诉畴无余："你先到吴境，第二天我就到。"

兵贵神速，越国大军"唰"的一下就过来了。您想，夫差把精兵强将都带走了，留下的基本都是老弱残兵，越国来的可都是精兵，剑法高明，箭术高明，在范蠡的指挥之下，再加上国君亲自出战，迅雷不及掩耳，吴国的兵将还不知道呢，越国的兵将就到了。畴无余指挥人马来到吴国国都之下，这时王子地才惊醒，赶紧升殿，把文武众卿都请来了。"现在越国兵将前来攻打，我劝大家马上关城门死守。"太子友心里明明白白的：爹把强兵猛将都带走了，越国兵将突然间杀到，吴国现有的人马根本打不过。那些兵士在面前都骄横惯了，王孙弥庸一抬头："兵来将挡，水来土掩。咱们吴国兵将强大，战以气胜，心里有这口气。再者说，越兵远来疲敝。打！"

太子友说不过他，王孙弥庸指挥人马出兵了，一出兵还就打了胜仗，愣是把畴无余生擒活捉来了。"怎么样？生擒一个。""好吧，但是我劝你还应该死守。"

第二天天刚亮，"叩……""噗噜噜噜……"战鼓齐鸣，炮声震耳。在城头往下一看，太子友吓坏了，勾践亲自击鼓，越兵齐声呐喊："杀呀……报仇啊……""哗……"王孙弥庸刚要传话，太子友一摆手："守吧。""哎，打了胜仗，您还让守？这么办吧，您说守，我说攻，咱俩也没法儿划拳，也没法儿定夺了。今天咱们先打一仗，如果打赢了，咱们就接着打；如果打输了，咱们就回来守城。咱们打赢了，越兵必败，他就走了；咱们打输了，接着回来守城也不晚。"太子友心眼儿软，一点儿也不坚定，心理素质不好，点点头："好吧，那就听你的吧。"结果吴国出兵了。勾践一边是大将泄庸，一边是大将范蠡，人马鼓噪而进："杀……"

这一打不要紧，王孙弥庸死在泄庸之手。太子友没办法，出来迎敌吧。您想，太子友的目标多大呀，越国兵将就围上来了，弓弩齐发，太子友身上中了十几支箭，抬头见勾践亲自击鼓助战："唉……"太子友心说：如果此时我归降，就跟当初勾践来到我们吴国一样，可是勾践怀恨吴国国君在心，我要是去了，未必能让我住在石屋吧？我得受到什么样的刑罚，万剐凌迟吧？得啦……太子友叫了一声："父王！"攥宝剑把儿按绷簧，"嚓楞楞"，宝剑出匣，剑搭脖项，"噗"的一下，太子友自刎了。勾践得报，这一仗打赢了。城头之上的王子地一看："关城门！"带领剩下的人马死守都城。勾践虽然打了胜仗，但城却攻不下来。范蠡就劝他："您现在别打了，吴国还不至于到了亡国的程度，您先撤兵吧。"

王子地一边守城，一边马上派太子友身旁的侍卫骑着快马遄奔黄池去禀报夫差。这才出现夫差黄池大营中的这一幕。书说简短。把夫地救醒了，夫差也知道出事儿了，问道："出了大事？""大、大王……太子他……中箭，自刎身亡。""呀……吴国尚在否？""王子地大夫率领兵将死守城池，勾践攻城不下，请您速速回国，吴国大部分土地已然归越国了。""哎……"夫差刚要接着往下问，旁边伯嚭过来了，攥宝剑把儿，按绷簧，"嚓楞楞"，宝剑出匣，剑锋往过一抹，"噗"的一下，就把夫地人头砍下来了。这下夫差可急了："你为什么杀他？""大王，要是不杀他，外边就全知道了。倘若这个消息让晋国、鲁国和卫国知道，咱们还回得去吗？""是啊……虽然有此道理，可现在你我君臣应该怎么办？""大王，您说怎么办就怎么办。"

伯嚭这会儿倒没主意了。他心里乱啊，当初放勾践都是他的主意，越国送美女来他先挑，送来的好东西他要，到现在越国兵将杀到吴国。当初他还对夫差说："勾践不会来，他没有那心，他不会报仇。"结果现在越兵来了，怎么样？夫差的儿子都死了，眼看吴国要亡了，伯嚭说不出话来了。

"您，您不能走。""我不走，国家怎么办？""那您就走。""走了，这盟约怎么办？""那您得立盟。""你给我出个主意，到底怎么办？""王孙骆，你快出个主意，到底怎么办？"这时，夫差也顾不了伯嚭了，一回头："王孙骆，你给寡人出个主意，现在该当如何？""大王，您千万别着急，如果您现在立刻回国，晋国、鲁国和卫国知道了，必然在后面乘胜追击，您这盟没立好，人家倒是立盟了，鲁国和卫国肯定捧着晋国国君，晋国国君一说话您就得听，人家是盟主。前边有越国，后边有这三个国家，您不但没当上盟主，反而要一败涂地。""那依你之见呢？""现在只好以兵士示威。""对。"夫差明白，就得用我吴国的兵力示威，用兵力镇住这三国，吴国的军队确实非常强大。"好吧，就依你之言。来，传本王的命令。"

夫差把令一传，吴国兵将连夜来到晋国大营前边一里地，摆下方阵。夫差一一往下传令，几位大将奉命往下布置，连夜行动，到天亮的时候，吴国的方阵已然列好了。夫差站在战车之上，两边是军鼓，夫差亲手执桴："来，擂鼓，鸣号，响炮，叫战！""叩……""噗噜噜噜噜……""吴王啊……兵将啊……强大啊……示威啊……""哗……"这一下就把晋定公惊动了，晋定公刚起来，问道："哎呀，上卿，外边是怎么回事儿？你马上派人去看看。"赵鞅就把晋定公手下的大臣董褐叫到面前。"参见上卿。""你马上出营，看看外边到底是怎么回事儿。"

董褐赶紧带着从人往外跑，出营一看就愣了。吴国摆了三个大方阵，将近四万兵，当中间儿这座方阵是白色的，所有的兵士都穿着白色的衣服，战将都是白色的铠甲，所有的战旗也都是白色的，白舆、白旗、白旄、白剑。夫差为了摆阵势，这些东西早就准备好了。当中间儿是跟白茅草似的一座方阵，一共一万两千人，一行一百人，一百二十行，兵士们弓上弦，刀出鞘，箭在弦上，令下即发，箭上也都是白色的羽毛。董褐再往右边一看，右边方阵都是红色的，所有的人都向右；左边方阵都是黑色的，所有的人都向左。红色方阵由伯嚭主持，黑色方阵由王孙骆主持。三个一万两千人的方阵，一共三万六千人。右红色方阵，伯嚭执钺站在车上；中间白色方阵，夫差亲自执钺；左边黑色方阵，是王孙骆执钺。好家伙，全部严阵以待，最大的二十三四岁，最小的十七八岁，了得吗？一个个年轻力壮，精神抖擞，吴国兵将太气盛了。董褐一看：这是要干吗呀？赶紧回营去禀报赵鞅。"上卿大人，外面有吴国的三个方阵，可了不得，看来是要攻打咱们的大营。""这么办，你前去见一见夫差，问他为什么四国会盟期间要在我大营之前摆下阵法，以示军威？""好吧，我去问问。""快去快回。"

董褐就赶紧带人往出走。这时，外面吴国的三万多人马炮响鼓响，"叨叨叨……""噗噜噜噜……""哗……"夫差一看：对，气势庞大。"来，歌声嘹亮。"让大家伙儿唱歌。南方人嗓音都好，三万六千人一起唱。董褐刚要过来，就被声音震撼了，在这儿听着。"大河向东流啊，天上的星星参北斗啊……""说走咱就走啊，因为死了太子友啊……"

董褐没听明白，可夫差心里明白：我再强大，儿子被越国逼死了，越国报仇啊。夫差脸上的表情就变了。这时董褐求见，手下人一禀报，夫差点点头："命他进见。"手下人把董褐带到夫差的面前，董褐躬身施礼："奉我家大王之命，拜见吴王。""你是何人？""在下姓董名褐，奉晋国之主之命而来。""是啊？"董褐心说：吴王怎么这样说话？"请问大王，现在四国会盟，您为什么指挥兵将在此列阵，以示吴国军威呢？""董褐，现在周天子势微，姬姓已然没了力量，而今我奉周天子之命在黄池会盟，要树我吴国之威，以弥补周天子所失。可我派王孙骆去见赵鞅，见一次不成，见两次不成，来回传递消息，至今无法订立盟约，我不愿意在这儿耽误工夫了。"夫差把实话说出来了：我得回去。"今天我吴军在此列开阵势示威，你马上回去告诉晋国国君，告诉鲁公和卫公，给我答复，今天就得订盟。"夫差心说：赶紧订完盟我好颠儿啊。"订完盟之后，我就会撤去阵法，到底谁为先，谁为后，回去跟赵鞅商量，让赵鞅禀报你家国君！""是。"

董褐挺聪明，又抬头仔细看了看夫差，然后回来了。刚要进营，赵鞅在营外等着呢。"上卿大人，您怎么在这儿呢？""不成，夫差一摆阵，鲁公、卫公全吓坏了，两个人从后营门蔫溜溜就上咱们大营来了，现在都在中军大帐，跟咱们大王在一起坐着呢，不明白是怎么回事儿啊。所以我赶紧出来迎你，问明之后，我好斟酌如何禀报三位国君。""我告诉您，是这么档子事儿。他说了，要弥补周天子之失，现在总是来回传递消息，商量不妥，他等烦了，想要快速订盟，到底谁为先，谁为后，现在就得给答复，这盟约今天就得订。我也听见他们唱歌了，唱了半天我也听不明白，什么大河向东流啊，什么太子友啊。""太子友？""对，这个……有点儿问题。您别瞧他挺横的，我看是不是他们国内发生什么情形了？""你怎么知道？""我注意看了夫差的脸，跟您说，他的脸都快成四方的了，两道眉毛都成八字了，嘴张得老大……""嗯？囧？他都囧啦？""囧？""这是刚发明出来的字儿，我昨天才看见，他囧说明他有毛病，是不是他们国家出什么事儿了？那你说现在该怎么办？""您赶紧禀报三位国君，咱们现在惹不起夫差，他势力太大，兵将太多，还都是强兵猛将。如果咱们惹他，怕他下毒手。这么办，我给您出个主意，您就和国君说，如果夫差打算当盟主，就不能叫吴王，你称王，周天子怎么办呢？只有天子，才能称王。如果你改称吴公，我们就跟你订盟。""好吧，我知道你的主意了，公侯伯子男，最多只能承认他是公爵，吴国本身是伯爵立国，我想他能愿意。如果他国家真的有事，他肯定愿意；如果他国家没事，他必然强横。咱们先试试看。""好吧。"

董褐在外边等着，赵鞅来到中军大帐之中，三位国君在里面坐着，正中是晋定公，一边是鲁哀公，一边是卫出公。"拜见三位大王。""外面到底是怎么回事儿？""夫差在外面摆下三座方阵，三万六千人马，盔甲整齐，势力浩大，军士高歌，唱的是什么咱也不明白。夫差亲手执钺，站立在两座军鼓面前，威风凛凛。董褐前去见他，他说此次会盟是为了弥补周天子姬姓之失，谁应当在先，谁应当在后，总定不下来，他着急了，所以希望今天就能把此事定下来，不然他就指挥兵将杀进大营。可是据董褐言讲，夫差脸上很囧。""什么叫囧？""囧就是四方脸，八字眉，底下张着嘴，不知道说什么。""好像昨天我在网上刚刚看见过。"一国之君都不是糊涂人。"是不是他国中发生了事，越国进兵了？""这可没准儿。""那你说应该怎么办？"

赵鞅很聪明，他不能说是董褐的主意，因为他是上卿，他说的话晋定公听。"依臣之见，可以跟他订盟，但他必须答应一个条件，不能称王。你称王了，周天子怎么办呢？咱们都是周天子以下的诸侯，你可以称公。

原来吴国是伯爵立国，公侯伯子男，你是三等国；现在允许你称公，成为一等国，我们都服你，你是吴公。只要他答应了，咱们就跟他立盟。""如果他不答应呢？""他不答应，就证明他国中没事，咱们再想别的办法。""要是他答应了呢？""他答应了，就说明他国中有事，他就得迅速订盟，那咱们就让他一步。再说，天子也没派人来，盟可立，盟约可悔呀。""好，这个主意太高了，你马上让董褐前去传话吧。"

赵鞅出来告诉董褐，董褐二次来见夫差。"大王，您想立盟可以，但您不能称王，只有周天子才能称王。如果您称公，马上就可以立盟。""好。"夫差为什么答应得这么痛快？他不敢不答应，心说：家中后院都着火了，儿子都死了，吴国快完了，我还能在这儿称王啊？"既然都是周天子以下的诸侯，为了服从周天子，便不称王，改称为公。来，人马闪开，车往前行。"

夫差一声令下，当中间儿方阵的这一万两千人，这边六千，那边六千，闪出一条道路，夫差的车往前行，到了晋国大营门前，手下人搀着夫差下车。董褐赶紧禀报赵鞅，赵鞅往里回禀。晋定公没办法，带着鲁哀公和卫出公，三个国君带着文武众卿出来迎接夫差。"参见大王，参见大王……""好。"

三位国君你看看我，我看看你，心说：这夫差是够囧的。您想，夫差心里有事，心里不踏实。夫差被迎进中军大帐之中，马上招呼："来来来，歃血为盟。"真快。"我是吴国之主，你们称我为吴公，那我就排第一。""好，您排第一，吴国强大。"

就这样，四个国家歃血为盟，咱们书不细表。订立盟约，头一个是吴王夫差，写的是吴公夫差；第二个是晋国之主晋定公；第三个是鲁国之主鲁哀公；第四个是卫国之主卫出公。盟约签完，大家伙儿都签字了。所有的事情都办完了，吃一顿饭，然后四国分手，各回大营。夫差回到营中，把兵马全撤了。伯嚭着急："大王，咱们怎么办呢？""废话，撤兵！你说吴国永远强大，越国不会报仇，现在越兵已然杀到吴国，我看你怎么办，早晚赐你属镂之剑。""别价……"

伯嚭害怕了，这边想杀他就杀他，而那边越国能饶得了他吗？吴国大兵往回一撤，没走多远，有人来报："报！王子地派人送来急报，勾践的水军驻扎在太湖，陆军屯于胥山和阊地之间，随时进攻国都。现在王子地兵将都没了，死得差不多了，基本上都是民夫在守城。""哎呀……"夫差急坏了，但没办法，机票买不着，动车也不开，只有这么一步一步急行军。没走出几里地去，又有人来报："报！急报送来……""不看了，不看了。""大王，不看您也得看，王子地城中都快没人了，女的都上城了。"不但夫差急坏了，连所有兵将都知道了，军无战心，士无斗志，再加上一路急行军，相当疲惫。眼看着离国都近了，"叨……""杀……""噗噜噜噜……"炮鼓连天，喊杀震耳。

"大河向东流啊，越国兵将来到了啊，吴王兵将你别走啊，已然杀死了太子友啊……"越国兵将一唱，吴国兵士全吓傻了。那当时勾践傻不傻？勾践也是目瞪口呆，不过他是激动得心潮澎湃，两眼发直。"大王，您傻了？""没傻，来，我亲自击鼓。"

勾践亲自击鼓，左边是泄庸，右边是范蠡，指挥越军往前冲杀。"哗……"吴国兵将大败，气得夫差一回头："伯嚭！""我就知道您得找我……我自个儿抽我嘴巴得了。""打嘴巴也不行，是你说的越国兵将不会来报仇，是你说的勾践没有报仇之心，是你说的……""大王，都是我说的，您就说让我怎么办吧。""脱去上衣，摘掉头冠，抖开发髻，现在就去面见勾践，前去请和。当初我怎么对待勾践，勾践怎么对待我夫差，现在我愿意作为越国的臣国。""哎……"伯嚭没办法，只得遄奔越国军中，前去拜见勾践。

见到勾践，伯嚭一下子就趴在地上了。勾践一看，夫差手下的宠臣在这儿跪着，一时间怒从心头起，恶向胆边生："来，杀！""慢。大王，您让他说说。"那伯嚭能说什么？就是说好听的。"我家大王服了，愿意给您牵马坠镫，您也盖一间石屋，我在马粪堆上住着，我伺候我家大王，让我家大王给您铡草喂马，就跟您当初在我们吴国一样。"伯嚭越说这个，勾践就越生气：还敢提这事儿呢？"杀！"范蠡赶紧过来："大王，您先别杀他。现在看来，夫差还有一定的势力，虽然打了败仗，但势力还在。您就给伯嚭一个面子，准其归降，留给吴国一线生地。要打算彻底消灭吴国，臣有一计……""好！"

勾践明白了：现在要想消灭夫差也不容易，因为他还有相当的势力。要想让夫差永远不能翻身，让吴国彻底亡国，我还得听文种和范蠡的。那么范蠡和文种到底给勾践出了什么主意？吴国又如何灭亡？谢谢众位，咱们下回再说。

第六十六回　诛芈胜叶公定楚

威震乾坤第一功，辕门画鼓响咚咚。云长停盏施英勇，酒尚温时斩华雄。

说《东周列国志》怎么用上《三国演义》的定场诗了？咱们《东周列国志》这部书，吴越春秋快说完了，就要进入战国时代了。从什么时候开始进呢？三家分晋。您听《三国演义》都知道，关云长土山约三事：降汉不降曹；要皇叔大哥刘备左将军宜城亭侯的俸禄，好养活两位嫂子；我什么时候找我大哥去，你得让我走。曹操跟张辽说："这样我养活他干吗呀？工资好办，给双份儿，开给你大哥双份儿的俸禄，养活你的两位嫂子；降汉不降曹，汉即我也，我即汉也，奸臣必有奸臣的说法；但将来你知道刘备在哪儿，你还走，这可不行。"可张辽感激刘备、关羽、张飞在白门楼的活命之恩，想办法要让曹操留住关云长。所以他对曹操说了一句话："您记不记得豫让国士之论？"豫让国士之论就是东周列国的故事，东周列国开始是春秋时期，春秋完了就是战国，战国的开始就是豫让。

上回书咱们说到夫差为了称霸天下，到黄池赴盟，想当盟主。好容易把黄池盟会办完了，夫差带着伯嚭、王孙骆以及手下这些兵将急行军，回归自己的国家。可军心已然乱了，当兵的能不知道吗？所有兵士的家都在吴国，现在勾践带领人马已然把国都围了，家里都谁死了？这日子怎么过？还有房没房，还有地没地？所以军心涣散，再加上急行军，人马疲惫不堪，遇见战事就麻烦了。吴国人马越来越少，夫差就想了一个办法："来，在边境征民夫。"

到了边境线上，把民夫都征来补充军力。命令刚刚传下去，有人来报："报！启禀大王，现有楚国兵将在边界烧杀抢掠。"夫差吓坏了，本来在盟会上就不痛快，想着赶紧回归国都，没想到现在边境又出事了。"谁这么大的胆？！""白公胜。""哎呀……"夫差愣了。

　　白公胜是谁？咱们前边说过，楚平王父纳子媳，杀了伍子胥全家三百多口，伍子胥带着芈胜由楚国逃到吴国。后来伍子胥帮着公子姬光杀了王僚，姬光做了吴王，就是阖闾。孙武、伍子胥帮着阖闾攻打楚国，伍子胥要报仇。眼看着要把楚国灭了，但这时候楚平王已死，伍子胥鞭挞死尸以解心头之恨。虽然楚平王死了，但伍子胥要拿楚昭王，想杀了他。昭王跑了，跑哪儿去了呢？可能跑到郑国去了。伍子胥统带人马就追到了郑国，前文书咱们也说过，眼看郑国就要亡国，根本抵挡不住吴军。突然间，有人唱着歌来了，唱的是渔丈人，原来来的正是曾经渡伍子胥过江的那位渔夫的儿子。伍子胥看见他了，也听见这首歌了，泪如雨下："若没有渔丈人把我渡过江，我就没有今天。为了报答渔丈人之恩，你回去吧，郑国我不打了。"伍子胥赦免了郑国。伍子胥回到吴国之后，芈胜已然长大了。楚昭王回国之后，励精图治，要强大楚国，对人非常好，也把公子芈胜接回楚国，给他盖了一座城，就在楚国和吴国的边境之处，叫白城，赐爵为白公，所以人称芈胜为白公胜。

　　白公胜为什么这时对吴国下手呢？因为有伍子胥一天在，郑国就不能打，伍子胥是说话算话的。但是伍子胥被夫差杀了，所以白公胜马上命人拿着自己的亲笔书信遄奔国都，面见令尹子西，呈上书信。子西打开一看，言语写得很恳切："我是楚平王之孙，我父亲当初是太子，因为当初有事被牵连在内，他逃到郑国，被郑国所杀。身为人子，不报父仇，枉为人也。但伍子胥当初已然许诺郑国，不许打郑国。现在伍子胥已死，我要去报父仇。请您给我一支人马，我身为先锋官，死在两军阵前我认了，作为人子，必须给父亲报仇。"子西看完，对使者说："你回去告诉白公，现在楚国不想打。为什么不想打呢？现在昭王已故，新君初立，国家尚不安定，所以这件事搁搁再说。"

　　按照常理来说，应该如此。楚国正在国丧，老君已死，新君继位，什么事情都得往后推，国丧期嘛。于是使者回来禀报白公胜。其实令尹子西不是不管这段仇恨，终究白公胜当初还是楚国的太子之子。但白公胜等不及了，就跟心腹石乞商量，造船，造战车，造弓箭，训练人马，囤积粮草。其实你踏踏实实地当个公爵不就完了吗，不价，老想着报仇。他在这儿修筑工事，操练人马，国都知道不知道？不太知道。那时候不像现在，上网一查就全查出来了，微信就更厉害，不要钱。那时候这些都没有，所以白公胜操练人马，制造战车、战船，打造兵器，国都知道的人并不多。白公胜报仇心切，时时刻刻总想着报仇。就在这时，他听说夫差到黄池赴会，想要称霸天下。白公胜一想：借这么个机会，我动动吧。白公胜又流着眼泪写了一封信，派心腹白生——其实应该姓芈，但因为被赐爵白公，驻在白城，所以这个宗族就都姓白了——拿着这封信，到国都面见令尹子西。信上说："现在正是好机会，无论如何您得给我报仇。您不给我报仇，我就没法儿活了。我愿意当先锋官，死在两军疆场我认了。"白生替主人跪倒在地相求。子西是个心软的人，点点头："好吧，你回去告诉白公，让他准备好人马。等我调动好兵将，准备好军器、战车和粮饷，我马上出兵帮他攻打郑国报仇。"

就这样，白生回到白城禀报白公胜。白公胜高兴了，终于能报仇了，就把自己的人马都调齐了。突然间消息传来，子西出兵了，奔郑国。干吗去了？不是去打郑国，而是去帮郑国。为什么要帮郑国？因为晋国心里不痛快。晋国在黄池会盟排在第二，当初晋国可是霸主，等人家吴国走后，心里不痛快：得了，我打吧。打哪儿？打郑国出出气。这就是以大欺小，恃强凌弱。我惹不起吴国，那我就打你郑国。晋国一打郑国，郑国来求楚国，当初郑国和楚国是有条约的。楚国文武商量之后，禀报楚惠王，楚惠王传下话来，让子西带领一支人马去帮助郑国抵抗晋国。

这帮着郑国和攻打郑国可就不一样了。白公胜听了之后，气往上撞，怒从心头起，恶向胆边生："胆大子西，我非杀你不可！"石乞赶紧过来劝："您要杀谁？子西是令尹，掌握着楚国大权，他要带兵帮助郑国，您也没办法。""我非杀子西不可。""您杀不了他，您有多大能耐呀，有多少兵？""我有一千勇士。楚国朝中就是两个人掌握大权，一个是令尹子西，一个是司马子期。我五百勇士对付子西，五百勇士对付子期，还杀不了他们吗？我现在就调兵，白生。""在。""你马上去往澧阳，把白善将军调来。""是是是……"

马上调去了。因为白公胜手下的兵将大部分都在楚吴边境的澧阳，归白善管。白善一听：你调我干吗？让我反对朝廷，跟着你做叛国之臣？我不去，叛国我可不干，但我也不能泄密。泄密对于白氏宗族来讲是我不仁，要和你一起反抗朝廷是我不忠，不忠不仁之事，我白善不能干。

白生没办法，回来禀报白公胜。白公胜气坏了："好，没你白善，难道我就不干了吗？石乞，就这一千勇士加上你，杀不杀得了子西和子期？""差点儿。虽然是五百人对付一个，可大司马子期多勇啊，再加上他们身边都有侍卫，也都是勇士。""你一个人杀他们俩就办不到吗？""一个人杀俩我可办不到，他们俩杀我一个倒是行。""你可是勇士。""我是勇士没错，可您还得找一个人。""找谁？""城南有个勇士，比我不在以下，叫熊宜僚。不过要想请出这位熊宜僚，您得跟我一起去，有您的面子才行。""那好，马上备车。"

白公胜报仇心切，跟着石乞来到城南，到了熊宜僚的家。白公胜坐在贵车之上，石乞先下车，"啪啪"一拍门。熊宜僚开门一看，门前停着贵车，吓了一跳："这是谁呀？""白公胜。""哎哟，王孙贵人到了。"熊宜僚赶紧出来，趴伏在地："您是王孙贵族，怎会来到贱舍？"现在有求于人家，所以白公胜显得很谦虚，让人扶着下了车，伸手把熊宜僚搀起来："勇士请起。""请您到屋中坐吧。"

到了屋中，白公胜往这儿一坐，熊宜僚在旁边垂手侍立。您想，这是楚平王的孙子，了得吗？"您怎么到我这儿来了？""有事相求。""您有什么事？""请你帮我报仇。""您有什么仇恨呢？""难道你不知道吗？楚国宫中之事，伍子胥的事情，你就没听说过吗？""知道啊。""现在我想兵发郑国报仇，子西不让我去，我一定得把子西和子期杀了。""这我可不行。一个是子西和子期都是楚国的功臣，再说他们跟我也没有私仇，我杀他们干吗呢？""那你杀不杀？""不杀。"

"不杀？"白公胜气往上撞，双眉倒竖，二目圆睁，脸上颜色更变，攥宝剑把儿按绷簧，"嚓楞楞"，宝剑出匣，剑尖一抵熊宜僚的咽喉："你去不去？""No（不去）。""那我就把你杀了！""您要杀我，就跟踩个蚂蚁似的，干吗动这么大的怒呢？您杀了我，管什么用？""嗯？"白公胜一看，面对剑尖，熊宜僚马上就要死了，面不更色，气不涌出，十分淡定，而且眼中放出光芒，确实是个勇士。白公胜心说：我得用他。白公胜也很聪明，一撒手，宝剑"嘡啷啷"落在地上。"跟你开个玩笑。来来来，请。"

白公胜在左边架着，石乞在右边架着，就把熊宜僚架到贵车之上，带回了府中。白公胜对熊宜僚特别好，嘘寒问暖。"想吃点儿什么？螃蟹？好，阳澄湖。""还吃什么？大虾？美国的。""还吃什么？豆腐？河北的。"想吃什么给什么，什么好吃给什么，每天晚上都是酒宴陪伴，美女服侍。您看，不管什么时代，都逃不过美女服侍。就这样，天天哄着熊宜僚。熊宜僚感激白公胜对他好，就答应了他："您放心，我帮您杀子西和子期。"

白公胜发出细作，前去楚国国都打听，到底现在情况如何；同时，又向吴国派出细作，打听夫差的情况怎么样了。听说夫差从黄池盟会回来了，白公胜有主意了，带领手下兵将到吴国边境这通抢。您想，吴国很阔，再说勾践还总给吴国进贡，吴国非常富庶，白公胜就抢来不少战车，还有不少兵、不少女人和不少金银财宝。然后，白公胜往楚国朝中报捷，禀报子西："我为了配合楚国报仇，在吴国边境打了一个大胜仗。"要是搁现在，上网一查，没这么档子事儿，就是上吴国掠夺去了。那时候一看战报来了，可都相信。"那白公胜你想干吗呢？""我请求面见楚国国君报捷。"

咱们都知道，国家在外边驻扎的军队的头领，或者是地方的行政官员，没有中央的指令，是不能随便进国都的，历代都是如此。子西心眼儿软，就把这件事禀报了楚惠王。楚惠王年轻，岁数小，就知道听子西和子期的，于是就允许白公胜进国都，金殿报捷。这就是白公胜的主意，跟石乞和熊宜僚都商量好了，准备动身。铠甲都藏好了，一百多乘战车，一千多兵士，表面上说是俘虏，其实是白公胜手下的勇士，暗带兵刃，由白城就来到郢都。到了郢都之后，往上禀报，咱们书不说废话。楚惠王升座金殿，一边是令尹子西，一边是司马子期，文武众卿都在两旁站着。"传白公胜。"

按照辈分来讲，楚惠王还得十分尊敬白公胜，楚惠王站起身形迎接。白公胜来到金殿之上，跪倒在地："臣叩见大王。""来见我何事？""前来报捷。""有何捷报？""我带领人马到了吴国边境，打了一个大胜仗，得了一百多乘战车，抢得了美女，而且得了不少金银财宝。现在我都给大王带来了，还有一千多个俘虏。""好哇，好哇。"

楚惠王往外边一看，殿外离着很远，都是这些俘虏，也就是白公胜手下的这些勇士。在殿外台阶底下站着两个人，顶盔掼甲，都是挂甲的武士，雄赳赳，气昂昂，眼中放出光芒。楚惠王也没见过什么，急忙就问白公胜："哎，你快起来。外面阶下这两个人是谁？"白公胜用手一指："大王，这就是我手下的两员勇将，能打胜仗全靠他们。"白公胜手一摆，这两个人往上就走。那子西和子期是干吗的？老忠臣了。子西赶紧亮宝剑往过一拦："慢。上！"楚王身边也有很多侍卫和勇士，往前一拥，就挡住了石乞和熊宜僚。熊宜僚的确太勇了，不用兵刃，两只胳膊一伸："躲开！"

就这么一转圈，"啪啪啪"，把拳脚使开了，当时殿上就倒了一大片，然后迈步就过来了。这边石乞抓住了子西，那边熊宜僚就奔子期了。子期一看，坏了，赶紧一伸手，从旁边的兵器架子上把大戟抄起来了。大戟给谁预备的？本来是给殿上的执戟武士预备的。那执戟武士为什么不执戟，都搁架子上了呢？全都跑了，连文武百官都吓跑了。子期抄起一支铁戟，直奔熊宜僚来了。白公胜可不傻，借这个机会转过弯儿来，伸手就把楚惠王的脖领揪住了："跑吗？""不跑……"

于是把楚惠王捆上了。子期仗铁戟扎熊宜僚。熊宜僚一看，大铁戟我可干不过，"嘡啷啷"，把宝剑一扔，伸手一抓戟杆："过来！"空手夺戟。终究他是勇士，把大铁戟夺过来了。子期手里没兵刃了，再看地上有熊宜僚扔下的宝剑，低头哈腰把宝剑捡起来了，紧接着往前一刺。这时，熊宜僚用尽全身之力刚把戟夺过来，眼见子期的宝剑奔自己刺过来了，情急之下，熊宜僚用戟瓒也往前一扎，"噗"，正中子期的小腹，同时子期的宝剑也扎进了熊宜僚的胸膛，鲜血迸流，两个人就倒在金殿之上。

楚惠王吓得直哆嗦："来，来人啊……"殿上一个人都没有了，只有两具死尸鲜血直流。这边石乞一看：一不做二不休吧。一只手攥着子西，另一只手用宝剑一抹，"嚓"的一下，子西的脑袋就飞了。石乞很聪明，冲白公胜一抱拳："白公，现在杀了楚国国君，您马上登基，就是楚国之主。"白公胜一看哆嗦着的楚惠王，心说：一个小孩儿，我杀他干吗使呢？白公胜就动恻隐之心了。再说，白公胜心中也明白：楚国这些宗族公爵有身份的人太多了，每个人都有家兵，我就靠这千儿八百来人抵挡得了吗？白公胜也不是傻人。"不成不成，慢慢图之。"

石乞怎么说也不行，没办法，就把楚惠王圈起来了。白公胜带着手下兵士来到祖庙，楚平王他们家的祖庙。您想，楚惠王被关起来了，子西死了，子期也死了，还有谁跟他打？就剩下这些有心的忠臣带着自己的家兵跟他打。打了三天三夜，谁也打不过谁。这时，楚国国都来了一个人，这个人是谁？就是沈诸梁，大旗之上斗大的一个"叶"字，在《东周列国志》这儿念 shè，叶公沈诸梁来了。沈诸梁一来，全城的百姓都高兴，官员也都出来迎接。为什么这么喜欢他？咱们前边说过，楚平王父纳子媳，逼反伍子胥，是谁给楚平王出的坏主意？费无极。后来是谁杀的费无极？就是叶公沈诸梁的父亲左司马沈尹戍，在楚国跟阖闾交战之时，沈尹戍死在两军阵前。楚昭王就封沈尹戍的儿子为叶公，就是沈诸梁。因为他们家世代簪缨，名声特别好，所以叶公一来，楚国国都全城欢迎之声如同雷动。

沈诸梁把事情了解清楚之后，马上前来太庙围攻白公胜。说起打仗，终究还得以兵力相见。白公胜就这么点儿兵，可沈诸梁不但自己有兵，而且楚国所有文武官员都把自己的家兵带来了，老百姓也参加战斗。这一下白公胜就打不了了，没办法，只好跑吧。他手下的忠臣石乞赶着车，把白公胜搀到车上："白公，咱们赶紧走吧。""上哪儿？""先上龙山吧。"

跑着跑着，沈诸梁指挥大队人马就追上来了。白公胜回头一看，没法儿活了，漫山遍野全是沈诸梁的人，知道自己被追上就是死，伸手就摸宝剑。石乞还真是个忠臣，用手一打，伸脚一踢，"噌啷啷"，就把宝剑踢飞了。"您要干吗？不活着了？有我保着您，有朝一日咱们还得报仇！""报不了了，爷们儿，人家的兵太多了，咱们这边就咱俩。"

石乞可不管那个，玩儿着命地往前赶车，以为白公胜没有宝剑就没事了。白公胜回头一看，心说：家仇不能报了，我也只能出此下策了。他把身上的带子解下来，拴在车上，把自己勒死了。石乞在前边净顾赶车了，没听见声音。跑着跑着，觉得后边不对茬儿，回头一看，白公胜都没气儿了。石乞没办法，赶紧把车停住，就把白公胜的尸身埋在了山后。这时，沈诸梁带兵到了，就把石乞逮着了。

兵士们押着石乞来见叶公，沈诸梁就问他："我来问你，白公胜呢？""已然自尽。""尸身呢？""不知道。""你把白公胜的尸身交出来，不然没你的好处。""我不想得好处，我既忠于他，就得为他想。""你要不说，我就用大锅煮了你。""煮就煮。"石乞还真横。"架火，取锅。"

手下人弄好劈柴，架上一口大锅，往里加水，"咕嘟咕嘟"，没一会儿水就开了。"你说不说？不说就把你扔在锅里，当时就煮死。""我保着白公胜杀了子西，杀了子期，如果那时听我良言相劝，杀了楚国国君，现在他做了一国之主，那我就是上卿，可现在失败了。既然失败，我就是一死，绝不会让你们把白公胜的尸体挖出来，再去践踏尸身。"石乞还是挺有心眼儿的，您别看他保错人了，但他确实是一个忠心的勇士。"你要不说，就真煮了你。""煮吧。"石乞把上衣一脱，纵身形自己跳进锅中，一会儿就煮熟了。您说，这人傻不傻？很难理解，虽然他保错了人，白公胜不地道，但说明石乞确实是一个勇士。

叶公平定了白公胜的叛乱之后，寻找楚惠王。楚惠王哪儿去了？早让人救走了。圉公阳把关楚惠王的地方挖了一个洞，把楚惠王背出来，送到他母亲那里去了。楚惠王的母亲就是楚昭王的夫人，是越国之女，非常贤惠。沈诸梁把楚惠王请出来，让他重新管理楚国，楚国平安无事了。跟着陈国又发生叛乱，叶公沈诸梁又带领人马把陈国灭了。

白公胜的事情传到了夫差的耳朵里，夫差才知道在吴国边境捣乱的就是公子芈胜。这件事平息了，夫差回到国都之后，只能是死守。这仗没法儿打，吴国兵将打一仗败一仗，打一仗败一仗，被勾践指挥人马把城市池围住了。夫差把伯嚭叫来了："太宰。""大王。""你和我说越国不会反抗，现在如何？""那，那是人心叵测。""哼，我看你就够叵测的。你马上肉袒前去勾践面前服罪，我愿意臣服。"

伯嚭没办法，把上衣脱了，爬着出城来见勾践。伯嚭对勾践说："您放了我家大王吧，我们前来归降，我们愿意作为辅国，跟您当初一样，给您牵马坠镫。您答应不答应？"勾践真想一宝剑把伯嚭杀了。一边是范蠡，一边是文种，对勾践说："大王，吴国虽然只剩下都城，但兵力并不弱，人心并没有完全失去，所以还没到灭亡的时候，您还得再忍耐。您就把这个面子给了伯嚭，让他回去也好说话，咱再从长计议如何灭吴。"勾践听了建议，对伯嚭说："你回去告诉夫差，让他好好待着，现在我们退兵，暂时两国求和。"

伯嚭高兴了，心说：还是我有本事。他赶紧回来面见夫差，把事情禀报完，夫差心里才踏实一点儿。勾践撤兵了，夫差心里很不高兴，很懊丧。找谁去呢？还得找情人，就找西施来了。西施面容憔悴，知道夫差打了败仗，伸手就把宝剑摘下来了，跪倒在夫差面前："大王，贱妾欲求一死。"您别看夫差打了败仗，一看见西施，什么都忘了。夫差看着西施："你这是要干吗呀？""我是越人，我家大王得罪了您，我就替他服罪，死在您的面前。"说着话，西施伸手就拔宝剑。"哎……"那夫差可舍不得，赶紧用手一拦。"您不让我死？""美人啊，宝贝啊，我告诉你，人生有处，死有地。你生在越国，不是你自己挑的；你长得美貌，是爹妈给的。你来到吴国侍奉我这么多年，现在是吴国保护于你。"西施想说没说出来，意思是您连自个儿都快保护不了了，还能保护我吗？"来来来，美人赶紧起来，陪我喝酒。"

有西施陪伴，夫差摆上酒宴，饮酒解闷儿。由打这时候开始，夫差每天宠爱西施，沉溺于酒色，干脆就不理朝政了。勾践那儿干吗呢？加紧练兵，随时等着再有机会，好灭吴国。等了一年、两年，消息传来了：吴国现在有大灾，颗粒无收，老百姓嗷嗷待哺没饭吃。而夫差每天沉溺于酒色，不理国政，国事渐衰。勾践马上升座大殿，把范蠡、文种以及手下这些文武百官都请来了。"现在是不是应该再次兵发吴国，以报会稽之耻？"文种和范蠡躬身施礼："时机已到，请您出兵。""好，倾国之兵！"

勾践调动全国人马，战以气胜，勾践全身披挂，亲自执阵。这天出兵的时候，人马在郊外都排好了，勾践坐着战车，手扶车轼。什么是车轼？就是车上当扶手使的这块横木。正要起兵之际，突然由打道边蹿出一只大青蛙来，这只青蛙往地上一趴，瞪着眼睛，鼓着肚子，瞧着勾践。勾践一看，马上倚着车轼站起来了，恭恭敬敬地看着这只青蛙。离勾践远的人看不见，可近处的人全都看见了，非常奇怪："大王，您这是干什么？""你们瞧，这只青蛙好像一个勇士，两只眼瞪着，肚子鼓着，面对吴国不气馁，因此令我勾践敬重。"当兵的一听，心说：大王面对一只鼓着肚子、瞪着眼睛的青蛙都这么尊敬，我们可都是勇士，一定要为大王报仇雪恨。大家伙儿齐声高呼："我们全是勇士，跟您出战吴国，一定把吴国灭了……"

这声音就传远了，传到城中，传到乡间。老百姓都知道了，看勾践这么大的气势要报仇，把孩子、丈夫、老头儿都送出来了。老百姓人这多呀，跪倒在地："大王，我们都愿意投军。"勾践一看，心潮澎湃，站在战车之上："众位，听我一言。"这一下，鸦雀无声。"众位父老乡亲，现在咱们要兵发吴国，报亡国之耻，但我们都有父母，都有儿女。本王现在传令：如果家中没有子女的，马上回家，该种地种地，该纳粮纳粮，该养病养病，好好安生度日；如果家里是哥儿俩的，哥哥回去，弟弟留在军中；

如果只有哥儿一个的，马上回家侍奉高堂父母；如果本人有病，马上回去，国家派军医官给你调治，让你养病，给你药吃，这都是免费的。"百姓欢声雷动："好……大王贤德……"

"哗……"您想，吴国兵将还打得过越国吗？俗话说："战以气胜。"勾践率大队人马来到江边，杀犯人祭旗。紧接着，勾践传令，文种带领一支人马在左翼，范蠡带领一支人马在右翼，自己亲领中军，这中军叫君子军，都是贤良之人组成的，一共六千人。大队人马连同战车往前走，直到江的南岸扎下大营，然后派人到吴国下战书。夫差可吓坏了，可人家下战书了，就得迎敌呀，亲自统兵在江北扎营，与越军隔江相望。勾践传令：今天黄昏一到，文种带领左军逆江而上五十里，然后绕过去抄夫差的后路；半夜，范蠡带领右军马上渡江进兵，所有兵士都是口衔枚，不许发出一点儿动静。中军一声令下，响炮擂鼓，必须擂大鼓，勾践已然准备好了。为什么要用大鼓？因为鼓声能够传出数百里，用鼓声来震撼夫差，让你看看我越国来了多少兵将。所有人马调动齐毕，大鼓也预备齐毕。

夫差这边刚刚扎好大营，以为第二天才能打仗呢，没想到到了半夜，就听炮鼓连天，鼓声大作。"叨……""噗噜噜噜……"鼓声震动天地，直传出有几百里地。夫差吓坏了。"报！由打上游和江对岸杀来两路人马。""分兵击之。"

吴军分兵迎敌。这两支人马刚出去，天黑什么也看不见，突然当中间儿由打江中大船过来了，勾践指挥中军六千人马君子军，一直杀到江北岸，直奔夫差的大营。夫差措手不及，这一仗打得惨啊，咱们书不说废话，这一仗就把夫差打得退回国不敢出来了。一连打了三次，夫差场场失败，吴国兵将已然没有力气再打了，一提打仗都害怕了。而勾践指挥兵将在吴国国都之外筑了一座城，心说：我要看着你，看你怎么出来。范蠡火烧姑苏台，烧了一个多月。但姑苏城的城池坚固，夫差指挥人马死守，要想攻陷姑苏城十分不易。然而，范蠡和文种确实有本事，想出千条妙计，最后攻入城中。

给越军开城门的是谁？头一个投降的就是伯嚭。他琢磨着：我归降之后，将来还能当官。勾践准他归降。可是夫差怎么办呢？没办法，夫差就对王孙骆说："你膝行肉袒，前去请求勾践准我归降。和他当初一样，我愿意当越国的属国。"咱们书不说废话。王孙骆脱了上衣，跪着去求勾践。勾践心里有点儿不忍，看了看范蠡，又看了看文种："怎么样？""不行。大王，您若准他归降，那您就错了。您在越国盼了多少年，盼的就是今天，此时正是您报仇之日，雪国耻之时。您不能准许他归降！"

王孙骆来回走了七次，勾践就是不许夫差归降。夫差真急了，写好一封信。给谁写的？范蠡和文种。夫差站在城头，把信绑在箭头上，认扣填弦，知道哪里是文种和范蠡的大营，"叭"，这支箭射出去，就射到营中。兵士捡起来，把信交给文种和范蠡。这两个人把信打开一看，上边写得很清楚，话很简单："吾闻'狡兔死而良犬烹'。敌国若破，谋臣必亡。大夫何不存吴一线，以自为余地？"您听咱们常说："狡兔死，走狗烹；飞鸟尽，良弓藏；敌国破，谋臣亡。"带着猎狗去逮兔子，兔子都被打光了，猎狗也就没用了，吃狗肉吧；鸟打尽了，打完了，再好的弓也没用处了；敌国被击破了，谋臣也就该死了，不用您再出什么主意了。

其实这个道理很简单。咱们就拿体育竞技来说，我总打不过小威，我天天憋着练，必然身边还得有高参出主意：你应当怎么打，应当怎么练，Ace 球（网球比赛中，一方发球，球落在有效区内，但对方却没有触及球而使之直接得分的发球）应该怎么发，关键的时候如何稳定情绪。但如果你没有对手了，已然是第一了，天下无敌，得了六十八个世界冠军，也该退役了，那您再给我出主意，我也不听了，您该上德国上德国，该上美国上美国，上别的地儿挣钱去吧。当然，我举的这个例子不见得很准确，但就是这个意思。两个公司竞争也一样，现在人家不争了，人家不干了，您还要那出主意的干吗呢？

夫差的意思是：文种和范蠡，你们的确给勾践出了很多主意，战胜了吴国，以雪越国之耻，但现在你们如果把吴国灭了，那么勾践就不会再用你们这些谋臣了，你们应该留有余地。只要留着我吴国，勾践就仍然会用你们；不留着我吴国，勾践就该杀你们了。这封书信文种和范蠡都看了，范蠡心中一动，他看了看文种，文种一乐："哎，将死之人，待我给他写封回信。""你写什么回信？""我告诉他，他必须死。"

文种给夫差写了一封回信，写明夫差的六大罪状，你有这六条大罪，就必须灭亡。那六大罪状到底责备的是什么？勾践只能同患难，不能共富贵。范蠡看出这一点，而文种没看出来。那范蠡如何逃出魔掌？如何再游西湖？西施命运如何？谢谢众位，咱们下回再说。

第六十七回　灭夫差越王称霸

忠哉文种，治国之杰。三术亡吴，一身殉越。

吴越春秋说完，该说三国分晋了，一说三国分晋，列国就步入战国时代。春秋和战国还是不一样的，战国时代就可以说是不讲理了，而春秋时代多少还有点儿礼仪的约束。

咱们上回书说到吴越春秋，勾践十年生聚，十年教训，指挥人马二次报仇，困住吴国的都城，伯嚭归降。吴王夫差也想归降，但勾践能不能准其降，这就得画个问号了。夫差也不是一点儿能耐都没有的人，想来想去，写了一封信，是写给文种和范蠡的："吾闻'狡兔死而良犬烹'。敌国若破，谋臣必亡。大夫何不存吴一线，以自为余地？"话不多，道理非常深刻。范蠡看完，怦然心动，他是个十分聪明的人，文种就说范蠡有鬼神不测之机。文种看了看范蠡："范大夫，何言答之？""你说呢？"范蠡不出主意了，心说：现在我看你出什么主意。

文中就给夫差写了一封回信，绑在箭头之上，命人站在战车上往阳山上射。夫差手下人捡到这支箭，捧着交给夫差。夫差打开回信一看："吴有六大过也。"我有六个最大的错误。"戮忠臣伍子胥，大过一也。"这是第一条大错，你不应该杀伍子胥。"以直言杀公孙圣，大过二也。"你做梦，让公孙圣解梦，公孙圣直言相告，让你注意，吴国要遭难了，你要亡国了。结果就因为他直言相谏，你把他杀了，这是第二个大错。"齐晋无罪，而数伐其国，大过三也。"齐国和晋国，没招你没惹你，你为什么总打他们？这是第三个大错。"太宰谗佞，而听用之，大过四也。"伯嚭是奸臣，进谗言害忠良，而你却听之任之，这是第四个大错。"吴、越接壤而侵伐，大过五也。"吴国、越国相邻，哥们儿弟兄，又都很弱小，应该互相帮助。结果你侵略我们，这是第五个大错。

再往下看，夫差的眼泪下来了。"越亲戕吴之前王，子不知报仇，而纵敌贻患，大过六也。"文种责备夫差什么呢？你爸爸或者说你爷爷——因为版本不一样，有的说夫差的爷爷是阖闾，有的说夫差的爸爸是阖闾——阖闾死在越王手里，夫差逮着越王，本来他应该杀了勾践给先君报仇，但没杀，还把勾践放回越国，现在勾践要报仇了，这是第六个大错。"有此六大过，而欲得存，得乎？"你犯下了这六大过错，还想生存，办得到吗？办不到了。"昔天以越赐吴，吴不肯受。"原来是我们越国打了败仗，眼看要亡国了，我家大王跪在你面前请降，那是上天把越国赐给你了。当时你就应该杀他报仇，但你没杀，等于没要越国。"而今天以吴赐越，越岂敢违抗天命？！"现在反过来了，上天把你们吴国赐给我们越国了，我们可不敢违抗天命。

信看完了，夫差泪如雨下：责备得对不对？太对了。"是啊，不杀勾践，不报先君之仇，我是不肖子孙，这是天亡吴也。"自己的错误自己知道了，本来逮着勾践，完全可以把他杀了给先君报仇，却没这么办，到现在天亡吴国。"唉……天不存吴吗？"

夫差身边只剩下忠臣王孙骆了。王孙骆跪倒在地："大王，我愿再去跪求，求给我们一线生机。""唉，不去也罢。""大王，我恳求您，您还是准我前去吧。""唉……"您说谁不想活呀？夫差扶起王孙骆："这样吧，你替我求求勾践，我不求吴国复国，只求准我世世代代作为越国的附庸，永远进贡，作为臣国就可以了。"夫差能说出这些话，也很难受。本来拥有很强大的国家，现在居然说出这样的话来，做你的庸国，只要你留着吴国存在就行。"大王，您保重身体。"

王孙骆看了看夫差的三个儿子，嘱咐他们好生保护父王，然后离开阳山，下山再奔勾践的大营。"站住，干什么的？""在下吴国大夫王孙骆，求见。""等着！"

王孙骆跪在营前，脱掉上衣，露出前胸和后背，往地上一趴，这叫肉袒服罪。兵丁进去禀报，范蠡和文种往外一看："告诉他，若打算请降，不准进营，有话就说。"当兵的出来了："王孙大夫，我家两位大夫说了，有话就在这儿说，让你进营是不行的，因为你是罪人。""好吧。恳求你们告诉越王，吴国之君派我前来请示，只要准许吴国一亩之地，我们绝不再复国，世世代代在越国治下作为附庸之国，我家大王就如愿了。"说着，王孙骆的眼泪就下来了。这话可真不好说。当初吴国那么耀武扬威，后来让越国打得服软，说出这样的话来实在不容易。

当兵的赶紧又进去禀报范蠡和文种，范蠡和文种又去禀报勾践。勾践看了看这两个人："二位大夫，你们说该怎么办呢？""大王，还是您做主吧。"范蠡说出这样的话来。勾践又看了看文种："文种大夫，你说呢？""绝不能让吴国存在。""好吧，待我观之。"

勾践站起身形走到营外一看，王孙骆在这儿肉袒服罪。王孙骆抬头一看，是勾践出来了，涕泣而跪。什么意思？流着鼻涕，流着眼泪，抽抽搭搭，非常委屈，意思是：越王，您饶了我们吧。勾践身后一边是文种，一边是范蠡，他们也跟出来了。勾践心中一动："好吧，想当初对我也算不错，虽然我在会稽受辱，但存我夫妻性命，没让我越国亡国。你回去告诉夫差，本王在甬东给他一块地盘，五百户人家，让他带着子孙在此生存。""谢大王。"

王孙骆只得站起身形，回归阳山。勾践心里一软，给夫差甬东之地，留你一条活命，让你吴国就存在这么一点儿地方，没有宗庙，没有祭祀。甬东是哪儿？甬是宁波的别称，就在宁波东边给你一小块地方，有五百户老百姓，你就吃这五百户的地丁钱粮。王孙骆回到阳山禀报夫差。夫差仰天长叹数声："天啊……我本是吴国大王，如今越王令我不能保全宗庙，给我五百户人家让我当外来之民，何存也？我老了，不如一死。"

夫差是一国之君，如今就给他五百户老百姓养着他，他受不了啊。而且你算是外来户，古代外来户称为氓。我已然老了，还不如一死。就在这时，有人来报："报，使者到。""啊……有请。"话音刚落，越国使者已然进来了，四个人，都攥着宝剑。夫差明白了：这是要赐我一死啊，我刚说不如一死，四个人就进来了。但人到了临死之时，他舍不得死。"请你们回去，待我沉寂片刻，必离开人世。"

当时他不死，这四个人也不能在这儿等着，马上回去禀报越王。勾践又看了看文种和范蠡："你们为什么不执而杀之？"你们都恨吴王，吴王给你们气受。一个在国内，为我治国；一个跟着我到石屋去受罪。你们为什么不去阳山，到那儿就把他杀了呢？范蠡和文种深施一礼："大王，自古以来，臣不杀君。终究是一国之君，我们是人臣。而且当初越国做过吴国之臣，您是吴国之臣，我们就是臣下之臣。我们不能杀君王，还请王自当命。"这主意还得您下。"而且这件事不可久稽。"您不能耗着，得让他速死。勾践听完，下定决心，伸手就把宝剑摘下来了，他这口宝剑叫作"步光"。勾践迈步走到军前，宝剑往胸前一横，抬头看着阳山："传本王之命，世上没有万岁之君，不必让我再指挥人马兵发阳山亲手执之，让他速死。"

手下兵士撒腿就跑，来到阳山之下就嚷。王孙骆陪着夫差，还有他的三个儿子，往下一看，勾践已然把宝剑托起来了。夫差命手下人跑下来，把这口步光剑接过来，手拿宝剑，对王孙骆说："我现在就算自杀死了，也对不起伍子胥，对不起公孙圣，这两个人都是忠臣。"然后，夫差又看着自己的三个儿子，"就算我一死，也难对这些忠臣。王孙大夫，我有一个请求。""哎，您说吧。"王孙骆心说：我也就剩下这条命了。"我死就是为对伍子胥、公孙圣有个交代，但我没有脸面去见他们，所以我死后，你必须用三幅重罗掩住我的面目。"

就是用一种织物，叫作罗，一层一层一层地盖住我的脸。说完，夫差剑搭脖项，"噗"的一下，抹脖子死了。王孙骆一看，心说：我也没地方找重罗去，只有身上穿着的这件衣裳还凑合，是夹的，两层就两层吧。王孙骆把衣裳脱下来，盖在夫差的脸上，然后把带子解下来，上吊身亡。吴国这就算亡国了。

手下兵士赶紧跑下山去禀报勾践，勾践传下命令，让围着阳山的这些越国士兵，每人拿一个笭筐，笭筐中装上土，到阳山上去埋葬夫差。一个人一筐土，一个人一筐土……就在阳山上形成一个大冢，就是一个大坟头。然后，把夫差的三个儿子流放到龙尾山，他们就住在那儿了，后来龙尾山改名叫吴山里，夫差的子孙就住在这儿了。就这样，夫差死在勾践之手，吴国亡国。勾践高兴了，马上派人安顿吴国军民，咱们书不说废话，要清点吴国的财产，要清理吴国的后宫，这是一大堆事儿。

越国灭了吴国，马上上报周天子。这时，周敬王已死，周元王继位。勾践把这项功绩禀报周元王，干吗？意思就是我要称霸。然后，勾践指挥人马北上。刚到江淮，楚国的使臣就来了。其实在当时，齐国强大，晋国强大，楚国也很强大。但现在灭了陈国之后，楚国也怕越国兵强将猛，没办法，来给越国送贺礼，祝贺越国灭了吴国，意思是我们愿意跟越国修好。楚国使臣带来国书，两国签订和约。这样，勾践就约了宋国、楚国、齐国、晋国、鲁国，在徐州开了一次盟会，确立了勾践的霸主地位，而且禀报了周元王。周元王马上派上卿前来主持这次盟会，并赐给勾践衮冕、圭璧、彤弓、弧矢。衮，就是王子穿的王服；冕，就是王子戴的帽子；圭，是一种玉制品；璧，就是玉璧，圆形，中间有孔。这些都是王子在行大的庆典的时候抱着的玉器，也是个形式主义的东西，就是为了证明天子给予你这个权力了。彤弓，就是红色的弓，拿着它就可以成为霸主。弧矢，矢就是箭，有弓就得有箭。既然周天子都承认了勾践的霸主地位，命他为东方之伯，那他就是名正言顺的霸主了。勾践还挺会行事儿，既然已成为霸主，就传下话来，让楚国跟自己修聘，把淮上之地割给楚国，又把泗水以东百里之地给了鲁国，把原来吴国侵占宋国的地方还给宋国。当然，这些国家都非常赞成勾践。所以勾践称霸天下，成为一代霸主，东方之伯。

徐州盟会结束后，勾践到了吴国的后宫，到了姑苏台上，命人摆上丰丰盛盛的酒宴，庆贺亡吴，庆贺自己称霸，文武百官都到了。勾践往两边一看，一眼就看见伯嚭了。伯嚭这时候心里也美呀：楚国杀了我爸爸，还想杀我，结果没杀成，我跑出来到吴国当了太宰。现在吴国完了，越国成事，我又归降越国，越国留着我这条命，还得给我官做。您说，这叫什么？这就叫痴心妄想。勾践看了看伯嚭："伯嚭。""哎，大王。""你是吴国重臣，身为太宰，执掌朝权，寡人不可屈之。"我不能往低里用你，其实意思就是我这儿也不缺你这么个太宰。"你的大王已到阳山，何不从之？"你跟着夫差死去吧，觍着脸还在这儿站着呢，臭美什么？伯嚭也知道什么叫寒碜，一低头："是，是……"一步一步往出退，退出大殿。这时候，勾践传出话来："三名力士，杀之。"力士往出一跑，把伯嚭杀了，然后又杀了伯嚭的全家，财产充公。您说，这贪官贪了半天，干吗使呢？就跟和珅似的，贪了半天，还都得还回来，命还没了。其实这钱差不多够花就得了，不能拿钱当成宝贝，不然早晚得出事儿。

伯嚭一死，勾践心里踏实了："来，命乐工上殿。"乐工就是音乐家。乐工上殿参见，勾践说："你给我作一曲。""作什么？""伐吴。"

怎么伐吴，怎么灭吴，我勾践怎么又起来了，乐工赶紧就得写。作完乐曲之后马上排练。勾践又派人在会稽盖了贺台，建好之后，一演奏这伐吴曲，心中非常高兴。文武百官吃着喝着听着，都很高兴。唯独范蠡是个有心之人，抬头一看，倒吸一口凉气，心说：坏了。为什么？范蠡一看勾践面沉如水，一点儿高兴劲儿都没有，心说：果不出我所料。他想起夫差写的信："'狡兔死而良犬烹'。敌国若破，谋臣必亡。"今天范蠡一看，越王面无喜色，就知道这个人忍辱妒功，他不愿意功劳归于臣下。疑惑之心已然在目，别人都没看出来，只有范蠡看出来了。想到此处，范蠡冲勾践躬身一礼："大王。""范大夫有何话讲？""大王，古人云：'君辱臣死。'"君王要是受辱，臣子必须死。"本来跟着您到吴国为奴受辱之时，我就应当死，以尽忠臣之道。但我为什么没死呢？就因为想要帮助您在吴国渡过这段困难时期，将来好再次兴越，使越国强大，以报亡国之仇。现在吴国已灭，越国已成为霸主，大王，臣尽力矣。"我已然尽全力了。"而今如果您能免去我在会稽不死之罪，那么我只求您让我这把老骨头终老于江湖。"

范蠡这是要干吗？辞职。我跟您告辞了，拜拜了您哪。勾践听完范蠡这番话，当时脸往下一沉。您要看《东周列国志》原文，写"越王恻然"。勾践心中非常难过，眼泪下来了："范蠡，当初你跟着我到吴国受辱，今天功成名就，越国已然恢复，吴国已然灭国，寡人也称霸了，天子封我为霸主了，你为什么要走呢？我正想报答你的恩德。如果你留下，我就与你共国；如果你走，我就杀你的妻子。"范蠡听完，脸上没有表情："大王，杀臣则已，妻子无罪。"您杀我可以，我媳妇犯什么罪了，我儿子犯什么罪了？"君王做主，悉听尊便。"您想杀就杀，那我也得走。您要杀我媳妇，那我也管不了了，我没有那么大权力。说完，范蠡转身就走了，当时勾践的脸上不是很好看。

第二天，勾践把文种叫来了。"文种，我刚才召范蠡，范蠡不在。"文种心里明白：他早走了。范蠡离开王宫之后，当天晚上就出了齐女门，乘扁舟而去。后来就把齐女门外这个地方叫蠡口，就是指范蠡走了的地方。范蠡由此涉三江，入五湖，走了。他晚上走，为什么文种知道？因为范蠡辞职之后走了，等文种散朝出来，有人递给文种一封信："这是范蠡大夫留给您的。"文种打开一看，上边写的话很恳切："子不记之言乎？'狡兔死，走狗烹；敌国破，谋臣亡。'越王为人，长颈鸟喙，忍辱妒功；此人只能共患难，不能同安乐。子若不去，祸必至矣。"文种一看："啊？少伯何言太过呀？"

少伯是范蠡的号，意思就是范蠡你说得太过了。范蠡说："你记不记得夫差说过，'狡兔死，走狗烹；敌国破，谋臣亡'。咱俩就是勾践的走狗，不是什么良犬，夫差尊重咱们才这么说。可敌国破了，咱俩就得死。勾践这个人脖子长，嘴有点儿像鸟嘴，这样的人忍辱妒功，他能忍，不然他也不致去尝夫差的粪便，但他不愿意臣下有功，功劳都得是他的。勾践这个人只能跟他一块儿患难，不能和他一起享福。你要不走，早晚大祸临头，肯定得死在勾践之手。"文种看完，怏怏不乐，心说：范蠡，你的话也太过了，勾践能这么忘恩负义吗？我一直给他治理国家，等他回来帮他复国。现在仗打赢了，吴国已灭，大仇已报，他能这么狠心吗？文种拿着这封信，一宿没睡着。

第二天，勾践传文种。文种蔫头耷脑就来了："大王。""我问你，范蠡呢？""不知道啊。""我刚才传召范蠡，范蠡还是不在。他人呢？""已经走了吧。""还能追他回来吗？""追不回来了，范蠡有鬼神不测之机。"

听到这句话，勾践愀然变色，脸色就不对了，文种告辞而退。勾践传下话来，回归越国。当然，船上有他媳妇，一块儿来的就一块儿回去吧，而且还多了一个人，就是倾国倾城的西施。当着勾践的面，越夫人传下话来："来，力士。"叫来两个大力士。"揪出去，投江！"力士把西施拉出来捆好了，绑上大石头，往江中一扔。勾践愣了："这是何故？"你为什么要这么办呢？"亡国之物，留她何用？"

您别瞧勾践那么横，看见越夫人扔西施，没辙。夫妻之间，指不定谁跟谁横呢，勾践一点儿辙都没有。夫人说了："西施是亡国之物，留着干吗，接着弄亡你的越国？我是你媳妇，我不干。"您别看勾践的这位夫人，跟着一起受罪行，你想留着西施，绝对不行，直接扔入江中。后人有传言说是范蠡把西施带走了，也就是个传言，咱们分析分析，也知道是不对的。您想，范蠡走的时候连妻子都管不了了，还能把西施拐走吗？再说了，西施是夫差的宠妃，那么多人盯着呢，范蠡根本带不走她。还有一种说法，是勾践把西施带回越国，范蠡不放心，怕将来越国也亡在西施的手里。但其实这时范蠡已然没心思替勾践考虑这么多事情了，就想着赶紧走呢。西施被越夫人坠入江中而亡，您说她招谁惹谁了。

那范蠡到底上哪儿去了呢？范蠡奔齐国了，做了齐国的上卿，他可以去周天子那里上班，但这个人相当聪明，改名字了，叫鸱夷子皮。后来他弃官不做，经商了，发了大财，写了一本《致富奇书》，自号陶朱公。他干什么发的财呢？《东周列国志》上记载得很详细："畜五牝。"牝，就是雌性的鸟兽。养雌性的鸟兽可以繁殖，一代一代繁殖，靠畜牧业最后获利千金。范蠡的确是个了不起的人，他死后，吴人就在吴江边祭祀他，这都是后事了。

从这时开始，勾践就疏远近臣了，像之前帮着他管理农业的、制定法律的、指挥军队训练人马的，他就开始远离这些忠臣了。范蠡一走，文种心里不痛快，也告假了。他心里总琢磨这封书信：勾践真能杀我吗？这人要是心里总不痛快，那可就要得病了。文种生病了，虽然不是什么大病，但由于心里堵得慌，病就慢慢形成了。勾践疏远忠臣，有不少人看出来了。像曳庸这样的就把胡子留得挺长，告老还乡退休了。有比较年轻的，身强力壮，最典型的一位叫计倪，掐自己一下，拧自己一把，看完梅大师的《宇宙锋》之后，他也装疯卖傻去了，一犯狂，勾践让他回家歇着去了。这一来，勾践身边的忠臣就不多了。

文种总不上朝，很多人就在勾践面前谮言："大王，为什么文种不上朝？因为文种恨您。他认为他立了那么大功劳，却没有赏赐，所以心里不痛快，不愿意再帮您，就不上朝了。"其实勾践早就想杀文种了，但没法儿杀。第一，文种太有才，立的功劳也太大，杀了他，没法儿压众人的口舌。第二，找不到办法杀。勾践知道文种有能耐，用则用之，不用则杀之，可怎么杀他？没有道理，找不出毛病来。文种在家里发愁，勾践在宫中发愁。哎，正好来了个机会——鲁哀公来了。

鲁哀公求见勾践，勾践以国礼待之。"伯主，请您帮个忙。"既然你是霸主，你是盟主，那成员有事你就得帮忙，这是春秋时期的规矩。"你让我帮什么忙？""我们鲁国有三家，一家姓季，一家姓孟，一家姓仲，掌握大权，欺负我这个国君。现在我求您兵发鲁国，治治这三家，好让我这个国君有点儿权力。""好吧，你放心待在这儿，我一定帮忙。"

因为他是伯主，所以必须答应。但勾践反复琢磨，心说：我指挥人马兵发鲁国，帮着鲁国国君平定内乱，这没什么。可我走后，文种倘若指挥人在越国一造反，那我可就完了。勾践总认为文种在暗中鼓捣他，这就是妒忌之心。天天这么猜，天天这么算，想不出主意来。鲁哀公天天着急，鲁国也天天派人来催，但勾践就是不敢发兵。一天、两天、三天、四天……就这么耗着，一直耗了将近一年，都没发兵，结果鲁哀公"喂儿喽"

一声咽气了，急死了，死在越国的公馆。手下人赶紧来见勾践："大王，了不得了，鲁国之君病死在馆驿。""因何病死？""您总不出兵，他着急……""哦。"

勾践一琢磨：我为什么不能出兵？为什么不能帮着鲁国国君去平定他国家的内乱？不是就怕文种吗？要是我总这么怕，那就什么事情都办不了，我必须除掉文种，可是用什么办法呢？我得有道理呀。勾践下定决心，心生一计："来人。""在。""你马上去到文种大夫家，看看他病体如何。""是。"

这名内侍赶紧来到文种家一看，文种已然躺在床上下不了地了。内侍回来禀报勾践："大王，文种大夫已然病得下不了地了。""好，蒙我吗？你真下不了地了吗？难道我勾践为留你文种一人，就什么事都不敢做吗？来呀，升舆。"

舆就是君王坐的车。车辆预备好了，勾践身带佩剑，走出后宫，到外边上了车，带着手下从人直奔文种家。勾践的车一动，文种这边就得报了，国君要来文种的家，那还能不得报吗？文种手下人赶来禀报文种："大王马上就要来了。""哎……"文种已然病得起不来了，强打精神从床上站起来，穿上鞋，出府趴在地上，迎接勾践。

勾践用何法除掉文种？三国分晋，步入战国。谢谢众位，咱们下回再说。

第六十八回　文种自刎比伍员

出土有《吴问》，谁答谁来问？答者是孙武，问者是何人？

　　出土的文物中有竹简叫《吴问》，那么是谁答谁问呢？答的人是孙武，问的人是吴人。咱们都知道孙武是中国的兵法家，著有《孙子兵法》十三篇，那么他回答的是谁的问题呢？咱们前文书说过了，是公子姬光，也就是刺完王僚之后，承继国君之位的吴王阖闾。《吴问》竹简是从汉墓中出土得来的，问的是什么呢？咱们前边说过孙武子演阵斩美姬，阖闾问孙武子："当今天下，哪一国最强？"孙武子告诉阖闾："楚国强、晋国强、齐国强，当然吴国也正在强大，将来要称霸天下。"阖闾很喜欢听这句话。"那我再问你，现在的晋国怎么样？""晋国已然逐渐失去霸主的地位，走向衰败了。""将来晋国大权掌握在谁的手里？""必然要掌握在赵家的手里。"孙武所说的赵家是谁？咱们前边刚刚说过赵鞅，也就是夫差赴黄池盟会时，代替晋国之主和吴国交涉的上卿赵鞅。

　　"晋国一共十几家大臣，最强大的有六家，为什么说将来晋国大权要掌握在赵家呢？"当时晋国国君是晋出公，手下有很多大臣，最强大的有六家，范氏、中行氏、智氏，另外就是韩、赵、魏，后来后三者发展成为战国七雄中的三个国家了。"当今各国众卿的势力越来越大，在晋国，赵家和别的家族不一样。我给您举个例子。赵家有赵家的封地，韩家有韩家的封地，中行氏、范氏、智氏以及魏家都有自己的封地。范氏和中行氏这两家，租给老百姓地，一百六十步一亩；而智氏往出租地是一百八十步一亩；魏家是二百步一亩；只有赵家是二百四十步一亩。二百四十步和一百六十步相差多远？所以老百姓都喜欢种赵家的地。赵家的地不仅大，而且收的税还少，所以将来晋国强大者必是赵家。"

　　咱们都知道孙武是军事家，但他能够断定晋国的未来，那可不是一件简单的事儿，由此看来，孙武也是政治家和经济学家。这要搁现在好办，上网查查,分析分析,每天看看经济报道,分析分析全国乃至全世界的形势,就能得出结论。那时可不行,没有电脑,更没有短信、微信,也没有卖书的。那孙武断定得对不对? 基本是对的。但他没有料到,赵家、韩家、魏家都落下了,战国七雄嘛,齐、楚、燕、韩、赵、魏、秦,晋国一国就分出三个国家,最后是七国争夺天下,秦始皇一统江山,成为中国第一个皇帝。

开场诗为什么要说这几句? 因为咱们的书由春秋时期就要过渡到战国了。春秋时期最后收在哪儿? 就收在吴越春秋。吴越春秋完了,就是三国分晋,紧接着就到战国了。刚才这段《吴问》,实际就是说明春秋末期,各个诸侯国的君王以及众卿都很关心天下局势的变化。春秋是个"乱"字,战国是个"变"字。变什么? 变政权。阖闾当时问孙武子时,越国还没强大呢,吴越春秋还没到顶峰呢。

上回书咱们说了,勾践成事之后,回到越国,该办的事都办完了,就开始疏远原来的功臣。而这个时候,文种也稍微明白点儿了,于是就在家中养病,不上朝了,但架不住有些人向勾践进谗言。

勾践怎么想? 他觉得文种太有才了,但才能没有用尽,如果杀他,没有任何的道理。正在这时,鲁哀公上越国来央求勾践帮忙去治治鲁国的三家大臣。但勾践不敢出兵,他怕他兵发鲁国之时,文种会趁机在越国叛乱。所以勾践得看着自己的国家,不敢走。结果鲁哀公一着急,就死在越国。这下勾践可动心了:我总这么看着文种,那就什么事都不能干了。

于是,勾践来找文种,文种爬着出来迎接大王。当然,就算文种身上有病,他也得站在国君面前:"大王,您得原谅我有病,不能上朝。""文种大夫,你是一个有志之士,而我听说'志士不忧其身之死,而忧其道之不行'。"什么意思? 有本事的人他不怕死,怕的是他的能耐没人用,没人重视他。这句话触动了文种之心,文种点了点头:"是啊,臣不知所用也。"我有本事,但现在我不知道上哪儿用去。勾践接过这话茬儿:"大夫,你有七术。"你有七种谋略。"我用了你三术,就已然灭了吴国,报了我亡越之仇。你还有四术,你愿不愿意用其他四种谋略,为我谋吴之前人于地下可乎？"你不是还有四种谋略吗？能不能为我到地下去算计吴国的前人呢？这话谁能不明白？文种一听，心说：这是让我死啊。他抬头看着勾践。勾践说完，站起身形："升舆。"

外面车辆预备好了，勾践迈大步往外走，文种爬着往出送，伸手一扶椅子，"啪"的一下，文种愣了，他的手正好扶在勾践解下的佩剑的剑把上了。文种低头一看："哎呀……"勾践刚才落座时，解下佩剑往座位旁边一放，现在走了，却没带此剑。文种哆里哆嗦站起来，把宝剑拿在手中一看，剑上刻着两个字——"属镂"。文种一抬头："天啊……天啊，这是伍子胥被赐死时所用之剑。"文种泪如雨下，心里明白了：这是勾践赐我一死。勾践只有用这个办法让文种死了，他才能放心。文种手拿属镂宝剑，仰天长叹："唉……古人云'大德不报'。悔不听范少伯之言，而今为所戮。"少伯就是范蠡的字，我没听他的话，他让我走，我没走，我认为勾践不致如此，范蠡的话太过了。而今怎么样？勾践赐我一死，那我只有一死了，宝剑出鞘，文种把剑鞘往座位上一放，想起刚才勾践升舆时候的神情，一声叹息："唉……少伯呀少伯，悔不听你之言。"剑搭脖项。"哎，我何致如此？哈哈哈……天，百世之后，论者必以吾与子胥同论，死又何妨？"

这就是文种临死前的话，然后自刎了，"扑通"一声，尸身倒地，血流出来了。手下人赶紧去禀报勾践。文种临死前说的"大德不报"这四个字应该怎么理解？人活在世上都交朋友，都有领导，过去说天地君亲师，按现在话说就是有朋友、有领导、有父母、有子女、有街坊，人跟人之间的关系都是恩恩怨怨，小德小恩小惠小施都好报，唯独大德不好报。你身在绝命之时人家帮助了你，最后你无以为报。像勾践这种人，只能共患难，不能同富贵。受了你的大德，他就不会报你了，该杀你了。但文种剑搭脖项之际，反过来一想，他乐了：多少年之后，人们要是提起我文种来，必然会拿我和伍子胥相提并论，他死在夫差之手，我死在勾践之手，他们都是无道昏君，我们都是忠臣，我死了又有什么遗憾的呢？将来可以名垂青史。

勾践知道这个消息之后，马上传话，把文种埋葬在卧龙山，给文种立了一个大坟头。后来人们管这座山叫种山，意思就是埋文种的地方。文种死了一年之后，突然发大水，大水由打卧龙山的中腰过去了，"哗……"就把文种的坟冲开了，文种的坟崩了。有人看见说，由打坟中前边走出来的是伍子胥，后面跟着的就是文种，两个人一前一后，随波逐浪走了。所以后来说钱塘江的大潮，海潮重叠，前边的是伍子胥，后边的是文种。

文种死了，那勾践能踏踏实实地坐稳天下吗？在位二十七年，他也得死。他死后，他儿子仍然称霸。在这个时期，天下变化很大。咱们都知道，春秋时期非常乱，乱中有变，到战国时就剩下变了，变的是什么？政权，就是国君的权力越来越小，文武众卿的权力越来越大，那就得看谁有能耐了。这个时候，晋国六大家族一看，齐国的田氏能够把齐国国君扒拉到一边去，由他掌握国家大权，心说：咱们晋国也来来吧。于是六家开始并吞混战，就把范氏和中行氏灭了，也就是一亩地才一百六十步的那两家，权力就掌握在剩下四家之手了。那齐国田氏为什么能篡权？田氏比他们还聪明，田氏是大斗出小斗进，先把老百姓的民心招揽过来，然后等他掌握政权的时候，就开始欺压老百姓了。所以那个时候，天下政权变更非常大。

范氏和中行氏被灭之后，本属于这两家的土地应该归谁呢？应当归晋出公。结果没给，那四家把这些土地分了。晋出公生气，心说：这是我的土地，你们都是我手下的大臣，灭了两家，收回来的东西应当归我。把我扔在一边，你们哥儿四个把东西分了，这像话吗？晋出公一生气，出去了，找齐国，找鲁国："你们帮帮忙吧，求求你们帮我出兵去晋国治治这四家。"

齐国和鲁国惹不起这四家，当时晋国势力最大的是智家，赵家没有智家的势力大，于是齐国和鲁国就偷偷派人到晋国，把晋出公请他们出兵的事情告诉了智家，于是智家就把赵家、韩家和魏家都叫来了："国君可要跟咱们折腾。""甭让他折腾，不要他了。"

就把晋出公扔出去了，然后立晋昭公的孙子为君，就是晋哀公。换了一个国君，意思就是晋国我们说了算，想换谁当国君就换谁。这比曹操还厉害。说曹操挟天子以令诸侯，他上边有老师，不是从曹操这儿兴的，所以不能赖曹操。晋出公走在半道死在外头了，尸骨都没能回到晋国。而晋哀公虽然坐在国君的位置上，实际一点儿权力都没有，实权就落在这四家之手。这四家里权力最大的是智伯瑶。智伯瑶很特别，当初他父亲徐吾立嗣卿（相当于皇族中的太子）的时候，立谁呢？就得由徐吾和族人来商量。

智家掌权的是徐吾，他就把手下最聪明的人，族人智果叫来了。"你说我应该立谁为嗣卿？"智果说："您如果立嗣卿，将来要接替卿位，那您应该立宵。"徐吾说："不行，宵不如瑶也，智瑶好。"智果说："不行，瑶有五长而有一短。""哦？那你说说。""瑶美须长大，这是第一个优点。"胡须特别长，漂亮。"第二个优点是善射御，大过人也。"春秋战国时期都是车战，智瑶又能骑马，又能驾车，又能射箭。"第三个优点，多技能也。"技艺非常全面，什么都会。"第四个优点，刚毅果敢；第五个优点，能言善辩。但他有一个缺点，就是贪残不仁。"智瑶的优点很多，其他儿子都比不了他，但他以五长而凌人，用他的五个优点去欺负人。同时，他有一个致命的缺点，以残暴不仁来对付世人。"如果您立瑶为嗣卿，智氏即灭矣。"你要是立他，智氏就完了。徐吾听完，不以为然。"瑶聪明，美髯，多技能，我就立他。"徐吾没听智果之言，立智瑶为嗣卿。

智果从徐吾那儿退出来之后，马上去找太史官。太史官是管什么的呢？管宗谱。"我求求您，这回我得走一个后门儿，您吃什么我请您，您需要什么我送您。""你要我办什么事呢？""您得答应我一件事，给我改姓。如果我不离开智家，不离开这个宗族，将来我会随波而溺也。"随着智家的波浪一步一步走向死亡，我也就死了。太史官答应他了，让他离开智氏宗族，改姓辅，您就说智果看得透彻不透彻。

这样，徐吾死后，智伯瑶就当上了智氏家族的掌权之人。他确实非常聪明，非常能干，但残暴不仁。其他三家是韩家、赵家和魏家，其中智伯瑶最恨赵家。为什么？赵家现在也立了一个人。之前咱们说的赵鞅这时候已然死了，在赵鞅立嗣卿的时候也发生过事情。

赵鞅有很多儿子，长子叫伯鲁，最小的儿子叫无恤，但无恤出身低微，是使唤丫头生的。赵鞅身体已然不太好了，岁数也老了，就想立嗣卿，选来选去，拿不定主意。正在这时，晋国来了一个会相面的，这个人复姓姑布，叫子卿。赵鞅知道这个人相面有名，就把他请来了。"请您看看我这几个儿子，哪个人将来能承继我的事业？"赵鞅让儿子们排成一排，往这儿一站。姑布子卿一看，叹了口气："唉，无人可以。"一个都不行。赵鞅说："没有？那赵氏不就完了吗？""不是。刚才我来的时候，见你们家人簇拥着一个少年，这些家人我知道是您家的，但这位少年我不知道是谁，我看他还不错。""哦，他也是我的儿子，叫无恤。但他出身太卑贱了，他母亲一点儿地位都没有。""那没关系。天之将兴，虽贱必贵；天之将亡，虽贵必贱。英雄不论出身。您能不能把他找来？刚才我没看太清楚，我要再看看。"赵鞅赶紧命人把小儿子无恤叫来了。无恤上前施礼，姑布子卿"噌"的一下就站起来了："真乃将军也！"这个孩子够个将军。

赵鞅款待完姑布子卿，把自己的儿子都叫来了，亲自出考题，挨着个儿地问。别的孩子都答不上来，唯独无恤有问必答，出口成章。赵鞅心里很纳闷儿，就问无恤："你有这么好的本事，是从哪儿学来的？""听书，听评书。他们都不听，认为他们高贵，其实听评书才高贵呢。""哦，知识从此而来。"

于是赵鞅就把无恤立为嗣卿，无恤一天天长大。突然有一天，智伯瑶派人请赵鞅到府中赴宴，赵鞅心里明白是怎么回事，因为现在有家姓郑的大夫总不上朝，他就是为了商量如何治这个姓郑的。赵鞅不愿意加入这个战团，就推托有病去不了，让无恤去了。无恤带着手下人来到智伯瑶的府上，一见智伯瑶："对不起您智大爷，我爸爸病了，我替他来了。""嗯，那就坐吧。"

摆上酒宴。智伯瑶是一个残暴不仁的人，看赵家派个孩子来了，很不痛快："听说你爸爸挺能喝的，你既然替他来了，那就替他喝。"灌无恤。可无恤这孩子不会喝酒，没多大酒量。"智大爷，我确实喝不了了，我就这么点儿酒量。""不行，既然替你爸爸来了，就得替他喝。""真不成，智大爷，我确实喝不了了。"智伯瑶就把喝酒的斝（jiǎ）举起来，"啪"地一扔，正扔在无恤的脸上，把脸划破了。无恤手下也有人，不干啊，过来就要打，无恤手一摆。"这点儿小事可以忍一忍嘛。"

这孩子能忍，他忍了，智伯瑶反倒生气了。后来上朝时，智伯瑶看见赵鞅了："你这儿子不行，你得换一个，不能立他为嗣卿。"赵鞅没听，照样立无恤为嗣卿。后来赵鞅在临死前就嘱咐无恤："我要死了，将来这几家必然要跟你争夺晋国大权，你若有了困难，就去晋阳，到了晋阳必有生路。""儿谨记。"

无恤就把这句话记住了。赵鞅死后，无恤掌握了赵家大权，也就是咱们说的赵襄子。赵襄子很聪明，也很能忍。范氏、中行氏被灭之后，晋国大权就落在智家、韩家、赵家和魏家手中。智伯瑶总想把其他三家灭了，因为他势力最强，地盘多，手下能人也多，其中有两个最大的忠臣，一个叫絺（chī）疵，还一个就是咱们快要说到的豫让。而且智伯瑶手下有几个谋士，大部分都是同族之人，就是智开、智国和智宵，都很有主意。

智伯瑶就跟手下谋臣商量："怎么办？我要把这三家灭了，大权都归我智家。"絺疵说："我给您出个主意。""什么主意？""食果去皮之法。""嘿，好主意，谁吃苹果也得削皮。""您甭管削皮不削皮，这个主意就叫食果去皮之法。""好，你说说吧。""您要想一块儿灭掉这三家，那这三家会联合在一起打您，您就得分头击之。我给您出个高招，这样您师出有名。您派人到这三家去，就说现在越国称霸，咱们晋国受了气了。现在国君让您和他们三家商量商量，每家拿出一百里地，这一百里地的老百姓种出的庄稼、交来的田赋都得给国家，充作军资，这样就能强大军队，让晋国可以和越国相抗衡，仍然可以成为天下霸主。您假借国君之名，向那三家要土地，以逐步削弱这三家的力量。如果三家里有不从命的，那就可以用不遵君命的理由，出兵灭了他。"您看，这实际就是曹操"挟天子以令诸侯"的老师。曹操要挟汉献帝，用不着和汉献帝商量，曹操可以传假诏，我说的就是汉献帝说的。这其实就是跟絺疵学的。

"三家不可能都给，也不可能都不给。谁跟您最好？韩家和魏家跟您好，赵家跟您不好，您先跟韩家和魏家要。""要来给公家？""那哪儿能，要来的这些地就归您了。一家给您就多一百里，两家给您就多二百里，三家给您就多三百里，您就越来越强大。谁不听，您就打谁。"智伯瑶一听："哎，这个主意不错，那咱们先去找谁呢？""您先别去找赵家，赵家不是跟您有仇吗？""对，当初我瓱过赵无恤，给他的脸打流血了，他能忍，这个人不好惹。""是，那您就先去找韩、魏两家。""好吧。"

智伯瑶就把智开叫来了："你先去韩家找韩虎，就说晋国要称霸天下，征韩家一百里地充军饷，以充国资。用晋君之名，向他要一百里地，马上让他割出来。""是。"

智开立刻来到韩家，找韩家之主韩康子，韩康子的名字叫虎，韩虎。韩虎一听，智开来了，赶紧把他迎入中堂。"您请坐。今天您怎么有时间上我这儿来？""是我哥哥让我来的。我哥哥说了，晋国之主让我哥哥管你们每家要一百里地，这一百里地所出的钱粮赋税以充军饷，咱们好能与越国抗衡，称霸天下。现在你就割地吧。"智开挺横。韩虎一听："既然如此，请您先回去，容我和手下人商量好了，画好地图，拿出一百里地，送到府上。"

这下智开没话可说了。你说软，你说硬？人家没说不答应，可也没说答应，智开回到智家，禀报智伯瑶。他走后，韩家马上开会。韩康子把战将、家将、家臣、谋臣都叫来了。"众位，刚才智开来了，假借国君之名，让我割出一百里地给智伯瑶，说是为了强大军队，以充军饷，好跟越国干。你们看应该怎么办？"大家伙儿你看看我，我看看你，都不言语，关键时候都不言语。韩康子生气了，心说：发饷的时候全来了，一要主意都不言语。"怎么着，没有人说话吗？""我说两句。"

韩康子低头一看，为什么要低头看？个儿太矮了，还没咱们说书的桌子高呢。这个人姓段叫段规，是韩家第一大谋士。"段先生有何话讲？""虽然明摆着他这是假借国君之名，跟咱们每家要一百里地，但是您给他。""我凭什么给他？""您就给他。您不给他，魏驹也得给他。""那赵家也能给他？""赵家不会给。您要给他，他就骄傲了；您要不给他，以兵拒之，跟他打，他就得说您抗拒君命。再说，智家的势力太大，您先给他，让他骄傲起来。您给了他，他还得跟那两家要去呢，那两家要是哪一家跟他打起来了，咱们在旁边看乐和。如果他快完了，咱们也跟着过去抢地儿去。""嗯，你这个主意不错，矬子有心路儿。""您瞧，给您出主意，您还嫌我矬。""好吧，那就划出一百里地吧。"

段规从韩家的封邑中划出一百里地，地图画好了，文书也写好了。韩康子一看："段先生，你跟我去。""我跟您去。"

段规跟着主人，抱着地图就奔智伯瑶家来了。智伯瑶一听，高兴：嗬，韩家的人拿着地图来了。"来，在蓝台之上款待。"

两家主人见面，彼此施礼，咱们书不说废话，分宾主落座，两边有各自的家臣相陪。智伯瑶一看："一百里地？""是，给您送来了，以充军饷，强大晋国，日后好重新称霸天下。""好，太好了太好了。来，酒宴摆上……"摆上酒宴就得有歌舞，下句就应当是歌舞上来，但智伯瑶没说。韩康子看了看段规，段规看了看韩康子，对视一眼，然后再看智伯瑶。智伯瑶用手一指："酒宴摆上。"还是没说下句。时间不大，丰丰盛盛的酒宴摆上了，一道菜一道菜不停地上。您想，他白得了一百里地，高兴。等菜都上齐了，智伯瑶一伸手："请。"

有人斟酒，有人布菜，两家家主在蓝台之上饮宴。段规心说：智伯瑶要变什么戏法儿呀？就在旁边瞧着。喝着喝着喝美了，两个人都稍微有一点儿醉意了，智伯瑶用手一指："哎呀，我说韩虎。"段规心里就是一哆嗦，心说：你也是晋国大臣，我家主人也是晋国大臣，你直呼其名，就是不讲礼。"快把百里献上。"地图已然拿来了，智伯瑶让韩康子把百里献上。段规个子太矮了，他把地图往上一递。智伯瑶低头一看，是个小矬子，接过地图就摆在桌上了，然后一端酒："来，敬酒。今天只有酒宴，没有歌舞，我给你看个特别的节目。来，搬上书台，请说书人说一段卞庄刺虎。""遵命。"

一会儿的工夫，桌子搬上来了，从旁边"颠儿颠儿"出来一位。段规抬头一看，心说：这位比我高不了多少。这位往出走，走近了，段规看清楚了，他乐了："他不就是那个说相声的何云伟吗？""他可不说相声，今天他说书。""好，让他说，让他说。"

何云伟往这儿一站，他个儿也矮，站着还没我坐着高呢，用手一拍木头："三虎啖羊，势在必争。其斗可俟，其倦可乘。一举兼收，卞庄之能！"旁边的人一听，说得不错，拍巴掌。段规一看："不对。""哟，你比我还矮呢，看来我挺高大。""我告诉你，《史记》上可是这么说的卞庄刺虎，俩牛。""不对，俩虎。""俩牛。""哎，我说的是《东周列国志》的卞庄刺虎。""我说的是《史记》。我告诉你，一个大虎、一个小虎要吃牛，吃得香甜后必会争斗。卞庄得等这两只虎互相咬伤，才能出来，一举两得，把两只都刺死了。"韩康子听着，在旁边乐："还是段先生说得对。"何云伟说："还是我说得对，就是三虎啖羊。"

智伯瑶说："我问你，这三虎你可知都是何虎？""哎，您不是爱看书吗？您来说说这三虎。""告诉你，下回你再说三虎的时候，可想着说清楚了，我查遍了各国的书籍。"说着话，智伯瑶用手一指韩康子："他算是一虎；还有两虎，一个是高虎，一个是罕虎。高虎是齐国人，罕虎是郑国人。这就是卞庄刺三虎。"段规一听，就急了："礼！""你怎么就会说这一个字？""礼，不能直呼其名。刚才您直呼我家主人的名字，叫他韩虎，这就是您的不对。而且您说卞庄刺三虎，我家主人是其中一虎，难道您是卞庄吗？""啊？！哈哈，看起来你还不愿意啦？照这样说，三虎吃羊没吃饱，拿你垫补垫补塞牙缝啊。""好哇，你戏君还戏臣，跟你没完！"

这时，韩康子按了按段规，意思是你别说了，咱们惹不起他。智伯瑶站起身形，用手一摸段规的脑袋："小子，你也想进虎口吗？"韩康子赶忙也站起来："哎，我醉矣，醉矣……智伯说得太对了。段先生，你我赶紧回府。"

就这样，韩康子和段规走了，他们刚走，智国来了。智国是智伯瑶同宗之人，来见智伯瑶。"刚才我全听见了，您这样欺其君又欺其臣，早晚得招祸。""哼！"《东周列国志》上写得很清楚，智伯瑶瞪大眼睛，高声喊嚷："我不祸人就不错了，谁敢祸及我？""主公，您好好想想，蚋蚁蜂虿都能伤人，您若不防备，早晚祸及智家。"

蚋，跟蚊子差不多，头小，黑身子，前边胸脯鼓着，后边后背鼓着，能叮人，置人于死地；蚁，是蚂蚁；蜂，就是马蜂、蜜蜂，甭管什么蜂，被蜇一下也受不了；最后一个是虿，就是蝎子。这四种东西都很小，却都能置人于死地，何况人呢？你得罪韩家，他们早晚得治你。但智伯瑶听完，没往心里去，心说：现在一百里地已然到手，我得再跟魏家要，跟魏家要完再跟赵家要。

智伯瑶跟魏家要，魏家也不敢惹他，魏家的谋士任章给魏桓子出主意："给他吧，把地给他，他就骄傲了。他一骄傲，就会轻敌。给他一百里地的人害怕他，怕他的人就会团结在一起，团结在一起就好揍他，早晚他得灭亡。"

任章也是魏家很重要的谋士。于是魏桓子也给了智伯瑶一百里地，韩家和魏家都给了。按说这二百里地应当归国君晋哀公，结果归智伯瑶自己了。这下智伯瑶的封邑扩大了。统共晋国那时候有多大地方？凭空智伯瑶就多了二百里地，每年得多收多少钱粮。

替智伯瑶到魏家去要地的仍然是他兄弟智开。但去赵家要地，智伯瑶找了一个哥哥，岁数大的，胡子都白了，这个人叫智宵。"兄长，你去一趟赵家吧。""好，我去一趟。"智宵就来找赵襄子无恤。无恤问智宵："你为什么跟我要这一百里地？""为了强大晋国的军队，争霸天下。""封邑乃我族先人所留，不能给你。""这可不成，韩家和魏家都给了。""那是他们愿意给，跟我没关系，我不能取媚于人。"我不能为了让你高兴，就给你拍马屁，我不给。

智宵没办法，回去禀报智伯瑶。智伯瑶气往上撞，马上就找韩家和魏家，想三家联合在一起攻打赵家。这才引出来三国分晋，水淹晋城。谢谢诸位，咱们下回再说。

第六十九回　智伯决水灌晋阳

三虎啖羊，势在必争。其斗可俟，其倦可乘。一举兼收，卞庄之能！

咱们今天的书就该说三国分晋了。一到三国分晋，东周列国就从春秋时期步入战国时期。战国和春秋有什么不同呢？春秋时，周天子势力越来越弱；到战国时，周天子基本上就没用了，而且各家诸侯国的权力也在变更，所以突出的就是一个"变"字。最后变成七国——齐、楚、燕、韩、赵、魏、秦，最后秦始皇一统天下。

三国分晋最大的特点，就是国家大权逐渐下到诸侯，诸侯再往下到士大夫。这些人为什么掌权？因为春秋时总打仗，打仗就得用这些大臣，大臣立功之后就得奖赏他们。奖赏什么？就是封地。他们的地盘越来越大，眼里就没有君王了。而且，他们有一个很好的手段——高级的高利贷。把自己的一亩地变大，地丁钱粮税都是按亩征收，老百姓自然愿意去种大的地。这样，自己地上的佃户就越来越多，反正老百姓是谁给的好处多就往哪儿走呗。但等到他掌握大权之后，就开始采用强压政策欺负老百姓。这在中国历史上就叫放的"高级的高利贷"。由三国分晋开始，列国进入战国时期。

为什么说三国分晋呢？您看，齐、楚、燕、韩、赵、魏、秦七个国家，您往后听，尤其是魏国，魏文侯手下能人特别多，慢慢往下发展，诸侯国越来越少，最后秦始皇一统天下。三国分晋是由什么引起的呢？就是由智伯瑶引起的。

上回书咱们说到智伯瑶借晋哀公之名找韩、赵、魏三家各要一百里地，韩、魏两家都给了，唯独赵襄子无恤不答应。到赵家要地的智宵没办法，回来禀报智伯瑶。智伯瑶气坏了："不给？不给就打他！"他立刻派人把韩家、魏家请来了。"我跟赵家要地，赵家不给，还跟我哥哥瞪眼。为了强大晋国，他不给地，咱们三家一块儿打他，打完之后咱们三一三十一，把赵家的地分了，一家一份儿。你们二位意下如何？"所以说人就怕贪。韩康子和魏桓子一方面是惹不起智伯瑶，另一方面也有点儿贪心，心说：把赵家打了，我们也能各分赵家三分之一的土地。两个人互相看了看，就点头答应了："好吧，那就听您的指挥调动，您是元帅。"

智伯瑶把他们家所有军士全调动起来，联合韩家和魏家，要攻打赵家。还没出兵呢，消息就传出去了。您想，那时候地方小，有向灯的就有向火的。您打开《东周列国志》看看，经常有人在这国干不成，就上那国去。尤其张仪，一会儿跑到这国，一会儿跑到那国。苏秦身披六国相印，只要国君想用，甭管你是哪国人。智、韩、魏三家联合起来要攻打赵家，有人就把这件事秘密禀报给了赵家的谋士张孟谈。

张孟谈撒腿往回跑，见到赵襄子："主公，那三家要联合出兵打咱们。""那怎么办？""咱们跑。""还没打就跑？""打不过。智伯瑶势力那么大，再说韩、魏两家也憋着分咱们的地呢。""那往哪儿跑呢？""奔晋阳。""为什么往晋阳跑？""难道您忘了先君临终之言吗？说将来您若有难处，就去晋阳。因为晋阳是家臣董安于盖的，盖了很多宫殿，后来又让家臣尹铎治理，治理得非常好。所以晋阳人心归赵，您赶紧往晋阳跑就得了。""哦……"

赵无恤猛然想起，父亲临终时嘱咐的话，赶紧收拾东西，带着忠臣，最忠于他的有个人叫高赫，大家伙儿赶紧跑，一直就跑到晋阳。到晋阳一看，城很坚固，宫殿也很高大，老百姓衣食富足，非常好，赵襄子很高兴。进城之后，城门关了，吊桥也扯起来了，赵襄子马上带着谋士巡查城池。宫殿是谁盖的呢？当初赵家的家臣董安于盖的。董安于死后，晋阳交给另一位家臣尹铎。尹铎恩待晋阳的老百姓几十年，特别特别好，所以人心归附。由此可见，人心是最重要的。赵襄子巡查完城池，又查点兵器，打仗嘛，就得用兵器。这一查点可坏了，晋阳库里的刀枪剑戟都生锈了。数了数，所有的箭加起来不满一千支。咱们都知道，列国时期打仗是车战，主要的兵器就是大戟、长枪，而守城主要用的就是弓箭。这么大一座晋阳城，同时面对三家人马，只有几百支箭，这怎么办？

赵襄子思前想后，想不出办法。回到宫中一看，宫殿倒是很大，衣食供应得都很好，但没有兵器可怎么办？赵襄子跺了脚了："孟谈，没有兵器，如何御敌？""您别着急。先君临终之时嘱咐您，让您到晋阳，必然有他的办法。我听说董安于盖宫殿时，在墙壁里用了不少可以做箭杆的材料，净是荆条，而且我听说宫殿的柱子都是赤铜打造，可以打造兵器。咱们拆开看看吧？"赵襄子赶紧带着人跟着张孟谈拆墙，把墙拆开一看，里面都是已然做好的箭杆，还有大批荆条。赵襄子高兴了，再把铜柱卸下来一看，都是能打造兵器的精铜。赵襄子立刻命令手下人打造兵器，制造雕翎箭。

这时，智伯瑶带领三千人马杀到了晋阳。赵襄子非常会利用老百姓，把老百姓都叫来了，问老百姓愿意不愿意跟自己守城。大伙儿都对赵襄子说："我们愿意跟着您守城，打！他们敢来，就把他们打回去！"小孩儿都跟着嚷，妇女也都出来了，赵襄子心里很高兴。但张孟谈告诉他："您不能打，打就要有伤亡。既然老百姓在晋阳城中衣食丰足，干脆咱们同心协力，深沟高垒，坚守城池。您想，三家人马远道而来，他们得调动粮饷，而且三家人的心不见得就在一处。您得等着，等他们中间发生了变化，这仗就好打了。在没有什么机会之前，咱们就坚守吧。"

就这样，赵襄子带领老百姓坚守这座晋阳城。智伯瑶带领三家人马攻城，可晋阳城城池高大，城墙坚固，易守难攻。咱们书不说废话。一天、两天、三天、四天……晋阳城中有的是兵器，有的是箭，一年多都没把晋阳打下来。智伯瑶着急，这一天他带着手下人出来了，就在城外面绕，绕来绕去，抬头看见一座高山。"这是什么山？"向导官赶忙回答："这山名叫悬瓮山。""为什么叫悬瓮山呢？""您看半山腰那儿有一块大石头，像做酒的瓮一样。这座山本来叫龙山，就因为山腰有这块巨石，所以叫悬瓮山。""哦，那我得上山看看。"

骑着马没法儿往山上走，智伯瑶甩镫离鞍下马，有人拉着马，智伯瑶跟着向导官一直来到山上。果然看见有一块巨石，跟装酒的瓮一样。智伯瑶走到山上，突然听见水响，他顺声音一看："哎，这水是什么水？""这水叫晋水，晋水往东流，能和汾水相合。""哦，这里离晋阳城有多远？""离晋阳西门十里。""那晋水由何处而来？""晋水就由打这山上来。""晋水由此山发源？""不错。"智伯瑶听明白了，计上心来："好，哈哈，我有了破城之法。"手下谋士就问："您有什么方法？""回营再议。"

回到营中，智伯瑶马上命人把韩康子和魏桓子给找来了，摆上酒宴，三个人坐这儿饮酒聊天。"元帅，您找我们何事？""想不想破赵分地？""想，天天做梦都想。""我有办法了。""咱们打了一年多，都没主意，今儿您有主意了？""对了，我今儿上了悬瓮山，山上往下流水，就是晋水。晋水奔东与汾水相合，离晋阳西门就差十里地。咱们可以水灌晋阳城。""您等等。我问问您，晋水往东流，还是往西流？""晋水西边是晋阳城，遄奔西门，它不能反回来流啊。""哈哈，我有办法，听我的。""元帅，您有什么办法？""你们两个人分兵，韩虎带兵在晋阳东门外扎营，魏驹带兵在晋阳南门外扎营，西边和北边就归我了，我带人上山扎营。晋水不是往东流吗，我就让它往西流。""您真有本事。""我本事大了。我带兵挖河渠，然后安水闸把晋水截断，不让晋水东流。之后在旁边修一个蓄水池，所有的水都得奔蓄水池流，从蓄水池通过河渠奔晋阳西门。""可还有不少泉眼呢？""没关系，把所有的泉眼都闸断，同时修建河堤，在蓄水池也修上堤，修得特别高，所有的水都在蓄水池里。甭管大泉水还是小泉水，用铁闸截断，晋水都到蓄水池中。对了，二位，现在什么季节？""马上就到春季了。""对呀，春天涨水。一到春天，春雨绵绵，蓄水池的水就涨满了，到那时，咱们决堤灌城。赵家一灭，咱们就平分他的土地。"这两人心想：智伯瑶，你可够狠的，水淹晋阳城。"那好，可是我们兵力不够。""没关系，你们一个看着东门外，一个看着南门外，山上挖河渠、造蓄水池都归我，筑河堤、筑渠堤也都归我。"

韩家和魏家只好听智伯瑶的安排，一来，惹不起智伯瑶；二来，如果真的水淹晋阳，那就能把赵襄子灭了。三家人马调动完毕，开始动手，河渠挖成，该筑堤的筑堤，该堵泉水的堵泉水，该做铁闸的做铁闸。韩家、魏家各司其职瞧着，智伯瑶手下的兵将听从指挥，真卖命。您现在去晋水的北边，有一条渠叫智伯渠，而今这条渠还有呢。全都造好了，眼看着蓄水池里的水往上涨。晋阳城里的老百姓还纳闷儿呢：怎么不打了？好家伙，山上蓄水池蓄水呢。一到春天，阳春三月，赶上雨水还特别大，净下倾盆大雨。智伯瑶传下命令："决堤放水！"

蓄水池里的水早憋足了，"哗……"一下就奔晋阳城来了，水火无情，水淹晋阳城，但老百姓不怕。赵襄子跟张孟谈都商量好了，驾着小筏，给老百姓做动员工作，没地儿住，上树上搭屋睡觉，在树上吊着火做饭。尽管这么艰苦，但老百姓都一心一意向着赵襄子。赵襄子很感叹："看来治国要有能臣，要有贤臣。要没有董安于和尹铎，咱们肯定就完了。"

赵襄子在宫中有吃有喝，而且宫殿高大，也淹不着他，他还可以到楼上去待着。但赵襄子总是带着手下的谋士忠臣，坐着小筏，跟老百姓一起共患难。眼看着水不停地往上涨，再涨下去全城就都淹了，那老百姓和赵襄子的军队可就都活不了了。赵襄子急了，问张孟谈："咱们应该怎么办？""您别着急，我有办法。您现在马上带着老百姓做战斗的准备，预备船只、兵器。您想，三家人马来攻打咱们，韩家和魏家能和智伯完全一条心吗？他们不过是怕智伯，所以必然有矛盾。我想今晚出趟城。""你出不去。""没关系，我有办法。我去面见韩康子和魏桓子，跟他们陈说利害，让他们反过来和咱们一起打智伯。定好时间，咱们一齐动手，三家共同灭掉智伯瑶，这样晋阳城就保住了。""你有这个能耐吗？""我有，您甭管了。""你出城去他们可看得见，钉得特别严。""您放心吧。"

到了夜里，张孟谈想出一个主意，上城了。现在城更好上了，坐着船就上去了，来到城头，张孟谈用绳子把自己拴好了，让当兵的半夜里把他由城上系下来。他穿的什么服装？智家的军装号坎，假扮成智家的兵。张孟谈下城之后直接来找韩康子。到了韩家大营前，有站岗的看见了："干什么的？口令。再往前进，拿刀剁你！""啊，我是元帅派来的，面见韩将军有急事相告。""好，过来搜搜。"

　　那时候三家之间没有什么特别的联系工具，当兵的搜了搜，张孟谈身上没有什么特别的东西，就把他带进营中。韩康子在大帐中一坐："见我何事？""元帅让我禀报军情。""什么军情？你说吧。""机密军情，请您屏退左右。"韩康子把手下人都轰出去了。"有什么事，你讲。""跟您说，我是从晋阳城中出来的，赵襄子派我来的。"韩虎一听，就瞪眼了："嗯？你是奸细！""您慢着，我有话说。""死到临头还有话说？""我这话必须说。因为智家联合你们两家把晋阳城淹了，老百姓和赵襄子都得死，连我也得死。可我们临死前有一肚子话没地儿说去，我家主人派我来见您，我把话说出来，听不听全在您了。我说完之后回去禀报主人，我们就可以死了，不然就都带走了，您再想听也听不见了。"您看，做说客得会说，想劝人得会劝。"那我得看你说得有理没理。""好，那您就听听。您认为我说得有理，您就听；您认为我说得没理，您就把我杀了。没关系，反正我们在晋阳城中也是等死。""好，你说吧。"

　　"您是干吗来了？智伯瑶是不是这么答应您的，三家分我们赵家的地？""不错。""可有一节，现在你们两家已经把你们一百里好地给了智伯瑶，即便你们把我们赵家灭了，智伯瑶再管你们伸手要地，你们不也得给吗？到时候智伯瑶跟你们一瞪眼，你们惹得起吗？再说了，智伯瑶现在是把我们淹了，您就不琢磨琢磨，他淹不淹您？您就不琢磨琢磨，他淹不淹魏家？""那你意如何呢？""我现在前来见您，如果您肯听我良言相劝，就不如跟我们合在一起，咱们三家一块儿对付智伯。智伯的地盘大，我们的地盘小。您本来就割出一百里土地了，再和智家一起分我们的土地，分到手里也不会有多少地方。如果咱们三家联合把智伯灭了，不但把您的一百里土地收回来，还能再分智家的土地。智家这么大一块肉，您说得多解馋呢？就是这么个意思，您琢磨琢磨得了。"张孟谈的话很简单，当然原文不是这么写的，我是按照现在的话说的，但意思一点儿都错不了。"咱们三家如果联合起来灭了智家，得到的利益可就多了。再者说，咱们三家得好，因为咱们都是受气的，应该共同灭了智伯瑶，三家和睦于晋。您看怎样？""这件事我得好好琢磨琢磨，我得商量商量。""您要跟谁商量？""跟我的谋士。来，把段规叫来。"

没一会儿，这小矮子进来了。"将军。""你看见他了吗？""看见了。""认识吗？""知道，赵襄子的谋士张孟谈。张先生，您好。""哎，段先生，您好您好。您很有智慧呀。"段规高兴了，心说：智伯瑶总摸我脑袋，拿我当小孩儿似的。这位上来就说我很有智慧。"张先生，您干吗来了？"张孟谈把来意又说了一遍。本来段规就恨智伯瑶，张嘴就叫我家主人的名字，摸着我的脑袋让我喂虎，拿我垫补垫补，就我这么点小个儿也填不饱老虎。他恨智伯瑶，所以听完张孟谈的话，一抬头："好！这件事好办，咱们商量商量。"韩康子一看："这么办吧，张先生，你先回去禀报赵襄子，容我们商议好了再给你送信。""我不回去了。遍地都是智伯瑶的兵，我是假扮智家兵士出来的，我现在一走，消息也许就走漏。我就在您这儿住着，什么时候您商量好，什么时候我再回去。"

好家伙，这位张孟谈就泡在韩康子的大营里。当天晚上，小个子段规就把张孟谈留在自己的寝帐中，两个人抵足而眠，谈了一宿，越谈越好，越谈越觉得相见恨晚。段规说："这么办，你就在我这儿住着，明天我去趟魏家大营，跟魏桓子说。"

咱们书不说废话。这位第二天找魏驹去了，跟魏驹一说，魏驹有点儿犹豫："要是打不过智伯，怎么办？智伯势力太大呀。""那咱们也是打他好，省得将来后悔。""好吧，咱们商议商议，见机行事吧。"

也答应了，也没答应，段规就回来了。正好这时，智伯瑶派人传话，请韩康子和魏桓子到山上观水。大水已然快没过晋阳城头了，如果没过去，晋阳城就全完了，老百姓都得死。两个人带着手下人来到了悬瓮山上，智伯瑶已然把丰丰盛盛的酒宴摆好了，手下文武在旁边陪着。"哎，二位可好？""元帅。""元帅。""哎呀，请坐，请坐。"大家伙儿在这儿喝酒，智伯瑶往晋阳城一指："你们二位看看，这水是不是快把晋阳淹了？眼看赵家就要灭了，咱们就能平分赵家的土地。""好，全都仰仗元帅的妙计。""来，请。"

手下人斟酒布菜，智伯瑶越喝越多。再加上这二位也给智伯瑶劝酒，智伯瑶的劲头儿又上来了："二位，想当初晋国称霸天下，靠的是什么？靠的就是这山和水。"确实山西是个好地方。您听民歌："人说山西好风光，地肥水美五谷香。"说的就是这个。"水可以覆国，可以让人灭亡。眼瞧着晋水往下一冲，赵家就完了。想我们晋国，有浍水，有汾水，有晋水，有绛水，哪儿不能淹啊？"听到这儿，韩虎用胳膊肘儿顶了一下魏驹，魏驹用脚踩了一下韩虎，智伯瑶没瞧见，旁边的绨疵看见了，绨疵没言语。等大伙儿吃饱喝足了，智伯瑶用手一指："咱们三家就等着这水淹没晋阳，好分赵家的土地。"

韩虎和魏驹走了。他们刚走，绨疵就来找智伯瑶："元帅，他们非反不可。""哎？好好的，他们反什么？眼看着晋阳就完了。""您错了。他们走的时候，我就觉得他们脸上不是色儿。按说眼看着就要赢了，要分赵家的土地了，两个人应该高高兴兴才对，但这两个人脸上都写好了囧字，您知道不知道？""囧？哦，他们脸上很囧。""对呀。您刚才怎能这么说话呢？您说晋水可以淹晋阳，还说有浍水，有汾水，有绛水，那汾水能淹安邑，安邑是谁的地盘？绛水可以淹平阳，平阳是谁的地方？这可是韩家和魏家的根本之地。水可以淹他们，就说明您心里惦记他们呢。""我是惦记他们呢。""那您不能说，您一说他们就明白了。哎哟，您怎么这么糊涂啊？"

说完，绨疵出来了，让智伯瑶自己好好想想。韩虎和魏驹在路上一琢磨，心说：人家宴请咱们，咱们也不能白吃人家的。于是第二天两个人准备了上好的汾酒，自制的煤炉，山西煤好；带着羊羔、美酒，山西羊肉也好，到悬瓮山上面见智伯瑶回礼。"得了，就借您的地方，摆上酒宴，还能看水淹晋城。"酒宴摆下，两个人给智伯瑶献酒，大家伙儿在旁边陪着。智伯瑶现在够狂的，要不当初智果说他有五长一短，一短就是贪残不仁，贪残不仁者必定狂妄不羁。"二位，昨天你们有点儿不高兴吧？""没有，眼看就要分赵家的土地了，我们哪儿有不高兴的道理呀。""不对不对，有人都看出来了，你们不高兴。""没有没有，绝对没有。""我这人好说实话，不是我看出来的，是缔疵看出来的。他说你们不高兴，难道你们心怀二志吗？""没有，绝不可能。只是我们听说赵襄子花出不少钱来，买通您手底下的人，让他们进谗言，好分裂咱们三家的感情。您可不能信这个，没有。""真没有？""没有没有，我们绝没有二志。""好，那我就不信缔疵的了。来来来，饮酒饮酒。"智伯瑶端起酒来，往地上一洒："咱们洒酒为誓。"这哥儿俩也赶紧跟着洒酒为誓。"我就不怀疑你们了，咱们三家共灭晋阳。"

韩康子和魏桓子吃饱喝足，走了。刚一走，缔疵又进来了。"元帅，您怎么把我说的话都告诉他们了？""你怎么知道的？""哎，我就在外边站着呢，他们出去，一人瞪了我一眼，一人瞪了我两眼。""说说怕什么的？咱们又不怕他们。这话就是你说的，你说是给我提个醒儿。今天他们都洒酒为誓了，绝没有二心。""您真相信他们？""真信！"缔疵退出来了，心说：智伯完矣。

缔疵离开大营，奔秦国了。韩康子和魏桓子回到自己的营中，韩康子就跟张孟谈说："您回去禀报赵襄子，今天准备好了，明天半夜咱们动手，从西面掘开水口，让水反灌智伯之营。以水退为号，你们带兵进攻智伯大营，咱们共灭智家。""好嘞，谢谢您了。"

张孟谈回去了，用绳子拴好，又把自己系上去了，进城禀报赵襄子，赵襄子非常高兴。咱们说书快极了。第二天夜里，"哗……"大水就进了智伯瑶的大营，一下子到了智伯瑶的床边了，他还以为是夜壶洒了呢，睁眼一看："哎，水？何人这么不小心？"他以为是看堤的人不小心，让水流出来了。

眼瞧着大水就灌进来了，这个决口一开，晋水就不往西流了，开始往西北方向流，正流到智伯瑶的大营里。等智伯瑶明白过来，刚穿好衣服，他手下的忠臣豫让和家臣智国驾着小筏来了。"主公。""为何晋水会淹我大营？""他们三家可能联合在一起了。"这时，外面喊上了："智伯瑶，你还想跑吗？""叨叨叨……"炮声就响了。智伯瑶抬头一看，一边是韩家，一边是魏家。"唉……悔不听缔疵之言。"韩家和魏家掘了河口，淹了智伯瑶。豫让一看："这么办吧，韩、魏两家的人马已然杀上来了。智国将军，您保着主公绕后山遄奔秦国，我前去抵挡韩、魏之兵。"

豫让确实是忠臣，指挥智伯瑶手下的兵将抵抗三家人马。智伯瑶赶紧上了小舟，智国带着水手，趁水势绕到山后，准备逃往秦国。刚转到山口这儿，有人站在船头，大喊一声："智伯瑶，你还想跑吗？""唰"的一下，船就过来了。智伯瑶抬头一看，正是赵襄子。赵襄子早琢磨出来了，智伯瑶准得跑，跑就只能从这儿跑，遄奔秦国。所以赵襄子早就在这儿等着了。赵襄子手下人过去就把智伯瑶逮住了，把他推到赵襄子面前。赵襄子一条一条数落智伯瑶的罪过，数落完之后把智伯瑶杀了。智国一看智伯瑶被杀，自己投水而亡。智家的人就剩下豫让了。豫让一个人带着兵将抵抗三家人马可抵抗不了，最后没办法，逃到石室山中藏起来了。三家人马打了胜仗，消灭了智伯瑶，撤去大水，晋阳的老百姓也都活了。然后，三家坐在一起商量。赵襄子说："这么办吧，他们强行要走的你们的土地，现在还归还你们，然后咱们三家把属于智家的土地分了。但智伯瑶还有同族，咱们回到晋都之后，把智伯瑶全族再灭了，省得他们日后翻供。"

就这样，韩、魏两家和赵襄子一同回到绛州，把智氏一族都杀了，只活了一支儿。哪一支儿呢？改姓的那支儿，也就是智果那支儿，改姓辅了，所以他们活了，其余智家都被灭了。智伯瑶完了，智家就剩下一个人——忠臣豫让。三家把智家的土地分了，韩、魏两家各自回兵，三家都非常高兴。咱们前文书说过《吴问》，阖闾问："将来晋国谁最强大？"孙武子说："将来晋国大权会落在赵氏之手。"孙武是从经济上来分析的。现在大权落在三家之手，虽然跟孙武说的不太一样，但孙武确实说了，智家得亡，而赵家也的确是现实中存留的一个。现在的韩、赵、魏三家，将来就是战国七雄中的三个国家。

灭了智家之后，赵襄子要赏赐功臣，功劳第一的是高赫。张孟谈就问赵襄子："高赫没有为您出过一个主意，您为什么把首功给他呢？"赵襄子说："三家攻打晋阳，水淹晋阳城，你确实出了不少好主意，但你功居第二。我为什么说高赫功居第一？因为自从三家兵将攻打赵家之后，人家高赫一声不言语，从不惊慌，万事都遵守君臣之礼，礼应该传于天下，礼为人之第一，所以他功高第一。"赵襄子说得很对："人讲礼仪为先，树讲枝叶为源。"一个人不管有多大能耐，不懂礼，是永远站不住的。尤其咱们中国人，最讲礼仪。张孟谈听完，也十分愧服。

智伯瑶已经被灭，赵襄子在这件事上做错了一点。他做错了什么？赵襄子觉得不解恨，把智伯瑶的头颅砍下来，用头颅骨做了一个溺器，也就是一个便器。有人说做完是欣赏用的，有人说就是做了一个夜壶，这个咱们就不争了。总而言之，做的这个东西也不好看。这个消息就传到豫让的耳朵里。刚刚我说了，春秋战国时，只要你有本事，到哪个国家都可以谋生。豫让原来保的范氏，是范氏的家臣。后来范氏被灭，他又保了智氏。现在突然听说赵襄子把主人智伯瑶的头颅骨做成一个溺器，豫让痛哭流涕，仰天高呼："天……身为家臣，眼看主人已死，竟然被辱及遗骸，心实不甘，应报仇矣！"

豫让决心刺杀赵襄子，给智伯瑶报仇。于是豫让怀揣利刃，这一天假扮成一个囚犯，就藏到赵襄子家的厕所里，用现在话说就是卫生间。因为在那个时候，如果家族败亡，那主人手下这些老百姓都是囚犯。所以豫让就换上囚犯的衣裳，手里拿着利刃，藏进赵襄子家的厕所里，等着赵襄子上厕所。这人上厕所不能后面跟着八十六个人，对不对？你一个人进来，我就把你刺死。听得外面脚步声音响，赵襄子来了。"你们等一等，我前去方便方便。"赵襄子迈步进厕所了。豫让手持利刃，直奔赵襄子。

赵襄子性命如何？谢谢众位，咱们下回再说。

第七十回　豫让击衣报襄子

三家分晋完春秋，战国初期属魏侯。魏侯师从卜子夏，友交子方礼段求。

　　这几句诗说的是三家分晋之后，春秋时代结束，到战国了。战国初期最强的是谁？魏文侯。魏国在哪儿？而今陕西省南边。这个地方土地肥沃，粮食有收成，人口也多，所以魏国占的地势好。大家都知道，魏文侯手下贤才最多。因为魏文侯贤明通达，礼贤下士，所以魏文侯是战国时期头一个强大起来的君王。而从春秋到战国，天下的政治格局起了变化，政权一变化，国家的变化就大了。

　　咱们上回书正说到三家分晋，赵襄子联合韩家和魏家，反过来把智伯瑶灭了，只剩下石室山中藏着智家的一个忠臣豫让。赵襄子不解气，还把智伯瑶的脑袋砍下来，用头颅骨做成一个夜壶，这件事确实有点儿过分了。豫让下定决心，一定要为智伯瑶报仇。他怎么才能报仇呢？首先得跟赵襄子离得近。但赵襄子是赵家家主，前呼后拥，身边的侍卫多了去了。要打算靠近赵襄子，可不是那么容易的事情。甭说他，现在出来一个明星还前呼后拥呢，你想照张相都照不清楚。豫让想出一个办法，他穿上囚服，假扮成一个被俘的人，改了名字，打通关系以后，就潜藏在赵襄子家中服劳役。可怎么行刺呢？赵襄子吃饭，旁边有人伺候着，吃一看二眼观三；赵襄子睡觉，旁边有人；赵襄子出去玩，办理国事，身边都有人。豫让想来想去，心说：我去厕所等着你，你上厕所横不能前呼后拥地跟着一大堆人吧？所以豫让怀揣利刃，藏在赵襄子家的厕所里。

　　这一天，赵襄子带着手下人正走着，突然觉得肚子疼，想如厕，便向厕所走去。赵襄子走到厕所外头，就觉得里面有个人影，那人蹲下起来，起来又蹲下。您想，豫让也不知道赵襄子什么时候到厕所来，不能总在厕所门口站着瞧着，有人到厕所来解手，他也得假装解手，所以一会儿起来，一会儿蹲下。但赵襄子一来，所有人应该都出去了，赵襄子见厕所里有个人影，觉得奇怪，便吩咐手下人："来，看看里面是不是有刺客，给我搜。"

手下人奉命进来了，看豫让慌慌张张，就把豫让逮着了，上下一搜，搜出一把匕首。把豫让推到赵襄子面前，"扑通"一声，豫让被推倒跪下。赵襄子低头一看，认识。"你是智伯瑶手下的家臣豫让，是不是？""不错。""你身带匕首，难道要刺杀我吗？""不错。把你刺死，给我家主人报仇雪恨。"豫让理直气壮。赵襄子手下人拽起豫让，要把他推出去杀了。赵襄子一摆手："慢。智伯瑶死了，他是忠臣；忠臣为主人报仇，他是义士。杀义士者，不祥。"意思是把这个义士杀了，对我没什么好处。"来，把他放了。"赵襄子用手一指，"豫让，我欣赏你是个义士，今天把你放了。你走之后，还刺杀我吗？"豫让在赵襄子面前一站："我还要杀你。""还杀我？""对。""我可是把你放了，要是不放你，你就死了。""您放我是私恩，是您对待我好，我记在心里了。但我给智伯瑶报仇，我是他的臣下，他是我的主人，臣为君报仇是大义。我还要刺杀你，不能因为私恩而放弃大义。"旁边的人一听，心说：这样的人放他干吗使？放走了他，您还总得留神，上茅房留神，看电影留神，听书也得留神，干脆把他杀了得了。手下人齐声说："把他杀了吧！""我既然答应他，就不能杀他。把他放了吧。"

就这样，赵襄子把豫让放了。那豫让还想刺杀赵襄子吗？当然想，豫让一心一意就想刺杀赵襄子，给主人报仇。但这下更不好报仇了，赵襄子以及他手下人都认识豫让了，认识豫让的人太多了。原来豫让在智伯瑶手下为臣的时候，赵家很多人就认识他。这下没办法了。豫让回家以后，吃不下，睡不着，心里着急。他媳妇一看，就劝他："你呀，怎么就想不开呢？现在韩、赵、魏三家联合起来把智家灭了，土地也分了。你恨赵家没关系，还有韩家和魏家呢。人生求富贵，你既可以投奔韩家，也可以投奔魏家，你这么有能耐，他们都会重用你，咱们两口子照样有富贵生活呀。"

这个女人想得很简单，想法太肤浅。她想着豫让这么有本事，保谁不是保呀，保谁不能当官？等开了支回来，我给你炖肉吃不就完了吗？可豫让不干啊，心说：你就知道功名富贵，跟你这种人没法儿解释。豫让一甩袖子出去了，不回来了。这下豫让的媳妇傻了，到处找他。过了没几天，听说这附近多了一个要饭的，豫让的媳妇动心了：是不是豫让没法儿回家，只能要饭了？于是她就来到闹市中找这个乞丐，还真找着了，这个乞丐正要饭呢。"行好的老爷太太，给口吃的吧……"

豫让的媳妇一下就听出来了：这是我丈夫。等走到这个乞丐面前一看，声音像，形貌却不是。怎么回事？豫让为了让赵襄子以及他手下认不出来，把自己的眉毛剃了，胡子剃了，浑身涂上漆，又涂得不匀，就跟浑身长了癞子一样，但声音没变。豫让的媳妇一看，声音虽然像，但人不是，转身走了。豫让可记在心里了：我声音没变，熟悉我的人还是能认出我来，有什么办法能改变声音呢？豫让把炭烧红，往嘴里一搁，愣把烧红的炭咽下去了。这就叫涂漆吞炭。这一下就把嗓子烧坏了，声音变得非常嘶哑，连他媳妇都认不出他来了，但还是有人知道他。

有一天，豫让走到一个没人的地方，他的朋友发现了他，这位朋友在后边跟着豫让，冷不丁地叫了一声："豫让。"豫让下意识一回头，他万万也没想到还有人能叫出他的名字。朋友一看，没错了。"你是豫让吧？"豫让也知道这是自己的好朋友。"你找我干什么？""来来来，家来家来，吃顿饱饭，我跟你聊聊。"愣把豫让拉到他们家去了。到了朋友家中，豫让往这儿一坐。"你找我到底要干什么？""你好糊涂啊。""我不糊涂，我要为智伯瑶报仇雪恨，我要刺杀赵襄子。""我知道。你说你又涂漆吞炭，又风里来雨里去，吃不饱穿不暖，图什么呢？你这种报仇的方法不对，我给你出个主意。""你给我出什么主意啊？""你去保赵襄子。赵襄子是爱才之人，他必然会重用于你。你慢慢得到赵襄子的信任，就能靠近赵襄子了，有机会你再刺杀他。君子报仇，十年不晚嘛。什么时候有机会，什么时候你再杀他。"

本来豫让是真饿了，朋友给他做了碗面条，吃到半截，听了朋友的话，

"啪"，把筷子和碗一撂，不吃了。"你不是我的朋友，今后别再见我，我也不来了。""哎哟，我这不是为你好吗？""你这不是为我好。我要刺杀赵襄子，给主人报仇雪恨，而你让我投靠赵襄子，那我不就是赵襄子手下之臣了吗？我既保赵襄子，又忠于智伯瑶，想刺杀赵襄子，这是二心之人，不是我豫让所能办出的事。我之所以这么做，就是让那些怀有二心的人臣看看我是怎么做人臣的。你不必再来劝我，我不理你了。"

面也不吃了，豫让走了。他干吗去了？他得打听，到底赵襄子去哪儿了。这一天打听出来了，智伯瑶攻打晋阳时，在悬瓮山上修了一道河渠，后人为了纪念他，就给这道渠起名叫智伯渠。现在智伯瑶死了，赵襄子觉得这条渠挖得不容易，就把这条渠留下了，并在渠上修了一座桥叫作赤桥。这一天，赵襄子得到报告，赤桥已然建好了，他带着谋士张孟谈，连同手下人，到悬瓮山来看看赤桥建造情况。

等赵襄子的车离赤桥很近了，拉车的马一抬前蹄，"唏溜溜"直叫，就是不上桥。张孟谈赶紧过来了："主公，您别上赤桥了。""为什么？""良骥不陷其主。您的马跟您有感情了，它是匹好马，不会把您带到死亡的路线上。"赵襄子明白了，肯定这桥有毛病。"来，搜。"

张孟谈带着手下人一搜，果然由赤桥下抬出一具死尸来，尸体已然僵硬了。您看，豫让为了刺杀赵襄子，练的这些功夫也挺不容易的，还得练僵尸。戏曲舞台上摔僵尸，就是眨巴眼的工夫。这是老在这儿躺着扮僵尸，不容易。张孟谈用手一指，对赵襄子说："您认识吗？"赵襄子一看："我认识。虽然改变了模样，但他就是豫让。豫让，醒醒，是你不是？""是我。"豫让"噌"的一下就站起来了，匕首拿出来了。"你在桥下藏着，是不是打算刺死我呀？""不错，我就是要把你宰了，给主人报仇。""这就是你的不对了。我放了你，你还要杀我？我对你有恩，你应该放弃前仇。""那不成。我一定得把你刺死，给主人报仇。""唉，既然我拗不过你，得了……"说着话，赵襄子把身旁的宝剑摘下来："赐你一口宝剑，自刎而死吧，我就不杀你了，以全你君臣之义。"豫让接过这口宝剑，"扑通"一声，跪倒在地，抬头仰望苍天，眼泪下来了："天……我一片报仇之心，没想到无法杀掉赵襄子以报主人恩德。智伯瑶啊智伯瑶，今天我犹死而已，但我心实不甘。天……"

豫让眼中连血都流出来了。赵襄子一看，实在不忍心："你先别死，我问问你。你原来不是智伯瑶手下之臣，保的是范氏。后来范氏没了，和中行氏一起被灭，你才保的智伯瑶。那范氏被灭，你怎么不给范氏报仇呢？你干吗非得给智伯瑶报仇啊？"豫让手托宝剑："赵襄子，我告诉你，君臣以义合，君待臣如手足，则臣待君如腹心；君待臣如犬马，则臣待君如路人。范氏对待我如一般人，他死了也就死了。可智伯瑶对我豫让，赠衣赠食、解衣推食，以国士之礼相待，所以我必要为他报仇雪恨。""哎……"赵襄子听完十分感动。

这就是中国历史上有名的"豫让众人国士之论"。豫让说的是什么？君臣之间不是雇佣关系。范氏对我好不好？他是君，我是臣，他拿我当一般人看待，那我也就拿他当一般人看待，他完了，我再保一个英明之主也就是了。可智伯瑶不一样，有好吃的他不吃，先给我吃。别人出国带回来礼物，往前一递："您看，这是美国的蓝莓。"智伯瑶接过来："豫让，你尝尝。""您还没吃呢。""不成，你先尝尝鲜。"您说豫让得多感激，他没吃，先给我吃。那位出国带回一件西服，智伯瑶不穿："哎，豫让，你穿上试试。嘿，真精神，主持婚礼一点儿问题都没有。"豫让为什么不给范氏报仇？因为范氏拿他当一般人对待。豫让为什么对智伯瑶好，要给智伯瑶报仇？众人国士之论，智伯瑶拿我豫让当国士相待，我就得为他卖命。这就是"豫让众人国士之论"。

赵襄子听完点点头。"好，你真乃忠臣也、义士也。我不杀你，你用我赐你的宝剑自刎吧。""唉……"豫让手捧宝剑，跪倒在地："我请求您一件事。""什么事？莫非你怕死吗？""我不怕死。上次您把我放了，我就知道什么时候逮着我，什么时候我就得死。您已经逮着我两次了，我不敢再求一生。虽然我没有求生的愿望，但我要给智伯瑶报仇，我要死了，就没人再替他报仇了，这是我的难受之处。""那你想怎么办呢？""我请求您把身上这件袍子脱下来，让我手持宝剑砍它三剑，就算我给智伯瑶报仇了，不知您能否恩准？"赵襄子真不错，把身上这件袍子脱下来了："好吧，为成全你义士之名。"

手下人把这件袍子接过来交给豫让，豫让把这件袍子放在赤桥旁边的一块石头上，手持宝剑，跳起来砍了三剑，然后剑搭脖项，自刎了。赵襄子一挑大指，赞成豫让。而豫让在临终之前还说了两句话，什么话呢？"忠臣不忧身之死，明主不掩人之义。"我不怕死，但你作为一个明君，不应该把我的这份义气掩埋了。赵襄子感动了，才允许他这么办。豫让砍了赵襄子的袍子三剑，然后自刎死了，赵襄子嘴里就念叨这两句话："来，就冲他是个忠臣，好好将死尸掩埋。"

手下人埋了豫让之后，又把这件袍子捡起来交给赵襄子。赵襄子一看这件袍子，就愣住了，三剑砍在袍子上，已然出血迹了。真的假的？无据可查。总而言之，这次赤桥之行惊心动魄。从这时候开始，赵襄子一病不起。一年之后，赵襄子死了，您就说这件事对他触动大不大。赵襄子死后，谁来继承他的权力呢？咱们前文书说过，赵襄子的母亲出身卑贱，就是一个随房丫头。当时他父亲要立嗣卿的时候，本来应该立大儿子伯鲁，但因为当时有一个会相面的人，说其他几个儿子都不成器，只有小儿子无恤，也就是赵襄子将来能成就大事，所以才把赵襄子立为嗣卿。赵襄子临死时，为了报答大哥伯鲁，就想把位子传给伯鲁的儿子周。没想到伯鲁的儿子也死了，好在周还有个儿子叫赵浣，赵襄子就立赵浣为嗣卿，也算是弥补了对他大哥伯鲁的亏欠。

赵襄子临死之前，把赵浣叫来了。"我死后，你就是赵家之主。现在咱们赵家占据很大的势力，土地肥沃，民心悦服。你马上去找韩、魏两家，然后三家真正把晋国分了，把国君废了。如果晋国还有国君，也许过不了几年，出来一个杰出之人重整江山，收揽民心，到那时就会把咱们三家全杀了，咱们赵家的宗庙就都没了。"赵浣听完，深施一礼："我谨遵您之命。"

　　赵襄子死了，赵浣马上去找韩康子和魏桓子，把赵襄子临死之前的这番话告诉他们。于是三家就在一起商量办法，最后决定联系齐国田家。咱们前边说过，田家独揽齐国大权，他听说韩、赵、魏三家把晋国分了，于是他就把齐国所有权力都分派在田家所有支派之手，所以田家掌握齐国大权，齐国君王也只能在那儿挂着了，什么权力都没有。这四家联合起来一商量，怎么办？这时，周朝天子周考王也不知道是什么毛病，分了东、西二周，把他兄弟揭封到河南，继承周公的位置。又把揭的儿子封在巩地，因为巩地在王城之东，所以叫东周公；河南的就叫西周公。后来周考王死了，再往下传就是春秋时代最后一个周天子：周威烈王。这几家就商量，打算面见周天子。因为要想立国，得有周天子的册封。结果机会来了。突然得报周威烈王那儿的九鼎受了雷击，九鼎晃动。韩、赵、魏三家和田家一商量：这下可以行动了，因为周天子九鼎晃动，他的天下就要失去了。这时赵浣已死，赵家更换了新的主人，就是赵浣的儿子赵籍；韩家和魏家也更换了新的家主。

　　三家备了很多礼物，来找周威烈王。"您得封我们。""晋国的权力和土地真的都到你们手里了吗？""是。但我们可不是争夺来的，是平灭叛乱，三家才分来的。"这时，丰丰盛盛的礼物呈上。"您封了我们，我们会好好给您进贡。"

　　周威烈王都快没吃的了，他得指着这些人，没办法，怕这三家的势力，就答应封他们。周威烈王传旨，承认赵家、韩家、魏家的诸侯地位，而田家不用承认，因为齐国本身所有权力就都在田家手里呢。于是赵国、韩国和魏国受封，成为一镇诸侯，晋国没有了，取而代之的就是正式成立的韩国、赵国和魏国。晋国由开始到晋靖公被废，一共传了二十九世，现在正式消失，三国分晋，列国就进入战国时代。

　　进入战国时代之后，开场诗说了，一开始谁最强？魏文侯。他为什么最强？因为礼贤下士。魏文侯虽然交了这么多朋友，有很多贤臣保他，但他有个难题。因为离此不远，挨着赵国，有个国家叫中山国，中山国的主人叫姬窟，荒淫无道。当初中山国被赵襄子的父亲赵简子收服了，老到晋国来上贡。现在三国分晋，他既不投降赵国，也不服从魏国，更不保韩国，那魏文侯就想得到中山国。但他想得到中山国不容易，因为魏国离中山国远，中山国离赵国近。一天，魏文侯把手的贤士都召来了，对他们说："我想得到中山国，你们得给我保举一位贤士，挂印为帅，一战把中山国拿下。不知何人能够给我举荐？"手下一位谋士过来了，这个人叫翟璜，来到魏文侯面前深施一礼："我给您保举一人，此人叫乐羊。""哎哎哎……"旁边的人搭茬儿了，"不行，不行，您保举的这个人不对。乐羊的儿子乐舒在中山国，爸爸能打儿子所在的国家吗？这办不到。"翟璜一摆手："你听我把乐羊的事情讲清楚，你就相信了。"

所以说魏文侯在战国初期能够成为最强的一个国君，不是一般的情形。魏文侯如何利用乐羊去征服中山国？谢谢众位，咱们下回再说。

第七十一回　魏文侯虚心下士

君待臣如手足，则臣视君如腹心；君待臣如犬马，则臣视君如路人。

咱们上回书说的是豫让众人国士之论，就是这几句话。三家分晋，这三家就是韩家、赵家和魏家。后来，三家得到周威烈王的封侯，正式成为韩国、赵国和魏国，标志春秋时代结束，战国时代开始。

在这几个国家之中，最强的是谁？头一个出来的就是魏国。魏文侯叫魏斯，那魏斯为什么成为这三个国家乃至各个诸侯国当中头一个最得势、最强大的人？可以说他在往明主那儿靠，但最终他是不是够英明之主，还有待讨论。为什么？就因为他受的教育不一样。您翻开《吕氏春秋》，有一篇文章叫《察贤》，说魏文侯师卜子夏，友田子方，礼段干木。一个人活在世上，必须学传统的东西，亲近高人。当初孔子死后，徒弟子夏在西河教书，魏文侯当时不是魏侯，还是嗣卿，就去西河跟子夏学习儒家之法。您看孔子周游列国，门下七十二贤人，儒家思想一直传到现在，深入人心，在中国尊崇儒道的人非常多。其实儒道有很多地方就是治国之道。卜子夏是魏斯的老师，魏斯很敬重卜子夏，专心跟他学习，卜子夏教他什么呢？教的是《礼记》里面的一章《乐记》，按现在话说，讲的是文化教育和文化艺术。

卜子夏讲得很好，徒弟们都非常爱听，讲完之后，子夏问学生们有什么心得，头一个举手的就是魏斯。"魏斯，你有什么话说？""先生，我有点儿事情不明白。您讲得非常好，但乐分古乐和现代音乐，我怎么对这两种音乐有着截然不同的看法？您能不能帮我理解理解，然后再教导我，使我能够有一个上升到理论的过程？"子夏一听，心说：好啊，这个学生真用功。"那你说说，你爱听什么，又不爱听什么呢？""先生，您讲的古乐我就有点儿不爱听，古乐比较深奥，我听的时候总怕自己睡着了。""哦……那什么你爱听呢？""哎，我一听现代音乐，两只眼睛就

连派评书——列国·春秋

放光，跟着节奏一走，甭提多精神了。""哦，那我再问问你，你听哪首曲子才能有这样的感觉？""哎，名字我可叫不上来了。""你能不能给我学学？""那我给您唱唱。""好，你唱吧。"大家伙儿一听，魏斯要唱歌，都知道将来他是魏家之主，不是一般人，于是都洗耳静听。"老师，我唱了。""你唱吧。""您可别吓着。""吓不着，你唱吧。""那我就唱了。"魏斯站起来，"让我一次……爱个够……"

大伙儿一看，魏斯一边唱一边两只眼睛放光，都吓坏了，幸亏子夏还比较明白，一笑："Psycho。""老师，什么叫psycho？""精神病。""我怎么精神病了？""你爱什么不好，干吗要爱个狗啊？""老师，不是，我唱的是让我一次爱个'够'。""不对，你再唱。""让我一次……爱个够……""你自己听听，是不是狗？这就是现代音乐的毛病。""那不应该这么唱？""不应该，你听听人家西河大鼓唱的，就是爱个'够'。再听听咱们的国粹京剧，道白都得是先出字后行腔，不能倒音怯字。像你这爱狗，我说你psycho，你还不愿意？""老师，有那么厉害吗？""有。我告诉你，多学习点儿古典音乐吧。"

虽然说卜子夏有一点儿看不起现代音乐的倾向，有失偏颇，但卜子夏很多地方说得对。他对魏斯说："你不能总听靡靡之音，将来你是要做君王的，做君王的人应当怎么样？敬以和，何事不行？你多听听古乐，古乐能让我们和美，让我们相互尊敬，不能对手下人吆来喝去，你内心充满恭敬，那么你何事做不成呢？"所以您说，魏斯这样的人在卜子夏这样的儒者门下受教育，能不成材吗？子夏告诉魏斯："你要多学点儿古典的东西，里面有很多深邃的道理，从古典之中受教育。你将来不是一般人，为君者，不能光管着自己，好的我干，不好的我不干，谨其所好恶而已矣。"意思就是不好的东西我不要，好的东西我吸收，这不行，要对自己的好恶采取谨慎态度。"因为你有影响。君好之，则臣为之。上行之，百姓从之。"

你是君王，你好流行音乐，一天到晚"嘣嚓嚓"，"爱你一次爱不够"，总是这个。当然，不是说这种音乐不好，老百姓都喜欢听，比较贴近生活，但你作为君王，不能成天干这个，应当多听一点儿高尚的东西，一个民族也需要高雅的东西。所以说，儒家之道教人学好，卜子夏教育魏斯，魏斯能明白作为君王应该怎么做人，这就是儒家和政界之间的教育。魏文侯有个兄弟叫魏成，给他介绍了一个朋友，就是田子方。田子方是谁？孔子的徒孙。田子方性格很特别，是个放荡不羁之人，非常自由散漫，想怎么着就怎么着，是个狂生。那时候允许狂生吗？允许。魏文侯那时已然是魏国之主了。因为他喜欢音乐，所以把田子方请来，摆上丰丰盛盛的酒宴，下边乐队奏乐，两个人推杯换盏，聊着天儿。

喝着喝着，魏文侯用手一指："你瞧，我这乐队多好，《二泉映月》，什么都会拉。你瞧那个，不错吧？"再喝着喝着，田子方提醒他："留神您的酒洒了。"喝着喝着，魏文侯把酒杯放下了："哎，你，弹三弦那个。"那位赶紧站起来了："我怎么了？""你这音调不对，调儿弹高了。你，别弹了，卖瓜子去吧。"田子方在旁边听着，不愿意了："这就是您的不对了。""我怎么不对了？他确实弹错了。""不错，您对音乐掌握得很深奥。他是弹错了，我也听出来了，虽然我不太懂音乐，但我都知道他弹的调门儿稍微高了一点儿。但您作为国家之君，不能直接指责他。""有错误不能说吗？""古人留下的话您要记住：宰相自有宰相的相肚，君王要保持自己的风度。""话好像不是这么说的。""这意思对了，您甭跟我咬文嚼字，我是个狂生。意思就是宰相要有宰相的风度，君王要有君王的法度。""哎，你说得对。""他弹错了，您可以找他们乐队队长，让队长去处理这件事情。乐队队长是干这个的，您是管乐队队长的。""哦，那我一会儿找乐队队长谈谈。""那您现在错了没有？""嗯，我错了。"

魏文侯肯承认错误。您看，田子方告诉魏文侯："您不能随便说，您是上位者。"什么是上位者？哪个单位都有上位者。您是老板，您对于公司而言就是上位者；您是队长，对于乐队队员而言就是上位者；您是区长，对于区政府工作人员而言就是上位者。"我师爷孔子说过，上位者，做君王的应当怎么办？荐贤才，赦小过，先有司。您是国家之主，法令是您制定的，底下人没法儿指责您。但有一节，底下人执行时的程度会不一样，有人执行得好，有人就理解得不透。他做错了，您不能瞪眼，要赦小过，还要让他们举贤才。同时，您还得以身作则，这才能成为有道之君。"

您说，魏文侯交这样的朋友，有这样的老师，能错得了吗？而且魏文侯对众人礼遇有加。那时候不像后来，比如国君要请谁，你出来为我做什么，不想做是不行的，可列国时可以。魏文侯在西河学习时，他兄弟魏成给他举荐一个人，叫段干木，这个人非常有才华。魏斯亲自坐着车到段干木家来请他，希望他成为自己的朋友，将来辅佐自己。您想，偏僻的山村里突然开来一辆奥迪，老百姓都炸了，没瞧见过：这是什么东西呀？里面坐的准是贵人，不是贵人也用不起这东西呀。大家伙儿一打听，原来是魏国的储君魏斯来了。有人就赶紧告诉段干木："可能是冲着你来的，因为咱们这儿就你有名。"段干木一听，"啪"，越墙而走，心说：我不见他。您看，甭管魏斯最后是不是有道明君，但他在奔这个方向做了。

魏斯听说段干木越墙而走，照样坐车来到段家。家人出来说："我家主人不在。""好吧，我明日再来。"第二天，魏斯还来。只要车走到段家附近，听见百姓的声息了，见着百姓了，魏斯马上由车上站起来，手扶着横木，恭恭敬敬地施礼，尊重贤人。车来到段宅，魏斯下车求见段干木，段干木不在家，魏斯仍然对段家人说："好，那我明天再来。"

一天、两天、三天……整整一个月，虽说段干木没保他，但又等于保他了——魏文侯的声望已然传出去了。所以说人活在世上，跟魏斯学什么？学心胸。你不为我所用，我仍然拿你当贤士看待，我尊重你。世界上什么最大？宇宙最大，可比宇宙还大的是心胸。就这样，魏斯终于感动了段干木，段干木后来保他了。魏文侯时时处处找贤德的人，只要是贤德的人，他就要。所以在战国初期，魏国能人最多，咱们往后慢慢地列举。

后来魏斯当了魏国之主。晋国东边有个国家叫中山国，三家分晋之后，中山国紧挨着赵国。要按照魏国来说，中山国在魏国的西北方向，但离赵国最近。那中山国为什么招着魏斯了？其中有缘故。中山国属于现在的少数民族，那时候属于狄族的一个支派，有人也管他叫鲜虞。当初中山国对待晋国，有时候给上贡，有时候就不上贡。后来赵襄子的父亲赵鞅把中山国制服了，之后中山国年年进贡。到现在三国分晋了，中山国给哪国进贡呢？中山国国主姬窟琢磨琢磨，心说：哪国也不进贡了，我自己强大起来得了。但姬窟根本不会治国，荒淫无耻，成天花天酒地，亲近女色，就是不爱护百姓。魏文侯一想：中山国挨着赵国，如果赵国把他征服了，那赵国就扩大了。但如果我把他征服了，魏国就扩大了，所以不能让中山国归了赵国。但魏国离中山国远，派谁去征服呢？我得找个能人。魏文侯思来想去，想了半天，阖朝文武众卿没想出一个来。

　　这一天，魏文侯升座早朝，跟大家伙儿商量："众位，中山国一定要收服，但中山国离此遥远，谁能替我去收服呢？哪位能给我举荐一个文武双全的贤者？"翟璜上前施礼："大王……"翟璜爱说话。魏文侯一看，可能他有主意。"你能举荐何人？""我给您举荐一个高人。""多高？有姚明高吗？""不是不是，这个高人才智高，文武双全，不是个子高。""哦，你举荐谁？""这个人姓乐叫乐羊。""乐羊是何许人也？""大王，这个人很新鲜，我给您讲几个故事吧。"

　　翟璜一拍木头，说上书了。有一回乐羊的媳妇在家织布，织的都是粗布，他家里穷买不起好的原料。结果乐羊出门，闪闪发光，他在道旁捡了一块金子，这下高兴了，心说：有了这块儿金子，我媳妇就不用织布了，我们俩吃喝就不愁了。乐羊撒腿往家就跑，跑回家对媳妇说："媳妇，你瞧！"谁看见钱都得睁眼，他媳妇一看这块儿金子，也睁眼了："哪儿的？"知道肯定不是乐羊挣的。"刚才在道旁边捡来的。""扔了去。你是什么人？你要做忠义之士，志士不饮盗泉之水。"一个志士，就算渴死，别人偷一瓶水给你喝，也不能喝。"廉者不受嗟来之食。"要来的东西，不是自己的劳动所得，不能吃。"你乐羊不是有志发奋读书吗？你要这金子干吗？扔了去。"

　　乐羊一看，好容易才捡了这么块儿金子，从小到大就没见过。乐羊摸着这块儿金子，心说让我扔了？心里舍不得。"你是不是志士？""我是。可这么好的金子，这么大一块……要不这么办得了，别扔了，我给那中国大妈送去得了。""废话，中国大妈有的是钱，中国大妈都是买，不能捡。""好，那我扔了吧，让外国 aunt（大妈）去捡吧。"乐羊把金子扔了。后来乐羊跟媳妇说："你不是让我学习吗？那我就上鲁国和卫国去游学。""好吧，你去你的，甭管我，我在家织布，能自个儿养活自个儿。"

过了一年，乐羊回来了。他媳妇一看："你学成了？""没有。媳妇，我想你了。""没志气。"说着话，他媳妇拿起刀来，"咔"，把自己织的布割断了。"哎哟，你这是干吗？多心疼啊！""没有志气之人，学得半途而废，就如同我织的这块布割断了一样。""那我不想你了，我走还不行吗？住一宿行不行？""不行。"

媳妇把乐羊轰出来了。就这样，乐羊继续出去游学，学了多长时间呢？七年。学了七年，回来了，乐羊学业有成，真是不容易。他媳妇一看："你学成了吗？""七年我还学不成？我太学成了，我这七年已然成功了。""那你出去当官去。""不成。我当官不能当一般的官，我出去学了这么多年，绝对得当一个大官。""当大官你找谁去？""凭能耐，凭本事，我建功立业，名扬四海。"乐羊非常有志气，要当大官，建功立业，名扬四海，天下皆知才行。

"乐羊就是这么一个人，您用不用？"魏文侯想了想：这个人我得用。一个，是他有志气；再者，听人传言，乐羊文武双全，够大将之才；第三他想建功立业，有决心，又真有能耐。"好，那就见上一见。""且慢。"旁边出来一位。大家伙儿一看，这个人长得瘦小枯干。翟璜就问他："你是谁？""我是刚来的，我姓应。""叫什么？""单字名宁。""怎么瞧你有点儿心术不正呢？""不是，乐羊这个人您不能用。""这么有本事的人，为什么不能举荐给大王？大王可想征服中山国。""哎呀，毛病就在这儿呢。您要知道，乐羊的儿子乐舒在中山国为官，乐羊的儿媳妇和孙子都在中山国呢。您让他去打中山国，就冲他儿子，他能打吗？""不对。姓应的，你记住我的话。乐羊想建立功勋，因为大丈夫立于天地之间。当初他儿子跟中山国国君商量好了，要请乐羊去中山国享荣华受富贵，但乐羊说了，中山国国君不能治理天下，国家不安定，我不能去。不但我不能保他，你都应当回来。所以这样的人是不会因为他儿子而不去打中山国的。只要大王肯重用他，他要建功立业，迎合他的志向，他必然会干。"

这就是举荐之人是明白人，用人之人也得是明白人。魏文侯一听，我应该用他，马上传话，把乐羊请来了。乐羊长得是个细高挑儿，四方大脸，挺白净，三绺墨髯，细眉长目，两个高颧骨，两道眉毛当中间儿是拧着的，说明这个人够拧的。头戴方巾，迎门嵌美玉，身穿蓝袍，腰系水火丝绦，白袜云鞋。战国时是穿这样的衣裳吗？不是。我们是跟戏台上学的，戏台上的文人墨客都穿这个。您要想找我们的毛病，就去找唱京剧的，毛病不在说书人的身上，我们都是按明装说的。

乐羊上前施礼："奉大王召唤，前来拜见。""乐羊，本王打算征服中山国，但你儿子乐舒在中山国为官，你能替本王去征服中山国吗？""大王，我儿子确实在中山国。但大丈夫建功立业，不应以家事为先，应以国事为重。请您放心，只要您信得过我，我乐羊指挥大队人马一定征服中山国，让他年年进贡。""好，本王就命你为元帅。西门豹。""在。""你为先锋官。给你们五万大兵，备好粮草、兵刃、弓箭、战车，选择吉日杀犯人祭旗，兵发中山国。""遵令。"

乐羊是元帅，西门豹是先锋官。咱们对西门豹比较熟悉，西门豹的事儿后边再说。咱们书不说废话，大队人马直奔中山国来了。中山国听到这个消息，马上派兵迎敌。派谁领兵呢？大将鼓须。鼓须带领中山国的兵将镇守楸山。离楸山不远，乐羊查看地形，传下命令，带五万人马兵扎文山。文山对着楸山，两军扎营。那么这一仗好打不好打？不好打。您别瞧姬窟是个无道昏君，但长年累月有的是粮食，而且中山国的人英勇善战，弓箭也好。就这样，两军交战，几乎没有什么胜负之分。

打了一个月，乐羊很发愁，就对西门豹说："先锋大人，大王这么信任我，给我兵权，还知道我儿子在中山国。可咱们在这儿打了一个多月，还打不下中山国来，这怎么办？""我给您出个主意，我已然查看了地形。"西门豹心很细，"鼓须在楸山，满山都是楸木。您派一个敢死之人，带着人找机会到楸山放火，火烧中山国兵将，一战就能成功。""谁能去？""末将愿往。""好，何时去？""我发出探马打探军情，可以动身时，我马上禀报您，人马我先准备好。"

西门豹就把先锋军准备好了，还预备了枯树枝，什么样的枯树枝呢？里面是空心的，外边是树干，在空心当中灌上硫黄烟硝引火之物，前面弄一个捻儿，当火炬使，好去楸山放火。姬窟也发出探马打探军情。探马回报，说鼓须虽然没打胜仗，但能保住楸山。姬窟很高兴，派人送来酒肉，而且还亲自来楸山阅兵一趟，鼓励鼓须。这下鼓须感激得不得了。等把大王送走之后，鼓须摆上酒宴，跟手下兵将喝酒，一得意，他可就忘了对面文山还有魏国兵马呢。鼓须杯杯尽，盏盏干，还请来人跳舞。鼓须高兴，喝了个酩酊大醉，结果让西门豹手下探马把消息探走了。西门豹得到消息之后，马上带着先锋军，每人一根枯树枝，也就是这火炬，兵贵神速，突然间就来到楸山，一把大火一放，整个楸山都着起来了。鼓须由打梦中惊醒，带着醉兵跑，一下就把楸山丢了。鼓须带着残兵败将一直跑到白羊关，身后西门豹带领先锋军已然追来了，再后边是乐羊指挥魏国大队人马也上来了。鼓须没办法，只得弃关而逃。就这样，他们一直追到中山国的国都，乐羊指挥人马就把国都围了。但姬窟心里很踏实，心想：我们有的是粮食，就跟你们耗着。

乐羊围着这座城，打了一次、两次、三次，打不下来。久困则疲，乐羊不敢懈怠，指挥兵将好好守着大营。这一下，在魏文侯面前进乐羊谗言的就多了："这么长时间了，还打不下来，您得催战。"魏文侯却派人给乐羊送去羊羔、美酒，鼓励他，让他好好征战。乐羊备受鼓舞："打！"天天攻城，一箭就把鼓须射死了。接替鼓须的是谁？复姓公孙单字名焦，也是姬窟手下一员大将。公孙焦带着所有兵士和百姓坚守国都。城外都是魏国兵将，五万大军把这座城团团围住。就这样，围了打，打了围。城里的弓箭都快用完了，士兵们恨不得拆房往出扔砖头瓦块了。

这下姬窟着急了，赶紧把公孙焦叫来："怎么办？""我给您出主意。""你有什么高招儿？""城外领兵的是谁？""乐羊。""乐羊的儿子乐舒在您这儿，您知道不知道？""我当然知道，乐舒对我忠心耿耿。""您想，谁能没有父子之情？您让乐舒上城头喊去，让他爸爸撤兵回魏国。他爸爸如果不回去，那就杀了乐舒。"

姬窟没办法，只好把乐舒叫来了，把情况一说："现在只有你去求你爸爸了。""哎呀，我求也不行。您要知道，我爹这个人啊……就连我来您这儿他都不愿意，还叫我回去呢，我叫他来他也不干，我劝不了他。""那不成，劝不了也得劝。"

大王之命不敢不听，乐舒上城了。有人禀报乐羊，说您儿子在城上呢。大家伙儿都见过，认识啊。乐羊听说儿子来了，知道是什么用意，坐着一辆战车，一扶横木，抬头观瞧，城头站着自己的儿子。甫等儿子说话，乐羊用手一指："乐舒。""Farther（父亲）……""干吗来了，想劝我不打中山国吗？你是个不肖之子。中山国君不爱民，不治国，你本身就不应该在这样的乱国待着，更不应该保无道昏君。你打算劝我撤兵不打吗？办不到！你敢再说话，我一箭把你射死。"

乐舒没办法，下城回来见姬窟："大王，我 farther（父亲）不干，没办法……""再去！"乐舒只得再次上城头："Farther（父亲），您说怎么办，我家大王又让我来了……""让他归降。""冲我是您儿子，您就给个面子吧。""那好，你去劝你家大王归降，如若不然，我继续攻城。给你一个月的限期。"

咱们书不说废话。一回、两回、三回，等于乐羊给了乐舒三个月的限期，一直围城不打。魏文侯这儿热闹了，都给乐羊进谗言。有人就对魏文侯说："乐羊围着中山国都不打，就是为了他儿子，而且中山国答应给他一半儿国土呢，将来他到中山国高官得做，骏马得骑。乐舒都管姬窟叫干爹了，您知道吗？您想，他能真心实意地为您、为魏国吗？"

魏文侯听完，笑而不答，又准备了酒肉等犒劳品，亲自送到城外交给手下心爱的战将，让他送到乐羊的营中，乐羊很感动。西门豹也着急，就问乐羊："元帅，还不打吗？冲您的儿子，您就不打吗？""你说得不对，我不是冲我儿子不打，不然我就不来了。我给了三个月的时间，是让他们君臣商议，让我儿子劝姬窟归降魏国。如果打起仗来，刀兵相见，水火之灾，老百姓无法度日。我是以仁义之心，让姬窟手下的老百姓变心，要收服民心。"

西门豹明白了，这才点头同意。但总这么围着，中山国实在受不了了，公孙焦来见姬窟："我给您出个主意，您要听我的，这仗就好打了。""往后的事就归你了？""后边的事都交给我，我就有办法了。""好吧，你有什么主意？""您再让乐舒去劝他爸爸，如果他爸爸还是不听，您就把乐舒宰了，做成肉羹，多放香料，派人给乐羊送去。那可是他儿子的肉，最亲莫过父子，他一难受，这仗就打不下去了。借此机会，臣率领兵将杀出城去，一战成功。您看如何？""可乐羊打咱们，跟他儿子没关系呀。""咱们没别的招儿了，就这一招儿。""乐舒招谁惹谁了？他对我很忠心。""那没办法，您就得杀他。""唉……"

姬窟没办法，实在无路可走了。其实乐羊已然给他思考的时间了，他想来想去，想降又不想降，不想降又想降，现在公孙焦一出这个主意，他把乐舒叫来了："你上城去跟你爸爸说，他要不撤兵，我就杀你。""他，他……他不撤兵，跟我没关系呀，我爸爸是不会因为我而撤兵的。""你去不去？""去。"

没办法，乐舒上城了。乐羊听说了，站在战车上抬头一看："乐舒，你还有何话讲？你这个不肖之子。""爹，您撤兵吧，您要不撤兵，大王就杀我了。""他杀你？我还杀你呢！"

乐羊抄起弓箭，认扣填弦，眼看这一箭就要出去了。乐舒一看，心说：我还是赶紧下去吧。乐舒撒腿就跑，找到姬窟："别让我爸爸把我射死，还是您把我宰了得了。"

再加上公孙焦在旁边一撺掇，姬窟真把乐舒给宰了，做成一锅肉羹，派人送到乐羊军中。您听《西汉演义》，项羽要把刘邦他爸爸烹了，说烹完以后给刘邦吃。刘邦可比乐羊聪明多了，他说："没关系，我跟你是哥儿俩，你烹我爸爸，那就是烹你爸爸。请你给我一杯羹，我还等着呢。"刘邦一要滑头，项羽就没杀他爸爸。再说乐羊。姬窟派来的人把肉羹往这儿一放："我家大王说了，这是用你儿子的肉做成的羹，你赶紧撤兵，不然的话，你儿媳妇、孙子还在城中，我们接着烹。"

那么乐羊如何对待？中山国命运到底如何？引起吴起杀妻求将等等热闹回目。谢谢众位，咱们下回再说。

第七十二回　乐羊怒醊中山羹

登彼西山兮，采其薇矣。以暴易暴兮，不知其非矣。神农虞夏忽焉没兮，我安适归矣？于嗟徂兮，命之衰矣。

这四句是伯夷、叔齐的绝命词。伯夷、叔齐是商朝末年孤竹国国君脱初的长子和幼子，孤竹君生前拟定让位给叔齐。他去世后，叔齐让位给伯夷，伯夷不接受，逃走了；叔齐也因不肯继位而逃走，王位便由孤竹君的中子继承。武王建立周朝后，二人因不食周粟，饿死于首阳山。为什么咱们开始要说这几句呢？一会儿用得着。这就是伯夷、叔齐的故事，深入人心。那么咱们这部《东周列国志》正在说哪儿呢？跟伯夷、叔齐有点儿关系。

咱们上回书正说到魏文侯图强，派乐羊为帅，领兵攻打中山国。乐羊领兵把中山国国都围住，打了好几个月，中山国国主姬窟实在没办法了，就把乐羊的儿子、在中山国称臣的乐舒杀了，做成一锅肉羹，派使者给乐羊送去了。乐羊盛了一碗就吃，吃完对使者说："替我谢谢你家大王赠我一羹。你回去告诉他，我的军营里有大锅，已然预备好了，就等着他呢。"那意思就是，等我把你逮着之后，我也把你做成肉羹。

使者也非常吃惊，回去之后赶紧禀报姬窟。姬窟真害怕了，用手一指公孙焦："你说你多缺德，让我办的这事儿，结果怎么样？人家还是不归降。"突然间，外面传来喊杀声音。"报！启禀国君，现在乐羊指挥人马攻城紧急！""唉……"姬窟心说：我把人家儿子给宰了，还做成肉羹给他吃了，我还活得了吗？这仗没法儿打了。姬窟自己到后边，抹脖子自刎了——我别等着他烹我了，我先自刎，等他攻破都城进来之后，我的肉已然臭了，也就没法儿烹了。姬窟死了。乐羊打进来了，逮着了公孙焦。"都是你出的主意？把我儿子宰了，就是你；给我送肉羹来，也是你。"

数落完公孙焦的罪恶，乐羊把他杀了。中山国被灭，乐羊得了不少宝贝，命人画好中山国的地图，拿过来地丁钱粮册，把国库的金银财宝都装在车上，命先锋官西门豹镇守中山国，自己领兵回朝了。当乐羊回到魏国国都，只见魏文侯带着文武众卿全在城外迎接，这是给了乐羊多大的脸面啊。乐羊赶紧跳下车来，上前施礼："拜见大王。""乐将军，太谢谢你了，没有你，如何能战胜中山国？请。"

一国之君下了一个"请"字，把乐羊请到金殿之上，用丰丰盛盛的酒宴款待乐羊，文武众卿都陪着。魏文侯端起酒杯，流着眼泪对乐羊说："乐将军，都是我的不对，让你儿子死在了中山国。这是我做国君的不是，对不起你，让你受了这么大痛苦和折磨。"乐羊赶忙也把酒杯端起来："为了国家，不惜我子，我以国是为重，好让大王放心，臣不辱君命。"说着话，乐羊端起酒杯，一饮而干。喝完这杯酒，大家伙儿再看乐羊，不一样了——乐羊趾高气扬，胸脯也挺起来了，脑袋也扬起来了。大家伙儿心说：真狂啊。魏文侯端起酒杯："众位，乐将军打了胜仗，他为了国家大业，儿子都没了，每个人轮流敬乐将军一杯酒吧。"

于是大家伙儿排着队，挨着个儿给乐羊敬酒，乐羊的派头大了。宴罢之后，魏文侯对乐羊说："乐将军，你想要什么？我看怎样赏你。""哎，无所谓了。"乐羊很狂。魏文侯传令："来呀，把那两个贵重的箱子抬上来。"

手下人抬上来两只看上去很金贵的带锁的箱子，好像是用虎皮金丝楠做的，上边有雕花。也不知道那时候什么木头值钱，反正现在金丝楠很值钱。乐羊看着两只大箱子，心想：里边肯定装的都是金银财宝，珍珠、玛瑙、翡翠、猫眼……他非常高兴。魏文侯站起来相送，乐羊出来上车，把这两箱东西运家里去了。

到家之后，乐羊很激动，连忙命手下人将箱子打开。等打开箱子一看，乐羊愣了，里面都是文武众卿给魏文侯上的字简。乐羊一看，气坏了，写的都是些什么谏言呢——"您派乐羊派错了，三个月一仗都没打，就是为了他儿子。""乐羊就憋着分中山国一半儿土地呢，他暗中已然归降中山国，您用乐羊根本就不行……"哎哟，写的都是这类东西。乐羊到这时候才明白：刚才我狂，狂什么呀？我原先什么都不是，就是一个普通老百姓，翟璜把我举荐给国君，我才当了将军，兵发中山国打了胜仗。如果没有国君在朝中压着，从心里坚决地信任我，早把我调回来了，我还能立这盖世功劳吗？我曾经跟媳妇说，我乐羊一定要建功立业，以成大名。不是靠人吹捧起来的，得建立自己的功勋，才能名扬四海。现在我的确立功了，但这功如果没有国君，能建得了吗？

　　第二天，魏文侯又摆上酒宴，乐羊前来谢恩，跪倒在地："乐羊参见大王。""乐将军，免礼平身。此次你进兵中山国，立下盖世奇功。""哎呀，如果没有大王，哪儿有我立功的机会呀？我完全明白了。""请。"魏文侯让乐羊上座。"乐将军，话虽如此，可有一节，仗是你打的，你儿子故去了，想必你心中很难过，所以我必须赏你。""大王，臣不用赏赐，没有您，我立不了这功劳。""这样吧，封你为灵寿君，把灵寿给你。"乐羊还要推辞，大家伙儿不让，乐羊只得再次跪倒在地："谢大王。"

　　这样，魏文侯把灵寿之地给了乐羊，封他为灵寿君。再说谋士翟璜，他认为自己举荐乐羊有功，可他觉得奇怪：乐羊这么大本事，应该让他领兵镇守边疆，以助魏国边境之势才对。等乐羊一走，翟璜回过身来："大王。""翟先生有话说吗？""您说乐羊有没有本事？""有本事，能用兵，能打仗。""那您为什么把灵寿之地封给他，而不让他领兵镇守边疆呢？这样，浪费人才啊。""哦，好啊，谢谢翟先生。""那您看怎么办呢？""哈哈，多谢，多谢……"

　　翟璜怎么问也问不出来，魏文侯笑而不答。翟璜很纳闷儿，就出来了，正好碰见李克。在东周列国时期，魏文侯手下的李克是一位大政治家。有人说李悝和李克是两个人，也有人说李悝和李克是同一个人，我琢磨着也是同一个人。李克一看："翟先生，您怎么了？怎么满脸不痛快呀？""您说我给大王举荐了乐羊，人家打了胜仗，儿子都没了，现在回来不让人家带兵，还说人家有本事。我怎么问，大王都不说话，愣是封乐羊做灵寿君，不就是给了人家点儿地丁钱粮，这不是浪费人才吗。""您问的这话大王没法儿说。""那您说说。""我告诉您，乐羊连他的亲儿子都不往心里去，大王是不会重用他的，这如同管仲怀疑易牙之事也。"这是一个典中之典。管仲怀疑把自己儿子宰了给君王吃的易牙，认为他绝不会真心实意对待君王。最后，果然如管仲所言。翟璜听完李克的话，茅塞顿开，深施一礼："谢过李先生。"

现在中山国已然被魏国征服了，魏文侯必须派一个能力胜得过西门豹的亲信之人去镇守，才能放心，不然中山国很快就会归别的国家所有了。商量来商量去，魏文侯最后派世子魏击为中山君，镇守中山国。魏文侯死后，魏击是魏武侯。世子魏击带领手下人，离开国都，去中山国走马上任了。一行人正在路上走着，突然间，只见对面晃晃悠悠过来一辆破车，破车之上坐着一位，正是田子方。田子方是魏文侯的朋友，魏文侯很尊敬田子方。世子击一看，心说：这是我爹的朋友，爹都那么尊敬他，我也得尊敬他。魏击赶紧让自己的车止住，他下了车，恭恭敬敬地在这儿站着等田子方。田子方的破车来了，世子击深施一礼："拜见田先生。"

田子方一摇鞭儿，破车"吭当吭当"走了，他愣是没理世子击。这下世子击受不了了，心说：怎么着我爸爸也是魏国国君，他再尊敬你，我也是世子。"过去，把他的车拦住！"手底下人过去一把拉住马缰绳："田先生，您别走了。""什么事儿？""奉世子之命，跟您有话说。""哦？好，让他过来。"

田子方坐在车上不动，手下人只得回来禀报世子击。世子击心说：他不来见我，还得让我过去？但世子击也不敢惹田子方，只好来到田子方的车前。田子方在车上，世子击在车下。"拜见田先生。""世子，你有什么事儿？""呃，您干吗对我这么傲慢呢？""我们这种人，吃的是藜藿，穿的是布衣，跟小鸟似的，有好的君王，我们就伺候着；没有好的君王，我们'扑棱'一下就飞了。"

田子方确实是这种人。世子击心里很不服，就问他："像你这样的人就能傲慢？那我也这么傲慢，行不行？""你不行。我傲慢可以，你傲慢就不行。""为什么呢？""刚才我说了，我们吃的是藜藿。"藜是一种一年生的草本植物，它的茎长成了可以做拐杖，嫩叶可以吃。藿，咱们都知道藿香正气，藿香是一种草，可以入药。田子方说他们这种人穷得就只能吃这些东西，其他什么都没有。"我们穿的是布衣。所以，我们这样的人可以随便骄傲，随便傲慢，无求于人，谁能管得了我们呢？"世子击不理解："那为什么你可以骄傲，我就不可以？""如果君王骄傲了，对国家没好处；如果大夫骄傲了，对宗庙没好处。你是世子，将来的国君，所以你不能骄傲，不能狂。只有我们这些小老百姓，想怎么骄傲就怎么骄傲，想怎么狂就怎么狂。"

这番话把世子击气得直哆嗦。其实这就是"贫贱骄人"的掌故。我们没钱，我们可以骄傲。你不用我，此地不养爷，还有养爷处，"嗖"的一下，我们跟鸟一样就飞了。刚才说的乐羊这段书是说明"疑人不用，用人不疑"，现在说的田子方这段书叫"贫贱骄人"。可世子击仔细一琢磨，心说：哎呀，田子方说得太对了。确实，我要是骄傲，对国家不利，可他确实可以自傲。想到这儿，世子击冲田子方恭恭敬敬深施一礼："谢过田先生。"然后，世子击奔中山国了。

田子方回来禀报魏文侯："刚才我气您儿子了。""哎哟，多谢，多谢。"

您看，魏文侯还得谢过田子方。魏文侯为了奋发图强，查阅全国情况，突然发现一件奇闻，引出西门豹治邺、吴起杀妻求将等热闹回目。谢谢诸位，咱们下回再说。

第七十三回　西门豹乔送河妇

贫贱骄人无所求，傲慢骄人有理由。武王虽然能伐纣，伯夷叔齐不低头。

上回书咱们一开始就说过伯夷、叔齐。因为武王伐纣，建立大周朝，伯夷、叔齐耻食周粟，在首阳山饿死了。那这件事和贫贱骄人有什么关系？上回书结尾时说了中国历史上有名的典故"贫贱骄人"，讲的是田子方教育魏文侯的儿子世子击。世子击听完，深有感触，深施一礼，然后带着手下人到中山国上任去了，换回来西门豹。西门豹回来之后，先见好朋友翟璜，等到第二天魏文侯办理国事时，才能面君，递交国事。

头天晚上，翟璜来面见魏文侯。"大王，西门豹已然交接完公事回来了。""好啊好啊，他回来了，有没有好地方可以安置他啊？""大王，我今天晚上来见您，就是为了明天您办理国事时，好把西门豹派到漳河邺郡。""哦？"魏文侯点了点头，一挑大指，"好主意。""大王，您决定了？""决定了。"

翟璜退出来了，跟明白的君王不用多聊。您看，聊天儿您得对脾气，跟说书一样，把点开活。看见听众，了解今天所要服务的听众对象主要成分是什么，就知道今天的书应该怎么说，这叫"把点开活"。第二天，魏文侯上朝办理国事，文武众卿全来了。西门豹来到殿上，把国事往上一交："中山国的事情都办理完了,世子已到中山国上任,现在我回来面见大王。您有什么事，请您吩咐，我一定尽力去做。""好，邺城缺少一个府官，你能不能前往？""臣愿往。"

西门豹马上就答应了。那么他有准备没准备？有准备。西门豹不是糊涂人，他是聪明人。您看《史记》，刚开始没有他，后来给他列在《滑稽列传》里，这里的滑稽指言辞流利、思维敏捷、机智聪敏之意。西门豹为什么有准备？头天晚上还没睡觉呢，翟璜来了。"明天你面见大王，他会让你到邺城上任。""哦……"西门豹明白了，因为邺城这个地方不好管。邺城在太古跟邯郸之间，但现在的邯郸跟周朝时候的邯郸管辖范围不一样，那时候的邯郸包括河南一部分，也包括河北西南一部分，管的地盘挺大。翟璜告诉西门豹："前任地方官员不辞而别，邺城民不聊生，老百姓苦不堪言。"西门豹心里很清楚。所以魏文侯跟他一说，他就答应了："好，臣一定尽心尽力。"

西门豹走马上任，到了府衙一看，忙活的人特别少，当差的也少。不过没关系，自己带的人挺多。您想，毕竟是地方官，手底下也有抬轿子的、喂马的、厨师傅等一班私用人员。西门豹把府衙前前后后看了看，该吃饭了，西门豹往这儿一坐。"大人，您吃什么？""好些日子没吃肉饼了，烙两张肉饼吧。"

因为肉饼比较好做。你要是到当地，应时当令买点儿菜还得打听，到底这地方什么菜好吃，应当怎么做。但只要是肉，剁吧剁吧就能烙饼，西门豹还就爱吃这口儿。工夫不大，肉饼端来了，西门豹吃着吃着，心说：我得打听打听，为什么这地方老百姓的日子不好过。抬头一看，正好府衙门口那儿站着一位，他扭头问厨子："你这饼烙完了吗？""烙完了。""你们吃什么？""跟您一样，我们也吃肉饼。""都烙得了吗？""都烙好了，大家伙儿的都凉着呢，把热的先给您端来。""哦……"西门豹用手一指："你把他叫来。""您叫他？好。"

门口那位进来了："参见老爷。"西门豹正拿着筷子夹肉饼，抬头一看，差点儿乐了。这位长得圆脸，脸挺扁，上头还有麻子，麻子还有点儿带色儿。西门豹低头看看肉饼，再看看他，这位个子还不高。"你叫什么名字？""老爷，您还真问着了，我跟您五百年前是一家，我复姓西门。""你也复姓西门？你叫什么呀？""小的叫钉。""西门钉？""对了，我叫西门钉。咱们府衙里的大部分人都走光了，因为我老在府衙这儿看门，又是本地人，他们就叫我门钉。""哦。"西门豹夹起饼来，再一看这位门钉。"老爷，您是不是看我长得像那张肉饼？""哈哈哈，这可是你自己说的，我可不好说。门钉肉饼……"这位也乐了："不瞒您说，四年了，我一点儿肉星儿都没沾过。大人，您要是吃不了，赏我一个得了。""哎哟，四年都没吃过肉了？怎么那么苦？你给府衙看门，也不至于连点儿肉都吃不上啊。""大老爷，您不知道，我们这地方老百姓苦不堪言。"这下西门豹可找着话头儿了："好吧，我问问你，问清楚了，赏你肉饼吃。""好，那老爷您赶紧问。""你们这地方为什么这么穷？""那您可问着了，您先给我一块饼吃着，我吃完就回答您。""来来来，坐这儿吃。"

这位估计实在饿极了，也馋极了，一口一个，一口一个，一会儿的工夫，吃了十二个门钉肉饼。"哎，再吃俩就没了，说吧。""老爷，我说不上来。""哦，你白吃啦？""我可不白吃，我给您去请点人来，您一问他们就全明白了。"

工夫不大，这位叫来一大帮人：岁数大的，胡子长的，愁眉苦脸的，也有老太太，但老头儿居多，还带着几个小孩儿，也有几个四五十岁的，都皱着眉头。"参见大老爷……""今天我刚刚上任，西门钉把你们叫来了，老爷我有话要问你们。没关系，等你们说完，我让厨师傅给你们烙肉饼吃。""哎哟，大老爷，我们可谢谢您了，我们好几年没吃着肉了。"西门豹心说：这日子怎么这么苦啊？"那你们谁出来回答呀？"

大家伙儿就把那位岁数最大的推到前面来了，皱纹堆垒，白胡须，穿的破衣服。"您今年高寿啦？""小老儿我今年一百零二啦。""嘿，别瞧吃不上东西，还挺长寿的。""这这这，这时候的算法跟两千多年以后不一样，我们这儿几个月就算一年。""哦，那你也是年事已高了。我来问你，你们这儿的老百姓为什么这么穷？怎么几年连口肉都吃不着呢？""大老爷，那是因为我们这儿有怪事。您知道不知道这地方有漳水？""知道，可漳河由何而来？""大老爷，我给您讲讲。您往远处看，那儿有一座岭叫沾岭，漳水就是从沾岭来的，过了沙城之后往东流，流到咱们邺城这儿，再过去就叫漳河了。""哦，你对地理还挺清楚。""是，我为什么会研究这个呢？就因为漳河里有河神。""有河神？""有啊，邺城有个老巫跟我们说，每年得给河神一个年轻貌美的女子，不然的话，他就会发大水淹我们邺城。所以老巫跟大家伙儿商量，让大家伙儿出钱。""有人帮着老巫办事？""有。乡绅、豪绅、父老、三老……这些人一起操办这件事。大家伙儿凑出几百万钱，在河旁边盖了一座斋宫，把漂亮的女子请到斋宫沐浴三天，等到了日子，把这个女子放到用苇席编的船上，推到河中，船和女子慢慢消失不见，就是河神把她娶走了。这样，邺城一年就不会发大水了。""老巫组织这项活动，这些人都愿意出钱，愿意帮忙？""那当然。我跟您说，出头操办这事的还有廷掾，就是县衙门里的官员，有他们一出面，您想，这不就什么都好办了吗。"

"哦。"西门豹一听，心说：好，从今之后，我就不许政府出面组织这些活动。这句话西门豹没说出来，他心里已然有数了。"那每回凑来的钱怎么处理呢？""跟您说吧，盖斋宫，找女子，以及后面这些礼仪，大家伙儿凑出来的几百万钱里，有个二三十万就足够了，剩下的他们就全分了。""那这些女子从哪儿来呢？""从老百姓家里找。""老百姓要不愿意给呢？""不愿意给就得花钱嘛，第二年就再换一家找，反正谁家穷，谁家的闺女就早没。所以老百姓逃荒的逃荒，逃难的逃难。有的家里就一个独生闺女，定了亲也没法儿给，所以全家都逃走了。我们这儿的人越来越少，越来越穷，就因为河伯娶妇。"

"嗯，我全明白了。可你们这么办，这里还闹水灾吗？河伯娶妇灵不灵？"这个老人刚要说话，旁边他孙子过来了："爷爷，您别说了，我说吧。"嘿，这个小孩儿长得挺机灵。西门豹用手一指："娃娃，你说。""我跟您说，我们都能编成歌谣唱呢：'水灾无，地势高，河水不能往上浇……'"没有水灾，是因为邺城的地势比较高。"但可惜呀，'水灾无，旱情到，肚子吃不饱，饿得呱呱叫'。老爷，您会了吗？""我会了。"西门豹吩咐门钉："你带着他们去后边，让厨师傅做肉饼，都让他们吃饱。然后你去打听打听下次河伯娶妇是什么时候，禀报于我，我亲自去送新娘，向河神祷告。""是，您放心。"

这些老百姓一听，心说：敢情这位新来的大人也支持河伯娶妇？得嘞，先吃肉饼吧。一堆人到后边把本该西门豹手下人吃的肉饼全吃了，然后走了。咱们书不说废话。这一天，门钉来了："老爷，明天辰时在漳河旁边，河伯娶妇。""好吧，给我预备好马匹，我带你们去参加这个盛大的典礼。"

第二天，西门豹穿着官服，带着手下人来到漳河边。岸上人山人海，足有几千人。只见河边有一座斋宫，西门豹眼睛里不揉沙子，他一看，虽然这斋宫外观挺漂亮，但估计也没花多少钱，因为华而不实，豆腐渣工程，一踢就塌。斋宫里传出一个女子啼哭的声音。西门豹下马，往官座上一坐。他中等身材，四方脸，长得有点儿黑，眉横一字，目若朗星，把脸往下一沉，面沉如水，三绺墨髯，很威风。后面从人伺候着。大家伙儿不知道这位新来的大人什么脾气，就都在这儿等着。西门豹问了一声："门钉。""老爷。""吉时到了吗？""快啦，您瞧，老巫来了。"

西门豹顺着门钉手指的方向一看，老巫还真来了，是个老女子。您要看《东周列国志》原文，说这个老巫"其貌甚倨"。"其"就是这个人，"貌"就是容貌，"甚"就是太，"倨"就是骄傲。也就是说，这个人看起来非常骄傲，太狂了。老巫后边跟着二十多个徒弟，一个个打扮得花枝招展，可模样长得都不太好。为什么？这老巫有脾气，担心收一个漂亮的将来赛过她，所以收的徒弟都不许比她长得好看。徒弟们后边跟着的是些岁数大的，都是地方上的豪绅，还有父老、三老和廷掾。前面说过廷掾了；父老就是在当地管理调停一些民众的事的人；三老就是当地年纪最老、胡须最白的人；在本地可以说三道四，调解民情，能够指挥老百姓。如果三老说："哎，你这茶沏得不好，给人家客人赔礼道歉。"这位就得去赔礼道歉。

看见老巫来了，门钉赶紧过来："大师，这位您可得上前拜见拜见，他就是当今魏侯派来的邺都守，专管咱们邺城的。""哦，拜见大人。"老巫看不起西门豹，心说：我在邺城这么多年了，你算老几？"你是老巫？""嗯。""你干吗来了？""今天河伯娶妇，大人您不知道吗？要是一年不给他送个媳妇去，咱们这儿就闹大水。""哦，媳妇选好了吗？""哎哟，您没瞧那斋宫里头，她还哭呢，这么大造化，她不懂。她在这儿沐浴更衣已然三天了，洗得干干净净，打扮得漂漂亮亮。您看，那苇船已然做好了，一会儿就敲敲打打，把这姑娘送到苇船之上，往河里一漂，她就嫁给河伯了，就是河伯的夫人。""哦，既然她要嫁给河神，那本官要看一看这位女子的相貌如何。""来，把她请出来，让大人过目。"

老巫的四个徒弟进了斋宫。时间不大，由打斋宫中搀出一个姑娘。姑娘身穿素服，脸上全是眼泪。老巫一指西门豹，对姑娘说："快过去。你虽然是河伯的夫人，但现在还没出嫁呢，先去拜见大人，这是魏侯新派来的地方官员。去！"

姑娘没办法，哭哭啼啼地上前施礼，话都说不出来了。西门豹看了看这个姑娘，又看了看老巫："So so（一般）。""馊？"老巫走到姑娘身前，提鼻子闻了半天："大人，不馊。""你这个老巫不学无术啊，这是英语，懂吗？这女子相貌太平常了，太一般了。""啊？那怎么办啊？"老巫吓傻了。"这样吧，既然本官来了，就得给河神找一个漂亮的夫人。你去告诉他，容我半个月的时间，一定把漂亮的夫人送到他的水宫。""啊？这信儿我可不能送……""你去吧！来……"门钉一听，冲西门豹手下人一努嘴儿，心说：我指挥指挥吧。就因为她，我什么肉都吃不着。马上有四个大力士过来，一把把老巫抱起，走到河边，"啪"，往里一扔。"送信儿去吧！"

"嗯……"西门豹见老巫被投入河中，赶忙站起身形，走到河边，恭恭敬敬垂手侍立。大家伙儿都在这儿瞧着，足足有一顿饭的工夫，老百姓也不知道西门豹到底要干什么，鸦雀无声。"众位，可能河神嫌她岁数大了，也嫌她口齿不清，耳音不好。来呀，把她徒弟们扔下俩去，让她们去给河神送个信儿，就说请河神等我半个月，我给他娶一个漂亮的夫人。""哎哟，别价……""先把那胖子扔下去，再把那大眼睛的扔下去！"大力士们又把这俩领头的徒弟扔河里去了。西门豹继续在河边垂手侍立等着，又等了一盏茶的工夫，一皱眉："她们的力量太小，再扔一个！""啊……"又扔下去一个。

这回西门豹更新鲜了，帽子摘了，头上的簪子拔下来，让头发垂着，恭恭敬敬弯着腰，在漳河边足足等了一个时辰，俩钟头。您说演戏也得装模作样演得像，大家伙儿在这儿瞧着，有些人腰比较直，因为吃肉饼了，您别瞧已然隔了好几天，蛋白质就是管事。一个时辰过去了，没动静。"这地方是谁帮着挑这事儿的？谁还管这事儿？"大家伙儿用手一指："那就是三老啊。"三老一听，都哆嗦成一个儿了。"大人，我们是三老，是调解民情的……""哦，调解民情，那还帮着老巫？既然能调解民情，就更应该面见河神。去，送信儿去，说我给河神找一个漂亮夫人。""我……不不不……"

门钉冲过去一使劲儿，"扑通"一声，就把这位胡子长的扔到河里去了。西门豹再看剩下跟着老巫来的这些人，都没魂儿了。又等了半天，西门豹问："怎么还没信儿？廷掾，还有那几个豪绅呢？""大，大人……我们都是蒙钱的，您饶了我们得了……""说实话！""这，这，这……老巫都跟我们串通好了，让我们利用衙门的势力，从老百姓那儿弄来好几百万钱，大伙儿都分了。""现在怎么办呢？""我们全都退回来。""回家拿去。"

西门豹派人驾着车挨家儿地搜，把他们家的钱全搜来了，甭管是不是弄的老百姓的钱，因为他们作恶多端，所以都搜来了。大家伙儿这才明白。西门豹往这儿一站："众位父老乡亲，他们利用河伯娶妇，蒙了你们这么多钱，害老百姓流离失所。今天本官到此，从今以后谁敢再提起河伯娶妇之事，就都扔进漳河之内。""不敢了……不敢了。""把你们的家丁都叫出来，跟着我查看地形，然后挖水渠，灌溉粮田。"

西门豹记着小孩儿编的歌谣呢，带着老百姓挖了十二道水渠，您现在去那儿，还有西门渠呢。然后，把漳河之水引入水渠，灌溉农田，后来邺城老百姓的生活就越来越好。西门豹退还完老百姓的钱财，看见老巫剩下这十几个徒弟了。"你们打算何去何从？""当初跟着师父，就等着以后能当上师父这个角儿，现在……没得干了。""没得干了？我给你们找吃饭的地儿吧。"西门豹一琢磨，想起他刚到县衙时，曾经看到有十几个因河神娶妇而丢了娃娃亲的老光棍儿，于是指婚，就把这十几个女巫的徒弟都嫁给那些老光棍儿了。老夫少妻，虽然不那么般配，但这些徒弟也得认，不认行吗？这就是西门豹治邺的故事，咱们都念过书，课本上就有这篇课文。

西门豹把邺郡治理得非常好，然后往朝中写奏折，禀报魏文侯。魏文侯一看，非常高兴。治邺有功的西门豹，这是翟璜举荐的第二个贤才，确实为魏文侯治理天下立下功劳。

三家分晋以后，魏文侯非常注意同韩、赵彼此三国有团结，就怕让秦国有了可乘之机。虽然三家没有裂缝，可魏文侯还是担心秦国，因为秦国越来越强大。所以魏文侯奖励完西门豹后，就把翟璜找来了。"你为我举荐乐羊，打下了中山国；又为我举荐西门豹，治理了邺郡，确实不错。现在西河这地方离秦国最近，秦国如果兵发魏国，必须通过西河，所以西河非常重要。你得给我再举荐一个贤才，镇守西河，从而不让秦国兵发魏国。"翟璜听明白了，微微一笑："好，那我给您举荐一个人，他文武双全，是个将才，能用兵，能打仗。您把他派到西河，可保西河万无一失，便可镇住秦国。""哦？翟先生，你说的是谁？""我说的这个人是原先的卫国人，此人姓吴叫吴起，文武全才。如果您用他镇守西河，保证万无一失。""呵呵，吴起？ Wifekiller（杀妻者）。"翟璜一听，心说：全明白呀。魏文侯接着说："吴起在鲁国杀妻求将，我知道他。他连媳妇都敢宰，就为了当官，这种人我不能用。"翟璜乐了，站起身形："大王，请您息怒。之所以举荐吴起，我就是想用他的一己之能——此人爱功名。""我知道，贪财好色，手段残忍。""可有一节，他为了功名，什么都不顾。您用他镇守西河，他一定竭尽所能镇守住西河，解去您心头之患。至于生活作风问题，我不考虑。"

您看，这就是达事其所举。在西汉的时候，汉宣帝曾经说过几句箴言："一个国家，要想让老百姓都过上好日子，两千石这一级的官员很重要。"什么是两千石这一级的官员？按现在话说，就是省部级的官员。魏文侯就能管理好这样的官员，像西河的吴起、邺郡的西门豹，就属于汉宣帝所说的两千石级别的官员。魏文侯听到此处，告诉翟璜："既然如此，烦劳先生把吴起请来。"

那吴起现在在魏国吗？在。吴起就住在翟璜的家中，所以翟璜才借这个机会把吴起举荐给魏文侯。所以一个人的成名，天时、地利、人和，缺一不可。最重要的是什么？是人和，人和是一宝。那么吴起杀妻求将到底是怎么回事？吴起是个大兵法家，卫国人，从小就没了父亲，但是父亲给家中留下不少钱财。吴起不好好念书，成天玩儿，好击剑。他妈妈看着着急，对他说："起儿，你总这么着，什么时候才能求取功名呢？"老说他老说他，吴起不愿意了："老太太，还说不说了？""就得说，我是你妈。""是我妈也不行，老叨唠我，我听不下去。""你总这样，长大成人以后怎么办呢？我将来倚靠何人？""您希望我成名？好，我给您成个样儿瞧瞧。"说着话，吴起把袖子往上一撸，冲着胳膊，"吭哧"，就是一口，都咬出血来了。"哎哟，儿子你别咬，娘心疼。""妈，您不是让我成名于天下吗？现在我就走，我一赌气就走。""你可别赌气。""我就赌气，云游天下。我还告诉您，将来我若不拜卿拜相，不乘高车持节旄，绝不进卫城见您。"吴起跟母亲面前发了誓，一扭头，一分钱都没带，走了。老太太这通喊："儿……你回来，儿……"

吴起在母亲面前发誓而去，不做高官，绝不回来。吴起就来到鲁国求学，拜在孔子的徒弟曾参门下。吴起上前施礼，鞠躬说明来意。曾参一看，这小孩儿长得不错，挺漂亮，一看就很聪明。"好，你干吗来了？""我是卫国人，来找老师求学来了。""来吧。"

那时候考试很简单，然后发了他一身学子服。您看，列国的时候就有校服。您听我说《三国演义》，曹孟德横槊赋诗，"青青子衿"就是周朝的学子服。在周朝念书的时候也不是穿得花里胡哨，你想穿蓝的，他想穿绿的，不行，规规矩矩穿着学子服，往这儿一坐，再之乎者也地念书。这样，吴起就在曾参这儿念书。吴起悟性好，长得也好，曾参还真喜欢他。而且吴起虚心求教，也不去玩，也不淘气，每天就是好好念书。有一天，吴起正念着书，听见外面脚步声音响，来人了。吴起偷眼一看，来的一看就是个高官，后面跟着仆从。再一看，老师曾参迎出去了。吴起就明白了，这位一定是老师看得起的人。曾参把这位迎到课堂之上，搬个座位，就在这儿坐下了。这人是从齐国来的，叫田居，到鲁国来办事，顺便拜见一下孔子的徒弟。

　　吴起聪明，一直侧耳听着。田居坐这儿看了看，一眼就看上吴起了。"曾先生，这个孩子长得不错呀。""哎哟，不但长得不错，而且悟性好，学东西可快了，非常用功。您要是问他什么话，他能对答如流。"吴起听见了，抬头一看老师，再一看田居，正好跟田居对上眼光。田居一看，心说：嘿，长得挺喜兴。"不错，Hi（你好）。"吴起一看，心说：要想让他知道我的本事，就不能跟他说英语了。吴起恭恭敬敬站起来，没说话。那老师曾参得说话："吴起，你过来。"吴起过来施礼："师父。""这位是齐国的大夫田居。这就是吴起，我的学生。"这下吴起就得说话了，老师让说话，不能不说了。"Hello（你好），до свидания（再见），Товáрищи（同志们）。"曾参一听，心说：哟嗬，还会俄语。"我说二位，现在有英国吗，现在有俄国吗？你们的外语都从哪儿学来的呀？""我们这叫与时俱进，跟连丽如学的。"田居跟吴起一聊天儿，一问一答，吴起对答如流。田居说："我在这儿住两天吧，我挺喜欢这孩子的。"

　　晚上，曾参请田居吃饭，把吴起也留下了，老师留下他陪客人，这可不简单。田居在曾参这儿待了三天，天天跟吴起聊天儿，他太爱吴起这孩子了。田居对吴起说："我现在就做主，把我女儿许配给你。"

　　田居可是齐国的大夫，娶了田居的女儿，吴起这就算一步登天了。田居回到齐国以后，就把女儿送到鲁国，让她嫁给了吴起，带来的嫁妆当然就不少了。有一次，曾参在旁边听到吴起和妻子聊到他母亲，于是这一天曾参就问吴起："吴起，你家中还有老母亲吗？""有。""那你在我这儿学了好几年，怎么也没见你回过家？""我在我妈面前起过誓。我妈总说我不好好念书，不上进。我就跟她说，如果我不乘高车，不持节旄，不入卿相，就绝不回卫国。"

曾参听完，心里很不痛快，心说：人能跟妈发誓吗？您看，我小时候就常听这句话："子不嫌母丑。"妈如果改嫁了，儿子不能指责，她改嫁必然有改嫁的原因，没听说在妈面前发誓的。曾参非常不高兴：你有母亲，可是你不回家看望她，还咬了自己的胳膊，跟你妈发誓。你这是跟谁说话呢？有这么跟自己的妈说话的吗？这种人眼中没有父母，当朋友都不能交。曾参从这时开始，就厌恶吴起。

这一天，门上来人了，外边看门的进来了："先生，您的学生吴起他们家来人了。""什么事儿啊？""是来送信儿的，听说他母亲去世了，请他回去奔丧。""好，你出去吧。吴起，你过来。""老师。""你们家有人来送信儿，说你母亲已然故去了。"吴起没说话。"让你回去奔丧。"吴起还不说话，转身形回到自己的座位上，后脊梁对着老师，一仰天："啊……啊……啊……"大叫三声，然后转过身来一坐："人之初，性本善，性相近，习相远……"吴起接茬儿念书。曾参气坏了，心说：这样的人要他何用？用手一指吴起："你眼里怎么连你妈都没有？她去世了，你都不回去奔丧？水没有源头就会枯竭，树没有根脉就要断裂，人如果忘却父母，这辈子都得不了善终。出去！"吴起被开除了。曾参还对手下这些弟子说："你们任何人都不许跟他来往。"

就这样，曾参把吴起轰走了。从那以后，吴起弃儒学武。三年时光，吴起学成了。学成之后，吴起到鲁国求将，这才引出一段吴起杀妻求将。那吴起到底怎么把他妻子杀了？他又为什么来到魏国，住在翟璜家，想保魏文侯？最终吴起能不能镇守西河？谢谢众位，咱们下回再说。

第七十四回　吴起杀妻为求将

一夜夫妻百夜恩，无辜忍使作冤魂？母丧不顾人伦绝，妻子区区何足论。

这四句说的是吴起杀妻。上回书咱们说了，吴起被曾参轰出来之后，弃文学武，拿起兵书战策就念，苦学三年。三年之后，吴起学成，便到鲁国朝中求官。鲁国的宰相公仪休知道吴起，十分爱才，便把吴起接到家中，一边吃喝一边聊天儿。这一聊兵法可了不得，吴起对答如流，如何用兵指挥打仗，说得甭提多好了，确实是个帅才。公仪休赶紧来见鲁穆公："大王，吴起这个人可了不得，您得用他。"鲁穆公很尊重宰相公仪休，点点头："好，让他做个大夫吧。"

做了大夫之后，吴起有钱了。发了头一个月的工资，吴起很高兴，拿着钱就奔了人市，买了一群妾婢，弄了俩漂亮的当小妾，然后挑了些不那么漂亮但也不错的当使唤丫头，买回家之后尽情欢乐。这可是《东周列国志》写的，您就说吴起是个什么人。哎，该着他成名，该着他杀妻求将。在这个时候，齐国要攻打鲁国。当时齐国的宰相叫田和，他正谋划篡位。但因为鲁国和齐国联姻，所以田和怕篡位之后鲁国来打他，于是他先下手为强，指挥人马攻打鲁国。

消息传到鲁穆公的耳朵里，鲁穆公赶紧把宰相公仪休叫来了。"你说怎么办？""您看，我已然举荐了吴起，您用他去抵抗齐军，准能把田氏家族打回去，齐国打不过他。""唉……算了吧。""您这是为何？""我听说吴起刚发头一个月工资，就买了一群女人回家尽情欢乐，我不愿意用这人。""哎呀，您错了，您用他准打胜仗。""你怎么不明白呀？吴起是齐国田氏的姑爷，人人都爱媳妇，他能不向着媳妇家而向着咱们吗？虽然他不是齐国人，但他得向着齐国。派他去，他一定不会尽心尽力为咱们鲁国打仗。""大王，您用的是他的本事，没关系的。""不行。"

公仪休没办法，回归相府。刚到相府门口，吴起由相府里面出来了。"丞相，我已然等候您多时了。""你等我有什么事吗？""我听说现在齐国已然打到鲁国边境了，如果大王用我为将，别说一兵一将，就算一个车轱辘，都不能让它再回到齐国，我准打胜仗。"公仪休拉着吴起进来了。"你坐下说话。"家人沏上茶来。"我不喝，您就说是怎么回事儿吧。""你是不是齐国田氏的姑爷？""是，我的老岳父姓田，叫田居。""那现在是谁打鲁国呢？""田和。""所以大王不放心，怕你爱媳妇，向着你老丈人他们，向着齐国，你不会尽心竭力为鲁国打仗。""那好办，这件事我能解决。"

吴起站起身形，出去了，公仪休也不知道是怎么回事儿。吴起回到了家中，直接来到后堂。他媳妇一看："哟，你的脸色怎么不太好看呢？""嗯，本来挺好看的，看见你之后就不好看了。""啊？这是怎么回事儿？""我问你，人为什么要娶媳妇？""哎哟，瞧你说的，当然是为了成家立业啊。""成什么家，立什么业？""家有贤妻主内，丈夫建立事业于外。""既然如此，那你愿意不愿意我入卿拜相？""当然，有哪个当媳妇的不愿意丈夫发迹呀。你能为卿相，为妻我也荣耀，连娘家都沾光。""哦，那你就成全成全我吧。""啊？我能帮着你当卿相？不可能。""可能，太可能了！""怎么可能啊？"吴起一亮宝剑，"噗……""就是这么个可能。"

吴起把媳妇的人头割下来了，然后把宝剑上的血擦了擦，接着把用白绸做的床帏子扯下来，包起了他媳妇的人头，提着直接来见鲁穆公。"大王，有吴起大夫求见。""什么事儿啊？""不知道。""让他明日再来。""他说不行。我刚才就对他说了，说您已然睡午觉了，他一定要见您。""好，那就让他来吧。"

鲁穆公心里挺烦的。这时，吴起进来了，把包着人头的绸子包往地下一掷，跪倒在地："参见大王。""吴大夫，找我何事啊？"吴起也不着急，伸手把白绸子包打开，双手往上一托："大王您看。"鲁穆公吓坏了："这是何人的人头？""您别着急。现在齐国来攻打咱们鲁国，我已然和宰相公仪休大人说了，如果大王用我，我准能打胜仗。但宰相大人说了，您不用我，就因为我是齐国田氏的姑爷。为了让您放心，也为了保卫鲁国的边疆，所以我把媳妇杀了。请您用我为将。"

鲁穆公一看：这人是刚死，眼睛还没闭上呢，面带惊惶之色。鲁穆公心里恶心，就问吴起："你刚才说什么来着？""大王，我是说，您如果用我为将，我一定战败齐国，连个车轱辘都不让他带回去。为了表示我对您的忠心，我把我媳妇杀了，现在我已然不是齐国田氏的女婿了。""哦……算了算了，你先回去吧。"

穆公直哆嗦。吴起没办法，只得把人头又包起来，提着走了。一会儿的工夫，丞相公仪休来了。"大王，您怎么不用吴起？""哎，你说他这么残忍，把媳妇杀了，这样的人我能用吗？""您得用。""连媳妇都不爱的人，我能用？""那您得看他爱什么。吴起不爱妻，爱功名。他杀妻就是为了能当大将，从而战败齐国，好让天下人尽知吴起之才。这个人是愿意成名的，以功名为重，不爱媳妇爱功名。所以您得了解他爱什么。""哦……"鲁穆公听完，点了点头："好吧，那就用吴起为将。"

鲁穆公任命吴起为大将，同时派了两名副将，一个叫泄柳，一个叫申详，然后给他两万人马，兵发边境与齐国交战。吴起用兵很新鲜，他和士兵们一起吃饭，一起睡觉。当兵的吃什么，他就吃什么；当兵的怎么躺着，他就怎么躺着；当兵的背不动的粮食，他帮着背；当兵的有病了，他还当医生；当兵的身上长了一个包，他帮着挤脓，挤不出来，就用嘴去吸。感动得这些士兵都拿吴起当爹，和他产生了父子之情，大家伙儿都喜欢吴起。扎完营之后，齐国探马马上去禀报田和。田和一听，乐了："众位，看见没有，鲁国用吴起为将。这个人没什么能耐，跟着曾参念过几天私塾，能有什么本事？再说，这个人既贪财，又好色，还好酒，鲁国用他肯定失败。"

田和没把吴起放在心里，发出探马打探军情。探马回报："吴起一天到晚也不训练兵将，就是跟当兵的一起吃，一起睡，一起干活儿，每天背诵《诗经》。"田和一听，心说：有这么打仗的吗？探马接连回报："还是这样，一点儿要开仗的动静都没有。"田和心说：鲁国完了。"来，张丑。"您看《东周列国志》，张丑是田和的爱将。"你去吴起营中look look（看看），看看到底是怎么回事，就说是我派你去的。"

张丑就来见吴起了。到了吴起大营前，吴起高接远迎，带着的都是老弱残兵。其实吴起很聪明，把精兵都隐藏起来了，只带一些老弱残兵，很恭敬地把张丑给领进大营。"您好您好，我是吴起。""我姓张，奉我家相国田大人之命，前来看看您。您这仗打算怎么打？""说实话，我还没想好呢，我看见你们的兵将就眼晕。""哦，那我想跟您打听一件事儿。""别着急，我先摆上酒宴。"

工夫不大，酒宴摆上来了。张丑一看，酒宴很简陋，就是简简单单的四个菜：拌豆腐丝儿；香椿拌豆腐，里边还有点儿黄豆；醋熘白菜；白菜豆腐。"您爱吃白菜和豆腐？""不是，这个省事儿。当兵的也吃这个，也容易熟。您先喝酒，然后有什么话您再问，得先让您吃饱喝足了。"

张丑也不能不吃，象征性地喝了几口酒，吃了几口菜。吴起一看："您想打听什么事儿？说吧。""这个……这个……""您说吧，没关系。""呃，Mr.Wu（吴先生），killed wife（杀妻）？""我就猜到你得说英语，怕我手下人听懂，是不是？都明白，我天天教他们。你是不是想问我吴起是不是杀妻求的将？没那么档子事儿，我媳妇是病死的，得的暴病。她突然胰腺疼，这胰腺疼起来可厉害了，您疼过吗？""没有没有，没疼过。""她是突然暴病死了，传说是我给她杀了，您说我能办出这样的事儿来吗？太缺德了。"敢情吴起还知道自己缺德呢。"根本就没这么档子事儿。""哦，没这事儿就好。""天晚了，您就住在我的营中，明天咱们再畅谈。"

就这样，张丑在吴起的营中待了三天，最后临走的时候又问吴起："我还得问问您，这仗您到底打算怎么打呀？""其实我不想打，根本打不过呀。""打不过正好，我家相国说了，希望和鲁国求和。""好，只要他不动手，我们绝不打。"

张丑放心了，回去了。其实吴起暗中已然派好了兵，只要张丑一走，

连派评书——列国·春秋

精兵就出来。左有泄柳，右有申详，每人都带着五千精兵，当中间儿是吴起，暗中跟着张丑就出发了。张丑高高兴兴回到自己的营中，来见田和："相国，跟您说，什么事儿都没有，您放心吧。""怎么回事儿啊？""吴起说了，不敢打。问他杀媳妇这件事，他说没有，说他媳妇是得胰腺炎死的，根本就没有杀妻这么档子事儿。他也不敢跟您打，想跟您求和，只要您不发兵，他就绝不打。""哈哈，我就猜到他不敢打。你说他作为一个将军，和当兵的同吃同喝，一点儿威严都没有，这样的人能指挥兵将打仗吗？嘿嘿，放心吧。"

刚说到这儿，外面"叮……""杀……""噗噜噜噜噜……""哗……"鲁国的战车就冲过来了，眼看就杀到齐国大营的辕门了。这一下把田和打了个措手不及。吴起在中间，左有泄柳，右有申详，两万人马分为三路冲杀，齐国的兵将根本没准备，被杀得遍地都是死尸，真是连个车轱辘都没回去，这仗打得惨啊。吴起打了胜仗，消息传到鲁穆公的耳朵里，马上传下口谕，封吴起为上卿。现在达到愿望了，吴起当上了鲁国的上卿，他终于可以回卫国了。

鲁穆公高兴了，吴起也高兴了。田和呢？田和败回齐国，就问张丑："张丑，你在他营中待了三天，都看见什么了？""我就看见他那儿都是老弱残兵，他还跟着当兵的一起吃一起喝，根本没有打仗的意思啊。""这一仗就赖你，探听不实，你看怎么办吧。""那您说怎么办呢？您出主意，我去执行。""我给他来个反间计。""什么反间计？""吴起爱什么？""爱钱。""那他最爱什么？""爱女人。""好，我给你找两名最漂亮的美女，再给你黄金千镒。你带着钱和美女，假扮成商人到鲁国面见吴起，把他收买了，只要他不打咱们就行。""好，我去。"

张丑挺聪明的，他带着两名美女、黄金千镒，改扮成商人模样，很容易就来到鲁国。张丑把两名美女送到吴起面前，吴起高兴了，心说：真漂亮，beautiful young lady（漂亮又年轻的小姐）。还有这么多钱，还能买美女。于是吴起就把张丑留在家中，好吃好喝好待承。然后，张丑把来意说明，把礼物都留下，带着手下人走了。由吴起家中出来，张丑和手下人就开始散布："我们来鲁国干吗来了？给吴起送来两名美女以及黄金千镒。他答应和我们齐国一条心，背叛鲁国。"就这么一路嚷嚷，嚷嚷得鲁国上下全知道了。那个时候虽然没有微信，但嘴一传，比微信还厉害。黄金千镒就变成万镒了，俩姑娘就变成四个了，然后又变成八个了。鲁穆公知道了，要抓吴起。吴起跑得快极了，撒丫子就颠了。跑哪儿去了？吴起跑到魏国，投奔了魏文侯的谋士翟璜。正好在这个时候，魏文侯问翟璜："咱们的西河紧挨着秦国，为了防止秦国攻打魏国，得派一个文武双全的高人在这儿镇守。""哎呀，您说得太是时候了，我给您举荐一个人，叫吴起。至于他生活作风问题，甭提，小事儿。""好吧，既然如此，命他前来见我。"

翟璜带着吴起来了。吴起跪倒在地："拜见大王。""将军起来吧。我来问你，你为什么弃鲁国而投奔我们魏国？""大王，传言说我吴起杀妻求将，这是谣言，我媳妇实际是病死的。我战败齐国之后，齐国派人散布流言蜚语，说送给我美女、黄金，这都是没有的事儿啊。没想到鲁国国君听信谣言，要杀我，所以我才来魏国投奔您。而且我知道您有志向，是一位明君。您为了强大国家，礼贤下士，招募天下贤才，所以我才来投奔。为了您，我一定鞠躬尽瘁，尽全力报效大王。""既然如此，你愿意去镇守西河吗？""我愿意，坐镇西河以挡秦国。""好。"

就这样，魏文侯把吴起派到西河。那魏文侯手下人有说吴起坏话的没有？有，抽大嘴巴的有的是，说什么的都有。有的说用他用对了，有的说用他用错了，翟璜也不言语，就瞧吴起在西河有什么行为。结果，吴起到了西河之后，还跟原来一样，和士兵同吃同住，士兵有病他给瞧，士兵有难处他也管。虽然自己不奔丧，但他可让当兵的回去奔丧。所以，这些士兵都跟吴起特别好，还是一样情同父子。这样的关系就好办，仗也就好打了。

这时，秦国出事了，秦惠公死了。按说国君之位应该传给秦惠公的儿子出子，但师隰不干了，他爸爸是秦灵公。按照辈分来说，灵公和惠公是平辈。灵公死的时候，师隰太小，不能立他为君，手下人就把师隰的叔祖父，也就是灵公的叔叔立为国君，即后来的秦简公。简公死后，没再往灵公这支儿上传，就传给了儿子秦惠公。现在秦惠公死了，要把国君之位传给儿子出子。可这时师隰已然长大了，和出子他们是平辈的，师隰不干了："原来我父亲死的时候，我们家没人，我还在吃奶，什么事都不明白，结果让我的叔爷当了秦国之主。我叔爷死后传给他儿子，现在他儿子也死了，要把国君之位传给出子，那我可不干，天下应该是我们家的。"

师隰把这话一说，大臣们都觉得他的话有道理，于是就把出子宰了，把国君之位给了师隰，这就是秦献公。而吴起趁着秦国之乱的时机发兵了，一仗就得下秦国河西五座城，了得吗？您说吴起有本事没本事？别瞧吴起杀妻求将，但确实了不得。而齐国的田和自从打了那次败仗之后，就怕了，逢人就说吴起用兵如同孙武和穰苴。咱们前文书里说过孙武子，是和伍子胥同时代的人，帮着伍子胥攻打楚国，伍子胥才能鞭挞楚平王死尸，报了家仇。而田穰苴是被晏婴举荐的，很厉害，净打胜仗。田和就因为和吴起打了这一仗，就说吴起用兵有孙武、穰苴之能。消息传到魏国的国都，魏文侯非常高兴，把翟璜请来了。魏文侯对老师卜子夏，对好朋友田子方，对自己尊敬的人段干木，都非常敬重。所以他对待翟璜也一样，翟璜如同自己的知心好友。

魏文侯把翟璜请来，摆上国宴相待，翟璜很高兴。吃完国宴，翟璜走了。魏文侯传下话来："有请李克先生。"李克的官职并不高。时间不大，李克来见魏文侯："参见大王。""李先生请坐。""大王唤我何事？""李先生，家贫人思良妻，国贫君思良相。"

李克当时就明白了：大王要选拔一位贤明的宰相。这个人家里穷，希望能娶一个好媳妇，能帮助自己奋发图强。身为国君，为了强大自己的国家，必须选拔一位非常有本事，能治国的贤明的宰相。"大王，既然您要选相，召见我何事？""因为你有识人之能。我想用翟璜为相，你看如何？""No（不可）。""那你看谁应该为相？""这事儿您别问我，我的地位低。""哎呀，这不在职位高低。""另外，我跟您比较远。"意思是我不是您的近族近派，跟您够不着多大关系。您叫魏斯，我叫李克。到唐朝的时候李家才吃香，这时候不吃香。魏文侯说："不在于你的职位高低，更不在于你和我的关系远近，而是你确实二目识人。你说说，谁应该当宰相？""大王，您要是非问我，我也不说这个人是谁，说说五条识人之见。通过这五条，您就知道该选谁了。""好吧，请先生言之。"李克说："您若想识人，居视其所亲，富视其所与，达视其所举，穷视其所不为，贫视其所不取。根据这五条，您再琢磨琢磨手下人谁能为丞相。"

李克的五条识人之法，《史记》里有记载。那么李克如何讲解这五条识人之法？魏文侯到底用谁为相？由选相引出一件刺杀宰相之案，列国时期的刺客又出来一个聂政。谢谢诸位，咱们下回再说。

第七十五回　李克五准则荐相

三国分晋韩赵魏，相国地位最高贵。魏侯选相为天下，侠累反成刀下鬼。

咱们上回书正说到魏文侯选贤，要选拔一位相国，决定听一听李克的意见。李克给魏文候列了五条识人的标准："大王，识人的头一条，居视其所亲。""哦？"魏文侯有文化，他的老师是卜子夏，而卜子夏是孔子的高徒。他还没当魏文侯之时就跟随子夏多年，非常有水平。一听李克说的头一条，魏文候点了点头："好。"居视其所亲，这个居不是指居住，在这儿当平常讲，平常你看他跟什么人亲近。"李先生，第二条呢？""富视其所与。""哦，我明白了。"富就是有钱，这个人有钱，阔了，您得看看他的钱都往哪儿花。魏文侯听完，一下就想起两个人来，一个是他兄弟魏成子，一个就是翟璜。魏成子拿了俸禄之后，十之八九都交朋友了；而翟璜发了工资之后，所有的钱都供自己享用了。想到这儿，魏文侯一抱拳："谢先生指点。"意思就是说我刚才想用翟璜为相，我错了。于是，魏文侯的脑子马上就转到魏成子身上：我兄弟魏成子，凭能耐在我手下为官，挣的俸禄十有八九都交朋友了，谁有困难他帮助谁，而且跟朋友之间互相切磋学问。

"好。"魏文侯听到这儿，站起来了，"请问李克生，第三条呢？""大王，您请坐。第三条就是达视其所举。"就是这个人发达的时候，看他能给君王举荐什么人。这一条很重要。魏文侯点了点头，手捋胡须，看了看李克，心说：我兄弟魏成子就够，他给我举荐的是谁？头一个就是卜子夏，是我的老师；第二个是田子方，是我的好朋友；第三个举荐的是段干木，是我非常尊敬的人。从推荐人的档次上来看，翟璜可就不如魏成子了。"李先生，您说得太好了。"

李克知道魏文侯明白了，这样明白的君臣之间也用不着过多的解释。

咱们前面说过鲍叔牙把管仲举荐给了齐桓公小白，小白不计前嫌重用管仲，结果有了贤相管仲，强大国家四十年——也是这个例子。"请先生接着往下讲。""大王，最后两条是穷视其所不为，贫视其所不取。"穷是指穷困潦倒，人处于困境，怎么生活？得有他自己的底线。一撇一捺做人，就得看他贫了之后怎么做，是努力奋斗，还是偷盗窃取。最后一条，贫视其所不取。贫穷了，日子过不下去了，谁给钱都要，这种人的人格就没了。当然，魏文侯觉得后面的两条不如前面的重要，但这也是做人的准则。魏文侯全听明白了："李先生，您说看人得看平时，看富裕，看发达，以及看他在贫穷时之所为，才能给这个人定性。先生说完之后，我心中已然有合适的人选了。""既然如此，那我就告辞了。"

李克出了宫门，刚要上车，有人说话："且慢。"李克一歪头，翟璜在旁边呢，李克赶紧一抱拳："哎，原来是兄长在此。""咱俩去我家聊聊吧。"

李克一听，就知道这话短不了。李克请翟璜上车，一同回到李克府中。下车之后，两个人来到客堂，有人沏上茶。李克一看，翟璜的脸色非常不好看，便问道："翟先生，你这是怎么了？""我问你，你干吗去了？"因为这两个人是好朋友，李克之所以保了魏文侯，也是翟璜的举荐。两个人非常要好，所以说话也不分彼此。"大王召见我。""召见你是不是为了选相之事？""哎哟，你还真知道。""你是怎么说的？""我没说什么呀。我说我地位低，看人又看不准。""那大王意属何人？""那我可不知道，大王能把心里话跟我说吗？""那你后来怎么说的？""你也知道，我这个人很含蓄，并没有说应该选谁，只是跟大王说看人要看五条。""哪五条？""居视其所亲，富视其所与，达视其所举，穷视其所不为，贫视其所不取。""你说完这五条，大王是不是选魏成子了？""你明白呀？那还问我干吗啊？""那就是你的不对了。""我怎么不对了？""我问问你，咱俩什么交情？""哎哟，咱俩什么交情啊？是你把我举荐到大王面前，我才有了今天的地位，我才能够把能力贡献给大王，帮大王治理魏国。""既然如此，你为什么不在大王面前举荐我？我举荐了你，你就应该举荐我。""你错了。你举荐的可不是我一个人，乐羊是你举荐的，吴起是你举荐的，西门豹也是你举荐的。你为什么指责我？""废话，大王问他们了吗？大王问的是你，知道你有眼光，你是大政治家。你干吗不举荐我？""我不能举荐你。没错儿，是你把我举荐给魏侯，但当初你可没说，你把我举荐给魏侯之后，我就得在魏侯面前举荐你，再把你提拔起来。怎么着，咱俩结党营私啊？""我不是那意思，我是魏国的忠臣。"

"既然如此，你不是结党营私，为什么要我举荐你为相？""那你说说魏成子为什么比我强？""好，那我问问你，刚才我说了这五条识人之法，你为什么直接会想到魏成子？""是啊，我为什么呀？""你为什么呀？明白吗？""嗯，好像就是那么个意思。""好像可不行。我告诉你，你举荐给大王的人确实不少，乐羊、西门豹、吴起，这些人都为魏国立下汗马功劳。可你要知道，你和魏成子不能比。魏成子举荐了卜子夏，大王把他当成老师；举荐了田子方，大王把他当成朋友；举荐了段干木，段干木的为人让大王十分尊敬。所以，虽然你举荐的人多，但你举荐的人的质量能比得了魏成子举荐的人吗？魏成子所举荐的人，都令大王另眼相待。而你举荐的这些人，都是大王的臣子，说句俗话就是奴才。大王是君，咱们是臣，咱们得为魏国卖命，你这水平和档次就比魏成子差下一半儿去呀。""哎呀……"翟璜听到这儿，汗下来了。"没想到是我目光短浅，谢过李先生。""我再告诉你，那五条里有一条是富视其所与，我对大王说这一条的时候，当时大王眼睛就是一亮。魏成子所拿的俸禄，十有八九都交了朋友，而你呢？""我挣的钱自个儿都花了……昨儿晚上我还去歌厅了呢。""所以你的档次就在这儿了，知道不知道？你就不能为相，明白了吗？""Yes（是的）。我明白了，这么着，我拜你为师，再跟你重新学习吧。""你是得跟我学学了。"

这件事就这么过去了。过了没多少日子，魏文侯宣布，拜魏成子为相。魏文侯为什么要这么办？一个，是因为魏成子够格；再一个咱们反过来分

军。""你知道我在等你吗？""知道，吴将军有话请讲当面。""好吧。我问问你，现在你拜相了？""不错，新王拜我为相国。""那用兵打仗，操练人马，指挥三军，兵出必胜，马到成功，你比得了我吗？""比不了，我不是属马的。您确实指挥得当，每回打仗都能成功。""那好。我再问问你，治理地方，你比得了我吗？""比不了您。"确实，吴起自从当了西河太守之后，把西河治理得民殷物阜。"我再问问你，有我坐镇西河，秦国就不敢来犯，你比得了我吗？""比不了，您问的这些事我都比不了。""那你把相国辞了，让我来做相国。""对不起，吴将军。我虽然没有什么本事，靠着在先朝微有的功绩，忝居相位，但现在老王仙逝，新君刚刚继位，要保护国家的安全，在这时，您让我辞去相国之位，由您来当相国，恐怕与国不利。望吴将军三思。""嗯……"吴起一听：这番话有理。人家都说了比不了我，但现在新君刚刚继位，不能随便乱动朝政。"好吧，那我等着。"

吴起扭头就走了。吴起这边刚走，田文回头一看，应子"噌"的一下就进去了，他踏实了。应子赶紧进来禀报魏武侯："您可留神吴起，他不好惹，刚才是这么这么这么档子事儿……"

魏武侯听完，点了点头，下定决心：不但不能用吴起为相国，连西河太守都不能用他了，还是把他调回来放在我跟前儿吧，不然这个人容易生变。所以您看，人要做一件事，必须三思而后行。吴起一折腾，就算再有本事，大王不用你，你也得等着；你立了功劳之后，在大王面前取得了信任，才能体现了，慢慢才会提升你；你非要夺人家的相印，结果什么都没了。魏武侯传令，更换西河太守，不用吴起了。吴起聪明，心说：用则用，不用则杀，这是君王一贯的用人作风。吴起赶紧收拾东西，撒腿就跑，不敢再在魏国待着了。

他跑哪儿去了？跑到楚国去了。现在楚国谁当国君？楚悼王。楚悼王一听吴起来了，知道这人了不起，马上拜吴起为相国。吴起心里痛快，心说：我当初怎么跟我妈发的誓？现在让我死都认了，当上相国了，高兴啊。他一高兴："大王，我跟您探讨点儿问题。""什么问题？""您说咱们楚国有人数众多的军队，有幅员辽阔的地盘，为什么不能称霸天下？""是，你说呢？""您要问我，就是因为咱们的军队不够强大。""那就得治军，可治军得有钱，我没钱啊。""您怎么没钱呢？您有的是钱，就是花得不是地方。""怎么花得不是地方？""您看看朝中和朝外的这些官员，太多了。本来一个部门三个人上班就够了，结果有二十五位，而且远亲远族都挂名，都开支，把您的钱都花光了。""那你说应该怎么办呢？""重新制定国策，淘汰冗官。"把这些没用的官员都开除了。有很多家里五辈之上都曾经在楚国为官的，现在还开支呢，这不行。"您必须制定国策，把花在这些人身上的钱收回来。""那你说该怎么制定呢？""我给您出主意。"

吴起就给楚悼王出主意：五辈之上曾经是官员，下边没再有当过官的，对不起，您回家该干吗干吗去，国家不给您开支了。五辈以内的，比方说原来应该开七十块，现在就开二十块。一辈一辈地减少，超过五辈的全不要了。把所有没用的贵族、没用的官员都淘汰不用，这些钱可就收回来了。楚悼王问吴起："这些钱收回来之后，咱们干吗呀？""当然是强大军队。您想，这些冗官吃得满嘴流油，当兵的却是窝头咸菜，吃都吃不饱，还能好好打仗吗？您把这些钱用作奖励，让他们好好训练，好好打仗，谁有能耐就表扬谁，谁有能耐就给谁加薪。"

楚悼王还真按照吴起的主意办了。所以当时的楚国通过吴起的改革，就变得强大起来了。楚国把百越，也就是周围的少数民族都征服过来，连包括秦国在内的很多国家都不敢惹楚国，楚国变得空前强大。但楚悼王不能老活着，后来病了，最后死了。宫内楚悼王刚死，宫外就有人喊："拿吴起呀……杀吴起呀……"吴起一看，可了不得了，外面来了很多人。楚悼王的尸体还在这儿停着呢，那些被吴起出主意淘汰的冗官贵族就来了，都密谋好了，拿着弓箭。吴起一琢磨，今天自己是跑不了了，军队也没法儿调，就跑到楚悼王的尸身旁边，往这儿一趴，心说：你们射吧，这箭要是射到老王身上，留神你们的脑袋。"咻咻咻咻咻……"乱箭齐发，倒是把吴起射死了，但也有不少箭射在楚悼王的尸身上。这时，楚悼王的儿子带兵来了。这就是吴起的聪明。楚悼王的儿子楚肃王继位，把父亲掩埋之后，让他兄弟熊良夫去逮那些当时箭射在老王身上的人，一个不留，全杀，一下杀了七十多家贵族。这段书叫吴起死后报仇。

虽然吴起死后报仇了，但他在楚国的改革没彻底，楚国也失去了吴起这个人才。按说魏文侯就不应当失去吴起，虽然他重视吴起，但没重视到家，对吴起还是应当控制使用。魏文侯死了，魏武侯又没能控制使用吴起，让他走了，这叫人才流失。战国初期，为什么魏国第一个崛起？就因为魏国招揽人才，用人用得好，结果吴起走了。您再往后听，商鞅也走了，他奔哪儿了？奔秦国了。走着走着，魏国的人才越走越干净，最后就剩下一个心眼儿比针鼻儿还小的庞涓，您说魏国能不完吗？

魏国不行了，哪个国家又崛起了呢？齐国。咱们前文书也说过，齐国国君姓陈，祖上原来是陈国的公子，后来到了齐国，被赐姓田。最后把齐君搁在一个海岛上，他自己把齐国的权力拿在手中，就是田太公田和。然后，他又拉拢魏文侯。魏文侯禀告周天子，封他为诸侯，齐国就逐渐开始强大了。齐国也学着魏国的办法，招揽天下贤才。具体怎么办呢？齐国国都临淄有一座城门叫稷，稷门外办了一所学校，叫稷下学宫。学宫招揽天下大才，什么道家、墨家、儒家、法家，不管你有哪方面的本事，我都要，来了之后国君就封他们大夫之职。这座稷下学宫就是田和死后，他儿子田午开办的，这是咱们中国历史上的第一所大学，也是世界历史上的第一所大学。就这样，战国时期的文化中心从魏国移到齐国，齐国就开始强大了。

可惜田午办了这所学校之后，在位六年就开始生病了。这一生病，就出现了咱们国家一个非常有名的医生扁鹊。其实扁鹊是上古时期黄帝那时候就有的，那为什么战国时候的这个扁鹊出名呢？他是齐国人，姓秦叫秦越人，医术非常高明，大家就以黄帝时期的神医扁鹊这个名字来称呼他。田午听说扁鹊来了，非常高兴，知道扁鹊特别有本事。那扁鹊最大的本事是什么呢？比如，一个人已经死了十几天，但家人舍不得埋他，结果这位秦越人先生过去一号脉，说这个人还能活，拿针扎，拿灸灸，愣把这位医活了。这一下秦越人就成名了，老百姓都不叫他的名字，全叫他扁鹊。

田午把扁鹊请到宫中，摆上国宴招待。扁鹊抬头一看："大王，您有病。""啊？我没病，什么病都没有，您看我多精神。""不对，您真的有病，病在皮肤。""哎，没事没事。"酒宴完毕，扁鹊告辞走了。田午就对大家伙儿说："你们看，大夫就是这样，看见谁都觉得人家有病，他好挣钱。我这么大国君，他要是给我看病，我得给他多少金银？其实我根本没病。"

过了五天，又赶上国宴，田午也不好意思不请扁鹊，人家没走啊，又把扁鹊请来了。扁鹊来了一看："大王，酒我不能用，您病重了。""你不是说我病在皮肤吗？""不，您现在病在血脉。""嘻，我没病。"

酒宴完了，扁鹊走了。又过了五天，扁鹊又来了。田午就问："你怎么还没走呢？""大王，您身体有病，我不放心。""上次你说我病在皮肤，又说我病在血脉，现在呢？""您病在肠胃。""我吃东西挺好的，没病。"

再过了五天，扁鹊来了。为什么来了？田午又不舒服了，把扁鹊请来了。"真是对不起您，我确实有病，您给我治治吧。""没法儿治了，病已在骨髓。""刚过十五天就没法儿治了吗？""病在皮肤的时候，用热水一焐，让它发出来就好了；病在血脉的时候，我可以用针灸的方法，把病引出来；病在肠胃的时候，我可以用药用酒，把病治好。可现在您病在骨髓，这病就好不了了。""那您就不管治了吗？给我治治吧。""不管治了，治不了了。"

扁鹊告辞走了。第二天，田午"嗝儿喽"死了。这就是历史上有名的扁鹊的故事。田午死了，继位的是谁？齐威王。齐威王继位之后，跟之前咱们说的"一鸣惊人"的那位楚王差不多，但人家楚王三年不飞，一鸣惊人，齐威王不行，仗着祖上留下来这么多产业，天天就是吃喝玩乐。不过他还是继承了他父亲田午的一点，就是继续招揽天下贤士，稷下学宫还办着，天下有名的才子还来。但齐威王每天弹琴、喝酒，吃喝玩乐，这样的国家能富强吗？各国都打他，他打不过也不往心里去，该吃吃，该喝喝，一派和平景象。可老百姓着急呀，各处求贤，一传十，十传百："来一个贤人救救我们齐国吧，不然的话，大王整天沉溺于酒色，我们国家就完了。"

这天，来了一个人，正赶上齐威王在抚琴，声音一直传到宫外。这个人来到宫门外："是大王在抚琴吗？""是，请问您有何事？""在下也喜欢听琴。""请问先生贵姓？""姓邹名忌。""邹先生，您也会抚琴吗？""会啊。""那您能不能陪大王抚抚琴？大王就喜欢抚琴的高手。"

您看，《礼记》里说了，古人认为音乐最能通情达理，调节人的理智，让人心态平和，琴声能够陶冶人的情操。在古时候，琴弹得好可了不得。这位邹先生在宫门口一说话，大家伙儿一看，就是一愣：哎哟，这位先生怎么这么漂亮啊？身高八尺，眉似刷漆，目若朗星。那时候天黑了没有路灯，可这位要走出来，"唰"，就是两道星光。鼻直口方，三绺墨髯。头戴学士巾，身穿学士服，漂亮。您看《东周列国志》，邹忌确实特别漂亮。

提起邹忌的漂亮，还有个笑话，据说也是真事儿。后来邹忌当上相国了，每天下朝之后换上便装，在镜子前一照，回头问他媳妇："妻呀，夫美吗？""美，世界第一美男。"邹忌心里痛快：我媳妇说我美。吃过饭之后，他就没上媳妇屋里来，到了妾的屋中。别瞧媳妇夸他，该睡觉了，他到了妾的屋中，一进门就问："我美吗？""您太美了，相国，世界第一靓仔。"邹忌心里高兴：我怎么这么漂亮。过年了，头一天大年三十，全家在一起过年；第二天大年初一，给父亲、母亲拜年；第三天大年初二，出来听了一场书，回家了。从初三开始，大家都得来给相国拜年啊，来了很多高朋贵友。当然，邹忌穿得很好，很漂亮，往这儿一坐："众位，你们觉得我漂亮吗？"大家伙儿全都站起来："您太漂亮啦！"尤其是他的那些好朋友过来了，都挑大指："哎哟，您太漂亮了，全世界的人都没您好看。"

邹忌心里也琢磨：我真有那么美吗？等到初六了，大家伙儿都散去了，相府门口来了一个人。有人往里禀报："相国，城北徐公求见。""哦？"邹忌知道，徐公是他们国家选美时，男子组的冠军，心说：我得看看到底是他美还是我美。邹忌开门迎接。这位徐公往里一走，邹忌就傻了：这位像金城武，比我漂亮多啦。这就是城北徐公最美这个典故。邹忌赶紧把人家请进来，脸都黄了，因为确实没人家漂亮。等把徐公送走之后，邹忌坐这儿琢磨：干脆我喝点儿闷酒吧。弄了点儿酒菜，坐这儿喝二锅头，"滋儿喽"一口酒，"吧嗒"一口菜，邹忌心想：为什么媳妇说我美？因为我是她丈夫，她希望我永远爱她。为什么妾说我美？她希望我永远疼她，将来有朝一日我夫人故去，好把她扶正。那朋友为什么夸我美？因为我有点儿权力，他们说我爱听的话，将来有事情求我时，我就会有求必应。

邹忌明白了，第二天来见齐威王："大王，您说我好看吗？""不错，你确实风流倜傥。""您说我美，还是徐公美？""当然是徐公美，当时选美的时候还是我给他发的奖，徐公比你美。""那为什么他们都说我美呢？"那你就自己好好琢磨琢磨吧。""所以我今天来见您，请您也琢磨琢磨。都夸您好，可您得注意，夸您好的是好人，能对您说实话的更是好人。"

所以说邹忌通过这件事情，得到了教训。那说到这儿，为什么咱们要把邹忌重点提出来？齐威王选贤，邹忌来了，这儿有一段名书：邹忌弹琴谏君。这段书非常有意义。谢谢众位，咱们下回再说。

第七十八回　邹忌弹琴谏齐君

万恶淫为首，百善孝当先。忠厚传家久，诗书继世长。

现在净说家风和国风的问题，今天咱们说的是《东周列国志》中最难说的一段，就是邹忌鼓琴取相，也叫邹忌弹琴谏君。上一回咱们说了邹忌比美，今天说说邹忌弹琴。

这天，邹忌来到齐威王宫门外。那时候的国君不是那么难见，也搭着人少。当然，门官也得过来问："您找谁？""我听见里面正在抚琴，我懂琴，想进去面见大王，聆听琴音，如何呀？""哦？您懂音乐？""懂。""那好，您稍候。"门官一层一层往里禀报。齐威王一听：怎么着，宫门口来了一个懂音乐的？"传。"

时间不大，邹忌进来了。齐威王跟手下人一看，这位长得真漂亮，体态潇洒。邹忌上前躬身施礼："在下邹忌，拜见大王。""哦？请坐。懂琴吗？""懂。"

齐威王很客气，给大家伙儿指引指引，在下首就给邹忌一个座位。邹忌眼睛一扫，看得出来，道家有道家的气质，儒家有儒家的风度，墨家有墨家的形象，在座的稷下学宫来的人多了。您想，来了就能开支，有大夫之职，谁不干啊？一听说齐威王设宴弹琴，全来了。邹忌眼睛很管用，挨着个地看，真的是人才济济。邹忌也没言语，往这儿一坐。齐威王也没把他当回事，继续鼓琴。

奏完一曲，齐威王身旁有一个伺候他的胖子，用胳膊肘儿轻轻一捅他："大王。"一指邹忌，意思是既然来了一个懂琴的人，您问问他呀。"哦……"齐威王看了看邹忌："邹先生，我的琴弹得怎么样？""好啊，太好了。""你这个人真会溜须拍马，听过琴吗，就夸我好？""大王您弹得确实好。""你懂琴吗？""懂。""那你也奏上一曲。"

按说国君让你演奏，按现在话说叫赏脸。邹忌站起身形，大家都以为他要弹琴呢，手下人赶紧把琴给抬过来："先生请。"旁边有人焚上香。邹忌用手一扶琴："大王，弹琴之事乃乐工所为，我要谈的是琴理。"齐威王一听，有点儿不高兴：我刚弹完琴，合着我是乐工，你是指挥？我演奏给你听，让你给我挑毛病来了？"你懂得琴理？""略知一二。""好吧，那你说说。""大王，琴乃禁也，琴使人归其正道，杜绝邪淫。""哦……那看来我就是归于正道，杜绝邪淫。""非也。"齐威王气坏了：当着这么多人的面，你说非也？咱们中国人讲究音乐，邹忌谈到琴，说琴声能够使人走入正道，避祛邪淫，给古琴定了一个很高的地位，音乐了不得。"那你能不能奏上一曲？""跟您说了，那是乐工所为。""难道你不会吗？""会。但现在我见您，跟您谈的是琴理。"

齐威王生气了："站起来讲。""我本来就站着呢，您让我抚琴，我没坐下。""我的意思是你讲的时候不许坐下。"因为稷下学宫讨论学问的时候都是坐着，你现在还没到稷下学宫呢。邹忌大大方方往这儿一站："大王，琴乃伏羲所做。"咱们都知道，伏羲是传说中的人物，据说自打有了伏羲之后，中国才开始有了渔樵经济的社会。琴是伏羲所做，这也是传说。"一、琴长三尺六寸六分。""哦？不错，尺。"旁边的胖子拿过尺来一量，三尺六寸六分。"二、宽六寸。""量。"胖子又用尺一量，宽六寸。"三、前宽后狭；四、上圆下方。您往下看，弦分宫、商、角、徵、羽五弦。抚琴之时，琴弦合一，轻重缓急，表达情绪，就代表人的心理，代表一个家庭，乃至于代表一个国家。大王，这是古琴的构造。后来周文王加上一弦为少宫，周武王加上一弦为少商，大弦为君，小弦为臣，君臣相得，琴音美妙，政令和谐，这是琴理。""嗯，讲得不错，据说七世为人才能弹琴。""您听谁说的？""贾建国。"

弹琴容易不容易？真正把心声赋予琴声，再把它弹出来，那才是真正的大师。齐威王听了邹忌这番话，点了点头："好，讲得不错，还得给我细细讲解。""大王，您让我讲什么？""你说琴长三尺六寸六分。""对，三尺六寸六分长，代表一年三百六十六天。""宽六寸呢？""象征六合。""前宽后狭？""代表尊卑。""哦？君为尊，民为卑？""非也。""怎么又非也？讲。""您慢慢听，现在不是开导您的时候。""开导我？我是君，你是友。"齐威王已然挺不错了，心说：没把你轰出去，还称你为友就不错了。"那上圆下方呢？""代表天地。"古人迷信，认为天圆地方，其实现在咱们都知道，地球也是圆的。"好，再下边是这五根弦。""我已然说了，宫、商、角、徵、羽，少宫、少商，君臣相合。大弦不能看不起小弦，小弦不能看不起大弦。奏出音乐来以缓急为清浊，大弦浊以春温，小弦廉折以清。大王，只有大小弦相合，国家才能好，家庭才能和睦。大王，这就是琴理。"

"嘿嘿，你讲这些琴理有什么用？奏上一曲。""不奏。""啪"，邹忌就把琴按住了。"好，我让你奏琴，你敢不奏？""大王，刚才我说了，我不是乐工，讲的是琴理。我会不会弹琴？当然会弹，我为什么按住琴不弹？这就是因为您招的。""蹬着鼻子你上脸？我越不往出轰你，你越拿着。按着琴不弹，还是我招的？""大王，以琴相交，友之往来是应该的，更何况您是王，我是民，让我抚琴也是理所当然。我就应当抚上一曲，请大王倾听，请大王指教，因为大王的技艺相当不错。但有一节，我按着琴不弹，就等于您不治国。""噌"的一下，齐威王就站起来了："弹劾我不治国吗？你敢说寡人不治国？""大王，我按着琴不弹都能使您不快，您可是国家之主，您不治理国家，整天沉湎于酒色，使万民不快，您想到了吗？老百姓都不高兴。想当初楚王三年不鸣，一鸣惊人，可您呢，老不鸣啊？""哎，我吃鸡丁吃得少啊，多吃点儿鸡丁，我就会打鸣了。""我不弹琴，您不高兴；您不治国，百姓不快。"好一个齐威王，点点头："好，你讲。"

"大王，如果您想听，咱们就以琴声来谈谈政治。""啊？！越说你越来劲，刚才说你蹬鼻子上脸，现在你蹬着鼻梁子上脑门儿啊。你还懂得政治？""大王，您尊重不尊重孔子？""尊重。""儒道怎么讲？""儒道说，政治应该居敬而行简。""好，您说得对。什么叫居敬？""嘿，你考我还是我考你呀？""既然谈论，就无分君民，无分大小，您愿意谈就谈，不愿意谈我可以走。""我愿意谈。"

为什么齐威王相信邹忌？说明双方都是明白人：邹忌敢这样谏君；齐威王后来也确实成为明白的君王，能听邹忌的话。"那您就先说说什么叫居敬。""作为一个国君，制定国策需要深思熟虑，考虑到最后，国策如何行止，什么时候能达到目的，处处都考虑周全再制定出国家的法律，这叫居敬。""好，那行简呢？""行简就是我定出的这些国策简而易行，让老百姓和文武众卿执行得很快。这就是儒家之道。""太好了，您的理解跟我的理解一样。"齐威王心说：这小子真会"捋叶子"，跟说相声的学的，捋点儿自个儿就用。"大王，其实琴声能够代表一个国家的政治。""好，这回该你讲了，不能总考我了。"大家伙儿在旁边一看，很和谐。邹忌滔滔不绝地说："大王，您弹琴，大弦浊以春温，小弦廉折以清，攫之深，醳（yì）之愉，钧谐以鸣，大小相益，回邪而不相害。"

齐威王一听，就明白了，但在座的很多人一脸茫然。齐威王看了一眼邹忌，意思是你解释解释，不是给我听，让大家伙儿也明白明白。邹忌很聪明，一下子就领会了齐威王的意思。"大王，大弦代表君，君王是稳重的，所以大弦出来的浊音是浊以春温，非常扎实，非常厚重；小弦代表臣，如果作为臣子，不廉洁，整天糊里糊涂，能帮着您治理好国家吗？""嗯，说得好。"

齐威王看着大家伙儿，心说：我让他解释，就是给你们听的。我是大弦浊以春温，你们是小弦廉折以清。做我的部下，做我的文武，必须廉洁清明，不能贪污，不能玩女人。刚才开场诗就说了："万恶淫为首，百善孝当先。"这是咱们中国的家风。君王要稳重，能够治理国家。作为下属，应该怎么办？廉折以清。

"大弦不能看不起小弦，小弦也不能看不起大弦，君臣相合，才是治国之道。""那你说攫之深，醳之愉呢？""大王，也是同样的道理。攫之深是您抓着琴，抓得很牢靠；醳之愉就是您治理国家很稳重，一撒手，

888

连派评书——列国·春秋

很舒展地就出来了。治理国家跟弹琴一样，是一个道理。所以攫之深，醳之愉，钧谐以鸣，大小相益，回邪而不相害。刚才我说了，大弦和小弦之间不能互相看不起，君臣之间也是如此，都是互相的。哪个国家都有点儿杂音，您制定出来法律，下边的人去执行，在执行过程当中会有一些杂音，也会有捣乱的。"

邹忌说到这儿，齐威王不爱听了："我齐国也有人敢捣乱吗？""大王，哪个国家都会有，但杂音无所相害。如果您把国家整体上治理得很好，杂音反而会有好处。""好，你再细细讲来。"齐威王往下一看，在座的人当中就有出杂音的，意思就是让邹忌讲给他们听。"大王，您要知道，音乐是声一无听，一个声音是没法儿听的。"

早在周朝以前，就已然出现"和谐"二字了；到了周朝，就已然形成了和谐的气氛。通过音乐，大小相益，钧谐以鸣。中国古代永远不希望有战争，而希望相互协调，这就是和谐。所以邹忌才说声一无听。齐威王懂了：一个国家如果只有我一个人叫唤，大家伙儿都不理解你，不按照你的法令去执行，没用。就好比我说书，如果总是一个声调，您早不听了，必须有起承转合，让人听着很舒服。国家的和谐、社会的和谐、家庭的和谐、夫妻的和谐，都跟这有关系。

邹忌说到这儿，看了一眼齐威王，齐威王双手鼓掌："好！"齐威王心里有数了：我现在缺一位相国，我一定得留邹忌为相。所以这段书又叫邹忌弹琴谏君。您说这《东周列国志》已然是多少年前的书了？但今天再说起来，对现实的教育意义依然很大。

书说至此，评书《东周列国志》上半部分告一段落。商鞅变法、孙庞斗智、苏秦与张仪、卞和献宝、举鼎绝膑、屈原投江、孟尝君献袍、黄金台、火牛阵、完璧归赵、长平之战、窃符救赵、嫪（lào）毐（ǎi）乱秦、茅焦解衣谏秦王、反间杀李牧、荆轲刺秦、并吞六国等热闹故事，有缘再续。

后记

要说《列国》的心思早就有了。

记得二十岁的时候，我在东安市场的凤凰厅书馆听父亲说《列国》，就觉得这部书高不可攀，但从心里就爱。我什么时候才能拿得动呢？几十年放不下的心思，后来终于有了机会和处理书的经验。

想要趟好一部书（头一回说的书叫趟书），离开书馆是绝对办不到的。书馆里有听众，有热爱北京评书的书迷。当你说一部没说过的书的时候，他们马上会买到和这部书有关的一切资料，和你共同研究、商讨，拿出具体的建议来。千万不要小看了这些热心的人，我说《三国》的时候，他们就是这样陪伴着我，一步一步帮我提高分析水平。演员离开了观众，就是鱼儿离开了水！尤其是《三国》《列国》这样的书，是不允许你胡说、瞎说的！

北京评书的高台教化首先是要把自己教育好，只有两个字：学习。学习是多方面的，学习是痛苦的事。尤其是评书演员在趟头一遍书的时候，不但要准备好书的内容，以及结构调整和情节进展的步伐力度，最主要的是与时俱进，把点开活（把是看，点是听众，他们想听什么，你就要说什么），这是最难的。听父亲说《列国》时我二十岁，这次说《列国》我快七十岁了。相隔近五十年，时代在进步，听众水平在提高，我怎么说才能达到当今时代和听众要求的水平呢？我只有知难而上了！

我很幸运，赶上了国家重视和保护非物质文化遗产。感谢西城区文化委的支持，在许立仁局长的鼎力扶持下，北京评书申报了区非物质文化遗产项目，又升到市非物质文化遗产项目，很快成为国家级非物质文化遗产保护项目，我被批准为北京评书的国家级非物质文化遗产项目传承人。2007年，许立仁局长、王旭局长帮我们成立了宣南书馆。有了书馆，收了徒弟，有了喜爱北京评书艺术的听众，北京评书活了！在这样的保护下，我们恢复了书馆的演出。有了听众，我们就有了知音。演出、挖掘、传承、录音、录像、整理、出版、改编、创作，北京评书如同遇上春天明媚的阳光！有了书馆，有了听众，有了经验，我终于可以研究《列国》了！

感谢国家文化和旅游部的支持！感谢北京市、西城区文化和旅游局的关爱！感谢北京评书的保护单位——西城区非物质文化遗产保护中心全体工作人员的努力！感谢华文出版社的编辑为出版我说的《列国》现场文字版所付出的一切！感谢北京评书热心听众的喜爱和支持！《连派评书——列国·春秋》终于要和读者见面了，望批评指正。

连丽如

2021 年 12 月 17 日